Elizabeth P

Im Tal der Sphinx

Historischer Kriminalroman

Aus dem Amerikanischen
von Beate Darius

Econ & List Taschenbuch Verlag

Veröffentlicht im Econ & List Taschenbuch Verlag

Der Econ & List Taschenbuch Verlag
ist ein Unternehmen der Econ & List Verlagsgesellschaft, München

First published by Tom Doherty Associates, Inc.
Titel des amerikanischen Originals: Lion in The Valley
Aus dem Amerikanischen übersetzt von: Beate Darius
Umschlagkonzept: Büro Meyer & Schmidt, München – Jorge Schmidt
Umschlagrealisation: Init GmbH, Bielefeld
Titelabbildung: AKG Berlin
Lektorat: Martina Sahler
Gesetzt aus der Caslon, Linotype
Satz: Josefine Urban – KompetenzCenter, Düsseldorf
Druck und Bindearbeiten: Ebner Ulm
Printed in Germany
ISBN 3-612-27567-4

Für Dr. Ann King, besser bekannt als
meine Freundin Penny,
in Liebe und Dankbarkeit

Herr der Ehrfurcht, voll des Ruhmes,
Gebieter über alle Völker.
Gross an Macht und reich an Pracht,
So wie Set auf seinem Berge. …
Wie ein wilder Löwe im Tal der Ziegen.

Vorwort

Was den vorliegenden Band der Aufzeichnungen von Amelia Peabody Emerson (Mrs. Radcliffe Emerson) betrifft, hält es die Herausgeberin erneut für angebracht, gewisse textliche Besonderheiten und Widersprüche aufzuklären. Im Hinblick auf die Datierung ihrer Eintragungen ließ Mrs. Emerson häufig nicht die erforderliche Sorgfalt walten. Es hat den Anschein, als habe sie ihre Tagebuchaufzeichnungen immer dann unterbrochen, wenn sie von irgend etwas abgelenkt wurde. Trotzdem ist es aufgrund stichhaltiger Argumente sehr wahrscheinlich, daß es sich bei dem vorliegenden Band um Aufzeichnungen der Grabungssaison 1895/96 handelt. (Ägyptologen bedienen sich dieser Datierungsmethode, da das archäologische ›Jahr‹ vom Spätherbst bis zum Frühjahrsbeginn verläuft und das ägyptische Klima Grabungsarbeiten während der Sommermonate so gut wie unmöglich macht.)

Die Herausgeberin weist in diesem Zusammenhang darauf hin, daß die Namen der meisten Beteiligten geändert wurden, um die Persönlichkeitssphäre ihrer Nachkommen nicht unnötig zu verletzen. Nur am Rande wird der informierte Leser verschiedentlich auf die Namen bekannter Archäologen stoßen. Mrs. Emerson scheint zwar großen Wert auf die Schilderung ihrer Aktivitäten gelegt zu haben, es wäre jedoch ein fataler Irrtum anzunehmen, daß sie ihre Gespräche mit diesen Koryphäen gleichermaßen exakt wiedergegeben hat, da sie, ebenso wie ihr geschätzter Ehemann, eindeutig dazu tendierte, anderen ihre Meinungen zu oktroyieren.

Eine weitere Besonderheit der Ur-Texte ergibt sich aus der

Tatsache, daß Mrs. Emerson diese augenscheinlich für eine abschließende Veröffentlichung vorsah. (Ich verweise in diesem Zusammenhang auf ihre Anmerkungen auf Seite 83 f.) Da sie jedoch gleichermaßen inkonsequent bei ihren Eintragungen sowie der Datierung vorging, gestaltet sich das Ergebnis teilweise als seltsame Mischung aus Realität und Fiktion.

Mit anderen Worten – der gelegentlich exzentrische Charakter des vorliegenden Bandes geht nicht zu Lasten der Herausgeberin. Diese hat sich nach besten Kräften bemüht und empfiehlt, Beschwerden und andere Negativkommentare nicht an ihre Person, sondern an die Nachfahren von Professor und Mrs. Emerson zu richten.

1

»Meine liebe Peabody«, sagte Emerson, »bitte korrigiere mich, wenn ich mich irre, doch ich verspüre ein Nachlassen jener unbezwingbaren Lebensfreude in dir, die doch ansonsten eine so bezeichnende Eigenschaft deiner Person ist, gerade in Augenblicken wie diesem. Seit jenem glückseligen Tag, der uns zusammenführte, hat keine Wolke den strahlenden Himmel ehelicher Wonnen getrübt. Und dieser bemerkenswerte Umstand ergibt sich – ich bin mir sicher – aus der vollendeten Synthese, die unsere Verbindung kennzeichnet. Ich bitte dich, vertraue dich dem glücklichen Manne an, dessen selbstgewählte Rolle darin besteht, dich zu unterstützen und zu beschützen, und dessen größte Freude dein Wohlergehen ist.«

Ich war mir sicher, daß Emerson sich diese Rede vorher zurechtgelegt hatte. Niemand würde sich im normalen Gespräch so überspannt artikulieren.

Allerdings wußte ich auch, daß die Förmlichkeit dieser Worte seine tiefe Zuneigung zu mir nicht entsprechend wiedergab. Mein geliebter Emerson und ich sind nämlich seit jenem Tag, an dem wir uns im Ägyptischen Museum von Boulaq zum ersten Mal begegneten, ein Herz und eine Seele. (Um bei der Wahrheit zu bleiben, war unsere erste Begegnung alles andere als erquicklich. Ich war damals schließlich nur eine Touristin auf ihrem ersten Besuch im Land der Pharaonen. Und doch hatte ich den sagenumwobenen Boden kaum betreten, da entbrannte in meinem Herzen bereits eine Leidenschaft für die Ägyptologie – ein Feuer, das bald zu einem lodernden Flächenbrand wurde. Als ich mich an jenem Tag im Museum energisch gegen die mir von diesem faszinierenden Fremden entgegengeschleuderte, ungerechtfertigte Kritik verteidigte, ahnte ich ja nicht, daß wir uns bald schon unter weitaus romantischeren Vorzeichen in einem verschollenen Grab bei El Amarna wiedersehen würden. Zumindest war die Umgebung romantisch. Emerson, das muß ich zugeben, war es leider nicht. Allerdings vermittelten mir meine untrüglichen Instinkte, daß hinter Emersons Sarkasmus und seinen unaussprechlichen Flüchen das Herz eines Mannes steckte, das nur für mich schlug; und im weiteren Verlauf der Ereignisse erwies sich, daß ich recht hatte.)

Sein zartfühlendes Wahrnehmungsvermögen hatte ihn nicht betrogen. Tatsächlich überschattete eine dunkle Vorahnung die Freude, die ich normalerweise in solchen Momenten empfand. Wir standen an Deck eines Handelsschiffes, das uns in rascher Fahrt über die Weiten des Mittelmeeres getragen hatte. Die Brise über den azurblauen Wogen zerzauste unser Haar und zerrte an unseren Kleidern. Vor uns lag bereits die ägyptische Küste, die wir noch vor Sonnenuntergang erreichen sollten. Wir hatten uns dazu entschlossen, eine weitere von vielen gemeinsam verbrachten ägyptischen Grabungssaisons anzutreten. Bald schon würden wir wieder die stickigen, nach Fledermausexkrementen stinkenden Stollen und die schlammigen, von Springfluten heimgesuchten Grabkammern dieser oder jener Pyramide untersuchen – eine Vorstellung, die mir normalerweise Begeisterungsschauer über den Rücken gejagt hätte. Welche andere Frau hatte – speziell in der ausgehenden Dekade des 19. Jahrhunderts – soviel Anlaß zur Freude?

Emerson, der Wert darauf legt, mit seinem Nachnamen angesprochen zu werden, da er »Radcliffe« für affektiert und weibisch hält (sein exakter Wortlaut), hatte mich zu seiner gleichberechtigten Partnerin erklärt – nicht nur in der Ehe, sondern auch in diesem, von uns beiden über alles geliebten Beruf. Emerson ist der weltweit renommierteste Grabungsexperte auf dem Sektor ägyptischer Kunstschätze. Ich bin davon überzeugt, daß er, solange die Menschheit auf diesem zerrissenen Globus Bestand hat, als »Patron der wissenschaftlichen Ausgrabung« verehrt wird. Und meine Wenigkeit – der Name Amelia Peabody Emerson – wird untrennbar mit ihm verbunden sein.

Verzeihen Sie mir meine Überschwenglichkeit, werter Leser. Die Erwähnung von Emersons herausragenden Qualitäten veranlaßt mich ständig zu Begeisterungsstürmen. Und diese Vorzüge sind nicht allein auf seine intellektuellen Fähigkeiten begrenzt. Ich gebe gerne zu, daß seine äußere Erscheinung nicht unwesentlich dazu beitrug, daß ich seinen Heiratsantrag annahm. Mit seinem tiefschwarzen Haar über der hohen Denkerstirn und dem markanten Kinngrübchen (das er vorzugsweise als energisches Kinn bezeichnen würde) ist er für mich der Inbegriff männlicher Attraktivität.

Emerson scheint meinen weiblichen Reizen gleichermaßen erlegen zu sein. Um ehrlich zu sein, habe ich diese Affinität nie ganz verstanden. Ich selbst empfinde mich nicht als bewundernswerte Schönheit. Weniger ausgeprägte Gesichtszüge, hellere und sanftere Augen, eine grazilere Silhouette mit weniger Vorderfront im aufstrebenden Taillenbereich, goldblonde Locken statt kohlrabenschwarzer – das entspräche meinem Typus femininer Anziehungskraft. Glücklicherweise teilt Emerson diesen Geschmack nicht.

Eine seiner großen gebräunten Hände lag neben meiner auf der Schiffsreling. Das war nicht die Hand eines feinen Herrn, aber mir erschienen die Schwielen und Narben auf diesen riesigen dunklen Pranken gewissermaßen wie Ehrenmale. Ich erinnerte mich an die unzähligen Gelegenheiten, als diese im Zuge unserer Arbeiten Waffen und Werkzeuge geschwungen hatten, und auch an die anderen, als sie bewiesen, wie zärtlich sie sein können.

Emerson besitzt viele bewundernswerte Eigenschaften, aber Geduld gehört nicht dazu. In meine Tagträume versunken, antwortete ich ihm nicht gleich auf seine Frage. Er griff mich bei den Schultern und wirbelte mich frontal zu sich herum. Seine blauen Augen funkelten wie Saphire, seine Lippen gaben makellose weiße Zähne frei, und das Grübchen in seinem Kinn bebte unheilverheißend.

»Warum zum Teufel antwortest du mir nicht?« brüllte er. »Wie kann dich ein solches Memento nur ungerührt lassen? Was bedrückt dich, Peabody? Ich will verflucht sein, wenn ich jemals die Frauen verstehe. Du solltest dem Himmel – und *mir* – auf Knien danken, daß dir soviel Glück zuteil wird. Wie du sicherlich weißt, war es nicht einfach, de Morgan davon zu überzeugen, uns das Grabungsgebiet zu überlassen. Es kostete mich ein erhebliches Maß an Feingefühl. Keinem außer mir wäre das gelungen. Keiner außer mir hätte das überhaupt gewagt! Und wie dankst du mir dafür? Indem du seufzt und Trübsal bläst!«

Emerson gab sich wieder einmal seiner liebgewordenen Gewohnheit des Selbstbetrugs hin. Der Direktor der Antikenverwaltung, Monsieur de Morgan, hatte *uns* das archäologische Grabungsgelände, in dem er im Jahr zuvor gearbeitet und eine Reihe von bemerkenswerten Entdeckungen zutage gefördert hatte, angeboten. Allerdings hatte Emersons besagtes Feingefühl – eine Eigenschaft, die nur in seiner Vorstellungskraft existiert – damit überhaupt nichts zu tun. Ich war mir nicht ganz sicher, was für M. de Morgans Sinneswandel gesorgt hatte. Oder, besser gesagt, ich hatte bestimmte Verdachtsmomente, die ich lieber weit von mir wies. So war es der natürliche Verlauf der Dinge, daß ich von diesen Verdachtsmomenten die Entschuldigung für meine düstere Stimmung ableitete.

»Ich mache mir Sorgen um Ramses, Emerson. Daß sich unser Sohn so schlecht benimmt, wo ich doch gehofft hatte, einmal eine Reise ohne irgendwelche Zwischenfälle erleben zu dürfen ... Ich frage mich, wie vielen achtjährigen Jungen vom Kapitän eines britischen Handelsschiffs wohl schon angedroht wurde, über Bord geworfen zu werden?«

»Das war doch nur ein Abschreckungsmanöver des Kapitäns, typisches Seemannsgarn«, erwiderte Emerson ungehalten. »So etwas würde er niemals wagen. Du kannst nicht wegen Ramses besorgt sein, Peabody, da er ständig irgendwelchen Unfug im Schilde führt und du das gewohnt sein müßtest.«

»Irgendwelchen Unfug, Emerson? Ramses hat zwar eine Menge Unfug angerichtet, aber es ist meines Wissens das erste Mal, daß er eine Meuterei anzetteln wollte.«

»Unsinn! Nur weil ein paar beschränkte Seeleute seine Vorträge über die Theorien dieses Burschen Marx mißverstanden haben ...«

»Er hat kein Recht dazu, der Mannschaft Vorträge zu halten – und vor allen Dingen hat er in ihren Kajüten nichts verloren. Sie haben ihm Alkohol gegeben, Emerson, ich weiß es ganz genau. Selbst Ramses hätte dem Kapitän nicht so unflätig geantwortet, wenn er nicht einen Schwips gehabt hätte.«

Emerson sah aus, als wollte er widersprechen, da er meine Meinung jedoch offensichtlich teilte, schwieg er. Deshalb fuhr ich fort: »Vollkommen unverständlich ist mir, warum die Mannschaft seine Gegenwart duldet und auch noch ihren hochgeschätzten Grog mit ihm teilt. So nennt man das widerliche Zeug doch, oder? Welches Vergnügen könnten sie an Ramses' Gesellschaft finden?«

»Einer der Matrosen hat mir erzählt, es mache ihnen Spaß, ihm zuzuhören. ›Was für 'n Mundwerk der Knirps hat‹, war der genaue Wortlaut.«

Während er sprach, umspielte ein verhaltenes Lächeln seine Mundwinkel. Emersons Lippen gehören zu seinen anziehendsten Attributen – ausdrucksvoll und trotzdem sinnlich und keinesfalls zu schmal. Zustimmend erwiderte ich sein Lächeln. In seiner ganzen Naivität hatte der Seemann sozusagen den Nagel auf den Kopf getroffen.

»Laß Ramses aus dem Spiel«, sagte Emerson. »Amelia, ich bestehe darauf, den wahren Grund für deine Besorgnis zu erfahren.«

Trotz seines Lächelns war er verärgert. Sonst hätte er mich nicht mit meinem Vornamen angesprochen. Wenn es um private oder dienstliche Angelegenheiten geht, verwendet er normalerweise »Peabody«, meinen Mädchennamen. Seufzend gab ich nach.

»Ich werde wieder von einer meiner seltsamen Vorahnungen geplagt, Emerson.«

Emersons Augen verengten sich zu Schlitzen. »Tatsächlich, Amelia?«

»Mich überrascht lediglich, daß es dir nicht ebenso ergeht.«

»Nein, nicht im geringsten. In diesem Augenblick ist mein Herz mit Vorfreude erfüllt. Keine Wolke ...«

»Ich weiß, ich weiß, Emerson. Und im übrigen denke ich, daß diese spezielle Metapher ...«

»Willst du meine rhetorischen Fähigkeiten kritisieren, Amelia?«

»Wenn du jedes Wort von mir auf die Goldwaage legst, Emerson, kann ich mich dir nicht anvertrauen. Ich hatte nicht vor, deine Vorfreude mit meinen Sorgen zu überschatten. Bist du ganz sicher, daß ich es dir erzählen soll?«

Emerson legte den Kopf schief und dachte über meine Frage nach. »Nein«, erwiderte er schließlich.

»Du meinst, du bist dir nicht sicher oder ...«

»Ich meine, daß ich nicht will, daß du es mir erzählst. Deine Vorahnungen interessieren mich nicht.«

»Aber du hast mich doch gefragt ...«

»Ich habe meine Meinung geändert.«

»Dann hast du also auch ein ungutes Gefühl ...«

»Nein, bislang noch nicht«, schnaubte Emerson. »Verflucht, Amelia ...«

»Erstaunlich. Ich war davon überzeugt, daß die Harmonie zwischen uns vollkommen ist.«

Der Ausdruck auf Emersons ansprechenden Gesichtszügen hätte den zufälligen Beobachter dazu verleitet, keinesfalls Harmonie, sondern eher aufkeimende Wut zu vermuten, denn seine Brauen zogen sich bedrohlich zusammen und seine Augen sprühten Blitze. Da ich diesen Gemütszustand an ihm nur allzu gut kannte, beeilte ich mich, seine bereits angedeutete Neugier zu befriedigen.

»Selbstverständlich freue ich mich auf die vor uns liegende Grabungssaison. Du kennst meine Begeisterung für Pyramiden, und es gibt kaum beeindruckendere Exemplare als die in Dahschur. Besonders gespannt bin ich auf die Grabkammer in der Schwarzen Pyramide, denn ich hoffe, daß wir diesmal unter günstigeren Vorzeichen dort arbeiten können als bei unserem ersten Besuch. Die eigene Kritikfähigkeit läßt erheblich nach, wenn man durch tiefste Finsternis in ein unterirdisches Wasserloch gestoßen wird, um dort sein Leben auszuhauchen.«

Emerson hatte meine Schultern losgelassen und sich erneut der Reling zugewandt. Seinen Blick starr auf den Horizont gerichtet, erklärte er kurz angebunden: »Wir werden die Erforschung der Schwarzen Pyramide bis zu einem späteren Zeitpunkt innerhalb dieser Saison zurückstellen müssen, wenn das Hochwasser wieder seinen niedrigsten Stand erreicht hat. Sollte die Grabkammer dann immer noch überflutet sein, ist eine Pumpe vielleicht ...«

»An diese Schwierigkeiten habe ich bereits gedacht, mein lieber Emerson. Allerdings ist das augenblicklich nicht das Problem.«

»Eine hydraulische Pumpe, mit einem Schlauch ...«

»Emerson, hast du etwa vergessen, unter welchen Umständen wir das Innere der Schwarzen Pyramide kennenlernten?«

»Ich bin nicht so verkalkt, daß ich bereits unter Gedächtnisschwund leide«, entgegnete Emerson bissig. »Deshalb habe ich auch deine Reaktion nicht vergessen, als ich dir gestand, in deinen Armen sterben zu wollen. Ich gebe zu, ich hätte etwas mehr Zartgefühl erwartet.«

»Du hast mich mißverstanden, Emerson. Damals sagte ich dir, daß ich mit Freuden ein solches Angebot annähme, sollte der Tod unvermeidlich sein. Aber ich zweifelte keine Sekunde lang daran, mein Liebster, daß du nicht den Weg ins Freie finden würdest. Und damit lag ich absolut richtig.«

Ich trat näher an ihn heran und lehnte mich gegen seine Schulter.

»Ja«, sagte Emerson mürrisch. »Wir fanden den Weg nach draußen, nicht wahr? Wäre Ramses allerdings nicht gewesen ... «

»Laß uns nicht von Ramses oder von den Begleitumständen unserer Flucht sprechen. Du weißt, was in mir vorgeht, Emerson, und ich bin mir ziemlich sicher, daß es dir ebenso ergeht. Niemals werde ich unsere letzte Begegnung mit diesem Kerl vergessen, der beinahe für unseren Tod gesorgt hätte. Ich sehe immer noch das feixende Grinsen vor mir und höre seine herablassenden Worte: ›Nun heißt es also Abschied nehmen. Schätze, wir werden uns nicht wiedersehen.‹«

Emersons Hände umklammerten die Reling mit einer solchen Kraft, daß die Fingerknöchel weiß hervortraten. Allerdings sagte er nichts, so daß ich fortfuhr: »Und ich werde auch niemals vergessen, was ich mir damals geschworen habe. ›Wir werden uns wiedersehen, keine Bange. Denn ich werde es mir zur Aufgabe machen, dich zu erledigen und deinen widerwärtigen Aktivitäten endlich ein Ende zu setzen.‹«

Emersons Hände entspannten sich. »Das hast du damals vielleicht gedacht, Amelia, aber mit Sicherheit nichts dergleichen gesagt. Erst gegenüber diesem Grünschnabel vom *Daily Yell,* der dich im letzten Juli interviewte, erwähntest du das. Und mich hast du absichtlich im unklaren über dieses Gespräch gelassen, Amelia. Du hast mir nie erzählt, daß du diesen O'Connell in mein Haus eingeladen hast. Du hast ihn hinein- und wieder hinausgeschmuggelt und mein eigenes Personal angewiesen, mich nicht zu informieren ... «

»Ich wollte dir das ersparen, mein Lieber, da ich deine Meinung von Mr. O'Connell kenne. Schließlich hast du ihn schon einmal die Treppe hinuntergestoßen ...«

»Etwas Derartiges habe ich nicht getan«, sagte Emerson, ehrlich überzeugt. »Aber ich hätte es vielleicht getan, wenn ich ihn blöde grinsend und auf meine Ehefrau gaffend in meinem Salon vorgefunden hätte, wo er sich gerade darauf vorbereitet, einen weiteren Haufen Lügen über mich zu verbreiten. Sein Artikel war absolut peinlich und entsprach außerdem nicht den Tatsachen.«

»Also hier muß ich dir widersprechen, Emerson. Ich bin davon überzeugt, daß einer von uns beiden dem Meisterverbrecher diese Drohung ins Gesicht geschleudert hat. Vermutlich hast du es sogar gesagt. In dem Interview habe ich vielleicht einige von Ramses' Aktivitäten unerwähnt gelassen, da ich es rundweg ablehne, Kindern zu viel Selbstbestätigung zu vermitteln. Ansonsten war der Bericht absolut korrekt, und *mir* erschien er keineswegs peinlich. Darf ich den Mut und die Tatkraft meines Gatten etwa nicht herausstellen und ihm dafür danken, daß er mich vor dem sicheren Tod bewahrt hat?«

»Äh, hmhm«, sagte Emerson. »Nun ja, trotzdem Peabody ...«

»Denk an meine Worte, Emerson, wir haben diesen Schurken nicht zum letztenmal gesehen. Es gelang ihm, uns zu entkommen, aber wir konnten seinen Plan zerschlagen und ihm den gestohlenen Schatz abjagen. Er zählt nicht zu den Menschen, die kampflos aufgeben.«

»Wie kannst du so etwas behaupten? Du weißt nichts über diesen Kerl, du kennst nicht einmal seine Nationalität.«

»Er ist Engländer, Emerson. Davon bin ich überzeugt.«

»Er sprach ebenso fließend Arabisch wie Englisch«, warf Emerson ein. »Und du hast sein Gesicht noch nie ohne diesen Bart gesehen. Noch nie in meinem Leben habe ich einen solchen Bart gesehen! Würdest du ihn auch glattrasiert wiedererkennen?«

»Selbstverständlich.«

Emerson legte seinen Arm um meine Schultern und zog mich an sich. »Zugegeben, Peabody, ich würde diesem Schweinehund mit dem größten Vergnügen eins auf die Nase geben. Und sollte er sich in unsere Angelegenheiten einmischen, bekommt er, was er verdient. Aber ich habe nicht unbedingt die Absicht, mir Ärger einzuhandeln. Ich habe weiß Gott Besseres zu tun. Peabody, versprich mir, daß auch du dich zurückhältst.«

»Aber gewiß, liebster Emerson.«

»Versprich es mir.«

»Ich verspreche, daß ich mir keinen Ärger einhandeln werde.«

»Meine geliebte Peabody!« Ohne Notiz von den umstehenden Seeleuten zu nehmen, umarmte mich Emerson zärtlich.

Ich hatte die feste Absicht, mein Wort zu halten. Warum sollte ich auch Probleme suchen, die uns ohnehin heimsuchen würden?

Nachdem wir in Alexandria von Bord gegangen waren, bestiegen wir den Zug nach Kairo. Die Fahrt dauert etwas über vier Stunden und wird von den meisten Reisenden als ziemlich langweilig empfunden, da die Strecke durch das triste Schwemmland des Flußdeltas führt. Das geschulte Auge des Archäologen erkennt allerdings hinter jeder Erhebung, jedem Erdwall, daß dort eine versunkene Stadt verborgen liegt. Ramses und Emerson stritten sich ununterbrochen über den historischen Hintergrund dieser Stätten – eine Diskussion, an der ich mich nicht beteiligte, da ich es für sinnlos halte, Dinge zu erörtern, über die kaum Fakten bekannt sind. Ich erklärte ihnen, daß letztlich nur eine Ausgrabung die Wahrheit ans Licht bringen könnte.

Erst als wir nur noch wenige Meilen von unserem Bestimmungsort entfernt waren, wurde die Aussicht aufgrund der in purpurfarbenes Licht gehüllten Pyramiden von Gizeh, die sich vor dem Hintergrund der sanften Hügel Libyens erhoben, stimmungsvoller. Es war jedesmal so, daß ich nicht auf dem überfüllten Kai von Alexandria, sondern an diesem Punkt das Gefühl hatte, wirklich in Ägypten zu sein.

Emerson lächelte mir in stillem Einverständnis zu und wandte sich dann wieder der atemberaubenden Szenerie zu. Er hatte sich widerwillig damit einverstanden erklärt, seinen neuen grauen Anzug zu tragen, und wirkte darin besonders attraktiv – obwohl ich zugeben muß, daß Emersons blendende Figur am besten in seiner Arbeitskleidung zur Geltung kommt, die aus zerschlissenen Hosen und verknautschten Hemden besteht. Natürlich läßt er die Kragenknöpfe offen, und die hochgerollten Ärmel geben den Blick auf seine muskulösen Oberarme frei. Emerson trägt selbst bei Arbeiten unter sengender Sonne keinen Hut, da er diese Art der Kopfbedeckung nicht ausstehen kann, und es ist mir bei aller Überzeugungskraft (die recht erheblich ist) noch nie gelungen, ihn eines Besseren zu belehren.

Seine elegante Erscheinung wurde lediglich leicht beeinträchtigt durch die riesige, gestromte Katze auf seinem Schoß. Bastet – so der Name dieses Katzenexemplars – starrte mit ebenso großem Interesse aus dem Abteilfenster wie Emerson, und ich überlegte, ob sie vielleicht ahnte, daß sie in ihre Heimat zurückgekehrt war. Ramses hätte das sicherlich bejaht, denn er schrieb diesem Geschöpf außergewöhnliche Intelligenz zu. Seit Bastet uns einige Jahre zuvor zugelaufen war, war sie seine ständige Begleiterin und mittlerweile eine weitgereiste Expertin, da Ramses darauf bestand, sie überallhin mitzunehmen. Ich muß allerdings gestehen, daß sie uns weit weniger Ärger bereitete als ihr jugendlicher Besitzer.

Ramses – ach, Ramses! Meine wortgewandte Feder streikt, wenn ich mit wenigen Sätzen versuchen soll, die komplexe Persönlichkeit dieses achtjährigen Jungen, meines einzigen Kindes, zu beschreiben. In der Tat behaupten einige abergläubische Ägypter, daß er gar kein Kind ist, sondern daß sich ein Geist seines winzigen Körpers bemächtigt hat. Es gibt gute und böse Geister, geschlechtslose Fabelwesen, die zwischen der Gattung Mensch und Engel angesiedelt sind. Bislang hatte ich mich allerdings noch nie der Mühe unterzogen, herauszufinden, welche Spezies man hinter Ramses vermutete.

Natürlich war Ramses schmuddelig und zerzaust. Ramses ist fast immer schmuddelig und zerzaust. Wie das Krokodil vom Wasser, so wird er vom Schmutz angezogen. Er war (für seine Verhältnisse) relativ sauber gewesen, als wir den Zug bestiegen. Ungefähr eine Stunde, nachdem wir Alexandria verlassen hatten, sah ich mich um und bemerkte, daß er sich nicht mehr in unserem Abteil befand. Das überraschte mich nicht, denn Ramses besaß ein unheimliches Talent zu verschwinden, wann immer ihm der Sinn danach stand. Allerdings handelte es sich dabei um eine besonders beunruhigende Begabung für einen Jungen, dessen Ungeschicklichkeit bereits im Alltagsleben zu Katastrophen führte, geschweige denn bei seinen Neigungen, Unerlaubtes zu tun.

Auf Emersons Drängen hin suchte ich den Jungen und fand ihn schließlich in einem Waggon der dritten Klasse, wo er auf dem Boden hockte und sich angeregt mit einer Frau unterhielt, deren aufreizende und ungepflegte äußere Erscheinung keinerlei Zweifel an ihrer Berufsausübung ließ. Ich beförderte Ramses in unser Abteil zurück und wies ihm einen Fensterplatz zu, damit er mir nicht wieder entwischen konnte.

Auch er hatte sich dem atemberaubenden Anblick der Pyramiden zugewandt. Ich sah nur seinen schmutzigen Hemdkragen und die wilde schwarze Lockenpracht. Doch ich wußte, daß sein gleichmütiger Gesichtsausdruck keine Gefühlsregung zeigte. Ramses' Miene ist meistens ausdruckslos. Seine Nase und sein Kinn sind von beachtlicher Größe, und seine dunkle Hautfarbe ist keinesfalls typisch für einen Engländer. Man hätte ihn leicht für einen ägyptischen Jungen halten können, was Emerson, auch im Hinblick auf dessen erhabenes Verhalten, dazu verleitet hatte, ihm den Spitznamen Ramses zu geben. (Ich hoffe jedoch, daß der werte Leser auch ohne besondere Erwähnung weiß, daß ich ein englisches Kind niemals auf einen solch fremdländischen Namen getauft hätte!)

Da mir die Köpfe meines Mannes, meines Sohnes und, nicht zu vergessen, der Katze die Sicht versperrten, lehnte ich mich zurück und entspannte – wobei ich jedoch Ramses' Hinterkopf nicht eine Sekunde lang aus den Augen ließ.

Wie gewöhnlich hatte ich Zimmer im Hotel Shepheard gebucht, worüber sich Emerson heftig beklagte. Da er sich jedes Jahr beschwerte, schenkte ich dem keinerlei Beachtung. Einige der neueren Hotels sind sicherlich ebenso komfortabel, doch zusätzlich zu den Annehmlichkeiten, die ein kultivierter Mensch dort erwarten darf, besitzt das Shepheard den Vorteil, *das* Zentrum der feinen Kairoer Gesellschaft zu sein. Meine Beweggründe, warum ich dieses Hotel jedem anderen vorziehe, sind exakt die gleichen, die Emersons Beschwerden auslösen. Er fühlte sich ungemein wohler, wenn wir uns in den Einheimischenvierteln niederließen, wo er sich an dem Fehlen jeglicher sanitären Einrichtung erfreuen könnte, das diese billigen Hotels und Pensionen auszeichnet. (Männer sind nun einmal instinktgeprägt und wenig penibel. Emerson gehört immerhin zu den wenigen, die den Mut besitzen, das offen zuzugeben.) Auch wenn ich es in den besseren dieser Unterkünfte ohne weiteres aushalten könnte, sehe ich nicht ein, warum ich mir verfügbaren Luxus versagen sollte. Ich wollte mich einfach einige Tage lang von den Strapazen der unbequemen Schiffsreise erholen, ehe wir in die Wüste aufbrachen.

Eine absolut vernünftige Einstellung – darin würde mir sicherlich jeder beipflichten. Emersons Behauptung, daß ich das

Shepheard lediglich wähle, um den neuesten Klatsch aufzuschnappen, halte ich deshalb für einen seiner kleinen Scherze.

Mir ist zu Ohren gekommen, daß es schwierig sein soll, während der Hochsaison Zimmer im Shepheard zu bekommen, doch ich selbst hatte niemals die geringsten Probleme. Natürlich waren wir auch alte und geschätzte Gäste. Das Gerücht, Mr. Baehler, der Hotelmanager, habe eine Heidenangst vor Emerson und fürchte sich, ihm irgend etwas abzuschlagen, ist nahezu lächerlich. Mr. Baehler ist von großer, kräftiger Statur, und ich bin mir sicher, daß sich sein weltgewandtes Auftreten durch nichts erschüttern ließe.

Er stand auf der Hotelterrasse, um uns – und natürlich auch die anderen Gäste – zu begrüßen, die mit dem Zug aus Alexandria eingetroffen waren. Sein silbergraues Haupt überragte die Menge. Als wir unsere Kutsche verlassen wollten, hielt ein weiteres Gefährt hinter uns an. Das erregte unsere Aufmerksamkeit nicht zuletzt deshalb, da es die Blicke aller auf der Terrasse sitzenden Gäste auf sich zog. Eine allgemeine Starre war eingetreten. Alle Köpfe waren in Richtung der Neuankömmlinge gewandt, und für Sekundenbruchteile herrschte atemloses Schweigen, das schließlich von zischelndem Flüstern abgelöst wurde.

Die offene Kalesche wurde von zwei edlen Grauschimmeln gezogen. Dunkelrote Federn schmückten ihre Geschirre, und sie warfen ihre schönen Köpfe hoch und tänzelten voll majestätischer Anmut.

Der Kutscher sprang vom Kutschbock hinunter und händigte die Zügel dem hinter ihm sitzenden Mann aus. Letzterer trug Reitkleidung und blankpolierte Stiefel, war groß, schlank und strahlte die Geschmeidigkeit eines Panthers aus. Sein schwarzes Haar erweckte den Anschein, als wäre es mit ebensolcher Schuhcreme behandelt worden, und der schmale schwarze Schnurrbart hätte mit Tinte aufgemalt sein können. Ein Monokel in seinem rechten Auge spiegelte das gleißende Sonnenlicht wider.

Lautstark entfuhr es Emerson: »Beim Allmächtigen, das ist doch dieser Schurke Kalenischeff!«

Emerson ist nicht unbedingt für seine Zurückhaltung bekannt. Alle, einschließlich Kalenischeff, drehten sich zu uns um. Sein zynisches Lächeln gefror auf den Lippen, doch er faßte sich gleich wieder, wandte sich ab und half einem weiteren Passagier aus der Kutsche.

Juwelen funkelten an ihrem Hals und an ihren schlanken Handgelenken. Ihr graugrünes Seidenensemble mit aufgebauschten Ballonärmeln und einer schmal geschnittenen Taille entsprach dem letzten Schrei der Pariser Mode. Ein riesiges weißes Chiffontuch wurde von einer diamant- und smaragdbesetzten Brosche zusammengehalten. Unter ihrem zum Kleid passenden Sonnenschirm erhaschte ich einen Blick auf ein reizendes, lächelndes Gesicht, dessen Wangen und Lippen einfach zu perfekt waren, als daß der Natur nicht nachgeholfen worden wäre.

Das auffällige Paar schwebte die Treppen hinauf und verschwand im Inneren des Hotels.

»Also!« sagte ich. »Ich frage mich, wer ... «

»Vollkommen uninteressant«, meinte Emerson und packte mich fest am Arm.

Unsere Zimmer lagen im dritten Stock mit Blick auf die Ezbekieh-Gärten. Nachdem wir ausgepackt und uns frischgemacht hatten, gingen wir wieder hinunter, um unseren Tee auf der Terrasse einzunehmen. Da wir nach der langen, staubigen Reise alle durstig waren, murrte Emerson auch weniger als sonst üblich bei der Aussicht auf ein – wie er es nennt – »absurdes, gesellschaftliches Ritual«.

Den Tee auf der Hotelterrasse des Shepheard einzunehmen ist sicherlich eine der gängigsten Touristenattraktionen, aber selbst alte Hasen wie wir können sich nicht sattsehen an dem geschäftigen Treiben auf der Ibrahim Pasha Street. Im Umfeld des Hotels wimmelt es von Bettlern, Händlern, Eseltreibern und Kutschern, die alle um die Gunst der Gäste wetteifern. Sobald wir uns niedergelassen und dem Kellner unsere Bestellung aufgegeben hatten, nahm ich eine Liste aus meiner Tasche und las diese Ramses vor. Es war eine Auflistung der Dinge, die ihm untersagt waren. Sie begann, soweit ich mich entsinne, mit »Sprich nicht mit den Eseltreibern« und endete mit »Verwende keinen der Ausdrücke, die du im letzten Jahr von den Eseltreibern aufgeschnappt hast«. Ramses sprach fließend Arabisch, häufig jedoch leider nicht das gehobene.

Wir kannten eine ganze Reihe der Gäste, die im Hotel ein und aus gingen, aber niemand gesellte sich zu uns, und wir empfanden auch nicht das Bedürfnis, mit einem von ihnen zu sprechen. Kein einziger Ägyptologe in dem Haufen, wie Emerson sich ausdrückte. Ich wollte gerade vorschlagen, uns in unsere Zimmer zurückzuziehen, als mich ein weiterer Fluch meines unsäglichen Gatten vor dem Auftauchen eines von ihm abgelehnten Zeitgenossen warnte. Als ich mich umwandte, fiel mein Blick auf Kalenischeff.

Sein aufgesetztes Lächeln wirkte maskenhaft starr. »Guten Tag, gnädige Frau – Professor – Herr Ramses. Willkommen in Kairo. Darf ich ...?«

»Nein«, sagte Emerson und entriß Kalenischeff einen Stuhl. »Wie können Sie es wagen, Mrs. Emerson anzusprechen? Ihre bloße Gegenwart ist schon Beleidigung genug für jede ehrbare Frau.«

»Also, Emerson.« Mit meinem Sonnenschirm deutete ich auf einen weiteren Stuhl. Kalenischeff zuckte zusammen. Zweifellos erinnerte er sich an eine andere Gelegenheit, wo ich gezwungen gewesen war, ihm dessen Spitze in seine Weichteile zu rammen, um einem frevelhaften Übergriff auf meine unteren Extremitäten zuvorzukommen. Ich fuhr fort: »Laß uns doch hören, was er zu sagen hat.«

»Ich werde Ihre kostbare Zeit auch nicht lange beanspruchen.« Kalenischeff entschied, sich überhaupt nicht zu setzen.

Er senkte seine Stimme. »Ich möchte eine Vereinbarung mit Ihnen treffen. Einen Handel ...«

»Was?« brüllte Emerson. »Einen Handel? Ich lasse mich auf keine Vereinbarungen ein mit Mördern, Dieben ...«

»Leise, Emerson«, flehte ich. Die Gäste an den umstehenden Tischen hatten augenscheinlich ihre guten Manieren vergessen und lauschten unverhohlen. »Laß ihn doch erst einmal ausreden.«

Kalenischeffs Lächeln wirkte wie eingemeißelt, doch auf seiner Stirn hatten sich Schweißperlen gebildet. »Ich kenne Ihre Meinung von mir«, zischte er. »Dann eben kein Handel, sondern lediglich ein Versprechen von meiner Seite. Ich bin im Begriff, Kairo zu verlassen – Ägypten zu verlassen – um exakt zu sein. Lassen Sie mir nur noch ein paar Tage, um meine Angelegenheiten zu regeln – mischen Sie sich nicht ein –, und ich schwöre Ihnen, daß Sie mich niemals wieder zu Gesicht bekommen.«

»Wohin wollen Sie denn?« fragte ich neugierig.

»Das braucht Sie nicht zu beschäftigen, Mrs. Emerson.«

»Sie werden bis ans Ende der Welt reisen müssen, um sich dem Zugriff Ihres früheren Meisters zu entziehen«, sagte ich bedeutungsschwanger.

Das schmale Gesicht des Mannes wurde sichtlich blaß. »Warum erwähnen Sie ... Woraus schließen Sie ...«

»Kommen Sie, Kalenischeff. Es ist doch nur zu offensichtlich. Irgend etwas oder irgend jemand hat Sie so gewaltig eingeschüchtert, daß Sie fliehen wollen. Und wer anders könnte das sein als dieses kriminelle Genie, dieser diabolische Meisterverbrecher? Wir konnten zwar nicht beweisen, daß Sie zu seiner Bande gehörten, sind jedoch davon überzeugt. Wenn Sie diesem allmächtigen, allwissenden Individuum zu entgehen beabsichtigen, täten Sie gut daran, sich der Polizei – oder noch besser – uns anzuvertrauen. Das ist selbstverständlich nur ein Vorschlag.«

»Sie irren sich«, stammelte Kalenischeff. »Ganz erheblich

sogar. Ich würde niemals ... Ich hätte mich niemals in Dinge verwickeln lassen ... «

Emerson runzelte die Stirn. Als er sprach, empfand auch Kalenischeff seine leise grollende Stimme bedrohlicher als jedes Schreien. »Sie Halunke sind hier derjenige, der sich irrt. Ihre Unschuldsbeteuerungen überzeugen mich nicht im geringsten. Sagen Sie Ihrem Meister, wenn Sie ihn das nächste Mal sehen, daß er mir aus dem Weg gehen soll. Das gleiche gilt auch für Sie. Ich will nichts mit Ihnen beiden zu tun haben. Sollten Sie mir jedoch in die Quere kommen, werde ich Sie wie einen Käfer zertreten. Habe ich mich verständlich ausgedrückt?«

Das war eigentlich nicht die Methode, nach der ich vorgehen wollte. Deshalb sagte ich rasch: »Überlegen Sie, was Sie tun, Kalenischeff. Vertrauen Sie sich uns an, und wir werden für Ihre Rettung sorgen. Sie gehen bereits ein erhebliches Risiko ein, indem Sie nur mit uns reden. Die Spione Ihres Schreckensmeisters lauern überall. Wenn man Sie hier sieht ... «

Meine Methode war auch nicht erfolgreicher als die Emersons. Kalenischeff wurde leichenblaß vor Entsetzen. »Sie haben recht«, murmelte er und stolperte wortlos auf den Eingang des Hotels zu.

»Ha«, sagte Emerson befriedigt. »Gute Argumentation, Peabody. Damit sind wir den Kerl endlich los.«

»Das war nicht meine Absicht, Emerson, wir können dem Verschwinden dieses Halunken nicht Vorschub leisten. Wir können nicht zulassen, daß er den Ruf dieser jungen Dame ruiniert, die offensichtlich sein letztes Opfer ist!«

Ich wollte aufspringen, doch Emerson packte meinen Arm und stieß mich so unsanft auf meinen Stuhl zurück, daß mir die Luft wegblieb. Als ich mich endlich befreit hatte, war die Kutsche mit den edlen Grauschimmeln vor der Hoteltreppe vorgefahren, und die junge Dame hatte die Terrasse betreten.

Kalenischeff beeilte sich, ihr in die Karosse zu helfen. Als die Dame einstieg, erhaschten die Gaffer einen Blick auf ein niedlich geknöpftes Stiefelchen und rüschenbesetzte Unterröcke. Kalenischeff schwang sich auf den Kutschbock, entriß dem Stallburschen die Peitsche und ließ diese durch die Luft sausen. In vollem Galopp preschten die Pferde los. Fußgänger und Hausierer stoben auseinander. Ein alter Obstverkäufer war etwas zu langsam; er stolperte zur Seite und rettete damit zwar seine morschen Knochen, doch seine Apfelsinen und Zitronen flogen im hohen Bogen durch die Luft.

Als Ramses aufspringen wollte, schüttelte ich den Kopf.

»Aber Mama, ich dachte, ich könnte dem alten Mann behilflich sein. Wie du siehst, sind seine Apfelsinen ...«

»Ich zweifle nicht an deinen guten Absichten, Ramses, das ehrt dich. Aber sie enden fast immer in einer Katastrophe, nicht nur für dich, sondern auch für den Empfänger deiner Hilfeleistung.«

»Aber Mama, der Mann da ...«

Er deutete auf einen der zerlumpten Umstehenden, der dem Obsthändler zu Hilfe geeilt war – ein großer, gutgebauter Kerl mit zerfetzter Robe und safrangelbem Turban. Er hatte drei Apfelsinen aufgehoben und ließ sie mit der Geschicklichkeit eines Jongleurs in der Luft kreisen. Gerade als ich auf ihn aufmerksam wurde, wandte er sich ab. Zwei der Orangen fielen dem zeternden Händler genau vor die Füße, und die dritte verschwand, vermutlich in den schmuddeligen Umhangfalten des Gauklers.

Der Händler verfiel in eine jammervolle Tonlage, als er Emerson erkannte, der über der Brüstung lehnte. »Da ist ja Effendi Emerson«, rief er. »O Vater der Flüche, sieh, was sie einem armen, alten Mann angetan haben! Man hat mich ruiniert! Meine Frauen werden verhungern, meine Kinder ihr Heim verlieren, meine alte Mutter ...«

»Nicht zu vergessen deine extrem gealterte Großmutter«, sagte Emerson in breitestem Umgangsarabisch. Aufgrund dieser Anspielung brachen die Zuhörer in schallendes Gelächter aus.

Emerson grinste, denn er genießt es, wenn seine Spitzfindigkeiten ankommen. Nachdem er dem Händler eine Handvoll Münzen in seinen Korb geworfen hatte, fuhr er fort: »Kauf deiner Urgroßmutter einen neuen Kaftan, damit sie in ihrem Beruf erneut aufblüht.«

Diese unflätige Bemerkung wurde mit weiterem rauhen Männerlachen quittiert. Emerson setzte sich wieder. Nach einem raschen Seitenblick auf mich straffte er hastig seine Schultern und rief: »Ich habe dir doch gesagt, Amelia, wir hätten nicht hierherkommen sollen. Was für ein Hotel ist das eigentlich, das Kriminellen wie Kalenischeff Unterschlupf bietet? Ich beabsichtige fast, dieses Etablissement umgehend zu verlassen. Baehler! Herr Baehler!«

Es heißt, daß ein guter Hotelier einen sechsten Sinn für drohenden Ärger besitzt. Böswillige Naturen behaupten ebenfalls, daß Baehler bei Emerson mit Ärger rechnet und davor ständig auf der Hut ist. Wie auch immer, der Hotelmanager erschien quasi aus dem Nichts und bahnte sich seinen Weg zu unserem Tisch.

»Sie haben mich gerufen, Professor Emerson?« murmelte er.

»Warum flüstern Sie denn so?« fragte Emerson.

»Er versucht, dir mit gutem Beispiel voranzugehen, um dich davon zu überzeugen, deine Lautstärke etwas zu mäßigen«, sagte ich.

Baehler warf mir einen dankbaren Blick zu, Emerson hingegen funkelte mich wütend an. »Zum Teufel, wovon sprichst du eigentlich, Peabody? Ich werde nie laut. Ich würde gerne wissen, Herr Baehler, was Sie sich dabei gedacht haben, einen anerkannten Halunken wie diesen Kerl in Ihr Hotel zu lassen? Das ist unerhört!«

»Sprechen Sie von Prinz Kalenischeff?«

»Prinz? Ha!« entfuhr es Emerson. »Er hat weder ein Recht auf diesen Titel noch auf den eines Archäologen. Er ist ein Dieb und ein Schurke, ein Mitglied dieses Hehlerrings für Kunstschätze, den Mrs. Emerson und ich im letzten Jahr aufgedeckt haben ... «

»Bitte, Professor.« Baehler rang die Hände. »Die Leute starren schon zu uns herüber. Sie sind unüberhörbar.«

»Nun, man kann mich ruhig verstehen«, erklärte Emerson. »Die Funktion der Sprache, Baehler, besteht darin, verstanden zu werden.«

»Trotzdem hat Herr Baehler recht, Emerson«, warf ich ein. »Wir beide wissen zwar, daß der Mann schuldig ist, aber wir konnten das nicht beweisen. Wir können nicht erwarten, daß Herr Baehler ihn deshalb aus dem Hotel verweist. Was mich lediglich interessiert, ist der Name der bedauernswerten jungen Frau in seiner Begleitung. Sie erscheint mir noch sehr jung. Was denkt sich ihre Mutter dabei, ihr zu erlauben, mit einem solchen Mann allein in der Öffentlichkeit aufzutreten?«

Baehler zögerte. Seine glatte Stirn und sein angedeutetes Lächeln ließen darauf schließen, daß ihn das nicht sonderlich kümmerte. Andererseits war mir klar, daß es ihn dennoch drängte, sich einem verständnisvollen Menschen anzuvertrauen. Vorsichtig begann er: »Die Dame ist Waise. Vielleicht haben Sie schon von ihr gehört. Sie stammt genau wie Sie aus England – eine gewisse Miss Debenham. Die Ehrenwerte Miss Debenham, um genau zu sein. Baron Piccadilly war ihr Vater, und sie ist seine einzige Erbin.«

»Eine Universalerbin«, meinte ich vielsagend.

Emerson schnaubte. »Das erklärt Kalenischeffs Interesse an ihr. Nein, Baehler, wir kennen die junge Frau nicht. Wir geben uns nicht mit der hohlköpfigen Oberschicht ab. Ich will nichts mehr von dieser Miss Devonshire, oder wie immer sie auch heißt, hören. Mrs. Emerson hat auch kein weiteres Interesse. Mrs. Emerson hat keine Zeit für solche Leute.«

»Leise, Emerson. Mr. Baehler weiß, daß ich mich nie in anderer Leute Angelegenheiten einmische. Aber in diesem Fall fühle ich mich verpflichtet, da ich Kalenischeffs wahren Charakter kenne. Man sollte die junge Dame vor ihm warnen. Wenn ich irgendwie behilflich sein kann ...«

Baehler wartete nur auf die Gelegenheit, sich auszusprechen. »Ich gebe zu, Mrs. Emerson, daß die Situation – äh – unangenehm ist. Miss Debenham kam in Kairo ohne Begleitung an, hatte nicht einmal eine Zofe dabei. Bald schon lernte sie den Prinzen kennen, und ihr Verhalten entwickelt sich zu einem offenen Skandal. Sie sind nicht die erste, die mich darauf anspricht. Auch wenn es mir widerstrebt, ein Mitglied der englischen Oberschicht zu brüskieren, wird mir vielleicht nichts anderes übrigbleiben, als Miss Debenham zu drängen, mein Hotel zu verlassen.«

Auch ich senkte die Stimme. »Glauben Sie, daß sie ... daß die beiden ...«

Baehler beugte sich vor. »Ich bitte um Entschuldigung, Mrs. Emerson. Ich habe Sie nicht verstanden.«

»Das ist vielleicht auch besser.« Ich sah Ramses an, dessen ungerührter Eulenblick auf sein starkes Interesse an unserem Gespräch schließen ließ. Seit langem schon hatte ich die Hoffnung in bezug auf Ramses' Unkenntnis von Dingen, die einen Achtjährigen nichts angingen, aufgegeben. Doch ich wollte zumindest versuchen, den Schein zu wahren.

»Emerson«, sagte ich deshalb, »bring Ramses nach oben und wasch ihn.«

»Er hat keine Wäsche nötig«, meinte Emerson.

»Er hat immer eine Wäsche nötig. Du weißt, daß wir heute abend im Mena House essen, um den Vollmond über den Pyramiden zu bewundern. Ich möchte zeitig aufbrechen.«

»Oh, nun gut.« Emerson erhob sich. »Glaub ja nicht, ich wüßte nicht, was du vorhast, Peabody. Sei vorsichtig.«

Als die beiden gegangen waren, wandte ich mich erneut

Baehler zu. »Seien Sie ganz offen, mein Freund. Teilen Kalenischeff und Miss Debenham ein Zimmer? Sie können mich nicht schockieren.«

Ich hatte Herrn Baehler schockiert. »Mrs. Emerson, wie können Sie annehmen, ich würde so etwas in meinem Hotel dulden? Der Prinz bewohnt ein Zimmer, das ein gutes Stück von Miss Debenhams Suite entfernt liegt.«

Ich gönnte mir ein leicht ironisches Lächeln, das Baehler absichtlich ignorierte. »Wie dem auch sei, ich kann nicht ungerührt zusehen, wie einer meiner Landsleute ins Verderben rennt, insbesondere, wenn es sich dabei um ein Mitglied meines eigenen, unterdrückten Geschlechts handelt. Wir Frauen werden ständig von Männern übervorteilt – mein Gatte bildet allerdings eine Ausnahme – und haben deshalb eine moralische Verpflichtung, einander beizustehen. Ich werde mit Miss Debenham sprechen.«

Mr. Baehler schien sich einem Sinneswandel unterzogen zu haben. Das ist so typisch für Männer. Ständig fordern sie irgend etwas, und dann wollen sie es schließlich doch nicht. »Ich bin mir nicht sicher ...«, setzte er an.

»Aber ich.« Lächelnd stupste ich ihn mit meinem Sonnenschirm an. »Seien Sie unbesorgt, Herr Baehler. Ich werde diese heikle Angelegenheit mit äußerster Vorsicht angehen. Ich werde schlicht darauf hinweisen, daß Kalenischeff ein Schurke, ein Dieb und möglicherweise sogar ein Mörder ist. Ich nehme an, das wird Miss Debenham überzeugen.«

Baehlers Lippen zitterten. »Sie haben Ihren Entschluß gefaßt. Es gibt also nichts, womit ich Sie noch umstimmen könnte?«

»Absolut nichts«, versicherte ich ihm.

Kopfschüttelnd verschwand Baehler, und ich beendete meinen Tee, was nicht lange dauerte, da Ramses bereits alle belegten Brote vertilgt hatte.

Als ich in unsere Zimmer zurückkehrte, fest entschlossen,

Emerson bei der Auswahl seiner Abendgarderobe behilflich zu sein – ein aufgrund seiner tief verwurzelten Abneigung gegenüber dieser Bekleidungsform häufig überaus zäher Prozeß –, mußte ich zu meiner Verärgerung feststellen, daß er und Ramses verschwunden waren. Genau wie die Katze. Ich hatte keine Ahnung, wie sie mir entwischt waren; vermutlich hatten sie den Hinterausgang benutzt.

Bis zu ihrer Rückkehr verging mehr als eine Stunde. Emersons Mantel und sein Hemdkragen waren aufgeknöpft, und die an seine Schulter geschmiegte Katze Bastet knabberte lustlos an den wehenden Enden seiner Krawatte. Ramses' wilde Lockenpracht strotzte vor Schmutz; und seine Stiefel hinterließen grüne Abdrücke auf dem Boden.

»Ihr wart auf dem Färber- und Tuchmacherbasar«, entfuhr es mir. »Warum das denn, um Himmels willen?«

»Ramses interessierte sich für einen Fes«, erklärte Emerson und beugte sich vor, damit die Katze auf das Bett springen konnte.

»Und wo ist er?«

Ramses blickte sich im Raum um, als erwarte er, daß besagte Kopfbedeckung wie von unsichtbarer Kraft gelenkt plötzlich vor ihm auftauchte. »Er scheint verschwunden zu sein«, sagte er schließlich.

Mir fehlten die Worte. »Wasch dich«, sagte ich nur.

»Ja, Mama.«

Mit der Katze im Schlepptau verschwand Ramses in seinem Zimmer, das sich an unseres anschloß. Darauf folgten lautes Geplätscher und der unmelodische Singsang, der die Reinigungsbemühungen unseres Sohnes untermalt. Vor dem Hintergrund dieser Geräusche wandte ich mich an meinen Gatten.

»Nun, Emerson?«

»Nun ja, Peabody. Um es kurz zu machen, ich hatte nicht die Absicht, so lange in den *Souks* zu verweilen, aber du weißt doch, wie sich diese Feilschereien hinziehen – mit Kaffeetrinken, Erzählen und Höflichkeitsfloskeln ...« Während er sprach, zog er seinen Mantel, die Krawatte und das Hemd aus und zielte damit in Richtung des Bettes. Ich hob jedes der schließlich zu Boden fallenden Kleidungsstücke auf und hängte sie auf einen Bügel.

»Das weiß ich, und ich hatte eigentlich vor, den morgigen Tag genau damit zu verbringen.«

»Das brauchst du jetzt nicht mehr.« Emerson wandte sich dem Waschbecken zu. »Ich habe mich um alles gekümmert. Wir können gleich morgen früh nach Dahschur aufbrechen.«

»Morgen früh?«

Emerson spritzte sich Wasser ins Gesicht, spuckte und schüttelte sich wie ein riesiger Hund. »Ah, ist das erfrischend. Ist es denn nicht herrlich, wieder in die Wüste zurückzukehren, Peabody? Sand und Sterne, Ruhe und Frieden, keine dieser verfluchten Ablenkungen ...«

Ich war extrem verärgert, aber dennoch belustigt. Emerson ist so leicht durchschaubar wie ein Kind. Außerdem faszinierte mich seine interessante Rückenmuskulatur. Ich nahm ein Handtuch und half ihm beim Abtrocknen.

»Ich durchschaue dich, Emerson. Du möchtest mich von Kairo fortschaffen. Guter Plan. Natürlich teile ich deine Begeisterung für Sand und Sterne, Ruhe und so weiter. Aber es gibt noch eine ganze Reihe von Dingen, die ich vor unserer Abreise erledigen ...«

»Keineswegs, Peabody. Abdullah und unsere Männer haben den ganzen Sommer in Dahschur verbracht. Wie du dich sicherlich erinnerst, hatten wir entschieden, daß es nicht ratsam sei, das Grabungsgebiet unbeaufsichtigt zu lassen. Ich habe keinerlei Zweifel daran, daß sie inzwischen ein anständiges Haus für uns gefunden und mit den Sachen eingerichtet haben, die wir im letzten Frühjahr in Dronkeh zurückließen.«

»Was Abdullah unter einem anständigen Haus versteht, deckt sich bestimmt nicht mit meiner Vorstellung. Ich brauche ...«

»Alles, was du brauchst, kann besorgt werden, nachdem du

deine genauen Wünsche geäußert hast.« Die Worte kamen etwas schleppend, und es fehlte ihnen die Emerson ansonsten eigene, präzise Syntax. Den Gesichtsausdruck, mit dem er mich im Spiegel beobachtete, kannte ich nur zu gut.

»Muß ich mich rasieren, Peabody?« fragte er dann.

»Natürlich mußt du das, Emerson. Du hast einen starken Bartwuchs und ...«

Er wandte sich mir zu, umschlang mich mit seinen Armen und drückte mich mitsamt dem Handtuch an seine Brust. Seine Wange berührte die meine. »Muß ich mich rasieren, Peabody?« wiederholte er mit rauher Stimme.

»Emerson«, begann ich, kam allerdings aus Gründen, die jedem feinfühligen Leser einleuchten sollten, nicht weiter. Da mein normalerweise scharfer Verstand unter den geschilderten Umständen irgendwie getrübt wird, weiß ich nicht, wieviel Zeit verstrich, bis ich ein unangenehmes Prickeln in meiner Nackengegend verspürte. Ich befreite mich aus Emersons Umarmung, wandte mich um und bemerkte Ramses, der im Türrahmen stand. Er hielt die Katze in den Armen, und beide starrten uns unverhohlen an.

»Ramses«, rief ich leicht außer Atem. »Grinst du etwa?«

»Mein Gesichtsausdruck spiegelte ausdrückliche Billigung wider«, protestierte Ramses. »Es gefällt mir, dich und Papa bei derartigen Vorgehensweisen zu sehen. Ich kann zwar noch nicht erklären, warum das der Fall sein muß, aber ich vermute in diesem Zusammenhang Anzeichen auf tiefergehende Bedürfnisse ...«

»Ramses!« Emerson schnappte nach Luft. »Geh sofort auf dein Zimmer. Und schließe die Tür hinter dir.«

Ohne auch nur ein »Ja, Papa« von sich zu geben, verschwand Ramses sogleich. Doch die Stimmung war dahin. Mit einem verärgerten Räuspern griff Emerson nach seiner Rasierschale. »Wir müssen irgend etwas unternehmen, um einen Leibwächter für Ramses zu finden«, sagte er. »Oder, besser gesagt, einen Gefährten oder Begleiter ...«

»Der erste Begriff war absolut zutreffend«, erwiderte ich, während ich versuchte, mein zerzaustes Haar zu glätten. Ein vergeblicher Versuch, da sich die einzelnen Strähnen aufgrund der trockenen Hitze wie elektrisiert aufrichteten. Ich setzte mich vor den Toilettentisch, um über meine Abendgarderobe nachzudenken.

»Ich wollte einen Kammerdiener mitbringen«, fuhr ich fort. »Aber du warst dagegen.«

»Wir hätten den armen John wohl kaum von seiner jungen Braut wegreißen können«, sagte Emerson, eifrig darum bemüht, die Rasierseife zu Schaum aufzuschlagen. »Sobald wir in Dahschur sind, kann Selim diese Aufgabe genau wie in der letzten Saison übernehmen.«

»Selim war vollkommen nutzlos, Emerson. Ich habe das nicht erwähnt, weil ich die Gefühle des Burschen nicht verletzen wollte, aber er hat sich als unfähig erwiesen, Ramses von irgendwelchen Aktivitäten abzuhalten. Eigentlich war er eher Ramses' Komplize als sein Bewacher. Was er wirklich braucht, ist ein Privatlehrer«, fuhr ich fort. »Seine Bildung ist, gelinde gesagt, äußerst einseitig. Er kann ägyptische Hieroglyphen mit einer Leichtigkeit übersetzen, wie andere Kinder seines Alters die englische Sprache lesen können, aber er hat nicht die geringste Ahnung von anderen Wissenschaften, geschweige denn von der Geschichte seines ruhmreichen Vaterlandes.«

»Er kennt sich ganz gut mit der Zoologie aus, Peabody. Er sammelt doch ständig irgendwelche streunenden Viecher auf.«

»Physik, Astronomie ...«

Emerson schnaubte so inbrünstig, daß der ganze Spiegel mit Rasierschaumflocken übersät war. Er wischte ihn mit seinem Arm sauber. »Welchen Unterschied macht es schon, ob sich die Erde um die Sonne dreht oder umgekehrt? Eine vollkommen belanglose Information.«

»Es scheint mir, Emerson, als hätte ich diese Äußerung schon einmal irgendwo gehört.«

»Zweifellos. Das ist die Einstellung jedes vernünftigen Menschen. Mach dir keine Sorgen um Ramses' Bildung. Er kommt schon klar.«

Schweigend fuhr er sich mit der glänzenden Rasierklinge über seine Wange. Obgleich er mich nicht überzeugt hatte, verkniff ich mir aus Furcht vor der erhöhten Verletzungsgefahr jeden weiteren Kommentar. Als er den aufwendigen Vorgang beendet hatte, hielt ich es für angeraten, ein anderes Problem anzusprechen. »Also brechen wir morgen früh auf?«

»Wenn du damit einverstanden bist, meine Liebe.«

»Ich bin nicht ganz damit einverstanden. Es gibt da einige Dinge, die ich noch erledigen wollte ... «

Emerson wirbelte mit gezücktem Rasiermesser zu mir herum. »Wie beispielsweise das Einmischen in die Privatangelegenheiten von Miss Devonshire.«

»Debenham, Emerson. Die junge Dame heißt Debenham. Ich hatte mir vorgenommen, ein paar nette Worte mit ihr zu wechseln – ihr einen Rat zu geben, wie ihre Mutter es getan hätte, wenn sie noch lebte. Ich muß dann einfach schon heute abend eine Gelegenheit finden.«

»Zum Teufel damit«, sagte Emerson.

»Beeil dich, Emerson. Das Mena House wird überfüllt sein. Bei Mondlicht sind die Pyramiden die Attraktion schlechthin. Nein«, fuhr ich fort, während ich mein geflochtenes Haar zu einem ordentlichen Knoten feststeckte, »die von mir angesprochenen Dinge haben mit meinem Einkauf zu tun. Ich bin mir sicher, daß du nicht alles bekommen hast, was ich brauche.«

»Habe ich wohl. Ich habe sogar eine Ladung dieser verfluchten Medikamente gekauft, mit denen du ständig die Menschheit traktierst. Brechwurz, Rharbarber, Quecksilberchlorid, Zugpflaster ... «

»Abendmahlskelche hast du aber keine besorgt, nehme ich an?«

»Abendmahls ... Peabody, ich habe nichts dagegen, wenn du

dich als Ärztin betätigst, aber ich werde entschiedenen Protest einlegen, wenn du damit anfängst, die heiligen Sakramente auszuteilen. Das widerspricht nicht nur meinen Prinzipien – da ich solche Handlungen für den größten Hokuspokus halte –, es wird dich auch mit Sicherheit in allergrößte Schwierigkeiten mit der englischen Kirchenobrigkeit bringen.«

»Du beliebst zu scherzen, Emerson. Du weißt ganz genau, warum ich die Kelche haben möchte. Sie sollen diejenigen ersetzen, die der Meisterverbrecher im vorigen Jahr aus der Kirche von Dronkeh gestohlen hat. Der Kummer des armen Scheichs El Beled hat mich tief berührt; wir können ihm die Originale nicht wieder beschaffen, deshalb dachte ich, wir sollten ihm statt dessen andere mitbringen. Vermutlich hast du nicht einmal danach gesucht.«

»Antike koptische Reliquien sind selbst in den Basaren von Kairo schwer zu finden«, konterte Emerson. »Es ist ohnehin unsinnige Zeitverschwendung. Warum hast du ihm nicht einfach ein paar hübsche Zahnputzbecher aus der Stadt mitgebracht?«

Ich ignorierte diese beißende Bemerkung, die Emersons unorthodoxe religiöse Einstellung so treffend wiedergab. Als er allerdings nach seiner Hose griff, war ich versucht, mich aufzulehnen. »Nicht diese Hose, Emerson. Ich habe dir deine Abendgarderobe zurechtgelegt. Ein Tweedanzug ist ... «

»... die einzig angemessene Garderobe, um die Große Pyramide zu besteigen, Peabody. Du möchtest doch bestimmt nicht, daß ich meinen einzigen Abendanzug ruiniere, oder?«

»Die Pyramide besteigen? In der Dunkelheit?«

»Wie du weißt, haben wir Vollmond. Ich versichere dir, daß die Lichtverhältnisse ausreichend sind, und den Blick vom Gipfel der Cheopspyramide darf man sich einfach nicht entgehen lassen. Ich wollte den Aufstieg mit dir gemeinsam unternehmen, meine Liebe, aber wenn du statt dessen lieber in einer solchen Aufmachung ausgehst wie die junge Dame heute ...

Meiner Meinung nach ähnelte sie einer aufgeplusterten Taube, und ich hatte jeden Augenblick das Gefühl, sie könnte abheben.«

Ich akzeptierte die Logik seiner Argumentation und wählte deshalb etwas aus meiner Arbeitsgarderobe, einen geschmackvollen Zweiteiler mit dunkelroter Stoffhose und gestreifter Jacke und dazu passendem Sonnenschirm. Ich gehe selten ohne Sonnenschirm aus. Sie gehören zu den gemeinhin nützlichsten Gegenständen, die die Menschheit hervorgebracht hat, und mir war klar, daß ich froh sein würde, ihn an diesem Abend als Spazierstock einsetzen zu können, da das Gelände im Bereich der Pyramiden ziemlich uneben ist. Allerdings fühlte ich mich verpflichtet, Emersons Einschätzung von Miss Debenhams Kleid zu widersprechen.

»Wie alle Männer, Emerson, hast du kein Gespür für Stil. Ich gebe zu, daß das Kleid ein wenig übertrieben war, aber es war trotzdem hübsch. Ich muß Miss Debenham fragen ... «

Emerson unterbrach meinen Redefluß, indem er seine Lippen fest auf meinen Mund preßte und dann leise murmelte: »Du hast es gar nicht nötig, dich so herauszuputzen, Peabody. In meinen Augen bist du am anziehendsten, wenn du eine Arbeitshose und eine Hemdbluse dazu trägst, eine sonnenverbrannte Nase hast und sich dein Haar unter seinem Netz hervorkringelt. Nein, ich darf mich korrigieren. Du siehst noch anziehender aus, wenn du überhaupt nichts ... «

Ich legte ihm meine Hand auf den Mund, um ihn an der Vollendung des Satzes zu hindern, denn ich hatte erneut das Gefühl, daß Ramses sich ankündigte. Meine Vermutung wurde bestätigt, als ich die vertraute Stimme hörte: »Darf ich eintreten, Papa?«

»Ja, komm herein«, erwiderte ich und trat von Emerson zurück.

»Ich wollte dich fragen, Mama, was ich anziehen soll«, sagte Ramses.

»Ich dachte mir, du solltest deinen schwarzen Samtanzug tragen.«

Ramses' Gesichtsausdruck, der selten irgendeine Gefühlsregung preisgibt, verdunkelte sich sichtbar. Das Tragen des schwarzen Samtanzugs gehörte zu den wenigen Dingen, gegen die er sich auflehnte. Ich konnte mir nicht vorstellen, warum der Junge sich in dieser Hinsicht so widersetzte. Mit dem hübsch eingefaßten Kragen und dem Rüschenhemd war der Anzug genau die richtige Garderobe für einen Burschen seines Alters. (Obwohl ich zugeben muß, daß er dem dunkelhäutigen, schwarzgelockten Ramses sicherlich nicht so gut zu Gesicht stand wie einem typisch englischen Jungen.)

In diesem Fall sah ich mich gezwungen nachzugeben, da die Belastung, der der schwarze Samt während des Pyramidenaufstiegs ausgesetzt sein würde, sicherlich den Anzug ruiniert hätte. Ein nachdenklicher Ausdruck glitt über Ramses' Gesichtszüge, als ich diese Vermutung äußerte.

2

Das am Fuße des Gizeh-Plateaus gelegene Mena House war erst vor wenigen Jahren eröffnet worden, doch seine außergewöhnliche Lage hatte es zu einem der beliebtesten Hotels im Umkreis von Kairo gemacht. Von außen wirkte das Gebäude wie ein englisches Herrenhaus, während im Inneren jedoch der arabische Stil überwog. Das gedämpfte Licht, das den Speisesaal mit seiner hohen, gewölbten Decke dominierte, schuf eine geheimnisvolle und unwirkliche Atmosphäre. Die Besitzer, Mr. und Mrs. Locke, hatten eine ganze Reihe wundervoller antiker Wandteppiche gekauft, die sich geschmackvoll in den ansprechenden Rahmen einfügten.

Wir waren die einzigen Gäste, die nicht in Abendgarderobe erschienen waren, und während wir von Mr. Locke persönlich zu unserem Tisch geführt wurden, beobachteten uns mehrere Leute mißfällig. »Großer Gott, wie die Leute gaffen«, bemerkte Emerson. »Ich weiß gar nicht, was mit den guten, altmodischen Manieren geschehen ist. Man könnte meinen, wir hätten etwas Absonderliches an uns.«

»Sie und Mrs. Emerson sind sehr bekannt«, sagte Mr. Locke taktvoll. »Die Leute blicken immer auf Berühmtheiten.«

»Ha«, sagte Emerson. »Zweifellos haben Sie recht, Locke. Aber es ist trotzdem schlechtes Benehmen.«

Ich hatte gehofft, wir würden einige unserer Archäologenfreunde treffen, aber ich entdeckte keinen unserer Bekannten. Erst als ich die Speisekarte studierte, um ein Dessert für Ramses auszuwählen, vernahm ich eine zaghafte Stimme, die meinen

Namen murmelte. Ich sah auf und blickte in ein mir bekanntes, lächelndes Gesicht. Es war der junge Howard Carter, der dankbar meine Einladung annahm, sich zum Kaffee zu uns zu gesellen. Nachdem er Ramses zugenickt und Emerson mit größter Ehrerbietung begrüßt hatte, erklärte er uns, daß er dienstlich in Kairo zu tun und die Gelegenheit wahrgenommen hätte, nach Gizeh herauszufahren, um die Pyramiden im Mondlicht zu bewundern.

»Erzählen Sie das bitte nicht Professor Naville«, fügte er mit seinem liebenswerten Grinsen hinzu. »Man denkt nämlich, daß ich arbeite.«

»Sind Sie immer noch mit Naville in Theben?« fragte ich. »Ich dachte, die Grabungsarbeiten am Hatasu-Tempel wären längst abgeschlossen.«

»Die Grabungsarbeiten schon. Aber wir haben noch viel Arbeit mit der schriftlichen Aufzeichnung und der Restaurierung.«

»Das glaube ich gern«, sagte Emerson. »Immer, wenn Naville eine Ausgrabung beendet, brauchte man eigentlich übersinnliche Kräfte, um sein Chaos in Ordnung zu bringen.«

»Sie klingen wie mein alter Mentor Petrie«, sagte Carter lächelnd.

Aus dem verärgerten Gesichtsausdruck Emersons schloß ich, daß er die Fehde zwischen Naville und Petrie vergessen hatte. Emerson hatte sich in dem Dilemma befunden, sich entscheiden zu müssen, für welche Seite er Partei ergriff (da es seinem Naturell widersprach, neutral zu bleiben). Er teilte zwar einerseits Petries schlechte Meinung von Navilles beruflicher Qualifikation, haßte es jedoch, seinem ärgsten Rivalen zuzustimmen. Stirnrunzelnd schwieg er, als der junge Engländer munter weiterschwatzte: »Petrie ist ein hervorragender Lehrer, und ich werde ihm stets dankbar sein, aber er ist zu hart gegenüber Monsieur Naville. Dessen Vorgehensweise wirkt zwar gelegentlich etwas überstürzt ... «

Emerson konnte sich nicht mehr beherrschen. »Überstürzt!« brüllte er. »Ist es wahr, daß er den alten Stollen zugeschüttet hat? Nun, dann ist er ein verflu – äh – Versager, denn in dem Stollen befinden sich zweifellos Gräber, die er unter Tonnen von Gestein begraben hat.«

Mr. Carter hielt es für ratsam, das Thema zu wechseln, ein Entschluß, den ich nur von ganzem Herzen unterstützen konnte. »Meinen Glückwunsch, daß Sie den *Ferman* für Dahschur bekommen haben«, sagte er. »Das war das Gesprächsthema unter den Archäologen, als de Morgan Ihnen das Gebiet übertrug. Petrie spekulierte ununterbrochen, warum ausgerechnet Ihnen das gelungen ist. Er versuchte mehrmals, Dahschur zu bekommen, blieb aber leider erfolglos.«

Sorgfältig vermied ich es, Ramses anzuschauen. Emerson straffte sein Kinn und lächelte selbstgefällig. »Dazu bedurfte es lediglich etwas Taktgefühl, mein Junge. In mancher Hinsicht ist Petrie ein wirklich bewundernswerter Kerl, aber daran hapert es bei ihm. Ist er dieses Jahr wieder in Sakkara?«

»Quibell, sein Assistent, ist dort und kopiert Grabinschriften«, sagte Carter. Er lächelte mir zu. »Dieses Jahr gehören mehrere junge Damen zu seinem Mitarbeiterstab. Sie werden Ihre Lorbeeren mit einigen anderen Ihres bewundernswerten Geschlechts teilen müssen, Mrs. Emerson. Die Damen kommen schließlich noch ganz groß raus.«

»Bravo«, rief ich entzückt. »Oder, um genauer zu sein, Brava!«

»Exakt«, sagte Carter. »Petrie selbst hält sich in Karnak auf, wo die anderen später auf ihn stoßen werden. Ich sah ihn vor seinem Aufbruch und bin mir sicher, er ließe Ihnen seine Grüße ausrichten, wenn er geahnt hätte, daß mir das Vergnügen eines Zusammentreffens gewährt wäre.«

Diese Höflichkeitsfloskel lag so eindeutig daneben, daß sie nicht einmal ihren Überbringer überzeugte. Deshalb fuhr er rasch fort: »Und Mr. Cyrus Vandergelt – ist ein weiterer Nachbar von uns. Er spricht oft von Ihnen, Professor, und von Mrs. Emerson.«

»Ganz gewiß tut er das.« Emerson warf mir einen mißtrauischen Blick zu. Mr. Vandergelts rauhe, aber herzlich gemeinte, amerikanische Höflichkeit gegenüber dem anderen Geschlecht (dem ihm anderen Geschlecht, will ich damit sagen) hatte Emerson schon immer verärgert. Er meint, daß jeder Mann, der mir Komplimente macht, romantische Absichten verfolgt. Ich kann ihm diese Meinung nicht verwehren, die, das muß ich zugeben, auch ihre positiven Aspekte hat.

»Vielleicht sollten Sie sich einmal durch den Kopf gehen lassen, ob Sie nicht für Mr. Vandergelt arbeiten wollen, Howard«, schlug ich vor. »Er ist ein großzügiger Gönner.«

»Er hat mich bereits angesprochen«, gab Carter zu. »Aber ich weiß nicht, ob ich Lust hätte, für einen reichen Dilettanten zu arbeiten, so groß sein Interesse für die Ägyptologie auch sein mag. Diese Burschen wollen doch nur Schätze und verschollene Gräber finden.«

Carter lehnte unsere Einladung, mit uns gemeinsam die Pyramide zu besteigen, unter dem Vorwand ab, er habe noch zu arbeiten. Deshalb verabschiedeten wir uns und schlugen, nachdem wir die herrlichen Gärten des Mena House hinter uns gelassen hatten, den Pfad zu den Pyramiden ein.

Mir fehlen die Worte, wenn ich versuchen soll, die großartige Szenerie zu beschreiben. Der Vollmond schwebte wie eine riesige goldene Scheibe am Himmel – wie das getriebene Gold, das einst die Königinnen dieses sagenumwobenen Reiches geschmückt hatte. Sein Licht erfüllte die uns umgebende Landschaft, umhüllte die mächtigen Pyramiden mit einem silbrigen Schimmer und tauchte die rätselhaften Züge des Sphinx in ein merkwürdiges Zwielicht, so daß es den Anschein hatte, er lächle zynisch auf die bedeutungslosen Menschenmassen herab, die um seinen Sockel kletterten. Der Sand wirkte weiß wie frisch gefallener Schnee und wurde nur gelegentlich von dunklen Schatten getrübt, die auf zerstörte Grabstätten oder versunkene Schätze hindeuteten.

Leider wurde dieser großartige Anblick durch die Gegenwart der lärmenden Plage Mensch getrübt. Flackernde Fackeln und Touristenmassen befleckten die bleichen Flächen der Großen Pyramide, und die Nacht erbebte unter dem Stimmengewirr der Besucher, die in Anbetracht solcher Wunder vor Ehrfurcht hätten schweigen sollen. Die wortgewaltige Stimme eines Touristen übertönte die anderen: »He, Mabel, kuck mal hier!«

Mabels Antwort verhallte ungehört in der Nacht, doch aus der Nähe vernahm ich zorniges Gelächter. Eine Kutsche hatte sich genähert – es war derselbe offene Landauer, den ich zuvor beim Verlassen des Shepheard beobachtet hatte. Miss Debenham hatte sich umgezogen und trug nun Abendgarderobe aus weißer Seide. Ihre entblößten Schultern und ihr Dekolleté schimmerten im Mondlicht wie Elfenbein, und als sie sich ihrem Begleiter zuwandte, blitzten Diamanten in ihrem ebenholzschwarzen Haar auf. Kalenischeff war eine Studie in Schwarz und Weiß. Die Schärpe eines (vermutlich zweifelhaften) Ordens, die seine Brust zierte, entbehrte im Schein des Mondes jeglicher Farbe und wirkte wie eine dunkles Stigma.

Impulsiv wollte ich auf sie zulaufen, doch kaum hatte ich mich in Bewegung gesetzt, als Kalenischeff auch schon die Pferde antrieb und die Kutsche über den staubigen Weg in Richtung des Pyramidenplateaus weiterfuhr.

»Idioten«, sagte Emerson. »Es tut mir leid, daß wir hierhergekommen sind, Peabody. Ich hätte wissen müssen, daß jeder beschränkte Tourist in ganz Kairo sich heute abend hier aufhält. Sollen wir den Aufstieg wagen oder vielleicht doch lieber ins Hotel zurückkehren?«

»Wir können ruhig weitergehen, wo wir nun schon einmal hier sind«, erwiderte ich. »Ramses, du bleibst aber bei uns. Wag es ja nicht, auch nur einen Schritt von meiner Seite zu weichen!«

Die selbsternannten Führer, Antiquitätenhändler und Scharen von Bettlern liefen zu ihrer Höchstform auf. Sie stürzten sich auf uns, boten uns ihre Hilfe sowie zweifelhafte Skarabäen an. Der übliche Gehilfentroß für einen Touristen besteht aus drei Personen – zwei ziehen von oben und einer schiebt von unten. Ein seltsames und gleichermaßen unnötiges Verfahren, da nur wenige der stufenförmigen Steinquader überhaupt einen Meter hoch sind.

Die Attacke wurde schlagartig unterbrochen, als der von ihnen auserkorene Scheich Emerson erkannt hatte und ihn mit einem *Salam aleikum* begrüßte, das normalerweise Moslems gleicher Glaubensrichtung vorbehalten ist. Emerson erwiderte seinen Gruß, lehnte aber Scheich Abus Angebot ab, sich von dessen Männern zur Pyramide hochschleppen zu lassen. Er war sehr wohl in der Lage, mir – falls notwendig – seine stützende Hand zu reichen, doch wir nahmen zwei Männer, die Ramses die Stufen hochhoben, da seine kurzen Beine ein solches Vorgehen ratsam erscheinen ließen.

Nach einem angenehmen Sommer, den ich mit Faulenzen, Reiten, Gartenarbeit, Wandern und Radfahren zugebracht hatte, fehlte es mir etwas an Kondition, und ich war bisweilen froh um Emersons starke Hand. Obwohl es von unten so ausgesehen hatte, als wimmelte der Pfad von Menschenmassen, war er eigentlich nicht übervölkert. Wir passierten ein oder zwei weitere Gruppen, als diese auf ihrem Weg eine Pause einlegten. Von Zeit zu Zeit vernahm ich Ramses' Stimme, der ununterbrochen, wenn auch ziemlich außer Atem, mit seinen Führern diskutierte.

Die Pyramidenspitze war entfernt worden, so daß ihr Dach aus einem flachen, mehrere Quadratmeter großen Plateau bestand. Auf den überall verstreut liegenden Steinquadern hatten sich die erfolgreichen Kletterer in ihren unterschiedlichen

Erschöpfungszuständen niedergelassen. Instinktiv jedes Zusammentreffen vermeidend, strebten wir auf eine der Seitenflächen zu.

Ich hatte diese Pyramide noch niemals bei Nacht bestiegen. Die zu jeder Tageszeit spektakuläre Aussicht ist im Zauber des Mondlichts einfach phantastisch. Im Osten schimmerte der Nil wie ein dunkles Kristallband hinter den friedlichen Feldern, und die Schatten der Palmen zeichneten sich schwarz gegen den Himmel ab. Weit in der Ferne funkelten und glitzerten die unzähligen Lichter Kairos. Doch unser Blick wurde vom Süden angezogen, wo sich hinter dem schneeweißen Sandstreifen die Überreste der alten Grabstätten der einst so mächtigen Stadt Memphis befanden. Dort lag unser Schicksal für die kommende Saison – zwei winzige Punkte aus bleichem Gestein, welche die Pyramiden von Dahschur kennzeichneten.

Von meinen Gefühlen überwältigt war ich unfähig, mich in irgendeiner Form zu äußern, ein Zustand, der noch von einer gewissen Atemlosigkeit unterstrichen wurde – da mich Emerson fest umschlungen hielt. Eingehüllt in den Zauber der Nacht standen wir schweigend Arm in Arm.

Während wir die Aussicht bewunderten, verlor ich jegliches Zeitgefühl. Es können zehn Sekunden, aber auch zehn Minuten gewesen sein, bis ich in einem langen Seufzer ausatmete und mich Ramses zuwandte.

Doch Ramses war verschwunden.

Meine erste Reaktion bestand darin, an meinem Verstand zu zweifeln. Wenn es ums Verschwinden geht, übertrifft Ramses sich selbst, aber es war kaum möglich, daß er sich auf einem kleinen Plateau in 150 Meter Höhe einfach in Luft auflösen konnte. Emerson stellte seine Abwesenheit ebenso fest und war nicht fähig – oder, was wahrscheinlicher war, nicht gewillt – einen Schrei des Entsetzens zu unterdrücken.

»Peabody! Wo ist Ramses?«

»Er muß hier irgendwo sein«, setzte ich an.

»Ich dachte, du hättest auf ihn aufgepaßt. Oh, großer Gott!« Er warf den Kopf in den Nacken und brüllte aus vollem Halse: »Ramses! Ramses, wo bist du?«

Eine solch eindringliche Betonung dieses Namens verfehlt niemals ihre Wirkung, speziell in Ägypten, wo er unweigerlich den Gedanken an den Geist des berühmtesten der altägyptischen Pharaonen – und nicht etwa an einen kleinen, ungehorsamen englischen Jungen – heraufbeschwört. Eine der beleibteren Damen fiel geradewegs von dem Steinblock, auf dem sie gesessen hatte, und verschiedene andere Leute sprangen entsetzt und aufgebracht schreiend auf. Emerson rannte über das Plateau, suchte hinter Steinquadern und Damenröcken, womit er sich den wachsenden Unmut der Betroffenen zuzog.

Einer der Herren besaß die Freundlichkeit, mich anzusprechen und mir seine Hilfe anzubieten. Es war ein stämmiger, pausbäckiger Amerikaner mit schlohweißem Schnurrbart und ebensolchem Haar, was das prompte Lüften seines Hutes zum Vorschein brachte.

»Ich weiß zwar nicht genau, was Sie suchen, Madam«, sagte er höflich. »Aber wenn Ihnen Caleb T. Clausheimer irgendwie behilflich sein kann ... «

»Was ich suche, Sir, ist ein kleiner Junge.«

»Ein kleiner Junge namens Ramses? Donner und Doria, Madam, aber das ist ein merkwürdiger Name für einen Sprößling! Mir scheint, ich habe hier vor einer Weile einen Jungen gesehen ... «

Abwesend dankte ich ihm und eilte zu Emerson, der über den Rand der Plattform spähte. »Er ist hinuntergestürzt, Peabody. Verflucht! Verflucht! Das werde ich mir niemals verzeihen. Ich hätte ihn mit einem Strick an mich binden sollen, wie ich das normalerweise immer tue. Ich hätte ihn ... «

»Emerson, beruhige dich. Er kann nicht hinuntergestürzt

sein. Das ist keine flach abfallende Mauer. Wir hätten ihn von Stufe zu Stufe aufprallen hören, und selbst Ramses hätte während seines Sturzes geschrien. Nein, er ist hinuntergeklettert, und nur der Himmel weiß, warum. Ich hatte ihm ausdrücklich verboten, auch nur einen Schritt ...«

Emerson rannte zur nördlichen Begrenzung des Plateaus und starrte von dieser Seite hinunter. Sie war in tiefe Schatten gehüllt, doch Emersons Blick übertraf aufgrund väterlicher Besorgnis noch die Schärfe eines Adlers. »Da, Peabody – da, siehst du es? Ungefähr zwei Drittel des Pfades nach unten, auf der linken Seite. Sind das nicht Ramses' Führer? Und scheint nicht einer von ihnen merkwürdig bucklig?«

Ich erkannte nur die Umrisse der weißen Gewänder, wie sie die Ägypter trugen. Sie wirkten wie ein Streifen Mondlicht, das über das verwitterte Gestein glitt. Zweifellos befand sich dort eine Gruppe von Menschen – wieviele es waren, konnte ich allerdings nicht ausmachen –, und sie waren die einzigen Kletterer auf besagter Seite der Pyramide, da die anderen Besucher aus klar ersichtlichen Gründen den beleuchteten Aufstieg vorzogen.

»Ich kann nicht erkennen, wer das ist, Emerson, und ich könnte auch nicht sagen ...«

Doch meine Worte verklangen ungehört. Emerson hatte sich über den Rand geschwungen und stürzte sich wie ein Besessener durch das gewaltige Steinmassiv. Unverzüglich folgte ich ihm – allerdings gemessenener Schrittes.

Als ich schließlich den Boden erreicht hatte und knöcheltief im Sand versank, konnte ich Emerson nirgends entdecken. Mich tröstete die Tatsache, daß ich auch seinen Körper nirgendwo liegen sah. Also durfte ich annehmen, daß er unversehrt am Fuße der Pyramide angelangt war.

Der werte Leser hat möglicherweise den Eindruck, daß ich mehr um das Wohl meines Gatten als um das meines Sohnes und Erben besorgt war. Das war tatsächlich der Fall. Ich hatte es längst aufgegeben, mir um Ramses Sorgen zu machen, nicht etwa aufgrund mangelnder Zuneigung (meine Gefühle für diesen Jungen waren die einer jeden Mutter für ihren achtjährigen Sohn), sondern weil mein Ausmaß an Besorgnis in diesem Fall erschöpft war. Im Alter von fünf Jahren hatte Ramses bereits häufiger in der Klemme gesessen als manch einer in seinem ganzen Leben, und ich hatte mehr Energie auf dieses eine Kind verwendet als die meisten Mütter auf eine zwölfköpfige Familie. Zu mehr war ich einfach nicht bereit. Außerdem hatte ich – obgleich ich einen solch abwegigen Gedanken ausschließlich meinem intimen Tagebuch anvertraue – ein beinahe abergläubisches Vertrauen in Ramses' Fähigkeit entwickelt, nicht nur Katastrophen von ungeahnt entsetzlichem Ausmaß zu überleben, sondern diese sogar unverletzt und unbekümmert zu überstehen.

Da ich nicht wußte, welche Richtung Emerson eingeschlagen hatte, steuerte ich auf den nordöstlichen Winkel der Pyramide zu. Weit und breit war niemand zu sehen. Touristen und Führer zogen gleichermaßen die beleuchteten Gebiete vor. Ich hatte den Winkel schon fast erreicht, als ein schwacher, aber durchdringender Schrei die Nacht durchschnitt: »Ra-a-a-mses!«

»Verflucht«, dachte ich. »Er ist in die andere Richtung gegangen.« Doch statt umzukehren, setzte ich meinen Weg fort, da wir unweigerlich irgendwann aufeinandertreffen mußten, und bei dieser Vorgehensweise hätten wir die Pyramide einmal umrundet (wenn man diesen Begriff überhaupt auf eine Baustruktur anwenden kann, deren Grundriß ein exaktes Quadrat darstellt).

Die Pyramiden von Gizeh sind die einzig augenfälligen unter den altägyptischen Grabstätten, die das Hochplateau durchsetzen. Doch der Sand um mich herum war gekennzeichnet von den Spuren und Ruinen der darunterliegenden Bauwerke. Man mußte sorgfältig auf seine Schritte achten, da die Gefahr bestand, in eine offene Grabkammer zu fallen oder über einen umgestürzten Steinquader zu stolpern, und deshalb kam ich nur relativ langsam voran. Während ich in Gedanken abspulte, was ich Ramses alles sagen würde, wenn ich ihn schließlich fand, vernahm ich etwas, das nach einer Auseinandersetzung klang. Zunächst konnte ich nicht ausmachen, woher die dumpfen Schläge, das Stöhnen und die unterdrückten Schreie kamen, denn solche Geräusche sind in der klaren Wüstenluft über weite Entfernungen zu hören. Erst als ich mich umsah, nahm ich das verräterische Flattern weiter Gewänder wahr. Deren Träger schienen in eiligem Aufbruch begriffen und waren bald schon hinter einer der kleinen Nebenpyramiden – dem schmückenden Beiwerk der Großen Pyramide – verschwunden.

Mit gezücktem Sonnenschirm nahm ich die Verfolgung auf, obgleich ich befürchtete, daß kaum eine Chance bestand, die fliehenden Führer – wenn sie es denn waren – einzuholen. Und es war auch nicht hundertprozentig sicher, daß sich Ramses bei ihnen befand. Allerdings erschien mir die logischste Theorie, daß Ramses aus ihm allein bekannten Gründen die Männer dazu überredet hatte, ihn wieder an den Fuß der Pyramide zurückzubringen, wo er irgend etwas Abwegiges im Schilde führte. Ramses hatte immer Gründe für seine Handlungen, doch waren sie für rational denkende Menschen selten genau nachvollziehbar.

Mein häufiges Stolpern hinderte mich am Fortkommen, denn ich befand mich immer noch in der Dunkelheit und konnte die Umrisse der verstreuten Gegenstände nicht erkennen. Als ich mich nach einem dieser Stürze wieder aufrappelte, bot sich mir ein alarmierendes und zugleich erstaunliches Bild, das jedoch auch eine gewisse Beruhigung ausstrahlte. Die dort in einiger Entfernung stehende, weißgekleidete Gestalt wirkte geisterhaft in ihrer schaurigen Umgebung, doch mir war bewußt, daß es sich um einen der Führer handeln mußte. Fest an seine Brust gepreßt trug er eine kleine, dunkle Gestalt in den Armen. Die Gliedmaßen der letzteren befanden sich in aufgeregter

Bewegung, und meine Ohren vernahmen den unverwechselbaren Klang von Ramses' Stimme, der mit seinem üblichen, langatmigen Redefluß forderte, abgesetzt zu werden.

Mit einer augenblicklich einsetzenden geistigen Beweglichkeit, auf die ich sehr stolz bin, revidierte ich meine erste Theorie, warum Ramses meine Anordnungen nicht befolgt hatte. Es lag jetzt klar auf der Hand, daß er gegen seinen Willen festgehalten wurde. Vielleicht war das von Anfang an der Fall gewesen – obwohl ich mir nicht vorstellen konnte, wie die Führer Ramses ohne irgendeinen Kommentar von ihm selbst oder von den Touristen fortgelockt hatten. Doch diese Angelegenheit bedurfte einer späteren Überprüfung. Ramses' Befreiung hatte absolute Priorität, und dieser wollte ich mich widmen; deshalb sprang ich auf und preschte mit ungeahnter Schnelligkeit vor.

Der Mann, der Ramses festhielt, war bei meinem Auftauchen, wie ich feststellte, vor Entsetzen gelähmt. Er unternahm keine Anstalten zur Flucht. Unter Aufbietung aller Kräfte schlug ich ihm meinen Sonnenschirm auf den Kopf.

Der Entführer gab einen Schmerzensschrei von sich und faßte sich mit beiden Händen an den Kopf, wobei er Ramses losließ, der kopfüber in den Sand fiel. In der Erkenntnis, daß der Turban die von mir beabsichtigte Wirkung des Schlages abgemildert hatte, packte ich rasch den Knauf meines Schirms und rammte dem Kerl dessen Stahlspitze in die Rippen. Er taumelte zu Boden. Als ich unbeirrt vortrat, um mein Machwerk zu begutachten, legten sich zwei kleine Hände um meinen Knöchel und brachten mich aus dem Gleichgewicht. Allein durch die Unterstützung meines Sonnenschirms gelang es mir, einen Sturz zu verhindern.

Mit einem vorwurfsvollen Aufschrei wandte ich mich zu Ramses um. »Zum Teufel mit dir, Ramses, was tust du da eigentlich? Dieser Schurke hat dich entführt – zumindest hoffe ich das zu deiner eigenen Entlastung, denn solltest du freiwillig mit ihm gegangen sein, dann ...«

»Ich habe doch nur versucht, dich vor einer Handlung zu bewahren, die du mit Sicherheit bereuen würdest, Mama«, erwiderte Ramses. Er hielt inne, um einen Mundvoll Sand auszuspucken, und fuhr dann fort: »Dieser Mann war nicht mein Entführer, sondern mein Retter. Er hat mich aus der Hand der Personen befreit, die mich vom Gipfel der Pyramide wieder nach unten schleppten, und, ich darf hinzufügen, sich selbst erheblichen Gefahren ausgesetzt, denn meine Angreifer waren beide bewaffnet, einer mit einem langen Messer, das unter den Einheimischen als *Sikkineh* bekannt ist, und der andere ...«

»Ist ja schon gut. Hmmm. Bist du sicher, daß ... Nun, ich nehme an, daß du dich nicht irrst. Aber warum hast du dich dann gegen ihn zur Wehr gesetzt? Ich hätte nicht so vorschnell reagiert, wenn ich nicht um deine Sicherheit besorgt gewesen wäre, da es wirklich den Anschein hatte, daß du verzweifelt versuchtest, dich aus der Hand eines Häschers zu befreien.«

»Ich wollte nur, daß er mich absetzt«, erklärte Ramses.

»Ich verstehe. Nun, das ergibt einen Sinn.« Ich hielt inne, um mir den liegenden Mann noch genauer anzusehen. Aufgrund der Dunkelheit konnte ich seine Gesichtszüge nur schwach erkennen, aber meine Nase witterte einen merkwürdig süßen und benebelnden Geruch. Angewidert trat ich einen Schritt zurück. »Opium! Der Mann ist drogenabhängig!«

»Zu diesem Schluß könnte man zwangsläufig kommen«, meinte Ramses wohlüberlegt. »Ist er tot?«

»Sicherlich nicht.«

»Da bin ich aber froh«, bemerkte Ramses. »Das wäre keine gute Entschädigung für seine Hilfeleistung gegenüber mir. Und seine persönlichen Gewohnheiten gehen uns nichts an, insbesondere im Hinblick auf ...«

»Sei einen Augenblick still, Ramses. Ich höre die Schritte deines Vaters. Er geht verflucht energisch! Ruf ihn bitte, sonst wird er die Pyramide bis in alle Ewigkeit umkreisen.«

Ramses gehorchte. Emersons entfernte Rufe nach Ramses

kamen näher. Ramses antwortete ihm in derselben Lautstärke. Die beiden brüllten so lange, bis Emerson schließlich auftauchte und sich auf seinen Sohn stürzte. Ich hörte, wie Ramses' Atem bei der Umarmung seines Vaters mit einem lauten Zischen aus seinen Lungen entwich, und da ich wußte, daß Emerson für eine Weile zu keinem vernünftigen Gespräch fähig sein würde, wandte ich meine Aufmerksamkeit erneut Ramses' vermeintlichem Retter zu.

Als ich mich über ihn beugte, drang mir wieder der betäubende Opiumgeruch in die Nase, doch ich bekämpfte meinen Ekel und griff nach seinem Turban, um das Ausmaß der Verletzung besser beurteilen zu können. Als ich meine Hand ausstreckte, warf der Mann schützend die Arme über sein Gesicht.

»*Matekhafsh, habib*«, sagte ich beruhigend. »Haben Sie keine Angst. Mein Schlag war lediglich ein Mißverständnis. Das Kind hat mir von Ihrer mutigen Tat berichtet.«

Zunächst zeigte er keine Reaktion. Dann vernahm ich durch den zerlumpten Stoff eine leise Stimme. »Lassen Sie mich in Ruhe, Sitt. Ich habe nichts getan. Und ich will nichts anderes, als daß man mich allein läßt.«

»*Wallahi-el azim*, beim Allmächtigen, ich will Ihnen nichts Böses. Ich möchte das doch nur wiedergutmachen. Kommen Sie etwas mehr ins Mondlicht, damit ich sehen kann, wie sehr sie verletzt sind.« Der Mann machte keinerlei Anstalten, und deshalb fuhr ich ungehalten fort: »Kommen Sie schon, bei uns sind Sie in Sicherheit. Das ist der große, berühmte Effendi Emerson, der Vater der Flüche, und ich bin seine Ehefrau, manchmal auch die Sitt Hakim genannt.«

»Ich kenne Sie, Sitt«, lautete seine Antwort.

»Warum zieren Sie sich dann so? Wenn Sie meinen Namen kennen, wissen Sie auch um dessen Bedeutung. Ich kenne mich in medizinischen Dingen gewissermaßen aus ...«

Wie nicht anders zu erwarten, hörte Emerson, der selten eine Gelegenheit ausläßt, meine ärztliche Qualifikation zu verhöhnen, diese Bemerkung. In diesem Fall verkniff er sich allerdings seinen üblichen zynischen Kommentar. Ramses hatte ihm offensichtlich die Situation geschildert, und seine Dankbarkeit setzte sich über jede Ironie hinweg. Er packte den liegenden Mann am Arm, zog ihn energisch hoch und schüttelte ihm die Hand. »Der Segen eines Vaters sei mit Ihnen«, hub er in sonorem Arabisch an, doch bevor er überhaupt weitersprechen konnte, verunsicherte ihn der Retter dadurch, daß er mit gesenktem Kopf vor ihm auf die Knie fiel.

»Sie müssen doch nicht vor mir knien, guter Mann«, sagte Emerson bewegt.

»Papa, ich glaube nicht, daß er dir damit seine Ehrerbietung ausdrücken will, sondern er ist in Ohnmacht gefallen«, sagte Ramses gelassen. »Wie ich dir bereits sagte, hatte einer der Männer ein Messer, dieser Typ mit dem Namen ...«

»Du meine Güte«, sagte Emerson leicht überrascht. »Ich glaube, du hast recht, Ramses. Ja, die klebrige Flüssigkeit an seinen Fingern scheint Blut zu sein.«

»Solange du ihn noch festhältst, Emerson, kannst du ihn auch etwas mehr ins Mondlicht rücken«, schlug ich vor.

»Hmmm, ja, ganz recht, meine Liebe«, sagte Emerson. Er umfaßte die Schultern des Mannes und zog ihn mit seinen kräftigen Armen über den Sand, bis sein Körper vom Licht des Mondes bestrahlt wurde.

Eine Gruppe neugieriger Zuschauer hatte sich um uns versammelt. Sobald sie erkannten, daß ihre Aufmerksamkeit lediglich einem zerlumpten Bettler galt, wandten sich die Nichtaraber unter ihnen angewidert ab. Die Ägypter erkannten Emerson und scharten sich sogleich um ihn, um mitzuerleben, was passieren würde, denn, wie einer von ihnen gegenüber einem Freund anmerkte: »Der Vater der Flüche ist ein großer Magier. Vielleicht erweckt er diesen Toten wieder zum Leben.«

Einige der Umstehenden trugen Fackeln und Laternen. Unter ihnen befand sich auch Scheich Abu, der voller Erleichterung zu Emerson eilte, um ihn zu beglückwünschen. »Dein Sohn ist gefunden worden. Danke Allah!«

»Ganz sicher«, erwiderte Emerson. »Aber nicht diesen Führern, die du uns überlassen hast. Sieh mich an, Abu ... «

»Eins nach dem anderen, Emerson«, unterbrach ich ihn. »Abu, halte bitte die Laterne etwas dichter über ihn. Und leih mir dein Messer.«

Im warmen gelben Lichtschein der Laterne zeichneten sich die dunklen Flecken auf dem Ärmel des Mannes ab. Ich nahm Abus Messer und durchtrennte den Stoff. Die Menge, die sehr stark an eine Ansammlung von Wäschesäcken erinnerte, die zufällig von einem Karren gefallen waren, kam verstohlen näher heran, und der bereits erwähnte Kommentator bemerkte: »Es ist die Sitt Hakim. Zweifellos wird sie den Arm des Mannes abschneiden«, worauf sein Begleiter aufgebracht erwiderte: »Lehn dich zurück, damit ich besser sehen kann.«

Die Schnittwunde des Mannes befand sich auf der Außenseite seines Arms und verlief vom Handgelenk bis zu seinem Ellbogen. Glücklicherweise waren keine Muskelstränge oder Venen verletzt, doch sie eiterte bereits, und ich verband sie, so gut es eben ging. Mein Patient lag ruhig und mit geschlossenen Augen, doch ich vermutete, daß er das Bewußtsein wiedererlangt hatte, und dieser Verdacht bestätigte sich, als er meine Hand bei einem erneuten Versuch, seinen Turban zu entfernen, wegschob.

Wieder versuchte ich ihn zu beruhigen: »Ich muß Ihren Kopf untersuchen, mein Freund, damit ich feststellen kann, ob Sie eine ... Verflucht«, fügte ich in englischer Sprache hinzu, »wie lautet die arabische Bezeichnung für Gehirnerschütterung?«

»Falls ein solcher Begriff existiert, ist er mir nicht geläufig«, sagte Ramses, der mit der gleichen geschmeidigen Anmut neben mir hockte, wie sie die Araber bei dieser seltsamen Haltung an den Tag legen. »Aber du brauchst dein Arabisch nicht unter Beweis zu stellen, Mama. Der Herr ist Engländer.«

»Höflichkeit ist eine Eigenschaft, die ich stets empfehle, Ramses«, sagte ich. »Aber der Begriff ›Herr‹ auf diesen zwar ehrbaren, aber irgendwie anrüchigen ... Was sagtest du gerade? Engländer?«

»Zweifellos«, sagte Ramses. »Das habe ich schon gestern gedacht, als er mit den Orangen jonglierte, die der Obsthändler fallen gelassen hatte. Gewisse unverwechselbare Gesichts- und Körpermerkmale weisen eindeutig auf ein Mitglied der keltischen Nachfahren hin, und sein struppiger Bart, der aufgrund mangelnder Pflege zwar dunkler geworden ist, hatte einen Rotschimmer. Solltest du irgendwelche Zweifel an meinen Anatomiekenntnissen oder der Genauigkeit meiner Beobachtungen haben, Mama, dann darf ich noch hinzufügen, daß ich mit Bestimmtheit weiß, wie ihm beim Angriff eines meiner Entführer der Ausdruck ›verflucht‹ über die Lippen kam.«

Dieser Ausdruck wurde ebenso bestimmt von selbigen Lippen wiederholt. Er schlug seine Augen auf, deren Iris ein strahlendes Blau spiegelte – nicht das dunkle Saphirblau von Emersons Augen, sondern der gleiche Ton, wie ihn häufig die Türkise in den altägyptischen Schmuckstücken haben.

Ich kauerte mich auf meine Fersen. »Unsinn«, sagte ich. »Hohe Wangenknochen und blaue Augen findet man auch bei den Berberstämmen im Norden. Eine faszinierende Menschenrasse, echte Söhne der Wüste. Es ist eine Schande, einen von ihnen in solch erbärmlichem Zustand vorzufinden ...«

»Aber es wäre doch eine noch viel größere Schande, ein Mitglied der hochstehenden britischen Rasse in einer solchen Verfassung anzutreffen, nicht wahr?« Diese Worte kamen in gewähltestem Englisch aus dem Munde des liegenden Mannes. Seine Lippen formten sich zu einem sardonischen Lächeln, und er fuhr fort: »Es tut mir leid, daß ich Sie enttäuschen muß, Madam. Ich danke Ihnen für Ihre Aufmerksamkeiten. Und ich bitte Sie, nun endlich wieder mein Seelenheil in der Gosse finden zu dürfen.«

Er versuchte aufzustehen, taumelte jedoch zurück. Ich nutzte seinen hilflosen Zustand, um ihm den schmutzigen Turban und die darunter befindliche braune *libdeh* (Kappe) vom Kopf zu reißen. Kein Wunder, daß er sich meinen Versuchen dermaßen widersetzt hatte! Ich hatte zwar Berber mit blauen oder grauen Augen kennengelernt, aber noch nie ein Exemplar mit so außergewöhnlich rotblondem Haar, wie es für die nördlichen Völker bezeichnend ist. Silberne Strähnen durchzogen das Blond. Doch als ich das sonnengegerbte Gesicht betrachtete, das (wie Ramses erwähnt hatte) zusätzlich von einer Schmutzschicht abgedunkelt wurde, erkannte ich, daß es sich um das eines jungen Mannes handelte. Welche entsetzliche Tragödie hatte ihn frühzeitig ergrauen lassen? Oder war es die Folge von Lasterhaftigkeit und Drogenmißbrauch?

Meine Überlegungen wurden von Emerson, der seine Diskussion mit Abu beendet hatte, brutal unterbrochen. Er schien sich bester Laune zu erfreuen. Das ist bei Emerson häufig der Fall, wenn er jemanden zurechtgestutzt hat.

»Also Ramses' Held ist Engländer? Eher ein Schotte, nehme ich an. Er würde sich für deine Fehleinschätzung bedanken, Ramses.« Er beugte sich über den jungen Mann. »Sie kehren besser mit uns zum Hotel zurück, mein Freund.«

Der Gentleman – denn aufgrund seiner gewählten Aussprache mußte er einer sein – starrte uns feindselig und abweisend an. »Wenn Sie sich für irgend etwas erkenntlich zeigen wollen, dann haben Sie die Güte, mich unbehelligt meiner Wege ziehen zu lassen.«

»Ich teile Ihren Wunsch nach Privatsphäre und Unabhängigkeit voll und ganz«, sagte Emerson. »Ich will mich nicht für irgend etwas erkenntlich zeigen, sondern möchte Ihnen eine Stelle anbieten.«

»Was?« Vor Erstaunen glätteten sich die Falten auf der Stirn des jungen Mannes, was seinem Gesicht einen so naiven Ausdruck verlieh, daß ich mir wünschte, ihm helfen zu können. Was er brauchte, war die unnachgiebige und dennoch zartfühlende

Fürsorge einer Frau, und das wollte ich gerade äußern, als mich Emerson mit solcher Kraft in die Rippen stieß, daß ich mein Gleichgewicht verlor – die Hockstellung ist eine für mich ohnehin nicht einfache Haltung – und langsam zur Seite kippte. Während ich mich bemühte, mich wieder aufrecht hinzusetzen, fuhr Emerson fort.

»Ich bin auf der Suche nach einer robusten und zuverlässigen Person, die auf meinen Sohn aufpaßt. Mein Name ist Emerson, und diese Dame ...«

»Ich weiß, wer Sie sind, Sir.«

»Dann wissen Sie vermutlich auch, daß Mrs. Emerson nicht nur meine Ehefrau, sondern auch beruflich meine Partnerin ist? (Steh endlich auf, Amelia, du siehst ziemlich unprofessionell aus, wenn du wie ein umgestürzter Käfer im Sand herumruderst.) Sie hat nicht die Zeit, Ramses die notwendige Aufmerksamkeit zu widmen ...«

»Ich würde sagen, daß der junge Herr Ramses eine gehörige Portion Aufmerksamkeit benötigt, wenn die Ereignisse des heutigen Abends für ihn typisch sind.« Ein schwaches Lächeln unterstrich diesen Kommentar.

»Die Ereignisse des heutigen Abends sind nicht ...« Emerson brach ab. »Äh – wie dem auch sei, morgen früh brechen wir nach Dahschur auf, um mit unseren Grabungsarbeiten zu beginnen. Sie würden uns einen großen Gefallen tun, wenn Sie die Stelle annähmen, für die Sie bereits Ihre herausragende Qualifikation bewiesen haben.«

Ich schätze, die Überraschung des jungen Mannes hinsichtlich dieses Angebots war kaum geringer als meine eigene. Seine Reaktion bestand aus einem spöttischen Grinsen. »Das kann nicht Ihr Ernst sein, Professor. Würden Sie Ihren Sohn einem Nichtsnutz, einem Bettler, einem Opium- und Haschischraucher anvertrauen?«

»Was das anbelangt«, begann ich, beendete meinen Satz jedoch nicht, da ich sah, wie Emersons Ellbogen zuckte.

»Solange Sie während Ihrer Pflichterfüllung nicht zu Drogen greifen, gehen mich Ihre sonstigen Gewohnheiten nichts an«, sagte Emerson.

»Nun... Warum nicht? Es wäre auf jeden Fall eine neue Erfahrung.«

»Dann lassen Sie uns gemeinsam zum Hotel zurückkehren«, meinte ich und erhob mich.

»Ich werde nicht mit Ihnen kommen«, sagte der junge Mann entschieden.

»Um Himmels willen, warum denn nicht?«

»Weil... weil ich es mir anders überlegt habe«, lautete die ausweichende Antwort.

»Sie können sich überlegen, ob Sie mit uns ins Shepheard kommen oder zum Teufel gehen«, konterte Emerson, der mit seiner Geduld am Ende war. »Verstehe ich Sie richtig, daß Sie mein Angebot ablehnen, Mr...«

»Nennen Sie mich Nemo.«

Emerson runzelte die Stirn. Bevor er etwas erwidern konnte, fuhr der junge Mann fort: »Ich lehne nicht ab. Aber ich habe noch einige persönliche Angelegenheiten zu regeln, bevor ich Kairo verlasse. Ich werde morgen im Hotel sein – um welche Uhrzeit?«

»Um sieben Uhr in der Frühe.«

»Um sieben«, wiederholte Nemo. »Bis dann, Professor.«

Meine hilfsbereit entgegengestreckte Hand ignorierend, erhob er sich und ging fort, ohne sich noch einmal umzudrehen.

Wir kehrten zu unserer wartenden Kutsche zurück. Mehrere weitere Kaleschen warteten ebenfalls, doch die von Kalenischeff konnte ich nicht erkennen. Als sich unser Fahrzeug in Bewegung gesetzt hatte, meinte Emerson: »Nun, Peabody?«

»Nun, Emerson?«

»Ich warte auf deinen Kommentar hinsichtlich unseres neuen Bediensteten. Es überrascht mich, daß du deine Meinung bislang noch nicht geäußert hast.«

»Also, um ehrlich zu sein, Emerson, halte ich das für eine hervorragende Idee. Wenn du mir nicht zuvorgekommen wärst, hätte ich es selbst vorgeschlagen.«

»Tatsächlich«, sagte Emerson.

»Wir haben eine Verpflichtung«, fuhr ich fort, »unglückseligen Kreaturen zu helfen, insbesondere, wenn es sich um unsere Landsleute handelt. Zweifellos hat dieser junge Mann eine niederschmetternde Enttäuschung erlebt – höchstwahrscheinlich in der Liebe –, was ihn in seinen gegenwärtigen, bedauernswürdigen Zustand versetzt hat. Ich hoffe, du wirst mich nicht für überheblich halten, wenn ich einflechte, daß sich mein Rat und meine Erfahrung in solchen Fällen schon häufig als vorteilhaft erwiesen haben.«

»Pah«, meinte Emerson. »Meine Motive sind beileibe nicht so altruistisch, Amelia. Ich möchte schlicht und einfach jemanden, der Ramses beaufsichtigt, während wir – während wir anderweitig beschäftigt sind. Ich bin mir sehr wohl darüber im klaren, daß es sinnlos ist, von dir zu verlangen, dich nicht in die Angelegenheiten des jungen Mannes einzumischen, aber ich bitte dich inständig, ihn nicht so zu verunsichern, daß er uns wieder verläßt. Das ist alles, was ich zu diesem Thema zu sagen habe, und du brauchst auch nicht zu argumentieren. Nun, Ramses, du bist ungewöhnlich still. Was hältst du davon?«

Ramses räusperte sich. »Danke, Papa. Ich habe darauf gewartet, daß man mich um meine Meinung bittet, denn schließlich bin ich der unmittelbar Betroffene. Abgesehen von der Tatsache, daß ich nicht das Gefühl habe, ein Kindermädchen, egal welchen Geschlechts, zu benötigen ...«

»Selbstverständlich brauchtest du heute abend jemanden«, merkte ich kritisch an. »Wie konntest du nur so unvernünftig sein, dich praktisch vor unserer Nase entführen zu lassen?«

Ramses wollte etwas erwidern. Emerson, der die Neigung seines Sohnes zu ausschweifenden Kommentaren ebenso kannte wie ich, antwortete statt dessen. »Wie ich aufgrund der Äußerungen von Ramses und Abu feststellen konnte, wurde die Sache recht geschickt eingefädelt. Es waren nicht die ursprünglich Ramses zugedachten Führer, die ihn wegschafften. Abu fragte diese Burschen, nachdem ich ihm berichtet hatte, daß er verschwunden war, und sie erzählten ihm, daß sie von einem amerikanischen Herrn weggeschickt worden seien, der sich ihnen als Mitglied unserer Gruppe vorgestellt hatte. Ein lukratives Bakschisch beseitigte auch noch ihre letzten Zweifel, wobei sie es ohnehin nicht gewagt hätten, den Befehl eines Effendi in Frage zu stellen.«

»Das ist allerdings eine erstaunliche Entwicklung, Emerson«, entfuhr es mir. »Ich hatte angenommen, daß es sich um einen einfachen, dreisten Versuch handelte, um Geld zu erpressen, oder möglicherweise um einen Trick Kalenischeffs, der uns außer Gefecht setzen wollte, während er seinen hinterhältigen Plan umsetzt, mit dem er gerade beschäftigt ist – worum auch immer es sich dabei handeln mag.«

»Beides eher unwahrscheinlich, Peabody. Kalenischeff weiß sehr wohl, daß er sich nicht mit *mir* anlegen darf.«

Seine Zähne knirschten bei dieser Äußerung, als hätte er soeben Kalenischeffs Genick zermalmt, und ich mußte zugeben, daß seine Argumentation überzeugend war.

»Wer hätte es denn dann gewesen sein können? Wer könnte es auf Ramses abgesehen haben, oder auf... Gütiger Himmel, Emerson!«

Emerson hob abwehrend seine Hand. »Bitte, Peabody. Sag es nicht.«

»Wer hätte es sonst gewesen sein können?« schrie ich. »Wer außer diesem kriminellen Genie, diesem Meisterverbrecher?«

Ich halte es nicht für sinnvoll, die sich daran anschließende Unterhaltung darzulegen. Emersons Äußerungen entbehrten jeder Logik, und er fiel mir dauernd ins Wort. Ramses machte keinerlei Anstalten, seine Meinung beizusteuern. Als wir vor dem Hotel vorfuhren, war Emerson immer noch wütend, und ich beendete die Diskussion, da es unfein gewesen wäre, sich in der Hotelhalle gegenseitig anzuschreien.

Der diensthabende Etagenkellner informierte uns, daß während unserer Abwesenheit einige Pakete abgegeben worden seien. Emerson nickte und warf dem Burschen ein Geldstück zu. »Das sind sicherlich die Sachen, die ich heute nachmittag bestellt habe«, sagte er. »Wenigstens etwas, was heute nicht schiefgelaufen ist.«

Die Pakete standen in einer Ecke. Mitten auf diesem Stapel thronte Bastet – aufrecht und aufmerksam, als hielte sie Wacht. Tatsächlich war sie uns in dieser Hinsicht nützlich, denn die Hotelbediensteten hatten einen Heidenrespekt vor ihr. Ihre Ähnlichkeit mit den jagenden Katzen auf den altägyptischen Grabmalereien und ihre fast hundegleiche Ergebenheit gegenüber ihrem jungen Herrn hatten die abergläubischen Burschen überzeugt, daß sie keine gewöhnliche Katze sein konnte.

Sie und Ramses begrüßten sich zärtlich, doch als er ihr die mitgebrachten Hühnchenteile anbot, lehnte sie höflich, aber entschieden ab.

»Seltsam«, sagte Ramses. »Sehr seltsam.«

Ich mußte ihm zustimmen. Normalerweise liebte die Katze Bastet Hühnchen über alles. »Kann mit dem Essen irgend etwas nicht stimmen?« fragte ich unbehaglich. »Vielleicht ist es vergiftet oder enthält ein Betäubungsmittel?«

»Wenn damit irgend etwas nicht gestimmt hätte, würden wir uns mittlerweile alle vor Schmerzen krümmen oder im Koma liegen«, schnaubte Emerson. »Für heute hatte ich genug Dramatik, mehr kann ich nicht ertragen. Ramses, geh zu Bett. Amelia ... «

»Ja, Ramses sollte sich umgehend zur Ruhe begeben, da wir zeitig aufbrechen müssen. In Anbetracht des Zwischenfalls am heutigen Abend solltest du besser die Tür offenlassen, Ramses.«

Emerson warf mir einen zurechtweisenden Blick zu. »Meine liebe Peabody ... «, begann er.

»Ich sehe daran nichts Verwerfliches, Emerson.«

»Nun gut. Nach deinem Abenteuer wirst du heute nacht sicherlich tief und fest schlafen, Ramses. Solltest du aufwachen und irgend etwas hören – äh – egal was, nimm keine Notiz davon.«

»Egal was, Papa?«

»Ganz egal, mein Junge. Äh – Papa wird sich darum kümmern, was auch immer es sein mag.«

»Ja, Papa. Aber wenn ich dich oder Mama um Hilfe schreien höre ... «

Diese unschuldige Frage ließ Emerson wie einen Schuljungen erröten. Das erheiterte mich, und ich griff nicht ein. Denn wie es das Sprichwort so treffend wiedergibt, hatte er eine Grube gegraben, in die er selbst hineingefallen war, und es war sein Problem, wie er wieder herauskam.

»Papa wird es dir erklären«, sagte ich. »Ich muß kurz nach draußen. Ich habe noch eine dringende Angelegenheit zu erledigen.«

Die Zornesröte auf Emersons gebräunten Wangen nahm noch zu, da jetzt Mißtrauen in ihm aufkeimte. »Was für eine Angelegenheit?« wollte er wissen.

»Ich bin rasch zurück.«

»Peabody, ich verbiete dir ausdrücklich ... « Mein warnender Gesichtsausdruck wies Emerson auf seinen verfehlten Umgangston hin. »Ich bitte dich darum, dich nicht in Angelegenheiten einzumischen, die dich nichts angehen. Du kannst nicht mitten in der Nacht Leute aufwecken, um sie über ihre persönlichen Probleme aufzuklären.«

»Ich hatte vor, morgen früh mit Miss Debenham zu sprechen, Emerson. Deine Entscheidung, Kairo unverzüglich zu verlassen – zugegebenermaßen ohne die Höflichkeit zu besitzen, mich daran zu beteiligen –, zwingt mich zu dieser Vorgehensweise.«

Noch ehe er antworten konnte, war ich aus dem Zimmer geschlüpft.

Der diensthabende Saffragi vor Miss Debenhams Suite informierte mich, daß sie noch nicht zurückgekehrt sei, deshalb ging ich nach unten, um in der Halle oder auf der Terrasse nach ihr Ausschau zu halten. Es war beileibe nicht so spät, wie ich angenommen hatte. Unser Abend war nur so aufregend verlaufen, daß er mir länger erschienen war, als es tatsächlich der Fall war. Die Terrasse war mit Gästen bevölkert, die Erfrischungen zu sich nahmen und den Gauklern und Schlangenbeschwörern auf der Straße zuschauten. Miss Debenham befand sich allerdings nicht unter ihnen. Ich meinte, unter den Darbietenden einen schmutziggelben Schatten erspäht zu haben, doch als ich über die Balustrade blickte, konnte ich den zerlumpten Engländer nirgends entdecken. Vermutlich hatten mich meine Augen getäuscht. Gelbe Turbane sind zwar selten, aber dennoch nichts Ungewöhnliches.

Recht frustriert entschloß ich mich schließlich, mein Vorhaben aufzugeben. Es war nicht in Erfahrung zu bringen, wann das Paar zurückkehren würde oder ob sie überhaupt in jener Nacht ins Hotel zurückkehrten. Kalenischeff hatte mir im Verlauf der von mir bereits geschilderten, unangenehmen Auseinandersetzung zu verstehen gegeben, daß er einen Wohnsitz in Kairo habe. Vielleicht hatte er das Mädchen dorthin mitgenommen.

Dieser Gedanke bestärkte mich in meinem Entschluß, Miss Debenham vor den moralischen und seelischen Gefahren zu warnen, denen sie sich aussetzte. Ebenso entschlossen war ich, mit Kalenischeff ein Gespräch unter vier Augen zu führen. Die Ereignisse des Abends machten es zwingend erforderlich, daß ich soviel wie möglich über dieses geheimnisumwitterte Individuum erfuhr, in dessen Diensten Kalenischeff stand. Im Jahr zuvor hatte ich Ägypten in der festen Absicht verlassen, diesen Schurken seiner gerechten Strafe zu überstellen. Sein Versuch,

Ramses zu entführen, bewies zweifelsohne, daß er ebenso entschlossen war, sich an mir und meiner Familie zu rächen. Nun handelte es sich nicht mehr um eine Frage der Gerechtigkeit, sondern der Selbstverteidigung. Es war mir absolut unbegreiflich, warum Emerson das nicht wahrhaben wollte.

Ich schlenderte ins Schreibzimmer, wo ich zwei Briefe abfaßte. Der erste – an Kalenischeff – war kurz gehalten. Ich bat ihn lediglich um ein baldiges Gespräch und fügte noch hinzu, daß eine Ablehnung sinnlos sei, da ich entschlossen war, ihn zu sehen. Der Brief an Miss Debenham nahm längere Zeit in Anspruch, da ich mich vorstellen und ihr meine Gründe für ein Zusammentreffen erklären mußte. Ich schilderte ihr in knappen Worten den unheilvollen Lebenslauf Kalenischeffs, versicherte sie meiner (und Emersons) Unterstützung und beendete mein Schreiben mit dem eindringlichen und rührenden Appell, ihr Verhalten zu überdenken und auf ihrem unaufhaltsamen Weg in die Schmach und das Verderben innezuhalten.

Nachdem ich die Briefe einem Bediensteten ausgehändigt hatte, schlenderte ich mit dem befriedigenden Gefühl auf mein Zimmer, meine Pflicht erfüllt zu haben. Ich hatte mein möglichstes getan. Mehr war augenblicklich nicht machbar.

Emerson hatte die Nachtbeleuchtung brennen lassen. Das hatten wir uns zur Angewohnheit gemacht, weil wir so häufig von Einbrechern und Verfolgern gestört wurden. Er lag im Bett. Die merkwürdige Gleichmäßigkeit seiner Atemzüge deutete an, daß er zwar vorgab zu schlafen, allerdings noch wach war. Er bewegte sich nicht und sprach auch nicht mit mir, als ich mich zu ihm in das Doppelbett gesellte, daraus schloß ich, daß ich in Ungnade gefallen war. Auch gut, dachte ich. Ramses war ohnehin auf der Hut, wenn er auch nur das leiseste Geräusch aus unserem Zimmer hörte.

Wenn Miss Debenham ins Hotel zurückkehrte und meinen Brief las, würde sie zweifellos am Morgen mit mir sprechen wollen. Ich hatte sie über den Zeitpunkt unserer Abreise informiert.

Die Gelegenheit, sie zur Vernunft zu bringen, war nicht vertan, sie zögerte sich lediglich hinaus. Als sich die wohligen Flügel des Schlafs schließlich über mir ausbreiteten, versicherte ich mir zufrieden, daß ich am nächsten Morgen ein sinnvolles Gespräch führen würde.

Aber es sollte nicht sein. Bei Sonnenaufgang wurden wir von den Entsetzensschreien des Hotelpersonals aufgeweckt. Der Etagenkellner hatte die blutüberströmte Leiche Kalenischeffs auf Miss Debenhams Bett gefunden. Ein Dolchstoß hatte ihn mitten ins Herz getroffen. Miss Debenham war aus dem Hotel verschwunden.

3

Als wir den Zug nach Dahschur bestiegen, stand die Sonne bereits im Zenit. Emerson grollte wie ein Vulkan, der jeden Moment auszubrechen droht, obwohl ich ihm eindringlich erklärt hatte, daß er mich kaum für die verspätete Abreise verantwortlich machen konnte. Alle Gäste waren durch den Zwischenfall aufgehalten worden, und wir gehörten zu der Mehrheit, die von der Polizei befragt wurde.

»Du hättest dich ja nicht freiwillig zu einer Aussage bereit erklären müssen«, insistierte Emerson. »Die Gäste zu befragen war reine Zeitverschwendung, da der Mörder das Hotel zweifellos schon lange vor der Entdeckung der Leiche verlassen hat.«

»Wenn du damit auf Miss Debenham anspielst, Emerson, sie ist nicht die Mörderin. Ich hielt es für meine Pflicht, dem diensthabenden Polizeibeamten das mitzuteilen.«

»Sie ist verschwunden, Peabody. Wenn sie unschuldig ist, warum ist sie dann geflohen?«

»Emerson, wie kannst du nur so engstirnig sein? Sie ist nicht geflohen, sondern von dem- oder denselben Tätern entführt worden, die Kalenischeff umgebracht haben.«

Emerson brachte sich auf den abgewetzten Lederpolstern des Zugabteils in eine bequemere Sitzposition. Auf der rechten Seite kamen die Pyramiden ins Bild, doch Emerson hatte erstmals keinen Blick für archäologische Schönheiten. Er tut ständig so, als verabscheue er die kriminalistischen Episoden, die unsere Exkavationen häufiger kennzeichnen, doch meine weibliche Intuition sagt mir, daß er wie ein Spürhund darauf versessen ist. Das war unsere erste Gelegenheit, um über den Mord zu sprechen. Und am Glanz seiner Augen erkannte ich, daß ihn das Thema ebenso interessierte wie mich.

»Wenn deine Theorie stimmt, Peabody, bedeutet das, daß Kalenischeff bei dem Versuch ermordet wurde, seine Angebetete zu beschützen. Die Rolle des Helden hätte ich ihm nicht unbedingt zugetraut.«

»Es ist problematisch«, gab ich zu. »Kalenischeff war alles andere als ein Held.«

»Aber er hätte Mitwisser einer gegen die Dame gerichteten Verschwörung sein können«, sagte Ramses von seinem Fensterplatz neben Emerson aus. »Nehmen wir als Diskussionsgrundlage einmal an, das Ziel der Verschwörung hätte darin bestanden, ihr irgendwie Geld abzuknöpfen, und Kalenischeff hätte sich entschlossen, seine Verbündeten zu hintergehen, indem er die Dame heiratet, statt den Originalplan auszuführen. Auf diese Art hätte er die Kontrolle über ihren gesamten Besitz erzielt, anstatt sie ... «

»Ich war gerade dabei, diese Theorie zu durchleuchten, Ramses«, sagte ich streng. »Sieh einmal aus dem Fenster. Da ist die Stufenpyramide von Sakkara.«

»Das tue ich bereits«, meinte Ramses. »Die Katze Bastet scheint die ästhetischen Reize der Landschaft ebenfalls zu genießen, doch ich versichere dir, daß das nicht im geringsten meine Fähigkeit außer Kraft setzt, eine Diskussion mit euch zu ... «

»Miss Debenham muß gewaltsam entführt worden sein«, beharrte ich. »Keine anständig erzogene Engländerin würde weglaufen ... «

»Ihr ganzes Verhalten läßt darauf schließen, daß sie *nicht* anständig erzogen wurde«, sagte Emerson.

Ich ignorierte diese Bemerkung. »Sie hätte mit stolzem Blick und gestrafften Schultern dem Unvermeidlichen ins Auge gesehen. Und ich bin mir ganz sicher, Emerson, daß sie zu mir gekommen wäre. Sie hat meinen Brief erhalten. Man hat ihn geöffnet auf ihrem Toilettentisch gefunden.«

»Das Argument spricht gegen die Dame«, sagte Emerson hartnäckig. »Das beweist, daß sie sich heute nacht noch in ihrem Zimmer aufgehalten hat. Es zog sie an den Schauplatz des Verbrechens, Peabody, einen Schauplatz, von dem sie dann verschwand. Den Angaben der Polizei zufolge hat sie sich sogar umgezogen.«

»Aber sie wissen nicht, welche Kleidungsstücke aus ihrem Schrank fehlen. Vielleicht hat man sie sogar in ihrem Nachthemd fortgeschafft, Emerson. Wie entsetzlich!«

»Durch die Hotelflure, über die Treppe und dann auf die Straße?« Emerson lachte ungläubig. »Nein, Amelia. Nicht einmal unser herausragender Meister ... «

Er brach ab, preßte die Lippen aufeinander und runzelte die Stirn.

»Jetzt kommt es also ans Licht«, entfuhr es mir. »Ich wollte dich nicht ungerechtfertigt beschuldigen, Emerson, doch du zwingst mich zu schonungsloser Offenheit. Weil du absolut nicht bereit bist, der Wahrheit ins Auge zu sehen, hast du entschieden, die arme Miss Debenham für ein Verbrechen verantwortlich zu machen, das sie nicht begangen hat. Wie kannst du nach deinen eigenen Erfahrungen mit diesem Mann nur so eigensinnig sein ... «

»Ich warne dich, Peabody«, knurrte Emerson.

»Wer hat uns denn im letzten Jahr in Mazghunah angegriffen und bedroht? Wer hat die unfähigen Amateurgrabräuber Ägyptens zu einer großen professionellen Organisation vereinigt? Wer ist der Meister der Verkleidung, wie er es mit seinem Auftreten in der Rolle von Vater Girgis, dem Priester der Kirche von Mazghunah, bewiesen hat? Wer, Emerson?«

Emerson, der wutschnaubend durch die Nase atmete, antwortete nicht. »Der Meisterverbrecher«, krähte Ramses.

Emerson warf seinem Sohn einen zornigen Blick zu. Unbekümmert fuhr Ramses fort: »Ich teile deine Abneigung gegen diese spektakuläre und zweifelhafte Bezeichnung, Papa, aber ich sehe mich gezwungen, Mama zuzustimmen, daß einem kein weiterer, zutreffender Name einfällt. Wir haben guten Grund zu dem Verdacht, daß es sich Prinz Kalenischeff mit seinem Anführer verscherzt hatte. Sein Entschluß, Ägypten heimlich und überstürzt zu verlassen, deutet darauf hin. Und ich tendiere zu Mamas Theorie, daß diese geheimnisumwitterte Persönlichkeit der Drahtzieher hinter meiner gestrigen Entführung gewesen ist. Die kriminelle Psyche ist ein faszinierendes Studienobjekt. Es kann auch sein, daß besagte Person eine Abneigung gegen mich hegt, weil ich – selbstverständlich mit eurer Hilfe – seinen Versuch vereitelte, den Schatz von Dahschur zu stehlen.«

Emerson nahm die Schlüssigkeit dieser Aussage mit einem gedämpften »Zum Teufel damit« zur Kenntnis. Mehr sagte er nicht, denn ich kam ihm zuvor.

»Ramses hat recht, Emerson. Seine Führer behaupteten, sie wären von einem amerikanischen Herrn fortgeschickt worden. Heute Nacht waren sehr viele Touristen auf der Pyramide. Natürlich – natürlich, ich habe vermutlich selbst mit dem Mann gesprochen! Das konnte doch nur ein Verbündeter des Meisterverbrechers gewesen sein!«

»Warum nicht gleich der Meisterverbrecher in eigener Person?« Emerson versuchte es auf die sarkastische Tour, obgleich ihn meine unwiderlegbare Logik schon fast überzeugt hatte und Zweifel in seiner Stimme mitschwang.

»Weil der Meisterverbrecher am Fuß der Pyramide auf der Lauer lag! Und ich weiß, wer er ist. Wir dachten, er wäre Engländer ... «

»Hör auf, Amelia, das geht selbst für deine Verhältnisse zu weit«, brüllte Emerson. »Doch nicht etwa Ramses' Retter? Warum sollte er den Jungen entführen und ihn dann wieder befreien?«

»Vergiß nicht, daß Ramses durch mein Eingreifen gerettet wurde. Mein erster Eindruck, daß der Mann ihn fortschaffen wollte, war zweifellos richtig. Nachdem er mir nun einmal ausgeliefert war, versuchte er sich mit einer Überzeugungskraft aus der Sache herauszureden, die man von einem solch klugen Mann erwarten sollte. Und der Beweis, Emerson – der Beweis ist dadurch erbracht, daß er heute morgen nicht wie verabredet aufgetaucht ist.«

Nemos Fernbleiben war ein weiterer Grund für Emersons schlechte Laune. Er ist es gewohnt, daß man seine Anweisungen befolgt.

»Die Anwesenheit der Polizei hat ihn alarmiert, denke ich. Ein Mann mit seinem Vorleben ... «

»Mein lieber Emerson«, sagte ich überfreundlich, »eine solch hanebüchene Verallgemeinerung steht dir nicht zu Gesicht. Sämtliche Fakten führen zur gleichen Schlußfolgerung – nämlich zu meiner.«

Emerson reagierte nicht. Statt dessen räusperte sich Ramses und bemerkte: »Verzeih mir, Mama, wenn ich mich einmische, aber das ist nicht ganz korrekt. Mehrere Tatsachen widersprechen deiner Theorie, wovon eine, so fürchte ich, unwiderlegbar ist.«

Emerson sah seinen Sohn hoffnungsvoll an. »Und was ist das, mein Junge? Etwas, was du beobachtet hast, während du mit dem jungen Mann allein warst?«

»Nein, Papa, du und Mama habt es auch bemerkt. Ich denke dabei nicht an Mr. Nemos Kampf mit den Männern, die mich entführen wollten, der ohne weiteres auch hätte gestellt sein können – obgleich ich sagen muß, daß er mit einer Glaubwürdigkeit agierte, die nur wenige Schauspieler überbieten könnten –, denn ich kann mir mehrere Gründe vorstellen, warum der Meisterverbrecher eine so irreführende Veranstaltung inszeniert haben könnte, beispielsweise um ... «

»Ramses«, sagte ich.

»Ja, Mama. Die Tatsache, die deine ansonsten überzeugende Theorie zu Fall bringt, ist die, daß die Körperstatur meines Retters nicht die des Mannes war, den wir als Vater Girgis kennengelernt haben.«

»Er ist ein Meister der Verkleidung, Ramses«, sagte ich. »Der schwarze Bart war falsch, und er trug eine Perücke ... «

»Aber die dunklen Augen waren echt«, sagte Ramses. Wir hatten ausreichend Gelegenheit, uns deren Farbe einzuprägen, oder nicht? Die Augen des Engländers – oder, wie Papa meinte, des Schotten – sind blau.«

Das war ein empfindlicher Schlag. Ich holte zum Gegenschlag aus. »Die Möglichkeiten von Meisterverbrechern übersteigen häufig die Kenntnisse aus Lehre und Forschung. Eine Methode, die Augenfarbe zu verändern ... «

»... existiert, so fürchte ich, nur in der Vorstellungskraft«, sagte Ramses. »Ich habe mich mit diesen Dingen auseinandergesetzt, Mama, und ich weiß von keiner Methode, wie man eine Iris färben kann.«

Emerson fing an zu lachen. »Ein Treffer, Peabody – was für ein Volltreffer! Versuche nur ja, dich schleunigst aus der Affäre zu ziehen!«

Ich unterzog mich nicht der Mühe einer Antwort. Auch wenn ich zugeben mußte, mich in einem winzigen Punkt vielleicht geirrt zu haben, fand ich nicht, daß Ramses' Erklärung die Kernaussage berührt hatte. Die bedauernswürdige, junge englische Lady war unschuldig. Und falls der zerlumpte Engländer nicht der leibhaftige Meisterverbrecher war, dann gehörte er sicherlich zu dessen Stellvertretern. Ich war mir sicher, daß er in Ramses' Entführung verwickelt gewesen war und daß wir ihn nie wiedersehen würden.

Dahschur, das ungefähr auf halber Strecke zwischen Medrashein und Mazghunah liegt, besitzt keinen eigenen Bahnhof. Da wir unser umfangreiches Gepäck nicht auf Eseln von einem dieser beiden Orte transportieren lassen wollten, hatte Emerson darum gebeten, daß der Zug in der Nähe von Dahschur kurz anhielt. Ich muß gestehen, daß eine solche Vergünstigung sonst niemandem zuteil geworden wäre. Doch Emerson besitzt einen solch bemerkenswerten Ruf, und seine Überzeugungskraft, insbesondere seine Überredungskunst, ist so ausgeprägt, daß der Lokführer ihm seinen Wunsch erfüllte und die Beschwerden der anderen Reisenden von den Schaffnern geflissentlich überhört wurden.

Eine Gruppe unserer treuen Männer erwartete uns bereits. Sie harrten schon seit fünf Stunden aus, da wir sie nicht hatten informieren können, daß wir den früheren Zug verpaßt hatten. Sie waren weder aufgebracht noch besorgt wegen der Verspätung. Als wir sie erspähten, hockten sie friedlich in einer schattigen Ecke, rauchten und schwatzten. Das ägyptische Temperament nimmt Verzögerungen mit einem Schulterzucken und einem gemurmelten Hinweis auf den Willen Allahs zur Kenntnis. Dieses Verhalten läßt Europäer und Amerikaner (insbesondere letztere) ebenso verzweifeln wie die Tatsache, daß das am häufigsten verwendete Wort in der arabische Sprache *bokra* (morgen) lautet. Emerson behauptet, daß die ägyptische Einstellung wesentlich intelligenter ist als unsere ständige Hast und Eile, doch auch wenn er mit seiner Einschätzung recht behält, ist er selbst als erster verärgert, wenn seine Pläne durchkreuzt werden.

Als der Zug langsamer wurde, erhoben sich die kräftigen Burschen, und als einer von ihnen Emerson aus dem Abteil klettern sah, brach die ganze Gruppe in aufgeregte Willkommensschreie aus. Rai Abdullah, der schon viele Jahre lang als kompetenter Vormann für uns gearbeitet hatte, übertraf alle anderen an Körperstatur und Würde. Er nahm Emerson sogleich brüderlich in die Arme, wobei die üppigen Falten seines Gewandes wie ein plötzlicher Schneesturm um meinen

Gatten tosten. Emerson nahm diese Geste mit stoischer Gelassenheit hin und schickte die anderen Männer fort, um unser Gepäck abzuladen.

Ich erwiderte Abdullahs respektvolle und herzliche Begrüßung recht zerstreut, da zu meiner überaus großen Überraschung plötzlich der Mann namens Nemo auftauchte.

Es machte nicht den Anschein, als wolle er seine Anwesenheit geheimhalten. Mit vor der Brust verschränkten Armen stand er in seinem zerlumpten Gewand etwas abseits von den anderen Männern. Da er keine Kopfbedeckung trug, leuchtete sein rotblondes Haar in der Nachmittagssonne wie Feuer.

Abdullah folgte meinem Blick. »Ich hoffe, es war kein Irrtum, ihm zu erlauben hierzubleiben, Sitt. Er ist zwar wie der ärmste Bettler gekleidet, aber er sagte, daß Emerson ihn eingestellt habe, und als wir erkannten, daß er Engländer ist ...«

»Ja, ganz recht, Abdullah.« Also deshalb hatte der Bursche seinen Turban abgelegt. Unsere getreuen Männer hätten ihn sonst fortgejagt.

Nemo schlenderte auf mich zu. »Guten Morgen, Mrs. Emerson. Oder sollte ich besser einen guten Abend wünschen? Ich bin etwas aus der Übung, was Höflichkeitsfloskeln anbelangt.«

Der Bursche besaß doch die Dreistigkeit, sarkastisch zu sein. Seine gedehnte Stimme und der akzentuierte Tonfall, die höfliche Verneigung seines Kopfes (statt den Hut zu ziehen, den er nicht besaß) ließen auf eine hervorragende Erziehung schließen. Er hatte sich sogar rasiert. Ich muß zugeben, daß mich die vor mir stehende Erscheinung zu seinen Gunsten beeinflußt hätte, hätte ich nicht Anlaß zu dem Verdacht gehabt, daß er ein widerliches Doppelspiel trieb. Es war kein Wunder, daß ich ihn für einen Berber gehalten hatte. Seine hohen Wangenknochen und die Hakennase, die buschigen Brauen und die schmalen Lippen waren charakteristisch für diesen Volksstamm.

»Wie geht es Ihrem Arm?« fragte ich.

»Es wäre besser, wenn Sie das Thema nicht erwähnten.«

»Es ist notwendig, daß ich es erwähne, da ich sicherstellen muß, ob Sie die vor Ihnen liegenden Aufgaben auch bewerkstelligen können«, erklärte ich. »Auf meinen Exkursionen lasse ich es nicht zu, daß jemand ein Leiden erduldet, das ich erträglicher machen könnte. Das gilt auch für die Esel. Abdullah ... «

»Ja, Sitt«, sagte Abdullah resigniert. »Die Esel sind gewaschen worden.«

»Gut. Sie sehen, Mr. Nemo, daß ich Ihnen mit der gleichen Fürsorglichkeit begegne wie meinen Eseln – einem Tier, dem Sie in vieler Hinsicht ähnlich sind. Wenn Sie nicht bereit sind, das zu akzeptieren, können Sie verschwinden.«

Eine Gefühlsregung, die Heiterkeit oder Zorn hätte sein können, trat in die meerblauen Tiefen von Nemos Augen. Sie waren glasklar. Offensichtlich hatte er noch keine Drogen genommen.

»Also gut, Mrs. Emerson. Ich werde Ihnen beweisen, daß ich meine Pflicht erfüllen kann, und ich denke, ich fange sofort damit an. Der junge Herr Ramses wird in Kürze von diesem Schrankkoffer erschlagen, da er viel zu schwer für ihn ist.«

Mit diesen Worten verschwand Nemo. Sein schlendernder Schritt war trügerisch, denn eigentlich ging er recht schnell und erschien rechtzeitig genug auf der Bildfläche, um Ramses den Koffer abzunehmen, der diesen langsam in die Knie gehen ließ.

»Nun, Abdullah«, sagte ich. »Was denkst du darüber?«

Ich hatte größte Hochachtung vor Abdullah, den ich nun schon seit vielen Jahren kannte. Er war ein prächtiger Vertreter der männlichen Zunft, beinahe so groß wie Emerson. Und obwohl sein Haar sowie sein Bart schneeweiß waren, besaß er die Vitalität eines jungen Mannes. Er und seine Gehilfen waren von Emerson in den Methoden fachgemäßer Ausgrabung geschult worden, so daß viele von ihnen eine bessere Qualifikation besaßen als das Gros der europäischen Archäologen. Auch bei anderen Exkavatoren erfreuten sie sich großer

Nachfrage, doch ihre Loyalität gegenüber Emerson und – ich glaube, das sagen zu dürfen – mir war grenzenlos. Ich hätte Abdullah mein Leben anvertraut. Emerson vertraute ihm bei seinen Ausgrabungen, was einem gleichermaßen hohen Vertrauensbeweis entsprach. Abdullahs einzige Schwäche (abgesehen von einer Vielzahl von Ehefrauen) war allerdings sein unüberwindlicher und tief verwurzelter Aberglaube. Er hatte seinen Glauben an Geister und Dämonen nie aufgegeben, obwohl er bei unzähligen Gelegenheiten miterlebt hatte, wie wir scheinbar übernatürliche Kräfte entlarvten und sich hinter geheimnisvollen Machenschaften ganz gewöhnliche Menschen verbargen.

Abdullah rühmte sich auch wegen seiner unerschütterlichen Gelassenheit. Selbige Eigenschaft schien an jenem Tag besonders ausgeprägt zu sein. Seine schmalen, wohlgeformten Lippen bewegten sich kaum, als er steif erwiderte: »Darüber denken, ehrwürdige Sitt? Ich gestehe mir nicht zu, irgend etwas zu denken, solange du oder Emerson mich nicht dazu auffordert.«

Ich verstand den Grund für seinen Unmut. »Nicht weil wir mit deinem Sohn Selim unzufrieden waren, haben wir den Engländer als Bewacher für Ramses eingestellt«, versicherte ich ihm. »Wie alle deine Leute ist auch Selim viel zu wertvoll, um als Kindermädchen verschlissen zu werden. Außerdem war es ein Akt der Nächstenliebe, daß wir dem Engländer helfen wollten.«

Abdullahs ernster Gesichtsausdruck entspannte sich. »Ah, ich verstehe, Sitt. Nächstenliebe gefällt Allah, und dein großes Herz ist über alle Maßen bekannt. Aber, Sitt, wußtest du, daß der Mann Opium raucht?«

»Ich habe vor, ihm diese entsetzliche Sucht abzugewöhnen, Abdullah.«

Abdullah strich sich über seinen seidigen Bart. »Das ist aber nicht einfach. Doch wenn es irgend jemanden gibt, der einem

Mann irgend etwas abgewöhnen kann, dann bist du das, Sitt Hakim.«

»Danke, Abdullah. Wirst du es bitte Selim erklären, damit er nicht enttäuscht ist?«

»Enttäuscht«, wiederholte Abdullah gedankenverloren. »Nein, Sitt, ich glaube nicht, daß Selim enttäuscht sein wird.«

»Gut. Was ich mit meiner Frage eigentlich ausdrücken wollte, Abdullah, war, ob dir der Engländer irgendwie bekannt vorkommt. Denk genau darüber nach. Hast du ihn schon einmal gesehen?«

Abdullah hing weiterhin seinen Gedanken nach. »Nein, Sitt. Noch nie.«

Als ich die Geschehnisse der neueren Vergangenheit vor meinem geistigen Auge vorüberziehen ließ, fiel mir auf, daß Abdullah das Finale des Meisterverbrechers gar nicht miterlebt hatte, da ihm bereits im Frühstadium der Ereignisse ein Betäubungsmittel verabreicht worden war und er die ganze spannende Entwicklung verschlafen hatte. Allerdings hatte er den Meisterverbrecher mehrere Male in seiner Rolle als Vater Girgis erlebt.

»Bist du ganz sicher, Abdullah? Erinnerst du dich noch an den Priester in Dronkeh?«

»Ja, wie könnte ich den vergessen? Er ...« Abdullahs Mund blieb offenstehen. Er riß die Augen auf, bis das Weiß der Augäpfel um seine Pupillen schimmerte. Dann zuckten seine Schultern, und unterdrückte Geräusche entwichen seiner Kehle. Einen zufälligen Beobachter hätte diese Reaktion auf Erheiterung schließen lassen. Aber selbstverständlich wußte ich das besser.

Ich beeilte mich, ihn zu beruhigen. »Es gibt keinen Grund für irgendwelche Aufregung, Abdullah. Ich habe die Sache fest in der Hand. Ich bin froh, daß dein Verstand so scharf ist, daß du die Verkleidung des Schurken ...«

»Nein, Sitt, nein«, Abdullah hatte sich wieder in der Gewalt.

»Du irrst dich, Sitt. Ein leichter Hustenanfall ... Der Staub macht meinen Lungen ... Vielleicht habe ich mich verhört, oder mein alterndes Hirn hat nicht begriffen, was du meintest. Sagtest du, daß dieser Engländer die ... dieselbe Person ist wie ... dieser ... dieser ... «

»Ich sollte dir besser etwas Medizin für deinen Husten verabreichen«, bemerkte ich. »Du hast dich nicht verhört, Abdullah, und dein Gehirn funktioniert so gut wie eh und je. Besser als der Verstand einer gewissen Person, die es eigentlich genauer wissen sollte. Ich nenne keine Namen, Abdullah.«

»Nein, Sitt, selbstverständlich nicht. Aber, Sitt, das kann nicht sein. Das hier ist nicht derselbe Mann.«

»Der riesige schwarze Bart und das lange schwarze Haar waren falsch ... «

»Der Priester hatte dunkle Augen, Sitt. Dieser Mann hat blaue.«

Ich hätte es besser wissen und mich nicht auf Abdullah verlassen sollen. Schließlich war er auch nur ein Mann. »Ich habe jetzt nicht die Zeit für weitere Erklärungen«, sagte ich. »Beobachte den Burschen einfach, Abdullah. Es ist besser, wenn er bei uns ist und wir ihn im Auge behalten können, als daß er irgendwo in der Wüste herumlungert und Pläne gegen uns schmiedet. Aber traue ihm nicht.«

»Ich horche und gehorche«, sagte Abdullah mit zuckenden Lippen.

»Ich habe absolutes Vertrauen zu dir, Abdullah. Aber ich kann nicht noch länger herumstehen und schwatzen. Wir müssen uns auf den Weg machen.«

Die Esel waren bereits beladen, doch ich mußte noch jeden einzelnen der Männer begrüßen, sonst wären sie gekränkt gewesen. Es waren alles gute alte Freunde, und die meisten von ihnen waren Abdullahs Söhne (ich habe mich bereits an anderer Stelle über seine Tendenz zur Fortpflanzung ausgelassen). Selim war sein jüngster Sproß, ein fünfzehnjähriger Bursche von beinahe klassisch griechischer Schönheit. Ich gratulierte diesem zu seiner kürzlichen Eheschließung, denn das geboten die Regeln des Anstandes, auch wenn ich die entsetzliche Sitte der östlichen Völker verabscheue, Jungen und Mädchen in einem solch zarten Alter in den Stand der Ehe zu verbannen. Dann erklärte ich ihm, wie zuvor seinem Vater, warum wir einen anderen Bewacher für Ramses eingestellt hatten.

Selim versicherte mir, daß ihm das nichts ausmachte, und zugegebenermaßen verbarg er seine Enttäuschung wirklich gut. Er half mir beim Aufsitzen und ging neben mir her, als wir uns in Bewegung setzten, lachte und schwatzte fröhlich über unseren Diener John, der bei den Männern recht beliebt war, und freute sich über die Nachricht, daß dieser Freund in der Zwischenzeit ebenfalls geheiratet hatte.

Unsere kleine Karawane trottete über den Pfad in Richtung Westen. Die Flut war von den Feldern zurückgewichen, hatte das Land wie jedes Jahr mit einer dicken Schicht fruchtbaren Schlamms überschwemmt, und die frischen, grünen Setzlinge sprossen bereits aus der dunklen Erde. Unser Weg schlängelte sich an einem der Schutzwälle vorbei, die sich über den Feldern erhoben, und führte geradewegs in den Ort Menyat Dahschur, der am Rande des Ackerlandes an einem Punkt angesiedelt war, wo sich der fruchtbare Boden plötzlich in Wüstensand verwandelt.

Auf einem winzigen Esel reitend führte Emerson wie üblich unsere kleine Prozession an. Wenn er seine Beine ausgestreckt hätte und aufgestanden wäre, hätte der Esel bequem unter ihm durchschlüpfen können, doch Emerson vermittelt einem bei solchen Gelegenheiten das Gefühl, als säße er auf einem Streitroß und führte seine Truppen geradewegs in die Schlacht. Um nichts in der Welt hätte ich ihm dieses unschuldige Vergnügen streitig machen und ihn darauf hinweisen wollen, daß ein ein Meter achtzig großer Mann auf dem Rücken eines Esels einfach lächerlich wirkt.

Ramses ritt hinter ihm und war in ein angeregtes Gespräch mit Nemo vertieft, der den Eselritt abgelehnt hatte und nun mit langen Schritten, die es mit dem Getrappel der Tiere spielend aufnehmen konnten, neben dem Jungen herging. Ich fragte mich, worüber sie sprachen.

Meine Aufmerksamkeit galt allerdings nicht lange meinen unmittelbaren Begleitern, sondern wurde bald schon von dem großartigen Panorama vor mir abgelenkt. Die beiden Steinpyramiden von Dahschur erhoben sich vor dem Horizont. Die gleißende Mittagssonne wurde von dem weichen Sandstein reflektiert, und die Monumente schimmerten wie in Silber getaucht. Sie gehören zu den ältesten Begräbnisstätten Ägyptens und datieren sogar noch vor den mächtigen Pyramiden von Gizeh. Die höhere von den beiden wird an Größe nur noch von der Großen Pyramide übertroffen. Die Ausgrabungen Monsieur de Morgans hatten den Beweis erbracht, daß sie König Snofru aus der vierten Dynastie hatte erbauen lassen. (Emerson und ich hatten das selbstverständlich längst vermutet.)

Der Name des Begründers der zweiten Steinpyramide war immer noch unbekannt. Das war eines der Geheimnisse, die wir in dieser Saison ans Licht bringen wollten. Aber nur eines ihrer Geheimnisse – denn diese zweite Steinpyramide weist im Gegensatz zu anderen Pyramiden eine Anzahl merkwürdiger Eigenheiten auf. Am seltsamsten ist ihre Form. Ein plötzlicher Wechsel in der Baustruktur, von einem Winkel von circa 45 Grad im unteren Teil zu einem abrupten Übergang von 42,59 Grad (falls mir mein Erinnerungsvermögen hier keinen Streich spielt) im oberen Teil, hat ihr den Namen ›Gebeugte‹ oder ›Stumpfe Pyramide‹ eingebracht. Warum diese Anomalie? Und was war der Grund für die merkwürdigen Winde, die gelegentlich durch die dunklen, muffigen inneren Gänge streiften?

Ich interessiere mich besonders für das Innere von Pyramiden. Die erschreckende Dunkelheit, die beklemmende Stille und das Flattern von Fledermausflügeln üben auf mich eine seltsame Anziehungskraft aus. Obwohl ich mir geschworen hatte, viele Stunden anregender Erkundung innerhalb der Stumpfen Pyramide zu verbringen und den Ursprung der unerklärlichen, periodisch auftretenden Winde herauszufinden, wußte ich, daß ich von Emerson nicht viel Unterstützung zu erwarten hatte. Er duldet meine Leidenschaft für Pyramiden, teilt sie jedoch nicht, und er belächelte die Theorie, daß es innerhalb der Stumpfen Pyramide geheime Öffnungen und Kammern gäbe, auch wenn ich diese geheimnisvollen Winde selbst schon gespürt hatte. »Fledermäuse, Peabody. Unzählige Fledermäuse, die mit ihren lederartigen Flügeln schlagen und deine Kerzen auslöschen. Ich will deiner Phantasie nicht vorgreifen, meine Liebe, da sie in der Tat zu einer deiner reizendsten Eigenschaften zählt. Aber ...«

Es ist reine Zeitverschwendung, mit Emerson zu diskutieren, wenn seine Meinung hinsichtlich ägyptologischer Vorgänge bereits feststeht. Aber insgeheim hoffte ich, daß er das Phänomen einmal selbst erlebte – und wenn ich ihn gewaltsam im Inneren der Pyramide festhalten mußte, bis es eintrat.

Sein Hauptinteresse galt in dieser Saison dem Begründer der Stumpfen Pyramide. Die Grabkammern der sechsten Dynastie sind mit Inschriften bedeckt, die auf ihre Erbauer hinweisen, aber, so merkwürdig es klingt, keine der früheren Grabstätten trägt auch nur eine einzige Inschrift. Die einzige Möglichkeit, sich den Namen des jeweiligen Königs zu erschließen, besteht darin, die damit verbundenen Baustrukturen – Tempel und Nebengräber, Befestigungswälle und Zugänge – zu untersuchen.

(Im Hinblick auf eine spätere Veröffentlichung habe ich bei der Durchsicht dieser Tagebücher zum besseren Verständnis der werten Leserschaft, die mein Fachwissen nicht teilt, einige Passagen eingefügt. Erbauung, nicht Unterhaltung, ist mein Ziel, wie es auch das Ziel jedes interessierten Lesers sein sollte. Ich habe nicht die Absicht, den unzähligen Verlagsangeboten nachzugeben, meine persönlichen Tagebücher bereits zu Lebzeiten zu veröffentlichen, aber meine hohe Achtung vor der Wissenschaft gebietet mir, daß die interessanten und nützlichen Hinweise auf diesen Seiten der Menschheit eines Tages enthüllt werden. Da ich meinen Erben die qualvolle Arbeit der Recherche ersparen möchte – und mir natürlich auch selbst gerecht werden will, was sonst niemand für mich tun kann –, habe ich einige wenige Veränderungen vorgenommen.)

Unser Weg führte uns am Dorf vorbei, dessen kleine Flachdachhäuser wir ebenso wie die Minarette der Moschee durch die Palmen und Tamarisken erspähen konnten. Ich fragte mich, welche Art von Unterkunft Abdullah diesmal für uns gefunden hatte. Meine Erwartungshaltung war gemäßigt. Als ich Emerson zum ersten Mal begegnete, hatte er seinen Hausstand in einer Grabstätte untergebracht, und meine Erfahrung hat mich gelehrt, daß die Vertreter des männlichen Geschlechts nur sehr dürftige Ansprüche an Komfort und Sauberkeit stellen. Ich wünschte, wir hätten zu unserem Quartier aus der letzten Saison zurückkehren können. Das verlassene Kloster hatte sich, nachdem ich es meinen Anforderungen entsprechend umgestaltet hatte, als angenehmer und bequemer Wohnsitz erwiesen. Doch obwohl Mazghunah nur wenige Meilen südlich von uns lag, wäre es reine Zeitverschwendung gewesen, wenn wir mit unserem Gepäck Tag für Tag diese Strecke zurückgelegt hätten.

Auch wenn meine Erwartungen alles andere als hoch waren, war ich irgendwie deprimiert, als wir unser Ziel erreichten. Es befand sich an den westlichen Ausläufern des Dorfes und damit fast schon in der Wüste. Eine Schlammziegelmauer umschloß einen Hof aus gestampfter Erde. Die Anlage bestand aus mehreren Gebäuden, von denen einige kaum größer als Hütten oder Schuppen waren. Eines davon war ein Haus – großzügig formuliert. Es war aus ungebrannten Ziegeln gebaut, mit einer Schlammschicht verputzt und nur ein Stockwerk hoch. Das flache Dach, das aus verrottetem Stroh zu bestehen schien, befand sich in schlechtem Zustand. Man hatte wohl einige Versuche unternommen, um die bröckelnden Wände zu reparieren, und das erst vor kurzem, denn die Verputzstellen waren noch feucht.

Abdullah hatte sich aus dem Staub gemacht. Nachdem ich abgesessen hatte, fand ich ihn in ein Gespräch mit Emerson vertieft, und bis ich ihm auf die Schulter klopfte, tat er so, als sähe er mich nicht.

»Ah, Sitt, du bist es«, rief er, als hätte er erwartet, daß ich unterwegs verlorengegangen war. »Siehst du, es ist ein schönes Haus. Ich habe dafür gesorgt, daß alle Zimmer geputzt sind.«

Ich machte ihm keine Vorwürfe. Was seine Vorstellung anbelangte, hatte er sein Bestes getan. Emerson hätte es auch nicht besser machen können.

Allerdings war ich darauf vorbereitet gewesen. Ich rollte meine Hemdsärmel hoch – bildlich gesprochen – und schickte alle an die Arbeit. Wasser wurde aus einem Brunnen geholt, dessen Nähe, wie ich zugebe, ein Punkt zugunsten der Behausung war, und einige der Männer rührten noch mehr Putz an, während andere das Innere des Hauses mit Desinfektionsmittel ausstäubten. Das Haus hatte vier kleine Räume. Nach einem Blick auf die hohen, schmalen Fenster und die Böden aus gestampftem Lehm entschied ich, daß Emerson und ich auf dem Dach schlafen würden. Ich hatte festgestellt, daß die Decke aus verwitterten Strohmatten bestand. Sobald sie ersetzt waren, konnte das Flachdach als zusätzlicher Raum mit freiem Blick zum Himmel genutzt werden. Zwei der Zimmer teilte ich Ramses und Mr. Nemo zu. Letzterer stellte sein hochnäsiges Lächeln ein, als ich ihm einen Besen in die Hand drückte.

Gegen Abend war das Haus für eine menschliche Besiedlung geeignet. Ein kurzer Besuch auf dem Dorfmarkt lieferte uns die entsprechenden Matten für das Dach sowie andere wichtige Utensilien. Im Verlauf des Nachmittags hatten wir mit einem nie versiegenden Besucherstrom zu kämpfen, der uns »Geschenke« in Form von Nahrungsmitteln anbot – Eier, Milch, Brot, Hühner –, für die wir selbstverständlich bezahlen sollten. Gegen Abend sorgte ich dafür, daß die riesigen Holzgatter verschlossen wurden. Natürlich galten wir als Sehenswürdigkeiten unter den neugierigen Dorfbewohnern, aber wir konnten sie nicht ständig ein und aus gehen lassen, schon gar nicht, wenn wir vielleicht das Glück hatten, wertvolle Kunstschätze zu entdecken.

Dank unserer Lage am westlichen Rand des Dorfes hatten wir einen großartigen Blick auf die Pyramiden, die quasi vor unserer Haustür lagen, und als wir uns zum Abendessen niederließen, erstrahlten ihre Silhouetten vor einem der prachtvollen Sonnenuntergänge, für die diese Gegend berühmt ist. Wir speisten im Freien. Auch wenn der Geruch der Esel irgendwie durchdringend war, war er dem penetranten Gestank des Desinfektionsmittels im Inneren des Hauses allemal vorzuziehen.

Nemo hatte meiner Einladung, mit uns zusammen zu Abend zu essen, zugestimmt, was weniger daran lag, daß er unsere Gesellschaft besonders schätzte, sondern die anderen Männer hatten ihm vielmehr zu verstehen gegeben, daß sie keinen Wert auf die seine legten. Den angebotenen Stuhl lehnte er ab. Er hockte sich auf den Boden, klemmte sein schmutziges Gewand unter sich, aß mit den Fingern und wischte sich das Fett am Umhangstoff ab. Ich war mir sicher, daß er mich provozieren wollte und sich deshalb so verhielt, also sagte ich nichts dazu.

Die Unterhaltung verlief zunächst sehr schleppend. Emerson war in Gedanken mit der auf ihn zukommenden Arbeit beschäftigt, Nemo schien zur Einsilbigkeit entschlossen, und auch ich war etwas erschöpft. Ramses jedoch war nie zu müde zum Reden, und der Monolog zählte zu seiner bevorzugten Ausdrucksform. Als erstes brachte er uns auf den neuesten Stand hinsichtlich der Aktivitäten unserer Männer. Wir erfuhren alles über Selims Hochzeit und Abduls Scheidung und Yusufs Zwillinge und die dreiköpfige Ziege, die im Nachbardorf geboren worden war. (Derartige Wunder ereignen sich immer in einem

Nachbardorf und werden ausschließlich durch zuverlässige Quellen verbreitet, die aber niemand persönlich kennt.)

Vom Speziellen wechselte Ramses zum Allgemeinen über und wiederholte Abdullahs Bericht über den Sommer in Dahschur.

Obwohl ich Ramses im großen und ganzen nicht zum Reden ermutige, unterbrach ich ihn diesmal nicht, da ich aufgrund der Dringlichkeit der Hausarbeit diese Neuigkeiten nicht aus erster Hand erfahren hatte. Wir hatten damit gerechnet, daß es Schwierigkeiten in diesem Ausgrabungsgebiet geben könnte. Während der vergangenen Saison hatte eine Bande professioneller Diebe unter der Führung dieser bereits von mir erwähnten schrecklichen und rätselhaften Person versucht, die Grabstätten rund um die Pyramiden auszurauben. Wir hatten ihren heimtückischen Plan vereitelt, doch ich befürchtete, daß sie es während unserer Abwesenheit erneut versuchen würden und sich dann die Dorfamateure mit ihnen auseinandersetzten – falls man von irgendeinem ägyptischen Grabräuber überhaupt als Amateur sprechen kann. Die Fellachen verdingen sich seit Generationen damit – ihre Ursprünge reichen mit Sicherheit bis in die Zeit der Pharaonen zurück –, und viele unter ihnen sind geschickter im Aufspüren verschollener Gräber als manch ausgebildeter Archäologe. Bettelarm und nach Jahrhunderten türkischer Herrschaft ohne jeden Nationalstolz, sehen sie keinen Grund dafür, warum sie nicht vom Reichtum ihrer Vorfahren profitieren sollten.

Allerdings hatten laut Abdullah keine illegalen Ausgrabungen stattgefunden. Er und seine Söhne hatten das Gebiet abwechselnd bewacht und waren von ihrem Dorf südlich von Kairo ständig hin und her gereist.

Während Ramses ununterbrochen sprach, bemerkte ich, daß Nemo mit einem Interesse lauschte, wie es bei der Schilderung der persönlichen Belange unserer Männer nicht der Fall gewesen war. Ich unterbrach Ramses' Diskurs.

»Das Thema scheint Sie zu faszinieren, Mr. Nemo. Ist Ihnen der Grabraub in Ägypten noch nicht bekannt?«

»Man kann sich der Kenntnis kaum entziehen, wenn man einige Zeit in Ägypten lebt«, lautete die kühle Antwort. »In Kairo verkauft jeder Antiquitätenhändler solche Waren.«

»Waren Sie nie versucht, in diesen Handel einzusteigen?«

Nemo lächelte süffisant. »Graben ist mit Anstrengung verbunden, Mrs. Emerson. Ich lehne physische Anstrengung ab. Fälschungen, nun ... In der Shari a' Kamel gibt es einen Burschen, der Antiquitätenfälschungen herstellt, und ich habe eine ganze Reihe unechter Skarabäen an Touristen verkauft, die es nicht anders verdient haben.«

Das Wort »Skarabäus« rüttelte Emerson aus seiner Meditation auf. Statt aber erbost über dieses freimütige Geständnis zu sein, kicherte er. »Versuchen Sie das bloß nicht hier in der Gegend, Nemo. Mich würden Sie nicht hinters Licht führen.«

»Ich habe auch Besseres zu tun, Professor.«

»Das hoffe ich. Äh – wo wir gerade von der Gegend sprechen, ich denke, ich sollte einen kleinen Spaziergang machen und meine Erinnerung hinsichtlich – äh – dieser Gegend auffrischen. Hast du Lust, mich zu begleiten, Peabody?«

Aus mehreren Aspekten – nicht zuletzt aufgrund von Emersons bedeutsamem Lächeln – schien mir das verlockend. Bald würde das silberne Rund des Mondes tief über dem libyschen Hochland schweben, und wie es unser Nationaldichter Shakespeare so treffend formuliert, war »eine Nacht wie diese« wie geschaffen für romantische Stunden. Allerdings wußte ich, daß ich mir nicht allzuviel Hoffnung machen durfte. Ramses würde uns sicherlich begleiten wollen, und eine solche Bitte ließ sich kaum abschlagen, da es noch verhältnismäßig früh war. Doch wenn Ramses mit uns ging, dann ergab unser gemeinsamer Spaziergang keinen Sinn. (Falls der werte Leser mir folgen kann, was ihm oder ihr sicherlich gelingt, sofern er oder sie auch nur einen blassen Schimmer von romantischen Gefühlen besitzt.) Natürlich konnte ich meine Argumentation nicht offen darlegen, deshalb verschanzte ich mich hinter einer (recht glaubwürdigen) Ausrede.

»Wie kannst du so etwas vorschlagen, Emerson, wo doch noch so viel Arbeit vor uns liegt? Kisten müssen ausgepackt, deine Aufzeichnungen sortiert, mein Medizinschrank aufgefüllt werden ... «

»Zum Teufel damit«, fluchte Emerson. »Aber, nun gut, ich nehme nicht an, daß du mich dabei brauchst ... «

»Ich könnte dich sicher ... «

»Wenn das so ist, mache ich mich auf den Weg. Ramses?«

»Danke, Papa. Ich hatte gehofft, daß du die Einladung aussprechen würdest, und ich war in der Tat entschlossen, um Erlaubnis zu bitten, dich begleiten zu dürfen, falls du nicht selbst darauf gekommen ... «

»Ich bin selbst darauf gekommen«, fiel ihm Emerson ins Wort. »Dann komm.«

Nemo sprang auf. »Sie brauchen nicht mitzukommen«, sagte Emerson freundlich. »Ich kann auf Ramses aufpassen.«

»Ich würde sehr gern ... « fing Nemo an.

»Ich brauche Ihre Hilfe«, sagte ich.

»Aber Professor ... «

»Nein, nein, junger Mann, im Gegensatz zu Mrs. Emerson benötige ich Ihre Hilfe nicht. Erst die Arbeit, dann das Vergnügen, das kennen Sie doch, nicht wahr?«

Nemo sank brütend in seine Hockstellung zurück. Ich wartete, bis Emerson und Ramses gegangen waren, dann sagte ich nachdenklich: »Ich glaube, ich könnte einen Whiskey vertragen. Wollen Sie auch einen, Mr. Nemo?«

Nemo starrte mich an. »Wie bitte, Madam?«

»Sie finden die Flasche und Gläser auf dem Tisch im Salon. Wenn Sie die Güte besitzen würden, sie zu holen ... «

Er tat, wie ihm geheißen, und beobachtete mich neugierig

beim Füllen der Gläser. »Auf Ihre Majestät«, sagte ich und erhob mein Glas. »Gott schütze die Königin.«

»Hm, ganz recht«, sagte Mr. Nemo und tat es mir nach.

Der Appetit eines Opiumkonsumenten ist normalerweise gering. Er hatte sehr wenig gegessen, und der Alkohol wirkte rasch. Wie ich gehofft hatte, hatte das traditionelle und von jedem königstreuen Engländer geschätzte Ritual auch besänftigende Wirkung. Nemo setzte sich auf einen Stuhl, statt seine Hockstellung einzunehmen. »Das ist der erste Whiskey, den ich seit ... seit Monaten trinke«, murmelte er mehr zu sich selbst.

»Ich bin eine große Verfechterin der medizinischen Indikation guten Whiskeys«, erklärte ich. »Insbesondere bei der Behandlung von Erschöpfungszuständen und leichter Nervosität. Natürlich würde ich niemals den exzessiven Gebrauch befürworten, aber kein vernünftiger Mensch könnte irgend etwas gegen den zivilisierten und maßvollen Umgang haben. Im Vergleich dazu ist beispielsweise Opium ... «

Nemo schoß mit gesenktem Kopf nach vorn. »Ich wußte es«, murmelte er. »Bitte verschonen Sie mich mit Ihrer Lektion, Mrs. Emerson. Sie verschwenden Ihre und meine Zeit.«

»Wir müssen noch über Ihre Anstellungsbedingungen sprechen, Mr. Nemo. Sie können kaum von mir erwarten, daß ich Ihren Drogenkonsum während der Dienstzeit toleriere. Ramses zu beaufsichtigen verlangt jedes Quentchen Aufmerksamkeit und Energie, die ein Mann aufbringen kann.«

Das zerzauste Haupt des jungen Mannes sank noch tiefer. »Ich besitze keine dieser Eigenschaften.«

»Unsinn. Sie waren außerordentlich aufmerksam an jenem besagten Abend. Wenn es erforderlich wird, können Sie genügend Energie aufbringen. Ich verlange nicht von Ihnen, daß Sie Ihre abscheuliche Angewohnheit völlig aufgeben, Mr. Nemo, sondern erwarte lediglich, daß Sie die Finger davon lassen, während Sie für Ramses verantwortlich sind. Ist das zuviel verlangt?«

Nemo antwortete nicht, aber ich meinte, eine Anspannung in seiner Haltung zu erkennen. Einlenkend fuhr ich fort: »Ich gebe Ihnen einen freien Tag pro Woche. Das ist außerordentlich großzügig, aber Großzügigkeit gehört nun einmal zu meinen positiven Eigenschaften. Wenn es unbedingt sein muß, können Sie an diesem Tag in abgrundtiefe Besinnungslosigkeit verfallen, aber den Rest der Woche bleiben Sie wachsam. Es würde mich freuen, ein großzügig bemessenes Quantum Whiskey für Sie bereitzustellen, wann immer ...«

Ich brach ab, denn seine eingesunkenen Schultern zuckten unkontrolliert und unterdrücktes Schluchzen entwich seinen Lippen. Ich war auf eine Schwachstelle gestoßen. Ich hatte es geschafft, an seinen letzten Rest von Männlichkeit zu appellieren! Er war nicht so tief gesunken, wie ich befürchtet hatte. Es bestand noch eine Chance, ihn nicht nur von seiner widerwärtigen Gewohnheit, sondern auch von dem verabscheuungswürdigen Einfluß des Meisterverbrechers zu befreien. Welch ein Triumph!

Nemo hatte sich aufrecht hingesetzt und den Kopf gehoben. Die Strahlen der untergehenden Sonne glitten über sein Gesicht mit den tränenfeuchten Wangen. »Mrs. Emerson ...« Doch er war nicht Herr seiner Gefühle. Ihm versagte die Stimme, und aus seinen Lungen entwich ein Seufzer.

»Ich verstehe, Mr. Nemo. Sagen Sie jetzt nichts. Oder besser, sagen Sie einfach, daß Sie es versuchen wollen.«

Er nickte stumm.

»Möchten Sie noch einen Whiskey?« fragte ich und griff nach der Flasche.

Die freundliche Geste war zuviel für den jungen Mann. Mit einem unterdrückten Aufschrei sprang er auf und flüchtete sich ins Haus.

Ich genehmigte mir noch einen kleinen Whiskey. Ich meinte, ihn verdient zu haben. Das Gespräch war weitaus positiver verlaufen, als ich erwartet hatte. Bei meiner Einschätzung des jungen Mannes hatte ich vergessen, die altbekannten Tricks der Meisterverbrecher zu berücksichtigen. In den verwobenen Fäden ihrer entsetzlichen Netze verfangen sich reich und arm, schuldig und unschuldig. Im Falle des jungen Mr. Nemo hatte vielleicht ein relativ harmloser Zwischenfall zu dessen Erpreßbarkeit geführt und es dem M.V. (es sei mir erlaubt, diese praktischere Abkürzung für den Begriff Meister-Verbrecher zu verwenden) ermöglicht, ihn in seine Machenschaften einzubeziehen. Vielleicht hatte er (Mr. Nemo) sogar versucht, sich davon zu lösen und in die anständige Gesellschaft zurückzukehren.

In solch anregende Gedanken versunken sinnierte ich vor mich hin, bis plötzlich die Nacht über Ägypten hereinbrach und mattes Mondlicht in den Hof einfiel. Laternenschein und der Klang lachender Stimmen drangen aus der Hütte, in der sich unsere Männer häuslich niedergelassen hatten. Widerwillig erhob ich mich, um zu den von mir bereits erwähnten Pflichten zurückzukehren.

Der größere der beiden vorderen Räume sollte uns gleichzeitig als Salon und Arbeitszimmer dienen. Unsere Klappstühle sowie der kleine Ofen waren bereits aufgestellt worden, und einige orientalische Teppiche auf dem Boden verliehen dem Ganzen eine farbliche Note; trotzdem mußte immer noch ein halbes Dutzend Kisten ausgepackt werden. Ich begann damit, meine medizinischen Vorräte zu überprüfen, da sicher schon bei Tagesanbruch die ersten bemitleidenswerten Kranken an unsere Tür klopfen würden. Mediziner und Krankenhäuser waren außerhalb der großen Städte so gut wie unbekannt, und die Dorfbewohner glaubten in ihrer ganzen Naivität, daß alle Europäer Ärzte wären. Was mich anbelangte, so wurden ihre Hoffnungen wenigstens nicht völlig enttäuscht.

Ramses und Emerson kehrten schließlich zurück und wollten mir beide von dem Gebiet berichten. Ich mußte ihre Begeisterung bremsen, da es einfach keinen Sinn hatte, mich von ihnen ablenken zu lassen, und schickte Ramses zu Bett. Die Katze Bastet schien unschlüssig, ob sie ihn begleiten sollte, doch als Ramses sie von einem der Umzugskartons herunterhob, den sie gerade beschnüffelte, ließ sie sich widerstandslos von ihm forttragen.

»Wie ich sehe, Peabody, trinkst du schon wieder«, sagte Emerson und überprüfte den Inhalt meines Whiskeyglases. »Wie oft habe ich dich schon vor den Gefahren des Teufels Alkohol gewarnt?«

»Du beliebst zu scherzen, Emerson. Es war tatsächlich ein Experiment, und es hat hervorragend funktioniert. Mr. Nemo ist ein entlassener Armeeoffizier! Früher stand er in den Diensten ihrer Majestät ...«

»Bitte, Peabody, alles der Reihe nach. Wie hast du es angestellt? Ihn betrunken gemacht und dann ein Geständnis aus ihm herausgelockt?«

Ich erklärte ihm alles. Emerson erfreute sich allerbester Laune; er hörte mir sogar zu, ohne mir ins Wort zu fallen.

Schließlich sagte er: »Du hast aufgrund eines einzigen Trinkspruchs auf Mr. Nemos Militärlaufbahn geschlossen?«

»Nein, nein, das war nur ein weiterer Hinweis. Alles weist darauf hin, Emerson – die Haltung, das Benehmen, die Ausdrucksform des jungen Mannes.«

»Nun, vielleicht hast du recht, Peabody. Ich hatte selbst schon daran gedacht.«

»Ha«, entfuhr es mir.

Emerson grinste. »Ich weiß, ich weiß. Ich behaupte ständig, deinen Schlußfolgerungen zuvorgekommen zu sein – wie du das im umgekehrten Fall auch praktizierst, Peabody, gib es ruhig zu. Aber diesmal habe ich nicht versucht, dich reinzulegen. Es war einfach die naheliegendste Erklärung. Solche Fälle kommen leider recht häufig vor. Und wen wundert das! Nimm einen jungen unerfahrenen Mann, verbanne ihn in ein fremdes Land mit exotischen Versuchungen, rede ihm pausenlos seine Überlegenheit gegenüber unbedarfteren Völkern – und vor allem Frauen! – ein, schotte ihn von allem außer den Angehörigen seines eigenen Geschlechts und seiner gesellschaftlichen Klasse ab …«

So fuhr er eine Zeitlang fort. Ich ließ ihn – erst einmal – gewähren. Das Thema gehörte zu Emersons Hauptärgernissen. Er hatte Ramses nicht zur Schule geschickt, und in diesem Fall hatte ich ihm beipflichten müssen. Jedes Bildungssystem, das die Geschlechtertrennung propagiert und Frauen nicht die gleichen intellektuellen Möglichkeiten einräumt, ist ein kümmerliches System.

Schließlich beruhigte sich Emerson. Er gab sich einen Ruck und wischte sich über seine schwitzende Stirn. »Wie auch immer, Peabody, ich bin froh, daß du deine irrigen Ansichten über Meister … – äh – über Mr. Nemos kriminelle Zugehörigkeit aufgegeben hast.«

Ich verkniff mir ein Lächeln. Emerson genießt unsere kleinen Streitereien ebenso sehr wie ich. Sie sind, wenn ich einmal eine treffende Metapher einflechten darf, das Salz in der Suppe der Ehe. Allerdings hatte ich das Gefühl, daß er für einen einzigen Abend bereits genug Aufregung ertragen hatte, und ich wollte endlich fertig werden und zu Bett gehen.

Seine Gedanken drehten sich wohl um das gleiche Thema, denn einen Augenblick später sagte er: »Ich habe eine nette kleine Mulde in den Felsen entdeckt, Peabody. Mit einem Stück Segeltuch für ein Dach wäre sie eine ansprechende Schlafstätte.«

»Für wen denn, Emerson?«

Ich hatte ihm meinen Rücken zugewandt, doch ich vernahm das Knacken seines Stuhls und den elefantenartigen Gang, wenn er versucht, auf Zehenspitzen zu gehen. Seine Arme umfingen meine Taille. »Was meinst du, Peabody?«

Ich spürte seine warmen, feuchten Lippen an meiner Schläfe. So gern ich es gehabt hätte, wenn Emerson sein interessantes Vorhaben fortgesetzt hätte, ich zwang mich, standhaft zu bleiben. »Alles zu seiner Zeit, Emerson. Ich muß noch zwei Kisten auspacken.«

»Heb sie für morgen auf.«

»Sie enthalten möglicherweise Dinge, die wir morgen früh dringend benötigen. Ich habe den Teekessel noch nicht gefunden ... Hör auf, Emerson. Ich kann mich nicht konzentrieren, wenn du ... Oh, Emerson. Also, Emerson ...«

Eine Zeitlang herrschte Schweigen. Schließlich riß mich ein durchdringendes Geräusch, vergleichbar mit dem einer auf Holz schabenden Feile, aus meiner Versunkenheit. Emerson hörte es ebenfalls. Er löste sich aus unserer Umarmung, und ich versuchte ziemlich erfolglos, meine unordentliche Kleidung zu glätten, bevor ich mich der Tür zuwandte. Doch es war niemand da. Ich wußte trotzdem, daß Ramses uns belauscht hatte. Das Schnurren seiner Katzengefährtin hatte ihn verraten und ihn zum eiligen Rückzug gezwungen.

Es war zwecklos, der Sache – beziehungsweise Ramses' Neugier – auf den Grund zu gehen. Schweigend wandte ich mich erneut den Tätigkeiten zu, die ich aufgrund von Emersons Liebesbeweisen unterbrochen hatte. Wie es gelegentlich seine Art ist, ließ Emerson seine Verärgerung über die Störung nicht an dem Unhold, sondern an der nächstbesten Person – nämlich mir – aus.

»Du brauchst verflucht viel Zeit zum Auspacken«, brummte er.

»Wenn du geblieben wärst und mir deine Hilfe angeboten hättest, wäre ich längst fertig.«

»Warum hast du das denn nicht gesagt? Das ist wieder typisch für euch Frauen. Ihr erwartet immer, daß ein Mann eure Gedanken liest ...«

»Es wäre selbst dem Dümmsten aufgefallen ...«

»Und dann jammert und klagt ihr, wenn ...«

»Jammern, ach tatsächlich! Wann hast du mich jemals ...«

»Ich gebe zu, der Begriff ist unzutreffend. Kreischen wäre der passendere ...«

»Wie kannst du nur …«

»Wie kannst *du* nur …«

An diesem Punkt ging uns die Luft aus, und wir mußten innehalten, um Atem zu schöpfen. Dann sagte Emerson fröhlich: »Du hattest ganz recht, Peabody. An diese Kiste erinnere ich mich, denn sie enthält einen neuen Teekessel, den ich in den Souks gekauft habe. Mir war eingefallen, daß der Kessel vom Vorjahr ziemlich verbeult war, nachdem ich damit eine Kobra erschlagen hatte.«

»Wie klug von dir, daran zu denken, Emerson. Ich gebe zu, daß mir der Zwischenfall mit der Kobra völlig entfallen war. Was ist denn in der anderen Kiste?«

»Ich habe keine Ahnung. Vielleicht enthält sie ein paar Sachen, die Abdullah für uns aus Mazghunah mitgebracht hat.«

Er hatte sein Taschenmesser hervorgeholt und durchtrennte gerade die Schnüre um den Karton, der den Teekessel enthielt. Die Händler in den Basaren kannten nur zwei Verpackungsformen – entweder gar keine Kordel, so daß das Paket schon während des Transports auseinanderfiel, oder Unmengen dicker Schnüre, selbst wenn das Päckchen nur ein paar Meter weit befördert werden mußte. Die von mir gerade begutachtete Verpackung entsprach der zweiten Variante, und ich mußte mir deshalb Emersons Messer ausleihen.

Er packte den Kessel sowie mehrere Töpfe und Pfannen aus und drehte sich um, um sie auf den Tisch zu stellen.

»Emerson«, sagte ich. »Sieh dir das an.«

Augenblicklich war Emerson an meiner Seite. Er kennt jede Tonlage meiner Stimme, und in diesem Fall hatten die wenigen Worte meine plötzliche Erregung mit einschneidender Intensität wiedergegeben.

»Was ist das, Peabody?« Er blickte in die Kiste. Ich hatte die oberste Strohschicht entfernt. Die geschwungenen Wände des Gefäßes, das darin lag, glänzten matt im Schein der Laterne.

Emerson griff danach. Mit einem Aufschrei hielt ich seinen Arm und zog ihn fort. »Nein, Emerson! Sieh dich vor!«

»Warum zum Teufel, Peabody. Das ist doch nur ein alter Topf. Ein Topf aus ... « Er hielt den Atem an. »Silber?«

»Es ist nicht das Gefäß als solches, wovor ich Angst habe, sondern was vielleicht noch in dem Stroh verborgen sein könnte. Ein Skorpion, eine Schlange, eine giftige Spinne ... Wo sind deine Handschuhe – die dicken Arbeitshandschuhe?«

Es war wie ein Wunder, denn sie befanden sich wirklich dort, wo er sie vermutet hatte – in den Taschen seines Mantels. Als ich die Handschuhe überstreifen wollte, nahm er sie mir weg und zog sie selbst an. Ich befand mich unter Hochspannung, während er sämtliche Objekte aus der Kiste entfernte. Dann drehte er sie um und verteilte das Verpackungsmaterial auf dem Boden.

»Keine Spinnen und auch keine Schlangen«, bemerkte er, während er das Stroh mit seinem Stiefel auseinanderpflückte. »Offensichtlich verfügst du über Informationen, die mir nicht bekannt sind, Peabody. Würde es dir etwas ausmachen, mir zu erklären, warum du eine Lieferung giftiger Viecher erwartet hast und wie du in den Besitz dieser scheinbar antiken Gefäße ... antike Gefäße ... Nein. Nein! Ich kann es nicht fassen. Erklär mir nicht ... «

»Offensichtlich brauche ich dir gar nichts zu erklären«, erwiderte ich. Normalerweise toleriere ich Emersons kleine Temperamentsausbrüche, denn sie sind nichts weiter als eine Laune von ihm. Doch diese Situation war einfach zu ernst für seine Schau. Ehrfurcht und nicht etwa Furcht keimte in mir auf, als spürte ich die Gegenwart von etwas Größerem und Stärkerem, das mir überlegen war. »Das sind tatsächlich die Abendmahlskelche, die aus der Kirche der Sitt Miriam in Dronkeh entwendet wurden. Gestohlen von diesem Schurken, diesem Unhold, diesem entsetzlichen Meister des Bösen, diesem kriminellen Genie ... «

Ich wartete darauf, daß er seinen Widerspruch zu meiner Wortwahl kundtat, aber er war unfähig zu sprechen. Vollkommen aus der Fassung gebracht, starrte er mich mit weit aufgerissenen Augen an, und ich fuhr fort: »Und niemand anderem als – dem Meisterverbrecher!«

4

Emerson hatte die großartigen Abendmahlskelche noch nie gesehen, da er eine tief verwurzelte Abneigung gegen jegliche Form der Religionszugehörigkeit hegt und sich weigert, Kirchen, Moscheen oder Synagogen zu betreten. Von daher mußte er mir Glauben schenken, aber selbst wenn er an meiner Darlegung gezweifelt hätte, hätte ihm diese Schlußfolgerung einleuchten müssen. Die aus der Kirche von Dronkeh entwendeten Gefäße waren wertvolle, jahrhundertealte Kunstschätze. Es konnte nicht viele solcher Kelche geben, die einfach irgendwo herumstanden, wie Emerson es niedergeschlagen und unwirsch formulierte.

»Warum sie dann aber zurückgeben wollen?« fragte er. Dann hellte sich sein Gesichtsausdruck auf. »Warte – warte, Peabody, ich hab's. Der Dieb war nicht dein verfluchter Meisterverbrecher, sondern irgendein Amateur, der einer plötzlichen Versuchung erlag und hoffte, der Diebstahl würde dem Meisterverbrecher angehängt. Er hat es bereut und wollte sie zurückgeben.«

»Uns? Wenn das der Fall wäre, Emerson, hätte der reumütige Dieb die Kunstgegenstände doch der Kirche wieder ausgehändigt. Es ist eine Herausforderung unseres alten Feindes, Emerson. Etwas anderes kann es gar nicht sein.«

»Peabody, ich verabscheue deine Angewohnheit, dir aus einer Vielzahl von Theorien eine herauszupicken und mit aller Entschiedenheit darauf zu beharren, daß sie die einzig mögliche Lösung darstellt. Meine Erklärung ist genauso einleuchtend wie deine.«

Im Verlauf unserer weiteren Diskussion sah sich Emerson gezwungen zuzugeben, daß wir das Paket zusammen mit den anderen aus Kairo mitgebracht hatten. Die ordentliche Verpackung wäre unter den Gepäckstücken, die Abdullah aus Mazghunah hergeschafft hatte, direkt aufgefallen, denn dessen Verpackungskünste beschränkten sich darauf, alles in einen Sack zu werfen und diesen dann auf den Rücken eines Esels zu verfrachten.

Außerdem waren wir uns einig, daß es das Einfachste von der Welt gewesen wäre, den von Emerson im Basar bestellten Waren noch ein weiteres Paket hinzuzufügen. Einer der Hotelpagen hatte die Aufgabe, Lieferungen anzunehmen und sie in unser Zimmer zu befördern, und es gab keinen Grund, warum er sich eines der Pakete genauer hätte ansehen sollen.

»Wohl wahr«, sagte ich nachdenklich. »Und doch, Emerson, habe ich bei diesem Paket ein merkwürdiges Gefühl. Ich kann dir nicht erklären, warum das so ist, aber ich bin davon überzeugt, daß der Meisterverbrecher es selbst abgeliefert hat. Daß wir den ganzen Tag beobachtet wurden; daß unsere Abwesenheit vom Hotel registriert wurde; daß, wenn wir zugegen gewesen wären, wir einen Mann mit einem Paket gesehen hätten, der vorsichtig durch die Flure streifte, unser Zimmer betrat, das Paket zu den anderen stellte und innehielt, um unsere Verwirrung und unser Erstaunen weidlich auszukosten ... «

»Eine deiner Eingebungen, nehme ich an«, spottete Emerson halbherzig.

»Das hat mit Eingebung wenig zu tun. Was es ist, kann ich nicht sagen ... Ah, ich hab's!« Ich hob das verstreute Verpackungsmaterial auf und begutachtete es. Ja, da war es. Ich hatte es mir nicht eingebildet – ein Fleck von der Größe meiner Handfläche, der fettig oder schmierig wirkte. Ich roch daran. »Ich wußte es!« rief ich triumphierend. »Da, Emerson, riech selbst.«

Als ich ihm das Papier unter die Nase hielt, wich Emerson zurück. »Gütiger Himmel, Amelia ... «

»Riech daran. Genau da, wo der Fettfleck ist. Nun?«

»Also, es ist irgendein Tierfett«, brummte Emerson. »Hammel oder Huhn. Was ist daran so bemerkenswert? Diese Leute sind es nicht gewohnt, mit Messer und Gabel umzugehen, sie essen mit den Fingern und ...« Dann veränderte sich sein Gesichtsausdruck, und ich wußte, daß seine mir ebenbürtige Intelligenz die gleichen Schlüsse gezogen hatte. Mir war ebenfalls bewußt, daß er zu eigensinnig war, das zuzugeben.

»Hähnchenfett«, sagte ich. »Kein Wunder, daß Bastet das Fleisch verschmähte, das Ramses aus dem Mena House für sie mitgebracht hatte. Sie war bereits mit Hühnchen vollgestopft worden. Emerson, dieser Schurke – dieser bemerkenswerte, durchtriebene Verbrecher – hat unsere Katze verführt!«

Emerson diskutierte nicht über meine Schlußfolgerung. Er machte sich darüber lustig, ja, er verspottete sie sogar. Dabei blieb es, selbst als wir uns zum Schlafen zurückgezogen hatten. Unsere Matratzen waren nebeneinander auf das Dach gelegt worden. Die kühle Nachtluft, das sanfte Mondlicht, der herrliche, wenn auch unbeschreibliche Duft der Wüste – sogar der Geruch von Eselsmist, der aus dem Hof zu uns hochwehte – hätten eigentlich einen Gemütszustand starker ehelicher Zuneigung hervorrufen müssen. Und doch verhielt sich Emerson zum ersten Mal seit unserer Heirat vollkommen unangemessen. Er benahm sich beinahe lächerlich.

»Ich warte jeden Moment darauf, Ramses' Kopf hinter der Mauer hervorlugen zu sehen«, brummte er. »Ich kann mich nicht konzentrieren, Amelia. Morgen nacht werden wir zu dem Felsen umziehen. Ramses ist hier bei Nemo und den Männern vollkommen sicher.«

»So sehr ich es mir wünschen würde, an diesem von dir beschriebenen Fleckchen zu schlafen, halte ich es dennoch nicht für ratsam. Nicht nach dem Hinweis auf die üblen Machenschaften und die schrecklichen Kräfte des Meisterverbrechers, den wir gerade erhalten haben. Wir befinden uns kaum drei Tage in Ägypten, und er hat uns schon zweimal herausgefordert. Wir sind in Schwierigkeiten, Emerson, sehr großen sogar. War der Anschlag auf Ramses ernst gemeint, oder sollte er nur andeuten, wozu der Mann fähig ist? Ein Ergebnis dieses Abenteuers war, sofern du dich erinnern kannst, unsere Bekanntschaft mit Mr. Nemo.«

Während ich sprach, zog sich Emerson die Decke über den Kopf und schnarchte laut. Ich wußte, daß er mir immer noch aufmerksam zuhörte, allerdings war sein neben mir liegender Körper gefühllos wie ein Brett.

»War das vielleicht die Absicht des Meisterverbrechers?« fuhr ich nachdenklich fort. »Einen Komplizen bei uns einzuschleusen? Und die Rückgabe der Abendmahlskelche ist ein weiteres Rätsel. Warum sollte er seine Beute aufgeben? Ich sage dir, Emerson, die durchtriebenen Machenschaften dieses genialen Verbrechergehirns ...«

Mit einem Brüllen, dessen Klang durch die Stille der Nacht hallte, setzte Emerson sich auf. Als antwortete sie ihm, ertönte plötzlich der sonderbar heulende Schrei einer Hyäne, die durch die Wüste irrte.

»Pst, Emerson«, mahnte ich. »Du wirst das gesamte Dorf aufwecken – ganz zu schweigen von Ramses. Was zum Teufel ist mit dir los? Ich sprach von dem Meisterverbrecher ...«

»Das habe ich gehört.« Emerson senkte seine Stimme. Die Decke war verrutscht, so daß sie seinen Körper bis zur Taille bloßlegte und von meinem mehr enthüllte, als eigentlich schicklich war. Fasziniert betrachtete ich das Muskelspiel auf Emersons breitem Brustkorb, während er Atem schöpfte, und dachte gar nicht daran, die Decke wieder hochzuziehen. Emerson fuhr in scharfem Flüsterton fort: »Geniales Gehirn, hast du gesagt? Wie kannst du in einer solchen Nacht pausenlos von dieser ... dieser ... dieser Kreatur reden? Und dann noch in Begriffen ... Begriffen, die beinahe Hochachtung ausdrücken! Hölle und

Verdammnis, Amelia, du scheinst zu glauben, ich könnte nicht mit diesem Halunken fertig werden! Verflucht! Wenn du denkst, daß ich nicht Manns genug bin ...«

»Mein lieber Emerson ...«

»Sei still, Peabody. Falls du irgendwelche Zweifel an meiner Körperkraft hast, werde ich dich eines Besseren belehren.«

Und das tat er, mit einer solchen Entschlossenheit und Begeisterung, daß ich ihm, als er mich eine gewisse Zeit später nach meiner Einschätzung der Lage befragte, mit hemmungsloser Ehrlichkeit sagen konnte, daß seine Argumente voll und ganz überzeugt hatten.

Ich wachte, wie bei mir in Ägypten üblich, bei Anbruch der Dämmerung auf. Unser luftiges Reich bot mir einen beispiellosen Blick auf den unvergleichlichen Sonnenaufgang, und eine Zeitlang lag ich schläfrig zufrieden da und beobachtete die sanften rotgoldenen Schattierungen am östlichen Himmel. Emersons regelmäßiger Atem kitzelte mich an der Schläfe. Nach einer Weile verdrängte ein Gefühl leichten Unbehagens meine angenehme Mattigkeit, und ich reckte den Kopf. Glücklicherweise reckte ich keine weiteren Körperteile, denn das erste, was ich vor mir sah, war Ramses' Gesicht, das mich, scheinbar losgelöst von seinem Körper, schweigend betrachtete. Er bot einen unheimlichen Anblick, was mich irgendwie entsetzte, bis mir einfiel, daß aufgrund der zum Dach führenden Treppe natürlich alles bis auf seinen Kopf außer Sichtweite war.

»Was machst du da?« flüsterte ich.

»Ich wollte sehen, ob du und Papa schon wach seid. Da das der Fall ist, habe ich dir eine Tasse Tee mitgebracht. Ich wollte zwei mitbringen, aber leider habe ich eine fallenlassen, da die Treppe so entsetzlich steil ist und meine ...«

Ich legte meinen Zeigefinger auf meine Lippen und deutete dann auf Emerson, der sich ruhelos hin und her wälzte.

Ramses' Hals und seine schmalen Schultern kamen auf der Stiege zum Vorschein, und ich sah, daß er tatsächlich eine Tasse trug. Ob sie Tee enthielt oder nicht, mußte sich noch zeigen. Ich wollte mich aufsetzen, doch dann fiel mir ein, daß ich aufgrund meiner grenzenlosen Müdigkeit, die der ultimativen Schlußfolgerung meines Diskurses mit Emerson gefolgt war, etwas vergessen hatte.

Ich schickte Ramses fort und griff nach meinen Kleidungsstücken. Meine Sachen im Schutz der Decke anzuziehen und dabei Emerson nicht zu wecken war keine leichte Aufgabe. Als ich schließlich fertig war, mußte ich meinem Gatten tatsächlich zustimmen, daß wir gut daran täten, unser Nachtlager an der von ihm vorgeschlagenen Stelle aufzuschlagen. Ramses war beinahe noch nervenaufreibender, wenn er nicht zugegen war, da man nie wissen konnte, wann er plötzlich auftauchte.

In der Tasse befand sich ungefähr noch ein Fingerbreit Tee. Der Rest war auf die Stufen getropft, wie ich später feststellen durfte, als ich nach unten ging.

Die Geste war jedoch lieb gemeint gewesen, und ich dankte Ramses, den ich schließlich eifrig damit beschäftigt vorfand, auf unserem Kocher Toastscheiben zu rösten. »Wo ist Mr. Nemo?« fragte ich.

»Draußen. Ich bot mich an, ihm ein leichtes Frühstück zuzubereiten, doch er sagte, er wollte weder den verfluchten Tee noch irgendwelchen Toast, und ...«

Während Ramses ununterbrochen weiterredete, marschierte ich ins Freie. Nemo hockte auf dem kleinen Hügel. Er hatte seinen schmuddeligen Turban umgewickelt und sah wieder aus wie ein Ägypter der untersten Gesellschaftsschicht. Ich hätte ihn niemals fälschlicherweise für einen unserer Männer gehalten, denn sie waren stolz auf ihre gepflegte äußere Erscheinung und ihre den jeweiligen Umständen entsprechenden Sitten. Sie hatten ihre Morgenmahlzeit bereits beendet, und rund um das Kochfeuer sah man das geschäftige Flattern ihrer blauweiß gestreiften Baumwollgewänder. Abdullah, der in dem von ihm bevorzugten Schneeweiß wie einer der hochgestellten Bibelpatriarchen wirkte, rief mir einen Gruß zu, den ich freundlich erwiderte. Ich fügte hinzu, daß Emerson in Kürze bereit sei, ins Grabungsgebiet aufzubrechen.

Nemo schwieg und rührte sich nicht. »Sie sollten besser etwas essen«, sagte ich.

»Ich fühle mich auch so recht wohl.«

Ich hätte die Diskussion sicherlich fortgesetzt, doch eine Hand griff nach mir und zog mich zurück ins Haus. Es war Emerson, vollkommen bekleidet und in Bestform. In seiner anderen Hand hielt er ein Stück angebranntes Brot, an dem er knabberte.

»Laß ihn in Ruhe«, sagte er mit angewidertem Gesicht, nachdem er einen verkohlten Bissen geschluckt hatte. »Offensichtlich bereut er seinen Entschluß und kämpft mit dem Wunsch, der Versuchung der Droge nachzugeben. Damit muß er ganz allein fertig werden.«

»Wenn das der Fall ist, Emerson, muß sein Bedürfnis, etwas zu essen, doch um so größer sein. Der übermäßige Konsum von Haschisch und Opium führt zu ... «

»Sein Konsum ist nicht übermäßig gewesen.« Emerson reichte mir die Toastgabel. Ich ergriff die Gelegenheit und die Gabel. Während ich rasch eine frische Scheibe Brot zubereitete, fuhr Emerson fort: »Eigentlich bin ich mir sicher, daß er weder abhängig von Opium noch von Haschisch ist. Er nimmt das zu sich, wie manche Männer übermäßig Alkohol trinken, um ihre Probleme zu vergessen, und weil Drogen diesen jugendlichen Narren als eine faszinierende Art der Realitätsflucht erscheinen. Seine Körperkonstitution läßt erkennen, daß er nicht oft und auch nicht über einen längeren Zeitraum Drogen zu sich genommen hat. Der typische Drogenabhängige ist nämlich bis aufs Skelett abgemagert und leichenblaß, reagiert außerdem lethargisch und absolut antriebsschwach. Auf jeglichen Reiz«, fügte er mit einem vielsagenden männlichen Grinsen hinzu.

»Nun, ich verstehe nichts davon, Emerson, aber in der Nacht, in der er Ramses half, hatte er sicherlich Drogen genommen.«

»Er stand damals vermutlich unter dem Einfluß von Opium«, meinte Emerson kühl. »In Maßen konsumiert, wirkt es als Stimulans.«

»Du scheinst dich sehr gut auszukennen.« Ich blickte suchend durch das Zimmer und war erleichtert, daß Ramses sich verdrückt hatte. »Emerson ... hast du jemals ... «

»Oh, ja. Aber natürlich nur versuchsweise«, fügte Emerson hinzu. »Ich mache mir nichts aus dem Hochgefühl und verabscheue die Nebenwirkungen. Der maßvolle Konsum von Opium scheint aber nicht schädlicher als Alkohol oder Tabak zu sein.«

»Ich meine, gehört zu haben, daß das der Fall ist. Außerdem geraten hauptsächlich schwache Charaktere in eine solche Abhängigkeit, die genauso leicht Opfer von Alkoholmißbrauch werden könnten, denen praktisch jegliche Moralvorstellung fehlt und die häufig noch weiteren Lastern frönen.«

Emerson verschlang den Toast so rasch, wie ich ihn zubereitete. Hastig leerte er seine dritte Tasse Tee und sprang vom Stuhl auf. »Ich will ja nicht kritisieren, Peabody, aber du brauchst verdammt viel Zeit für das Frühstück. Wie du weißt, liegt viel Arbeit vor uns.«

Auf Emersons Bitte hin hatte Abdullah bereits die erforderliche Anzahl von Arbeitern angeheuert. Emerson haßt diese Aufgabe, so wie er alle Tätigkeiten verabscheut, die ihn von der eigentlichen Grabungsarbeit abhalten. Als wir die Hoftore öffneten, fanden wir eine stattliche Gruppe von Männern vor, die geduldig auf dem Boden hockten. Einige davon hatten bereits im Jahr zuvor in Mazghunah für uns gearbeitet. Ihre dunkelblauen Umhänge und Turbane – Merkmal der koptischen oder christlichen Ägypter – standen im scharfen Kontrast zu den blasseren, blauweiß gestreiften muslimischen Gewändern. Die Menge der Erwachsenen war von Kindern umringt, die in ihrem jugendlichen Übermut spielten und lachten.

Während Emerson die von Abdullah ausgewählten Männer begrüßte und begutachtete, baute ich meine medizinische Ausstattung auf einem Klapptisch auf und wandte mich den Kranken zu, die mein Kommen bereits erwartet hatten, verabreichte ihnen Kupfersulfat für die allgegenwärtigen Augenentzündungen und Brechwurz gegen Magen-Darm-Beschwerden. Emerson hatte seine Geschäfte bereits vor mir erledigt und stapfte vor mir auf und ab, bis ich fertig war, ohne sich allerdings über die Verzögerung zu beklagen. Denn unter seiner rauhen Schale verbirgt Emerson das weichste Herz auf der ganzen Welt, und die Schicksale unglückseliger Geschöpfe berühren ihn tief. In dem Augenblick jedoch, als ich den letzten Patienten entlassen hatte, ergriff er rasch meine Hand, machte sich in Richtung der Ausgrabungsstätte auf und hieß die Männer uns folgen.

»Vermittelt einem das Gefühl, ein General zu sein, nicht wahr, Peabody?« sagte er blendender Laune.

Ich blickte auf die zerlumpte Menge, die hinter uns herschlenderte. »Eher wie ein Anführer eines irrsinnigen Kreuzzuges. Wo ist Nemo?«

»Ramses immer dicht auf den Fersen.« Emerson grinste. »Ich schätze, es wird dem Jungen diesmal nicht so leicht fallen, ihm zu entwischen oder ihn in die Irre zu führen, wie ihm das bei Selim gelungen ist. Ich freue mich schon darauf, eine Menge sinnvoller Arbeit in dieser Saison bewerkstelligen zu können, Peabody. Ohne Unterbrechung, Peabody!«

Ich wußte, daß der arme liebe Mann sich da etwas vormachte, aber ich äußerte meine Zweifel nicht laut. An einem Morgen wie diesem fiel es schwer, an Mord, Entführung oder irgendwelche Anschläge zu denken. Die Luft war rein und klar, und die unangetastete Natur stärkte die Sinne. Die Geräusche klangen bis in weite Ferne, das Blickfeld schien erweitert und die Haut reagierte auf die leichteste Berührung. In tiefen Zügen inhalierte ich die frische Luft, und obgleich Emerson zügigen Schrittes voraneilte, bereitete es mir keine Schwierigkeiten, ihm zu folgen.

Unser Marsch wurde von dem melodischen Geklapper der an meinem Gürtel baumelnden Gerätschaften untermalt, die ich allesamt für unentbehrlich bei einer Ausgrabung halte. Darunter befanden sich Streichhölzer in einer wasserdichten Schachtel, kleine Flaschen mit Wasser und Brandy, Schreibutensilien, ein Taschenmesser und so fort. Emerson war nicht begeistert davon, daß ich diese Dinge mit mir herumtrug, da er sich darüber beklagte, daß ihre scharfen Kanten und Ecken ein Hindernis für die von ihm so geschätzten impulsiven Umarmungen darstellten. Allerdings hatte meine Chatelaine, wie ich diesen Notfallgürtel scherzhaft bezeichnete, mindestens einmal wesentlich dazu beigetragen, uns das Leben zu retten. Emerson hatte daraufhin seine Meinung zwar nicht geändert, aber wenigstens behielt er sie jetzt für sich.

Seit meiner ersten ägyptischen Grabungssaison, während der ich mir manchmal unbequem, um nicht zu sagen gefährlich verpackt in die absurden Auswüchse modisch korrekter Damengarderobe vorkam, hatte ich ununterbrochen daran gearbeitet, meine Arbeitsbekleidung zu gestalten und zu verbessern. Auch wenn ich von den Pariser Modeschöpfern keinen Dank für meine Innovationen erhalten habe, bin ich davon überzeugt, daß meine kühnen Ideen ihren Eindruck bei Persönlichkeiten wie Worth und Lanvin hinterlassen haben. Erst im vergangenen Jahr war ich auf eine als Fahrradkostüm bezeichnete Ausstattung gestoßen, die viele meiner Entwürfe in sich vereinigte und die in Paris als letzter Schrei galt. Ich hatte deshalb verschiedene Versionen dieses Kostüms für mich schneidern lassen, allerdings nicht in der unpraktischen braunen Samtausführung, sondern in Leinen und leichtem Flanell. Die dunkleren Farben, die in England und Europa geeigneter sind und zu den natürlichen Tönen des widerlichen französischen Schmutzes und der fruchtbaren englischen Erde passen, sind in Ägypten unangemessen, weshalb ich hellere Farben wählte, auf denen Sand und Staub nicht so sehr auffielen. Zu Ehren unseres ersten Arbeitstages hatte ich die schicksten Teile dieser Kollektion ausgewählt. Die weite türkische Pluderhose, die an den Knien schmaler wurde, war so ausladend, daß sie, wenn ich bewegungslos dastand, eher wie ein Rock wirkte. Kräftige Stiefel und Gamaschen vervollständigten den unteren Teil meiner Garderobe. Eine kurze Jacke wurde über einer weißen Bluse mit Kragen und Krawatte zweireihig geknöpft, und ein breiter Ledergürtel, der mit den zuvor erwähnten Gerätschaften bestückt war (und natürlich auch mit einer Pistole im passenden Lederhalfter), sorgte für den Sitz der Hose. Der Stoff hatte die Farbe leuchtenden Scharlachrots – Emersons Lieblingsfarbe. Auch wenn sie manch einer als zu aufdringlich für eine archäologische Expedition empfunden hätte, fand ich, daß sie dem Ganzen eine freundliche Note gab.

Mein persönliches Erscheinungsbild war mir zwar niemals übermäßig wichtig, doch ich gebe offen zu, daß es meine Laune hebt, wenn ich weiß, daß ich hervorragend aussehe. Daran ist meiner Meinung nach auch nichts Verwerfliches, beweist es doch ein gesundes Selbstverständnis, ohne das kein Mensch, egal ob Mann oder Frau, Überragendes leisten kann. An diesem Morgen war ich mir sicher, daß ich wirklich blendend aussah. Dazu noch die überwältigende Anziehungskraft der Pyramiden, die blaßgolden im Morgenlicht schimmerten, und die Gegenwart des Mannes an meiner Seite, der mich mit liebevoller Inbrunst hinter sich herzog, und ich wußte, daß es auf der ganzen Welt keine Frau gab, die glücklicher war als ich.

Mir war klar, daß ich an diesem Tag noch nicht ins Innere der Pyramide vordringen konnte. Emerson hatte entschieden, mit den Überresten der Baustrukturen zu beginnen, die sich rings um das Hauptmonument befanden.

Diese waren, um mich einmal so auszudrücken, im Überfluß vorhanden. In nördlicher Richtung befand sich ein verfallener Steinhaufen, der, obgleich wesentlich kleiner, auch einmal ein Grab von der gleichen Bauweise dargestellt hatte. Wir rechneten ebenfalls damit, nahe der Pyramide die Überreste des Begräbnistempels zu finden. Von diesem Monument hatte ein langer überdachter Damm durch die Wüste bis zu den Ausläufern des Kulturlandes geführt. Außerdem waren rings um das Königsgrab Hofstaat und Familienmitglieder beerdigt, genau wie die Menschen des christlichen Zeitalters dafür gesorgt hatten, daß sich ihre Gräber nahe der Grabstätte eines Heiligen befanden, vermutlich in der Hoffnung, daß die Heiligkeit des prominenten Leichnams auf die weniger Gläubigen abstrahlte. Der Aberglaube ist nämlich eine allgemein verbreitete menschliche Schwäche und nicht nur auf heidnische Völker beschränkt.

Emerson blieb auf einem Hügel stehen, hielt schützend eine Hand über seine Augen und ließ seinen Blick über die Landschaft schweifen. Der Wind zerzauste sein dunkles Haar und wehte den Stoff seines Hemdes gegen seinen muskulösen Brustkorb. Als ich ihn beobachtete, durchfuhr mich (instinktiv) ein wohliger Schauer.

»Nun, Peabody, womit fangen wir an?« fragte er.

»Ich bin sicher, daß du das längst entschieden hast«, erwiderte ich. »Wir haben die Sache endlos diskutiert, ohne eine Einigung zu erzielen, und ich weiß, daß du deinen Plan konsequent durchführen wirst, ganz egal, was ich davon halte.«

»Peabody, ich habe dir schon bei unzähligen Gelegenheiten meine Gründe genannt, warum ich mir die kleine Nebenpyramide erst später anschauen will. Aufgrund deiner außerordentlichen Begeisterungsfähigkeit weiß ich, daß eine kleine Pyramide immer noch besser als gar keine Pyramide ist, aber ich glaube, wir sollten die privaten Grabstätten und den Tempel suchen.«

Noch ehe ich antworten konnte, vermeldete eine hohe, eindringliche Stimme: »Wenn es mir gestattet ist, meine Einschätzung in dieser Sache vorzubringen, würde ich vorschlagen, daß wir mit dem Damm beginnen. Diese Linie, die sich durch die Wüste zieht und aufgrund ihrer leichten Erhebung gut erkennbar ist, kennzeichnet sicherlich seinen ursprünglichen Verlauf, und wenn wir ihr bis zu ihrem Ende folgen ...«

Emerson und ich sprachen gleichzeitig. Emerson sagte: »Ja, ja, mein Junge.« Ich sagte: »Ramses, sei still.«

Mr. Nemo lachte. »Geht das hier immer so?«

Erfreut, daß er etwas aufgeschlossener wurde, fragte ich: »Und wie lautet Ihre Meinung, Mr. Nemo?«

Nemo kratzte sich die Schläfe. Diese Geste erregte in mir stärksten Verdacht. Ich schwor mir, daß ich ihm umgehend nach unserer abendlichen Rückkehr zum Haus die gleiche Behandlung wie den Eseln angedeihen lassen würde. Außerdem brauchte er eine passendere Bekleidung.

»Von mir können Sie keine kompetente Antwort erwarten, Mrs. Emerson«, sagte er. »Von Archäologie verstehe ich nichts. Wie alle Ignoranten sähe ich es natürlich am liebsten, wenn Sie Gold und Juwelen ans Tageslicht befördern würden. Und ich glaube, die beste Möglichkeit, solche Dinge zu finden, besteht darin, die umliegenden Privatgräber zu erforschen.«

Ich warf Emerson einen vielsagenden Blick zu, oder besser gesagt, ich versuchte es zumindest. Er sah mich nämlich gar nicht an. »Sie sind zu bescheiden, Mr. Nemo«, sagte ich. »Ihre Bemerkung beweist mehr archäologische Kenntnis, als Sie zugeben wollen.«

»Oh, das alles hat mir der junge Herr Ramses vermittelt«, sagte Nemo gelassen. »Während wir gingen, hielt er mir einen Vortrag hinsichtlich der Grundzüge der Exkavation. Also, Professor und Mrs. Emerson – wie lautet Ihre Entscheidung? Und wie kann ich Ihnen als schnöder Anfänger behilflich sein? Ich kann bestenfalls zu Hacke oder Schaufel greifen.«

Wie immer, wenn er tief in Gedanken versunken ist, strich Emerson über das Grübchen in seinem Kinn. Schließlich sagte er entschieden: »Ramses, du und Abdullah, ihr könnt mit dem Damm anfangen. Stellt aber sofort die Arbeit ein, wenn ihr auf Gestein oder Mauerwerk stoßt. Bevor wir irgend etwas von seinem angestammten Platz entfernen, muß ich eine Überprüfung vornehmen, aber da ihr mehrere Tonnen Sand zu bewältigen habt, werde ich meine Arbeit vermutlich eher beendet haben als ihr.«

Ramses runzelte die Stirn. »Es besteht keinerlei Veranlassung, daß Abdullah die Beaufsichtigung übernimmt, Papa, da ich das sehr gut allein schaffe, und er könnte besser beschäftigt werden, indem ... «

»Sei still, Ramses«, sagte ich. »Ja, ja, mein Junge«, sagte Emerson und fügte hinzu: »Nemo, Sie begleiten Ramses. Er wird Ihnen erklären, was Sie tun sollen.«

»Daran habe ich keinen Zweifel«, erwiderte Nemo.

Wir wandten uns unseren selbstgestellten Aufgaben zu. Meine bestand darin, Emerson bei seiner Überprüfung zu assistieren. Um ehrlich zu sein, hatte de Morgan das Gelände bereits untersucht, aber Emerson hatte kein Vertrauen in die Fähigkeiten des Direktors der Antikenverwaltung. »Diese Franzosen können nicht einmal richtig zählen, Peabody. Kein Wunder bei ihrem lächerlichen metrischen System!«

Die Arbeit verlief reibungslos. Wie ich bereits erwähnt habe, war Abdullah ebenso kompetent wie viele ausgebildete Archäologen, und als ich von meiner eigenen Tätigkeit aufblickte, bemerkte ich, daß die Männer so tatkräftig gruben, daß sie von einer Wolke aus feinstem Sand umhüllt waren. Eine Schar von Kindern rannte zwischen den Grabungsarbeitern und dem entfernten Schuttabladeplatz hin und her, leerte ihre Körbe und ließ sie sich erneut mit losem Gestein füllen.

Gegen 9.30 Uhr legten wir eine Pause ein, nahmen eine kleine Mahlzeit zu uns und wollten gerade erneut unsere Arbeit aufnehmen, als einer der Männer etwas rief und mit dem Finger in eine Richtung deutete. Jemand kam auf uns zu. Nach seiner Kleidung zu urteilen, handelte es sich bei dem Besucher um einen Europäer, und er kam zu Fuß durch die Wüste aus nördlicher Richtung.

Emerson sagte: »Verflucht.« Er haßt Zuschauer, die seine Arbeit unterbrechen. »Kümmere du dich um den Burschen,

Peabody«, murrte er, während er mit seiner Tätigkeit fortfuhr. »Ich habe mir geschworen, daß ich mich in dieser Saison nicht pausenlos von blöden Touristen stören lasse.«

»Er sieht nicht aus wie ein Tourist«, sagte ich. »Sein Gang ist ziemlich schwankend, Emerson, meinst du nicht auch? Ich frage mich, ob er vielleicht unter Betäubungsmitteleinfluß steht.«

Emerson nickte. »In der Tat kommt er mir irgendwie bekannt vor. Wer ist das, Peabody?«

Die Person, deren Gesichtszüge zunehmend deutlicher wurden, hatte ich tatsächlich schon vorher einmal gesehen, aber mir fiel deren Name nicht ein. Es handelte sich um einen gutaussehenden jungen Burschen von mittlerer Größe und drahtiger Statur. Das einzig Ungewöhnliche an ihm war seine merkwürdig graugrüne Gesichtsfarbe.

Er begrüßte uns mit Namen und fügte zögernd hinzu: »Wir haben uns im letzten Jahr in Kairo kennengelernt. Mein Name ist Quibell.«

»Natürlich«, sagte ich. »Möchten Sie sich nicht zu uns gesellen, Mr. Quibell? Ich kann Ihnen zwar nur hartgekochte Eier und kalten Toast anbieten ...«

»Nein, danke.« Quibell schüttelte sich, und seine grünliche Gesichtsfarbe verstärkte sich noch. »Sie müssen entschuldigen, daß ich hier einfach so hereinplatze und Sie störe ...«

»Es ist uns ein Vergnügen«, sagte Emerson. »Ich dachte, Sie arbeiteten dieses Jahr mit Petrie zusammen.«

»Das tue ich.«

»Aber Petrie ist in Theben.«

»Er fing in Sakkara an und hat einige von uns dort zurückgelassen, um die Aufzeichnungen hinsichtlich der Privatgräber zu vervollständigen«, erklärte Quibell. »Als wir erfuhren, daß Sie sich in Dahschur befinden, habe ich mir erlaubt, Sie aufzusuchen und Sie um einen Gefallen zu bitten. Ich kenne Mrs. Emersons Reputation als Ärztin ...«

»Ha«, sagte Emerson.

»Wie bitte, Professor?«

»Ach, nichts«, sagte Emerson.

»Oh. Ich dachte, Sie hätten gesagt ... Nun, um es kurz zu machen, wir leiden alle unter den derzeitigen Wetterbedingungen, und ich dachte, daß mir Mrs. Emerson vielleicht etwas Medizin mitgeben könnte. Was wir brauchen, ist, glaube ich, Gelbwurz.«

»Brechwurz«, korrigierte ich ihn.

»Oh. Ja ... natürlich. Danke, Mrs. Emerson.«

»Welche Beschwerden haben Sie denn?« fragte Emerson. Die wahre Ursache schien ihm wie ein plötzlicher Geistesblitz einzuleuchten.

»Das ist doch ganz augenscheinlich«, sagte ich. »Mr. Quibells Widerwille gegen Nahrungsaufnahme und seine merkwürdige Gesichtsfarbe lassen darauf schließen, daß sein Verdauungstrakt in Mitleidenschaft gezogen ist.«

»Lebensmittelvergiftung.« Emerson kicherte schadenfroh. »Stimmt doch, Quibell, oder? Petries Leute kommen immer mit Lebensmittelvergiftungen zu uns. Er macht eine Konserve auf, ißt die Hälfte davon, läßt sie dann geöffnet in irgendwelchen stickigen Gräbern herumstehen und erwartet auch noch, daß seine Mitarbeiter den Rest aufessen ... Hahaha!«

»Also wirklich, Emerson«, entfuhr es mir ungnädig. »Du solltest dich schämen. Der arme Mr. Quibell steht vor uns und ist erbsengrün vor Übelkeit ... «

»Erbsen«, kicherte Emerson. »Genau, ich weiß, daß Petrie Dosenerbsen besonders liebt. Sehr gut, Peabody.«

Quibell wollte seinen Chef loyal verteidigen. »Professor Petrie trifft keine Schuld. Sie wissen, daß er mit begrenzten Mitteln wirtschaften muß, und er selbst hat nie die geringsten Probleme ... «

»Nein, der Mann hat die Verdauung eines Kamels«, stimmte ihm Emerson zu, während er versuchte, seine Fassung wiederzuerlangen. »Ich bitte Sie um Entschuldigung, Quibell, meine

Heiterkeit war wirklich fehl am Platze. Aber Petries Verschrobenheiten sind für einen einfachen, geradlinigen Menschen wie mich stets eine Quelle großer Erheiterung.«

Quibells aufgerissene Augen blickten von Emerson, der ohne Kopfbedeckung in der glühenden Sonne stand, zu mir und dann zu Ramses, der der Katze Bastet gerade ihren täglichen Unterricht erteilte. »Geh bitte bei Fuß«, sagte er, und die Katze streifte prompt neben ihm her.

Doch trotz all seiner rauhen Manieren besitzt Emerson, wie ich bereits erwähnte, ein sehr weiches Herz. Nachdem Selim die Flasche mit dem Brechwurz und einige andere von mir als nützlich erachtete Dinge geholt hatte, erklärte Emerson Quibell, daß er uns jederzeit aufsuchen könne, und bestand darauf, ihm für den Rückweg einen Esel und eine Begleitperson zur Verfügung zu stellen. »Petrie macht sich nicht bange vor einer zehn Kilometer langen Strecke«, sagte er und klopfte dem jungen Mann zur Bekräftigung so mitfühlend auf den Rücken, daß dieser stolperte. »Ich natürlich auch nicht. Gehört zu meinem Tagespensum. Aber in Ihrem geschwächten Zustand ... Sind Sie sicher, daß Sie nicht doch lieber etwas ausruhen wollen, bevor Sie sich auf den Rückweg machen? Mrs. Emerson würde Sie sicherlich gern verarzten.«

»Danke, Professor, aber ich muß umgehend zurück. Ich bin nicht der einzig Leidtragende, auch die anderen warten auf eine Linderung ihrer Beschwerden.«

»Bin ich recht informiert, daß Petrie in dieser Saison von einer jungen Dame begleitet wird?« fragte ich.

Ein rosiger Schimmer glitt über Mr. Quibells Wangen. Diese Röte ergab in Verbindung mit seiner ursprünglich grünlichen Gesichtsfarbe eine bemerkenswerte Mischung – einen fleckigen Rotgrauton. »Tatsächlich handelt es sich um drei Damen«, erklärte er. »Meine Schwester und – äh – zwei weitere. Wegen ihr bin ich ... in erster Linie hierhergekommen.«

In Begleitung eines unserer Männer verließ uns Quibell wieder. Er sah wirklich krank aus, und nachdem er außer Sichtweite war, sagte ich zu Emerson: »Vielleicht sollte ich nach Sakkara aufbrechen. Wenn ich daran denke, daß die jungen Damen erkrankt und völlig auf sich gestellt sind ...«

»Sei doch nicht immer so übereifrig, Amelia«, mahnte mich mein geliebter Ehemann.

Oberflächlich betrachtet war Mr. Quibells Besuch tatsächlich einer jener Zufälle, die Menschen in unserer Situation häufig ereilen. Allerdings hatte er Konsequenzen dramatischsten Ausmaßes, und Quibell selbst wäre als nichtsahnender Auslöser verschiedener Ereignisse über das Folgende sicherlich ebenso überrascht gewesen wie wir.

Die bereits angedeuteten Konsequenzen stellten sich erst am Spätnachmittag ein. Wir hatten unsere Ausgrabungsarbeiten für diesen Tag beendet. Emerson war entschlossener denn je, daß er und ich unser Nachtlager in der Nähe der Pyramide aufschlagen sollten. Seine Argumente klangen überzeugend, und ich war mit ihm nach der Teezeit ins Ausgrabungsgebiet zurückgekehrt, um mir die von ihm entdeckte Felsmulde einmal genauer anzusehen.

In Oberägypten, wo der Fluß den Sandstein der Hochebene zu einer breiten Senke ausgewaschen hat, befinden sich viele Grabstätten in den Felsen. Anständig gesäubert sind die leeren Kammern angenehme Unterkünfte. Ich spreche selbstverständlich von den oberen Kammern der Grabstätten, die als Begräbnistempel dienten. Denn die eigentlichen Grabkammern befanden sich tief in den Felsen und manchmal am Fuße unzugänglicher Stollen. Hier im Norden hatten die meisten Gräber die Beschaffenheit von Mastaben, benannt nach den flachen Stein- oder Lehmhügeln, denen ihre äußere Struktur ähnelte. Wenn diese äußere Struktur erhalten geblieben war, konnten sie in nette Wohnquartiere umfunktioniert werden, doch bislang hatten wir noch nichts dergleichen entdeckt. Die Mulde, die Emerson aufgefallen war, war nichts weiter als ein dreckiges Loch im Boden.

Trotzdem genoß ich es, mit Emerson Hand in Hand durch die ebene Landschaft zu streifen. Meine gute Laune wurde nur leicht getrübt, als Emerson weiterhin darauf beharrte, daß wir lediglich ein Stück Segeltuch bräuchten, um es über sein gottverdammtes Loch zu spannen. Wir brauchten zumindest Zelte, und auf deren Erwerb bestand ich. Wenn die erforderlichen Utensilien nicht in Menjat Dahschur aufzutreiben waren, dann würde ich einfach einen kurzen Ausflug nach Kairo unternehmen.

Um eine bessere Aussicht auf die Landschaft zu erhalten und vielleicht in den länger werdenden Schatten irgend etwas zu erkennen, was im gleißenden Sonnenlicht nicht sichtbar gewesen war, hatten wir eine Erhebung erklommen. Wie immer wurde mein Blick vom Westen angezogen, wo sich die Pyramidengipfel bronzefarbig gegen den Sonnenuntergang abzeichneten. Alles war reglos in dieser weiten, leeren Ebene, und außer unseren Stimmen, die während unserer Diskussion über die Zelte ziemlich lautstark geworden waren, hörte man keinen Laut. Als wir unser Gespräch unterbrachen, geschah dies nicht, weil wir uns geeinigt hatten, sondern weil jeder von uns erkannt hatte, daß wir nie zu einer Übereinstimmung finden würden. Die eingetretene Stille war so kraß, daß wir überrascht aufschraken, als sie vom Klang einer menschlichen Stimme durchbrochen wurde.

Gleichzeitig drehten wir uns um und erblickten auf der ebenen Fläche unterhalb von uns die Gestalt einer reglos dastehenden Frau. Die graublaue Dämmerung verhüllte ihre Gesichtszüge, und für einen verwirrenden Augenblick hatte ich das Gefühl, meine eigene Erscheinung in einem blinden Spiegel zu betrachten. Ihre offene, dunkle Haarpracht war von der gleichen Farbe wie die meine; die hohen Stiefel sowie der komplette untere Teil ihrer Garderobe entsprachen meinem Kleidungsstil; genau wie ihre Figur, die, um die Taille herum zwar fest gegürtet, aber nach oben und unten ausladend üppig wurde, das Ebenbild meiner weiblichen Formen darstellte.

Ich erinnerte mich an die alte Legende von dem Doppelgänger, dessen gruselige Erscheinung den nahen Tod verkündet, und ich gebe zu, daß es mich für Sekundenbruchteile eisig durchzuckte. Emerson war gleichermaßen berührt. Ein leises »Oh, verflucht« ließ auf die Intensität seiner Gefühle schließen, und sein Arm hielt mich so fest an sich gedrückt, als wollte er sogar dem Sensenmann die Stirn bieten, falls dieser mich holen käme.

Die schattenhafte Gestalt unter uns schwankte und erbebte wie ein unergründlicher See, in den man einen Stein geworfen hat. Langsam sackte sie in sich zusammen und lag reglos da.

Der Zauber war gebrochen. Ich hatte keinen Geist, sondern tatsächlich eine lebende Frau gesehen – zumindest lebte sie bis zu jenem Augenblick noch. Wie und warum sie allerdings dorthin gekommen war, war für uns beinahe so rätselhaft wie letztlich die Unfaßbarkeit von Leben und Tod.

Emerson immer dicht auf den Fersen kletterte ich von dem Felsgrat hinunter und kniete mich dann neben die zusammengebrochene Gestalt. Die Bekleidung der Frau war meiner sicherlich ähnlich, doch ansonsten beschränkte sich die gemeinsame Ähnlichkeit auf unsere Haarfarbe. Trotz ihrer Leichenblässe war sie offenbar einige Jahre jünger als ich – fast noch ein junges Mädchen. Ihre goldumrandete Brille war aufgrund der Wucht des Aufpralls von ihrer Nase verrutscht, und ihre gesenkten Wimpern über den aschfahlen Wangen waren lang und gebogen.

»Zum Teufel, aber jetzt reicht es«, erklärte Emerson aufgebracht. »Du weißt, Amelia, daß ich der toleranteste und mildtätigste Mensch überhaupt bin. Es macht mir nichts aus, einem Unglücklichen meine helfende Hand entgegenzustrecken, aber zwei an einem Tag belasten meine gutmütige Seele ganz erheblich. Äh – sie ist doch hoffentlich nicht tot, oder?«

»Sie scheint in Ohnmacht gefallen zu sein«, sagte ich. »Emerson, sei so nett und heb ihre Füße etwas an.«

Mit einer seiner riesigen, gebräunten Hände umschloß Emerson die schlanken Knöchel des Mädchens und riß sie mit so viel gutem Willen hoch, daß ihre Beine exakt einen rechten Winkel zu ihrem Körper bildeten. Ich korrigierte dieses kleine Mißgeschick, öffnete meine Wasserflasche und goß dem Mädchen Wasser übers Gesicht.

»Sie rührt sich nicht«, sagte Emerson, und das Zittern in seiner männlichen Stimme zeugte von seinem weichen und gutmütigen Naturell, das er außer mir nur wenigen jemals zu erkennen gibt. »Bist du sicher . . . «

»Absolut sicher. Ihr Pulsschlag ist gleichmäßig. Du kannst ihre Füße wieder loslassen, Emerson – nein, nein, nicht einfach fallen lassen, sondern vorsichtig nach unten absenken.«

Erleichtert verfiel Emerson wieder in sein natürliches Verhaltensmuster zurück. »Das ist wirklich fahrlässig von Petrie«, brummte er. »Es kümmert ihn nicht, ob seine Untergebenen umfallen wie die Fliegen. Oh, nein, er weiß ja, daß sie zu uns rennen werden und *uns* von der Arbeit abhalten. Wenn wir uns das nächste Mal begegnen, werde ich ein ernstes Wort mit ihm reden. Über dieses ganze unsägliche, unverantwortliche . . . «

»Hältst du sie für eine von Mr. Petries Assistentinnen?« fragte ich.

»Nun, wer könnte sie sonst sein? Quibell erklärte, daß die jungen Damen krank seien. Zweifellos hat dieses Mädchen hier die Eingebung gehabt, daß sie mit Petrie an einen Irren geraten ist. Scheint über eine beträchtliche Menschenkenntnis zu verfügen. Warum wacht sie eigentlich nicht auf?«

»Ich glaube, daß sie wieder zu sich kommt«, sagte ich. Genaugenommen war ich mir sicher, daß das Mädchen seit einer Weile bereits wieder bei Bewußtsein war – und ich hatte guten Grund zu der Annahme, warum sie das verheimlichen wollte.

»Gut.« Emerson betrachtete das Gesicht des Mädchens und atmete so behutsam, daß ihre Brille beschlug. Nachdem ich ihr Wasser ins Gesicht gespritzt hatte, hatte ich ihr diese wieder richtig auf die Nase gesetzt, obwohl ich bezweifelte, daß sie ihr wirklich nutzen konnte. Die Gläser schienen aus schlichtem Fensterglas zu bestehen.

»Natürlich bin ich froh um jeden Kranken, dem ich helfen kann«, sagte ich, während ich die flatternden Augenlider und die bebenden Lippen beobachtete, die darauf hindeuteten, daß sie ihr Bewußtsein wiedererlangt hatte. Sie beherrschte das ziemlich gut. Bestimmt hatte sie sich schon häufiger als Laiendarstellerin betätigt. »Aber ich hoffe, sie erwartet nicht, bei uns bleiben zu können. Professor Petrie nähme vermutlich an, daß wir ihm absichtlich eine seiner Assistentinnen abgejagt ...«

»Wann habe ich mich je um Petries absurde Meinung geschert? Egal, was ich tue, er denkt immer nur das Schlechteste von mir. Es ist selbstverständlich ihre eigene Entscheidung, aber wir könnten sicher eine zusätzliche Kraft gebrauchen. Und es wäre angenehm für dich, eine Frau an deiner Seite zu wissen.«

Die Lächerlichkeit dieser Bemerkung brachte mich zum Kichern. »Ich gehöre wohl kaum zu den Frauen, die unbedingt eine Freundin brauchen, Emerson. Ich habe auch so genug zu tun.«

»Nein, Amelia, das stimmt nicht. Dein aktiver Geist ist immer auf der Suche nach Betätigung. Deshalb mischst du dich auch ständig in polizeiliche Ermittlungen ein und entwirfst unsinnige Theorien über Meister... über kriminelle Verschwörungen. Vielleicht gehst du nicht mehr so vorschnell auf Mörderjagd, wenn du eine junge Frau in der Archäologie ausbilden kannst. Gütiger Himmel, ich habe noch nie erlebt, daß jemand so lange braucht, um wieder zu sich zu kommen. Soll ich ihr nicht vielleicht besser auf ihre Wangen oder ihre Hände klopfen?«

Das Mädchen verstand den Wink. Da sie schon einmal Emersons Kräfte gespürt hatte, war sie klug genug, um zu erahnen, was für eine Wirkung ein leichter Schlag ins Gesicht haben würde. Sie öffnete die Augen.

»Wo bin ich?« fragte sie ziemlich geistlos.

»Genau dort, wo sie es gehofft hatten«, entfuhr es Emerson. »Bei mir und Mrs. Emerson. Miss ... Wie heißen Sie eigentlich?«

Gespannt wartete ich auf die Antwort des Mädchens. Ich mußte nicht lange warten. Ihr kurzes Zögern wäre jedem entgangen, der nicht Grund hatte, ihren Motiven skeptisch gegenüberzustehen. »Marshall. Enid Marshall.«

Emerson setzte sich auf einen Felsbrocken und beugte sich zu ihr vor. »Nun, Miss Marshall, indem Sie Petrie verließen, haben Sie eine kluge Entscheidung getroffen. Er ist sicherlich ein akzeptabler Lehrer – ich habe schon schlechtere kennengelernt –, aber kein normaler Mensch kann so leben wie er. Obwohl ich sagen muß, daß es unvernünftig war, in Ihrem Zustand den ganzen Weg von Sakkara hierherzulaufen.«

»In meinem ... meinem Zustand?« hauchte das Mädchen.

»Ist ja schon gut«, fuhr Emerson fort. »Mrs. Emerson wird Ihnen Schwefel und Brechwurz verabreichen, so daß Sie bald wieder auf den Beinen sind. Ich werde Sie zu unserem Haus tragen ... «

»Danke, nein. Ich kann sehr gut allein gehen.« Mit meiner Hilfe erhob sich Enid – um bei dem von ihr gewählten Namen zu bleiben. Sie wirkte etwas verstört, was kein Wunder war, da Emerson sie so entschieden in die Enge getrieben und ihre Motive dermaßen bloßgestellt hatte, daß auch eine Frau, die weniger Grund zur Verschleierung ihrer wahren Identität gehabt hätte, schließlich an sich selbst gezweifelt hätte.

Ich jedenfalls wußte, wer sie war. Emerson hatte sich zum einen in die Irre führen lassen, weil er seinen Spaß daran hatte, Mr. Petrie eins auszuwischen, zum anderen jedoch auch, weil das männliche Geschlecht so bedauerlich unfähig ist, einem Spitzenunterrock und geschminkten Lippen zu mißtrauen. Die ehemals vor Übermut funkelnden, dunklen Augen wirkten jetzt betrübt und ängstlich; das hübsche Gesicht war blaß und niedergeschlagen; dennoch stand völlig außer Zweifel, daß es sich bei ihr um die verschwundene englische Lady – um Miss Debenham – handelte.

5

Emersons Begeisterung legte sich rasch, als er erkannte, daß die Ankunft seiner neuen Assistentin seine Plänen, die Nacht in einem Erdloch zu verbringen, zunichte machte.

»Das steht völlig außer Frage, Emerson«, erwiderte ich auf sein nachhaltiges Nörgeln hin. »Selbstverständlich muß Miss Marshall die Nacht bei uns verbringen, egal, wie ihre Entscheidung morgen ausfällt. Doch es ist unmöglich, daß wir sie mit einem jungen Mann allein im gleichen Haus zurücklassen. Du weißt, mein Lieber, daß es niemanden gibt, der sinnlose gesellschaftliche Konventionen so sehr verachtet wie ich, dennoch sollten gewisse Anstandsregeln gewahrt bleiben.«

»Hmhm«, machte Emerson. »Aber, Amelia, Ramses ist doch auch im Haus ...«

»Ebenso wie wir, Emerson. Ich verspreche dir«, fügte ich hinzu und lächelte ihm über den gesenkten Kopf des Mädchens zu, »daß ich morgen als erstes dafür sorgen werde, daß wir keine weitere Nacht im Haus verbringen müssen.«

»Hmhm«, machte Emerson. Aber es klang etwas motivierter als beim ersten Mal.

Die junge Frau schwieg. Mit gesenktem Kopf ging sie in unserer Mitte, ihre Schritte jedoch waren fest und entschlossen. Sie war sicherlich ziemlich verwirrt, was unsere Einschätzung von ihrer aktuellen Situation anbelangte, besaß allerdings die Vernunft, zu schweigen und Emerson keinen Anlaß zu weiteren Vermutungen zu liefern.

Emerson ist ein von Natur aus aufbrausender Mensch; seine Gefühlsausbrüche sind kurz, und wenn sie vorüber sind, ist er sogleich wieder bester Laune. Das war auch jetzt der Fall. »Offen gestanden, Peabody, bin ich froh über das Ganze«, erklärte er. »Falls Nemo nicht geeignet ist, haben wir direkt einen Ersatz. Miss Marshall hat sicherlich nichts dagegen, uns bei Ramses zur Hand zu gehen. Es ist bemerkenswert, wie praktisch sich die Dinge entwickeln.«

»Ich stimme dir zu, Emerson. Es ist bemerkenswert.« Um Zelte aufzutreiben, war es unumgänglich, daß ich Kairo einen Besuch abstattete. Dann hätte ich eine Gelegenheit, meine Nachforschungen hinsichtlich Kalenischeffs Mord zu betreiben. Das wollte ich schon die ganze Zeit, aber jetzt hatte ich eine plausible Rechtfertigung.

»Außerordentlich bemerkenswert«, sagte ich.

Als wir unsere Unterkunft erreichten, brach bereits die Nacht über uns herein. Unsere Männer hatten sich in ihre Hütte zurückgezogen. Trotz ihrer aufgeklärten Erziehung hätte keiner von ihnen freiwillig die Nacht im Freien verbracht, denn in der Dunkelheit entwickelten, wie jeder Ägypter wußte, die Dämonen ihre übernatürlichen Kräfte. Wir fanden Ramses allein mit seiner allgegenwärtigen Katzengefährtin im Salon vor. Er hatte am Tisch gesessen und etwas geschrieben, jedoch selbstverständlich unsere Ankunft bemerkt und seine Schreibutensilien rasch beiseite gelegt, als wir eintraten. Ohne eine Spur der Überraschung erhob er sich.

»Guten Abend, Mama; guten Abend, Papa; guten Abend, Miss ...«

»Wo ist Mr. Nemo?« fragte ich.

»Vor kurzem war er noch hier. Ich nehme an, daß er in sein Zimmer gegangen ist.« Ramses trat mit ausgestreckter Hand vor. »Wir hatten noch nicht das Vergnügen einer Bekanntschaft, glaube ich. Erlauben Sie, daß ich mich vorstelle. Ich bin Mr. Walter Peabody Emerson.«

»Besser bekannt als Ramses«, sagte Emerson lachend. »Das ist Miss Marshall, mein Junge. Sie ist eine erfahrene Archäologin, also behandle sie mit Respekt.«

»Alles andere als erfahren, Professor«, entgegnete das Mädchen rasch. »Ich bin eine reine Anfängerin. Das also ist Ihr Sohn. Was für ein prächtiger kleiner Bursche!«

Sie ergriff Ramses' Hand. Ein Zucken seiner Lippen verriet Ramses' Unmut über ihre Äußerung. Als er meinen mahnenden Blick spürte, behielt er seinen Kommentar allerdings für sich und sagte statt dessen: »Ihre akademische Laufbahn war mir nicht bewußt, Miss. Darf ich fragen, an welchen renommierten Institutionen Sie studiert haben?«

»Nein, darfst du nicht«, sagte ich. »Machst du bitte den Ofen an, Emerson? Sicherlich möchte Miss Marshall eine Tasse Tee. Bis das Wasser kocht, werde ich ihr ihr Zimmer zeigen.«

»Ich fürchte, daß ich Ihnen nur Unannehmlichkeiten bereite«, fing die falsche Miss Marshall an. Dann sprang sie kreischend zurück. Die Katze Bastet, die schnurrend um die Knöchel des Mädchens gestreift war, miaute beleidigt und stupste mit ihrem riesigen Kopf gegen einen der winzigen Schnürstiefel.

»Das ist nur Ramses' Katze«, sagte ich.

»Die Katze Bastet«, betonte Ramses. »Sie scheint Sie zu mögen, Miss. Das ist ungewöhnlich, und meiner Meinung nach sollten Sie sich geschmeichelt fühlen, denn wie allgemein bekannt, haben Tiere einen sechsten Sinn, der ihnen ...«

»Sei still, Ramses«, sagte ich. Die junge Frau hatte mit zitternder Hand an ihre Schläfe gefaßt, und ich erlaubte mir, stützend meinen Arm um sie zu legen. »Miss Marshall ist erschöpft und interessiert sich nicht für deine unorthodoxen Theorien. Kommen Sie ins Nebenzimmer, meine Liebe. Wenn Sie Ihre Unterkunft sehen, werden Sie sich nicht mehr für irgendwelche Unannehmlichkeiten bei uns entschuldigen, fürchte ich.«

Lediglich ein Vorhang trennte das kleine Nebenzimmer vom Salon ab, und die einzige Möblierung bestand bislang aus einigen leeren Kisten. Ich führte die junge Dame zu einer von ihnen und half ihr beim Hinsetzen.

»Hier ist es zwar nicht so bequem wie im Salon«, sagte ich mit gedämpfter Stimme. »Aber ich bemerkte, daß Sie kurz vor einem Nervenzusammenbruch stehen, und dachte mir, daß Sie jetzt lieber allein sein wollen.«

»Sie sind zu liebenswürdig. Bitte lassen Sie sich nicht stören und gehen Sie ruhig wieder zu Ihrer Familie zurück ...«

»Oh, ich habe nicht die Absicht, Sie zu verlassen.« Ich setzte mich auf eine andere Kiste. »Wir müssen unbedingt noch einige Dinge besprechen, wenn Sie Ihre wahre Identität weiterhin verbergen wollen.«

Der Raum wurde lediglich vom Mondlicht erhellt. Das Mädchen war in den dunkelsten Winkel zurückgewichen, doch ich hörte, wie sie heftig nach Atem rang. Vergeblich bemühte sie sich, ihre Fassung wiederzuerlangen. »Was meinen Sie damit, Mrs. Emerson?«

»Auch wenn ich keinen intelligenteren Mann als meinen Gatten kenne, ist er in manchen Dingen schlicht und einfach naiv«, sagte ich. »Sie haben doch hoffentlich nicht gedacht, daß Sie mich irreführen könnten, oder – Miss Debenham?«

Für Sekundenbruchteile hielt sie den Atem an. Dann seufzte sie tief. »Ich wußte, daß ich diese Täuschung nicht lange aufrechterhalten könnte, Mrs. Emerson. Ich hoffte nur, daß es ein paar Tage funktionierte, bis ich zu einem Entschluß gelangte, ob ich mich Ihnen anvertrauen oder erneut fliehen sollte. Als der Professor mich für jemand anderen hielt, glaubte ich, daß eine höhere Macht mein Flehen erhört hätte.«

Sie sprach leise, aber nun ruhig und ohne eine Spur von Hysterie. Offensichtlich hatten sie ihre eigenen Betrugsabsichten belastet. Ihre Erleichterung, daß sie offen mit mir darüber reden konnte, bewies mir, daß sie im Grunde genommen ein wertvoller Mensch war.

»Dann haben Sie meinen Brief also gelesen«, sagte ich.

»Ja, Mrs. Emerson, und ich muß zugeben, daß meine erste Reaktion Verärgerung war. Ich bin ein sehr selbstbewußter und eigensinniger Mensch. Ich wurde von liebevollen Eltern sehr verwöhnt, die keinerlei Versuche unternahmen, meine Charakterschwächen auszumerzen. Ich kann Kritik nicht ausstehen und will stets meinen eigenen Kopf durchsetzen. Das ist ein großer Fehler ...«

»Was der eine ›Eigensinn‹ nennt, ist für den anderen ›Entschlossenheit‹. Charakterstärke ist doch kein Fehler. Sie hören sich an, als zitierten Sie jemanden, Miss Debenham – ach, nein, verzeihen Sie, ich muß mich daran gewöhnen, Sie mit Miss Marshall anzusprechen.«

»Dann ... dann heißt das, daß ich meine Maskerade aufrechterhalten kann? Sie sind bereit, Ihren eigenen Ehemann irrezuführen?«

»Oh, was das anbelangt, so würde ich Emerson niemals absichtlich hintergehen. Wenn er sich aber selbst betrügt, wäre es äußerst taktlos, wenn ich seine irrige Annahme richtigstellte, zumal es ziemlich wahrscheinlich ist, daß er im Eifer des Gefechts den Drang zu überstürzten Taten und Worten hätte, die er später bereute. Aber so gern ich die Diskussion über die Komplexität der Ehe fortsetzen würde – ein Thema, zu dem ich eine ganz entschiedene Meinung vertrete –, wir dürfen hier nicht zu lange verweilen, denn sonst fragt sich selbst mein geliebter Emerson, warum wir die ganze Zeit über im Dunkeln hocken. Und Ramses ... Was ihn anbelangt, werde ich Sie noch früh genug aufklären. Zunächst ist es wichtig, daß Sie mir so kurz und so detailliert wie möglich berichten, was in der Mordnacht eigentlich geschah.«

»Ich habe mit Prinz Kalenischeff zu Abend gegessen«, sagte

das Mädchen leise. »Wir brachen auf, um das Mondlicht über den Pyramiden ...«

»Ich habe Sie dort gesehen. Und was geschah dann?«

»Wir kehrten ins Hotel zurück. Der Prinz verabschiedete sich an meiner Zimmertür von mir ...«

»Sie haben ihn nicht in Ihr Zimmer gebeten?«

»Vermutlich geschieht mir das ganz recht«, sagte sie nach kurzem Zögern. »Nein, Mrs. Emerson, das habe ich nicht getan.«

»Bitte, fahren Sie fort. Und fassen Sie sich kurz.«

»Der Zimmerpage hatte mir einen Brief ausgehändigt. Ich las ihn, während ich mein Haar bürstete, und wie ich Ihnen bereits schilderte, war ich verärgert ...«

»Bitte lassen Sie Ihre Gefühlsregungen aus dem Spiel, sofern sie keinen Bezug auf die Ereignisse in jener Nacht haben.«

»Danke. Ich warf den Brief beiseite. Ich bereitete mich auf die Nacht vor, ging zu Bett, schlief ein. Eine Zeitlang später weckte mich irgend etwas auf. Vielleicht war es das Geräusch, wie jemand die Tür öffnete, oder Schritte. Eine dunkle Gestalt trat in mein Blickfeld. Ich erkannte den Prinzen. Langsam kam er auf mein Bett zu. Ich stand auf, fiel zu Boden, verlor das Bewußtsein. Als ich wieder aufwachte, dämmerte es bereits, und ich sah, daß der Prinz tot auf meinem Bett lag. Ich ging zum Kleiderschrank, nahm meine ...«

»Einen Augenblick, bitte. Ich habe Sie zwar darum gebeten, sich kurz zu fassen, aber das hier geht doch etwas zu schnell. Lassen Sie uns noch einmal darüber sprechen, wie Sie mitten in der Nacht wach wurden. Wie ging es Ihnen da? Fühlten Sie sich frisch und voll bei Bewußtsein, oder waren Sie unnatürlich schwach und müde?«

»Ich besaß kaum die Kraft, mich vom Bett zu erheben, um ihm zu entkommen. Wie kommen Sie darauf?«

»Vermutlich hat man Ihnen ein Betäubungsmittel verabreicht, meine Liebe. Haben Sie noch irgend etwas gegessen oder getrunken, bevor Sie zu Bett gegangen sind?«

»Ich nahm einen Schluck aus der Wasserflasche neben meinem Bett. Die trockene Luft macht einen so durstig ...«

»Das habe ich mir gedacht. Diese verfluchten Wasserflaschen! Man könnte meinen, sie sind extra für Diebe und Mörder erfunden worden. Irgendein Schutzengel hat dafür gesorgt, daß Sie rechtzeitig aufwachten ... Aber das spielte auch keine Rolle, für Sie bestand zu *keiner* Zeit Gefahr.

Kalenischeff wurde aufgrund einer Nachricht in Ihr Zimmer gelockt, die angeblich von Ihnen stammen sollte. Hat er Sie umworben? Nein, Sie brauchen mir nicht zu antworten, sicherlich hat er das getan. Er war ein eitler Mann, der sich außergewöhnlich attraktiv fand. Die Bitte um ein heimliches Treffen hätte ihn nicht mißtrauisch gestimmt.

Der Mörder wartete bereits auf ihn. Sie können von Glück sagen, daß Sie nur kurz und benommen aufwachten, denn das ersparte Ihnen das Grauen, Kalenischeffs Mord mit anzusehen. Und wenn Sie den Tathergang beobachtet hätten, hätte der Mörder es für erforderlich gehalten, auch Sie zu töten. Entweder sind Sie ungewöhnlich resistent gegenüber Betäubungsmitteln, oder Sie haben nicht viel von dem Wasser getrunken. Ihr weiterhin pflichtbewußter Schutzengel weckte Sie erneut, bevor Sie eigentlich aufwachen sollten. Wenn alles nach Plan verlaufen wäre, hätte man Sie mit der Leiche Ihres vermeintlichen Geliebten entdeckt und Sie festgenommen. So aber hatten Sie genügend Zeit, um sich anzukleiden und unbemerkt aus dem Hotel zu verschwinden. Der Zimmerpage war – vermutlich sogar von Kalenischeff – bestochen worden, daß er seinen Platz verließ. Es war noch früh am Morgen, und solange Sie die öffentlichen Räume mieden, würden nur wenige Leute Sie bemerken, beziehungsweise kaum die lebenslustige, modische Miss Debenham hinter der Bekleidung vermuten, die Sie augenblicklich tragen. Dann versteckten Sie sich – es spielt keine Rolle, wo, denn das können Sie mir später noch erzählen –, und als Sie sich an die von mir angebotene Hilfeleistung erinnerten, faßten Sie den Entschluß, mich aufzusuchen. Ich darf Sie zu Ihrer Geistesgegenwart beglückwünschen, Miss Debenham. Nur wenige Frauen hätten die Charakterstärke besessen, sich nach einem solch entsetzlichen Schock so vernünftig zu verhalten. Ich danke Ihnen. Sie haben Ihre Geschichte sehr gut formuliert.«

»Aber ... aber ... «

»Pst. Uns bleibt keine Zeit mehr.«

Ich hatte mich nicht geirrt. Ein Geräusch hinter dem Vorhang deutete darauf hin, daß Ramses in wenigen Sekunden zu uns stoßen würde. »Papa läßt ausrichten, daß das Teewasser kocht. Er möchte ebenfalls wissen – ich habe den genauen Wortlaut seines Satzes vergessen, da du mir ohnehin die Wiederholung gewisser Begriffe verboten hast –, was ihr hier ohne einen Stuhl, einen Tisch oder eine Laterne macht. Ich gebe zu, daß meine eigene Neugier in diesem Punkt ... «

»... vermutlich niemals gestillt werden wird«, fuhr ich ihm ins Wort und erhob mich. Ich erlaubte mir diesen kleinen Scherz, weil ich bester Laune war. Die Dinge entwickelten sich prächtig. »Ramses, wir kommen.«

Das Mädchen ergriff meine Hand. »Aber, Mrs. Emerson«, flüsterte sie. »Was soll ich tun? Sie glauben mir ... «

»Ja.«

»Wie können Sie mir vertrauen? Sie kennen mich doch gar nicht!«

»Das ist ganz einfach«, murmelte ich. »Ich kenne den wahren Mörder.«

»Was?« erklang ihr Aufschrei. Ramses drehte sich um. Im gedämpften Lichtschein des Nebenzimmers wirkte er mit seinen dünnen Gliedmaßen, dem zerzausten Haarschopf und dem fragend zur Seite geneigten Kopf exakt wie ein überdimensionaler Aasgeier.

»Später«, zischte ich, führte Miss Marshall zu dem von Emerson für sie bereitgestellten Stuhl und schenkte ihr den von ihm aufgebrühten Tee ein. Allerdings versteht Emerson trotz seiner vielfältigen Talente wenig von kulinarischen Genüssen.

Die Neuverteilung unserer Schlafplätze entpuppte sich als wesentlich schwieriger, als ich angenommen hatte. Ich konnte Ramses nicht zum Schlafen aufs Dach schicken. Er käme vielleicht auf die Idee, an der Hauswand hinunterzuklettern und wieder unbeobachtet irgendwelchen Unfug anzuzetteln. Ramses war selten ungehorsam, wenn es sich um direkte Anweisungen handelte, doch er besaß die teuflische Angewohnheit, ständig nach Schlupflöchern zu suchen, um sich meinen Anordnungen zu entziehen.

Emerson und ich konnten nicht die Nacht auf dem Dach verbringen und die junge Dame mit dem jungen Mann unten allein lassen. Emerson hielt mich für ungemein prüde und ließ sich lang und breit darüber aus. Ich machte mir nicht die Mühe, ihm meine wahren Gründe zu enthüllen, denn diese hätten ihn noch mehr aufgebracht. Aufgrund einer Verquickung glücklicher Umstände war Miss Marshall dem Meisterverbrecher entwischt. Ich konnte sie doch nicht einem Mann ausliefern, den ich stark verdächtigte, der Stellvertreter des M. V. zu sein.

Die gleichen Bedenken hegte ich, wenn Miss Marshall auf dem Dach schlief. Die einzige Lösung bestand darin, daß Emerson und ich unser Nachtlager im Salon aufschlugen, der sich an das kleine, Miss Marshall zugedachte Zimmer anschloß. Niemand könnte sie erreichen, ohne über unsere ruhenden Körper steigen zu müssen, denn die einzige Tür befand sich im Salon, und das Fenster war zu schmal zum Einsteigen.

Diese Vorkehrungen ließen sich nur mit einem beträchtlichen Lärmpegel ausführen. Emerson ist zu gut erzogen, als daß er in Gegenwart einer Dame fluchen würde, aber sein Gemütszustand spiegelte sich in lauten Stoßseufzern und Ausrufen wie »Ach, du meine Güte!« wieder. Meine vorrangige Sorge war,

Enid so bald wie möglich zur Ruhe kommen zu lassen. Sie befand sich am Rande eines Nervenzusammenbruchs, eine normale Reaktion bei einem Menschen, der nach Stunden nervlicher Anspannung und körperlicher Erschöpfung endlich eine Zuflucht gefunden hat. Ein Feldbett, Decken, eine Lampe und diverse Toilettenartikel waren schnell zur Hand (da ich für meine Expeditionen immer bestens gerüstet bin).

Erst, als alles fertig und Enid ins Bett geschafft worden war, fiel mir auf, daß ich Mr. Nemo nirgends gesehen hatte. Ein durchschnittlich neugieriger Mensch hätte doch zumindest einen Blick auf das Geschehen riskiert. Ich ging zu seinem Zimmer, doch mir war bereits klar, was ich dort vorfinden würde.

Die schwere Holztür besaß zwar keinen Riegel, doch Nemo hatte versucht, sie mit Hilfe eines Umzugskartons zu verschließen, der ihm als Tisch diente. Meine Körperkraft wird häufig unterschätzt. Ich bin zwar nur ein Meter fünfundfünfzig groß und eher schlank (an den meisten Stellen), aber ich halte mich fit. Als ich meine Schulter gegen die Tür stemmte, hatte ich keine Schwierigkeiten, die leere Kiste aus dem Weg zu schieben.

Mit dem Gesicht zur Tür lag Nemo auf der Seite. Ein feines, entspanntes Lächeln umspielte seine Lippen. Die Flamme der kleinen Lampe auf dem Boden vor ihm wurde von seinem glasigen Blick reflektiert.

Er hatte das entsetzliche Werkzeug seiner Zerstörung mitgebracht. Insgeheim schalt ich mich, daß ich es vernachlässigt hatte, seine Habseligkeiten zu durchsuchen, obwohl ich in der Tat nicht bemerkt hatte, daß er irgend etwas besaß. Außerdem wäre es einfach für ihn gewesen, die Pfeife und das Opium in den Falten seines Umhangs zu verbergen. Ich fand sie sofort. Berauscht von der Droge hatte er nicht daran gedacht, diese erneut zu verstecken. Die Pfeife lag genau neben ihm, wo sie ihm aus seiner schlaffen Hand gefallen war. Daneben stand eine kleine Zinnbüchse, zur Hälfte gefüllt mit einer dunklen, sirupartigen Substanz und einem dünnen Schöpflöffel, der zur Entnahme einer winzigen Menge Opium gebraucht wurde. Löffel und Opium wurden dann über eine Flamme gehalten, bis die Substanz kochte und schmolz und in den Kopf einer Pfeife gegossen werden konnte.

Ich wußte, daß jeder Versuch, mit Nemo zu reden, aussichtslos war. Er war weit weg, entrückt in die Bilder seiner Vorstellungskraft. Ich nahm die Opiumdose, die Pfeife und das Löffelchen. Dann blies ich die Lampe aus und verließ ihn leise.

Der Rest der Nacht verlief ohne irgendwelche Zwischenfälle. Emerson schnarchte. Er schnarcht selten, und wenn doch, dann ist es für gewöhnlich Absicht.

Im Morgengrauen war ich auf den Beinen und spürte wieder meine unbezwingbare Energie. Es gab viel zu tun an diesem Tag, und ich freute mich darauf wie ein Boxer, der in den Ring steigt, um seine Kräfte an einem ebenbürtigen Gegner zu messen. Leise verrichtete ich meine morgendlichen Pflichten und versuchte, Emerson nicht zu wecken, da ich es für eine gute Idee hielt, sein Frühstück bereits vorbereitet zu haben, wenn er wach wurde. Er würde in den vor uns liegenden Stunden ohnehin noch häufig genug Gelegenheit finden, seine Launen auszuleben.

Es war ärgerlich, daß es keine Holzdielen auf dem Boden gab, denn das eröffnete die Möglichkeit, sich unbemerkt anzuschleichen. Mein geschulter sechster Sinn warnte mich jedoch, daß ich beobachtet wurde. In der Erwartung, meinen allgegenwärtigen Sohn zu erblicken, sah ich stirnrunzelnd auf, nahm jedoch statt dessen die Umrisse von Mr. Nemo wahr, der vorsichtig durch den Vorhang spähte. Diesen hatten wir angebracht, um eine gewisse Privatsphäre zu erhalten.

Er inspizierte den Raum von allen Seiten, als erwarte er jeden Moment, lauernde Dämonen zu erblicken. »Wollen Sie einen Augenblick mit mir nach draußen kommen, Mrs. Emerson?« flüsterte er.

Ich hatte ihm eigentlich das Gleiche vorschlagen wollen. Ein langes, ernsthaftes Gespräch mit Mr. Nemo stand ganz oben auf der Liste der Aktivitäten, die ich mir für diesen Tag vorgenommen hatte. Es überraschte mich lediglich, daß er nicht den Versuch unternahm, der Auseinandersetzung zu entgehen. Aber vielleicht wollte er auch, statt sich zu entschuldigen, in die Offensive gehen und die Rückgabe seiner widerwärtigen Drogenausstattung erzwingen. Sein verbissener Gesichtsausdruck und die fest zusammengepreßten Lippen deuteten eher auf Entschlossenheit als auf Reue hin.

Als wir ins Freie traten, bat er mich, ihm zur Nordseite des Hauses zu folgen, wo man uns von der Eingangstür her nicht sehen konnte. Dann blickte er mich an.

»Mrs. Emerson, ich verlasse diese Arbeitsstätte.«

An diesem Morgen hatte er sich weder rasiert noch einen Kamm verwendet, um seine zerzausten blonden Locken zu bändigen. (Soweit ich wußte, besaß er überhaupt keinen Kamm oder eine Bürste.) Die Begleiterscheinungen der Droge waren an seinen stecknadelkopfgroßen Pupillen und den bleichen Wangen ersichtlich. Trotzdem hatte der monatelange Drogenmißbrauch die Ausstrahlung des ehemals gutaussehenden Engländers (oder Schotten) noch nicht völlig zerstört. Rasiert, gekämmt und in einen passenden Anzug gesteckt, würden sich die Frauen nach ihm umdrehen.

»Nein, Mr. Nemo, das werden Sie nicht tun«, sagte ich.

Seine Lippen zitterten. »Und wie gedenken Sie, mich davon abzuhalten?«

»Mit Gewalt, wenn es sein muß.« Ich lehnte mich gegen die Mauer und verschränkte die Arme vor der Brust. »Ein Schrei von mir und zehn starke Männer würden hier auftauchen, um auch die kleinste Anordnung zu befolgen. Emerson zähle ich nicht dazu, da er, obgleich er an Kraft und Zuneigung selbstverständlich den anderen überlegen ist, ziemlich orientierungslos ist, wenn er plötzlich aus dem Schlaf gerissen wird, und Sie könnten ihm entwischen, bevor er seine fünf Sinne beisammen hat. Ich bezweifle allerdings, daß Sie Abdullah und seine Söhne abwimmeln könnten. Nein«, fuhr ich gelassen fort, als er mit geballten Fäusten näher auf mich zutrat. »Versuchen Sie nicht, mir zu drohen, denn ich weiß, daß Sie nicht in der Lage sind, sich an einer Frau zu vergreifen.

Sie werden uns nicht verlassen, Mr. Nemo. Was ... was denken Sie eigentlich? Daß ich erst viel Lärm mache, um dann nichts zu bewerkstelligen? Ich habe mir geschworen, daß ich Sie resozialisieren werde, und genau das werde ich tun, ob mit oder ohne Unterstützung Ihrerseits. Im Prinzip habe ich volles Verständnis für das Recht jedes Engländers – und jeder Engländerin – oder, um es genau zu sagen, für jeden Mann und jede Frau gleich welcher Herkunft ... Was wollte ich eigentlich sagen?«

Nemos finsterer Blick war einem verständnislosen, beinahe irren Glotzen gewichen. »Ich habe nicht die leiseste Ahnung«, murmelte er.

»Oh, ja. Ich glaube fest daran, daß jeder Mensch das Recht darauf hat, sich eine Beschäftigung zu suchen oder diese aufzugeben, wann immer ihm oder ihr der Sinn danach steht. Jede Einschränkung dieser Freizügigkeit begründet Leibeigenschaft, und Freiheit ist das unbenommene Recht jedes Individuums. In diesem Fall allerdings hat Ihr Recht auf Freiheit zugunsten Ihres eigenen Besten zeitweilig zurückzustehen.

Nachdem ich das klargestellt habe, Mr. Nemo, möchte ich zum nächsten Punkt übergehen. Bitte, passen Sie gut auf. Meine Entscheidung, Sie aus der Gosse zu holen, wurde gestern abend bestätigt, als ich Sie in den Klauen dieses widerlichen Teufelszeugs vorfand. Es ist nicht so, wie Sie denken«, fuhr ich etwas sanfter fort, als er den Kopf abwandte, da sich seine bleichen Wangen mit Röte überzogen. »Diese Entdeckung bewies mir, daß ich mich in einer anderen, wesentlicheren Vermutung geirrt hatte. Ich irre mich nur selten. In diesem Fall war es aufgrund der äußerst mysteriösen Begleitumstände sogar zu Ihren Gunsten.

Mir war auf einmal klar, daß der Mann, als dessen Stellvertreter ich Sie verdächtigte, niemals einen Menschen zu seinem engsten Vertrauten wählen würde, dessen Loyalität oder Tatkraft von Opium vermindert werden könnte. Sie hatten erwähnt, daß Sie drogenabhängig sind, aber ich hatte Sie tatsächlich nie im Opiumrausch erlebt. Das führt zu einer logischen Schlußfolgerung, verstehen Sie? Jetzt habe ich mit eigenen Augen gesehen, daß Sie Drogen konsumieren. Der Meisterverbrecher läßt in seinem engsten Vertrautenkreis keine Drogenabhängigen zu. Deshalb sind Sie unter gar keinen Umständen ...«

»Der ...? Wer?« stammelte Nemo.

»Der Meisterverbrecher. Der geheimnisumwitterte Mensch, der den illegalen Antiquitätenhandel in Ägypten kontrolliert. Sagen Sie nicht, Sie hätten während Ihres Aufenthalts in der Kairoer Unterwelt nie von ihm gehört.«

»Ein drogenabhängiger Bettler wird nicht von einem Berufsverbrecher ins Vertrauen gezogen«, sagte Nemo nachdenklich. »Aber es stimmt, was Sie da sagen. Es gibt einen solchen Mann. Ich habe gerüchteweise von ihm gehört. Es war – äh – der von Ihnen gebrauchte Name, der mich überrascht hat. Diesen Namen habe ich mit Sicherheit noch nie gehört.«

»Wie heißt er denn? Sagen Sie es mir!«

»Er hat keinen Namen, nur eine Reihe von Bezeichnungen. Wer für ihn tätig ist, bezeichnet ihn, glaube ich, als den Meister. Anderen, die eher indirekt mit ihm zu tun haben, ist er als Sethos bekannt.«

»Sethos! Ein seltsamer Name. Mehr wissen Sie nicht?«

Nemo schüttelte den Kopf. »Die Männer, die für den Meister arbeiten, gehören zur Verbrecherelite. Von ihm erwählt zu werden ist ein Loyalitätsbeweis. Selbst diejenigen, die nicht für ihn arbeiten, haben entsetzliche Angst vor ihm, denn es wird gesagt, daß seine Rachemethoden gegenüber Verrätern unerbittlich und grausam sind.«

»Faszinierend«, entfuhr es mir. »Ich bin Ihnen für Ihre Informationen zutiefst zu Dank verpflichtet, Mr. Nemo. Bitte verzeihen Sie mir, daß ich Sie verdächtigt habe. Obwohl mir scheint, daß ich Ihnen damit gewissermaßen ein Kompliment gemacht habe!«

Nemo erwiderte mein Lächeln nicht. »Sie brauchen sich nicht zu entschuldigen. Was Sie mir erzählt haben, Mrs. Emerson, ändert nichts an der Sache. Sie haben recht, ich würde Ihnen kein Haar krümmen, und Ihre Männer könnten mich sicherlich überwältigen. Aber wenn Sie mich hierbehalten wollen, müssen Sie mich entweder anbinden oder einsperren. Ich muß und ich werde gehen.«

»Ich verstehe, Mr. Nemo. Ich weiß, was Sie zu dieser Entscheidung bewogen hat. Es war die Ankunft der jungen Dame.«

Nemo wurde blaß. »Sie ... Sie ... «

»Als Sie gestern abend aus dem Fenster schauten, haben Sie sie gesehen«, fuhr ich fort. »Ein Prachtexemplar englischer Weiblichkeit, mit einer Anmut und einem Charme, der in unserem geliebten Land seinesgleichen sucht. Sie gesehen zu haben muß Ihnen erneut Ihre Schande und Ihren Verlust vor Augen geführt haben.«

Nemo fuhr sich mit zitternder Hand an seine Schläfe. »Sie sind eine Hexe, Mrs. Emerson!«

»Nein, Mr. Nemo, nur eine Frau mit den Gefühlen einer Frau. Unsere Intelligenz ist der des sogenannten starken Geschlechts zweifellos ebenbürtig, doch wir denken mehr mit dem Herzen. Es war eine Frau, die Ihnen das eingebrockt hat, nicht wahr?«

Eine mürrische Stimme aus dem Haus unterbrach unsere Unterhaltung an diesem interessanten Punkt. Ich blickte auf meine Taschenuhr. »Die Zeit rast uns davon, Mr. Nemo. Ich muß mich wieder um meine Arbeit kümmern. Wir werden ein anderes Mal über Ihre persönliche Situation diskutieren. Solange rechne ich jedoch damit, daß Sie bleiben. Die junge Dame wird heute das Zimmer hüten. Sie brauchen ihr nicht gegenüberzutreten, solange ich Sie nicht ein wenig aufgepäppelt und mir eine Geschichte für die Dame zurechtgelegt habe. Geben Sie mir Ihr Wort, daß Sie nicht verschwinden?«

»Sie würden mein Wort akzeptieren?« fragte Nemo ungläubig. »Nachdem ich es gebrochen habe?«

»Sie haben es nicht gebrochen. Sie haben lediglich gesagt, daß Sie versuchen wollten, der Versuchung nicht wieder nachzugeben.« Ein weiterer, wesentlich zornigerer Schrei aus dem Inneren des Hauses erinnerte mich an meine Pflichten. »Ich muß mich auf den Weg machen. Ich werde heute nach Kairo reisen. Wir sehen uns heute abend.«

Nemo zuckte die Schultern. »Dann bis heute abend. Darüber hinaus ...«

»Das reicht schon. Ja, Emerson. Ich bin hier. Ich komme.«

Ich eilte ins Haus.

Als ich kurz nach dem Frühstück aufbrach, geschah dies in der festen Überzeugung, daß ich mich um alle vorhandenen Probleme gekümmert hatte. Ich hatte Enid geraten, einen Schwächeanfall vorzutäuschen und ihr Zimmer nicht zu verlassen. Wir wollten nicht riskieren, daß sie ihre archäologische Unkenntnis zur Schau stellte, was sicherlich innerhalb von fünf Minuten nach ihrem Auftauchen im Ausgrabungsgebiet der Fall gewesen wäre. Mr. Nemos Maße hatte ich genommen, um ihm ein paar Sachen anfertigen zu lassen. Dann hatte ich ihn mit Ramses fortgeschickt, damit sie die Ausgrabungsarbeiten an dem überdachten Durchgang beaufsichtigten. Emerson hatte ich beruhigt, ihm Frühstück zubereitet und ihm mit dem feierlichen Versprechen Mut gemacht, daß wir unser Nachtlager am kommenden Abend unter freiem Himmel und unter den funkelnden Sternen der Wüste aufschlagen würden. (Um genau zu sein, würde sich ein Segeldach zwischen uns und dem freien Himmel, den leuchtenden Sternen et cetera befinden, doch Emerson ist besonders empfänglich für stimmungsvolle Erklärungen dieser Art. Und ich gebe zu, daß ich diese Vorstellung ebenfalls äußerst anregend fand.)

Abdullah hatte ich losgeschickt, damit er mir vom Bürgermeister des Dorfes ein Pferd auslieh. Es war das hübscheste Tier weit und breit, eine reizende, kleine braune Stute, die, wie es hieß, der ganze Stolz des Scheichs war. Sicherlich machte sich das an der Leihgebühr bemerkbar, aber auch an ihrem schimmernden Fell und dem Zutrauen, mit dem sie mich begrüßte. Auch ich hätte mich beinahe in sie verliebt. Ihr Temperament entsprach dem meinen; als sie in einen flotten Galopp verfiel, hielt ich sie nicht davon ab, sondern genoß den Geschwindigkeitsrausch. Ich fühlte mich wie einer der Helden von Anthony Hope oder Rider Haggard, der zu Hilfe eilt. (Ihre Heldinnen, diese armen, unwissenden Geschöpfe, taten allerdings nichts anderes als herumzusitzen und händeringend auf ihre Rettung zu warten.)

Es schienen nur Augenblicke vergangen zu sein, bis ich die ersten Monumente von Sakkara erblickte. Einige Exemplare der Spezies ›umtriebiger Tourist‹ waren bereits dort, da Sakkara neben Gizeh zu den beliebtesten Ausflugszielen in der Region von Kairo zählt. Einer der Führer erklärte mir, wo die Archäologen arbeiteten, und ich war erfreut, daß Mr. Quibell wieder auf den Beinen war und, mit einem Notizbuch bewaffnet, Inschriften übertrug. Nachdem ich ihn darüber aufgeklärt hatte, daß es unverantwortlich sei, sich nach seinem Unwohlsein zu lange in der heißen Sonne aufzuhalten, fragte ich ihn nach den jungen Damen.

Unter blumigen Dankesbezeugungen erwiderte mir Quibell, daß aufgrund meiner Hilfe alle genesen seien. Sie hofften, die Arbeit in Sakkara innerhalb von ein bis zwei Tagen abschließen zu können, und würden sich dann mit Petrie in Theben treffen. Miss Pirie hatte ihn ganz besonders darum gebeten, mir zu danken, falls er mich vor ihrem Aufbruch noch sähe. (Bei der Erwähnung dieses Namens errötete der junge Mann und bewies mir damit, daß die junge Dame diesen nicht mehr lange beibehalten würde, sofern es nach ihm ging.)

Ich war erleichtert, als ich von ihrer bevorstehenden Abreise hörte, und froh, daß ich aus weiser Voraussicht hierhergekommen war, um Quibells Dank entgegenzunehmen, denn sonst hätte er sich vermutlich verpflichtet gefühlt, uns einen weiteren Besuch abzustatten und Enid damit in peinliche Verlegenheit gebracht. Pflichtbewußt bot ich mich an, die Damen zu untersuchen, doch Quibell versicherte mir mit anrührender Aufrichtigkeit, daß das nicht nötig sei. Da ich noch einen langen Ritt vor mir hatte, bestand ich nicht weiter darauf.

Wir verabschiedeten uns überaus freundlich voneinander, und ich setzte meinen Weg Richtung Norden nach Gizeh fort, wo ich das Pferd im Mena House zurückließ. Für die Strecke nach Kairo mietete ich mir eine Kutsche. Nachdem ich meine Einkäufe getätigt hatte, traf ich rechtzeitig im Shepheard ein, um ein spätes und, wie ich fand, verdientes Mittagessen einzunehmen.

Nicht, daß diese Unterbrechung meiner Tagesaktivitäten lediglich der Erbauung und Erholung diente – nein, keineswegs. Mein Hauptanliegen in Kairo harrte noch der Umsetzung, und als ersten Schritt mußte ich herausfinden, was die informierte Öffentlichkeit über den Mord wußte. Noch bevor ich meine Bestellung aufgab, erklärte ich dem Kellner deshalb, daß ich Mr. Baehler zu sprechen wünschte, selbstverständlich nur, wenn es ihm recht sei.

Der Speisesaal füllte sich rasch, und ich hatte meinen Spaß daran, die Touristen zu beobachten. Es war ein buntgewürfelter Haufen – beleibte deutsche Wissenschaftler und adrette englische Offiziere, laute amerikanische Damen und kichernde Mädchen in der Obhut gestrenger Mütter. Am Nebentisch war eine Gruppe junger Engländer versammelt, und nach der Vielzahl der in ihre Unterhaltung einfließenden »Ihre Lordschaft« und »Mylord« ließ sich unschwer darauf schließen, daß der blasse, blasiert dreinblickende junge Mann in ihrer Mitte ein Sproß der Aristokratie war. Ihre Bekleidung setzte sich aus einer gewagten

Kombination feinsten englischen Zuschnitts und einheimischer Kostümierung zusammen – eine gestreifte seidene *Sudeyree* oder Weste, kombiniert mit Reithosen, oder eine goldbestickte *Aba* über einem Jagdanzug aus Tweed. Keiner von ihnen hatte seinen phantasievollen Kopfschmuck – Turbane aus Kaschmir, weiße Seidenschals oder quastengeschmückte Kappen – abgelegt, und einige unter ihnen rauchten Zigarren, obwohl sich Damen in ihrer Gesellschaft befanden.

Ich schämte mich für meine Landsleute, doch nachdem sie schließlich aufgebrochen waren, tröstete ich mich mit dem Gedanken, daß schlechtes Benehmen in jeder Nation vorkommt. Kurze Zeit später betrat eine ältere Amerikanerin den Speisesaal, die mit ihrer durchdringenden Stimme und ihren lauten Kommentaren sämtliche Blicke auf sich zog. Sie befand sich in Begleitung einer pummeligen, schüchternen Frau, vermutlich ihrer Zofe oder Reisebegleiterin, und eines jungen Mannes, dessen Arm sie eher wie eine Gefängniswärterin an sich gepreßt hielt, statt sich wie eine hilfebedürftige, betagte Dame darauf zu stützen. Sie war groß und beleibt, und ihr ausladendes schwarzes Kleid sowie der Schleier waren bereits viele Jahre aus der Mode. Ihr altertümliches Hütchen war mit winzigen Perlen bestickt, von denen bei jedem ihrer dröhnenden Schritte einige zu Boden prasselten.

Aus der Schnelligkeit, mit der der Oberkellner auf sie zuschoß, schloß ich, daß sie entweder sehr wohlhabend oder sehr einflußreich sein mußte. Für seine Bemühungen erhielt er wenig Dank. Die alte Dame lehnte den ersten, ihr angebotenen Tisch ab und deutete auf einen, der näher am Fenster – und damit zufällig in meiner Nähe – stand. Dann kritisierte sie die Sauberkeit des Silberbestecks, die Raumtemperatur und die Ungeschicklichkeit ihrer Begleiter – und das alles in ohrenbetäubender Lautstärke. Als ihr Blick auf mich fiel, brüllte sie: »Ja, Sie sind doch meiner Meinung, Ma'am, oder etwa nicht?«

Ich wandte ihr den Rücken und mich wieder meiner Suppe

sowie dem Buch zu, das ich mitgebracht hatte – die Neuübersetzung von Herrn Ermans anregender Betrachtung über das *Leben im alten Ägypten.* Während ich mit den glücklichen Bauern durch die Gerstenfelder streifte, war ich bald so vertieft, daß mich Mr. Baehler an der Schulter rütteln mußte, um auf sich aufmerksam zu machen.

Zum ersten Mal erwies sich das Gespräch mit diesem angenehmen Menschen, der normalerweise jeden Klatsch über die Ausländergemeinschaft Kairos kennt, als reine Zeitverschwendung. Er wußte nicht mehr als ich – in der Tat sogar noch weniger –, da er mich darüber informierte, daß Miss Debenhams Aufenthaltsort unbekannt sei. Ihr Verlobter sei eingetroffen...

»Ihr was?« entfuhr es mir.

Ich bin sicher, daß ich nicht übermäßig laut wurde, und doch wurde die Unterhaltung im Speisesaal aus unerfindlichen Gründen genau in diesem Augenblick unterbrochen. Die ältere Amerikanerin rief: »Um was geht's, Ma'am? He, worum handelt es sich?«

»Ihr zukünftiger Ehemann«, meinte Baehler leise.

»Ich kenne die Bedeutung dieses Begriffs, Mr. Baehler.« Ich griff zu meinem Löffel, der mir im Eifer des Gefechts auf das Tischtuch gefallen war. »Ich nahm nicht an, daß Miss Debenham verlobt oder verheiratet sein könnte.«

»Ich ebenfalls nicht, bis er hier auftauchte und ein Zimmer suchte. Leider war es mir nicht möglich, ihn unangemeldet unterzubringen. Er sagte, daß er im Sudan auf Jagd gewesen sei und daß er, nachdem er die entsetzliche Nachricht erhalten habe, der Dame umgehend zur Seite stehen wolle.«

»Um dann lediglich herauszufinden, daß sie verschwunden ist. Er muß in großer Sorge um sie sein.«

»Zweifellos«, stimmte Baehler ungerührt zu.

»Aber das ist doch eine merkwürdige Geschichte, finden Sie nicht? Zuerst verläßt er seine zukünftige Frau, die sich dann allein in Kairo die Zeit vertreibt, während er sich im Sudan amüsiert. Dann eilt er ihr zur Seite – aber sicherlich nicht aus dem Sudan. Es würde Wochen dauern, bis irgendwelche Nachrichten ein abgelegenes Lager erreichen und bis er die Rückreise hinter sich gebracht hätte.«

Baehler schien sich unwohl in seiner Haut zu fühlen. »Das war mir auch schon aufgefallen, Mrs. Emerson. Ich kann nur annehmen, daß der Gentleman sich bereits auf dem Rückweg befand oder schon in Kairo angekommen war, als er von dem Mord erfuhr.«

»Ich muß mit ihm sprechen. Wo wohnt er?«

»Ich habe ihn ins D'Angleterre geschickt. Ob er dort eine Unterkunft gefunden hat, kann ich Ihnen nicht sagen. Und jetzt, Mrs. Emerson, wenn Sie mich bitte entschuldigen ...«

»Miss Debenham ist keine Mörderin, Herr Baehler. Und ich beabsichtige, das zu beweisen.«

Baehler, der sich erhoben hatte, ergriff meine ausgestreckte Hand und führte sie galant an seine Lippen. »Mrs. Emerson, wenn Sie vorhätten, den Beweis zu erbringen, daß die Sonne im Westen aufgeht, könnten Sie mich sicherlich überzeugen. Ich muß mich jetzt um meine Pflichten kümmern. Meine besten Grüße an Ihren überaus geschätzten Gatten und den jungen Herrn Ramses.«

Nachdem er den Raum verlassen hatte, fielen mir verschiedene Fragen ein, die ich ihm noch hätte stellen sollen, unter anderem die Frage nach dem Mann, der sich als Miss Debenhams Verlobter bezeichnete. Nach reiflicher Überlegung entschied ich allerdings, daß ich Miss Debenham besser selbst danach fragte – und mir ebenso Gewißheit verschaffte, warum sie mir das verschwiegen hatte. Die junge Dame war mir einige Erklärungen schuldig, falls sie sich weiterhin meiner wohlwollenden Unterstützung sicher sein wollte.

Ich griff nach meinen Päckchen, meinem Sonnenschirm und meiner Handtasche. Als ich mich zum Gehen anschickte, rief die alte amerikanische Dame hinter mir her: »Ich wünsche Ihnen einen guten Tag, Ma'am. War mir ein Vergnügen, mit Ihnen zu plaudern.« In der Annahme, daß sie leicht senil sein müßte, lächelte ich sie höflich an und schwenkte meinen Sonnenschirm.

Vor dem Hotel winkte ich eine Kutsche herbei, und als diese gerade vorfuhr, sprach mich einer der Straßenhändler an. »Blumen für die Dame«, schrie er und warf mir einen Strauß zu.

»Ich möchte keine Blumen«, erklärte ich in Arabisch.

»Sie sind für Sie, Sitt«, beharrte der Bursche. »Sie sind die Sitt Hakim, die Frau von Effendi Emerson? Ja, ja, ich kenne Sie, ein Herr hat mich gebeten, sie Ihnen zu überreichen.«

Der Strauß war ein reizendes Gebinde aus roten Rosenknospen und duftenden Mimosen, das von grünen Blättern und einer Seidenschleife zusammengehalten wurde. Der Blumenverkäufer verbeugte sich vor mir und verschwand dann, ohne auch nur auf das übliche Trinkgeld gewartet zu haben; also blieb mir keine andere Wahl, als die Blumen zu behalten, was mir nicht sonderlich schwerfiel, da ich Rosen von dieser Farbe besonders liebe. Ich entschied, daß sie von Mr. Baehler kommen mußten – als Zeichen freundlicher Wertschätzung und als Entschuldigung für seinen quasi unvermittelten Aufbruch. Es war genau die Geste, der sich ein Gentleman von seiner ausgesuchten Höflichkeit bedienen würde.

Die Kutsche brachte mich rasch zu meinem Bestimmungsort, dem Verwaltungsgebäude auf dem Bab-el-Khalk-Platz. Bis vor kurzem hatte sich die Kairoer Polizei noch unter der wohlwollenden Kontrolle eines britischen Generalinspektors befunden. Sie stand zwar immer noch unter britischer Kontrolle, doch der Titel des Befehlshabers war in ›Berater‹ umgewandelt worden. Sir Eldon Gorst, den ich persönlich kannte, bekleidete diese Position. Doch als ich nach ihm fragte, sagte man mir, daß er nicht in seinem Büro sei, und verwies mich an einen seiner Beamten.

Zu meinem Leidwesen mußte ich feststellen, daß es sich dabei um Major Ramsay handelte, den dümmsten und unsympathischsten von Sir Eldons Mitarbeitern. Als wir uns das letzte Mal – anläßlich eines gesellschaftlichen Empfangs im Konsulat – begegnet waren, hatte ich die Gelegenheit beim Schopfe gefaßt und versucht, einige seiner unzutreffenden Ansichten zum Thema Frau und ihrer rechtlichen Stellung in der Gesellschaft zu korrigieren. Ich würde einen britischen Beamten niemals der Unverschämtheit bezichtigen; Major Ramsays Antworten kamen dieser Umschreibung jedoch so nahe, wie es ein britischer Beamter gerade noch wagen durfte. Und gegen Ende der Diskussion hatte Emerson irgend etwas davon verlauten lassen, daß er mit Freuden jemandem einen Kinnhaken verpassen würde. Das war zwar nur einer von Emersons kleinen Scherzen, doch Major Ramsay besaß keinen Sinn für Humor. Leider vermittelte mir sein ernster, knapper Gruß bereits, daß er immer noch Groll gegen mich hegte.

Ich erklärte ihm den Grund für meinen Besuch. Ramsay sah mich unnachgiebig an. »Ich hatte angenommen, Sie wären gekommen, um eine Korrektur oder Änderung der Aussage vorzunehmen, die Sie ursprünglich gegenüber dem diensthabenden Untersuchungsbeamten gemacht haben, Mrs. Emerson. Sie wissen sicherlich, daß ich das Ergebnis einer polizeilichen Ermittlung nicht mit einem Vertreter der allgemeinen Öffentlichkeit besprechen kann.«

Ich versuchte, es mir auf dem harten Stuhl bequemer zu machen, und legte meinen Sonnenschirm auf meinen Schoß. »Oh, ja, Major Ramsay, das ist eine weitestgehend lobenswerte Regelung, aber sie betrifft *mich* nicht. Professor Emerson und ich können kaum als Vertreter der Öffentlichkeit und schon gar nicht als solche der allgemeinen Öffentlichkeit bezeichnet werden.«

»Sie ... « fing Ramsay an.

»Ich bin sicher, daß Sie mittlerweile zu der gleichen Schlußfolgerung gelangt sind, die mir direkt eingeleuchtet hat: daß Miss Debenham nämlich unschuldig ist. Haben Sie irgendwelche anderen Verdächtigen?«

Ramsay biß sich auf die Lippe. Sein langes, trübsinniges Gesicht war nicht in der Lage, irgendwelche intellektuellen Regungen auszudrücken (vorausgesetzt, er hatte überhaupt welche), doch es fiel mir nicht schwer, seinen Gedanken zu folgen. Er verabscheute es, mir irgend etwas Wesentliches mitzuteilen, erhoffte sich dadurch jedoch, Informationen von mir zu erlangen.

Letzteres Motiv trug eindeutig den Sieg davon. Er verzog die Lippen, als hätte er in einen sauren Apfel gebissen, und meinte dann: »Wir suchen einen Mann, der uns bei unseren Ermittlungen behilflich sein kann. Ein Ägypter – ein Bettler, um genau zu sein. Vielleicht ist er Ihnen vor dem Shepheard aufgefallen.«

Mich beschlich eine unangenehme Vorahnung. Natürlich verbarg ich meine Bestürzung, denn *mein* Gesichtsausdruck gibt lediglich dann intellektuelle Regungen preis, wenn ich es will.

»Ein Bettler«, wiederholte ich ironisch lächelnd. »Mir sind Dutzende von ihnen aufgefallen.«

»Größer als der Durchschnitt, kräftig gebaut. Er trägt einen blaßblauen Umhang und einen gelben Turban.«

»Ich bezweifle, daß ich mich an eine solche Person erinnere. Warum verdächtigen Sie ihn?«

»Ich habe nicht gesagt, daß wir ihn verdächtigen, sondern nur, daß wir ihn verhören wollen.«

Und das, werter Leser, war alles, was ich von ihm in Erfahrung brachte. Ramsay war absolut nicht bereit, seine Sachdarstellung zu vertiefen oder zu ergänzen.

Als ich wieder vor dem Gebäude stand, fühlte ich mich seltsam unentschlossen. Ich war versucht, mich an Sir Evelyn Baring, den Generalkonsul, zu wenden, und ihn um seine Unterstützung zu bitten, die er mir sicherlich nicht verwehrt hätte, da wir alte Bekannte waren. Aber der Nachmittag war schon weit fortgeschritten, und ich hatte viel zuviel Zeit auf diesen Idioten Ramsay verwendet. Ich hätte einen angenehmen Ritt unter dem Sternenhimmel der Wüste sicherlich genossen, aber ich wußte, daß Emerson sich wie ein Irrer gebärden würde, wenn ich nicht vor Sonnenuntergang zu Hause eintraf. Emerson ist absolut furchtlos, wenn es um seine eigene Sicherheit geht, aber allein der Gedanke, daß ich in Gefahr schweben könnte, bringt meinen guten Mann zum Kochen.

Während ich so dastand und mit mir selbst haderte, hörte ich, wie jemand zögernd meinen Namen rief. Als ich mich umdrehte, stand ich Auge in Auge einem Fremden gegenüber. »Auge in Halstuchhöhe« wäre sicherlich zutreffender, da der Mann mindestens zwanzig Zentimeter größer war als ich. Als ich zurücktrat, um ihn betrachten zu können, erblickte ich ein schmales Gesicht mit Hakennase über einer schlanken Figur, die – für das Klima ziemlich seltsam – in einen wollenen Kapuzenmantel gehüllt war. Dunkle Gläser schützten seine Augen vor der gleißenden Sonne. In seiner Hand hielt er eine passende Wollkappe.

»Ich bin Mrs. Emerson«, bekräftigte ich.

Seine schmalen Lippen verzogen sich zu einem freundlichen Lächeln. »Ich habe Sie aufgrund der Bilder erkannt, die häufig in den Zeitungen sind. Obwohl sie Ihnen, wenn ich das sagen darf, nicht gerecht werden.«

»Das ist bei Zeitungsfotos selten der Fall. Vielleicht habe ich Sie in ähnlicher Form abgelichtet auch schon einmal gesehen. Sie kommen mir bekannt vor, Mr ...?«

»Gregson. Tobias Gregson. Ja, von Zeit zu Zeit wird mein Gesicht in der einschlägigen Presse abgebildet. Ich bin Privatdetektiv – ein renommierter Privatdetektiv, um beim Wortlaut selbiger Quellen zu bleiben.«

»Die müssen es wissen. Welchen Fällen sind Sie nachgegangen, Mr. Gregson?«

»Viele meiner Aufträge sind absolut diskreter Natur, wie

heikle Familienskandale oder delikate Regierungsverhandlungen. Aber vielleicht erinnern Sie sich an die Sache mit dem Laienbettelorden? Oder an den Camberwell-Giftmord?«

»Ich bin mir nicht ganz sicher.«

»Macht nichts. Ich möchte Sie nicht aufhalten, Mrs. Emerson. Ich habe mich lediglich an Sie gewandt, weil ich glaube, daß Sie Interesse an meinen derzeitigen Nachforschungen haben.«

Ich sah ihn durchdringend an. »Hat man Sie darum gebeten, die Polizei bei der Aufklärung des Mordes an Kalenischeff zu unterstützen?«

Gregson lächelte abschätzig. »Ich stehe auf keinem sonderlich guten Fuß mit der Polizeibehörde, Mrs. Emerson. Berufsbedingte Mißgunst... Aber ich möchte das nicht weiter ausführen. Nein, ich war zufällig in anderer Sache in Ägypten – einer ähnlichen Sache, wie sich herausstellte. Der Fall hat interessante Aspekte.«

»Das hat er. Zweifellos hat Ihnen Ihre lange Erfahrung in kriminalistischen Angelegenheiten bereits einen Hinweis auf die Identität des Schuldigen geliefert.«

»Offenkundig war es nicht Miss Debenham«, sagte Gregson gelassen.

»Offenkundig. Aber wer?«

Gregson blickte von einer Seite zur anderen und senkte seine Stimme. »Ich bin auf der Suche nach dem Verbleib eines gewissen Bettlers, der in der Mordnacht vor dem Hotel herumlungerte.«

»Ah«, sagte ich im gleichen geheimnisvollen Tonfall. »Ein großer, gutgebauter Mann mit einem gelben Turban?«

»Ich hätte wissen sollen, daß die berühmte Mrs. Emerson die gleiche Spur verfolgt«, sagte Gregson mit einem Ausdruck ehrerbietiger Bewunderung.

»Nicht unbedingt. Major Ramsay hat ihn erwähnt.«

»Ramsay ist ein Idiot. Er weiß nicht, was Sie und ich wissen.«

»Und was ist das, Mr. Gregson?«

»Daß der Bettler kein Bettler ist, sondern ein Gesandter dieses Verbrechergenies, dieses Meisters der Täuschung ... «

»Was?« rief ich. »Woher kennen Sie denn *den*?«

»Ich habe meine Methoden, Mrs. Emerson. Es genügt wohl, wenn ich sage, daß ich diese rätselhafte Persönlichkeit kenne, die Sie in einem Zeitungsinterview einmal als den Meisterverbrecher bezeichnet haben. Ich habe es mir selbst zur Aufgabe gemacht, diesen Mann zu stellen.«

»Ich habe mir die gleiche Aufgabe gestellt, Mr. Gregson.«

»Wir müssen uns austauschen, Mrs. Emerson.«

»Ich würde Sie gern mit meinem Gatten bekannt machen, Mr. Gregson.«

»Wie ... wie bitte?«

Lachend erklärte ich ihm meine scheinbar unlogische Argumentation. »Ich wollte nicht das Thema wechseln, Mr. Gregson. Emerson und ich sind gleichberechtigte Partner, ob es nun kriminalistische Nachforschungen oder unseren Beruf und unsere Ehe anbelangt. Da es mir noch nicht gelungen ist, können Sie ihn vielleicht davon überzeugen, daß es von allergrößter Bedeutung ist, den Meisterverbrecher zu stellen.«

»Ich verstehe. Selbstverständlich ist es mir eine Ehre, Professor Emerson kennenzulernen.«

»Ich muß jetzt aufbrechen oder ebendieser Professor Emerson wird Kairo überrennen, um mich zu suchen. Wohnen Sie im Shepheard, Mr. Gregson?«

»Nein. Aber ein dort am Empfang hinterlegter Brief wird mich erreichen.«

»Sie finden uns in Dahschur, falls Sie irgend etwas mit uns besprechen wollen.« Ich reichte ihm zum Abschied meine Hand, doch als ich sie zurückziehen wollte, hielt er sie fest. »Bitte, gehen Sie nicht einfach fort, Mrs. Emerson. Darf ich Sie vielleicht zu einer Tasse Tee oder einer Limonade einladen?«

Der Vorschlag reizte mich, denn ich war erpicht darauf, alles zu erfahren, was mir dieser bemerkenswerte Mensch vermitteln konnte. Während ich insgeheim abwog, fiel mein umherschweifender Blick auf ein Objekt, das mich an meiner Sehschärfe zweifeln ließ. Ich zog meine Hand aus Mr. Gregsons warmer Umklammerung und nahm die Verfolgung auf. Leider schwang sich mein Opfer auf ein Pferd und galoppierte davon, noch ehe ich mit ihm sprechen konnte. Als ich nach einer hastigen Überprüfung der nahe gelegenen Straßen und Plätze zurückkehrte, war Mr. Gregson ebenfalls verschwunden. Meine Kutsche wartete bereits. Ich wies den Kutscher an, mich zum Mena House zu bringen.

Ich hatte keinen besonders guten Blick auf den Reiter gehabt, aber ein körperliches Merkmal war unverkennbar gewesen – die rotgoldenen Locken hatten im Sonnenlicht wie ein Messinghelm geschimmert. Es hätte mich nicht überrascht – auch wenn es mich tief verletzt hätte –, wenn Nemo sein Wort gebrochen hätte. Er war schließlich nur ein schwaches, männliches Wesen. Aber wenn er *nur* ein schwaches, männliches Wesen war, ein Bettler und ein Drogenkonsument – was tat er dann, gekleidet in bestes englisches Tuch, vor der Polizeibehörde?

6

Trotz aller Bemühungen meines edlen Reitpferdes funkelten bereits die ersten Sterne am blausamtenen Firmament, als ich Dahschur erreichte. Die letzten Strahlen der untergehenden Sonne tauchten die steilen Erhebungen der Pyramiden in ein geheimnisvolles, kupferfarbenes Licht, und die Wüste lag in der Dämmerung. Lange bevor ich Emersons Gestalt erblickte, hörte ich schon seine geliebte Stimme: »Peabody! Peabody, bist du es? Verflucht, antworte mir!«

Ich spornte mein Pferd zum Galopp an. Emerson kam mir entgegengelaufen, und kurze Zeit später befand ich mich bereits in seiner zärtlichen Umarmung.

»Warum zum Teufel kommst du eigentlich so spät zurück?« fragte er. »Ich wollte dir schon einen Suchtrupp hinterherschikken.«

»Also, Emerson. Wenn du unbedingt schreien mußt, dann bitte nicht so direkt an meinem Ohr.«

Emerson murmelte irgend etwas Unverständliches in besagtes Sinnesorgan. Schließlich bat die zierliche Stute höflich um Aufmerksamkeit, indem sie mich mit ihren samtenen Nüstern anstupste, und ich schlug Emerson vor, daß wir weitere Willkommensbezeugungen auf eine passendere Zeit an einem geeigneteren Ort verschieben sollten.

»Ja, richtig«, sagte Emerson. »Komm und begutachte unser neues Schlafquartier, Peabody.«

»Dann sind die Zelte also angeliefert worden? Ich habe Ali ausdrücklich gebeten, sie umgehend hierherzuschicken.«

»Ich weiß nicht, ob er sie umgehend geschickt hat, aber sie kamen vor ein paar Stunden an. Ich bat Nemo, unser Zelt aufzubauen ...«

»Nemo!«

»Ja, und er hat das auch sehr geschickt gemacht. Was meinst du dazu?«

Nach dem, was ich in der Dunkelheit erahnen konnte, schien es korrekt aufgestellt worden zu sein. Ich nahm Emersons drängende Einladung an, das Innere zu inspizieren, und erst nach einer längeren und durchaus zufriedenstellenden Zeitspanne gelang es mir, mich einer Angelegenheit zuzuwenden, die ich eigentlich gleich nach meiner Rückkehr verfolgen wollte. Emerson schlug höflich eine Zeltbahn beiseite, so daß ich hinaustreten konnte, und während wir Hand in Hand zum Haus zurückschlenderten, fragte ich: »Wann ist Nemo aufgebrochen, Emerson?«

»Wieso? Überhaupt nicht, Peabody, wenn er sich nicht innerhalb der letzten halben Stunde aus dem Staub gemacht hat. Er war mit Ramses zusammen ... Was hast du gesagt, Peabody?«

»Ach nichts, nur ein kurzer Aufschrei, weil ich einen Augenblick befürchtete, ich könnte über einen Stein stolpern.«

»Oh«, sagte Emerson. »Worüber sprachen wir gerade?«

»Mr. Nemo hätte beide Zelte aufstellen sollen, wollte ich gerade einflechten.«

»Amelia, ich habe nicht vor, Ramses in einem Zelt schlafen zu lassen.«

»Es ist nicht für Ramses, sondern für Miss Marshall.«

»Oh, verflucht, Amelia, warum zum Teufel ...«

»Ich habe es dir bereits erklärt, Emerson. Es schickt sich nicht ...«

Er fiel mir natürlich ins Wort. Auf dem Weg zum Haus setzten wir unsere Diskussion fort. Als wir schließlich in der unvermeidlichen Entscheidung übereinstimmten, schüttelte sich Emerson und sagte ruhig: »Es ist schön, daß du wieder da bist, meine geliebte Peabody. Ohne dich ist das Haus nicht mehr dasselbe. Ich hoffe nur, daß ich keinen Fehler gemacht habe, als ich die junge Frau bei uns aufnahm. Kannst du dir vorstellen, daß sie den ganzen Tag auf ihrem Zimmer geblieben ist? Ich befürchte, sie ist gar nicht in der Lage zu arbeiten. Vermutlich ist sie leicht anfällig für Krankheiten. Die Nachtluft ist schlecht für kränkliche Menschen ... «

»Die Nachtluft ist genau das, was sie zu ihrer Genesung braucht. Ich verspreche dir, daß sie morgen wieder arbeiten kann.«

»Hmhm«, meinte Emerson.

Bevor wir England verließen, hatte mir Ramses mitgeteilt, daß er beabsichtigte, eine Einführung in die ägyptische Grammatik zu verfassen, da die vorhandenen Werke seiner Meinung nach vollkommen unbrauchbar waren. Ich stimmte seinem Vorhaben zu, hätte ihn jedoch in allem unterstützt, was mir in irgendeiner Form Anlaß zu der Hoffnung gegeben hätte, daß es ihn von Schwierigkeiten fernhielt. So war ich an jenem Abend erfreut, ihn eifrig schreibend vorzufinden, neben sich die Katze Bastet auf dem Tisch, die als Briefbeschwerer diente.

»Wo ist Mr. Nemo?« fragte ich, nachdem wir uns begrüßt hatten.

»In seinem Zimmer. Ich vermute«, sagte Ramses und griff wieder zur Feder, die er bei meinem Eintreten beiseite gelegt hatte, »daß er Opium raucht. Ich fragte ihn, ob er mich einmal probieren ließe, aber er ... «

»Ramses!« rief ich. »Du darfst doch kein Opium rauchen!«

»Ich erinnere mich nicht, daß du mir das jemals verboten hast, Mama.«

»Da hast du recht. Ich habe es einfach versäumt, was ich jetzt allerdings nachhole. Wie kamst du denn nur auf diese Idee?«

Ramses fixierte mich mit seinen riesigen, ernsten Augen. »Das ist eine Frage des wissenschaftlichen Experiments, Mama. Ein Wissenschaftler sollte sich niemals auf Forschungsergebnisse verlassen. Um sie vollkommen einschätzen zu können, muß er die Erfahrung aus erster Hand ...«

»Schon gut. Ich hätte es besser wissen und mir meine Frage sparen sollen. Ramses, falls du ... Es ist dir strengstens untersagt ... Oh, gütiger Himmel, ich habe nicht die Zeit, auf deine eigenwillige Argumentation einzugehen. Ich muß schauen, wie es Miss Marshall geht. Aber vergiß bitte nicht ... Emerson, ich überlasse es dir, mit Ramses zu reden.«

»Ramses zuzuhören« wäre zutreffender gewesen. Der Junge holte zu einem langatmigen Monolog aus, in dem Emersons schwache Einwürfe »Aber mein Junge ...« wie ein Fetzen Papier im Wasser untergingen. Ich zumindest war froh, daß ich mich während des Verlaufs dieser Diskussion ungestört mit Enid austauschen konnte.

Bei meinem Eintreten lag sie mit dem Gesicht zur Wand auf dem Feldbett. Als sie mich bemerkte, richtete sie sich mit der Energie und Anmut einer Raubkatze auf.

»Ich werde verrückt vor Langeweile«, zischte sie. »Lieber säße ich im Gefängnis, als diese Einsamkeit ... diese Anspannung ... und diesen unsäglichen Jungen ertragen zu müssen, der hier hereinschneit und mich über die Grabstätten der vierten Dynastie ausfragt ...«

»Ich hoffe, Sie haben nicht versucht, ihm zu antworten?«

»Wie könnte ich denn? Ich habe seine Fragen doch gar nicht verstanden.« Einen Augenblick später legte sich ihr Zorn, sie sank auf die dünne Matratze zurück, und ihr Gesicht nahm einen kindlich besorgten Ausdruck an. »Verzeihen Sie, Mrs. Emerson. Ich schulde Ihnen so viel – aber das Nichtstun und die Ungewißheit zerren an meinen Nerven.«

»Mir ginge es ebenso. Ihr Nichtstun hat ein Ende. Morgen werden Sie uns bei den Grabungsarbeiten zur Hand gehen. Machen Sie sich keine Sorgen, daß Ihr fehlendes Fachwissen auffallen könnte. Sie sind meine Assistentin, und ich werde dafür sorgen, daß Sie nicht in Schwierigkeiten geraten. Wenn

Emerson Ihnen eine Frage stellt, die Sie nicht beantworten können, sagen Sie einfach: ›Mr. Petrie ist der Ansicht …‹ Weiter brauchen Sie gar nicht zu reden. Emerson wird Sie entweder unterbrechen oder aufgebracht verschwinden. Wenn Ramses Sie etwas fragt – was er mit ziemlicher Sicherheit tun wird –, dann brauchen Sie ihn lediglich um *seine* Meinung zu bitten. Die einzige Schwierigkeit ist dann allerdings, ihn wieder zum Schweigen zu bringen. Haben Sie noch irgendwelche Fragen?«

»Irgendwelche? Ich habe Hunderte von Fragen.« Ihre Augen blitzten. »Sie waren heute in Kairo. Was ist geschehen? Hat die Polizei …«

»Die Polizeibeamten sind Idioten. Sie müssen hierbleiben, bis ich den Fall aufgeklärt habe und Ihnen damit ermögliche, Ihre rechtmäßige Stellung in der Gesellschaft wieder einzunehmen.«

»Sie sagten, Sie wüßten …«

»Ich sagte, daß ich wüßte, wer Kalenischeffs Mörder ist. Das entsprach der Wahrheit, Miss Marshall. Das einzige Problem dabei ist, daß ich nicht weiß, wer er … Lassen Sie es mich anders ausdrücken. Ich weiß, wer er ist, aber ich weiß nicht … Gütiger Himmel, das ist ja schwieriger, als ich annahm. Der Mörder ist der Anführer einer kriminellen Vereinigung, zu der auch Kalenischeff gehörte. Sie können mir soweit folgen? Gut. Aber obwohl ich dem fraglichen Mann schon begegnet bin, kenne ich seine wahre Identität nicht. Er ist ein Meister der Verstellung.«

Enid musterte mich zweifelnd. »Verstehe ich Sie richtig, Mrs. Emerson? Wollen Sie damit andeuten, daß der Mörder so etwas wie ein Meisterverbrecher ist?«

»Hervorragend«, rief ich. »Ich bewundere Ihre Intelligenz, Miss Marshall. Ich wußte von Anfang an, daß wir beide aus dem gleichen Holz geschnitzt sind.«

»Danke, Madam. Verzeihen Sie mir, wenn mich diese Information nicht sonderlich ermutigt. Nach dem, was mir über Meisterverbrecher zu Ohren gekommen ist, sind sie kriminelle Genies, und es ist gar nicht so einfach, sie dem Gericht zu überstellen.«

»Ganz recht. Sie können sich allerdings darauf verlassen, daß *dieses* kriminelle Genie dem Gericht von *mir* überstellt wird. Es dauert vielleicht eine Weile, und deshalb sollten Sie sich in Geduld üben. Hier sind ein paar persönliche Dinge, die ich in Kairo für Sie besorgt habe.« Ich reichte ihr das Paket. »Entschuldigen Sie die schlechte Qualität der Kleidungsstücke. Konfektionsware ist selten gut, aber ich hatte Skrupel, einfach ins Shepheard zu marschieren und Ihr Gepäck dort abzuholen.«

»Sie sind überaus nett«, murmelte sie, ihren Kopf über das Paket gebeugt.

»Nicht unbedingt. Ich habe mir eine Rechnung geben lassen und erwarte, daß Sie diese begleichen, sobald Sie dazu in der Lage sind.«

Mit einem lachenden und einem weinenden Auge – um mir diese sprichwörtliche Freiheit zu erlauben – sah Enid mich an. Plötzlich schlang sie ihre Arme um meinen Hals und verbarg ihren Kopf an meiner Schulter. »Jetzt fange ich an zu begreifen, warum die Leute so schwärmerisch von Ihnen sprechen«, murmelte sie. »Meine eigene Mutter hätte nicht mehr für mich getan ... «

Ich hatte das Mädchen in mein Herz geschlossen, doch ich wußte, daß zu starkes Mitgefühl unweigerlich zu einer Tränenflut geführt hätte, die sie bislang tapfer zurückzudrängen versuchte. Deshalb beschloß ich, die Situation mit einem meiner kleinen Scherze aufzulockern. »Ich bezweifle, daß Ihre geliebte Mama in der gegenwärtigen Situation besonders nützlich gewesen wäre. Eine so vornehme Dame wie sie hätte nicht meine umfassende Erfahrung im Umgang mit hartgesottenen Kriminellen und ihren Gewohnheiten gehabt. Na, na, meine Liebe, Kopf hoch. Ich muß Sie etwas fragen. Warum haben Sie mir nicht erzählt, daß Sie zu heiraten beabsichtigen?«

Erstaunt hob sie den Kopf und sah mich fragend an. »Aber das stimmt nicht. Wer hat Ihnen das denn erzählt?«

»Mr. Baehler, der Hotelmanager im Shepheard. Ihr zukünftiger Gatte ist in Kairo und brennt darauf, Ihnen beizustehen.«

»Ich verstehe das alles nicht ... Oh, oh, gütiger Himmel. Es ist sicherlich Ronald. Ich hätte es wissen müssen!«

»Sie schulden mir eine Erklärung, mein liebes Mädchen. Wer zum Teu ... Wer ist Ronald?«

»Der ehrenwerte Ronald Fraser. Wir sind zusammen aufgewachsen, Ronald und ich und ... « Sie biß sich auf die Unterlippe. Dann saß sie für Sekundenbruchteile schweigend da, als überlegte sie, wie sie es am besten erklären sollte. Schließlich sagte sie gedehnt: »Ronald ist mein Cousin zweiten Grades – der einzige Verwandte, den ich noch habe. Eine andere Beziehung besteht zwischen uns nicht.«

»Warum sollte er sich dann als Ihr Verlobter ausgeben? Oder hat Mr. Baehler das vielleicht mißverstanden?«

Enid schüttelte den Kopf. »Er hat mich gebeten, ihn zu heiraten. Ich lehnte ab. Doch es wäre typisch für Ronald, anzunehmen, daß ich meine Meinung noch ändere. Er hat die Angewohnheit, nur das zu glauben, was er wirklich glauben will.«

»Ah, ich verstehe. Ich danke Ihnen für Ihr Vertrauen, Miss Marshall. Und jetzt meine ich, daß Sie das von mir mitgebrachte Kleid überziehen und sich zu einem Plauderstündchen bei einer Tasse Tee zu uns gesellen sollten. Anschließend werden wir unsere Zelte aufsuchen. Habe ich schon erwähnt, daß Sie heute in einem Zelt übernachten werden? Ganz sicher wird Ihnen das gefallen. Man schläft dort sehr viel angenehmer als in diesem stickigen Zimmer.«

Als ich in den Salon zurückkehrte, war Emerson immer noch damit beschäftigt, Ramses die Qualen der Opiumsucht zu schildern. Er schien nur unwesentlich weitergekommen zu sein. Ramses bemerkte: »Darf ich einflechten, Papa, daß die von dir soeben minutiös ausgeführte Darlegung überholt ist? Natürlich wirst du mir den Hinweis zugestehen, daß für mich überhaupt keine Gefahr hinsichtlich der von dir so blumig geschilderten Versuchungen besteht, da mentale Trägheit nicht zu meinen ...«

Emerson funkelte mich wütend an. »Ramses«, sagte ich, »wir verbieten dir ganz ausdrücklich, Opium in irgendeiner Form zu rauchen, zu essen oder zu inhalieren.«

»Ja, Mama«, sagte Ramses kleinlaut.

Dann machte ich mich auf, um nach Mr. Nemo zu sehen. Ich rechnete nicht damit, ihn in die Aktivitäten vertieft vorzufinden, die Ramses so gern ausprobiert hätte, da ich seinen Opiumvorrat an mich genommen hatte und nicht annahm, daß er das Geld für Nachschub besaß. Ich traf ihn völlig drogenfrei und mit denkbar schlechter Laune an. Von seinem Buch aufblickend starrte er mich an.

»Es freut mich, daß Sie einsichtig werden, Mr. Nemo«, sagte ich aufmunternd.

Nemo warf das Buch beiseite. »Ich habe nicht vor, einsichtig zu werden. Mir blieb nur keine andere Wahl. Haben Sie nichts anderes zu lesen als Bücher über Ägyptologie?«

»Sie hätten Ramses fragen sollen. Er hat einige seiner Lieblingskrimis mitgebracht – von überraschend schlechtem Geschmack für einen so belesenen Jungen. Aber lassen wir das jetzt, ich habe eine Aufgabe für Sie. Das Mondlicht ist immer noch sehr hell; können Sie genug sehen, um auch das andere Zelt aufzustellen? Ich habe vor, die junge Dame heute dort nächtigen zu lassen.«

»Ich würde in völliger Dunkelheit arbeiten, wenn ich wüßte, daß sie dann aus dem Haus verschwände«, sagte Nemo gereizt. »Was macht sie überhaupt hier? Wie lange beabsichtigt sie zu bleiben?«

»Sie ist Archäologin, Mr. Nemo. Sie wird uns bei den Ausgrabungen behilflich sein.«

»Hat sie Ihnen das erzählt?« Nemo lachte rauh. »Sie hat Sie

hinters Licht geführt, Mrs. Emerson – Sie, ausgerechnet Sie! Sie hat überhaupt keine Ahnung von Archäologie.«

»Kennen Sie die junge Dame denn?«

Nemo senkte den Blick. »Ich habe sie in Kairo gesehen – auch eines von diesen eitlen, hohlköpfigen Schickeria-Mädchen. Jeder wußte, wer sie war. Jeder hat sie mit diesem hinterhältigen ... diesem niederträchtigen ... «

»Ihre Ausdrucksweise, Mr. Nemo. Achten Sie auf Ihre Ausdrucksweise.«

»Ich hätte den Satz nicht beendet. Das interessiert mich ... das interessiert mich alles nicht. Ich will nur meine Ruhe haben. Sie haben mir mein Opium weggenommen, nicht wahr? Das kann ich Ihnen nicht verdenken, denn Sie hatten das Recht dazu. Aber sobald ich Geld in die Finger bekomme, werde ich für Nachschub sorgen. Ich kann mir selbst nicht trauen. Sie können mir nicht trauen. Lassen Sie mich in die Gosse zurückkehren, aus der Sie mich herausgefischt haben.«

Seine Worte berührten mich nicht, obgleich ich wußte, daß er sie aus tiefster Seele gesprochen hatte. Die jungen Leute nehmen sich selbst so ernst, diese armen Wesen, und neigen häufig dazu, ins Theatralische zu verfallen.

Ich setzte mich neben ihn auf das Feldbett. »Mr. Nemo, Sie befinden sich in größeren Schwierigkeiten, als Sie überhaupt ahnen. Wenn Sie in die Gosse zurückkehren, werden Sie von der Polizei im Handumdrehen wieder herausgezerrt. Will Ihnen denn die Tatsache wirklich nicht einleuchten, daß der hinterhältige ... daß Kalenischeff vorgestern nacht ermordet wurde und Sie zu den Hauptverdächtigen zählen?«

Nemos Reaktion beendete ein für allemal mein ihm gegenüber gehegtes Mißtrauen. Sein zutiefst erstaunter Blick hätte vorgetäuscht sein können, aber die tiefe Röte, die plötzlich seine eingefallenen Wangen überzog, wäre selbst dem begnadetsten Schauspieler nicht gelungen.

»Ich weiß, daß Sie ihn nicht getötet haben«, sagte ich. »Ich werde Sie ins Vertrauen ziehen, Mr. Nemo. Ich werde Sie in ein Geheimnis einweihen, von dem selbst mein Gatte nichts weiß und … und ich *hoffe*, mein Sohn ebenfalls nicht, obwohl man sich bei Ramses nie sicher sein kann.«

Mit größter Anstrengung fand Mr. Nemo zu seiner Beherrschung zurück. »Ich fühle mich tief geehrt, Madam. Mir etwas mitzuteilen, das selbst der Professor nicht weiß …«

»Ehrlich gesagt, Mr. Nemo, bleibt mir keine andere Wahl, da Sie sie bereits kennen – die wahre Identität der jungen Dame. Der Ermordete wurde in ihrem Zimmer gefunden. Glücklicherweise gelang ihr die Flucht, bevor die Polizei sie festnehmen konnte, doch sie zählt ebenfalls zu den Verdächtigen. Ich habe Grund zu der Annahme, daß ihr vermutlich von anderer Seite eine erheblich größere Gefahr droht. Solange ich den wahren Mörder nicht gefunden habe, muß sie sich unerkannt verborgen halten. Ihre Verbindung zu Kalenischeff war zugegebenermaßen unangebracht, aber ich bin überzeugt, daß das auch schon alles war. Sie braucht Ihre Hilfe; Ihren Zorn hat sie nicht verdient. Also?«

»Ich kann es einfach nicht glauben!« rief Nemo. »Von alledem habe ich nichts gewußt! Ich *war* in jener Nacht vor dem Hotel. Ich folgte – wie soll ich sagen – meiner Eingebung … denn ich hatte wirklich vor, unsere Verabredung für den nächsten Morgen einzuhalten. Allerdings … allerdings nach einer Weile änderte ich meine Meinung wieder. Das ist nichts Ungewöhnliches für einen Drogenkonsumenten, wissen Sie. Es schien mir nicht sinnvoll, stundenlang dort herumzulungern, und dann überkam mich das Gefühl, meine Unabhängigkeit zu demonstrieren und allein nach Dahschur aufzubrechen …. Aber wenn ich diese Geschichte der Polizei erzählte …«

»Es klänge im höchsten Maße verdächtig«, stimmte ich ihm zu.

»Das denke ich auch.« Nemo strich sich eine seiner schimmernden, kupferfarbenen Locken aus der Stirn. »Aber damals erschien es mir vernünftig. Ich schwöre Ihnen, Mrs. Emerson, ich habe den Schurken nicht ermordet! Und wie jemand sie ... ein solches Mädchen ... für die Mörderin halten kann, das nicht einmal einer Fliege etwas zuleide tut, geschweige denn einen Mann kaltblütig tötet!«

»Ihre zusammenhanglosen Beteuerungen beweisen zwar Ihr gutes Herz, bringen uns aber keinen Schritt weiter«, sagte ich, während ich mich erhob. »Unsere Aufgabe ist es, den wahren Mörder Kalenischeffs zu ergreifen, um Sie und Miss Debenham jeglichen Verdachts zu entheben. Es handelt sich um dieses kriminelle Genie, von dem wir bereits gesprochen haben – den Mann, der als Sethos bekannt ist. Helfen Sie mir?«

»Mit Rat und Tat!« Er hatte seine Fäuste geballt, und seine Augen funkelten. »Egal, was passieren wird. Ob wir uns in Gefahr begeben, in den Tod ... «

»Ich habe nicht vor, es so weit kommen zu lassen. Erst einmal möchte ich, daß Sie das Zelt für Miss Marshall – so lautet ihr Deckname – aufstellen.«

Mr. Nemo sank in sich zusammen. »Ich wage nicht, mein Zimmer zu verlassen«, murmelte er. »Sie darf mich nicht so sehen. Nicht in diesem Zustand ... «

»Dann schlage ich Ihnen vor, daß Sie über die Stufen zum Dach hochkriechen und sich dort auf den Boden kauern. Das sollte einem kräftigen jungen Mann wohl nicht schwerfallen. Sobald wir das Haus verlassen haben, können sie in aller Ruhe zurückkehren. Denken Sie daran, ich verlasse mich darauf, daß Sie heute nacht auf Ramses aufpassen. Ich bezweifle, daß unsere Widersacher das Grundstück zu betreten wagen, aber Ramses setzt sich womöglich in den Kopf, auf Entdeckungstour zu gehen, während sein Vater und ich außer Reichweite sind. Ich habe Ihnen einen Anzug mitgebracht. Baden, rasieren und kämmen Sie sich (die erforderlichen Gegenstände sind in diesem Paket), und dann will ich Sie morgen wie einen englischen Gentleman antreffen.«

Als ich ihn verließ, sah er aus wie ein leibhaftiger Idiot, um es einmal mit Emersons Worten zu umschreiben (obwohl mein Gatte möglicherweise ein deftigeres Adjektiv verwendet hätte). Ich habe oft erlebt, daß Menschen aufgrund der Schnelligkeit meines Denkvermögens vor Überraschung sprachlos sind. Allerdings war ich zuversichtlich, daß er meine Anweisungen befolgen würde. Indem ich an seine Höflichkeit appelliert hatte, einer Dame aus ihren Unannehmlichkeiten zu helfen, hatte ich den wunden Punkt eines jeden Engländers getroffen, und ich war mir sicher, daß er sich der Situation nicht entziehen würde.

Enid hatte klugerweise gewartet, bis sie meine Stimme hörte. Dann zog sie den Vorhang beiseite und gesellte sich zu uns in den Salon. Emerson begrüßte sie mit gutmütiger Herzlichkeit.

»Ich bin froh, daß Sie wieder auf den Beinen sind, Miss Marshall. Wenn Sie das Gefühl eines Rückfalls verspüren, müssen Sie das Mrs. Emerson sofort mitteilen, damit sie Sie mit Brechwurz vollpumpen kann. Morgen werden wir als erstes am Fuße der Pyramide mit den Ausgrabungen beginnen. Vielleicht können Sie mir sagen ...«

Ich hielt es für richtig, mich einzumischen. »Emerson, erzähl mir doch zunächst einmal, welche Fortschritte ihr heute erzielt habt. Habt ihr irgendwelche Spuren von dem überdachten Gang gefunden?«

Emerson runzelte die Stirn. »Nichts außer ein paar Gesteinsbrocken. Ich bezweifle nicht, daß der Gang früher einmal entlang dieser Linie verlaufen ist, aber die Plünderer hier vor Ort haben jeden Stein zu Geld gemacht. Es ist reine Zeitverschwendung, diese Arbeit fortzusetzen. Statt dessen will ich bei der Pyramide anfangen und von dort aus weitergraben. Ich möchte, daß Miss Marshall eine Gruppe von Grabungsarbeitern beaufsichtigt und ...«

Bestürzt runzelte das Mädchen die Stirn, und erneut kam ich

ihr zu Hilfe. »Ich meine, es wäre besser für sie, wenn sie einige Tage mit mir zusammenarbeitete, Emerson, allein schon, damit sie sich an deine Methoden erst einmal gewöhnt – bitte verzeih mir meine Offenheit. Ich beabsichtige, mir die Nebenpyramide einmal genauer anzusehen. Es dauert sicherlich nicht lange, um herauszufinden, ob sich noch irgend etwas in der Grabkammer befindet. Falls erforderlich, können wir noch ein paar Männer anheuern.«

»Ich weiß nicht, Peabody«, begann Emerson. Aber ich reagierte nicht auf seine Einwände, da ich aus meinem Augenwinkel heraus bemerkt hatte, wie Ramses den Mund schloß. Normalerweise hatte er immer den Mund offenstehen – entweder, um zu reden, oder, um es zumindest zu versuchen. Das plötzliche Zusammenpressen seiner Lippen wäre dem zufälligen Betrachter sicherlich entgangen, aber jahrelange Beobachtung hatte mich gelehrt, auch die geringste Veränderung in seinen unbeteiligten, wenn auch jugendlichen Zügen zu registrieren. Ich nahm mir vor, ein Wörtchen mit dem jungen Herrn Ramses zu reden. Er wußte etwas über die kleine Pyramide, vermutlich aufgrund seiner illegalen Ausgrabungen, die er im letzten Jahr in Dahschur durchgeführt hatte.

»Also dann wäre das ja erledigt«, sagte Emerson. »Äh – es ist schon spät, meint ihr nicht?«

»Nein, eigentlich nicht«, sagte ich abwesend, in Gedanken immer noch bei der Heimlichtuerei meines Sohnes. »Wo sind die restlichen Sachen, die ich heute mitgebracht habe?«

Emerson deutete auf einen unordentlichen Haufen in einer Ecke des Zimmers. »Nun«, sagte ich seufzend, »wir sollten sie auf jeden Fall sortieren. Einiges davon gehört in die Zelte. Ich habe auch ein paar kleinere Teile in den Satteltaschen hertransportiert. Wo ...«

Schließlich fand ich sie draußen im Hof, wo Abdullah sie achtlos hingeworfen hatte, bevor er die Stute zu ihrem Besitzer zurückbrachte. Kopfschüttelnd trug ich sie ins Haus. Mein armes Sträußchen war aufgrund von Abdullahs Nachlässigkeit ganz zerquetscht. Emerson betrachtete es, als ich es ablegte. »Kaufst du dir selbst Blumen, Amelia?«

»Nein, eigentlich nicht. Ein Herr hat sie mir geschenkt«, sagte ich in scherzhaftem Ton. Nicht, daß ich Emerson eifersüchtig machen wollte, denn solche Tricks sind unter der Würde einer liebenden Ehefrau. Aber ihn ein wenig zu beunruhigen konnte nicht schaden.

Emerson schnaubte nur. »Baehler, nehme ich an. Diese Franzosen ...«

»Er ist kein Franzose, Emerson. Er ist Schweizer.«

»Ist doch dasselbe.«

»Um ehrlich zu sein, kenne ich den großzügigen Spender gar nicht. Der Strauß wurde mir von einem Händler übergeben, als ich das Hotel verließ. Die armen Blumen, sie waren so hübsch ... Da, Emerson, riech mal, wie sie duften.«

Impulsiv streckte ich ihm den Strauß entgegen, so daß seine untere Gesichtshälfte von den verwelkenden Blüten halb verdeckt wurde. Emersons Augen quollen aus seinem Kopf hervor. Mit einem Aufschrei schlug er nach meiner Hand. Die Blumen fielen zu Boden, und Emerson fing an, auf ihnen herumzutrampeln.

Miss Marshall sprang von ihrem Stuhl auf und eilte mit angsterfülltem Blick in den hintersten Winkel des Zimmers. Da ich Emerson kannte, ließ ich mich von ihrer Furcht nicht anstecken, sondern hielt seine Reaktion lediglich für übertrieben und zögerte auch nicht, das zur Sprache zu bringen. »Emerson, Mr. Baehlers Geste war doch nur höflich gemeint. Du mußt wirklich ...«

»Höflich?« Emerson starrte mich an, und mit aufkeimendem Entsetzen bemerkte ich, daß seine gebräunte Wange von einer langen Blutspur entstellt wurde. »Eine höfliche Geste, das kann man wohl sagen«, schrie er. »Ein giftiges Insekt oder eine Giftschlange in einen Blumenstrauß zu setzen!« Er trampelte erneut auf den Blumen herum. Hätte ein geschundener Erdboden zurückschlagen können, so hätte dieser es sicherlich getan. »Wenn mein Gesicht« – polter – »dunkel anläuft,« – polter – »dann vergiß« – polter – »wenigstens nie,« – polter – »daß ich mein Leben« – polter – »für dich riskiert habe!«

»Emerson, mein geliebter Emerson!« Ich eilte zu ihm und versuchte, ihn festzuhalten. »Hör auf, hier herumzuspringen. Anstrengende körperliche Betätigung wird die Zirkulation des Giftes in deiner Blutbahn nur beschleunigen!«

Emerson hielt inne. »Das ist ein gutes Argument, Peabody.«

Mein Herz klopfte rasend, als ich sein Gesicht ins Licht wandte. Die Wunde war nicht größer als ein Kratzer, und sie blutete auch nicht mehr. Oberflächlich und ausgezackt ähnelte sie auch keinesfalls dem Biß eines giftigen Reptils oder Insekts. Doch wurde meine zärtliche Besorgnis erst zerstreut, als Ramses sachlich bemerkte: »Hier ist weit und breit kein lebendiges Tier zu entdecken, Papa. Ich glaube, daß du dich an diesem Stück Metall verletzt hast. Es scheint außergewöhnlich ... «

Emerson stürzte sich auf Ramses. »Laß es sofort fallen, mein Junge!«

Mit der Geschmeidigkeit eines Aals entwischte ihm Ramses. »Ich bin mir sicher, daß keine Gefahr besteht, Papa. Das Ding ist – oder war, bis du darauf rumgetrampelt hast – irgendein Schmuckstück. Das Material scheint Gold zu sein.«

Gold! Wieviele Male in der Geschichte der Menschheit hing dieses Wort in der Luft und weckte die abenteuerlichsten Wünsche! Selbst wir, die wir während unserer archäologischen Laufbahn gelernt hatten, daß die kleinste Tonscherbe manchmal wichtiger ist als ein Juwelenschatz – selbst wir, das gebe ich zu, spürten, wie unser Puls schneller ging.

Ramses hielt das Stück unter die Lampe. Der mattglänzende Schimmer auf seiner Oberfläche bewies die Richtigkeit seiner Vermutung.

»Ich mag nicht, wenn du es in der Hand hältst, mein Junge«, sagte Emerson nervös. »Gib es Papa.«

Ramses gehorchte und meinte, während er ihm das Stück aushändigte: »Ich versichere dir, Papa, deine Angst um mein Wohlergehen entbehrt jeder Grundlage. Geheimnisvolle, der Wissenschaft unbekannte Gifte sind eigentlich selten. Um genau zu sein, glaube ich, daß ich mit Gewißheit sagen kann, sie existieren nur in der Sensationsliteratur. Selbst die giftigsten pharmazeutischen Substanzen müssen in einer Größenordnung von mehreren Milligramm dosiert werden, um ihre tödliche Wirkung zu entfalten, und wenn du das Ganze einen Augenblick lang überdenkst, wirst du mir zustimmen, daß ein so kleines Stück Metall unmöglich eine entsprechende Dosis Gift enthalten ...«

»Wir haben deine Argumentation verfolgt, Ramses«, sagte ich.

Emerson drehte das verbogene Metall in seinen Fingern. »Es scheint ein Ring zu sein«, sagte er schließlich leise.

»Ich glaube, daß du recht hast, Emerson. Wie überaus seltsam! Warte – dreh ihn einmal anders herum. Ich habe irgend etwas gesehen ...«

»Da sind ein paar Hieroglyphen, die sich noch entziffern lassen«, ertönte die schrille Stimme meines unverbesserlichen Sprößlings. »Sie sind in die Fassung eingraviert, die die Form einer Kartusche hatte, um die königlichen Namen einzufügen. Die Hieroglyphe für das ›n‹ stand im Alphabet ganz am Ende. Darüber seht ihr die Gestalt einer tierköpfigen Gottheit, die von zwei Schilfrohren umrahmt wird. Der Hinweis ist fraglos der auf Sethos, entweder den ersten oder den zweiten Pharao dieses Namens, und ich würde daraus schließen ...«

»Sethos!« entfuhr es mir. »Gütiger Himmel ... kann es sein ... aber es muß so sein! Daß er es wagen würde ... daß er eine so unsägliche ... eine solch unglaubliche Unverfrorenheit ... daß ... daß ...«

Emerson packte mich an den Schultern und schüttelte mich so heftig, daß Unmengen meiner Haarnadeln durch die Luft schossen. »Du bist hysterisch, Peabody«, brüllte er. »Beruhige dich ... sei still ... hör endlich auf zu schreien! Wovon sprichst du überhaupt? Wer zum Teufel ist Sethos?«

Mir fiel ein, daß Emerson nicht zugegen gewesen war, als Mr. Nemo mir von diesem Pseudonym erzählt hatte. Sobald ich ihn davon überzeugen konnte, daß er mich nicht länger zu schütteln brauchte, lieferte ich ihm die notwendige Aufklärung. Die Auswirkungen dieser Darlegung auf meinen Ehemann sind schwer zu beschreiben. Die Veränderung seiner normalerweise anziehenden Gesichtszüge war so entsetzlich, daß Enid sich ins Freie flüchtete und Ramses sich zu der Äußerung berufen fühlte: »Eine solche Erweiterung der Blutgefäße kann einen Schock auslösen, Mama. Etwas kaltes Wasser in Papas Gesicht gespritzt ... «

Ich war nicht in der Lage, den Einsatz dieses Patentrezepts zu verhindern, denn Ramses handelte bereits, während er noch sprach, und ich muß zugeben, daß es heilsame Wirkung hatte. Emerson spuckte und fluchte, doch sein Zorn legte sich erheblich, und seine scharfe Intelligenz dominierte über seinen Wutanfall. Tropfnaß stand er einen Augenblick lang schweigend da. Dann sagte er ruhig: »Nemo ist sich mit dem Namen ganz sicher?«

»Einen solchen Namen würde er wohl kaum erfinden, Emerson. Er hat keine Ahnung von der Ägyptologie. Und welcher Name wäre zutreffender? Denn Set war, wie wir wissen, der üble Widersacher des edlen Osiris und ist vermutlich mit dem ägyptischen Satan gleichzusetzen. Obwohl es den Anschein hat, daß er während einer bestimmten Periode der Geschichtsschreibung als hochangesehener Vertreter eines Königshauses galt. Der Name Sethos bedeutet ›Mann von Set‹ oder ›Anhänger von Set‹. Ihr erinnert euch sicherlich an die Grabinschrift von Ramses dem Zweiten in Kadesch, in welcher dem Pharao die Kräfte dieser Gottheit zugesprochen werden:

›Herr der Ehrfurcht, voll des Ruhmes,
Gebieter über alle Völker.
Groß an Macht und reich an Pracht,
so wie Set auf seinem Berge. …
Wie ein wilder Löwe im Tal der Ziegen.‹

Wie großartig dieser Vergleich doch auf die rätselhafte Person paßt, die sich Sethos als Spitznamen ausgesucht hat! Läßt seinen Blick über seine hilflosen Opfer schweifen, wie der König der Tiere … «

»Ja, ja«, sagte Emerson. »Aber der Name hat eine weitere Bedeutung, die dir wohl entgangen ist.«

»Sethos der Erste war der Vater von Ramses dem Zweiten«, kreischte unser Sohn gleichen Namens.

Sein Vater warf ihm einen zutiefst vernichtenden Blick zu – es geschah überaus selten, daß Emerson den Jungen mit einer solchen Verachtung strafte.

»Was zum Teufel hat das mit alledem zu tun?« fragte er.

»Gar nichts«, sagte ich. »Worauf willst du denn hinaus, Emerson?«

»Hast du vergessen, Peabody, daß Set ein rothaariger Gott war?«

Selbst für einen Skeptiker wie Emerson konnte keinerlei Zweifel daran bestehen, daß das Blumenpräsent sowie das Schmuckstück von diesem Schurken, diesem Meisterverbrecher, stammten. Niemand außer ihm hätte gewagt, mich mit einem der von ihm aus einem Königsgrab geraubten, antiken Schätze zu verhöhnen – denn, wie ich kaum zu erwähnen brauche, es ist gar nicht so einfach, goldene Ringe mit einer königlichen Kartusche zu erwerben.

Emerson und ich diskutierten immer noch über die Sache, während wir durch die silbern glitzernde Wüste in Richtung der

Stumpfen Pyramide schlenderten. Ebenso wie wir mit Toilettenartikeln, Decken und anderem beladen, trottete Miss Marshall erschöpft hinter uns her. In dem Bewußtsein, daß das Mädchen sicherlich zutiefst verwirrt war, bat ich Emerson, ihr eine kurze Erklärung über unser Zusammentreffen mit dem Meisterverbrecher während der letzten Saison zu geben. Das lehnte er mit einer Heftigkeit ab, die fast noch ausgeprägter war, als es die Erwähnung des entsprechenden Namens normalerweise hervorrief, so daß ich die Aufgabe selbst übernahm.

»Miss Marshall, Sie haben sicherlich schon von dem verabscheuungswürdigen Handel mit gestohlenen Kunstschätzen gehört. Aufgrund der riesigen Anzahl von verborgenen Gräbern und Stätten sieht sich die Antikenverwaltung außerstande, alle zu bewachen, insbesondere auch deshalb, weil die Standorte in vielen Fällen unbekannt sind. Ungeschulte einheimische und ausländische Grabungsarbeiter, die von den hohen Preisen, die solche Kunstschätze erbringen, angelockt werden, graben auf eigene Faust und unterlassen dabei häufig die sorgfältigen Aufzeichnungen, die wichtig für unsere Arbeit ...«

»Wenn sie das alles schon weiß, warum erzählst du es ihr dann noch einmal?« fragte Emerson. »Diese Tatsache ist mit Sicherheit sogar weniger erfahrenen Exkavatoren als Miss Marshall bekannt.«

Ich lächelte entschuldigend. »Ganz recht, Emerson. Ich habe diesen Vortrag schon vor so vielen Touristen und anderen Ignoranten gehalten, daß ich darüber gar nicht nachgedacht habe.«

»Auf jeden Fall, Miss Marshall, entdeckten wir, daß der illegale Handel einen gewaltigen Aufschwung erlebte, und schlossen daraus, daß irgendein kriminelles Genie dieses Geschäft an sich gerissen hatte. Diese Schlußfolgerung wurde bestätigt, als wir den intellektuellen Kopf hinter dem Ganzen persönlich kennenlernten. Unsere Nachforschungen – die Einzelheiten, die ich Ihnen trotz ihrer überaus interessanten Aspekte zum jetzigen Zeitpunkt nicht erläutern werde – störten den Ablauf innerhalb seines kriminellen Getriebes. Er ließ uns entführen und in einer Pyramide einsperren, aus der wir mit letzter Kraft entfliehen konnten. Wir hielten dieses kriminelle Genie gerade noch davon ab ... «

»Im großen und ganzen, Amelia«, sagte Emerson nachdenklich, »glaube ich, daß ich die gräßliche Bezeichnung Meisterverbrecher noch dem Begriff kriminelles Genie vorziehe.«

»Nichts für ungut, Emerson, aber das interessiert mich herzlich wenig. Wie ich bereits sagte, Miss Marshall, jagten wir Sethos seine unrechtmäßig erworbene Beute ab, aber leider gelang es ihm, uns zu entwischen. Jetzt ist er irgendwo da draußen, verbirgt sich in den Schatten der Unterwelt und sinnt zweifellos auf Rache. Die Blumen galten als Warnung, daß sein Blick heimlich auf uns ruht und daß seine versteckten Fallen jederzeit zuschnappen können.«

Miss Marshall rang nach Atem. »Mir bleibt fast die Luft weg, Mrs. Emerson. Was für eine aufregende Geschichte!«

Ich dankte ihr, und Emerson knurrte: »Ich befürchte, daß Mrs. Emersons rhetorischer Stil von ihrer Vorliebe für drittklassige Schundromane beeinflußt wird. Du hast alle wichtigen Einzelheiten ausgelassen, Amelia. Ramses' mutige Rettungsaktion ... «

»Das werde ich bei anderer Gelegenheit erzählen, Emerson. Wir sind in unserem kleinen Lager angekommen. Ich hoffe, Miss Marshall, daß es Ihnen zusagt.«

Emersons Gesicht hellte sich auf, als er bemerkte, daß das zweite, kleinere Zelt in einiger Entfernung von unserem aufgebaut worden war. »Außer Hörweite« war, so glaube ich, der genaue Wortlaut. Ich sorgte dafür, daß das Mädchen sicher untergebracht war, und kehrte dann zu meinem Gatten zurück, der sich bereits zurückgezogen hatte. Im Inneren des Zelts war es recht dunkel. Doch als ich Emerson bat, das Licht noch einmal höherzustellen, lehnte er mit einer solchen Entschiedenheit ab, daß ich beschloß, das Thema nicht weiterzuverfolgen.

»Ich kann aber keine Hand vor Augen sehen, Emerson«, sagte ich und kroch auf die Stelle zu, wo ich ihn vermutete.

»Ich kann dich auch nicht sehen, aber ich kann deine glockenhelle Stimme hören«, meinte Emerson. Eine Hand umschloß meine Hosenbeine und zog mich zu sich hinunter.

»Siehst du?« erklärte Emerson nach einer Weile. »Der Gesichtssinn ist nicht erforderlich für die Aktivitäten, die ich für den heutigen Abend geplant hatte. Es ließe sich darüber streiten, ob er nicht sogar störend ist.«

»Ganz recht, mein geliebter Emerson. Wenn es dir allerdings nichts ausmacht, würde ich gern selbst das Netz, die Kämme und Klammern aus meinem Haar entfernen. Du hast mir gerade deinen Finger ins Auge gebohrt.«

Als diese und andere Hindernisse für eheliche Zweisamkeit beseitigt waren, nahm Emerson mich in seine starken Arme. Da ich nicht wollte, daß das Gefühl der intensiven Zuneigung bereits im Keim erstickt würde, befreite ich vorsichtig eine Hand aus seiner Umarmung und zog rasch eine Decke über uns. Die Nächte in der Wüste sind empfindlich kühl. Außerdem hatte ich den Zelteingang offengelassen. Allerdings war ich mir sicher, daß Miss Marshall ihr Zelt verschlossen hatte, da Emerson ihr mindestens viermal erklärt hatte, daß das wegen der nächtlichen Kälte dringend nötig sei.

Wie ich bereits an anderer Stelle dieser Aufzeichnungen erwähnt habe, bin ich keine Verfechterin der prüden Ansichten, die einige der selbsternannten Befürworter ehelicher Rechtschaffenheit vertreten. Ich schätze – nein – ich bin glücklich, daß Emerson und ich eine so tief empfundene Zuneigung füreinander teilen. Die Tatsache, daß Emerson meine äußere Erscheinung genauso anziehend findet wie meinen Charakter und meine geistigen Fähigkeiten, sollte meiner Meinung nach Anlaß zu Stolz und nicht zu Verlegenheit geben.

Ich will daher offen und unverblümt zugeben, daß ich in jener Nacht eine leichte Verhaltensänderung an ihm feststellte. Er war stürmischer und gleichzeitig so merkwürdig anhänglich. Das klingt widersprüchlich. War es auch. Ich weiß mir keine Erklärung dafür, ich weiß nur, daß es so war.

Einige Zeit später, als wir unsere normale Schlafposition eingenommen hatten – Emerson flach auf dem Rücken mit vor der Brust verschränkten Armen wie ein mumifizierter ägyptischer Pharao, ich auf der Seite mit dem Kopf auf seiner Schulter ruhend –, hörte ich ihn seufzen.

»Peabody.«

»Ja, mein geliebter Emerson?«

»Wenn ich mich nicht irre, gibt es da einen blödsinnigen Brauch, der sich Blumensprache nennt.«

»Ich glaube, du irrst dich nicht, Emerson.«

»Was haben denn rote Rosen in dieser Blumensprache zu bedeuten, Peabody?«

»Ich habe keine Ahnung, Emerson.«

»Ich glaube, ich kann es mir denken«, brummte Emerson.

»Emerson, ich kann mir nicht vorstellen, warum du dich an einem so trivialen und bedeutungslosen Detail aufhalten solltest, wo wir doch so viel Wichtigeres zu besprechen haben. Heute ist einiges passiert, das ich dir gern mitteilen würde. Ich habe einen Herrn getroffen – einen sehr interessanten und attraktiven Menschen ...«

Emerson rollte sich zu meiner Seite und umarmte mich ungestüm. »Erzähl mir nichts von interessanten Herren, Peabody. Erzähl mir überhaupt nichts mehr!«

Und erneut sorgte er dafür, daß es für mich unmöglich wurde, ihm meine Erlebnisse zu schildern, selbst wenn ich dazu fest entschlossen gewesen wäre, was ich in besagtem Augenblick allerdings nicht war.

7

Als wir am nächsten Tag zum Haus zurückkehrten, fanden wir eine weitere Gruppe potentieller Grabungsarbeiter vor, die geduldig vor dem Hoftor wartete. Ramses rannte neugierig auf Enid zu, worauf sie sich in ihr Zimmer flüchtete. Nemo war nirgends zu sehen. Aber ich hatte im Eingang zum Eselsstall das Flattern eines zerlumpten Gewandes bemerkt und lief ihm hinterher.

Nemo hatte nur einen Teil meiner Anweisungen befolgt. Er war glattrasiert und roch frisch gewaschen. Sein Haar hatte er gekämmt und mit Wasser geglättet, obwohl sich die trocknenden Locken erneut in seinem Nacken und auf seiner Stirn kringelten. Ich ermahnte mich, daß ich nicht vergessen durfte, ihm die Haare zu schneiden.

Ich fragte ihn, warum er nicht seinen neuen Anzug angezogen hatte. Statt zu antworten, konterte er mit einer Gegenfrage: »Gibt es irgendeinen Grund, warum ich die Bekleidung der Einheimischen nicht tragen sollte, Mrs. Emerson? Ich bin mittlerweile daran gewöhnt, und außerdem ist sie wesentlich bequemer.«

»Sie können anziehen, was Sie wollen, solange es sauber ist. Schlampigkeit lasse ich auf meinen Expeditionen nicht zu. Ist das Ihr einziges Kleidungsstück? Gut, dann werden wir es heute abend waschen, und während es trocknet, schneide ich Ihnen die Haare.«

Mr. Nemo zog ein Gesicht wie ein kleiner Junge, der seine Medizin nicht nehmen will, aber er wußte, daß es aussichtslos war, mit mir zu streiten. »Ich frage mich, ob ich Sie wohl um eine Sonnenbrille bitten könnte, Mrs. Emerson. Die grelle Sonne schmerzt mir in den Augen.«

»Versuchen Sie nicht, mich hinters Licht zu führen, Mr. Nemo. Ich weiß, warum Sie die Sonnenbrille haben wollen – in der dritten Schachtel auf dem zweiten Regal im Salon finden Sie eine. Es beschämt Sie, daß die junge Dame Sie erkennen könnte. Kindisch, Mr. Nemo. Überaus kindisch. Früher oder später müssen Sie ihr ohnehin gegenübertreten.«

»Nicht, wenn ich es verhindern kann«, murmelte Nemo. »Mrs. Emerson, der ganze Unsinn von wegen Sauberkeit und Haareschneiden ist reine Zeitverschwendung. Sollten wir nicht lieber unsere ganzen Bestrebungen darauf richten, den von Ihnen erwähnten Verbrecher zu finden? Sicherlich hätten wir größere Chancen, in Kairo auf ihn zu stoßen. Ich könnte wieder in meinen früheren Unterschlupf zurück und ... «

»Nein, nein, Mr. Nemo. Sie haben nicht die geringste Vorstellung, wie man so etwas macht. Überlassen Sie das mir und befolgen Sie genauestens meine Anweisungen. Hat es letzte Nacht irgendwelche Störungen gegeben?«

»Nein, alles war ruhig. Aber diese Information scheint Sie zu enttäuschen, Mrs. Emerson. Hatten Sie mit einem weiteren Anschlag auf Ihren Sohn gerechnet?«

»Ich *bin* enttäuscht. Ich hatte tatsächlich mit einem Anschlag gerechnet – wenn auch nicht unbedingt auf Ramses. Verstehen Sie nicht, Mr. Nemo, daß wir überhaupt keine Chance haben, den gesuchten Mann in dem von Menschenmassen wimmelnden Kairo zu finden? Der Kerl ist ein Meister der Verstellung; es könnte jeder sein. Unsere einzige Hoffnung besteht darin zu warten, bis er hierherkommt.«

»Sie meinen, wir sollen hier auf unbestimmte Zeit herumsitzen und warten?«

»Nicht auf unbestimmte Zeit. Überhaupt nicht sehr lange. Früher oder später wird er uns besuchen. Er hat bereits Interesse bekundet, und ich habe einige Ideen, wie ich seine Aufmerksamkeit erregen kann. Nein, fragen Sie mich nicht gezielter danach. Überlassen Sie das ruhig mir. Und jetzt muß ich gehen. Vergessen Sie nicht – lassen Sie Ramses nicht aus den Augen!«

»Bei allem Respekt, Mrs. Emerson, ich kann nicht begreifen, warum sie von diesem Jungen sprechen, als wäre er eine Art Ungeheuer. Er scheint mir ein aufgeweckter kleiner Bursche zu sein – schrecklich langatmig zwar –, denn ich glaube kaum, daß ich schon jemals einen Menschen kennengelernt habe, der so viele hochtrabende Begriffe in seine Sätze einfließen ließ. Davon einmal abgesehen scheint er mir vollkommen normal zu sein. Gibt es irgend etwas, das Sie mir in diesem Zusammenhang verschwiegen haben? Leidet er vielleicht – bitte verstehen Sie mich nicht falsch – an einer Form erblichen Schwachsinns?«

»Unter gar keinen Umständen würde ich es für erblich halten«, sagte ich. »Nein, Mr. Nemo, Ramses ist kerngesund – und verfügt über einen schonungslos berechnenden Verstand. Das macht ihn ja so gefährlich. Ich darf Ihnen einen Kurzbericht geben ... Nein, mir fehlt die Zeit. Selbst eine kurze Zusammenfassung dauerte erheblich zu lange. Lassen Sie ihn schlicht und einfach nicht aus den Augen!«

Als wir kurze Zeit später zu unserem Ausgrabungsgebiet aufbrachen, hatte sich Nemo unter die Arbeiter gemischt. Wir hatten ein weiteres Dutzend Männer eingestellt und eine entsprechende Anzahl von Kindern, die mit ihren Körben den Schutt wegschaffen und für mich arbeiten sollten. Schließlich trennten wir uns. Emerson führte seinen Trupp zu der Stumpfen Pyramide, und ich machte mich mit meinen Leuten zu der kleineren auf.

Dieses Monument lag ungefähr 60 Meter südlich von seinem größeren Nachbarn entfernt und gehörte offensichtlich zu dem gleichen Gebäudekomplex. Über die genaue Funktion der

Nebenpyramiden wurde immer noch debattiert. Die Große Pyramide von Gizeh war von dreien umgeben, und in anderen Gebieten war es ebenso üblich gewesen. Ich für meinen Teil war mir sicher, daß sie für die Lieblingsfrauen der Könige in den Hauptpyramiden errichtet worden waren. Wenn ich nur auf Hinweise oder Inschriften stieß, die den Namen einer Königin erwähnten, könnte ich meine These beweisen.

Ich begutachtete die reizende kleine Ruine und überlegte, womit ich anfangen sollte. Ich konnte ihre Höhe nicht bestimmen, da ihr Fundament einerseits tief im Treibsand verborgen war, andererseits aber auch das Mauerwerk, das die Spitze dargestellt hatte, verwittert und abgeplatzt war. Zuallererst mußte der Sand weggeschafft und die Pyramide bis auf die Grundmauern freigelegt werden.

Enid lief mir hinterher wie ein Hund, der Angst hat, seinen Herrn zu verlieren. Während ich die Arbeit aufnahm, erklärte ich ihr, was ich tat und warum ich es tat. »Ich habe beschlossen, mit der Nordseite anzufangen, da es eher wahrscheinlich ist, daß sich die Grabkammer auf der Seite befindet, die dem Hauptmonument am nächsten ist. Die westliche Seite wird unser Schuttabladeplatz. Wir wollen keine anderen Gräber zuschütten, und bei dieser Lösung sehe ich keine Probleme. Hier auf diesem Plan, der genauestens eingehalten werden muß, habe ich das Gebiet verzeichnet, in dem wir graben werden. Er ist in Quadraten von zehn mal zehn ... Miss Marshall, Sie hören mir überhaupt nicht zu. Sie werden sich früher oder später selbst ans Messer liefern, wenn Sie nicht lernen, sich wie ein Ägyptologe auszudrücken.«

»Warum dann nicht gleich? Es ist hoffnungslos, Mrs. Emerson. Vielleicht ist es wirklich das beste für mich, wenn ich mich stelle. Wofür soll das alles gut sein?«

»Ein zögerliches Herz gewann nie ... auch nur irgend etwas, meine Liebe«, meinte ich, indem ich das Sprichwort der Situation entsprechend veränderte. »Es überrascht mich, daß sie so schnell aufgeben wollen.«

»Aber es ist doch aussichtslos!«

»Nicht unbedingt. Kalenischeff – habe ich das bereits erwähnt? – war Mitglied in der Bande des Meisterverbrechers. Wenn er auch nicht durch die Hand dieses Mannes starb, so doch durch dessen Befehl. Alles, was wir tun müssen ... «

»... ist, diesen Mann zu finden – der, wie Sie selbst zugeben, ein Meister der Verstellung ist und dessen wahre Identität sogar Ihnen unbekannt ist – und ihn zu einem Geständnis zu zwingen! Sie haben andere Pflichten, Mrs. Emerson – Ihren Ehemann, Ihr Kind, Ihre Arbeit ... «

»Meine liebe Miss Marshall, Sie unterschätzen mich, wenn Sie glauben, daß ich nicht zwei oder auch mehrere Aktivitäten gleichzeitig ausführen kann. Es ist wahr, daß ich darauf brenne, das Geheimnis dieser kleinen Pyramide zu lüften, aber das schließt nicht aus, daß ich meinen Verstand nicht gleichzeitig auch für die Lösung eines weiteren Rätsels einsetze. Ich habe an mehrere Vorgehensweisen gedacht ... «

»Was?«

Zum wiederholten Male wurde mir diese Frage gestellt, und ich mußte zugeben, es war eine gute Frage. »Je weniger Sie wissen, um so sicherer sind Sie«, sagte ich. »Vertrauen Sie mir einfach.«

»Aber, Mrs. Emerson ... «

»Bitte, nennen Sie mich doch Amelia. Unter den gegebenen Umständen ist jede Förmlichkeit fehl am Platz.«

»Ich heiße Enid. Das ist mein richtiger Name«, fügte sie mit einem entschuldigenden Lächeln hinzu. »Als ich mir einen Decknamen zulegte, bezog ich meinen wahren Vornamen mit ein. Für jemanden, dem der Name nicht geläufig ist, ist er ohnehin nur schwer zu behalten.«

»Eine sinnvolle Überlegung. Sie sehen, daß Ihr Talent zur Täuschung gut entwickelt ist. Aber setzen Sie es bitte nicht ein, wenn Sie mit mir über Ihren Cousin sprechen.«

Enid starrte mich entsetzt an. »Über wen?«

»Ihren Verwandten. Ronald – sein Nachname ist mir entfallen. Ist er vielleicht derjenige, der uns bei unseren Nachforschungen unterstützen könnte?«

»Ronald! Sie müssen schon entschuldigen, aber ich sehe ihn nie als Cousin, da es sich um eine so entfernte Verwandtschaft handelt. Nein. Ronald wäre der letzte, dem ich in schwierigen Zeiten vertraute. Er ist ein liebenswürdiger, oberflächlicher junger Mann, der in seinem Leben noch nie etwas Sinnvolles geleistet hat und seinen Verstand höchstens darauf verwendet, seine Spielschulden zusammenzurechnen.«

»Das klingt nach einem wenig anziehenden Menschen.«

»Nein«, sagte Enid. »Rein äußerlich betrachtet ist er recht attraktiv. Er hat gewinnende Manieren und kann der charmanteste Zeitgenosse sein.«

»Trotzdem wollen Sie nicht, daß ich ihm mitteile, wo Sie sich aufhalten ... daß Sie sich in Sicherheit befinden?«

»Nein, um Himmels willen nicht. Ich bin sicher, daß Ronald um mich besorgt ist – soweit er überhaupt fähig ist, an jemand anderen als sich selbst zu denken. Aber ich bin ebenso sicher, daß er nicht wegen mir übereilt nach Kairo aufgebrochen ist. Er war einige Wochen in Ägypten wegen ... wegen irgendwelcher Geschäftsbeziehungen. Die er dann abbrach, um auf Jagd in den Sudan gehen zu können.«

Eine unerklärliche, aber unverkennbare Veränderung ihres Tonfalls und ihres Gesichtsausdrucks weckten in mir den Verdacht, daß sie mir etwas verschwieg. Wie die späteren Ereignisse zeigten, hatte ich recht, aber ich will offen zugeben – da Offenheit eine von mir geschätzte Tugend ist und da meine Beurteilungsfehler so selten sind, daß sie kaum einer Erwähnung bedürfen –, daß ich den Grund ihrer Zurückhaltung falsch einschätzte. Junge Damen verleugnen häufig den Herrn, für den sie eine tiefempfundene, persönliche Schwäche hegen. Ich nahm an, daß Miss Debenham in ihren Cousin verliebt war und das aus lauter Beschämung nicht zugeben wollte, weil sie ihn ihrer Zuneigung für nicht würdig befand.

Mein Taktgefühl hielt mich schließlich davon ab, das Thema zu vertiefen, und Enid schob dem Ganzen ohnehin einen Riegel vor, indem sie mich daran erinnerte, daß die Männer auf meine Arbeitsanweisungen warteten.

Einige Stunden später legten wir eine Pause ein. Wir saßen vor unseren Zelten und nahmen mit großem Appetit Eier, Tee und frisch gebackenes Brot aus dem Dorf zu uns. Emersons Laune hatte sich dank der Entdeckung einiger behauener Steinquader, die Hinweise auf die Existenz gewisser Baustrukturen lieferten, gebessert.

Ramses mußte natürlich wieder seine Meinung äußern. »Meiner Einschätzung nach, Papa, sind wir auf Spuren zweier unterschiedlicher Bauperioden gestoßen. Da der Kult von Snofru dem Guten während der ptolemäischen Epoche weit verbreitet war, ist es wahrscheinlich ... «

»Ramses, dein Papa ist sich dessen sehr wohl bewußt«, sagte ich zurechtweisend.

»Ich hatte lediglich den Wunsch, darauf hinzuweisen, daß man mit äußerster Sorgfalt vorgehen muß, um die Fundstelle ... «

»Ramses, ich darf dich erneut daran erinnern, daß es momentan keinen Exkavator auf diesem Gebiet gibt, der das Fachwissen deines Vaters besitzt.«

»Danke, meine Liebe«, sagte Emerson und deutete eine Verbeugung an. »Amüsierst du dich gut mit deiner kleinen Pyramide?«

»Ja, danke der Nachfrage, Emerson.«

Noch ehe ich Atem zum Weitersprechen schöpfen konnte, hatte sich Ramses an Enid gewandt und bat sie um ihre Einschätzung hinsichtlich dessen, was wir bislang erreicht hatten. Vielleicht war es nur der höfliche Versuch, sie in unser Gespräch mit einzubeziehen. Aber das bezweifelte ich.

Enid lenkte ihn ab, indem sie die Katze auf ihren Schoß nahm, die um ihre Knöchel gestrichen war. Es überraschte mich, daß das edle Geschöpf das duldete. Sie mochte mich und verhielt sich duldsam gegenüber Emersons Zuneigung, Ramses jedoch war der einzige, zu dem sie sich zärtlich hingezogen fühlte.

Das Ablenkungsmanöver erwies sich als erfolgreich, denn Ramses erkundigte sich umgehend nach Enids Haustieren – da er zu dem Schluß gekommen war, wie er ihr in epischer Breite erklärte, daß sie zumindest einmal eine Katze besessen haben müsse, denn sonst wüßte sie nicht, wo die genauen Stellen zum Kraulen lägen. Als Enid ihm antwortete, daß sie Dutzende von Hunden und Katzen gehabt hätte, die in den meisten Fällen von grausamen Besitzern ausgesetzt worden wären, nahmen Ramses' Gesichtszüge einen wohlgefälligen Ausdruck an. Wie er da im Schneidersitz neben ihr hockte, seinen Lockenkopf leicht zur Seite geneigt und die dunklen Augen interessiert auf sie fixiert, hätte man ihn für einen ganz normalen, kleinen Jungen halten können – solange er den Mund hielt.

Plötzlich sprang Emerson auf und ließ dabei sein Butterbrot (die gebutterte Seite natürlich zuunterst) auf den Tischläufer fallen. Er schirmte seine Augen mit den Händen ab und blickte gen Osten, in Richtung des Sonnenaufgangs. »Es ist nicht zu fassen, Amelia. Ich glaube, dort marschiert eine dieser verfluchten Touristengruppen. Und sie schlagen unsere Richtung ein.«

»Das überrascht mich nicht, Emerson«, entgegnete ich, während ich versuchte, die Butter von dem Läufer, einem schönen, alten Bucharateppich, zu kratzen. »Du weißt doch, daß das einer der Nachteile der Arbeit in Dahschur ist. Auch wenn der Ort nicht so bekannt ist wie Gizeh und Sakkara, wird er doch in allen Reiseführern erwähnt.«

»Hast du schon jemals so verrückte Gestalten gesehen?« entfuhr es Emerson. »Grüne Sonnenschirme, Stoffetzen um ihre Köpfe gewickelt ... «

Im Vergleich zu Emerson sahen sie wirklich lächerlich aus.

Ohne Kopfbedeckung, den gebräunten Nacken und die Unterarme entblößt, hatte er sich in seiner Umgebung so akklimatisiert, wie es nur wenigen Ausländern in Ägypten gelang.

Der kleine Trupp näherte sich uns. Keiner der Reiter war es gewohnt, auf einem Eselrücken zu sitzen. Sie hopsten auf und ab wie Hampelmänner. Emerson rollte seine Hemdsärmel bis zu den Oberarmen hoch. »Ich gehe einfach hin und vertreibe sie.«

»Warte, Emerson ...« Aber es war bereits zu spät. Emersons lange Beine trugen ihn hastig in Richtung des Feindes.

Seine erhobene Hand ließ die Gruppe anhalten. Ein beleibter Gentleman fiel von seinem Esel und wurde von zwei grinsenden kleinen Eseltreibern wieder aufgerichtet. Daraufhin folgte eine lebhafte Diskussion. Ich konnte den Wortlaut zwar nicht verstehen – außer den einen oder anderen Fluch von Emerson –, doch die Gesten der Beteiligten ließen keinen Zweifel an ihren Absichten aufkommen.

Enid kicherte. »Ich fühle mich an Tante Betsy in Dickens' reizender Erzählung erinnert«, sagte sie.

»Und genau wie Tante Betsy wird Emerson das letzte Wort haben«, sagte ich, während ich ein Stück Brot mit Butter bestrich.

Ich behielt recht, denn nach einer Weile drehte der Trupp ab, schlug die Richtung der nördlichen Pyramide ein, und Emerson kehrte, aufgrund dieser Begegnung erfrischt und bester Laune, zu uns zurück. Wir alle gingen wieder an die Arbeit, außer der Katze Bastet, die sich gähnend zu einem Nickerchen in eines der Zelte zurückzog.

Ich hatte nicht erwartet, daß die Funde jenes ersten Tages überwältigend sein würden, und das waren sie auch nicht – nur die üblichen Tonscherben und Bruchstücke von Grabbeigaben. Das gesamte Gebiet war ein riesiger Friedhof – eine Stadt der Toten, deren Bevölkerung die vieler moderner sowie historischer Städte bei weitem übertraf. Ich erklärte Enid den richtigen

Umgang mit solchen Fundstücken, denn wir verfaßten peinlich genaue Aufzeichnungen von jedem Objekt, egal, wie unscheinbar es auch immer wirkte.

Aufgrund der Routinetätigkeiten, die meinen Verstand kaum beanspruchten, beschäftigte ich mich in Gedanken mit der Frage, die von allen Seiten ständig an mich herangetragen wurde. Wie war es in der Tat möglich, die Aufmerksamkeit des Meisterverbrechers auf uns zu lenken? Ich teilte Mr. Nemos Abneigung, tatenlos darauf zu warten, bis dieser Gentleman seinen nächsten Schritt unternahm. Taktisch und psychologisch betrachtet, wäre es von Vorteil, wenn wir die Initiative ergriffen und einen Anschlag von seiner Seite provozierten. Was ich brauchte, war ein Schatz – versteckte königliche Juwelen wie die, die das Interesse des Meisterverbrechers im vergangenen Jahr auf sich gezogen hatten.

Ramses hatte einen solchen geheimen Schatz in Dahschur gefunden. (Tatsächlich war ich recht sicher, daß er zwei entdeckt hatte; der Schatz der Prinzessin Khnumit, den M. de Morgan gegen Ende der Saison mit großem Brimborium gehoben hatte, war vermutlich die Belohnung dafür gewesen, daß er uns dieses Gebiet überlassen hatte. Ich hatte Ramses in dieser Sache nie zur Rede gestellt und beabsichtigte das auch weiterhin nicht, da die Bestätigung meines Verdachts lediglich heikle ethische Fragen aufgeworfen hätte, mit denen ich mich nicht auseinandersetzen wollte.)

Und ich hatte auch nicht die Absicht, demütig zu meinem Sohn zu gehen und ihn zu bitten, mir bei der Suche nach Kunstschätzen behilflich zu sein. Sogar die Idee, den Jungen über die Nebenpyramide auszufragen, hatte ich verworfen. Ich hatte mir vorgenommen, meine Ausgrabung gemäß strengster wissenschaftlicher Prinzipien durchzuführen – doch was ich eigentlich wollte, war, den Eingang der Pyramide zu finden. Ich brannte darauf, durch diesen Eingang zu schlüpfen und nach der Grabkammer zu suchen, und es hätte mich nicht im geringsten überrascht zu erfahren, daß Ramses dessen Lage genau kannte. Er hatte ein teuflisches Gespür für solche Dinge. So groß die Freude beim Betreten der Pyramide auch sein mochte, die Freude, ihren Eingang ohne Ramses' Hilfe gefunden zu haben, wäre noch entschieden größer. Und als der Morgen verstrich und sich keinerlei Hinweis auf eine Öffnung bot, meinte ich schließlich, den Jungen doch überschätzt zu haben. Die Männer schaufelten immer noch Sand beiseite, und nicht einmal Ramses – wirklich, nicht einmal Ramses? – hätte unter Tonnen von Gestein einen verborgenen Eingang entdecken können.

Ich wandte mich erneut der anderen Problemstellung zu. Was würde den Meisterverbrecher in Ermangelung eines Schatzes denn statt dessen anlocken? Eine Antwort kam mir schon bald. Doch obwohl ich ein unzerstörbares Vertrauen in Ramses' Fähigkeit hatte, jeder Gefahr unbeschadet zu entkommen, schien es mir nicht angebracht, meinen Sohn als Lockvogel für einen Mörder einzusetzen. Es gab noch eine weitere Möglichkeit, die genauso wirkungsvoll war und das liebende Herz einer Mutter verschonte.

Die Sonne stieg höher und damit auch die Temperatur. Mit meiner Arbeit und meinen Gedanken beschäftigt, bemerkte ich weder, wie die Zeit verstrich, noch die erbarmungslose Hitze, bis mein Blick schließlich auf Enid fiel, deren Haut gerötet und verschwitzt war.

»Es wäre besser, Sie leisteten Bastet im Zelt Gesellschaft«, sagte ich und nahm ihr Bleistift und Notizbuch aus der Hand. »Ich vergaß, daß Sie die Sonne nicht gewohnt sind.«

Tapfer bekräftigte sie ihre Bereitschaft zur Weiterarbeit, doch ich räumte ihre Skrupel aus. Sie verschwand, und ich wollte gerade wieder meine Arbeit aufnehmen, als ich in nördlicher Richtung eine Sandwolke bemerkte. Eine weitere Gruppe dieser verdammten Touristen! Diesmal kamen sie aus der Richtung von Sakkara und ritten zu Pferd. Die jüngeren und abenteuerlustigeren Besucher zogen diese Art der Fortbewegung vor.

Als ich sah, daß die Reiter keinen Zwischenstopp an der nördlichen Pyramide einlegten, sondern geradewegs auf uns zukamen, überließ ich Selim die Aufsicht über die Grabungsarbeiter und eilte zu Emerson. Er war bereits einmal handgreiflich geworden, hatte eine zierliche alte Dame von einer Grabstätte fortgezerrt, und später stellte sich heraus, daß es sich bei besagter Dame um eine ehemalige französische Fürstin gehandelt hatte. Die sich daran anknüpfende, internationale Empörung ebbte erst nach einer ganzen Weile wieder ab.

Er krempelte seine Hemdsärmel hoch. Ich hielt ihn fest und harrte der Dinge, die da kommen würden. Kurz darauf erkannte ich in der Gruppe der berittenen Männer dieselben Engländer, die ich tags zuvor im Shepheard bemerkt hatte.

Sie trugen immer noch die teilweise phantasievolle und unpassende arabische Kostümierung, die sie in den Basaren erstanden hatten. Allerdings waren sie hervorragende Reiter – nicht sonderlich überraschend für Menschen, die sich zeit ihres Lebens kaum je anderen Dingen als Sport und Müßiggang widmeten. Die Gewehre, die sie in ihre Satteltaschen gesteckt oder um ihre Oberkörper geschlungen hatten, entsprachen den neuesten und teuersten Modellen.

Lachend und scherzend näherten sie sich den Zelten, wo ihr junger Anführer absitzen wollte. Als er mich sah, hielt er plötzlich inne, einen Fuß immer noch im Steigbügel, den anderen über den Pferderücken geschwungen. Genau in diesem Augenblick bleckte das Pferd seine Zähne, und die Ähnlichkeit zu seinem Reiter, dessen Gebiß beinahe ebenso vorstand, war so frappierend, daß ich mir das Lachen verkneifen mußte.

»Bei meinem Wort, es ist 'ne Dame«, entfuhr es dem jungen Mann. »Jungs, schaut her. Was zum Teufel meint ihr, tut die hier mitten in der Einöde? Wie geht's, Ma'am?«

Er nahm seinen Turban ab. Emerson war von dieser Geste wenig begeistert. Er schnauzte: »Hüten Sie Ihre Zunge, junger Mann. Mrs. Emerson ist Pöbelhaftigkeit nicht gewohnt.«

»Mrs. Emerson? Dann müssen Sie Mr. Emerson sein.« Der Bursche grinste, als wäre er stolz auf seine brillante Logik.

»Professor Emerson«, korrigierte ich. »Und wer sind Sie, Sir?«

Einer seiner Gefährten eilte ihm zur Seite. »Gestatten Sie, daß ich Ihnen seine Lordschaft Graf Everly vorstelle.«

Emerson knurrte. »Nachdem Sie ihn jetzt vorgestellt haben, können Sie ihn meinetwegen wieder wegschaffen. Das hier ist eine archäologische Expedition und kein Verein für reiche Nichtstuer.«

»Archäologie! Ist das wirklich so? Bei meinem Wort! Sagen Sie, Professor, können Sie uns nicht ein bißchen rumführen? Oder, noch besser, lassen Sie es Ihre bessere Hälfte machen, ja? Nimm dir 'ne schöne Frau, wenn du eine haben kannst, nicht wahr, alter Bursche?« Er klopfte Emerson auf die Schulter und entblößte so viele seiner Zähne, daß ich schon befürchtete, sie würden ihm aus dem Mund fallen.

Ich hörte nicht, was Emerson erwiderte, was vermutlich auch besser war. Ich hatte etwas entdeckt, das meine Aufmerksamkeit erregte und meinen überaus entwickelten, detektivischen Spürsinn weckte.

Ein weiterer Begleiter des Grafen war neben diesen getreten. Als er sich seiner Kopfbedeckung – einem aufsehenerregend voluminösen Turban – entledigte, wirkte sein Kopf, als loderte darauf ein Feuer. Die Gesichtszüge unter den kupferfarbenen Locken waren kaum weniger erstaunlich. Ich mußte schon zweimal hinsehen, um mich davon zu überzeugen, daß es sich nicht um Mr. Nemo handelte. Bei näherer Betrachtung kam ich zu dem Schluß, daß die Ähnlichkeit tatsächlich nicht so gravierend war, wie ich angenommen hatte: es war lediglich die ungewöhnliche Haarfarbe der beiden Männer, die den irreführenden Eindruck hervorgerufen hatte. Dieser Mann – zweifellos dieselbe Person, die mir vor dem Verwaltungsgebäude aufgefallen war – wirkte schmächtiger und und weichlicher durch seine sanften Gesichtszüge und seine kleinen manikürten Hände.

Als er meinen Blick auf sich ruhen spürte, trat der Mann unsicher von einem Bein aufs andere und lächelte verlegen. »Guten Morgen, gnädige Frau.«

In meiner Überraschung hatte ich meine Pflichten gegenüber meinem aufgebrachten Ehemann vernachlässigt, doch Ramses hatte sich glücklicherweise rechtzeitig eingeschaltet, um den Grafen vor tätlichen Übergriffen zu bewahren. Vermutlich hatte er dessen Pferd bewundert, denn als ich mich wieder den anderen zuwandte, hörte ich gerade noch, wie Everly albern kicherte und bemerkte: »Ja, Junge, er ist wirklich ein toller Bursche. Willst du ihn mal ausprobieren?«

»Ramses«, rief ich. »Ich verbiete dir ausdrücklich ... «

Doch Ramses saß bereits im Sattel, und falls er mich gehört hatte, was ich mit Sicherheit annehme, tat er zumindest so, als wäre das nicht der Fall gewesen.

Ramses war kein ungeübter Reiter, doch auf dem riesigen weißen Hengst wirkte er ziemlich verloren. Emerson beobachtete mit erstauntem Gesichtsausdruck – einer Mischung aus stolzem Lächeln und Verärgerung –, wie der Junge das Pferd in Bewegung setzte. Ich packte ihn am Arm. »Emerson, halt ihn an. Befiehl ihm, daß er absitzen soll.«

»Regen Sie sich nicht auf, Ma'am«, sagte seine Lordschaft. »Cäsar ist so sanft wie ein Kätzchen.«

Unsere Männer hatten sich um uns geschart und beobachteten das Ganze. Sie grinsten voller Stolz, und Abdullah meinte auf arabisch: »Ihm passiert schon nichts, Sitt. Wenn er wollte, könnte er sogar einen Löwen bezwingen.«

Er hatte diese Worte kaum ausgesprochen, als ein Gewehrschuß praktisch neben meinem Ohr losdonnerte. Der Schimmel scheute und bäumte sich auf. Ramses klammerte sich wie eine Klette an das Tier, doch mir war klar, daß er stürzen mußte. Seine Füße befanden sich gut und gerne fünfundzwanzig Zentimeter über den schwankenden Steigbügeln, und seine Arme besaßen nicht die Kraft, die Zügel zu halten.

Betäubt von dem ohrenbetäubenden Knall standen wir für Sekundenbruchteile wie erstarrt vor Entsetzen. Emerson reagierte als erster. Ich habe noch nie einen Mann gesehen, der so schnell gerannt ist. Es war ein bemerkenswerter Einsatz, aber natürlich ziemlich sinnlos, da ein Mann zu Fuß niemals damit rechnen durfte, ein galoppierendes Pferd einzuholen.

Seine Lordschaft reagierte rascher, als ich erwartet hätte. »Keine Sorge, Ma'am, ich rette den Kleinen«, schrie er und rannte in die Richtung der anderen Pferde, die in einiger Entfernung von zwei Stallburschen bewacht wurden. Bevor er sie jedoch erreichte, schnellte eine Gestalt wie aus dem Nichts auf ihn zu und brachte ihn zu Fall. Der Fremde schwang sich aufs nächste Pferd. Mit einem Befehl und einem Wiehern als Gegenreaktion stoben die beiden davon – Roß und Reiter bildeten eine faszinierende Einheit. Die fliegenden Kleiderzipfel des Reiters blähten sich hinter ihm auf wie riesige Flügel.

Unsere Männer rannten rufend und gestikulierend hinter Emerson her. Nachdem sich die erste Verwirrung etwas gelegt hatte, saßen der Graf und seine Begleiter auf und nahmen galoppierend die Verfolgung auf. Die beiden Stallburschen sahen sich an, zuckten die Schultern und hockten sich auf den Boden, um das Ganze zu beobachten.

Ob durch Zufall oder weil es Ramses vielleicht wirklich gelungen war, die Kontrolle über das Pferd wiederzuerlangen – jedenfalls nahm sein Pferd einen weiten Bogen. Falls Ramses das wirklich beabsichtigt hatte, war es ein folgenschwerer Fehler von ihm. Denn der Hengst näherte sich mit atemberaubender Geschwindigkeit den Wadis – oder Schluchten, die die westliche Wüste durchziehen. Ich konnte nicht sehen, wie tief dieses war, doch es schien etwa drei Meter auseinanderzuklaffen. Das Pferd war sicherlich in der Lage, dieses mit einem Sprung zu überwinden. Allerdings war mir völlig klar, daß Ramses dabei mit Sicherheit aus dem Sattel geworfen werden würde.

Wie der werte Leser vielleicht vermutet, war mein Gemütszustand bei weitem nicht so ruhig und gelassen. In der Tat wäre »starr vor Entsetzen« die abgedroschene, aber relativ zutreffende Beschreibung meiner Verfassung gewesen. Allerdings blieb mir nichts anderes übrig, als tatenlos zuzuschauen. Es rannten und ritten mittlerweile bereits genug Leute orientierungslos durch das Wüstengebiet.

Seine Lordschaft hatte seine Männer abgehängt. Was auch immer seine anderen Fehler ausmachte – und ich war mir sicher, daß er davon genügend hatte –, er ritt wie ein Zentaur. Trotzdem blieb er immer hinter dem ersten Verfolger zurück, der sich im halsbrecherischen Galopp dem winzigen Reiter auf seinem gewaltigen Pferd näherte. Wie nicht anders zu erwarten, lag auch Emerson ein gutes Stück im Hintertreffen, und unsere Männer verfolgten ihn wie Läufer auf einer Rennstrecke.

Der unbekannte Reiter – an dessen Identität ich jedoch keinen Zweifel hatte, da es sich nur um Nemo handeln konnte – überholte plötzlich mit atemberaubender Geschwindigkeit das fliehende Pferd und versuchte es am Rande des Wadis noch aufzuhalten. Für einige beklemmende Augenblicke galoppierten die beiden Hengste Seite an Seite. Nemos Pferd schien praktisch in der Luft zu schweben. Dann trug der mutige Einsatz des Retters endlich Früchte. Ramses' Schimmel drehte um, wurde langsamer und kam schließlich zum Stehen. Ramses fiel vom Pferd, oder er wurde hinuntergezerrt, das kann ich nicht mit Bestimmtheit sagen. Jedenfalls verschwand er sofort in den wehenden Stoffmassen von Nemos Gewand. Aus meiner Entfernung war es schwierig einzuschätzen, ob Nemo den Jungen erleichtert in seine Arme schloß oder ihn vor lauter Zorn heftig schüttelte.

Zu diesem Zeitpunkt hatten sich die anderen Verfolger in dem Bemühen, dem waghalsigen Kurs des Ausbrechers zu folgen, bereits über das ganze Gebiet verteilt. Emersons starke väterliche Instinkte hatten wohl dazu geführt, daß er als erster am Ort des Geschehens eintraf, denn niemand hätte mit Bestimmtheit voraussagen können, wo das Tier letztlich zum

Stehen kam. Die anderen versammelten sich ebenfalls dort, und kurze Zeit später waren die Helden des Dramas von einer Menge Statisten umgeben und wurden von blauweißen Gewändern verdeckt.

Erst in diesem Augenblick bemerkte ich die Hand, die sich so fest an meine Schulter geklammert hatte, daß sie (wie ich später entdeckte) sichtbare Spuren hinterließ. Der Griff entspannte sich, und ich drehte mich gerade noch rechtzeitig um, um Enid aufzufangen, die mit einem herzzerreißenden Seufzen in Ohnmacht fiel.

Ich hievte das Mädchen ins Zelt und ließ sie dort allein. Die Dramatik des Geschehens war sicherlich Entschuldigung genug für ihr Verhalten, doch mir war klar, daß Emerson verärgert wäre, wenn er von ihrem Zusammenbruch erfuhr. Er hielt nicht allzuviel von weiblichen Ohnmachtsanfällen.

Der Graf und sein Begleitertroß kehrten als erste zurück. Die meisten von ihnen hielten Abstand, nur seine Lordschaft hatte die Stirn, mir gegenüberzutreten. Allerdings war er klug genug, auf seinem Pferd sitzen zu bleiben, während er seine Entschuldigung stammelte.

Ich fuhr ihm ins Wort. »Ich halte Sie nicht für den allein Schuldigen, da Ramses ohnehin die Angewohnheit hat, sich selbst in Gefahr zu bringen. Ich würde Ihnen jedoch raten zu verschwinden, bevor Professor Emerson hier auftaucht. Ich lehne jede Verantwortung für seine Reaktion ab, wenn er, wie es gegenwärtig sicherlich der Fall ist, unter extremer emotionaler Anspannung steht.«

Die Herren befolgten meinen Rat. Sie befanden sich bereits in fieberhaftem Aufbruch, als Emerson mit Ramses in den Armen aufkreuzte. Nachdem unser Sohn seinen Vater schließlich überzeugt hatte, daß er allein stehen konnte, rannte Emerson fluchend hinter den Reitern her und forderte sie auf, umzudrehen und mannhaft mit ihm zu kämpfen. Da ich mit einer solchen Demonstration gerechnet hatte, stellte ich ihm ein Bein, und als er sich schließlich wieder aufgerichtet und sich den Sand von seinem schweißnassen Gesicht gewischt hatte, war er auch merklich ruhiger.

»Ist ja nichts passiert«, knirschte er zwischen den Zähnen hervor. »Aber wenn dieser Idiot hier noch einmal aufkreuzt ... «

Ich reichte ihm meine Wasserflasche, denn offensichtlich behinderte der Sand in seinem Mund seine Aussprache. »Vielleicht sollten wir unsere Arbeit besser für heute beenden«, schlug ich vor. »Es ist bereits nach Mittag, und alle sind müde vom Herumrennen.«

»Unsere Arbeit beenden?« Emerson blickte mich erstaunt an. »Wovon redest du, Peabody?«

Also wandten wir uns erneut unseren Tätigkeiten zu. Die Grabungsarbeiter schaufelten mit neuem Schwung. Ich hörte zufällig, wie einer von ihnen einem anderen gestand, daß er besonders gern für den Vater der Flüche arbeitete, weil man sich bei ihm sicher sein konnte, daß immer irgend etwas Aufregendes passierte.

Natürlich suchten wir Nemo, da wir ihm unsere Dankbarkeit und unsere Bewunderung ausdrücken wollten, konnten ihn allerdings nirgends finden. Da er immer noch sein ägyptisches Gewand und seinen Turban trug, war es auch nicht schwierig für ihn, sich unter den fünfzig phantasievoll gewandeten Grabungsarbeitern zu verstecken. Doch auch nachdem wir unsere Arbeit beendet hatten und zum Haus zurückgekehrt waren, tauchte er nicht auf. Ich brauche dem werten Leser sicherlich nicht zu erzählen, daß meine Gründe, warum ich mit ihm sprechen wollte, nicht nur die elterlicher Dankbarkeit waren. Ich hatte eine ganze Reihe von Fragen an den jungen Mann, und diesmal würde ich auch Antworten bekommen.

Selbstverständlich hatte ich Ramses mitgeteilt, daß sein Verhalten vollkommen unentschuldbar war. Sicherlich trug er nicht allein die Schuld an dem Vorfall, da der zufällig ausgelöste Schuß den Hengst aufgeschreckt hatte. Hätte er allerdings nicht auf diesem Pferd gesessen, wäre die Gefahr nicht eingetreten.

Bemerkenswerterweise unternahm Ramses nicht einmal den Versuch, sich zu verteidigen, sondern hörte mir schweigend zu, wobei sein abweisender Gesichtsausdruck noch unergründlicher wirkte als sonst. Nachdem ich meinen Vortrag beendet hatte, schickte ich ihn auf sein Zimmer – nicht unbedingt als Bestrafung, da er die heißeste Tageszeit normalerweise immer dort zubrachte und an seiner Grammatik arbeitete.

Emerson und ich hatten uns nie an die Sitte gewöhnen können, die in arabischen Ländern übliche Nachmittagsruhe einzuhalten. Während einer archäologischen Expedition gibt es, unabhängig von den eigentlichen Ausgrabungen, immer viel zu tun. Ich wußte, daß Emerson am Nachmittag beschäftigt sein würde, da er zugegeben hatte, daß das Schichtgestein der Ruinen am Fuße der Pyramide überaus komplex sei. Seine umfangreichen Notizen und Skizzen mußten übertragen und in eine lesbarere Form gebracht werden.

Während er noch stirnrunzelnd diese Aufgabe verfluchte, begann ich damit, das von mir am Morgen ausgedachte Szenario in die Tat umzusetzen.

Enid lag auf ihrem Feldbett. Sie schlief nicht, sondern starrte mit weit aufgerissenen Augen gedankenverloren an die Decke und wandte auch nicht den Kopf, als ich mit einem lauten Räuspern, dem einzig möglichen Ersatz für ein Klopfen, eintrat – da es, wie sich der werte Leser vielleicht erinnert, keine Tür zum Anklopfen gab.

Ich verstand den Grund für ihre Verzweiflung, die sich nach außen hin in Lethargie niederschlug, und ich war geneigt, sie mit dem Versprechen zu beruhigen, daß ich umgehend handeln würde. Dann entschied ich, daß ich das nicht riskieren durfte.

Sie hätte mich vermutlich von dem von mir eingeschlagenen Kurs abzubringen versucht. Ich mußte zu einem Vorwand greifen, denn auch wenn ich die geringste Abweichung von offenem und ehrlichem Verhalten zutiefst ablehne, gibt es Gelegenheiten, wo das moralisch Empfehlenswerte hinter der Zweckdienlichkeit zurückzustehen hat.

»Ich habe Ihnen etwas Lektüre mitgebracht«, sagte ich aufmunternd. »Das wird Ihnen die Zeit hoffentlich besser vertreiben helfen als Meyers *Geschichte des Altertums.*« Denn das war der Band, den sie achtlos beiseite geworfen hatte.

Eine leichte Röte belebte ihre blassen Wangen. Sie nahm die Bücher und studierte neugierig deren Titel. »Also, Amelia«, sagte sie mit einem verschmitzten Lächeln, »ich hätte Ihnen niemals einen so schlechten Geschmack zugetraut.«

»Mir gehört lediglich das Buch von Mr. Haggard«, erklärte ich und nahm auf einem der Umzugskartons Platz. »Die anderen sind von Ramses – ich glaube, es handelt sich um einige dieser sogenannten Kriminalromane.«

»Überaus bekannte Romane. Haben Sie sie nicht gelesen?«

»Nein, da sie meiner Meinung nach die Leichtgläubigkeit der Leser unsinnig strapazieren.«

Es freute mich zu sehen, daß unser kleines Literaturgespräch das Mädchen aufgebaut hatte. Mit einem Augenzwinkern meinte sie: »Mehr strapazieren als die Unterhaltungsromane von Mr. Haggard? Soviel ich weiß, zählen zu seinen Spannungseffekten die verschwundenen Diamantenminen von König Salomon; schöne, jahrtausendealte Frauen ...«

»Sie verraten sich, Enid. Sie würden seine Handlungsstränge nicht kennen, wenn Sie die Bücher nicht gelesen hätten!«

Ihr Lächeln verschwand. »Ich kenne ... ich kannte jemanden, der diese Romane schätzte.«

Ihren Cousin Ronald? Nach allem, was sie über ihn erzählt hatte, hatte ich ihn nicht als lesenden Menschen eingestuft. Ich war versucht zu fragen, warum sie die Erinnerung an ihn so sorgenvoll stimmte, doch dann beschloß ich, weitere Fragen vorerst zurückzustellen, da mir zur Umsetzung meines Plans nur wenig Zeit blieb.

»Mr. Haggards Geschichten«, erklärte ich, »stellen lediglich reine Fiktion dar. Wie rational man auch immer denken mag – und ich denke äußerst rational –, braucht der Verstand Perioden der Ablenkung, in denen die Verstrickungen der Phantasie das Unterbewußtsein beleben und damit verdrängtes und unterschwelliges Denken zu Tage fördern, ohne das kein Mensch Bestleistungen erbringen kann. Dagegen geben diese sogenannten Kriminalgeschichten vor, die scharfe Intelligenz des Helden darzustellen. Tatsächlich tun sie aber nichts dergleichen. In den wenigen Kriminalromanen, die ich gelesen habe, kam der Detektiv nur zu seiner Lösung, weil sich seine hanebüchenen Vermutungen aufgrund der vom Autor konstruierten Handlungsstränge als richtig erwiesen.«

Enids zusammenhangloses Gemurmel deutete darauf hin, daß sie mir nicht mehr aufmerksam zuhörte. Und da ich die Bücher lediglich als Vorwand für meinen Besuch mitgebracht hatte, war ich gern bereit, das Thema zu wechseln und mich einer Sache zuzuwenden, die vermutlich – meiner Meinung nach mit Bestimmtheit – erheblich brisanter war als das Literaturthema.

Ich fing an, indem ich ihr Komplimente zu ihrem graugrünen Nachmittagskleid machte und sie fragte, wo sie es gekauft hatte. Emerson hat mir einmal versichert, daß die Diskussion über Mode jede Frau von jedem x-beliebigen Thema ablenken kann – selbst von ihrem bevorstehenden Ableben. Ohne dieser übertriebenen Beteuerung zuviel Gewicht beimessen zu wollen, bin ich geneigt zuzugeben, daß sie ein Körnchen Wahrheit enthält, was Enids Reaktion bewies. Wir sprachen über Modehäuser, Stoffe und die enormen Ausgaben für maßgeschneiderte Bekleidung. Dann kreiste ich langsam mein Ziel ein.

»Die Garderobe, die Sie am Tag Ihrer Ankunft bei uns trugen, hat mich sehr überrascht«, sagte ich.

»Oh, das ist die neueste Mode«, erklärte Enid. »Man nennt es Fahrradkostüm. Haben Sie noch nicht davon gehört? Ich dachte, sie wüßten das, da Ihre eigene Ausstattung von ähnlichem Schnitt, wenn auch von anderer Farbe ist.«

»Oh, ja richtig. Ich versuche, mit den neuesten Kollektionen Schritt zu halten, obgleich Funktionalität für mich eine größere Rolle spielt als Schönheit. Das war es ja, was mich überraschte – daß eine junge, modebewußte Dame solche Kleidung in ihren Reisekoffer packt.«

»Ich bin nicht so gedankenlos, wie Sie vielleicht annehmen«, sagte Enid mit einem ironischen Lächeln. »Ich bin davon ausgegangen, daß Stiefel und bequeme Röcke bei der Erkundung von Ruinen und Grabkammern sinnvoll sind. Und das waren sie tatsächlich, wenn auch nicht in der von mir bezweckten Form. Als ich an jenem entsetzlichen Morgen aus meinem Schlaf, beziehungsweise meiner Betäubung erwachte, galt mein erster Gedanke meiner Flucht. Mir war klar, was die Leute sagen würden. Ich wußte ebenfalls, was die Polizei dächte, wenn sie mich neben der Leiche meines vermeintlichen Geliebten fand. Was das Ganze noch verschlimmerte, war die Tatsache, daß wir am Abend zuvor gestritten hatten und mehrere Hotelangestellte das hätten bezeugen können.«

Eigentlich wollte ich Enid erst später Fragen zu den Einzelheiten ihrer Flucht stellen. Jetzt teilte sie mir diese freiwillig mit, ohne daß ich sie dazu zwingen mußte, was ich insgeheim befürchtet hatte. Der Augenblick erschien mir zwar nicht sonderlich passend, doch ich fürchtete, ihr Vertrauen zu verlieren, wenn ich abweisend reagierte. Also blieb ich mit einem gewissen Interesse, wie sich der werte Leser vermutlich gut vorstellen kann, sitzen und hörte mir ihre Geschichte an.

Sie fuhr in abwesendem Ton fort, so als spräche sie zu sich selbst, und versuchte dabei, die Schrecken jener unheilvollen Erfahrung zu tilgen, indem sie sie einem anderen mitteilte. »Ich kann es kaum glauben, daß ich so schnell und überlegt reagieren konnte. Ein Schock, habe ich gehört, löst gelegentlich diesen Effekt aus. Ich kleidete mich an und wählte eine Garderobe, die die von mir befürchteten körperlichen Strapazen aushalten würde. Da ich diese Kleidung noch nie getragen hatte, hatte das den zusätzlichen Vorteil, daß sie nicht erkannt werden würde. Ich verließ den Raum über den Balkon vor meinem Fenster und stieg an einer kräftigen Kletterpflanze, die sich an der Mauer hochrankte, nach unten. Einige Touristen hatten sich bereits vor dem Hotel versammelt, obwohl es noch vor Sonnenaufgang war. Nachdem ich eine Droschke gemietet hatte, ließ ich mich zum Mena House chauffieren, da einige der anderen Gäste nach Gizeh aufgebrochen waren. Als ich dieses Hotel schließlich erreichte, fühlte ich mich krank, zitterte am ganzen Körper und hatte keine Ahnung, welchen Schritt ich als nächsten unternehmen sollte. Ich wußte, daß ich nicht lange unentdeckt bleiben würde, da eine alleinreisende Frau zu Fragen provoziert – wenn nicht sogar zu Schlimmerem.

Als ich im Speisesaal mein Frühstück einnahm, fragte mich ein Herr, ob ich eine der in diesem Gebiet beschäftigten Archäologinnen sei. Das verhalf mir zu der Idee und erinnerte mich ebenfalls an Ihren Brief. Ich hatte sonst niemanden, an den ich mich wenden konnte, und ich beschloß, mich auf den Weg zu Ihnen zu machen. Es war eine Verzweiflungstat...«

»Überhaupt nicht. Es war eine vernünftige Entscheidung. Aber wie gelang es Ihnen, in jener Nacht und am darauffolgenden Tag unentdeckt zu bleiben?«

»Das war alles andere als einfach. Denn, wie Sie wissen, sind die archäologischen Gebiete von Führern, Bettlern und sonstigen unangenehmen Zeitgenossen überlaufen, die einem wie ein Fliegenschwarm folgen. Schließlich fiel mir ein, daß die einzigen Gestalten, denen man keine Beachtung schenkt, arabische Frauen der ärmsten Schicht sind. Ich kaufte einer von ihnen ihr Gewand ab, zog es im Schutz eines verlassenen Grabes über und machte mich unbehelligt auf den Weg. So verbrachte ich irgendwo auf der Strecke von Sakkara bis hierher die Nacht versteckt in einer Felsspalte. Ich kann nicht behaupten, daß ich besonders gut geschlafen hätte ... Als ich am folgenden Nachmittag hier eintraf, war ich einem Zusammenbruch nahe. Ich hatte gerade noch die Kraft, meine Verkleidung auszuziehen und zusammen mit einigen wenigen von mir mitgebrachten Dingen zu verstekken, bevor ich mich Ihnen und dem Professor vorstellte.«

»Also«, sagte ich wohlüberlegt, »lassen Sie es mich einmal so formulieren, Enid, Sie haben große Entschlossenheit und beeindruckenden Erfindungsreichtum an den Tag gelegt. Ich nehme an, daß sich die Jacke zu Ihrem Fahrradkostüm noch bei den versteckten Dingen befindet?«

»Ja. Ich hatte die Vorstellung, mich als Archäologin zu verkleiden, immer noch im Kopf. Als ich Sie dann aus meinem Versteck heraus mit dem Professor zusammen sah, versuchte ich meine Kleidung der Ihren anzupassen. Sie trugen keine Jacke, also legte ich meine ab. Ich wollte Sie ebenfalls irreführen ... «

»Sie brauchen sich nicht zu entschuldigen, meine Liebe. An Ihrer Stelle hätte ich das Gleiche getan. Ich sollte Ihnen Ihre Sachen vielleicht besser holen. Können Sie mir die Stelle beschreiben, wo Sie sie versteckt haben?«

Das tat sie mit einer solchen Genauigkeit, daß ich sicher war, die Stelle zu finden. »Ich wollte sie schon letzte Nacht holen«, fuhr sie fort. »Doch als ich aus dem Zelt schaute, wirkte die Wüste so kalt und unheimlich ... Und ich hörte seltsame Geräusche, Amelia – leises Schreien und Stöhnen ... «

»Schakale, Enid. Schakale. Sie müssen mir versprechen«, fügte ich nachdenklich hinzu, »daß Sie unter gar keinen Umständen Ihr Zelt nachts verlassen, egal, was Sie auch hören.«

Als ich sie verließ, nahm ich den Rock ihres Fahrradkostüms mit und erklärte ihr, daß ich ihn waschen und bügeln lassen wollte.

Emerson zeichnete immer noch verbissen an seinen Plänen. Da sich ein riesiger Tintenfleck an der Wand abzeichnete, ging ich davon aus, daß er wieder einmal seine Schrift nicht hatte entziffern können und in seiner ganzen Verärgerung seine Füllfeder durch den Raum torpediert hatte.

Aufmunternd sagte ich zu ihm: »Halte durch, Emerson, halte durch, mein Lieber.« Dann ging ich die Treppe zum Dachboden hoch.

Im Schutz der Dachmatten zog ich Enids Zweiteiler an und legte meinen Gürtel ab. Es kostete mich Überwindung, diesen mitsamt der nützlichen Werkzeuge abzulegen und mich auch von meinem Sonnenschirm zu trennen. Aber ich wußte, daß man mich mit dieser Ausstattung niemals irrtümlich für eine andere halten könnte. Nachdem ich eine Sonnenbrille und einen Tropenhelm aufgesetzt hatte, hatte ich alles nur Mögliche getan, um eine gewisse Ähnlichkeit herzustellen. Statt durchs Treppenhaus zurückzukehren und mich Emersons unausweichlichen Fragen zu stellen, kletterte ich über den Dachfirst an der Außenmauer hinunter und hielt mich an Vorsprüngen und Spalten fest.

Obwohl die Sonne schon sank, befand sich das Dorf noch in der Schläfrigkeit der Nachmittagsruhe. Lässig verschränkte ich meine Arme vor der Brust – die Größenordnung in diesem Bereich war der hervorstechendste Unterschied zwischen Enids Figur und meiner – und imitierte ihren langsamen, wiegenden Gang.

Ich hatte mich noch keine hundert Meter weit vom Hof entfernt, als ich spürte, daß man mich beobachtete. Nichts rührte sich auf dem vor mir liegenden Wüstenpfad; kein Lebewesen weit und breit außer den unsäglichen Aasgeiern, die am Himmel ihre langsamen Kreise zogen. Und doch war mir klar, daß ich beobachtet wurde – wußte es mit dem untrüglichen Instinkt, den Mr. Haggard und andere Romanschriftsteller so treffend beschreiben. Es ist der Instinkt, den Menschen entwickeln, die häufig Verfolgungsopfer von Feinden sind. Und mit Sicherheit war niemand häufiger verfolgt worden als ich.

Entschlossenen Schrittes setzte ich meinen Weg fort, doch meine Nackenhaare richteten sich bereits auf. (Emerson würde vermutlich behaupten, daß diese Empfindung vom Schwitzen hervorgerufen wurde, und ich gebe zu, daß es unter dem Tropenhelm verflucht heiß war. Allerdings lag Emerson falsch.) Ich spürte den starren, beobachtenden Blick in meinem Rücken, bis ich die Anspannung nicht mehr ertragen konnte. Ich wirbelte herum.

Die Katze Bastet setzte sich und schaute mich mit wohlmeinendem Interesse an.

»Was machst du denn hier?« fragte ich.

Selbstverständlich antwortete sie nicht. Ich fuhr fort: »Geh bitte sofort ins Haus zurück.« Sie starrte mich weiterhin an, deshalb wiederholte ich meine Bitte auf arabisch, woraufhin die Katze gemächlich aufstand, sich mit der Hinterpfote am Ohr kratzte und fortrannte.

Als ich weiterging, verminderte sich das kribbelnde Gefühl in meiner Nackengegend jedoch nicht. Obwohl ich die Umgebung mit scharfem Blick observierte und mich von Zeit zu Zeit umsah, konnte ich kein Lebewesen entdecken. Bastet hatte die Verfolgung aufgegeben. Und es war auch nicht ihr Blick gewesen, der so unangenehm auf mir gelastet hatte. Wie ich Emerson bereits erklärt hatte, war ich sicher, daß Sethos uns ständig beobachtete. Mir war ebenfalls klar, daß er erneut zuschlagen würde. Daß er Enid als Sündenbock für sein abscheuliches Verbrechen ausgewählt hatte und alles daransetzte, sie der Polizei auszuliefern – war mir gleichermaßen klar. Ich setzte meinen Weg fort.

Die Stelle zu finden, wo Enid ihre Sachen versteckt hatte, war einfach. Sie hatte sie nicht tief vergraben, und eine Bahn schwarzen Stoffs ragte bereits wie eine Trauerfahne aus dem Sand hervor.

Ich hob das Paket auf, spähte vorsichtig nach allen Seiten, wie es Enid in dieser Situation vermutlich getan hätte, und hoffte, daß der von mir bereits erwartete Angreifer unvermittelt reagierte. Es gab in der näheren Umgebung viele Stellen, wo sich eine solche Person hätte verbergen können, denn das Felsplateau war, wie ich meine, bereits erwähnt zu haben, von unzähligen Spalten und Vorsprüngen gekennzeichnet.

Es geschah jedoch nichts. Ich spielte weiter meine Rolle, packte mir das Bündel unter den Arm und kehrte damit zu Enids Zelt zurück, wo ich es in aller Ruhe untersuchen konnte.

Das abgetragene schwarze Gewand (tob) und der Gesichtsschleier (burko) waren von minderwertiger Qualität und ziemlich zerschlissen – oft und ununterbrochen getragen, nach dem Geruch zu urteilen. Sie mußten unbedingt gewaschen – um genau zu sein, gekocht – werden, bevor man sie wieder tragen konnte, also legte ich die Kleidungsstücke beiseite. Man kann nie wissen, wann eine Verkleidung ratsam ist.

Das Gewand war um eine kleine Handtasche gewickelt gewesen, die ein buntes Sammelsurium enthielt, das in der Panik des entsetzlichen Morgens offenbar willkürlich zusammengeklaubt worden war. Eine kleine Dose Talkumpuder und ein Lippenstift, eine Haarbürste mit Elfenbeingriff sowie ein Spitzentaschentuch waren wohl die Dinge, die sich bereits in der Tasche befunden hatten. Darauf lagen ein paar Schmuckstücke, darunter eine goldene Uhr sowie ein perlenbesetztes Medaillon aus dem gleichen kostbaren Metall. Der interessanteste Gegenstand war allerdings ein dickes Bündel Banknoten im Wert von über fünfhundert Pfund.

Das Mädchen wurde als reiche Erbin bezeichnet, und die Namen der von ihr bevorzugten Modeschöpfer boten Anlaß zu der Vermutung, daß sie über außergewöhnliche finanzielle Mittel verfügte. Trotzdem handelte es sich hier um einen erstaunlichen Betrag, den die junge Frau einfach mit sich herumgetragen hatte. Nachdenklich legte ich das Geld und die Uhr zurück in die Tasche. Die junge Person war unergründlich. Das lag möglicherweise an ihrem gegenwärtigen Dilemma, trotzdem war ich fest entschlossen, die genaue Ursache zu ermitteln, um selbst entscheiden zu können. Aus diesem Grund entschied ich, das Medaillon zu öffnen.

Es war wohl irgendwie zwangsläufig, daß mir dort ein bekanntes Gesicht entgegenblickte. Der Rahmen des Medaillons überdeckte zwar den unteren Teil des Kinns, und die Haarfarbe war nur schmutziggrau. Und doch kannte ich die richtige Farbe ebenso wie die Gesichtszüge.

War das eine Fotografie von Nemo oder von dem anderen Mann, der ihm so ähnlich sah? Waren sie, wenn überhaupt, vielleicht beide Enids Cousins? Und wenn einer von ihnen Ronald hieß, wer war dann der andere? Und wer von diesen beiden war möglicherweise Sethos?

Ich gebe zu, daß ich vorübergehend ziemlich durcheinander war. Brachte mich diese überraschende Entwicklung von meinem ursprünglichen Plan ab? Gar nicht daran zu denken, werter Leser! Ich hing mir das Medaillon um meinen Hals. Dann schüttelte ich Enids Jacke aus, die sie ebenfalls um die Handtasche gewickelt hatte. Sie war ziemlich knapp über meinem Busen – um ehrlich zu sein, ich konnte die Knöpfe nicht schließen. Das war mir aber ganz recht, da ich wollte, daß man das Medaillon sehen konnte.

In einiger Entfernung von den Zelten setzte ich mich auf einen Felsvorsprung und bereitete mich auf das Warten vor. Ich hatte keine Ahnung, ob an diesem Tag noch irgend etwas Interessantes geschah, aber früher oder später mußten meine Bemühungen Früchte tragen. Nichts entging der Aufmerksamkeit dieses unbekannten Verbrechergenies. Er mußte einfach wissen, daß Enid in Dahschur war. Er hätte sich von ihrer Maskerade ebensowenig irreführen lassen wie ich. Gemäß dem Sprichwort harrte ich der Dinge, die da kommen würden und hatte keinen Zweifel daran, daß ein Angriff oder sogar eine Entführung auf mich wartete.

Ohne meinen Gürtel und meinen Sonnenschirm fühlte ich mich irgendwie nackt. Allerdings war das Gewicht der Pistole in meiner Hosentasche aufbauend, wenn auch lästig. Einmal dachte ich, ich hätte eine Bewegung hinter einem weiter entfernten Felsen bemerkt, und mit wachsender Hoffnung in meinem Herzen kehrte ich dieser Richtung absichtlich den Rücken zu. Aber niemand kam.

Langeweile hatte ich allerdings nicht. Ein aktiver Geist kennt keine Langeweile, und es gab vieles, worüber ich nachdenken mußte. Zwischen den Gedanken an die mögliche Lage meines Pyramideneingangs und meinen Plänen, am Abend Nemos Gewand (und Nemo selbst) zu säubern, überlegte ich mir Maßnahmen, die Enids Sicherheit in der bevorstehenden Nacht gewährleisten würden. Ich mußte zugeben, daß mein ursprünglicher Plan, Enid in einem Zelt neben uns nächtigen zu lassen, unbefriedigend war. Ich hatte die Tatsache außer acht gelassen, daß meine eheliche Pflicht (die, lassen Sie mich das rasch hinzufügen, ebenfalls mein Vergnügen ist) mich so sehr ablenken würde, daß ich einen Anschlag auf das Mädchen weder hören noch gegebenenfalls verhindern könnte. Schließlich beschloß ich, daß es besser für Enid wäre, die Nacht im Haus zu verbringen. Auch wenn eine korrekte Beaufsichtigung wichtig war, hatte sie in diesem Fall hinter drängenderen Überlegungen wie Enids Überleben und Emersons und meinem Eheglück zurückzustehen.

Als die Sonne im Westen unterging, boten die veränderten Lichteinflüsse auf den abgeschrägten Seiten der Pyramiden faszinierend schöne Effekte, und ich ertappte mich bei dem Gedanken an den lange verstorbenen Monarchen, dessen Mumie einst in der jetzt zerstörten Grabkammer aufgebahrt gewesen war. Mit welchem Prunk, welcher Zeremonie, war er hier beigesetzt worden; wieviel Gold und Edelsteine hatten seinen totenstarren Körper geschmückt! Der Gedankenverlauf brachte mich auf einen weiteren Pharao – dessen Name von jenem schrecklichen Mann veruntreut wurde, auf dessen Gesandten ich in diesem Augenblick wartete. Die Grabstätte des Großen Sethos, Pharao von Ägypten, lag weit im Süden im Tal der Könige bei Theben. Es war 1817 entdeckt worden und zählte immer noch zu den Hauptattraktionen dieses Gebiets. Die großartigen Skulpturen und Wandgemälde des prächtigsten aller Königsgräber vermitteln, daß Sethos' Grabbeigaben die jedes anderen Monarchen übertroffen haben müssen. Und wie vergänglich war das alles gewesen! Vor Tausenden von Jahren war der Pharao seiner Schätze beraubt worden, und seine sterblichen Überreste hatte man, zusammen mit denen weiterer Fürsten, schändlicherweise in eine Felsöffnung geschleppt, um sie vor Zerstörung zu bewahren. Die Verstecke mit den königlichen Mumien waren vor einigen Jahren entdeckt worden, und die Überreste befanden sich jetzt in Kairo, wo ich sie mir angeschaut hatte. Sethos' welkes Haupt trug immer noch stolze und königliche Züge. Zu seinen Lebzeiten war er ein führender Herrscher und ein überaus beeindruckender Mann gewesen – wie sein Sohn Ramses, ein Löwe im Tal der Ziegen. Ich sinnierte, ob sich der moderne Sethos jemals mit den ausgedörrten und doch so edlen Gesichtszügen seines altehrwürdigen Namensvetters auseinandergesetzt hatte. War es dessen Mumie gewesen, die ihn auf seinen Decknamen gebracht hatte? Keine besonders phantasievolle Idee für einen Menschen, der bereits eine poetische Ader und beträchtlichen Intellekt bewiesen hatte. Ungewollt spürte ich plötzlich eine gewisse Verbundenheit, denn auch zu meinem Wesen gehören diese Eigenschaften.

Die länger werdenden Schatten erinnerten mich daran, daß der Nachmittag fast vorüber war und daß Emerson bestimmt seinen Tee einnehmen wollte. Ich beschloß, noch weitere fünf Minuten zu warten, und veränderte meine Sitzhaltung, so daß ich nach Nordosten blickte. Ich sah das Grün der bestellten Felder und die Bäume, die die Minarette der Dorfmoschee halb verdeckten. Der Rauch von den Kochstellen hing wie ein grauer Nebel über dem Dorf.

Aufgrund eines gewaltigen Krachens hinter mir sprang ich auf. Als ich mich umdrehte, bemerkte ich am Fuß der Pyramide eine Staub- und Sandwolke. Offenbar hatten unsere Ausgrabungen am Nachmittag das verfallene Gestein gelockert, und ein Teil der Nordseite war zusammengestürzt.

Glücklicherweise war das nicht passiert, während unsere Männer dort arbeiteten. Dieser Gedanke schoß mir als allererstes durch den Kopf. Meine nächste Reaktion war Erregung. Sicherlich gab es auf der Nordseite irgend etwas Auffälliges, was ich bislang noch nicht bemerkt hatte – vielleicht ein schemenhaftes Viereck, das zu rechtwinklig war, um nicht von Menschenhand geschaffen worden zu sein. Hatte der zufällige Einsturz den verborgenen Eingang freigelegt?

Ich vergaß meine detektivischen sowie meine Hausfrauenpflichten und rannte eilig den Pfad hinunter. Im Eifer meiner archäologischen Entdeckungswut hatte ich ganz vergessen, warum ich mich eigentlich dort aufhielt. Eine Antilopenherde hätte mich umrennen können, und ich hätte es nicht bemerkt.

Die Person, die mich wirklich angriff, machte weit weniger Lärm. Ich war mir seiner Gegenwart erst bewußt, als mich ein Arm so dunkel wie gegerbtes Leder hochhob. Ein gefaltetes Tuch, dessen Geruch meine Sinne lahmlegte, wurde mir aufs Gesicht gedrückt. Ich versuchte noch, meine Pistole aus der Hosentasche zu ziehen. Ich spürte sie an meinem Körper, aber ich bekam das verdammte Ding nicht zu fassen. Die voluminösen Hosenbeine vereitelten jeden Versuch. Allerdings gibt Amelia P. Emerson erst auf, wenn sie ins Koma fällt, und deshalb wühlte ich noch in den riesigen braunen Samtfalten, als mein Blick schon verschwommen und meine Finger wie taub waren.

8

Langsam begann das grausame Erwachen. Ich fand mich auf Händen und Knien wieder und starrte benommen auf irgend etwas, das zwanzig oder dreißig Füße hatte und wild um mich herumtanzte. Einige Atemzüge frischer Luft läuterten meinen Verstand; die Füße reduzierten sich auf vier.

Als ich genügend Kraft gesammelt hatte, um mich aufrecht hinzusetzen, waren die beiden Widersacher in eine enge Umarmung verstrickt. In ihren fließenden Gewändern wirkten sie absurderweise wie zwei Damen, die ein höfliches, gesellschaftliches Begrüßungszeremoniell vollführten. Lediglich der Anblick ihrer angespannten, wutverzerrten Gesichter zeugte von der Heftigkeit ihrer Auseinandersetzung. Einer der beiden entpuppte sich als Nemo. Er hatte seinen Turban abgenommen, und sein rotblonder Schopf leuchtete in den Strahlen der untergehenden Sonne. Den anderen Mann hatte ich noch nie zuvor gesehen. Seine dunkle Hautfarbe ließ darauf schließen, daß er aus Südägypten stammte.

Mit wild wehenden Gewändern lösten sich die Männer aus ihrer Umklammerung. Keiner von ihnen trug eine Waffe. Die Hand des Ägypters schoß mit faszinierender Schnelligkeit vor. Nemo stöhnte und taumelte, seine Hände in seine Magengegend gepreßt, zurück. Das war ein hinterhältiger Schlag gewesen. Doch mein Verteidiger gab sich nicht geschlagen. Er rappelte sich wieder auf, versetzte seinem Gegner einen schmerzhaften Kinnhaken, der diesen zu Boden gehen ließ, und warf sich auf ihn.

Es war entsetzlich, den Kampf tatenlos mit ansehen zu müssen. Daß ich die beiden nicht unterbrach, kann ich nur damit entschuldigen, daß mich das Betäubungsmittel immer noch lähmte, während ich fieberhaft nach meiner Waffe suchte. Als ich sie endlich gefunden hatte, war es auch wirklich Zeit, Nemo zu Hilfe zu eilen. Sein Widersacher hatte ihm die Hände im Würgegriff um den Hals gelegt, und Nemos Gesicht lief bereits dunkel an.

In meiner Erregung vergaß ich mich und brüllte einen Satz, den ich von einem befreundeten Amerikaner aufgeschnappt hatte: »Hände hoch, du Halunke!« Ich bezweifle, daß mich diese Mißgeburt verstand, aber mein Tonfall war wohl aufgebracht genug, um ihn aufmerksam werden zu lassen, und als er schließlich in den Lauf meiner Pistole blickte, hatte ich den gewünschten Effekt erzielt.

Langsam erhob er sich von Nemos gekrümmter Gestalt. Die kämpferische Wut war aus seinem Gesicht gewichen, und er wirkte jetzt andächtig-ergeben, ebenso charakterlos wie die Pappmachémasken der Mumien. Er wirkte in keinster Weise außergewöhnlich, sondern in seinem verschossenen Baumwollgewand wie Tausende seiner Landsleute.

Nemo rollte sich zur Seite und erhob sich schwankend. Er atmete schwer, im Gegensatz zu seinem Gegner, dessen Brustkorb sich so ruhig hob und senkte, als spräche er ein Gebet. Rote Striemen überzogen Nemos Gesicht, und ein frischer Blutfleck auf seinem zerrissenen Ärmel vermittelte mir, daß seine frühere Wunde aufgrund der Brutalität des Kampfes aufgebrochen war. Er schoß auf mich zu, vermied es jedoch, ins Schußfeld zu geraten. »Großartig, Mrs. Emerson, ganz hervorragend«, japste er. »Warum geben Sie mir die Pistole nicht einfach?«

»Soll ich riskieren, daß dieser Kerl entkommt, während wir den Austausch vornehmen? Nein, Mr. Nemo. Sie stellen vielleicht meine Bereitschaft in Frage, auf einen Menschen zu schießen – und meine Fähigkeit, ihn im Fall des Falles auch zu treffen –, aber ich schätze, er zweifelt keineswegs daran. Sie wissen jetzt, wer ich bin, mein Freund? Sie haben einen Fehler gemacht. Ich bin nicht die Dame, für die Sie mich gehalten haben, sondern die Sitt Hakim, Gattin des berühmten Zauberers Emerson, Vater der Flüche, und im Umgang mit Unholden ebenso gefährlich wie Emerson selbst. Mein Blicke sind so scharf wie die der über uns kreisenden Geier, und genau wie sie liege ich auf der Lauer und warte auf Verbrecher.«

Natürlich hatte ich den Mann in Arabisch angesprochen. Diese Sprache neigt zu prahlerischer Selbstherrlichkeit, einer Ausdrucksweise, die die Ägypter tatsächlich sehr bewundern. Die kurze Rede zeigte Wirkung. In der gleichen Sprache erwiderte der Mann leise: »Ich kenne Sie, Sitt.«

»Dann wissen Sie, daß ich nicht zögern würde, diese Waffe auch zu gebrauchen – nicht zum Töten, aber zum Verwunden. Ich will Sie lebendig, mein Freund – lebendig und bereit zum Reden.« Unfähig, meine Erregung noch länger zu beherrschen, fügte ich in englischer Sprache hinzu: »Gütiger Himmel, Nemo, begreifen Sie, wer dieser Mann ist? Er ist der erste unter den Verbündeten des Meisterverbrechers, den ich jetzt geschnappt habe. Durch ihn kommen wir vielleicht an seinen abscheulichen Herrn heran. Können Sie sich ihm – aber bitte vorsichtig – nähern und seine Arme mit Ihrem Turban fesseln? Sind Sie dafür nicht zu schwer verletzt?«

»Nein, natürlich nicht«, sagte Nemo.

Der Mann hob seine Hand. Diese Geste reflektierte soviel Würde, daß Nemo innehielt. Leise sagte der Ägypter: »Ich habe meinem Herrn gegenüber versagt. Es gibt nur ein Schicksal für die, die versagen. Aber ich schäme mich nicht, daß ich der Sitt Hakim unterliege, da sie keineswegs nur eine schwache Frau ist, sondern, wie mir gesagt wurde, das Herz eines Mannes besitzt. Ich beglückwünsche Sie, Sitt.« Und er deutete mit seiner Hand von der Brust zu den Brauen und dann zu seinen Lippen, die respektvolle Geste seines Volkes.

Ich wollte gerade auf dieses liebenswürdige Kompliment reagieren, als eine grauenvolle Veränderung das Gesicht des Mannes zeichnete. Seine Lippen verzogen sich zu einem scheußlichen Grinsen, und er verdrehte die Augen, bis nur noch das Weiße der Augäpfel sichtbar war. Er griff sich an die Gurgel. Dann stürzte er rücklings zur Erde und blieb reglos liegen.

Nemo eilte zu ihm. »Es ist zwecklos«, sagte ich und senkte meine Pistole. »Er war bereits tot, bevor er den Boden berührte. Blausäure, befürchte ich.«

»Sie haben recht. Er riecht leicht nach Bittermandeln.« Nemo richtete sich auf und war kreidebleich. »Was sind das für Menschen? Er nahm lieber Gift als ... «

»... zuzulassen, daß man ihn ausfragte. Verflucht! Ich hätte ihn direkt fesseln sollen. Nun, beim nächsten Mal weiß ich besser Bescheid.«

»Beim nächsten Mal?« Nemo fuhr sich mit zitternder Hand an seine Schläfe. Sein Hemdsärmel war blutgetränkt, und ich sagte, meinen Ärger abschüttelnd: »Sie sind nicht Sie selbst, Mr. Nemo. Der Blutverlust hat sie geschwächt, weshalb wir uns unverzüglich um Ihre Verletzungen kümmern müssen.«

Zitternd und benommen ließ sich Nemo seinen Arm mit einem Streifen Stoff verbinden, den ich aus dem Saum seines Gewandes herausgerissen hatte. »Das wird die Blutung stoppen«, sagte ich. »Aber die Wunde muß gereinigt und neu verbunden werden. Lassen Sie uns sofort zum Haus zurückkehren.«

»Was ist mit...?« fragte Nemo gestikulierend.

Ich betrachtete den Toten. Sein leerer Blick schien intensiv in den dunkler werdenden Himmel zu starren. Die Aasgeier lauerten schon.

»Drehen Sie ihn um«, sagte ich barsch.

Nemo blickte von mir zu den über uns kreisenden Vögeln. Dann befolgte er schweigend meine Anweisung.

Als wir zurückkehrten, standen die Hoftore offen, und Abdullah hatte sich davor aufgebaut. »Sitt«, fing er an, sobald wir in Hörweite gelangt waren. »Emerson hat immer wieder gefragt ... «

»Das kann ich mir vorstellen.« Emerson erschien mir wie er im Haus umherlief und meinen Namen brüllte. Ich hatte die vergebliche Hoffnung gehegt, daß er vielleicht immer noch von seiner Arbeit festgehalten wurde. Aber jetzt gab es keinen anderen Ausweg, als ihm zumindest einen Teil der Wahrheit zu gestehen.

»Es ist ein Unfall passiert«, erklärte ich Abdullah, der auf Nemos blutdurchtränkten Ärmel starrte. »Nimm dir bitte Ali oder Hassan und geh sofort zu dem Hügel hinter den Zelten. Dort werdet ihr einen Toten finden. Tragt ihn hierher.«

Abdullah fuhr sich mit der Hand über die Stirn. »Keinen Toten, Sitt. Nicht noch einen Toten ... « Ein belebender Hoffnungsfunke glitt über sein angespanntes Gesicht. »Sie meinen eine Mumie, Sitt? Einen *uralten* Toten?«

»Es tut mir leid, aber der dort ist ziemlich frisch«, gab ich zu. »Ihr solltet vielleicht besser eine Trage oder etwas Ähnliches bauen, damit ihr ihn transportieren könnt. Kümmere dich bitte darum. Ich kann hier nicht plaudernd mit dir herumstehen, oder siehst du nicht, daß Mr. Nemo ärztliche Hilfe braucht?«

Murrend und händeringend stapfte Abdullah davon. Einige seiner Worte waren verständlich: »Schon wieder ein Toter. Jedes Jahr das gleiche. Jedes Jahr ein weiterer Toter ... «

»Verstehe ich das richtig, daß es eine Angewohnheit von Ihnen ist, Tote aufzuspüren?« fragte Nemo.

Ich zog ihn in Richtung des Hauses. »Gewiß nicht, Mr. Nemo. Ich suche nicht danach, sie kommen sozusagen zu mir. Und jetzt überlassen Sie mir bitte das Reden. Emerson wird das gar nicht gefallen.«

Noch bevor wir die Eingangstür erreicht hatten, schoß Emerson auf uns zu. Als er uns bemerkte, blieb er kurz stehen. Das Blut schoß ihm in den Kopf. »Nicht schon wieder!« brüllte er. »Ich habe dich gewarnt, Amelia ... «

»Pst.« Ich legte den Zeigefinger auf meine Lippen. »Es besteht kein Anlaß, einen solchen Wirbel zu veranstalten, Emerson. Du wirst damit nur Aufruhr ...«

»Einen solchen Wirbel? Einen solchen Wirbel?« Emersons Stimme überschlug sich, was bei ihm nur selten vorkam. »Was zum Teufel hast du dir eigentlich dabei gedacht? Du verschwindest stundenlang, und dann kommst du völlig sandig und aufgelöst zurück, mit diesem blutigen ...«

»Emerson! Deine Ausdrucksweise!«

»Das Adjektiv war im übertragenen Sinne gemeint«, erklärte Emerson. »Mr. Nemo, habe ich das so zu verstehen, daß ich Ihnen erneut danken muß, weil Sie ein Mitglied meiner engeren Familie vor Mord und Totschlag bewahrt haben?«

»Wir werden dir alles erklären, Emerson«, sagte ich einlenkend. »Mr. Nemo verdient tatsächlich deinen Dank, und als erstes Zeichen unserer Dankbarkeit sollte ich mich um die Wunden kümmern, die er sich aufgrund seiner Tapferkeit in unseren Diensten zugezogen hat. Bist du bitte so nett und holst mir meine medizinische Ausrüstung? Ich glaube, ich kann ihn draußen untersuchen, da ist das Licht besser, und er wird auch kein Blut auf meine Kissen schmieren.«

Schweigend und umsichtig tat Emerson, wie ihm geheißen, und ich führte Nemo zur Rückseite des Hauses, wo ich eine einfache, aber funktionsfähige Waschecke eingerichtet hatte. Es war sogar möglich, hinter einer bescheidenen Vorrichtung aus gewebten Matten zu baden, wobei ein Graben als Abwasserrinne diente. Emerson und Ramses badeten täglich, Emerson freiwillig, Ramses gezwungenermaßen; aber da für diesen Vorgang ein Diener benötigt wurde, der einen kannenweise mit Wasser übergoß, hielt ich es nicht für sinnvoll, ihnen diesbezüglich nachzueifern.

Als sich Emerson zu mir gesellte, hatte ich Nemo gerade überredet, sein zerschlissenes Gewand abzulegen. Es war aussichtslos, dieses Kleidungsstück noch zu reparieren. Also schickte ich einen der umstehenden Männer, eines von seinen zu holen, und versprach natürlich, dieses zu ersetzen. Unter seinem Gewand trug Nemo die übliche, knielange Baumwollunterhose, die in der Taille von einem Zugband zusammengehalten wurde. Er errötete stark, und dieses sichtbare Zeichen der Beschämung gab mir die Gewißheit, daß er nicht so viel Blut verloren hatte, wie ich befürchtete.

Ich eilte zu ihm, um ihn zu beruhigen. »Ich versichere Ihnen, Mr. Nemo, nackte Haut ist für mich nichts Ungewöhnliches. Ich habe mich um viele Verletzungen gekümmert und schon so manchen entblößten Oberkörper gesehen – und Sie brauchen sich wegen Ihrem nicht zu schämen. Um ehrlich zu sein, ist Ihr Brustkorb ganz prächtig entwickelt.«

Ein knurrendes Geräusch erinnerte mich an die Gegenwart meines erzürnten Gatten, und ich beeilte mich hinzuzufügen: »Natürlich nicht so prächtig wie der von Emerson. Also, Emerson, während ich hier beschäftigt bin, werde ich dich über die neuesten Vorkommnisse informieren ... «

Aber dieser Vorschlag kam erst einmal nicht zum Tragen. Durch die Ansammlung der interessierten Zuschauer stürmte eine aufgebrachte kleine Gestalt mit vor Wut blitzenden Augen. Nemo unternahm einen verzweifelten Versuch, als wollte er sich umdrehen, hielt dann aber inne.

Für Sekundenbruchteile herrschte ein von Gefühlen überwältigtes Schweigen zwischen den beiden, sie sahen sich nur an, und ihre Gesichter waren von der gleichen Leichenblässe. Enid hob eine ihrer zarten Hände und griff sich an die Kehle. »Du«, schluchzte sie. »Du ... «

In scharfem Ton mischte ich mich ein: »Enid, für den Augenblick können Sie jeden Gedanken an eine mögliche Ohnmacht beiseite schieben. Ich kann mich nicht um Sie beide kümmern.«

»Ohnmacht?« Ihr Gesicht nahm wieder seine ursprüngliche Farbe an. Sie schoß nach vorn, erhob ihre Hand – und schlug Nemo mitten ins Gesicht! »Du blöder Idiot!« schrie sie.

Selbst ich war erschüttert. Ein solches Benehmen und eine so unpassende Ausdrucksweise bei einer Dame machten mich vorübergehend sprachlos. Es war mein geliebter Emerson, der die Situation meisterte, wie nur er allein das kann. Enid wandte sich um und rannte los, die Hände vor ihr Gesicht gepreßt. Unsere Männer machten ihr Platz, Emerson allerdings nicht; sein kräftiger Arm schoß vor, umschlang ihr Taille und hob sie vom Boden hoch. Als sie tretend und – es tut mir leid, das sagen zu müssen – fluchend in seiner Umklammerung zappelte, sagte er ruhig: »Das geht mir entschieden zu weit. Ich habe mich damit abgefunden, die bloße Schachfigur jener unermeßlichen, übernatürlichen Mächte zu sein, die das Schicksal der Menschheit bestimmen. Aber ich will verflucht sein, wenn ich mich von bloßen Sterblichen manipulieren und selbst von dem einen Wesen für dumm verkaufen lasse, von dem ich geglaubt hatte, daß uns das stärkste Band der Treue und der Liebe einigte, ganz zu schweigen von Vertrauen.«

Die Ausdruckskraft seiner Worte – und sein berechtigter Anlaß zur Klage – ließen mich tatsächlich unvermittelt erröten. Noch ehe ich antworten konnte, fuhr Emerson weitaus weniger blumig fort. »Setz dich«, knurrte er. »Sie auch, junge Dame ... « Und er verfrachtete Enid so unsanft auf den nächsten Stuhl, daß zwei Kämme und einige Haarnadeln durch die Luft flogen. »Keiner verläßt hier das Geschehen, bevor ich nicht einen umfassenden Bericht über diese bemerkenswerten Vorfälle erhalten habe.«

»Du hast ganz recht, Emerson«, murmelte ich. »Und ich werde mich auch hinsetzen – ganz sicher –, sobald ich mit dem Baden fertig bin ... «

»Du kannst ihn ebensogut im Sitzen baden«, donnerte Emerson.

Ich setzte mich.

Von dieser einlenkenden Geste besänftigt, senkte Emerson seine Stimme auf ein relativ erträgliches Maß. »Konzentriere dich lieber auf die Verletzung des jungen Mannes, Amelia. Wenn er sich waschen muß, kann er das auch allein.«

»Ja, natürlich, Emerson. Ich habe nur …«

»Genug, Amelia.« Emerson verschränkte die Arme vor der Brust und betrachtete uns mit gönnerhafter Miene. Die Männer hatten sich aufgrund seiner Anordnung sofort auf den Boden sinken lassen und boten mit ihren weit aufgerissenen Augen und den staunenden Gesichtern nun ein hingerissenes Publikum. Enid umklammerte mit beiden Händen die Lehnen ihres Stuhls, als erwartete sie, jeden Augenblick heruntergezerrt zu werden. Nemo saß mit gesenktem Kopf, und auf seiner Wange zeichneten sich die Fingerspuren des Mädchens immer noch tiefrot ab.

»Ha«, sagte Emerson zufrieden. »So ist es besser. Und nun, junge Dame, fangen Sie am besten zuerst an. Ich spreche Sie in dieser Form an, da ich mir sicher bin, daß Sie nicht Marshall heißen.«

Ich konnte die Gerissenheit meines Gatten nur bewundern. Seine Aussage war so geschickt formuliert, daß sie keinesfalls die Tatsache preisgab – von der ich bis zum heutigen Tag fest überzeugt bin –, daß er immer noch keine Ahnung von ihrer wahren Identität hatte. Nur ein leichtes Flattern seiner Augenlider deutete auf sein Erstaunen hin, als sie zugab, wer sie wirklich war, und die Geschichte wiederholte, die sie mir bereits erzählt hatte.

»Überaus interessant«, sagte Emerson. »Natürlich habe ich Sie gleich erkannt, Miss Debenham. Ich spielte – äh – nur auf Zeit, bis ich Sie schließlich zur Rede stellte.«

Sein strenger Blick wanderte in meine Richtung und zu Mr. Nemo. Ich wollte etwas erwidern, ließ es dann aber sein.

Emerson fuhr fort: »Allerdings, Miss Debenham, haben Sie in Ihrer überaus interessanten Schilderung etwas ausgelassen. Um genau zu sein, haben Sie alles Wichtige unerwähnt gelassen. Ich schätze, daß Sie diesen Mr. Nemo hier sehr gut kennen, denn sonst hätten Sie ihn sicherlich nicht so ungezwungen begrüßt. Wer ist er? In welcher Beziehung stehen Sie zueinander?«

Nemo erhob sich. »Ich kann Ihnen diese und andere Fragen beantworten. Wenn ich damit Enid – Miss Debenham – die Schande ersparen kann, eine Geschichte zu wiederholen, die erfüllt ist von ...«

»Lassen Sie die Phrasendrescherei«, fuhr ihm Emerson ins Wort. »Ich bin ein geduldiger Mann, aber auch dem sind Grenzen gesetzt. Wie zum Teufel lautet eigentlich Ihr richtiger Name?«

»Ich heiße Donald Fraser.«

Ich mischte mich ein. »Ronald Fraser?«

»Nein, Donald Fraser.«

»Aber Ronald Fraser ...«

Das Zucken von Emersons Kinngrübchen warnte mich davor, daß er kurz vor einem geräuschvollen Wutausbruch stand. Ich hielt deshalb inne, und Emerson sagte mit ausgesprochener Höflichkeit: »Ich wäre Ihnen dankbar, Mrs. Emerson, wenn Sie sich jeglichen Kommentar – wenn möglich sogar lautes Atmen – verkneifen könnten, bis dieser Gentleman geendet hat. Fangen Sie noch einmal von vorn an, Mr. Fraser – denn Ihren Nachnamen halte ich zumindest für korrekt –, und erzählen Sie Ihre Geschichte vom Anfang bis zum Ende.«

Aufgrund dieser Aufforderung gab der junge Mann die folgende Schilderung.

»Ich heiße Donald Fraser. Ronald ist mein jüngerer Bruder. Unsere Familie ist alteingesessen und ehrenhaft. Nicht der kleinste Makel konnte jemals den Namen Fraser überschatten, bis vor kurzem ...«

»Hmhm«, meinte Emerson skeptisch. »Das möchte ich erst einmal dahingestellt sein lassen. Der alte Schotte war ein blutrünstiges Ungeheuer. Gab es da nicht diese Überlieferung über einen Ihrer Vorfahren, der die abgeschlagenen Köpfe seiner Feinde deren Witwen servierte?«

Ich hüstelte leise. Emerson warf mir einen Blick zu. »Ganz recht, Amelia. Ich wollte ihn nicht unterbrechen. Fahren Sie fort, Mr. Fraser.«

»Meine Geschichte ist rasch erzählt, Professor. Sie ist sicherlich recht profan, fürchte ich.« Lässig versuchte der junge Mann, seine Arme vor der Brust zu verschränken, stöhnte dann jedoch auf und ließ den verletzten Arm sinken. Für Sekundenbruchteile war der Gesichtsausdruck des Mädchens von Mitgefühl geprägt, und sie war schon im Begriff, sich zu erheben. Dann ließ sie sich jedoch sogleich wieder auf ihren Stuhl zurücksinken. Ha, dachte ich insgeheim, sagte aber nichts.

Donald – wie ich ihn von nun an nennen werde, um jede Verwechslungsgefahr mit seinem Bruder auszuschließen – fuhr fort. »Als der Ältere war ich nach dem Tod unserer Eltern vor einigen Jahren der Erbe des Anwesens. Unsere Familie besaß keine Reichtümer, aber dank der umsichtigen Gutsverwaltung meines Vaters erbten wir genug, um in bescheidenem Wohlstand zu leben. Ich sage ›wir‹, weil die Hälfte meines Erbes moralisch, wenn auch nicht gesetzlich, Ronald zustand.

Mein Vater hatte mir einen Posten in einem Regiment besorgt ... Es besteht, so glaube ich, kein Anlaß, den Namen der Einheit zu erwähnen. Nach Vaters Tod erbot sich mein Bruder großherzig, die Verwaltung des Anwesens zu übernehmen, so daß ich meine Militärkarriere weiterverfolgen konnte. Ich hatte ... ich hatte Schulden gemacht. Bitte haben Sie die Güte, auf diesbezügliche Einzelheiten zu verzichten. Sie waren ... Ich spreche ungern davon, insbesondere in Gegenwart von ... «

Er blickte zu Enid. Der schweigende Austausch zwischen den beiden verwunderte mich ebensosehr wie seine stockende Erzählweise. Sie sah ihn nie an, wohingegen er sie unablässig fixierte. Und die Atmosphäre zwischen ihnen knisterte praktisch vor Gefühlen. Als ihm die Stimme versagte, sprang sie auf. Ihre Wangen waren flammendrot.

»Du lügst!« schrie sie. »Verabscheuungswürdig, borniert ... «

Emerson legte ihr eine seiner großen, gebräunten Hände auf die Schulter und drückte sie sanft, aber entschieden, auf ihren Stuhl zurück. »Seien Sie still, Miss Debenham. Sie werden noch die Gelegenheit zur Gegendarstellung haben. Fahren Sie fort ... mein Herr.«

»Der Rest ist schnell erzählt«, murmelte Donald. »Mein Regiment war in Ägypten stationiert. Da ich Geld brauchte, fälschte ich die Unterschrift auf einer Rechnung. Meine Tat wurde entdeckt. Die Person, die ich hatte betrügen wollen, einer unserer Offiziere, zeigte Nachsicht. Man machte mir das Angebot, meine Offizierslaufbahn zu beenden und ... und zu verschwinden. Das tat ich. Das ist alles.«

Er hatte so plötzlich geendet, daß Emerson und ich uns verwirrt anblickten. Da ich annahm, daß das mir von meinem Ehemann auferlegte Sprechverbot nun seine Gültigkeit verloren hatte, rief ich: »Alle Achtung, Mr. Fraser, das war wirklich eine kurze Geschichte. Ich glaube dennoch, daß wir sie mit einigen Einzelheiten bereichern können, die Ihnen entfallen sind. Ihr Bruder ist in Ägypten ...«

»Ich weiß. Ich habe ihn gestern gesehen.«

»Ich nehme an, daß er gekommen ist, um Sie zu finden und Ihnen die liebende und verzeihende Hand eines Bruders zu reichen.«

Nemos Kopf sank noch tiefer. Enid, die sich Emersons Griff entwinden wollte, lachte zornig auf. Ich wandte mich ihr zu. »Und Sie, Miss Debenham, sind ebenfalls aufgrund von Mitgefühl und Wiedergutmachung hierhergereist, um Ihrem alten Spielgefährten aus der Klemme zu helfen?«

»Ich kam her, um ihm zu sagen, was ich von ihm halte«, rief das Mädchen. Sie entwand sich Emersons Griff und sprang auf. »Er ist ein hirnrissiger Idiot, der es nicht besser verdient hat!«

»Zweifellos«, sagte Emerson und beobachtete sie interessiert. »Doch bitte verzeihen Sie mir, Miss Debenham, wenn ich – im Gegensatz zu den anderen Anwesenden – hartnäckig bleibe und auf eine gewisse Vertiefung der eigentlichen Fakten dränge. Sind Sie deshalb an Kalenischeff geraten? Denn eigentlich traue ich Ihnen einen besseren Geschmack zu, als sich freiwillig mit einem solchen Ganoven einzulassen.«

»Sie haben vollkommen recht«, sagte Enid. »Ich war noch keine zwei Tage in Kairo, als mich Kalenischeff ansprach. Er bot sich an – selbstverständlich nicht umsonst –, mir bei der Suche nach Donald behilflich zu sein, der, wie mir Kalenischeff versicherte, wie ein aussätziger Hund in der stinkenden Gosse Kairos dahinvegetierte.«

Stöhnend bedeckte Donald sein Gesicht mit beiden Händen. Enid fuhr gnadenlos fort: »Auf mich allein gestellt hatte ich nicht die Hoffnung, in dieses ekelerregende Umfeld und zu seinen Bewohnern vorzudringen. Kalenischeff überzeugte mich davon, daß wir so tun sollten als ... als hätten wir Interesse füreinander, um meinen wahren Grund zu verschleiern und Donald und seine kriminellen Gesellen irrezuführen ...«

»Das war ziemlich leichtgläubig von Ihnen«, merkte Emerson kritisch an. »Aber egal. Ich nehme an, daß Sie diesen Kerl wirklich nicht im Affekt oder zur Verteidigung Ihrer Unschuld ermordet haben? Nein, nein, regen Sie sich nicht auf. Ein einfaches Kopfnickten genügt. Ich habe ohnehin nie geglaubt, daß eine Frau einen solchen Hieb ausführen könnte, der die Brustmuskulatur und das Herz durchdringt ...«

»Emerson, wie kannst du nur!« rief ich unwirsch. »Du hast mir doch erzählt ...«

»Du hast mich mißverstanden«, sagte Emerson so unverhohlen ausweichend, daß ich einfach sprachlos war. Er überspielte das Ganze, indem er fortfuhr: »Nun, nun, wir befinden uns augenblicklich in einer verwirrenden Situation, aber das ist ja nichts Neues. Und die Geschichte der beiden jungen Hohlköpfe ... Verzeihung, jungen Leute ... setzt zumindest deiner Theorie ein Ende, daß Sethos für Kalenischeffs Tod verantwortlich ist. Es gibt bislang noch keinerlei Beweis ...«

»Aber in Kürze wird es ihn geben«, versicherte ich ihm. »Abdullah und Hassan werden ihn erbringen … das heißt, sie werden die Leiche eines der Rädelsführer des Meisterverbrechers hierherbringen, der selbst Hand an sich legte, nachdem ihm meine Entführung mißlungen war und er damit gegenüber seinem verabscheuungswürdigen Herrn versagt hatte. Ich muß dazu sagen, daß er nicht wußte, wer ich war. Ich hatte mich als Enid verkleidet, und er … «

»Du hattest dich also«, wiederholte Emerson langsam, »als Miss Debenham verkleidet?«

Ich erklärte ihm alles. Emerson hörte mir zu, ohne mich ein einziges Mal zu unterbrechen. Dann wandte er sich Nemo zu … beziehungsweise Donald, wie ich ihn nennen werde.

»Sie, Sir, waren dabei, als diese bemerkenswerten Ereignisse eintraten?«

»Emerson, zweifelst du etwa an meinem Wort?« entfuhr es mir.

»Nein, überhaupt nicht, Amelia. Das einzige, was ich bezweifle, ist, daß dich irrtümlich jemand für Miss Debenham halten könnte.«

»Donald hat es aber getan«, erklärte ich triumphierend. »Das stimmt doch, Donald? Sie sind mir in dem Glauben gefolgt, ich sei Enid. Zweifellos versuchten Sie, Ihren ganzen Mut zusammenzunehmen und sich ihr zu erkennen zu geben.«

Die Unhaltbarkeit dieser Vermutung wurde mir allerdings umgehend klar, nachdem ich sie ausgesprochen hatte, denn Nemo war anderthalb Stunden in seinem Versteck geblieben und hatte sich nicht zu erkennen gegeben. Die tiefe Schamesröte auf seinen männlichen Zügen ließ auf seine wahren Motive schließen. Er liebte sie – innig, hoffnungslos, verzweifelt –, und sein einziger Lichtblick bestand darin, ihre anmutige Silhouette (oder das, was er dafür gehalten hatte) von weitem anzuhimmeln.

Taktvoll wechselte ich das Thema. »Der Beweis wird gleich

erbracht sein, Emerson. Ich glaube, ich höre bereits Abdullahs Schritte.«

Es handelte sich tatsächlich um Abdullah, dem Hassan dicht auf den Fersen war.

»Wo habt ihr die Leiche hingelegt?« fragte ich.

Abdullah schüttelte den Kopf. »Da war keine Leiche, Sitt. Wir haben zwar die von dir beschriebene Stelle gefunden, aber da waren lediglich Kampf- und Blutspuren auf der Erde. Wir haben weit und breit alles abgesucht, weil wir dachten, der Mann hätte sich vielleicht erholt und wäre weggekrochen ... «

»Von den Toten auferstanden?« entfuhr es mir. »Abdullah, meinst du, daß ich keine Leiche erkenne?«

»Doch, Sitt. Aber ob tot oder lebendig, er war fort. Zweifellos war er tot, wie du sagst, denn wir hörten, wie sein Geist mit hoher, dünner Stimme rief, wie das Geister so tun.«

Hassan nickte bestätigend. »Dann sind wir weggelaufen, Sitt, denn wir wollten nicht, daß uns der Tote irrtümlich für seine Mörder hält.«

»Oh, gütiger Himmel«, sagte ich entgeistert. »Was ihr gehört habt, war mit Sicherheit kein Geist, ihr Dummköpfe. Es gibt keine Geister. Es war vielleicht ein Vogel ... oder ein ... oder ein ... «

»Egal was, Peabody, ich werde meine übliche Beschwörung durchführen müssen«, sagte Emerson. Der Gebrauch dieses Namens statt ›Amelia‹ bedeutete mir, daß er in der freudigen Erwartung der von ihm in Aussicht gestellten Theatervorstellung seine Verärgerung über mich vergessen hatte. Emerson war häufig zu Geisterbeschwörungen gerufen worden, da Ägypten nach Ansicht seiner Bewohner ein extrem von Dämonen heimgesuchtes Land ist. Und er hatte sich einen Namen als Magier gemacht, auf den er verdientermaßen stolz sein konnte.

»Emerson«, wandte ich ein, um der langatmigen Beschreibung des beabsichtigten Rituals vorzugreifen. »Emerson – *wo ist eigentlich Ramses?*«

Es war reine Formsache, daß wir in Ramses' Zimmer nachschauten. Ich wußte ebenso wie Emerson, daß er sich, wäre er irgendwo im Haus gewesen, voller Neugier zu uns in den Tumult gestürzt hätte, mitgeredet und unterbrochen, Fragen gestellt und Kommentare abgegeben hätte ....

In großer Zahl schwärmten wir zur Stumpfen Pyramide aus. Emerson hatte uns andere bald überholt, doch Donald war ihm dicht auf den Fersen. Der schuldbewußte Gesichtsausdruck des jungen Mannes war so quälend, daß ich es nicht übers Herz brachte, ihn für seine Pflichtvernachlässigung zurechtzuweisen. Die Liebe, philosophierte ich im stillen, hat verheerende Auswirkungen auf den Verstand und die moralische Verantwortung.

Da ich Emerson gegenüber den Einsturz der Nebenpyramide noch nicht erwähnt hatte, hatte er keine Vorstellung, wo wir zuerst suchen sollten. Als ich auf der Bildfläche erschien, rannte er wie ein Spürhund auf einer Fährte herum und störte die Abendstille durch sein überlautes Wiederholen von Ramses' Namen.

»Sei einen Augenblick still«, bat ich ihn. »Wie willst du seine Antwort überhaupt hören, wenn du ständig herumbrüllst?«

Emerson nickte. Dann stürzte er sich wie ein Tiger auf den armen Abdullah und packte ihn am Kragen seines Gewandes. »Aus welcher Richtung kamen die Schreie, die ihr gehört habt?«

Abdullah fuchtelte hilflos mit den Armen in der Luft herum und rollte die Augen, Sprechen erschien ihm unmöglich, da sein Kragen ihm beinahe die Kehle zuschnürte.

»Verzeih mir, bitte, Emerson, aber das war eine dumme Frage«, sagte ich. »Du weißt doch, wie schwierig es hier in dieser öden Gegend ist, einen schwachen, unterdrückten Schrei auszuloten. Ich glaube, ich habe eine brauchbarere Information für dich, wenn du nur endlich einmal still wärst und mir zuhörtest! Schau einmal dorthin, Emerson. Sieh dir die kleine Pyramide an.«

Sein geschultes Auge brauchte nur einen Blick. Voller Entsetzen sank seine Hand kraftlos von der Kehle unseres geschätzten Rai. Sein Blick wanderte mit einer Mischung aus Angst und Entschlossenheit über die erst vor kurzem eingestürzten Trümmer am Fuß des kleinen Bauwerks. Niemand war sich der Gefahren, die ein unvorsichtiges Vorgehen auf diese instabilen Massen auslösen würde, so bewußt wie er.

Der junge Selim stürzte sich jedoch mit einem herzzerreißenden Schrei auf das Geröll und begann fieberhaft zu graben. Emerson wich dem auf ihn niederprasselnden Steinschlag geschickt aus und packte Selim am Kragen. »So geht das nicht, mein Junge«, sagte er in duldsamem Ton. »Wenn du nicht vorsichtig genug bist, fällt dir letztlich der ganze Haufen auf den Kopf.«

Im Gegensatz zu der landläufig vertretenen Meinung sind die Araber ein sehr weichherziges Volk, das sich nicht schämt, seine Gefühle offen zu zeigen. Über Selims Gesicht strömten Tränen, die sich mit dem Sand zu einer gräßlichen Schmutzmaske vermischten. Ich klopfte ihm auf die Schulter und bot ihm mein Taschentuch an. »Ich glaube nicht, daß er da unten ist, Selim«, sagte ich. »Emerson, ruf noch mal. Nur einmal, mein Lieber, und dann warte auf eine Antwort.«

Sobald das Echo von Emersons quälendem Schrei verhallt war, erklang eine Antwort – hohl und schwach und sehr weit weg –, die abergläubische Zeitgenossen fälschlicherweise recht leicht für das Wehklagen einer verlorenen Seele hätten halten können. Abdullah war starr vor Entsetzen. »Das war es, oh, Vater der Flüche. Das war die Stimme, die wir gehört haben!«

»Ramses«, sagte ich seufzend. »Er hat den Eingang gefunden, verflucht – ich meine, Gott sei Dank. Emerson, siehst du den Schatten etwa drei Meter oberhalb des Gerölls, ziemlich in der Mitte?«

Eine kurze und – von meiner Seite – sachlich gehaltene Diskussion führte zu dem Schluß, daß die Öffnung tatsächlich der lange verborgene Eingang sein könnte und daß es uns unter Berücksichtigung erheblicher Vorsichtsmaßnahmen möglich wäre, dorthin zu gelangen. Emerson unterbrach mich dauernd mit Zwischenrufen von »Ramses!«, und Ramses antwortete ständig in diesem unheimlichen Klageton. Schließlich setzte ich dieser Vorgehensweise ein Ende, indem ich Emerson daran erinnerte, daß man zum Schreien Sauerstoff benötigte, den Ramses möglicherweise nur begrenzt zur Verfügung hatte, wenn er, was nur vermutet werden konnte, eingesperrt war und sich nicht ohne Hilfe zu befreien vermochte. Emerson stimmte mir unumwunden zu, und ich muß sagen, daß ich die Zusammenarbeit mit ihm als wesentlich einfacher empfand, wenn er nicht brüllte.

Wie die größeren Steinpyramiden war dieses kleinere Gegenstück aus Steinquadern errichtet worden, die sich wie ein riesiges, vierseitiges Treppenhaus erhoben. Allerdings war diese Bauweise – der Beweis lag eindeutig vor uns – weitaus weniger stabil als die der benachbarten Pyramide. Man mußte extrem vorsichtig hinaufklettern und jeden Felsblock prüfen, bevor man sein Gewicht darauf verlagerte. Emerson bestand darauf voranzugehen. Wie er korrekt (ich meinte jedoch, auch frustriert) betonte, würde ich schon merken, wann ein Stein nicht sicher genug wäre, nämlich dann, wenn er sein Gewicht nicht aushielte.

Schließlich erreichten wir die Höhe der Öffnung und stellten fest, daß es sich tatsächlich um den Eingang – oder zumindest um einen Eingang – ins Innere handelte. Nichts als Dunkelheit lag vor uns. Emerson nahm einen tiefen Atemzug. Mit einer sanften Ermahnung unterbrach ich ihn. »Selbst die Vibrationen eines lauten Rufs ...«

»Stimmt, Peabody. Meinst du, daß er hier ist?«

»Ich bin ganz sicher.«

»Dann schlüpfe ich hinein.«

Aber das gelang ihm nicht. Er konnte sich drehen und wenden, wie er wollte, die Öffnung war zu schmal für seine breiten

Schultern. Ich wartete, bis er die Aussichtslosigkeit seines Vorhabens erkannt hatte, dann schlug ich das Naheliegendste vor. »Ich bin dran, Emerson.«

»Pah«, meinte Emerson, aber das war auch schon alles. Ein gequälter Aufschrei hallte von einem der Quadersteine zu uns herüber. Donald war uns gefolgt. Ich hatte beobachtet, wie geschickt er die zerklüftete Oberfläche bewältigte, und daraus geschlossen, daß er im Klettern einige Übung haben mußte. Jetzt sagte er leise: »Professor, Sie wollen sie doch nicht etwa gehen lassen ...«

»Sie gehen lassen?« wiederholte Emerson. »Ich *lasse* Mrs. Emerson nie etwas tun, junger Mann. Ich versuche gelegentlich, sie davon abzuhalten, ihre Ideen zu verfolgen, aber selbst das ist mir bislang noch nicht gelungen.«

»Ich bin schmaler gebaut als Sie«, beharrte Donald. »Sicherlich bin ich derjenige ...«

»Papperlapapp«, sagte Emerson grob. »Sie haben überhaupt keine Erfahrung. Mrs. Emerson hat ein Gespür für Pyramiden.«

Während die beiden die Angelegenheit besprachen, hatte ich meine Jacke abgelegt und eine Kerze angezündet. Nach der Entdeckung, daß Ramses nicht in seinem Zimmer war (und vor dem Verlassen des Hauses), war ich rasch aufs Dach gerannt, um meinen Gürtel und meinen Sonnenschirm zu holen. Letzteren hatte ich notwendigerweise unten gelassen, doch der Gürtel und seine Utensilien bewiesen erneut ihre Zweckmäßigkeit.

»Bis bald, Emerson«, sagte ich und zwängte mich kopfüber in das Loch.

Ich erhielt keine Antwort, doch ein zärtlicher Klaps auf den für ihn noch sichtbaren Körperteil war mir Beweis genug für seine Gefühle.

Ich befand mich in einem engen, aus Stein gemauerten Durchgang. Er war hoch genug, daß ich aufrecht stehen konnte, aber im Hinblick auf den steilen Winkel, in dem er sich nach unten senkte, hielt ich es für besser, mich kriechend vorwärts zu bewegen. Ich war noch nicht sehr weit gekommen, als ich etwas Ungewöhnliches bemerkte. Die vor mir liegende Dunkelheit wurde von einem unregelmäßigen, hellen Muster durchbrochen. Das Licht wurde stärker, je weiter ich mich vorwärts bewegte, und ich entdeckte, das es durch einen schmalen Spalt in einem Geröllhaufen fiel, der den Durchgang versperrte. Vorsichtig richtete ich mich zu voller Körpergröße auf und begutachtete den Spalt.

Auf einem riesigen Steinquader, den Rücken gegen die Wand des Stollens gelehnt, saß Ramses. Mit Wachs hatte er eine Kerze auf dem Steinblock befestigt, und er kritzelte eifrig in sein Notizheft. Obwohl ich sicher war, daß er meinen unwillkürlichen Erleichterungsschrei gehört haben mußte, als ich ihn unversehrt vorfand, unterbrach er seine Arbeit nicht, bis er den Satz niedergeschrieben hatte und ihn mit einem lauten Kratzen seiner Feder beendete. Dann blickte er auf.

»Guten Abend, Mama. Ist Papa bei dir, oder bist du allein gekommen?«

Nein, werter Leser, der Bruch an dieser Stelle der Schilderung dient nicht dazu, Ihnen das vorzuenthalten, was ich zu meinem Sohn sagte. Ich wagte es nicht, ihn anzuschreien, da ich befürchtete, die brüchige Struktur des Gemäuers rund um mich herum in Mitleidenschaft zu ziehen. In der Tat war es Ramses, der sprach und mir in epischer Breite die Methode beschrieb, mit der wir das eingestürzte Gestein beseitigen sollten, um ihn zu befreien. Er redete immer noch, als ich bereits den Rückweg angetreten hatte.

Ich hatte meinen Kopf kaum aus dem Eingangsloch herausgestreckt, als Emerson ihn ergriff. Zwischen tränenfeuchten Küssen, die er mir mehr oder weniger willkürlich ins Gesicht schmatzte, stellte er Fragen, die ich akustisch gar nicht verstand, da seine Hände meine Ohren bedeckten.

Ich war erfreut, aber auch überrascht. Emersons Liebesbeweise, die während unserer trauten Zweisamkeit zwar sehr innig sind, werden nur selten vor Publikum demonstriert. Und in der Tat, wäre ihm Donald Frasers Grinsen aufgefallen, hätte er vermutlich sofort davon Abstand genommen.

Sobald das Hörproblem gelöst war, beschrieb ich die Situation. »Ich kann die Steine nicht beiseite räumen, Emerson. Sie sind zu schwer für mich. Ich denke, wir werden letztlich auf Mr. Frasers Angebot zurückgreifen müssen.«

»Ist mit Ramses alles in Ordnung? Hat sich der arme Junge verletzt?« fragte Emerson ängstlich.

»Er arbeitet an einem Manuskript, von dem ich annehme, daß es sich um seine ägyptische Grammatik handelt«, entgegnete ich kurz angebunden. »Mr. Fraser, wenn Sie die Güte hätten?«

Donald folgte mir in den Stollen. Beim Anblick des Hindernisses pfiff er leise. Im flackernden Lichtschein der von mir festgehaltenen Kerze ähnelte er einem der altägyptischen Arbeiter, die auf Händen und Füßen vor der Grabkammer kauerten, in der sie ihren königlichen Gebieter (vergeblich) für alle Ewigkeit zur letzten Ruhe gebettet wähnten.

Leise sagte ich zu ihm: »Sehen Sie sich die Lage an, Mr. Fraser, ich flehe Sie an, bevor Sie auch nur einen der Steine berühren. Ein unvorsichtiger Griff ...«

»Ich verstehe«, sagte Donald.

Dann hörten wir eine dünne, hohe Stimme. »Ich schlage vor, Mr. Nemo – oder Mr. Fraser, was wohl zutreffender ist –, daß Sie zunächst versuchen, den zentralen Punkt auszumachen, über dem sich der größte Teil des Einsturzes erhebt. Denn nach meinen Berechnungen müßte das Gesamtgewicht der über uns befindlichen Pyramide ungefähr achtzehneinviertel Tonnen betragen, plus/minus einen Zentner ...«

Es fällt mir schwer, Ramses' weiteren Vortrag zu rekapitulieren. Er wurde begleitet von den ständigen unprofessionellen Nachfragen Donald Frasers, was ich ihm – das muß ich an dieser

Stelle sagen – natürlich nicht übelnehmen konnte. Er leistete gute Arbeit, insbesondere unter den gegebenen, widrigen Umständen, und hatte den Spalt, durch den ich zunächst das Licht von Ramses' Kerze hatte durchschimmern sehen, bald erheblich vergrößert. Sobald das Loch groß genug war, erschien Ramses' Kopf in der Öffnung – gräßlich ausgeleuchtet aufgrund der von ihm getragenen Kerze. Sein kleines Gesicht sah der Mumie seines Namensvetters entsetzlich ähnlich, und er hörte nicht auf, uns mit Ratschlägen zu traktieren. »Mr. Nemo – wenn Sie erlauben, daß ich Sie weiter mit diesem Pseudonym anrede, bis Sie sich mir offiziell mit Ihrem korrekten Namen vorgestellt haben –, ich bitte Sie entschieden darum, nichts von der linken – also Ihrer rechten – Seite des Spalts zu entfernen. Meine Einschätzung der Situation ...«

Der Vortrag endete mit einem Aufschrei von Donald, der es nicht länger ertragen konnte, seine Beute an der Kehle packte und sie durch die Öffnung hievte. Das war riskant, hatte aber keine weiteren negativen Folgen, außer daß Ramses' untere Körperhälfte, wie ich später entdeckte, durch das unsanfte Zerren über die scharfen Felskanten heftige Schürfwunden davontrug.

»Bitte folge mir, Ramses«, sagte ich kurz angebunden.

»Ja, Mama. Das würde ich auf jeden Fall gern tun, da ich mich aufgrund von Mr. Nemos festem Griff des Eindrucks nicht erwehren kann, daß er sich im Zustand starker emotionaler Erregung befindet, und ich es deshalb vorziehen würde, Distanz zwischen mir und ihm ...«

Ich versetzte Ramses einen Stoß. Später behauptete er, ich hätte ihn geschlagen, aber das stimmt nicht. Ich schubste ihn lediglich, damit er endlich vorwärts kam. Damit erzielte ich auch die gewünschte Wirkung.

Schweigend kehrten wir zum Haus zurück. Als wir dort eintrafen, war alles dunkel, und Hamid, der Koch, teilte uns ungehalten mit, das Abendessen sei völlig angebrannt, da wir ihm nicht gesagt hatten, daß wir später kämen.

Nachdem wir die erforderlichen Wiederherstellungsmaßnahmen an unseren körperlichen und bekleidungstechnischen Blessuren vorgenommen sowie ein ziemlich bescheidenes Mahl zu uns genommen hatten, trafen wir uns im Salon zur Lagebesprechung.

Da ich das Gefühl hatte, daß unsere ramponierten Nerven ebenfalls einer Wiederherstellung bedurften, bot ich allen, natürlich mit Ausnahme von Ramses, Whiskey an. Er und die Katze nahmen Milch, und Enid entschied sich für Tee. Das göttliche Getränk (ich meine in diesem Fall den Whiskey) erzielte die gewünschte Wirkung, obgleich die Erholung von Emersons Nervenkostüm größtenteils der Tatsache zuzuschreiben war, daß sein Sohn mehr oder weniger unversehrt gerettet worden war und daß ich mich bereit erklärt hatte, ihn ins Vertrauen zu ziehen. Wie er es in einem kurzen Augenblick unter vier Augen ausdrückte, als ich gerade meine (beziehungsweise Enids) stark beschädigte Garderobe ablegte: »So sehr ich deine irrsinnigen Eskapaden verabscheue, Peabody, ich fände es noch scheußlicher, wenn ich nicht daran teilhaben könnte.«

Ja, wie ich bereits erwähnte, hatten wir uns um den Tisch im Salon versammelt, und es gab nicht mehr viel, was er noch nicht wußte, nachdem nun auch die wahre Identität der beiden jungen Leute geklärt war. Er konnte mir auch nicht übelnehmen, daß ich ihm Enids richtigen Namen verschwiegen hatte, schließlich behauptete er, daß er sie von Anfang an erkannt hätte.

Natürlich beharrte Ramses ebenfalls darauf, daß er Enids Verkleidung durchschaut hätte. »Der Körperbau ist unverwechselbar. Ein Schüler der Anatomie läßt sich von oberflächlichen Veränderungen, wie sie durch Bekleidung, Schmuck oder Kosmetik erzielt werden, niemals irreführen. Was mich daran erinnert, Miss Debenham, daß ich irgendwann in Zukunft gern einmal mit Ihnen über die Hilfsmittel reden möchte, die Damen einsetzen, um ihr natürliches Aussehen zu verändern – zu ihrem Besten, wie sie zweifellos annehmen, denn sonst würden sie nicht auf solche Dinge zurückgreifen. Die Farbe für die Lippen und für die Wangen erinnert mich an das Volk der Amazulu, die sich oft breite Streifen ... «

Wir brachten Ramses – bildlich gesprochen – zum Schweigen, obwohl Donald den Eindruck erweckte, als hätte er das auch gern in einem anderen Sinne getan. Er hatte mir bereits mitgeteilt, daß er meine Warnungen hinsichtlich Ramses' so langsam verstand. »Der Junge braucht keinen Leibwächter, Mrs. Emerson, er braucht einen Schutzengel – oder, noch besser, ein ganzes Geschwader davon.«

Der junge Mann trug sein neues Hemd mit der dazugehörigen Hose und hatte zum ersten Mal Ähnlichkeit mit dem englischen Herrn, den ich hinter ihm vermutete. Er saß mit gesenkten Lidern und zusammengekniffenen Lippen am Tisch. Enid schwieg ebenfalls. Die gegenseitigen Bemühungen der beiden, sich nur ja nicht zu berühren oder anzusehen, waren meiner Meinung nach außerordentlich vielsagend.

Emerson durchbrach als erster das Schweigen. »Ob ich will oder nicht, es macht ganz den Anschein, als wäre ich in diese Bagatellsache bezüglich Kalenischeffs Mord hineingezogen worden. Laßt mich im Vorfeld dazu sagen, daß ich mich des Eindrucks nicht erwehren kann, daß dieser Vorfall und die von Mr. Fraser geschilderten Dinge in irgendeinem Zusammenhang stehen. Es kann einfach kein Zufall sein, daß exakt zu dem Zeitpunkt, als Miss Debenham ihn einstellte, um ihr bei der Suche nach ihrem verschwundenen Verwandten zu helfen, von dritter Seite entschieden wurde, den Ganoven zu beseitigen – so sehr er das auch verdient hatte.«

»Solche Zufälle passieren, Emerson«, sagte ich. »Ich weiß, daß du diesen Menschen ungern in Betracht ziehen würdest, dessen Namen ich hier besser nicht erwähne ... «

»Ach, zum Teufel«, brummte Emerson, »du kannst seinen Namen nicht erwähnen, Amelia, weil du ihn gar nicht kennst. Nenn ihn, wie du willst, solange es abschätzig klingt.«

»Egal, wie wir ihn nennen, es wäre töricht, seine Beteiligung zu leugnen. Er hat bei mindestens vier Gelegenheiten versucht, mit uns in Kontakt zu treten. Erstens die versuchte Entführung von Ramses; zweitens das Wiederauftauchen der gestohlenen Abendmahlskelche; drittens das Blumenpräsent mit dem Ring; und als letztes der heutige Angriff. Nur ein hoffnungslos bornierter Verstand« – bei diesen Worten vermied ich sorgfältig, Emerson anzusehen, doch ich vernahm sein Schnauben – »würde leugnen, daß nicht alle vier Vorkommnisse Sethos' Handschrift tragen.«

»Entschuldigung, Mama«, sagte Ramses. »Hinsichtlich der letzten drei Vorfälle bin ich mit dir einer Meinung, aber im ersten Fall ... «

»Wer sollte dich sonst entführen wollen, Ramses?«

»Eine ganze Reihe von Leuten, würde ich sagen«, mischte sich Emerson ein. »Normalerweise würde ich deiner These zustimmen, Peabody – daß es in Ägypten nicht sehr viele Leute geben kann, denen der Sinn danach steht, mit Ramses durchzubrennen –, aber wie ich zu meinem Leidwesen erfahren mußte, scheinen wir Kriminelle anzuziehen wie ein Hund die Flöhe. Es würde mir sicherlich etwas fehlen, wenn wir weniger als fünf oder sechs Mörder auf den Fersen hätten.«

»Er meint das ironisch«, erklärte ich Donald, dessen verwirrter Gesichtsausdruck sein Unverständnis widerspiegelte. »Allerdings birgt seine Darstellung einiges an Wahrheit. Wir ziehen Kriminelle aus dem einfachen Grund an, daß wir eine Bedrohung für sie und ihre widerwärtigen Aktivitäten darstellen.«

»Ja, aber zum Teufel damit, augenblicklich bedrohen wir doch niemanden!« brüllte Emerson. »Wenigstens ... Ramses! Sieh deinem Papa einmal tief in die Augen und antworte mir wahrheitsgemäß. Bedrohst du zur Zeit irgendwelche Verbrecher?«

»Nach bestem Wissen und Gewissen, Papa ... «

»Antworte einfach mit ja oder nein, mein Sohn.«

»Nein, Papa.«

»Hast du irgendwelche verborgenen Schätze oder Juwelen gehoben, die du deiner Mama oder mir vorenthalten hast?«

»Nein, Papa. Wenn du mir jetzt erlaubtest ...«

»Nein, Ramses. Ich werde nicht erlauben, daß du zu weiteren Ausführungen ausholst. Einmal in meinem Leben habe ich vor, den Ablauf einer familiären Diskussion zu bestimmen und einen sinnvollen Aktionsradius abzustecken.

Kommen wir also auf den Mordfall zurück. Ich für meinen Teil finde es schwierig zu glauben, daß die Polizei Miss Debenham wirklich für eine ernstzunehmende Tatverdächtige hält. Wenn sie sich nun selbst stellen würde ...«

Donald sprang von seinem Stuhl auf. »Niemals!« entfuhr es ihm. »Selbst wenn sie freigesprochen würde, diese Schande ... ihr ruinierter Ruf ...«

»Seien Sie einen Augenblick still«, sagte ich. »Emerson, ich glaube, du unterschätzt den Schweregrad der Beweislage, der gegen sie spricht. Laßt mich einmal den Advocatus Diaboli spielen und die Fakten darlegen, wie sie die Polizei sieht. Also: Miss Debenham und Kalenischeff waren eng befreundet – ein Liebespaar, um es offen zu sagen. (Donald, ich warne Sie, seien Sie still!) In der Mordnacht hatten sie eine Auseinandersetzung. Er wurde tot in ihrem Bett aufgefunden, und sie befand sich zusammen mit ihm im Zimmer, als die abscheuliche Tat ausgeführt wurde. Man bedenke, allein mit ihm und dazu im Nachtgewand! Ihre Geschichte von einem nächtlichen Eindringling, der sie mit einem Betäubungsmittel außer Gefecht setzte, wird als nicht besonders geistreiche Ausrede abgetan. Ihr könnt nämlich sicher sein, daß sonst niemand auch nur eine Spur von diesem Kerl gesehen hat.«

»Kalenischeffs zwielichtiger Ruf ... seine kriminellen Verbindungen ...« fing Emerson an.

»Seine kriminellen Verbindungen sind für die Polizei nichts weiter als Hinweise. Was seinen Ruf anbelangt – Emerson, siehst du eigentlich nicht, daß das gegen Miss Debenham spricht? Um es so vorsichtig wie möglich zu formulieren, Kalenischeff war ein Frauenheld. Ist Eifersucht etwa kein Mordmotiv?«

Emerson wirkte betreten. »Gibt es keinen weiteren Tatverdächtigen?«

»Äh ... ja«, sagte ich. »Um genau zu sein, sogar zwei.«

Emersons Gesicht hellte sich auf. »Wer denn?«

»Beide«, sagte ich, »befinden sich in diesem Raum.«

Emersons Blick wanderte allen Ernstes ganz unwillkürlich in Ramses' Richtung.

»Also, komm, Emerson«, sagte ich unwirsch. »Wenn eine Frau einen solchen Hieb nicht ausführen konnte, wie sollte es dann einem Achtjährigen gelingen? Nein! Wer ist denn der Mann mit den stahlharten Muskeln und dem aufbrausenden Temperament, von dem man immer wieder hörte, wie er Kalenischeff als Halunken und Gauner bezeichnete, und der erklärte, daß dessen Gegenwart eine Beleidigung für jede ehrenwerte Frau sei?«

Ein verhaltenes Lächeln glitt über Emersons Gesicht. »Ich«, sagte er.

»Etwas mehr Nachdruck, Emerson, wenn ich bitten darf. Aber du hast recht. Du bist derjenige, den ich meine.«

»Bei meinem Wort, Peabody, das ist verflucht genial«, entfuhr es Emerson. »Wenn ich nicht wüßte, daß ich es nicht getan hätte, würde ich mich selbst verdächtigen. Nun, aber wer ist der andere Tatverdächtige?«

»Sie meint mich, Professor«, sagte Donald, ebenso sorgfältig wie Emerson jede Gefühlsregung vermeidend. »In jener Nacht hielt ich mich vor dem Hotel auf. Sie hatten darum gebeten, daß wir uns dort treffen sollten ... «

»Aber Sie sind doch gar nicht gekommen«, warf Emerson ein.

»Nein. Ich ... ich befand mich in einem merkwürdigen Geisteszustand. Ich schätzte Ihr Vertrauen, und doch wollte ich nicht, daß Sie sich in mein Leben einmischten... Die halbe Nacht bin ich umhergeirrt, weil ich nicht wußte, was ich tun sollte.«

»Ich glaube, ich kann das nachvollziehen, Mr. Fraser. Aber die Tatsache, daß Sie sich in der wilden Horde draußen vor dem Hotel befunden haben, macht Sie nicht automatisch zum Tatverdächtigen. Sie waren auch an anderen Abenden dort, wie Dutzende anderer unbescholtener Ägypter. Ich nehme an, daß Sie das Hotel nicht betreten haben?«

»Wie sollte ich?« fragte Donald ironisch lächelnd. »Ein zerlumpter Bettler wie ich würde dort gar nicht eingelassen.«

»Dann verstehe ich nicht, inwiefern Sie verdächtig sein sollen.«

Ramses hatte bereits seit längerem versucht, zu Wort zu kommen. »Papa... wenn Mr. Frasers wahre Identität bekannt wäre...«

»Das wollte ich gerade sagen«, bemerkte ich und blickte Ramses zurechtweisend an. »Im Gegensatz zu einem zerlumpten Bettler könnte Mr. Donald Fraser ein Motiv haben, Kalenischeff zu töten. Außerdem weiß ich hundertprozentig, daß er unter Verdacht steht.«

»Wer hat es dir erzählt?« entfuhr es Emerson. »Baehler?«

»Nein, es war...«

»An dem Tag, als du in Kairo warst, bist du zur Polizeibehörde gegangen«, bemerkte Emerson vorwurfsvoll. »Du hast mich hintergangen, Amelia. Du hast mir versprochen...«

»Ich habe dir gar nichts versprochen, Emerson. Und, um genau zu sein, war die Polizei auch keine große Hilfe. Ich kann mir nicht vorstellen, warum unser Freund Sir Eldon so unfähige Leute für sich arbeiten läßt. Major Ramsay ist ein vollkommener Schwachkopf und hat überdies kein Benehmen. Die Person, die ich meine, ist ein überaus bekannter Privatdetektiv. Ich wollte dir schon gestern abend von ihm erzählen, bevor du... bevor wir...«

»Bitte fahre mit deiner Schilderung fort, Amelia«, sagte Emerson finster dreinblickend.

»Gewiß, Emerson. Ich habe die – äh – Unterbrechung nur deshalb erwähnt, weil ich nicht will, daß du mich der Informationsunterschlagung bezichtigst.«

»Deine Erklärung ist akzeptiert, Peabody.«

»Danke, Emerson. Wie ich schon sagte, traf ich diesen Herrn zufällig vor dem Verwaltungsgebäude. Er erkannte mich und sprach mich an – überaus höflich, darf ich hinzufügen –, und er war es auch, der mich informierte, daß ein gewisser Bettler mit einem gelben Turban unter Tatverdacht stünde. Sein Name ist Tobias Gregson. Er hat so berühmte Fälle wie den Camberwell-Giftmord gelöst ...«

Es war mir nicht vergönnt fortzufahren. Sämtliche Gesprächsteilnehmer – mit Ausnahme von Bastet, die ihre riesigen bernsteinfarbenen Augen lediglich einen Spaltbreit öffnete – sprangen auf und versuchten, das Wort zu ergreifen. Enid schrie: »Hinter dem Ganzen steckt Ronald! Wie konnte er nur ...« Donald bekundete seine Absicht, ihr umgehend ins Wort zu fallen. Emerson gab unzusammenhängende Bemerkungen hinsichtlich der Verworfenheit von Privatdetektiven von sich und erklärte mir, daß ich eigentlich soviel Verstand besitzen sollte, um mich nicht mit fremden Männern abzugeben. Ramses rief immer wieder: »Aber, Mama ... aber, Mama ... Gregson ist ... Gregson ist ...« Er erinnerte an einen Papagei, der nur ein paar Wörter beherrscht.

Als sich der Tumult endlich legte, ergriff ich die Gelegenheit, fortzufahren. »Lassen wir Mr. Gregson aus dem Spiel. Wir werden ihn nicht mehr ins Gespräch bringen, wenn er so viel Aufruhr hervorruft. Es steht außer Frage, daß Donald oder Enid sich selbst stellen. Donalds Situation ist ebenso verfahren wie die Enids – allerdings könnte es ihn noch schlimmer treffen, da ich sicher bin, daß die Behörden einen Mann eher verhaften würden als eine junge Dame. Wir dürfen uns nicht ausreizen lassen, wie es einer meiner amerikanischen Freunde einmal ausdrückte; ich glaube, es war im Zusammenhang mit einem Kartenspiel. Unser Spiel ist gefährlich, und wir dürfen unsere Karten nicht aufdekken. Ich habe einen Versuch gewagt, um Sethos aus seinem Versteck zu locken. Ich beabsichtige, mit dieser Methode morgen fortzufahren ...«

Ein weiterer Aufschrei – dem monotonen Laut einer Glocke ähnlich –, bei dem es sich um Ramses' wiederholtes »Aber, Mama« handelte, brachte mich vorübergehend zum Schweigen. Emerson gelang es aufgrund bloßen Stimmvolumens, den Rest der Gruppe zu übertönen.

»Ehe ich dir erlaube, ein so törichtes und gefährliches Experiment fortzusetzen, Amelia, werde ich dich an Händen und Füßen festbinden. Warum mußt du diese Dinge immer auf eigene Faust regeln? Kannst du es nicht mir überlassen, diesen Schurken zur Strecke zu bringen?«

»Das kann ich nicht, weil ich die einzige bin, die als Enid durchgeht. Oder hast du etwa vor, Damenkleider anzuziehen und mit anmutigen, kleinen Schritten zu gehen?«

Allein die Vorstellung brachte Emerson dermaßen auf, daß er für Sekundenbruchteile sprachlos war. Schließlich war es Enid, die furchtsam einwarf: »Aber, Amelia ... glauben Sie wirklich, daß der Mann hinter mir her ist? Vielleicht verfolgte er Sie schon die ganze Zeit über als mutmaßliches Opfer.«

»Gütiger Himmel«, rief Emerson. »Weisheiten von Grünschnäbeln und ... äh ... hm. Entschuldigen Sie, Miss Debenham. Das war exakt der Punkt, den ich zur Sprache bringen wollte, wenn ich irgendwann auch einmal zu Wort gekommen wäre.«

»Unsinn«, entgegnete ich. »Meine Verkleidung war perfekt. Donald hat sich auch irreführen lassen ...«

»Aber ich nicht«, sagte Ramses schnell. »Ich wußte, daß du es warst. Mama, da ist etwas, was ich dir unbedingt ...«

»Da siehst du es«, rief Emerson triumphierend.

»Die Augen der Liebe lassen sich nicht täuschen«, sagte Enid. Donald sah sie an und senkte dann rasch seinen Blick.

Emersons Lippen wurden schmal. »Das«, sagte er, »ist es ja gerade, wovor ich Angst habe.«

Emerson schien nicht bereit, diese rätselhafte Bemerkung zu entschlüsseln. Natürlich bat ihn auch niemand von uns anderen darum, da wir Wichtigeres zu klären hatten. Schließlich entschieden wir, daß wir noch ein bis zwei Tage abwarten wollten, in der Hoffnung, daß sich weitere Vorfälle abzeichneten. Das heißt, Emerson entschied so allein, denn ich hielt nichts von der Idee. Er versprach mir jedoch, mit mir gemeinsam nach Kairo zu reisen, um Informationen einzuholen, falls in den beiden folgenden Tagen nichts geschah.

»Laßt mich doch endlich mal eine kurze Zeit ohne jede Ablenkung arbeiten«, brummte er mitleiderregend. »Die Bestimmung des Schichtgesteins neben der Pyramide ist mir immer noch nicht klar.«

Ich wußte genau, was Emerson vorhatte. Er hatte ebensowenig wie ich die Absicht, tatenlos Sethos' nächsten Schachzug abzuwarten. Er führte mich hinters Licht, dieser gerissene Bursche, und versuchte, in einem weiteren unserer liebenswerten kriminalistischen Wettkämpfe den Vorsprung zu erzielen. Nun, dachte ich und lächelte insgeheim – das Spiel hat zwei Teilnehmer, Professor Radcliffe Emerson! Und ich hatte noch einige Asse im Ärmel.

»Sehr gut«, sagte ich zustimmend. »Das gibt mir die Gelegenheit, das Innere der kleineren Pyramide zu erforschen.«

»Das wird sich als vergebliche Bemühung erweisen«, sagte Ramses. »Die Grabkammer ist leer. Tatsächlich hege ich den Verdacht, daß sie nie für ein Begräbnis gedacht gewesen ist, da ihre Ausmaße nur zwei Meter mal ...«

»Ramses«, unterbrach ich ihn.

»Ja, Mama?«

»Habe ich dir nicht schon bei anderer Gelegenheit verboten, ohne unsere Erlaubnis eine Pyramide zu betreten?«

Nachdenklich schürzte Ramses die Lippen. »Das stimmt tatsächlich, Mama, und ich versichere dir, ich habe das auch nicht vergessen. Ich könnte nun darauf verweisen, daß du ja in der Nähe warst, wenn auch in einiger Entfernung, und daß ich deshalb die Anordnung im eigentlichen Sinne nicht mißachtet habe. Allerdings wäre eine solche Argumentation unaufrichtig. In der Tat befand ich mich am Rande der Öffnung – theoretisch betrachtet weder innen noch außen –, und ich hatte die feste Absicht, dort zu bleiben, und hätte das auch getan, wenn ich nicht aufgrund einer unvorsichtigen Bewegung das Gleichgewicht verloren hätte und kopfüber in den Stollen gerutscht wäre, der, wie du dich sicherlich erinnerst, eine Neigung von etwa 45,15 Grad aufweist. Mein Sturz beeinträchtigte die empfindliche Statik der Bausubstanz, die bereits ...«

»Ramses.«

»Ja, Mama. Ich werde versuchen, mich kurz zu fassen. Nachdem der Durchgang nun versperrt war und ich erkannte, daß meine Körperkraft nicht ausreichte, um mich selbst zu befreien, nutzte ich meine Zwangslage, um alles übrige auszukundschaften. Schließlich wußte ich ja, daß es eine Weile dauern konnte, bis meine Abwesenheit auffiel und eine Rettungsmannschaft ...«

»Mein Sohn, ich denke«, sagte Emerson ungnädig, »daß deine Mama dich jetzt entschuldigen wird. Du gehst nämlich besser zu Bett.«

»Ja, Papa. Aber zuerst ist da noch die Sache, die ich Mama unbedingt erklären muß. Gregson ist ...«

»Ich will nichts mehr hören, du ungezogener Junge«, rief ich und erhob mich. »Mit mir ist für heute nicht mehr gut Kirschen essen, Ramses. Du verschwindest jetzt auf der Stelle.«

»Aber, Mama ...«

Ich stürzte mich mit erhobenem Arm auf Ramses – selbstverständlich nicht, um zuzuschlagen, da ich die Notwendigkeit körperlicher Züchtigung für Jugendliche nur in Fällen extremer Provokation für gegeben halte –, sondern um ihn zu packen und ihn mit Nachdruck auf sein Zimmer zu schleppen. Da sie mein Vorhaben falsch verstand, sprang die Katze Bastet in fliegender Hast auf, klammerte sich mit ihrem ganzen Gewicht an meinen Unterarm und bohrte ihre Zähne und Krallen in meine Haut. Emerson überzeugte die Katze davon, daß sie sich im Irrtum befand und entfernte sie – Kralle für Kralle –, doch statt sich zu entschuldigen, gab sie sich eingeschnappt. Sie und Ramses marschierten mit einer Aura beleidigten Hochmuts Seite an Seite aus dem Zimmer – die Katze mit hochaufgerichtetem Buckel und kerzengeradem Schweif, und Ramses, indem er seine übliche, abendliche Verabschiedungsfloskel unter den Tisch fallen ließ. Wäre eine Tür vorhanden gewesen, hätten die beiden diese hinter sich zugeknallt.

Daraufhin schlug Emerson vor, daß auch wir uns zur Ruhe begeben sollten. »Nach einem solchen Tag, Peabody, mußt du doch erschöpft sein.«

»Überhaupt nicht«, sagte ich. »Wenn du willst, können wir noch stundenlang weiterdiskutieren.«

Dieses Angebot lehnte Emerson allerdings ab, und nachdem wir unsere Siebensachen zusammengepackt hatten, brachen wir zum Zelt auf. Ich hatte ein ungutes Gefühl, die anderen zurückzulassen, doch wir hatten alle nur möglichen Vorsichtsmaßnahmen getroffen und Abdullah gebeten, die Tore fest zu verschließen und einen Wachtposten aufzustellen. Ich war mir sicher, daß ich mich auf Donald verlassen konnte, nicht nur hinsichtlich seiner Beschützerfunktion über die beiden ihm Anvertrauten, sondern auch, daß er höfliche Distanz zu Enid wahrte. Der arme Junge, er war so eingeschüchtert von dem Mädchen, daß er kaum mit ihr zu sprechen, geschweige denn auf sie zuzugehen wagte.

Ich nahm mir fest vor, dieses Thema in einem kurzen, persönlichen Gespräch mit ihm aufzugreifen. Denn meiner Meinung nach gibt es nichts, das eine Frau so sehr verabscheut wie schmachtende, unterwürfige Anbetung. Es bringt die schlechtesten Seiten der Frauen zum Vorschein – nicht zu vergessen, auch der Männer –, denn die Tendenz, Schwache zu quälen, ist, allen Behauptungen von Frauenfeinden zum Trotz, nicht ausschließlich meinem Geschlecht anzulasten. Falls sich Ihnen jemand zu Füßen wirft und Sie dazu auffordert, auf ihm herumzutrampeln, sind Sie ein bemerkenswerter Mensch, wenn Sie diese Einladung ablehnen.

Das alles erzählte ich Emerson, während wir Seite an Seite durch die sternenklare Nacht schlenderten. Ich wartete schon fast auf sein mißfälliges Schnauben, da er keine hohe Meinung von meinem Interesse an den romantischen Anwandlungen junger Menschen hat. Statt dessen sagte er nachdenklich: »Also du empfiehlst die Methode der Neandertaler, nicht wahr?«

»Wohl kaum. Was ich empfehle, ist, daß alle Paare unserem Beispiel ehelicher Gleichberechtigung nacheifern sollten.«

Ich tastete nach seiner Hand. Für einen Augenblick lag sie schlaff in meiner Umklammerung. Dann umschlangen seine kräftigen Finger die meinen, und er sagte: »Trotzdem scheinst du damit ausdrücken zu wollen, daß ein gewisses Maß an Körperkraft und Moral ...«

»Kannst du dich erinnern, daß du auch nur bei einer einzigen Gelegenheit erwähnt hast, du seist versucht, mich auf ein Pferd zu packen und mit mir in die Wüste zu reiten?« Ich lachte. Emerson allerdings nicht. In der Tat war sein Blick merkwürdig versonnen, als er erwiderte: »Ich kann mich daran erinnern. Willst du damit sagen, ich hätte es tun sollen?«

»Nein, denn ich hätte den Versuch mit allen mir verfügbaren Kräften vereitelt«, erwiderte ich fröhlich. »Keine Frau will gegen ihren Willen entführt werden. Sie will lediglich einen Mann, bei dem sie diesen Wunsch vermutet! Für ein so lange verheiratetes

Paar wie wir es sind, wäre eine solche Extravaganz natürlich unangemessen.«

»Zweifellos«, bemerkte Emerson verdrossen.

»Ich gebe zu, daß es schwierig ist, einen gesunden Kompromiß zwischen zärtlicher Anbetung und männlichem Durchsetzungsvermögen zu finden. Aber Donald hat sich zu weit in eine Richtung manövriert, und ich beabsichtige, ihm das bei nächster Gelegenheit zu sagen. Er verehrt sie. Und ich bin ziemlich sicher, daß sie seine Gefühle erwidert, beziehungsweise erwiderte, wenn er sie in der richtigen Art und Weise umwerben würde. Sie würde ihm nicht solche grausamen Beleidigungen an den Kopf werfen, wenn sie nicht ...«

Wir hatten unser Zelt erreicht. Emerson hob mich hoch und trug mich ins Innere.

9

Keiner von uns beiden schlief in dieser Nacht besonders gut. Mein Vortrag hatte offenbar einen tiefen Eindruck bei Emerson hinterlassen, wohlgemerkt in einer Auslegung, mit der ich nicht gerechnet hätte, gegen die ich aber auch nichts einzuwenden hatte.

Selbst als es Zeit zum Schlafen wurde, war Emerson noch ungewöhnlich ruhelos. Beim leisesten Geräusch schreckte er hoch. Mehrmals führte sein plötzliches Aufstehen vom ehelichen Nachtlager dazu, daß ich aufwachte, und dann sah ich ihn, wie er am Zelteingang kauerte, einen kräftigen Stock in der Hand.

Alle Geräusche waren nur falscher Alarm – die entfernten Schreie der Schakale, welche durch die Weiten der Wüste hallten, oder die flinken Bewegungen kleiner, nachtaktiver Tiere, die im Schutze der Dunkelheit nach Beute suchten. Mich selbst konnten solche Geräusche nicht erschüttern, da ich sie schon vor langer Zeit kennengelernt hatte und zuordnen konnte. Aber ich träumte sehr viel, was eigentlich ungewöhnlich für mich ist. Die Einzelheiten der Träume waren wie weggewischt, sobald ich erwachte. Sie hinterließen lediglich das vage Gefühl, daß meinen Verstand irgend etwas bewegte.

Trotz seiner unruhigen Nacht war Emerson am darauffolgenden Morgen offenbar ausgeruht. Als er sich gähnend vor dem Zelt streckte, bot sein stattlicher Körperbau im Licht der ersten Sonnenstrahlen einen prächtigen Anblick. Wir hatten einen Spirituskocher sowie Essens- und Wasservorräte mitgebracht, so daß wir uns ein bescheidenes Frühstück zaubern konnten. Während wir auf die Ankunft unserer Männer warteten, sagte Emerson: »Du warst letzte Nacht so unruhig, Peabody.«

»Dir wäre es ebenso gegangen, wenn du wie ich jede Stunde geweckt worden wärest, weil jemand dauernd ums Zelt herumschlich.«

»Du hast im Schlaf geredet.«

»Unsinn, Emerson. Ich spreche nie im Schlaf. Das ist ein Zeichen für geistige Labilität. Was habe ich denn gesagt?«

»Ich konnte die Worte nicht genau verstehen, Peabody.«

Das Eintreffen unserer Mannschaft setzte unserer Diskussion ein Ende, und ich dachte nicht mehr darüber nach. Ramses befand sich selbstverständlich an der Spitze, dicht gefolgt von Donald. Der junge Mann versicherte mir, daß es in der Nacht keine nennenswerten Zwischenfälle gegeben hätte. »Außer«, fügte er mit einem finsteren Blick auf Ramses – der diesen interessanterweise erwiderte – hinzu, »daß ich diesen jungen Mann kurz nach Mitternacht auf halber Treppe zum Dachboden vorfand. Er lehnte es ab, mir zu erklären, wohin er wollte.«

»Ich konnte das Haus doch nicht durch die Tür verlassen, weil Hassan dort Wache schob«, sagte Ramses – als wäre das eine plausible Entschuldigung für seinen Versuch, sich heimlich aus dem Haus zu stehlen.

»Was soll's«, sagte ich seufzend. »Ramses, falls ich es zu erwähnen vergaß, ich verbiete dir, das Haus nachts zu verlassen.«

»Ist das ein Pauschalverbot, Mama? Wenn beispielsweise das Haus brennen sollte oder von Verbrechern heimgesucht würde oder das Dach über meinem Zimmer jeden Augenblick einzustürzen drohte ...«

»In solchen Fällen solltest du vermutlich nach eigenem Ermessen handeln«, sagte Emerson.

Ich gab es auf, ihm einen Vortrag zu halten. Ramses fand

immer Mittel und Wege, das zu tun, was er wollte, und wenn er das Haus eigenhändig angezündet hätte, um seinen Willen durchzusetzen.

»Wo ist Enid?« fragte ich.

Dann sah ich sie in einiger Entfernung von uns stehen. Sie hatte uns den Rücken zugewandt. »Sie wollte im Haus bleiben«, sagte Donald. »Aber ich bestand darauf, daß sie mitkam.«

»Ganz recht. Sie sollte keinen Augenblick allein sein.«

»Außerdem kann ich jede helfende Hand gut gebrauchen«, mischte sich Emerson ein. »Hört mir einmal alle zu. Ich beabsichtige, den heutigen Tag ohne Unterbrechung durchzuarbeiten. Selbst wenn die Mächte der Finsternis diesen Fleck für die letzte Schlacht von Armageddon erwählten, ließe mich das völlig ungerührt. Sollte einer von euch von einer tödlichen Krankheit befallen werden, dann verschwindet und sterbt bitte woanders. Komm mit, Ramses. Sie auch, Fraser.«

Nach Abdullah brüllend, marschierte er los.

»Also!« wandte ich mich an Enid, die neben mich getreten war. »Der hat heute vielleicht eine Laune! Wir sollten ihn nicht zu ernst nehmen, meine Liebe. Ich habe eine großartige Aufgabe für Sie: Wir werden das Innere der Pyramide auskundschaften!«

Statt die von mir erwartete Begeisterung an den Tag zu legen, zog das Mädchen ein langes Gesicht. »Aber Ramses hat doch gesagt ... «

»Mein liebes Mädchen, damit wollen Sie doch hoffentlich nicht zum Ausdruck bringen, daß Sie einem Kind so viel archäologische Erfahrung zutrauen wie mir? Vielleicht befinden sich dort viele wichtige Hinweise, die Ramses einfach übersehen hat.«

Ich ließ die Männer den Schutt beiseite räumen und die Öffnung vergrößern. Eine nähere Überprüfung der Decke über dem abfallenden Stollen überzeugte mich davon, daß die Gefahr eines weiteren Einsturzes lediglich in dem Teil bestand, der sich unmittelbar an das bereits eingebrochene Stück anschloß. Dort wurden einige kräftige Stützpfeiler angebracht, das Geröll wurde beseitigt, und ich genoß das erhebende Gefühl, als erste ins Innere vorzudringen. Wir schreckten die übliche Schar von Fledermäusen auf, und der Anblick dieser harmlosen Geschöpfe, die schreiend und flatternd das Weite suchten, hatte verheerende Auswirkung auf Enids Gemütsverfassung. Sie weigerte sich strikt, auch nur einen Schritt weiterzugehen, so daß ich meinen Erkundungsgang allein fortsetzte.

Am Ende einer Reihe von Gängen und Nischen befand sich ein kleiner Raum von ungefähr zweieinhalb Quadratmetern mit einem schön geschwungenen Deckenfries. Ansonsten war er vollkommen leer. Eine kurze Untersuchung des Gerölls auf dem Boden enthüllte ebenfalls nichts Aufsehenerregendes, und nachdem ich Selim dort gelassen hatte, um den Staub durchzusieben, damit auch wirklich nichts übersehen wurde, kehrte ich, meine Enttäuschung heldenhaft verbergend, ans Tageslicht zurück.

Enid saß draußen auf einem der Steinquader neben der Pyramidenöffnung. Mit vom Wind zerzaustem Haar, das Kinn auf ihre beiden Hände gestützt, beobachtete sie, wie die anderen sich zur Vormittagspause versammelten. Ich deutete ihr gegenüber an, daß ich mich zu ihnen gesellen wollte, und als wir gemeinsam die stufenförmigen Quader hinabstiegen, bemerkte ich: »Sie wissen, daß es so nicht weitergehen kann. Sie können ihn nicht ewig wie einen Aussätzigen behandeln.«

»Das kann ich und das werde ich auch tun«, erwiderte Enid aufgebracht. »Solange er nicht vernünftig wird und die Wahrheit zugibt.«

»Er hat bereits eine solch verblüffende Vielzahl an Sünden eingestanden, daß ich mir nicht vorstellen kann, was er noch verbergen sollte«, erwiderte ich. »Es sei denn, Sie halten ihn für den Mörder.«

»Sie verstehen mich falsch.« Wir waren am Fuß der Pyramide

angelangt, und sie wandte mir ihr Gesicht zu. »Es war Ronald«, brach es aus ihr hervor. »Nicht Donald. Er hat Ronalds Vergehen auf sich genommen, wie er es immer schon getan hat.«

»Und verlor deshalb seinen militärischen Rang, seine Ehre und sein Vermögen? Kommen Sie, Enid, ich kann nicht glauben, daß ein Mann – selbst ein Mann – so töricht sein könnte. Edelmut und Selbstaufopferung sind die höchsten Tugenden der Menschheit, aber im Übermaß grenzen sie eher an Dummheit.«

»Ich stimme Ihnen voll und ganz zu«, sagte Enid mit einem bitteren Lächeln. »Aber Sie kennen Donald nicht. Weltfremd ist gar kein Ausdruck für ihn. Ronald war immer der Liebling seiner Mutter – der jüngere und kleinere und schwächere der beiden.«

»Das Nesthäkchen«, sagte ich gedankenverloren.

»Wie bitte?«

»Ach nur so ein Ausdruck, aber ein recht zutreffender. Ich habe schon häufig erlebt, daß Mütter zum Leidwesen ihrer anderen Sprößlinge ein schwächeres Kind verwöhnten. Schwäche bringt unsere guten Seiten zum Vorschein, Enid, und ich muß sagen ... «

»Ich bezweifle ja gar nicht, daß das theoretisch betrachtet ein edler Charakterzug ist. Aber in diesem Fall wurde den beiden Brüdern erheblicher Schaden zugefügt. Ronald machte nie einen Fehler, er wurde nie bestraft. Statt sich gegen dieses ungerechte Verhalten aufzulehnen, versuchte Donald, die Zuneigung seiner Mutter dadurch zu gewinnen, daß er sich zu Ronalds Beschützer und Prügelknaben abstempeln ließ. Wenn Ronald irgend etwas angestellt hatte, schob er es auf Donald, und der ertrug die Bestrafung. Wenn Ronald einen hünenhaften Schläger provozierte, steckte Donald die Prügel ein. Die letzten Worte ihrer Mutter an Donald waren ›Liebe und beschütze immer deinen Bruder‹. Und genau das hat er getan.«

»In seiner Kindheit, vielleicht. Aber wie können Sie sicher

sein, daß er auch diesmal die Schuld seines Bruders auf sich nimmt? Eine Prügelei ist eine Sache – die Verantwortung für Schulden auf sich zu nehmen, die man nicht gemacht hat ...«

»Es wäre nicht das erste Mal«, sagte Enid. »Donald hat in der Vergangenheit schon mehrmals Schulden von Ronald beglichen. In diesem Fall war die Situation wesentlich ernster. Ronald wäre öffentlich entehrt und vielleicht sogar zu einer Haftstrafe verurteilt worden, wenn der Gentleman, dessen Unterschrift er gefälscht hatte, die Sache energischer angegangen wäre. Er war gegenüber Donald zu Nachsicht bereit, weil dieser – im Gegensatz zu Ronald – von allen seinen Bekannten geschätzt und respektiert wird. Aus diesem Grund erklärte sich Donald bereit, die Schuld auf sich zu nehmen. So wahr wir hier stehen, von dieser Tatsache bin ich überzeugt, auch wenn ich sie nicht beweisen kann. Die einzigen, die die Wahrheit kennen, sind die beiden Brüder selbst. Ronald würde sich nicht selbst verraten, und Donald ist entschlossen, den Märtyrer zu spielen ... Das ist der Grund, warum ich nach Ägypten gekommen bin. Ronald war bereits vorher abgereist, angeblich, um Donald zu finden und ihn nach Hause zurückzuholen. Mir war klar, daß er die Suche nicht forcieren würde, und ich behielt natürlich recht. Als ich in Kairo ankam, erfuhr ich, daß sich Ronald auf einer Vergnügungsreise befand. Es hing also alles von mir ab, Donald zu finden und ihn zu bitten ... ihm zu drohen ...«

»Ihn zu bestechen?« fragte ich vorsichtig.

Eine tiefe Röte glitt über das zarte Gesicht des Mädchens. »Er hat mir nie den leisesten Hinweis darauf gegeben, daß ihn ein Angebot, wie Sie es jetzt meinen, beeinflussen könnte.«

»Ich verstehe. Nun, Männer sind seltsame Geschöpfe, Enid. Es bedarf schon einer Erfahrung wie der meinen, um ihre kleinen Schwächen zu durchschauen. Haben Sie schon einmal darüber nachgedacht, daß Ronald vielleicht Schritte eingeleitet hat, die Sie an Donalds Auffinden hindern sollten?«

»Ein solcher Verdacht kam mir bereits«, murmelte Enid. »Ich habe mich sogar gefragt, ob Kalenischeff nicht dazu dienen sollte, mich in die Irre zu führen. Aber das kann ich nicht glauben, selbst bei Ronald ... «

»Glauben Sie es«, sagte ich entschieden. »Kalenischeff verfolgte irgendeinen Plan. Er erklärte mir, daß er Ägypten verlassen wolle, und er hätte niemals ein lukratives Angebot fallengelassen, bis er nicht auch den letzten Pfennig dafür abkassiert hatte. Er wollte jemanden hintergehen, dessen bin ich mir ganz sicher. Die einzige Frage ist nur – wen? Nun, meine Liebe, Sie haben verschiedene interessante und anregende Fragen aufgeworfen, über die ich nachdenken muß. Und jetzt gesellen wir uns besser zu den anderen. Ich glaube, Emerson ruft bereits nach mir.«

Daran bestand in der Tat kein Zweifel. Emersons Stimme besitzt – wie ich bei anderer Gelegenheit bereits erwähnte – ein bemerkenswertes Klangvolumen.

Ramses begrüßte uns als erster. Er erkundigte sich danach, ob ich in der Pyramide irgend etwas Interessantes gefunden hätte.

Ich wechselte das Thema.

Wir hatten unsere Mahlzeit fast beendet, als uns entfernte Stimmengeräusche davor warnten, daß sich eine weitere Touristengruppe im Anmarsch befand. Der irrwitzige kleine Troß schlenderte in unsere Richtung, und nach einem Blick auf die eindrucksvolle Gestalt an deren Spitze stürzte sich Emerson kopfüber in die von seinen Arbeitern ausgehobene Mulde. Nach der Episode mit der Fürstin war er vor alten Damen auf der Hut.

Ich schickte die anderen zurück an die Arbeit und ging in der Hoffnung auf die Störenfriede zu, daß ich sie wieder wegschikken und damit meinem armen Emerson viel Leid ersparen könnte. Die Reiterin auf dem Leitesel kam mir zunächst nur bekannt vor. Dann wurde mir klar, daß es sich tatsächlich um die ältere Amerikanerin handelte, die mir im Shepheard aufgefallen war. Ihre ausladenden schwarzen Röcke verdeckten beinahe den kleinen Esel. Trotzdem legte er einen forschen Trott an den Tag, und die alte Dame schwankte gefährlich von einer zur anderen Seite. Zwei Eseltreiber versuchten abwechselnd, sie wieder ins Gleichgewicht zu bringen.

Als sie mich bemerkte, veränderte sie die Richtung. »Sie kenne ich doch«, sagte sie in betont hochnäsigem Tonfall. »Hab' Sie im Hotel gesehen. Eine Bekannte von Baehler? Sehr unschicklich für eine Dame, allein zu speisen.«

»Ich habe nicht allein gespeist, sondern lediglich einen kleinen Imbiß eingenommen«, erinnerte ich sie und stellte mich dann vor.

»Und wer ist das da?« Die alte Dame zeigte mit ihrem Sonnenschirm in die betreffende Richtung. Ich drehte mich um. »Gestatten Sie, daß ich Ihnen meinen Sohn vorstelle«, sagte ich. »Ramses, geh zurück ... «

»Ramses?« trompetete die alte Dame. »Was ist das denn für ein Name? Kränklich wirkendes Kind. Hat nicht lange auf dieser Welt.«

»Besten Dank für Ihr Mitgefühl, Madam«, entgegnete ich mit eisiger Höflichkeit. »Ich versichere Ihnen, es ist fehl am Platz. Ramses, wirst du bitte ... «

Die alte Dame lenkte mich aufgrund ihres Absitzens ab. In der Tat hätte dieses Vorhaben jedes leicht erregbare Gemüt erheblich in Unruhe versetzt, schließlich wurde es von aufgebrachtem Geschrei und einer wilden Herumfuchtelei mit ihrem Sonnenschirm begleitet. Ich dachte schon, sie würde über einen der kleinen Eseltreiber stürzen und ihn plattwalzen. Schließlich war der Vorgang jedoch beendet, und die Dame sprach mich, während sie noch ihre Röcke und ihren schwarzen Schleier glattstrich, erneut an.

»Zeigen Sie mir die Pyramide, Ma'am. Ich habe einen weiten Weg auf mich genommen, um sie zu sehen, und ich werde sie sehen. Mrs. Axhammer aus Des Moines, Iowa, macht keine halben Sachen. Ich habe eine Liste ...« Sie zerrte sie aus ihrer Jakkentasche hervor und schwenkte sie wie eine Flagge. »Und ich kehre nicht eher nach Hause zurück, bis ich alles gesehen habe, was hier draufsteht.«

»Was ist mit Ihren Begleitern?« fragte ich. Beide hatten abgesessen. Der blasse junge Mann lehnte geschwächt an seinem Esel und rieb sich die Brauen. Die Gesichtsfarbe der Frau, die auf dem Boden zusammengesunken war, war so grün wie die Palmen im Hintergrund.

Mrs. Axhammer aus Des Moines, Iowa, (wo auch immer sich dieser barbarisch klingende Ort befinden mag) stieß das grauenvollste Lachen aus, das ich jemals gehört hatte. »Lassen Sie sie sitzen. Arme Schwächlinge, sie können mit mir nicht mithalten – und ich bin sage und schreibe achtundsechzig Jahre alt, Ma'am. Das da ist mein Neffe – er heißt Jonah. Ich brachte ihn mit, weil er sich um alles kümmern sollte, aber er taugt für keine fünf Pfennig. Denkt, daß ich ihn aus meinem Testament streiche, wenn er nicht nett zu mir ist. Weiß bloß noch nicht, daß das längst passiert ist. Diese Närrin da habe ich als Begleiterin eingestellt, aber auch sie ist nichts Gutes gewöhnt. Trotzdem sollte eine Lady eine Anstandsdame haben. Warum starrt mich dieser Bursche so an? Haben Sie ihm keine Manieren beigebracht?«

»Ich wage zu behaupten«, sagte Ramses in seiner äußerst pedantischen Art, »daß die meisten Leute ihre guten Manieren vergessen würden, wenn sie mit jemandem konfrontiert wären, dessen Erscheinungsbild so aufsehenerregend ist. Allerdings möchte ich meiner Mama jede Schmach ersparen. Sie hat darauf gedrängt, daß ich mein Benehmen optimiere, und sollte das Ergebnis nicht zufriedenstellend sein, liegt die Schuld bei mir und nicht bei ihr.«

Es war schwierig, die Wirkung seiner Worte auf Mrs. Axhammer auszumachen, da der Schleier ihre Gesichtszüge verhüllte. Ich persönlich hielt seinen Versuch für überaus lobenswert. Ramses trat einen Schritt näher und streckte ihr seine Hand entgegen. »Darf ich Sie begleiten, gnädige Frau?« fragte er.

Die alte Dame schwang drohend ihren Sonnenschirm. »Geh weg, geh weg, du unverschämter Lümmel. Ich kenne Jungs; stellen einem ein Bein und setzen einem Spinnen aufs Kleid.«

Ramses setzte an: »Madam, seien Sie versichert, daß ich nicht die Absicht hatte ...«

»Also, wie könntest du mir denn schon eine Hilfe sein?« fragte die alte Dame erzürnt. »Schwächlicher, kleiner Hanswurst wie du einer bist... Hier, Ma'am, ich nehme Ihren Arm. Sie sind zwar klein, wirken aber kräftig.«

Sie packte mich an der Schulter. Sie trug elegante schwarze Spitzenhandschuhe, doch ihre Hand, die so kräftig war wie die eines Mannes, hatte beileibe nichts Anmutiges. Ich ließ sie allerdings gewähren. Höflichkeit den Älteren gegenüber ist ein Charakterzug, den ich auch meinem Sohn vermitteln möchte – außerdem war der Griff der Dame so energisch, daß man ihn kaum hätte abschütteln können.

Während wir langsam auf die Pyramide zugingen, unterzog mich Mrs. Axhammer einem lästigen Verhör. Sie fragte mich, wie alt ich sei, wie lange ich verheiratet sei, wieviele Kinder ich hätte und wie mir mein Ehemann gefiele. Sobald ich zu Wort kam, drehte ich den Spieß um und fragte sie, wie ihr Ägypten gefiele.

Nach einem langen Diskurs über die barbarischen Sitten und die unhygienischen Zustände im modernen Ägypten fügte sie im gleichen gehässigen Ton hinzu: »Nicht, daß zivilisierte Völker sehr viel besser sind, Ma'am. Aber die Skandale, von denen ich in Kairo gehört habe, trieben jeder anständigen Dame die Schamesröte ins Gesicht, das garantiere ich Ihnen. Also da hat doch vor einigen Tagen eine junge Engländerin ihren Geliebten ermordet, hat seine Kehle von einem Ohr zum anderen aufgeschlitzt, heißt es, in ihrem eigenen Hotelzimmer.«

»Ich habe davon gehört«, sagte ich. »Ich kann gar nicht glauben, daß eine junge Dame zu so etwas fähig sein sollte.«

Ein Windstoß blähte Mrs. Axhammers Schleier genau in dem Augenblick auf, als sie zwei Reihen riesiger weißer Zähne entblößte, deren Makellosigkeit für ihre Falschheit bürgte. »Ich habe daran keinen Zweifel«, konterte sie. »Frauen sind gefährlich, Ma'am, viel gefährlicher noch als Männer. Wie ich sehe, haben Sie einen mit hierhergebracht. Halte gar nichts davon, daß Frauen den Männern die Arbeit wegschnappen. Sollten zu Hause bleiben und sich um den Haushalt kümmern.«

In dem Bewußtsein, daß ich von diesem boshaften, alten Drachen nichts als dumme Schmähreden über ihre eigenen Geschlechtsgenossinnen hören würde, beschloß ich, meine Aufgabe zu beenden und sie endlich loszuwerden. Sie schenkte meinem Vortrag ohnehin keinerlei Beachtung, obwohl ich sagen muß, daß er von hervorragender Qualität war, und widerstand meinen sämtlichen Bestrebungen, sie von der Ausgrabung wegzuführen.

»Da unten ist ein weißer Mann zusammen mit all den Einheimischen«, rief sie empört. »Ist das Ihr Gatte? Hat er denn gar keinen Sinn für Würde und Anstand? He, Sie da ...« Und sie tat, als wollte sie Emerson, dessen Rücken ihr zugewandt war, ihren Sonnenschirm ins Kreuz rammen.

Blitzschnell brachte ich meinen eigenen Sonnenschirm ins Spiel und wehrte den Hieb von Mrs. Axhammer so gekonnt wie ein geübter Schwertkämpfer ab. Das Klirren von Stahl auf Stahl ließ Emerson zusammenzucken, doch er drehte sich nicht einmal um.

Die alte Dame brach in schallendes Gelächter aus und ging spielerisch mit ihrem Sonnenschirm auf mich los. »Nützliche Gegenstände, nicht wahr? Reise nie ohne. He, da ...«

Sie wirbelte herum. Und als ihre fliegenden Röcke sich wieder senkten, sah ich zu meiner Bestürzung, daß sich eine kleine, kniende Gestalt darunter verborgen hatte.

»Ramses!« entfuhr es mir. »Was machst du denn da?«

»Mir unter den Rock gucken«, kreischte die alte Dame. »Überlassen Sie ihn mir, Ma'am, überlassen Sie mir den kleinen Flegel. Sie sind zu nachsichtig mit ihm gewesen, Ma'am, was er braucht, ist eine anständige Tracht Prügel, und Mrs. Axhammer aus Des Moines, Iowa, wird sie ihm verabreichen!«

Während ich die aufgebrachte, alte Dame in einen hitzigen Schlagabtausch verwickelte, schlüpfte Ramses hastig unter ihrem Rock hervor. »Ich wollte bloß einmal Ihre Füße sehen, Madam«, sagte er eingeschnappt. »Sie sind nämlich riesengroß, wissen Sie.«

Diese Bemerkung hatte vielleicht dazu dienen sollen, Mrs. Axhammers Zorn zu besänftigen, aber wie vorhersehbar, hatte sie exakt die entgegengesetzte Wirkung. Sie stürmte Ramses hinterher, und ich folgte den beiden in gemäßigtem Tempo, nachdem ich gesehen hatte, daß er keine Schwierigkeiten hatte, einen entsprechenden Sicherheitsabstand zu ihr zu wahren. Zumindest hatte Ramses' scheußliches Benehmen Mrs. Axhammer von Emerson abgelenkt, und ich war zuversichtlich, daß sie nicht erneut auf diese Sache zurückkommen würde.

Meine Vermutung erwies sich als zutreffend. Bebend vor Empörung kletterte Mrs. Axhammer auf ihren Esel, und die Karawane trottete davon.

Als wir am frühen Nachmittag zum Haus zurückkehrten, erklärte Emerson, daß ihn die morgendliche Arbeit zufriedengestellt hätte. »Ich denke, daß ich mir jetzt ein klares Bild machen kann, Peabody. Es existieren Spuren von mindestens drei Besiedlungsgruppen. Die letzte Besitzergreifung geschah möglicherweise zu Zeiten der Ptolemäer. Der Plan ist allerdings komplex, und ich würde deine Hilfe schätzen, sobald sich deine Verärgerung über deine Pyramide gelegt hat.«

Seinen abfälligen Ton ignorierend, versicherte ich ihm, daß

ich zu seiner Verfügung stünde. »Im Inneren der Pyramide befindet sich rein gar nichts, Emerson. Ich bezweifle, daß sie jemals als Grabstätte genutzt wurde.«

»Genau das habe ich dir doch gesagt, Mama«, bemerkte Ramses.

Nach unserer verspäteten Mittagsmahlzeit zog sich Enid mit ihrem Detektivgeschichtenband auf ihr Zimmer zurück. Mit Donald hatte sie kein einziges Wort gewechselt, und sein schwermütiger Blick verriet seine depressive Stimmung. Ich wollte ihn gerade in ein kleines Gespräch verwickeln, als Emerson sagte: »Was hältst du eigentlich von einem Ritt nach Mazghunah, heute nachmittag, Peabody? Die Abendmahlskelche sollten der dortigen Kirche zurückgegeben werden.«

»Eine hervorragende Idee, Emerson«, erwiderte ich, während ich überlegte, was sich hinter diesem Vorschlag verbarg.

»Sollen wir Ramses mitnehmen?«

»Nein, besser nicht«, sagte ich wahrheitsgemäß.

»Und ich«, sagte Ramses, »würde es vorziehen, eine kleine, entspannende Betätigung in Form eines Spaziergangs rund um das Dorf und seine Umgebung zu unternehmen.«

»Entspannende Betätigung, tatsächlich«, entfuhr es mir. »Du hattest heute schon mehr als genug Betätigung, indem du dich vor aufgebrachten, alten Damen in Sicherheit bringen mußtest. Bleib hier und arbeite an deiner Grammatik.«

»Was soll's, Peabody«, meinte Emerson grinsend. »Wir können einen so aktiven Burschen wie Ramses doch nicht die ganze Zeit im Haus einsperren. Es ist doch nichts dabei, solange ihn Mr. Fraser auf seinem Spaziergang begleitet.«

Weder Ramses noch Donald schienen von dieser Idee begeistert zu sein. »Bei dieser Lösung bliebe die junge Dame schutzlos hier zurück«, protestierte Ramses. Donald nickte bekräftigend.

»Dicke Mauern und starke Männer sorgen für ihren Schutz«, entgegnete Emerson. »Es ist hellichter Tag, und wir werden nicht lange bleiben. Mazghunah liegt nur zehn Kilometer von hier entfernt, und unser Vorhaben ist rasch erledigt.«

Dabei blieb es. Emerson und ich nahmen zwei der Esel und ritten in südliche Richtung. Wir sahen keine Menschenseele, denn zu dieser Tageszeit suchen Touristen und Einheimische gleichermaßen den Schatten auf. Es bedarf kaum der Erwähnung, daß klimatische Bedingungen Emerson und mich niemals von unserer Pflichterfüllung abhalten könnten, und ich für meinen Teil genoß den Ausritt.

Der Pfad, der nur dem geschulten Auge erkennbar war, führte über die Felswüste des Hochplateaus und vorbei an den verfallenen Überresten der drei aus Nilschlammziegeln erbauten Pyramiden von Dahschur. Sie waren tausend Jahre nach ihren berühmten Vorläufern errichtet worden. Trotzdem hatte der Zahn der Zeit seine Spuren hinterlassen. Die zunächst in Nachahmung der älteren und größeren Grabstätten mit Stein verkleideten Monumente waren zu formlosen Ziegelhaufen verwittert, nachdem man die äußere Schicht entfernt hatte.

Die riesige Erhebung der Schwarzen Pyramide, der Grabstätte Amenemhets aus der zwölften Dynastie, überragte die anderen Ruinen. Aufgrund ihrer Lage auf dem höchsten Punkt des Plateaus wirkt sie aus verschiedenen Blickwinkeln noch größer als ihre Vorläufer im Norden, und ihr Erscheinungsbild rechtfertigt ihre Berühmtheit. Ich kannte das Innere dieses gigantischen Monuments nur zu gut, denn in seine versunkene und überflutete Grabkammer waren Emerson und ich von dem Schurken verbannt worden, der seinerzeit annahm, daß wir nie wieder lebend herauskämen. Lediglich der heldenhafte Einsatz von Emerson und mir (und etwas Hilfestellung von Ramses) hatten dafür gesorgt, daß wir Qualen entgehen konnten, die jeden anderen vernichtet hätten.

Auch wenn ich die Schwarze Pyramide ebenso wie das von uns im Vorjahr bewohnte, verfallene Kloster zu gern noch einmal ausgekundschaftet hätte, blieb uns an jenem Tag keine Zeit für nostalgische Erinnerungen. Wir ritten ohne Umweg auf das Dorf zu.

Im Vergleich zu Mazghunah ist Menjat Dahschur eine richtige Großstadt. Erstgenannter Ort wird bevorzugt von Kopten (ägyptischen Christen) bewohnt, die sich – sieht man einmal von ihren charakteristischen dunkelblauen Turbanen ab – vom äußeren Erscheinungsbild her nicht von anderen Ägyptern unterscheiden, und ihre armseligen, kleinen Häuser sind vergleichbar mit denen jeder anderen muslimischen Siedlung. Das alte Koptisch, das letzte Überbleibsel aus der Zeit der Pharaonen, wird nur noch in einigen der entlegenen südlichen Dörfer gesprochen, hat jedoch in den Ritualen der koptischen Kirche Bestand.

Das Dorf wirkte verlassen. Selbst die Hunde hatten Schutz vor der glühenden Sonne gesucht, und außer ein paar pickenden Hühnern bewegte sich nichts. Fremde sind an diesen ursprünglichen Orten allerdings eine solche Seltenheit, daß unsere Ankunft rasch bemerkt wurde und die Menschen sich aus ihren Häusern vorwagten. Wir ließen uns neben dem Brunnen, dem Zentrum des Gemeinschaftslebens, nieder. Uns gegenüber befanden sich die Kirche und das Haus des Geistlichen.

Die Männer versammelten sich um Emerson, begrüßten ihn herzlich und stellten ihm Fragen. Die Frauen eilten zu mir, viele trugen kranke Babys in den Armen. Damit hatte ich gerechnet und deshalb meine medizinische Ausrüstung eingepackt. Nun verteilte ich Brechwurz und Augentropfen.

Der Scheich El Beled (Bürgermeister des Ortes) hatte unsere Ankunft natürlich ebenso schnell wie die anderen bemerkt, doch seine Amtswürde gemahnte ihn, daß er sich erst nach einer Weile zu uns gesellte. Schließlich tauchte er bei uns auf. Als Emerson ihm mitteilte, daß ihm die verschwundenen Abendmahlskelche wieder ausgehändigt werden würden, traten Tränen in die Augen des kleinen Mannes, und er fiel vor Emerson auf die Knie, küßte dessen Füße und stammelte Worte des Dankes.

Um ehrlich zu sein, hätten wir den Dank, der uns eigentlich nicht zustand, ablehnen müssen. Andererseits bestand keine Notwendigkeit, eine Situation zu erklären, die für uns selbst unerklärlich war.

Als sich die Neuigkeit unter den Anwesenden verbreitet hatte, brach ein ungeheurer Tumult aus. Die Leute weinten, schrien, sangen und lagen sich in den Armen. Sie umarmten auch Emerson, der das wenig begeistert ertrug. »Lächerlich«, raunte er mir über den Kopf einer mehr als übergewichtigen Dame zu, deren verschleiertes Gesicht an seine Brust gepreßt war. Ich glaube, sie verströmte ihren gesamten Tränenvorrat in dieser muskulösen Körperregion, während sie ihn so fest gepackt hielt, daß er ihr nicht entkommen konnte.

»Da siehst du es, Peabody«, fuhr er fort, »die zerstörerische Wirkung des Aberglaubens. Diese Leute gebärden sich, als hätten wir ihnen Gesundheit und Unsterblichkeit verliehen, statt sich darüber im klaren zu sein, daß es sich nur um ein paar alte, angelaufene Gefäße handelt. Das werde ich nie verstehen – äh ...« Er brach stotternd ab, da sich die Dame auf Zehenspitzen gestellt und ihm einen feuchten Kuß auf sein Kinn gedrückt hatte.

Schließlich beruhigten wir die Menge und brachen in Begleitung des Bürgermeisters zur Kirche auf. Auf den Stufen stand, die Hände zum Dank erhoben, der Geistliche, und es war seltsam, seine Körperfülle und den freundlichen Gesichtsausdruck statt des (in jeder Hinsicht, nur nicht im moralischen Sinne) großartigen Vaters Girgis zu erblicken. Alle – einschließlich der Esel – stürmten in die Kirche, und als die kostbaren Kelche wieder auf dem Altar standen, brach ein solches Geschrei aus, daß die Dachbalken vibrierten – was aufgrund ihrer Altersschwäche allerdings nicht verwunderte. Freudentränen strömten über das Gesicht des Geistlichen, und er kündigte für den folgenden Tag einen Dankgottesdienst an. Dann lud er uns und den Bürgermeister in sein Haus ein.

So betraten wir erneut das Gebäude, in dem uns einst der Meisterverbrecher persönlich begrüßt hatte. Die Erinnerung an diesen berüchtigten wie skrupellosen Mann und seine Aura waren so eindringlich, daß ich jede Sekunde damit rechnete, er säße irgendwo im Verborgenen, striche über seinen riesigen, schwarzen Bart und lächelte sein charismatisches Lächeln. Es ist eine merkwürdige und beunruhigende Tatsache, daß das Böse manchmal wesentlich beeindruckender wirkt als die Tugend. Gewiß hatte der Meisterverbrecher als Mann Gottes eine stattlichere Erscheinung verkörpert als sein Nachfolger. Vater Todorus war einen Kopf kleiner und dafür um einiges feister um die Hüften. Sein Bartwuchs war eher dürftig und von grauen Fäden durchzogen.

Allerdings war er ein angenehmer Gastgeber. Wir ließen uns auf dem Sofa mit den abgewetzten Seidenkissen nieder, und der Geistliche bot uns Erfrischungen an, die wir selbstverständlich annahmen, da eine Ablehnung äußerst ungehörig gewesen wäre. Ich erwartete das übliche Getränk – den starken, süßen Kaffee – und war natürlich mehr als überrascht, als der Geistliche mit einem Tablett aus dem Nebenraum zurückkehrte, auf dem eine Glasflasche und mehrere Tonbecher standen. Nachdem Emerson einen vorsichtigen Schluck von der Flüssigkeit genommen hatte, hob er fragend seine Augenbrauen.

Ich tat es ihm nach. »Das ist französischer Cognac«, entfuhr es mir.

»Der beste französische Cognac«, sagte Emerson. »Vater, woher haben Sie den?«

Der Geistliche hatte seinen Becher bereits geleert. Er schenkte sich ein weiteres Mal großzügig ein und erwiderte naiv: »Er befand sich hier im Haus, als ich zurückkehrte.«

»Wir brennen darauf, von Ihrem Abenteuer zu erfahren, Vater«, sagte Emerson. »Ich kann mich noch gut an den Zorn meiner besseren Hälfte, der Sitt Hakim hier an meiner Seite, erinnern, als sie erfuhr, daß der Geistliche von Dronkeh nicht der war, für den er sich ausgegeben hatte. ›Was ist mit dem echten Geistlichen geschehen, du Sohn eines Kamels?‹ fuhr sie mich an. ›Wenn diesem gutherzigen, vortrefflichen Mann auch nur ein Haar gekrümmt wird, reiße ich dir das Herz aus der Brust!‹«

Emersons Version war keine sehr genaue Wiedergabe dessen, was ich gesagt hatte, aber ich hatte mir wirklich Sorgen um den verschwundenen Geistlichen gemacht, da ich mich noch sehr gut an die zynische Bemerkung des Meisterverbrechers erinnern konnte: »Er genießt die weltlichen Freuden, denen er entsagt hat, und es besteht lediglich Gefahr für seine Seele.«

Nachdem mir Vater Todorus für meine Besorgnis gedankt hatte, erzählte er uns seine Geschichte. Es war klar, daß er nur auf unsere Aufforderung gewartet hatte und daß die ständige Wiedergabe seinen Bericht in eine dieser gut einstudierten Schilderungen verwandelt hatte, von denen Emerson nie genug bekommen kann. Leider bot seine lange, ausschweifende Geschichte mehr stilistische Feinheit als sachliche Information. Ohne seine überflüssigen Ausschmückungen hätte er sie in wenigen Sätzen wiedergeben können.

Vater Todorus war eines Nachts wie gewöhnlich zu Bett gegangen, dann an einem merkwürdigen Ort wieder aufgewacht und hatte keine Vorstellung, wie er dort hingelangt war. Der Raum war elegant, um nicht zu sagen luxuriös ausgestattet gewesen (die Beschreibung der seidenen Vorhänge und des weichen Sofas, des Springbrunnens und der Marmorfußböden machten den Großteil seiner Schilderung aus). Aber er sah niemanden außer den Bediensteten, die ihm köstliche Speisen und erlesene Getränke auftischten, und da die Fenster vergittert und abgedunkelt waren, konnte er nichts erkennen, was ihm auch nur den leisesten Hinweis auf seinen Aufenthaltsort hätte geben können.

Von seiner Rückkehr berichtete er in ebenso schauriger Art und Weise. Eines Morgens erwachte er wieder auf demselben schmalen Feldbett, von dem man ihn weggezaubert hatte, und zunächst konnte er sich kaum vorstellen, daß die ganze Episode etwas anderes als ein langer, lebhafter Traum gewesen sein sollte. Das Erstaunen der Gemeindemitglieder über seine Rückkehr und ihre Berichte darüber, was während seiner Abwesenheit geschehen war, lieferten den Beweis, daß seine Erlebnisse der Realität entsprachen. Aber der arglose Mann gab offen zu, daß er die ganze Sache irgendwelchen bösen Geistern zuschrieb, die heilige Männer mit weltlichen Versuchungen quälen.

»Also wurden Sie in Versuchung geführt, nicht wahr?« fragte Emerson. »Mit köstlichen Speisen, erlesenen Weinen und Spirituosen ...«

»Unser Glaube verbietet so etwas nicht«, beeilte sich Vater Todorus zu erwidern.

»Nein, aber andere Versuchungen sind zumindest dem Klerus strikt verboten. Handelte es sich bei den Bediensteten, die für Ihr Wohlergehen sorgten, um Männer oder Frauen?«

Der schuldbewußte Ausdruck auf dem Gesicht des armen Mannes war Antwort genug. Emerson hätte das Thema schmunzelnd weiterverfolgt, wenn ich ihn nicht unterbrochen hätte. »Es wäre der Sache dienlicher, Emerson, wenn wir Vater Todorus um eine genauere Beschreibung des Ortes bitten würden, wo er gefangengehalten wurde. Er hat vielleicht irgend etwas gehört oder gesehen, was uns einen Anhaltspunkt auf das Versteck geben könnte.«

Ich sprach Englisch, und Emerson antwortete in derselben Sprache. »Wenn dieser Schweinehund Sethos so schlau ist, wie du immer behauptest, dann hat er diesen Ort längst verlassen. Aber, nun gut, Fragen kostet nichts.«

Vater Todorus schien sichtlich erleichtert, als ihn Emerson, statt auf das schreckliche Thema seiner Versuchungen zurückzukommen, nach seinem Gefängnis fragte. Wie so viele Menschen war auch der Geistliche ein schlechter Beobachter. Gezielte Fragen entlockten ihm Informationen, die er zwar nicht absichtlich verschwiegen hatte, die ihm aber nicht bewußt gewesen waren. Er hatte nicht aus dem Fenster schauen können, aber er hatte – wenn auch gedämpft und aus der Ferne – Geräusche gehört. So fügte sich eins zum anderen, der von ihm erwähnte Lärm ließ darauf schließen, daß er nicht etwa in einem Dorf oder auf einem entlegenen Landsitz festgehalten wurde, sondern mitten in einer Großstadt.

»Kairo, Emerson«, rief ich.

»Das habe ich von Anfang an vermutet«, sagte Emerson niedergeschlagen. »Aber wo genau in diesem Hexenkessel?«

Keine der weiteren Fragen führte zur Beantwortung dieser wichtigen Frage. Als wir uns zum Aufbruch erhoben, waren wir praktisch genauso schlau wie zuvor. Vater Todorus, der zwei Becher Cognac getrunken hatte, begleitete uns zur Tür, sprach uns erneut seinen Dank aus und versicherte uns, daß er uns in seinen Gebeten lobend erwähnen würde. Emerson zog eine Grimasse.

Während wir auf unsere Esel zuschlenderten, sagte ich: »Vater Todorus geht recht großzügig mit seinem Cognac um. Ich nehme an, Sethos ist in solcher Eile aufgebrochen, daß er die Annehmlichkeiten, mit denen er sich versorgt hatte, nicht mitnehmen konnte. Aber nach der Menge zu urteilen, wie das Zeug konsumiert wird, muß er einen erheblichen Vorrat zurückgelassen haben.«

Emerson blieb plötzlich stehen. »Ha!« brüllte er. »Ich wußte doch, daß mir irgendeine Kleinigkeit keine Ruhe ließ, aber ich hatte keine Ahnung, was es sein könnte. Gut überlegt, Peabody.«

Woraufhin er zum Haus des Geistlichen zurückrannte – natürlich mit mir im Schlepptau. Als Vater Todorus auf sein durchdringendes Klopfen reagierte, hielt er immer noch seinen Becher in der Hand. Als er Emerson sah, lächelte er holdselig. »Sie sind zurückgekehrt, o Vater der Flüche. Kommen Sie mit der ehrwürdigen Sitt, Ihrer Frau, doch herein und nehmen Sie – hicks! – noch einen Cognac.«

»Ich möchte Ihnen nichts wegtrinken, Vater«, sagte Emerson grinsend. »Denn Ihr Vorrat ist sicherlich begrenzt.«

Das schmale Gesicht des Mannes nahm traurige Züge an. Man hätte meinen können, Emerson hätte ihm Diebstahl oder Schlimmeres vorgeworfen, und mein Gatte raunte mir auf englisch zu: »Wirklich, Peabody, es ist so einfach, diesen Burschen zu verunsichern. Er kann sich genausowenig verstellen wie ein Kind.«

»Noch weniger«, sagte ich bedeutungsvoll, »als eine ganze Horde Kinder.«

»Hmhm«, sagte Emerson. Dann sprach er den Geistlichen erneut auf arabisch an: »Ihre Vorräte sind aufgefüllt worden, Vater – stimmt doch, oder? Wie häufig und in welcher Form?«

Der Geistliche stöhnte auf. Er wollte seine Hände ringen. Als er sich bewußt wurde, daß er noch den Becher festhielt, stürzte er den Inhalt in einem Zug hinunter. Mit einem schiefen Seitenblick auf seine neugierigen Zuhörer stammelte er: »Es waren die Dämonen, o Vater der Flüche. Ich flehe Sie an, lassen Sie es nicht meine Schäflein wissen. Sie gehen sonst zum Patriarchen und verlangen Hilfe gegen die Mächte des Bösen, und ich versichere Ihnen, ich schwöre Ihnen, daß ich die Dämonen besiegen kann. Ich bete ja schon ununterbrochen ...«

Emerson beruhigte ihn, und der kleine Mann fand den Mut, weiterzusprechen. Seit seiner wundersamen Rückkehr aus der Gefangenschaft hätte es zwei Cognaclieferungen von den bösen Geistern gegeben. Beide Male hätte er die Kisten morgens nach dem Aufwachen neben seinem Bett vorgefunden. Er hätte sich nicht die Mühe gemacht, nach irgendwelchen Spuren der Eindringlinge zu suchen, da Dämonen ja bekannterweise materielos seien und von daher keine Fußspuren hinterließen.

Nachdem wir wiederholt unsere guten Absichten bekräftigt hatten, brachen wir endgültig auf. Der Geistliche verschwand im Haus, zweifellos um das dämonische Geschenk in entsprechend angemessener Form zu vernichten.

»Was für eine seltsame Sache«, rief ich, als wir aus dem Dorf hinausritten. »Dieser Mann, dieses unbekannte Genie des Verbrechens, ist gleichzeitig grausam und mitfühlend. Kisten feinsten französischen Cognacs wären sicherlich nicht meine Art der Entschuldigung und Wiedergutmachung für ein solch ungehöriges Vorgehen, aber ...«

»Oh, Peabody, benutze deinen Verstand«, brüllte Emerson mit hochrotem Gesicht. »Entschuldigung und Wiedergutmachung, in der Tat! Ich habe noch nie einen solchen Unfug gehört!«

»Warum sollte er sonst ...«

»Selbstverständlich, um die Verführung des Geistlichen fortzusetzen. Eine abseitige und makabre Vorstellung von Humor und nicht etwa Mitgefühl ist das Motiv für diese Geschenke.«

»Oh«, sagte ich. »Daran hatte ich nicht gedacht, Emerson. Gütiger Himmel, das ist ja kein Wunder! Solch abgründige Tiefen der Verworfenheit übersteigen die Vorstellungskraft jedes normalen Menschen.«

»Meine Vorstellungskraft allerdings nicht«, sagte Emerson und knirschte geräuschvoll mit den Zähnen. »Gewöhnliche Verbrechen, Entführung und versuchten Mord lasse ich mir noch gefallen. Aber dieser Schurke ist zu weit gegangen.«

»Ich stimme dir voll und ganz zu, Emerson. Dem armen Vater Todorus einen solchen Streich zu spielen ...«

Emerson schüttelte den Kopf. »Peabody, du erstaunst mich.«

»Ich weiß nicht, was du meinst, Emerson. Glaubst du, es wäre sinnvoll, den Cognaclieferanten aufzulauern?«

»Nein, glaube ich nicht. Sethos verliert vielleicht die Lust an seinem Scherz und stellt die Lieferungen ein, und selbst wenn er sie fortsetzt, wissen wir nicht, wann der nächste Besuch stattfindet. Es wäre reine Zeitverschwendung, das Haus des Geistlichen unter Beobachtung zu halten, falls du das vorschlagen wolltest.«

»Nein, wollte ich nicht. Ich war zu deinem Schluß gelangt.«

»Das freut mich zu hören, Peabody.«

Zur Teezeit erreichten wir unser Haus, und ich machte mich sogleich mit Enids Hilfe an die Vorbereitungen. Ramses und Donald waren noch nicht zurückgekehrt. Ich ertappte mich dabei, daß ich auf Geräusche lauschte, die wilde Verfolgungsjagden oder Unruhen ankündigten, wie es häufig bei Ramses' Aufbrüchen der Fall ist. Doch abgesehen von dem normalen Geräuschpegel, der das wiedererwachende Dorfleben begleitete, hörte man ansonsten nur den entfernten Klang von Gewehrschüssen. Aber selbst das war nichts Ungewöhnliches, denn Schießübungen gehörten zu den Lieblingsbeschäftigungen der allerdümmsten Touristen, und die Feuchtgebiete zwischen dem Kanal und dem Fluß lockten Scharen unglückseliger Vögel an, denen diese »Sportler« den Garaus machten.

Die Schatten wurden bereits länger, aber unsere Wanderer waren noch nicht zurückgekehrt. Emerson schritt unruhig im Hof auf und ab, schaute abwechselnd auf seine Taschenuhr und dann wieder auf die verschlossenen Tore, bis schließlich ein Schrei das längst überfällige Ereignis ankündigte. Abdullah öffnete die Tore, und Ramses ritt, gefolgt von Donald, in den Hof.

In Windeseile glitt Ramses von seinem Esel und versuchte, hinters Haus zu rennen. Ich nehme an, er wollte den Anschein erwecken, als müsse er sich unbedingt waschen. Donalds Hand schoß vor und packte ihn am Kragen. Während er ihn in diesem unbequemen, aber praktischen Griff festhielt, marschierte er mit dem Jungen auf uns zu.

»Professor und Mrs. Emerson, ich liefere Ihnen Ihren Sohn ab. Er befindet sich in einem Stadium der Verschmutzung, das ich trotz umfassender eigener Jugenderfahrung auf diesem

Gebiet bislang nicht für möglich hielt, aber er ist so unversehrt, wie ich ihn in Empfang genommen habe. Ich versichere Ihnen, daß die Aufrechterhaltung dieses Zustands alles andere als einfach war.«

Augenscheinlich waren sie am Fluß gewesen, denn der Schmutz, der Ramses von Kopf bis Fuß überzog, war eingetrockneter Schlamm. Teilweise war er bereits wieder abgebrökkelt, was ihm ein seltsam antikes Äußeres verlieh, ähnlich etwa dem einer verwesten Mumie.

»Ich wasche mich sofort, Mama«, jammerte er. »Wenn du nur so nett sein könntest, dieser ... dieser Person zu sagen, daß sie mich loslassen soll.«

Doch zu diesem Zeitpunkt hatte ich bereits die winzige Spur entdeckt, die Ramses wohl unbedingt vor mir verbergen wollte. Sie war wirklich winzig – ein Loch von etwa einem halben Zentimeter Durchmesser befand sich an der Seite seines Tropenhelms. Als ich einen Schritt näher trat, bemerkte ich ein zweites, nur unwesentlich größeres Loch neben dem ersten.

Emerson fielen diese ungewöhnlichen Merkmale zur gleichen Zeit auf, und er riß Ramses mit einem Aufschrei des Entsetzens den Helm vom Kopf. Er warf ihn zu Boden, fuhr mit seinen Fingern durch das Haar des Jungen und sorgte in dieser Region schließlich auch noch für totale Verwüstung.

»Das ist ein Einschußloch, Peabody«, brüllte er. »Eine Kugel ist geradewegs durch Ramses' Helm geschlagen! Ramses, mein lieber Junge, wo bist du verletzt?«

»Oh, Emerson, hör auf«, sagte ich. »Wenn Ramses den Helm getragen hätte, als der Schuß abgefeuert wurde, wäre die Kugel geradewegs durch seinen Schädel gegangen, und das Ergebnis hättest du mit Leichtigkeit feststellen können.«

»Er trug den Helm nicht auf dem Kopf«, sagte Donald. »Er hielt ihn in seiner Hand. Das erleichtert Ihnen vielleicht die Beantwortung Ihrer Frage, Professor, trotzdem verlangt es in meinen Augen nach Bestrafung. Wäre dieser junge Mann mein

Sohn, würde ich ihn übers Knie legen und ihm eine ordentliche Tracht Prügel verabreichen.«

Ramses drehte langsam den Kopf zu Donald um und warf diesem einen Blick zu, der einen klügeren Menschen hätte nachgeben lassen. Die schwarzen Locken des Jungen standen wie die eines Massaikriegers in alle Himmelsrichtungen ab, und sein Gesichtsausdruck war auch nicht eben freundlich.

Emerson überhörte Donalds Bemerkung – es geschah nicht zum ersten Mal, daß er derartige Vorschläge unterbreitet bekam –, Enid jedoch entfuhr ein empörter Aufschrei. »Es überrascht mich gar nicht, einen so grausamem Vorschlag aus *dieser* Quelle zu hören«, schrie sie und legte beschützend ihren Arm um Ramses. »Armes Kind! Nach einer so furchterregenden Erfahrung auch noch am Kragen geschleift zu werden und verwünscht ... «

»Verdammt, Enid, ich habe ihn nicht verwünscht«, protestierte Donald. »Ich hätte es gern getan, habe es mir aber verkniffen.«

Enid wandte ihm den Rücken zu und zog Ramses dicht an sich heran. »Geh mit Enid, armer Junge. Sie wird dich waschen und vor diesem Unhold beschützen.«

Ramses' Gesicht wurde gegen ihre untadelige Bluse gedrückt – untadelig, möchte ich hinzufügen, bis zu jenem Augenblick –, aber ich konnte seine Wange und einen seiner Mundwinkel sehen. Letzterer war zu einem hemmungslosen Grinsen verzogen. Er ließ zu, daß sie ihn wegführte, und schien diese Form der Umklammerung so zu genießen, wie er sich normalerweise dagegen gesträubt hätte.

Donald, dessen Hände beinahe ebenso schmutzig waren wie die von Ramses, ging sich ebenfalls waschen. Wenn er gehofft hatte, Enid die Sachlage aus seiner Sicht schildern zu können, so erhielt er dazu keine Gelegenheit, denn sie kehrte, Hand in Hand mit Ramses, fast zeitgleich wieder zurück. Sein Gesicht und seine Hände waren zumindest sauber, und nachdem ich erkannt hatte, daß nur ein Vollbad wieder einen halbwegs manierlichen Menschen aus ihm machen konnte, erlaubte ich ihm, den Tee gemeinsam mit uns einzunehmen, vorausgesetzt, er suchte sich in einiger Entfernung vom Tisch einen Platz. Aufgrund der enthaltenen Nährstoffe hat Nilschlamm einen besonders durchdringenden und beißenden Geruch.

Auch Donald hielt sich nicht lange mit seiner Toilette auf. Über seinem Hemd und seiner Hose hatte er ein arabisches Gewand getragen. Nachdem er dieses abgelegt hatte, war der schlimmste Dreck beseitigt, und dann hatte er sich noch die Zeit genommen, mit ein paar Bürstenstrichen über seine widerspenstigen Locken zu gehen. Nachdem er sich zu uns gesellt hatte, forderte ich ihn auf, uns das Vorgefallene sowie den Namen der Person mitzuteilen, die versucht hatte, auf Ramses zu schießen.

»Aufgrund Ihres ruhigen Tons schließe ich, daß Sie genau wissen, daß es ein Unfall war, Mrs. Emerson«, erwiderte er. »Größtenteils von dem jungen Herrn Ramses selbst verschuldet. Wir waren zum Kanal hinuntergegangen und sprachen mit den Frauen, die dort Wäsche wuschen – zumindest Ramses redete mit ihnen. Übrigens ist Ihr Sohn erstaunlich vertraut im Umgang mit bestimmten arabischen Redewendungen ... Während wir uns dort aufhielten, hörten wir in einiger Entfernung Gewehrschüsse. Noch ehe ich ihn festhalten konnte, hatte Ramses schon seinen Esel bestiegen und raste wie der Teufel – ich bitte um Verzeihung –, ritt eilig in die Richtung, aus der die Schüsse gekommen waren. Nach einer Weile holte ich ihn ein und erklärte ihm, daß es unklug wäre, in ein Schußfeld hineinzugeraten. Wir hatten eine kurze Diskussion. Er überzeugte mich davon – wie kann man nur ein solcher Idiot sein! –, näher heranzugehen, um das Schießen besser beobachten zu können. Wir – äh – wir hatten ziemlich viel Lärm gemacht, und ich zweifelte nicht daran, daß die Jäger uns bemerkt hatten, aber um hundertprozentig sicherzugehen, rief ich noch einmal. Ein gewaltiger Taubenschwarm wollte sich gerade niederlassen. Es war klar, daß die Gewehre genau in diese Richtung zielten, und da wir uns von Westen näherten, dachte ich, ich hätte jede erdenkliche Vorsichtsmaßnahme ...«

»Klingt auch, als hätten Sie das getan«, entschied ich und goß ihm eine weitere Tasse Tee ein. »Ich schätze, Ramses ist mitten in die Feuersalve hineingelaufen.«

Donald nickte. »Er brüllte aus vollem Halse und schwenkte seinen Helm. Natürlich reagierten die Vögel auf diese Warnung und flogen davon ...«

»Was exakt meine Absicht war«, rief Ramses. »Du kennst meine Einstellung gegenüber Hetzjagden, Mama. Das Töten zur Nahrungsbeschaffung oder zur Selbstverteidigung ist eine Sache, aber das Abschlachten hilfloser Tiere, nur um später die Zahl der Treffer zu ermitteln, ist ein Vorgang, den ich nicht ...«

»Deine Einstellung zu diesem Thema ist mir bekannt, Ramses«, sagte Emerson. »Aber, mein lieber Junge ...«

»Schelten Sie ihn nicht«, bettelte Enid. »Der gutmütige kleine Bengel hat überhaupt nicht an seine eigene Sicherheit gedacht. Seine Tat war zwar irrsinnig, aber durchaus edelmütig! Wäre ich dagewesen, hätte ich vermutlich ebenso gehandelt, denn ich teile seine Abscheu vor Männern, die ein perverses Vergnügen am Töten empfinden.«

Diese Äußerung galt offensichtlich Donald, der peinlich getroffen errötete. Er erhielt nicht die Spur einer Chance, um sich zu verteidigen, denn Enid fuhr fort, Ramses zu loben und zu bewundern, dessen blasierter Gesichtsausdruck vermutlich sogar die Geduld eines Heiligen auf die Probe gestellt hätte. Mit einer für Ramses so typischen Geste wollte er ihr seine Anerkennung für ihre glühende Verteidigung beweisen und bot ihr deshalb eine Lektion in Hieroglyphenschrift – dem größten in seiner Macht stehenden Kompliment – an, und sie schlenderten Hand in Hand ins Haus.

Donald setzte seine Tasse mit einer solchen Wucht auf der Untertasse ab, daß sie zerbrach. »Ich kündige, Mrs. Emerson. Ich habe bewaffneten Truppen und wilden Kerlen ins Auge gesehen, aber Ramses hat mich geschafft.«

»Ramses? Sie meinen Enid, nicht wahr? Nehmen Sie noch etwas Brot mit Butter, Donald.«

»Ich will kein verfluchtes ... Entschuldigen Sie bitte, Mrs. Emerson. Ich möchte lediglich allein sein.«

»Allein mit Ihrer Pfeife und Ihrem Opium?« fragte Emerson. »Geben Sie es auf, mein Junge. Sie werden Mrs. Emerson nicht entwischen. Sie ist entschlossen, Sie auf den Pfad der Tugend zurückzubringen, und das wird sie auch tun, ob Ihnen das gefällt oder nicht. Entschuldigt mich bitte. Ich glaube, ich gehe ins Haus und arbeite an meinen Aufzeichnungen.«

»Emerson ist so taktvoll«, sagte ich, nachdem die stattliche Gestalt meines Gatten im Haus verschwunden war. »Er weiß, daß ich vertraulich mit Ihnen sprechen möchte, Ronald – verzeihen Sie, Donald. Nein, gehen Sie nicht, denn wenn Sie das tun, wird Abdullah Sie zurückholen müssen und Sie solange in den Schwitzkasten nehmen, bis ich geendet habe. Meine Güte, dieser Eigensinn des männlichen Geschlechts! Enid hat mir alles erzählt, Donald.«

Der junge Mann sank in seinen Sessel zurück. »Alles?«

»Nun, fast alles. Sie hat mir nicht direkt zu verstehen gegeben, daß sie Sie liebt, aber es war nicht schwierig für mich, das auch so zu begreifen. Ich bin immer wieder überrascht ... «

Donald sprang auf. »Sie liebt mich?«

»... über das Unvermögen der Männer, Dinge zu erkennen, die sich direkt vor ihren Augen abspielen. Und Sie lieben sie ... «

»Sie lieben? Sie lieben!«

»Sie klingen wie ein Papagei. Setzen Sie sich wieder hin, und hören Sie auf zu schreien, sonst kommen gleich alle angelaufen, um zu sehen, was los ist.«

Langsam ließ sich Donald zurück in seinen Sessel gleiten, er wirkte wie ein Mann, dessen Gliedmaßen ihm nicht mehr gehorchen wollen. Seine Augen, so groß wie Untertassen und so blau wie feinster ägyptischer Türkis, hingen wie gebannt an meinen Lippen.

Ich fuhr fort: »Warum sollte sie Sie sonst verfolgen und davon zu überzeugen versuchen, daß Sie sich verteidigen? Warum sollte sie den widerlichen Aufmerksamkeiten eines Mannes wie Kalenischeff nachgeben, wenn sie Ihnen damit nicht helfen wollte? Warum ist sie so wütend auf Sie? Bedenken Sie meine Worte! Aus alter Freundschaft nimmt eine Frau nicht so viel auf sich. Sie liebt Sie! Aber sie verachtet Sie auch, und das aus gutem Grund. Sie tun Ihrem Bruder keinen Gefallen, indem Sie seine Strafe übernehmen, und wenn Sie dumm genug sind, aus einem abwegigen Gefühl der Ritterlichkeit heraus in Schimpf und Schande zu fallen, gibt Ihnen das immer noch nicht das Recht, diejenigen leiden zu lassen, die Sie lieben. Gestehen Sie Ihre Unschuld sowie die Schuld Ihres Bruders. Nehmen Sie die Position ein, die Ihnen rechtlich zusteht und bekennen Sie sich zu Ihrer Braut!«

»Ich kann Ihnen nicht glauben«, stammelte Donald. »Sie verachtet mich. Sie ... «

»Nun, natürlich tut sie das. Das hat nichts mit ihrer Liebe zu Ihnen zu tun. Jetzt hören Sie mir einmal zu, Donald. Sie können uns nicht verlassen. Ich bin nicht in der Lage, Emerson das folgende zu erklären, denn er ist so unsachlich, was den Meisterverbrecher anbelangt, daß die bloße Erwähnung dieses Namens Tobsuchtsanfälle bei ihm auslöst, aber ich wage zu hoffen, daß Sie mich verstehen. Enid ist in großer Gefahr, nicht hinsichtlich der Polizei, sondern was dieses geheimnisvolle, kriminelle Genie angeht. Er wollte, daß sie für den Mord an Kalenischeff verhaftet und verurteilt würde. Aus welchem anderen Grund hätte er ihr Hotelzimmer für das Mordszenario wählen sollen?«

»Möglicherweise«, schlug Donald vor, »weil Kalenischeff

ansonsten ständig auf der Hut und lediglich unvorbereitet auf diesen Angriff war, weil er sich in dem Glauben wähnte, zu einem romantischen Rendezvous eingeladen worden zu sein.«

»Meine Frage war rein rhetorisch«, sagte ich in scharfem Ton. »Sie können mir glauben, Enid ist keineswegs sicher. Wer weiß, vielleicht hat sie in jener grauenvollen Nacht irgend etwas gesehen oder gehört, was Sethos belasten könnte, wenn sie sich nur daran erinnerte. Lassen Sie sich von ihr beleidigen und beschimpfen, aber lassen Sie sie nicht im Stich, wenn sie Sie braucht. Und da wir nun schon einmal beim Thema Beleidigungen und Beschimpfungen sind, darf ich Ihnen sagen, daß Ihre devote Haltung gegenüber Enids Schmähungen ihre Meinung von Ihnen nicht unbedingt positiv beeinflußt. Es würde mich freuen, Ihnen ein oder zwei Verbesserungsvorschläge zu unterbreiten ...«

Erneut wollte Donald aufspringen, und diesmal geschah es so abrupt, daß sein Sessel umkippte. »Ich bitte Sie, Mrs. Emerson – verschonen Sie mich. Ihre Argumente haben mich überzeugt. Ich werde Miss Debenham niemals verlassen, solange sie meinen Schutz braucht. Aber ich kann nicht ... ich kann es nicht ertragen ... oh, Gott!«

Mit diesen Worten eilte er ins Haus zurück.

10

Abdullah hatte vergessen, die Hoftore zu verschließen. Ich genoß die Augenblicke angenehmer und seltener Ruhe, hörte nur die entfernten Stimmen von Ramses und Enid, die über das klassische Ägyptisch diskutierten (genauer gesagt, Ramses' Stimme, der Enid einen Vortrag über die altägyptische Sprache hielt), und erfreute mich an der Schönheit des Sonnenuntergangs. Der weite Himmel wurde von einer großartigen Farbpalette überstrahlt, die kein Maler auf Erden je erreichen könnte – schimmernde Bronzetöne und leuchtendes Feuerrot, Tiefdunkelblau, Rosa und zartes Blaugrau. Ich wußte, daß die unglaubliche Farbenpracht des Himmels mit den Sandpartikeln in der Atmosphäre zusammenhing und hoffte nur, daß uns kein Sturm bevorstand.

Einer der Wege ins Dorf führte an unseren Hoftoren vorbei, und mein Umfeld wurde ebenfalls von den Gestalten der Fellachen belebt, die von den Feldern nach Hause zurückkehrten, von Eseln, die mit Holz für die Feuerstellen beladen waren, und von schwarz gekleideten Frauen, die riesige Wassergefäße auf ihren Köpfen trugen. Der ewige Lauf der Dinge in Ägypten, dachte ich im stillen – denn in solchen Augenblicken überkommt mich ein Hang zum Poetischen.

Eine unpassende Gestalt drängte sich in das Bild der langsam vorüberziehenden Prozession, deren rasche Art der Fortbewegung störend wirkte. Es war die Gestalt eines zu Pferde sitzenden Mannes, der geradewegs durch die offenen Tore geritten kam. Als er mich sah, saß er ab und lüftete seinen Tropenhelm.

»Mrs. Emerson, ich bin Ronald Fraser. Wir haben uns bereits kennengelernt ...«

»Ich weiß«, sagte ich. »Sind Sie zufällig der Mann, der heute nachmittag ein Loch in den Tropenhelm meines Sohnes geschossen hat?«

»Nein, um Gottes willen! Ich hoffe es zumindest nicht.« Sein Lächeln verlieh ihm eine so starke Ähnlichkeit mit seinem Bruder, daß ich unwillkürlich über meine Schulter blickte. Donald war allerdings nirgends zu sehen, dafür aber Emerson. Seine breiten Schultern füllten den Türrahmen aus, und sein Gesicht war zornesrot.

»Sie hoffen es zumindest nicht«, wiederholte er ironisch. »Ich will es auch nicht hoffen, junger Mann. Denn falls Sie diesen kleinen Irrtum begangen hätten, müßten Sie *mir* Rede und Antwort stehen.«

»Es ist richtig, daß der Vorfall aufgeklärt und gerechtfertigt werden muß, und deshalb erweise ich mir die Ehre eines Besuches bei Ihnen und Ihrer charmanten Gattin«, sagte Ronald diplomatisch. »Darf ich ...«

»Sie dürfen«, sagte ich und deutete auf den Sessel, den Donald aufgrund seines eiligen Aufbruchs umgestoßen hatte. »Ich würde Ihnen gern eine Tasse Tee anbieten, doch ich befürchte, er ist kalt.«

Ronald rückte den Sessel zurecht und setzte sich hinein. Er hatte eine gepflegte Erscheinung, war eleganter, aber auch weitaus weniger maskulin als sein Bruder. So wie ich die beiden mittlerweile kannte, hätte ich sie niemals miteinander verwechselt. Die Gesichtszüge des jungen Mannes deuteten bereits auf seine Charakterschwäche hin; schmallippig, fliehendes Kinn, flache Stirn. Selbst seine Augen – vom gleichen Meerblau wie die seines Bruders – waren blasser und glanzloser. Sein Blick traf mich so unverhohlen, daß ich starkes Mißtrauen empfand.

In überaus charmanter Art und Weise wies er jede Absicht, mir irgendwelche Umstände machen zu wollen, einschließlich der Tasse Tee, weit von sich. »Ich bin lediglich gekommen«, fuhr er fort, »um mich zu vergewissern, daß dem Jungen nichts passiert ist. Er rannte uns geradewegs vor die Flinte, Professor und Mrs. Emerson – ich versichere Ihnen, daß es so war. Ich weiß wirklich nicht, wessen Kugel ihm den Helm aus der Hand geschlagen hat. Er hatte ihn wiedergefunden und war verschwunden, noch ehe wir ihm folgen konnten. Obwohl wir einige Zeit nach ihm suchten, fanden wir weder eine Spur von ihm noch von irgendeinem Begleiter – obgleich ich das Gefühl hatte, eine weitere Person bemerkt zu haben, einen Araber, nach seiner Kleidung zu urteilen ...«

Er beendete seinen Satz mit einem fragenden Unterton, doch ich hatte nicht das Bedürfnis, ihm zu erklären, daß es sich bei der weiteren Person um seinen Bruder gehandelt hatte. Emerson ebenfalls nicht. Um genau zu sein, bewegte sich die Reaktion meines Mannes am Rande der Unhöflichkeit. Soweit ich mich erinnere, bezog sie sich auf jugendliche Schwachköpfe, die nichts Besseres mit ihrer Zeit anzufangen wußten, als wehrlose Vögel abzuknallen, und er (Emerson) hoffte inständig, daß die Hobbyjäger ein Ende fänden, indem sie sich gegenseitig durchlöcherten.

Mr. Ronalds starres Lächeln wirkte wie eingemeißelt. »Das kann ich Ihnen nicht verdenken, Professor. An Ihrer Stelle hätte ich sicherlich das gleiche gesagt.«

»Das bezweifle ich«, entgegnete Emerson überheblich. »Wenn Sie glauben, daß Ihr Sprachschatz hinsichtlich Unflätigkeiten dem meinen gleichkommt, dann irren Sie sich gewaltig.«

»Ich werde alles in meiner Macht Stehende tun, um die Sache wiedergutzumachen«, beharrte der junge Mann. »Ein Geschenk für den kleinen Kerl ... eine überschwengliche Entschuldigung ...«

Mich wunderte ohnehin, daß Ramses noch nicht aufgetaucht war. Es paßte so gar nicht zu ihm, daß er uns nicht unterbrach.

Selbst dieses einlenkende und großzügige Angebot lockte ihn nicht aus dem Haus. Unangenehmes Schweigen folgte dieser Erklärung. Selbst das Gemurmel von Ramses' Vortrag war verstummt.

»Das ist nicht erforderlich«, sagte ich schließlich. »Trotzdem danke ich Ihnen für Ihr Kommen.«

Ich hatte nicht die Absicht, ihn so bald schon wieder zu entlassen, aber es erforderte Fingerspitzengefühl, auf das Thema umzuschwenken, auf das ich ihn gern angesprochen hätte. Fragen wie »Haben Sie die Unterschrift Ihres Bruders gefälscht?« oder »Glauben Sie, daß Miss Debenham eine Mörderin ist?« erschienen mir etwas zu schroff, zumal er nicht annehmen konnte, daß ich die fraglichen Personen kannte. Der junge Mann ersparte mir jedoch die Mühe, indem er mir eine ebenso direkte Frage stellte, wie ich sie gerade verworfen hatte.

»Es gab noch einen weiteren Grund für mein Kommen«, sagte er in ernstem Ton. »Dürfte ich kurz mit Miss Debenham sprechen?«

Ich reagiere sogleich, ohne jedoch – dessen bin ich mir sicher – zu erkennen zu geben, wie sehr mich seine Frage überraschte. »Miss Debenham? Ich glaube nicht, daß ich jemanden kenne ...«

»Ich kann nicht glauben, daß es ihr gelungen ist, Sie in die Irre zu führen, Mrs. Emerson, welchen Namen sie auch immer angenommen hat. Sie sind zu scharfsinnig, als daß man Sie hinters Licht führt. Ihr gutes Herz und Ihr Mitgefühl sind überall bekannt, jeder spricht davon. Es ist unmöglich, längere Zeit in Ägypten zu verbringen und Ihre Reputation nicht zu kennen – selbstverständlich auch die Ihres geschätzten Gatten. Sie haben sie aufgenommen als hilflose Flüchtige, und dafür bin ich Ihnen zu ewigem Dank verpflichtet. Denken Sie, ich würde sie hintergehen ... ich, der ich sie mehr als alles auf der Welt schätze? Lassen Sie mich sie nur sehen, mit ihr sprechen ... mich vergewissern, daß sie unverletzt ist ... erfahren, ob ich ihr irgendeinen Gefallen tun kann ... «

Von seiner Ausdrucksweise unwillkürlich beeindruckt, lauschte ich ihm, ohne seine Vermutungen zu bestätigen oder zu dementieren. Wie lange das noch so weitergegangen wäre, kann ich nicht sagen, denn Enid selbst unterbrach seinen Redefluß. Sie mußte Emerson beiseite schieben. Er hatte mit einem Ausdruck unglaublichen Abscheus zugehört.

»Sieh mich an«, sagte sie eisig. »Ich bin unverletzt. Du weißt, welchen Gefallen du mir tun kannst. Ich glaube, das beantwortet sämtliche deiner Fragen.«

»Enid!« Er stürzte auf sie zu, und zum zweiten Mal an diesem Nachmittag stürzte der Sessel um. Ich hörte es knacken, als eines der Stuhlbeine seinen Dienst quittierte.

Enid wartete, bis er sie fast erreicht hatte. Dann hob sie mit feierlicher Würde eine Hand, was ihn mitten in seinem Versuch innehalten ließ. »Enid«, wiederholte er in leicht entschuldigendem Ton. »Wie konntest du mir das antun? Wenn du wüßtest, welche Ängste ich durchlitten habe, da ich keine Ahnung hatte, wo du sein könntest und wie es dir geht ... «

»Ständig nur *deine* Ängste«, fuhr sie ihm mit abfällig verzogenen Lippen ins Wort. »Ich weiß nicht, wie du mich hier gefunden hast, aber wir haben uns nichts mehr zu sagen. Es sei denn, du entscheidest dich, wie ein Mann zu handeln und deine Tat zu gestehen.«

»Aber ich habe dir wieder und wieder erklärt, Enid, daß ich liebend gern alles zugeben würde, wenn ich den armen Kerl damit aus seiner gegenwärtigen Zwangslage befreien könnte. Gütiger Himmel, in unserer Kindheit hat er oft genug meine Bestrafung auf sich genommen. Das mindeste, was ich für ihn tun kann ... «

»... ist, edelmütig ein Verbrechen einzugestehen, das du nicht begangen hast? Ronald, ich finde ... ich finde einfach keine Worte für dein Verhalten.« Mit einer angewiderten Geste drehte sie sich um, als wollte sie ins Haus zurückkehren.

»Warte, Enid. Laß mich nicht so einfach hier stehen. Was kann ich denn noch tun?«

Mit funkelndem Blick wirbelte sie zu ihm herum. »Geh zu Donalds Regimentsoffizier und mache reinen Tisch. Aber du mußt schon überzeugend sein, Ronald.«

»Mein süßes Schätzchen ... «

»Und nenn mich nicht Schätzchen!«

»Ich bitte um Verzeihung. Es fällt mir schwer, die Gefühle nicht in Worte fassen zu dürfen, die mein Herz erfüllen. Enid, ich werde tun, worum du mich gebeten hast – das schwöre ich. Aber zuerst muß ich meinen geliebten Bruder finden. Ich habe Tag und Nacht nach ihm gesucht, Enid, selbst an Plätzen, die ich in deiner Gegenwart gar nicht zu erwähnen wagte. Aber er ist jedesmal vor mir geflohen. Ich habe Angst, daß er irgendeine Verzweiflungstat begeht – ich eines Tages erfahren werde, daß eine Leiche aus dem Nil gefischt oder in irgendeinem verwahrlosten Loch gefunden wurde ... «

Seine Stimme versagte. Er bedeckte sein Gesicht mit beiden Händen.

Enid blieb ungerührt. Kühl und gefaßt erwiderte sie: »Mach dir deshalb keine Sorgen, Ronald. Mach dir keine Hoffnung, sollte ich vielleicht eher sagen. Löse dein Versprechen ein ... und dann kehrst du mit den Papieren zurück, die die Unschuld deines Bruders beweisen.«

»Und dann?« Er hob den Kopf. Tränen glitzerten in seinen Augen. »Und dann, Enid?«

Sämtliche Farbe war aus ihrem Gesicht gewichen, sie wirkte so bleich wie eine Statue. »Ich kann nichts versprechen«, sagte sie zögernd. »Aber ... komm dann zu mir.«

Das Blut, das aus Enids Gesicht gewichen war, schien in seine Wangen gestiegen zu sein. »Enid«, schrie er. »Das werde ich tun! Oh, meine Liebste ... «

Sie entwich ihm, ging ins Haus zurück. Ronald wäre ihr nachgelaufen, wenn Emerson sich ihm nicht in den Weg gestellt hätte.

»Nein, nein«, brummte er so gekonnt, daß es unsensible Naturen gelegentlich zu der Annahme verführt, er sei umgänglicher Laune. »Falls es Ihnen entfallen sein sollte, Mr. Fraser, ein Herr zwingt einer Dame niemals seine Aufmerksamkeiten auf, sofern diese es nicht wünscht. Insbesondere, wenn *ich* in der Lage bin, es zu verhindern.«

»Sie will das schon«, sagte Ronald. »Sie kennen sie nicht, Professor. Sie hat mich immer beschimpft und beleidigt. Das war schon während unserer Kindheit nicht anders. Das ist eben ihre Art, ihre Zuneigung zu zeigen.«

»Eine äußerst merkwürdige Art, das muß ich schon sagen«, meinte Emerson skeptisch. »Etwas Derartiges ist mir noch nie zu Ohren gekommen.«

»Ich appelliere an Mrs. Emerson«, sagte Ronald lächelnd. Er war sicherlich ein oberflächlicher junger Mann. Jede Spur von Kummer war ausgelöscht, statt dessen wurde sein anziehendes Gesicht von einem selbstzufriedenen Ausdruck erfüllt. »Stimmt es nicht, Mrs. Emerson, daß einige junge Damen die von ihnen geliebten Menschen mit Freuden quälen? Sie behandelt Donald genau so. Das müssen Sie doch bemerkt haben.«

»Wenn ich die Gelegenheit gehabt hätte, die beiden zusammen zu erleben, hätte ich das in der Tat bemerkt«, erwiderte ich kurz angebunden, um seinem fadenscheinigen Versuch, mir ein Zugeständnis zu entlocken, ein Ende zu setzen. »Ohne ungastlich sein zu wollen, Mr. Fraser, ich glaube, es ist besser, wenn Sie jetzt aufbrechen.«

Ronald sah mich mit ernstem Blick an. »Jetzt, wo ich um Enids Sicherheit weiß, bleibt mir nur noch eine Sorge. Mein Bruder, Mrs. Emerson ... mein armer, leidgeprüfter Bruder. Enid hat stets für ihn Partei ergriffen. Sie liebt ihn wie eine Schwester. Er hat falsch gehandelt, aber er ist schon gestraft genug. Ich möchte ihn finden und mit ihm nach Hause zurückkehren. Gemeinsam werden wir den Problemen ins Auge sehen, die das Leben für uns bereithält. Wenn ich ihm nur erklären ...

nur mit ihm sprechen könnte! Ich würde ihn an die glücklichen Tage unserer Kindheit erinnern, die Stunden, die wir im harmlosen Spiel zugebracht haben, das Schilfgras am Fluß, in dem wir stundenlang die kleinen Vögel beobachteten, die hin und her flogen ... «

»Also, wirklich, jetzt reicht's«, sagte Emerson halb an sich selbst gerichtet. »Erst plärrt und jammert er um das Mädchen, und jetzt quatscht er von seiner Kindheit in den rührseligsten, gefühlsduseligsten Klischees, die ich je gehört habe. Gute Nacht, Mr. Fraser. Verschwinden Sie, Mr. Fraser.«

Selbst Ronald Fraser sah keine Möglichkeit, diese Situation in eine höfliche Verabschiedung umzukehren, aber er tat sein Bestes, verbeugte sich über meiner Hand und wiederholte seinen Dank, daß ich sein armes, süßes Schätzchen in meine Obhut genommen hatte – so jedenfalls drückte er es aus. Der Satz war unglücklich gewählt, denn Emerson reagierte umgehend. Ich glaube, er wollte Mr. Fraser einfach bloß aufhelfen und ihn auf sein Pferd hieven, doch Mr. Fraser kam ihm zuvor. Nachdem er fortgaloppiert war, brüllte Emerson Abdullah an, er solle die Tore schließen und verriegeln. »Sollte jemand einzudringen versuchen, schieß ihn nieder«, schrie er.

Dann wandte er sich zu mir um. »Wann gibt es Abendessen, Peabody? Ich bin halb verhungert.«

»Das war ein anstrengender Tag«, stimmte ich zu. »Setz dich, Emerson, und trink noch eine Tasse Tee. Ich habe das Wasser im Handumdrehen gekocht.«

»Ich glaube, ich nehme lieber einen Whiskey. Willst du auch einen, Peabody?«

»Ja, danke. Wo sind die anderen alle?«

»Fraser – unser Fraser – treibt sich irgendwo hinter dem Haus rum.« Emerson hob den Sessel hoch und betrachtete ihn kritisch. »Ein Bein ist abgebrochen. Diese jungen Männer gehen ganz schön grob mit den Möbeln um, Peabody.«

»So sind sie halt, Emerson.«

»Die junge Frau ist«, fuhr Emerson fort, »sofern ich mich mit jungen Frauen auskenne, in ihrem Zimmer und weint sich aus. Das tun junge Frauen doch, wenn sie sich in einem Zustand emotionaler Verwirrung befinden. Habe ich eigentlich jemals erwähnt, Peabody, daß ich dich teilweise deshalb schätze, weil du eher dazu neigst, Leute mit deinem Sonnenschirm niederzuknüppeln, als weinend in deinem Bett zusammenzubrechen? Letzteres ist eher die Regel.«

»Ich stimme dir voll und ganz zu, Emerson. Dann ist Enid ja beschäftigt. Jetzt fehlt uns nur noch Ramses, bevor wir uns zu einem netten, ruhigen ... «

»Ich bin hier, Mama«, sagte Ramses, der gerade mit der Whiskeyflasche sowie Gläsern auf einem Tablett aus dem Haus gestiefelt kam. Emerson beeilte sich, ihm behilflich zu sein, und Ramses fuhr fort: »Durch einen Spalt in der Tür habe ich alles Vorgefallene mit angehört. Ich hatte mir überlegt, daß mein Auftauchen den Gesprächsverlauf, den ich überaus interessant und provokant fand, behindern würde. Jetzt, wo ich einmal hier bin, können wir über mögliche Verwechslungsgefahren in bezug auf die neueste Enthüllung sowie ihre Auswirkung auf das vor uns liegende Kernproblem diskutieren. Ich beziehe mich dabei selbstverständlich auf ... «

»Gütiger Himmel, Ramses, gehört Lauschen neuerdings auch zu deinen schlechten Eigenschaften?« entfuhr es mir. »Heimlich an Türen zu horchen ist ungehörig.«

»Aber es ist überaus nützlich«, erwiderte Ramses und hielt seinem Vater, der den Whiskey einschenkte, ein Glas hin. Er lebte ständig in der Hoffnung, daß Emerson es geistesabwesend füllen und ebenso geistesabwesend mitansehen würde, wie sein Sohn es trank. Die Chance, daß beide Zufälle am gleichen Tag eintrafen, lag zwar bei Null, aber Ramses hatte mir einmal erklärt, daß der Versuch ja nichts kostete.

Bei dieser Gelegenheit blieb er wirkungslos. Emerson reichte mir mein Glas. »Ich frage mich«, sinnierte er, »wie Mr. Ronald

Fraser wissen konnte, daß die junge Dame bei uns ist. Er macht auf mich nicht den Eindruck einer geistigen Koryphäe.«

»Vielleicht hat er sie gestern kurz wahrgenommen«, meinte ich.

»Möglicherweise. Nun, Peabody, was meinst du? Wer ist der Schuldige, Donald oder Ronald?«

»Wie kannst du dir darüber im Zweifel sein, Emerson. Enid hat uns doch gesagt ... «

»Ja, aber das ist die Version eines jungen Mädchens, in der sie sogar zugibt, daß sie nicht genau weiß, was wirklich zwischen den Brüdern vorgefallen ist. Die beiden wissen das sicherlich besser zu beurteilen als sie.«

Logisch betrachtet hatte er recht. In jeder anderen Hinsicht war er im Unrecht. Ich konnte keine rationalen Argumente dagegensetzen, nur ein umfassendes Wissen um die menschliche Natur, was in Fällen wie diesem weitaus verläßlicher ist als reine Logik. Aber ich konnte mir Emersons Reaktion bereits ausmalen, falls ich etwas Derartiges erwähnte.

»So interessant und ergreifend die persönlichen Angelegenheiten der jungen Leute auch sein mögen, Emerson, noch wichtiger ist unsere Suche nach dem Meisterverbrecher. Die Enthüllungen von Vater Todorus enthalten letztlich möglicherweise doch einen Hinweis. Oder vielleicht weiß einer der Dorfbewohner mehr, als er oder sie zuzugeben bereit ist.«

Ramses wollte umgehend eingeweiht werden, worüber wir sprachen. Um den Jungen zu erheitern, erzählte Emerson ihm von Vater Todorus' Versuchungen – ließ allerdings, das brauche ich wohl kaum zu erwähnen, jeglichen Hinweis auf andere Versuchungen als die in flüssiger Form aus.

»Hmhm«, sagte Ramses mit geschürzten Lippen. »Der Vorfall wirft ein überaus facettenreiches Licht auf die Persönlichkeit des von uns gesuchten Gentleman, aber trotzdem sehe ich dahinter keine brauchbare Information. Wenn ich dem Geistlichen vielleicht ein paar Fragen stellte ... «

»... würdest du auch nicht mehr in Erfahrung bringen als wir«, sagte ich kurz angebunden. »Um ehrlich zu sein, würde Vater Todorus vermutlich kaum Wert darauf legen, sich einem Heranwachsenden anzuvertrauen. Dein Vater hat recht. Dieses kriminelle Genie ... «

Emersons Gesicht zuckte. »Mußt du ihn ständig so nennen? Das klingt so schmeichelhaft.«

»Ich sehe darin nichts Schmeichelhaftes, Emerson. Wenn es dich allerdings stört, werde ich mich darauf beschränken, ihn Sethos zu nennen. Ein wirklich merkwürdiger Name. Ich frage mich, was ihn zu dieser Wahl verleitet hat.«

»Ich«, sagte Emerson, »könnte mir keinen sinnloseren Gedanken vorstellen.«

»Aber Mamas Ansatz ist doch einer Überlegung wert«, legte Ramses los. »Wir wissen, daß dieser Gentleman einen merkwürdigen Sinn für Humor hat sowie Spaß dabei empfindet, seine Gegner herauszufordern. Was wäre, wenn dieser Deckname gleichermaßen Scherz wie Herausforderung darstellt?«

»Das glaube ich kaum, Ramses«, sagte ich. »Es ist eher wahrscheinlich, daß der Name die poetischen und phantasievollen Vorstellungen des Mannes zum Ausdruck bringt. Die Mumie Sethos' des Ersten ist bemerkenswert attraktiv (soweit das bei Mumien noch der Fall sein kann), und der Satz, der Set als Löwen im Tal der ... «

»Pah«, sagte Emerson. »Was für ein Unsinn, Peabody.«

»Ich bin geneigt, Papas Werturteil zuzustimmen, wenn auch nicht in der gegebenen sprachlichen Ausdrucksform, denn es würde mir an kindlichem Respekt fehlen, wenn ich mir eine solche Begrifflichkeit gegenüber den Wahrnehmungsprozessen eines meiner Elternteile anmaßte, insbesondere ... «

»Ramses«, sagte ich.

»Ja, Mama. Ich wollte gerade die Bemerkung machen, daß der goldene Ring mit der königlichen Kartusche von Bedeutung sein kann. Woher hat Sethos ein solch seltenes Stück? War es ein Beutestück seines ersten Grabraubs, und lieferte es ihm die Eingebung zu dem Namen, unter dem er zukünftig bekannt sein wollte?«

Emerson nickte nachdenklich. »Schon möglich, mein Junge. Aber selbst wenn du recht hast, nutzt uns die Information nichts. Mir scheint, daß meine ursprüngliche Vermutung eher den Kern der Sache trifft. Verflucht, was ist mit dem roten Haar? Wir haben es nicht nur mit einem, sondern mit zwei Rotschöpfen zu tun. Einer von ihnen muß Sethos sein.«

Die Nacht war hereingebrochen. Der abnehmende Mond warf sein bleiches Licht in den Hof. In der Stille, die Emersons Feststellung folgte, klangen die fröhlichen Stimmen der um das Feuer versammelten Männer befremdlich zu uns herüber.

»Mit Sicherheit nicht«, sagte ich. »Es ist in der Tat so, Emerson, daß du derjenige warst, der mir aufgrund ebendieser Vermutung mitteilte, daß Donald unmöglich der fragliche Mann sein könnte.«

»Jeder der beiden könnte es sein«, sagte Emerson. »Donald oder sein Bruder.«

»Papa, dagegen spricht die Farbe ihrer Augen«, meinte Ramses.

»Oh, das ist nebensächlich«, platzten Emerson und ich gleichzeitig heraus.

Ich fügte hinzu: »Wir könnten Enid fragen, ob vielleicht einer der beiden Brüder den vorigen Winter nicht in England verbracht hat.«

»Ich werde gehen und sie gleich fragen«, sagte Ramses und stand auf.

»Das solltest du nicht tun, mein Junge.«

»Aber Papa, sie hat großen Kummer. Ich wollte ohnehin zu ihr gehen.«

Emerson schüttelte den Kopf. »Dein Vorhaben ist wirklich lobenswert, mein Junge, aber glaube deinem Papa: Junge Damen mit großem Kummer läßt man am besten allein, ihnen können häufig nur diejenigen helfen, die den Kummer verursacht haben.«

»Ist das tatsächlich der Fall, Mama?« Ramses wandte sich, Bestätigung suchend, zu mir um.

»Ich bin ganz der Meinung deines Vaters, Ramses.«

»Aber ich könnte mir vorstellen«, beharrte Ramses, »daß die Bekundung liebenswürdiger Zuneigung und vielleicht ein kurzer Vortrag zur Vergänglichkeit übersteigerter Gefühle einen positiven Effekt hätten.«

Ein entsetzlicher Verdacht ging mir durch den Sinn. Es war mir nicht entgangen, wie geduldig Ramses Enids Umarmungen und ihre Fürsorglichkeit über sich ergehen ließ. Diese Freiheiten erlaubte er Fremden normalerweise nicht, es sei denn, er verfolgte tiefere Beweggründe, und ich hatte natürlich angenommen, daß er hinsichtlich Enid einen Hintergedanken hatte – kurz gesagt nämlich den, daß er hoffte, ihr Vertrauen zu gewinnen, indem er vorgab, er sei ein ganz normaler achtjähriger Junge. Nachdem ich aus seinen Worten nun den ernsten und besorgten Tonfall herausgehört hatte, keimten in mir schreckliche Zweifel auf. Ganz sicher war es dafür noch viel zu früh ... Wenn Ramses auf diesem Gebiet allerdings so frühreif war wie auf anderen ... Die Aussichten waren erschreckend. Mich erfüllte ein fürchterlicher Widerwille, die unumgänglichen Nachforschungen zu betreiben, aber schließlich begann ich forsch mit der Umsetzung meines Vorhabens.

»Warum hast du zugelassen, daß Enid dich heute in den Arm genommen hat?« fragte ich.

»Ich bin froh, daß du mich das fragst, Mama, denn das bringt mich auf ein Thema, das ich unbedingt mit euch erörtern muß. Mich erfüllte heute ein höchst ungewöhnliches Gefühl, als Miss Debenham ihren Arm um mich legte. In gewissem Maße erinnerte es mich an die Gefühle, die ich für euch empfinde, und entlehnt an meine Zuneigung zu Tante Evelyn. Allerdings war da noch eine Steigerung. Mir fehlten die Worte dafür, bis mir gewisse Verse von Mr. Keats wieder einfielen – insbesondere meine ich seine Romanze ›Sankt Agnes Vorabend‹, die folgendermaßen beginnt ... «

»Gütiger Himmel«, rief ich in gequältem Ton.

Emerson, dieses naive Geschöpf, kicherte erheitert. »Mein lieber Junge, ich versichere dir, deine Gefühle sind völlig normal. Das sind die ersten frühkindlichen Erregungen, die im Laufe der Zeit zu den schönsten Gefühlen heranwachsen und gedeihen werden, die der Menschheit bekannt sind.«

»Das hatte ich vermutet«, sagte Ramses. »Und deshalb wollte ich auch mit euch darüber sprechen. Da es sich um ganz normale, natürliche Erregungszustände handelt, sollte ich mehr darüber wissen.«

»Aber Ramses«, hub sein Vater an, dem nun verspätet dämmerte, wohin sich die Unterhaltung bewegte.

»Ich glaube, ich habe gehört, wie Mama bei mehreren Gelegenheiten erwähnte, daß die Geschlechterbeziehungen in unserer prüden Gesellschaft falsch gehandhabt werden und daß junge Leute über die Tatsachen informiert werden sollten.«

»Das hast du also gehört«, bekräftigte ich, während ich mich insgeheim fragte, was zum Teufel in mich gefahren war, so in seinem Beisein zu sprechen.

»Ich bin gespannt auf eure Informationen«, sagte Ramses, die Ellbogen auf dem Tisch, das Kinn auf beide Hände aufgestützt und die großen Augen auf mich fixiert.

»Ich kann die Rechtmäßigkeit seiner Bitte nicht ableugnen«, sagte ich. »Emerson ... «

»Was?« brüllte Emerson aufgebracht. »Also, Peabody ... «

»Sicherlich spricht über dieses Thema besser der Vater als die Mutter.«

»Ja, aber ... «

»Ich überlasse es dann also dir.« Ich erhob mich.

»Nur einen Augenblick, Papa«, sagte Ramses eifrig. »Gestatte mir, daß ich Papier und Bleistift hole. Ich würde mir gern ein paar Notizen machen.«

Während ich in Richtung Küche schlenderte, hörte ich Emersons Stimme. Aber sie war zu leise, als daß ich seine Worte hätte verstehen können. Ich meinte allerdings, irgend etwas von Amöben gehört zu haben.

Die Küche war eigentlich nur eine Feuerstelle, die von einem Ring aus Steinen umsäumt wurde, auf denen Töpfe, Pfannen und Krüge scheinbar willkürlich herumstanden. Aber Hamid wußte genau, wo alles war. Er war einer von Abdullahs Cousins, und ich muß sagen, daß sein äußeres Erscheinungsbild nicht unbedingt vertrauenerweckend auf einen zukünftigen Arbeitgeber wirkte, denn er war spindeldürr und hatte einen traurig herabhängenden Schnurrbart. In diesem Fall hätte sich der zukünftige Arbeitgeber allerdings gewaltig geirrt, denn Hamids Kochkünste waren erstklassig. Er sah von dem Topf auf, in dem er gerade rührte, und meinte, das Abendessen sei fertig. Ich überredete ihn, es eine Weile warmzustellen. Denn wenn Emerson mit Einzellern anfing, dauerte es möglicherweise noch einige Zeit, bis er sich zu den Menschen vorgearbeitet hatte. Erfreut über meinen Besuch gesellten sich die Männer zu mir, und wir fingen munter an zu plaudern.

Nach einiger Zeit neigte sich Hamids Schnurrbart allerdings noch auffälliger als sonst, und unser Koch wurde unwirsch und einsilbig. Ich rechnete schon damit, daß er, wie alle großen Küchenchefs, egal, ob sie nun Turbane oder riesige, weiße Kochmützen tragen, irgend etwas mit dem Essen anstellte, wenn wir nicht pünktlich aßen. Deshalb erklärte ich ihm, er könne servieren, und machte mich auf die Suche nach den Tischgästen.

Emerson war verschwunden. Ramses schrieb eifrig bei Kerzenschein.

»Ist der Unterricht beendet?« fragte ich.

Ramses nickte. »Für den Augenblick, ja. Ich hatte zwar noch Fragen, aber Papa erklärte mir, daß er zu dem Thema nichts mehr zu sagen wüßte.«

»Meinst du, daß er seine Sache anständig gemacht hat?«

»Ich gebe zu«, sagte Ramses, »daß ich nicht in der Lage bin, mir gewisse Vorgänge vorzustellen. Sie klingen – wenn nicht überhaupt physikalisch unmöglich – sehr langweilig. Ich habe Papa gebeten, mir ein oder zwei Skizzen zu zeichnen, aber er sagte nein, das könnte er nicht. Vielleicht könntest du ... «

»Nein«, sagte ich.

»Papa erwähnte, daß das Thema in der Unterhaltung vermieden werden sollte und daß unsere spezifische kulturelle Prägung es als Tabu ansieht. Ich finde das ziemlich seltsam, da es, wie ich mit Bestimmtheit weiß, andere Kulturkreise gibt, die diese Auffassung nicht teilen. Bestimmte kulturelle Werte ... «

»Ramses«, sagte ich. »Das Thema der bestimmten kulturellen Werte muß zum jetzigen Zeitpunkt als Abschweifung betrachtet werden. Kannst du deine Aufmerksamkeit nicht drängenderen Problemen zuwenden?«

»Wie beispielsweise, Mama?«

»Wie beispielsweise dem Abendessen. Hamid trägt es gerade auf und ist ernsthaft beleidigt, wenn wir das Essen kalt werden lassen. Hol bitte Mr. Fraser und Miss Debenham, und ich rufe deinen Papa.«

Ich fand Emerson auf dem Dach. Wie eine lebensechte Sphinx brütete er im Licht der Sterne schweigend vor sich hin. Ich gratulierte ihm zu seiner gelungenen Handhabung des komplexen Themas, worauf er erwiderte: »Amelia, ich bitte dich, das Thema fallenzulassen. Boshafte Naturen könnten auf jeder Bemerkung, sei sie auch noch so beiläufig, herumreiten.«

Das Abendessen war kein gesellschaftlicher Erfolg. Ramses studierte unablässig seine Notizen und fügte gelegentlich noch das eine oder andere Wort hinzu, ein Vorgang, der Emerson extrem nervös machte. Enid ignorierte Donald, indem sie die meiste Zeit mit Ramses plauderte. Die *Kâwurmeh* war vorzüglich, allerdings etwas übergart.

Ich fragte Donald, warum er sich seinem Bruder nicht zu erkennen gegeben habe. »Denn Sie haben doch sicherlich«, fügte ich hinzu, »seine Stimme gehört.«

»Ich habe ihn gehört«, antwortete Donald schroff.

»Wie konnten Sie sich dann einer so stimmungsvollen Argumentation verschließen?«

»Sie nehmen doch wohl kaum an, daß ich erst alle Hebel in Bewegung setze, um ihm aus dem Weg zu gehen, und dann meine Meinung ändere.«

Demonstrativ an Ramses gerichtet, sagte Enid: »Feigheit, weißt du, hat nicht immer nur mit physischen Überlegungen zu tun. Die Weigerung, der Wahrheit ins Auge zu sehen, ist eine Form moralischer Feigheit, die mir sogar noch schlimmer erscheint.«

Bemerkungen dieser Art waren auch nicht eben förderlich für die Stimmung der Beteiligten.

Emerson war ebenfalls keine Hilfe. Normalerweise befindet er sich nach einem erfolgreichen Ausgrabungstag in einem Zustand fröhlicher Mitteilsamkeit über seine Errungenschaften sowie seine zukünftigen Pläne. Sein Schweigen wertete ich als Groll gegen mich – was natürlich im höchsten Maße ungerecht war, denn schließlich hatte Ramses das Thema in erster Linie aufgebracht, und ich hatte lediglich reagiert, wie jede andere Mutter an meiner Stelle auch gehandelt hätte. Alle Versuche, Emersons Verstimmung zu besänftigen, indem ich ihn über die Tempelruinen ausfragte, scheiterten.

Wie nicht anders zu erwarten, war Ramses außerordentlich gesprächig, und ich muß erklärend hinzufügen, seine Unterhaltungsbeiträge waren eine seltsame Mischung aus seinen altbekannten ägyptologischen Interessengebieten und seinem neuen Steckenpferd. Er lud Enid pausenlos auf sein Zimmer ein, um ihr seine ägyptische Grammatik zu zeigen.

Gegen Ende des Essens kündigte Emerson unerwartet an, daß er vorhabe, am nächsten Tag nach Kairo zu fahren. »Morgen ist der Ruhetag unserer Männer, so daß wir ohnehin keine Zeit verlieren. Ich verlasse mich darauf, Mr. Fraser, daß Sie auf Ramses und die Damen aufpassen ...«

»Die Damen!« entfuhr es mir. »Ich hoffe, daß du *mich* nicht in diese Kategorie mit einbeziehst, Emerson. Selbstverständlich werde ich dich begleiten.«

»Ich habe mich falsch ausgedrückt, Peabody. Bitte verzeih mir. Ich hatte gehofft, du würdest ebenfalls als Wachtposten hierbleiben. Du weißt doch, daß du kompetenter bist als tausend Männer.«

Dieser unverhohlene Versuch der Schmeichelei war so untypisch für Emerson, daß ich ihn nur noch sprachlos anstarren konnte. Donald meinte: »Was das anbelangt, Professor, können Sie sicher sein, daß ich auch ohne Mrs. Emersons Hilfe meine Pflicht erfüllen werde. Selbst ein moralischer Feigling ist vermutlich in der Lage, für die Schwachen und Hilflosen sein Leben aufs Spiel zu setzen.«

Diese Bemerkung erzürnte Enid und Ramses gleichermaßen. Enid schlug vor, daß sie sich zurückziehen und einen Blick in die Grammatik werfen sollten, und dann brachen die beiden auf. Bastet folgte ihnen, nicht ohne zuvor jedoch ihrem jungen Herrn ihre Loyalität zu beweisen, indem sie Donald ins Bein biß.

Wir einigten uns darauf, die Nacht im Haus zu verbringen, um am nächsten Morgen gleich den ersten Zug nehmen zu können. Emerson wandte sich wieder seinen beruflichen Aufzeichnungen zu, während ich die gefundenen Artefakte beschriftete und sortierte. Doch jedesmal, wenn ich von meiner Arbeit aufblickte, sah ich, wie er untätig auf das Papier vor sich starrte, als wäre er in Gedanken weit weg von seiner Arbeit. Ich ging früh zu

Bett. Emerson kam nicht mit mir, und er weckte mich auch nicht auf, als er sich später zu mir legte – was normalerweise seine Art war.

Der Himmel war immer noch dunkel, als ich von einem leisen Geräusch unten im Haus geweckt wurde, doch der schwache Streifen am Osthimmel deutete darauf hin, daß der Morgen bereits dämmerte. Vorsichtig kletterte ich zum Dachfirst und schaute nach unten. Was ich gehört hatte, war das Geräusch der leise geöffneten und wieder verschlossenen Eingangstür. Ich erwartete schon, eine winzige Gestalt zu erblicken, die sich aus unerfindlichen Gründen ins Freie schleichen wollte, aber der Schatten, der sich verstohlen auf das Tor zubewegte, war der eines Mannes. Ich hatte keinerlei Schwierigkeiten, ihn als Donald zu identifizieren.

Ich weckte Emerson nicht auf. Wenn er unerwartet in seinem tiefen Schlaf gestört wird, ist er immer sehr laut und schreit die Leute an. Es dauerte nur Sekunden, bis ich in meine Kleidung geschlüpft war, die ich mir für unseren Ausflug nach Kairo bereits zurechtgelegt hatte, und mir meinen zuverlässigen Sonnenschirm gegriffen hatte. Meinen Werkzeuggürtel ließ ich allerdings zurück, da ich befürchtete, daß das Rasseln Emerson aufwecken und die heimliche Verfolgung unmöglich machen würde. Wie dem auch sei, als ich die Hauswand hinunterkletterte, verfing sich mein Fuß in dem Sonnenschirm, und ich stürzte ziemlich heftig. Glücklicherweise dämpfte der Erdboden den lauten Aufprall. Ich nahm mir vor, den Schirm in solchen Fällen zukünftig zuerst hinunterzuwerfen, bevor ich selbst den Abstieg wagte.

Donald hatte das Tor einen Spaltbreit offengelassen. Als ich hindurchschlüpfte, hielt ich vergebens nach ihm Ausschau und befürchtete schon, er wäre mir entkommen. Während ich mich angekleidet hatte, war mir eine Bemerkung seines Bruders eingefallen, die dieser am Vortag gemacht hatte. Seine hinuntergeleierte, gefühlsduselige Rede war nicht ganz so nichtssagend gewesen, wie ich geglaubt hatte. Denn im Zuge der Schilderung ihrer Kindheitserinnerungen hatte Ronald etwas erwähnt, von dem er gehofft hatte, Donald würde es mit anhören. Er hatte offensichtlich gewußt, daß Donald bei uns war, ebenso wie ihm klar war, daß sich Enid bei uns aufhielt. Wie er an diese Information gelangt war, war zwar gewissermaßen beunruhigend, aber für etwaige Vermutungen fehlte mir augenblicklich die Zeit. Mit etwas Glück war ich bald in der Lage, ihn direkt darauf anzusprechen, denn ich war sicher, daß Donald auf dem Weg zum Kanal war, um seinen Bruder dort an dem schilfbewachsenen Ufer zu treffen, wo letzterer seine Schießübungen praktiziert hatte.

Der Himmel wurde heller, und die Strahlen der aufgehenden Sonne stahlen sich bereits hinter den Bergen hervor. Ich folgte dem Weg entlang des Damms, der das Dorf umgab, denn ich nahm an, daß Donald nicht gesehen werden wollte. Die Geräusche emsigen Treibens und der durchdringende Geruch der Feuerstellen waren bereits vernehmbar, denn die Dorfbewohner standen, wie alle vom Ackerbau lebenden Völker, bei Sonnenaufgang auf.

Ich war noch nicht sehr weit gegangen, als ich den jungen Mann vor mir sah. Einige Leute waren bereits auf dem Weg in die Felder, so daß man ihn auf den ersten Blick für einen dieser fleißigen Bauern hätte halten können. Ganz offensichtlich glaubte er, daß er das Haus unbeobachtet verlassen hatte, denn er schaute sich nicht um. Trotzdem hatte ich zu einer Vorsichtsmaßnahme gegriffen und mich hinter einem kleinen, mit Zukkerrohr beladenen Esel versteckt, der in die gleiche Richtung trottete.

Schließlich verließ Donald den Pfad und verschwand in der üppig grünen Vegetation zwischen Fluß und Kanal. Ich mußte mich aus dem Schatten des Esels herauslösen, doch Schilf und Riedgras boten mir Schutz, solange ich in gebückter Haltung vorwärtskroch. Irgendwann blieb Donald stehen. Ich krabbelte noch ein Stück weiter vorwärts und versteckte mich hinter einem hohen Grasbüschel.

Donald unternahm gar nicht den Versuch, sich zu verbergen. Im Gegenteil, er baute sich zu voller Körpergröße auf und nahm seinen Turban ab. Das strahlende Rund der Sonne stand jetzt voll am Horizont, und ihre Strahlen tauchten seine Silhouette in einen matten Goldton. Seine kräftige Gestalt, das scharfe Profil und vor allem sein rotgoldenes Haar verliehen ihm eine markante Ausstrahlung.

Ich konnte nicht anders, sondern mußte wieder an Emersons Hartnäckigkeit in bezug auf das rote Haar des Gottes Set denken. War ich die ganze Zeit über von einem gerissenen Schauspieler in die Irre geführt worden, der die Rolle eines unbedarften, fehlgeleiteten jungen Engländers spielte? Unmöglich! Und doch – was war denn, wenn Sethos nicht nur einen der Brüder, sondern beide verkörperte? Seine scheinbar unglaubliche Fähigkeit, mehr als jeder Normalsterbliche erreichen zu können, wäre damit erklärt.

Doch das Alter ego dieser Person (sofern meine neueste Theorie wirklich stimmte) tauchte nicht auf. Genau wie ich war Donald verwirrt über das Nichterscheinen seines Bruders. Er kratzte sich den Kopf und spähte von einer Seite zur anderen.

Aufgrund einer heftigen Erschütterung im Schilf wirbelte er herum. Ich war nicht der Verursacher dieser Störung. Irgend etwas war in einiger Entfernung hinter mir geschehen. Leider hatte das die unglückliche Begleiterscheinung, daß er seinen Blick in meine Richtung schweifen ließ, und das Grasbüschel war als Deckung zu dürftig. Mit zwei riesigen Schritten hatte er mein Versteck erreicht und zerrte mich heraus. Er hatte nicht damit gerechnet, mich dort vorzufinden. Erstaunen glitt über seine Gesichtszüge, und er ließ sogleich meinen Kragen los.

»Mrs. Emerson! Was zum Teufel machen Sie denn hier?«

»Das gleiche könnte ich Sie fragen«, erwiderte ich, während ich meine Bluse wieder in den Rockbund steckte. »Zumindest, wenn ich die Antwort nicht kennen würde. Ich habe die Nachricht Ihres Bruders gehört und verstanden. Mir scheint allerdings, daß er sich verspätet hat. Wann hatten Sie denn Ihr Rendezvous vereinbart?«

»Bei Sonnenaufgang«, entgegnete Donald. »Um diese Tageszeit sind wir früher immer in den Sumpf zum Schießen gegangen. Bitte kehren Sie um, Mrs. Emerson. Er möchte unter vier Augen mit mir sprechen. Er wird nicht in Erscheinung treten, solange Sie noch hier sind.«

Ich wollte schon nachgeben oder wenigstens den Anschein erwecken – da ich selbstverständlich nicht beabsichtigte zu verschwinden, solange ich nicht wußte, was die beiden Brüder sich zu sagen hatten. Noch ehe ich zustimmend nicken konnte, passierte etwas völlig Unerwartetes. Irgend etwas sauste ein paar Zentimeter über meinem Kopf mit einem schrillen Surren durch die Luft. Sekundenbruchteile später hörte ich das Explosionsgeräusch. Es folgte ein zweiter, dann ein dritter Schuß.

Mit einem unterdrückten Schrei schlug Donald seine Hand vors Gesicht und brach zusammen. Ich war so überrascht, daß ich nicht schnell genug beiseite sprang und daher von Donalds Körpergewicht mit zu Boden gerissen wurde.

Das Erdreich war weich, aber der Sturz hatte mir den Atem geraubt, und als ich versuchte, mich von dem totenschlaffen Gewicht zu befreien, konnte ich mich nicht bewegen. Ich hoffte inständig, daß meine Umschreibung nicht den Tatsachen entsprach, aber seine kraftlosen Gliedmaßen weckten die schlimmsten Vorahnungen in mir. Auch das Gefühl einer feuchten und klebrigen Flüssigkeit auf meiner Wange war nicht unbedingt beruhigend. Ich verspürte keinen Schmerz, deshalb war mir klar, daß das Blut von Donald stammen mußte.

Ich versuchte gerade, ihn umzudrehen, als ich ein Rascheln hörte. Jemand kam näher! Ich befürchtete, daß es der Mörder war, der sich vergewissern wollte, ob seine hinterhältige Tat auch Wirkung gezeigt hatte, und ich gab mir alle Mühe, mich zu befreien. Dann wurde das Gewicht plötzlich von meinem Körper gezerrt, und ich vernahm eine in höchstem Maße aufgebrachte Stimme.

»Donald! Mein Geliebter – mein Schatz – sprich mit mir! O Gott, er ist tot, man hat ihn umgebracht!«

Ich richtete mich in Sitzhaltung auf. Enid saß am Boden und merkte nicht, daß der Schlamm ihr Kleid durchnäßte. Mit der Kraft ihrer Liebe war es ihr in ihrer ganzen Verzweiflung gelungen, die leblose Gestalt des Mannes so anzuheben, daß sein Kopf an ihrer Brust ruhte. Ihre Bluse und ihre schlanken Hände waren mit dem Blut besudelt, das unaufhörlich aus seiner Stirnwunde floß.

»Legen Sie ihn sofort wieder hin, Sie Heulsuse«, sagte ich.

Sie nahm mich gar nicht wahr. Sie stöhnte und jammerte und drückte ihm unaufhörlich Küsse auf sein blutverschmiertes Haar.

Ich litt immer noch unter Atemnot, zwang mich aber dennoch, auf sie zuzukriechen. »Legen Sie seinen Kopf tiefer, Enid«, wies ich sie an. »Sie hätten ihn gar nicht anheben dürfen.«

»Er ist tot«, schrie Enid immer wieder. »Tot – und das ist allein meine Schuld. Jetzt wird er nie mehr erfahren, wie sehr ich ihn geliebt habe!«

Donald riß die Augen auf. »Sag das noch einmal, Enid!«

Freude und Erleichterung, Beschämung und Verwirrung verliehen ihrem hübschen, tränenüberströmten Gesicht den Glanz eines Sonnenaufgangs. »Ich ... ich ... « fing sie an.

»Sag nichts mehr«, rief Donald. Mit einer flinken Bewegung, die sein blutüberströmtes Gesicht Lügen strafte, löste er sich aus ihrer Umarmung und umschlang sie. Sie unternahm den halbherzigen Versuch, sich ihm zu entziehen. Sein gebieterisches Verhalten siegte jedoch über ihre Skrupel, und als ich die beiden alleinließ – was ich umgehend tat –, bezweifelte ich nicht, daß er ganz Herr der Lage war. Ich hatte auch keinerlei Zweifel, daß mein Vortrag zum Thema Durchsetzungsfähigkeit die gewünschte Wirkung erzielt hatte, und ich klopfte mir – bildlich gesprochen – selbst auf die Schulter, daß ich diese romantische Verwirrung zu einem befriedigenden Ende geführt hatte.

Ich war noch nicht sehr weit gegangen, als ich Geräusche vernahm, die auf fieberhafte Hast und Erregung schließen ließen. Erstere wurden von einer kräftigen Gestalt erzeugt, die sich durch das Schilf kämpfte; letztere waren der von mir über alles geliebten Stimme zuzuordnen, die sich zu vollster Lautstärke erhoben hatte und – wie ich bereits bei anderer Gelegenheit erwähnen durfte – damit einen bemerkenswerten Geräuschpegel erzeugte.

Als ich antwortete, tauchte Emerson neben mir auf. Er hatte sich so eilig angezogen, daß sein Hemd falsch geknöpft war und ihm aus der Hose hing. Als er mich erblickte, rannte er auf mich zu, trat dabei auf seine herunterhängenden Schnürsenkel und hob mich in seine Arme.

»Peabody! Gütiger Himmel, das ist genau, was ich befürchtet hatte ... du bist verletzt! Du bist ja blutüberströmt! Versuch jetzt nicht zu reden, Peabody. Ich trage dich nach Hause. Ein Arzt ... ein Chirurg ...«

»Ich bin nicht verletzt, Emerson. Das ist nicht mein Blut, sondern das von Donald.«

Emerson setzte mich mit einer solchen Wucht ab, daß meine Zähne schmerzhaft aufeinanderschlugen. »In dem Fall«, sagte er, »kannst du verflucht noch mal allein gehen. Wie kannst du es wagen, Peabody?«

Seine verärgerte Stimme und sein wütender Blick berührten mich nicht weniger als zuvor seine zärtliche Besorgnis, wußte ich doch, daß sie von der gleichen Zuneigung hervorgerufen wurden. Ich ergriff seinen Arm. »Wir können zum Haus zurückkehren«, sagte ich. »Donald und Enid werden nach ihrem Schäferstündchen nachkommen.«

»Donald? Oh, ja. Ich nehme an, daß er nicht ernsthaft verletzt ist, denn sonst würdest du ihn mit Sicherheit verarzten und verbinden und ihn schließlich ganz um den Verstand bringen.«

»Ich nehme an, du bist Enid gefolgt«, sagte ich. »Und sie ist mir gefolgt, und ich war Donald auf den Fersen ... Wie lächerlich wir doch gewirkt haben müssen!«

»Du nennst es vielleicht lächerlich«, brummte Emerson und drückte meine Hand. »Ich würde es anders bezeichnen, aber ich finde keine Worte, die meine Einstellung zu deiner schändlichen Mißachtung jeder grundlegenden ehelichen Verantwortung treffend umschreiben könnten. Was meinst du eigentlich, wie ich mich gefühlt habe, als ich aufwachte und bemerkte, daß du verschwunden warst, und dann nur noch den Schatten einer Frau durch das Hoftor schleichen sah? Ich dachte mir, daß du es warst. Ich konnte mir aber nicht vorstellen, warum du dich von meiner Seite wegstiehlst, es sei denn ... es sei denn ... «

Er wurde von seinen Gefühlen übermannt – und fing an zu fluchen.

»Dir muß doch eingeleuchtet haben, daß mich nur die dringende Notwendigkeit zu einem solchen Schritt veranlaßte, Emerson. Ich hätte dir sonst eine Nachricht hinterlassen, aber dafür blieb keine Zeit.«

»Die Zeit, mich zu wecken, hättest du doch wohl gehabt.«

»Nein, denn dann wären Erklärungen notwendig geworden, und das hätte mich noch länger aufgehalten.«

Ich beeilte mich, ihm die Erklärungen im nachhinein mitzuteilen. Während er mir zuhörte, hellte sich Emersons Gesicht etwas auf, dennoch schüttelte er den Kopf. »Es war äußerst töricht von dir, Peabody. Du wußtest genau, daß du mitten in eine Zusammenkunft unverbesserlicher Halunken hineinliefst. Nicht einmal deinen Werkzeuggürtel hattest du umgeschnallt.«

»Ich hatte doch meinen Sonnenschirm, Emerson.«

»Obgleich ein Sonnenschirm – wie ich gelegentlich die Ehre hatte festzustellen – eine nicht zu verachtende Waffe darstellt, ist er keine besonders überzeugende Verteidigungsmaßnahme gegen eine Pistole, Peabody. Was ich gehört habe, waren nämlich Pistolenschüsse.«

»Da hast du richtig gehört, Emerson. Wie du weißt, unterscheidet sich das Geräusch erheblich von dem einer Flinte oder eines Gewehrs. Und Donald kann dem Himmel danken, daß es eine Handfeuerwaffe war, denn auf diese kurze Entfernung hätte eine Flinte ihr Ziel nur dann verfehlt, wenn es sich um einen ganz miserablen Schützen gehandelt hätte.«

Emerson blieb stehen und blickte sich um. »Da kommen sie – eng umschlungen, ich sag's dir. Ich nehme an, man ist zu einer beiderseitigen Übereinkunft gelangt.«

»Es war ganz rührend, Emerson. Enid glaubte, er wäre tot oder tödlich verwundet und gestand ihm deshalb ihre Liebe, die sie so tapfer verborgen hatte – allerdings, das brauche ich kaum zu erwähnen, nicht vor mir. Es erleichtert ungemein, daß jetzt alles geregelt ist.«

»Ich würde sagen, nichts ist geregelt«, bemerkte Emerson. »Solange du nicht die junge Dame von ihrem Mordverdacht freisprechen kannst und den jungen Mann von Unterschlagung, Fälschung und Betrug oder was immer es gewesen sein mag, scheint ihre Hoffnung auf einen langen und glücklichen gemeinsamen Lebensweg nicht sehr aussichtsreich.«

»Aber genau deshalb wollen wir doch heute nach Kairo. Beeil dich, Emerson. Sonst verpassen wir noch den Zug.«

Dank meines Organisationstalents verpaßten wir den Zug nicht, und erst als wir uns im Abteil niedergelassen hatten, bekamen wir die Gelegenheit, uns über die interessanten Vorfälle bei Tagesanbruch zu unterhalten. Zu meiner Überraschung teilte Emerson meine These, was die Identität des unbekannten Schützen anbelangte, nicht.

»Aber es gibt keine andere Erklärung«, beharrte ich. »Der

Meisterverbrecher sucht immer noch einen Sündenbock für den Mord an Kalenischeff. Außerdem hat Donald in mehreren Fällen seine Anschläge auf uns vereitelt. Selbstverständlich verbittet sich Sethos eine solche Einmischung. Oder – ich habe noch eine reizvolle Idee, Emerson – vielleicht war es gar nicht Donald, sondern meine Wenigkeit, auf die die Kugel gerichtet war.«

»Wenn das deine Vorstellung von einer reizvollen Idee ist, dann darf ich gar nicht darüber nachdenken, was du als entsetzlich bezeichnen würdest«, knurrte Emerson. »Du warst jedenfalls nicht die Zielscheibe des Attentäters, Amelia. Um ehrlich zu sein, ist die ganze Sache rätselhaft. Es ergibt alles keinen Sinn.«

»Aha«, entfuhr es mir. »Du hast eine Theorie, Emerson.«

»Selbstverständlich, Peabody.«

»Hervorragend. Jetzt haben wir wieder einen unserer fröhlichen kleinen Wettkämpfe vor uns, bei dem wir sehen werden, wer am besten raten – Schlüsse ziehen, wollte ich sagen – kann, wie die Lösung dieses äußerst verblüffenden Rätsels aussieht. Denn ich bin sicher«, fuhr ich mit einem bezaubernden Lächeln fort, »daß unsere Meinungen nicht übereinstimmen.«

»Das haben sie bislang noch nie getan, Peabody.«

»Würde es dir denn etwas ausmachen, mir den jetzigen Stand der Dinge aus deiner Sicht darzulegen?«

Emerson schwieg und brütete vor sich hin. Sein markantes Profil erinnerte mich an die bekannten Heldengestalten des Schriftstellers Lord Byron. Das dunkle Haar, das ihm in die gerunzelte Denkerstirn fiel, und der entschlossene Zug um seinen Mund wirkten äußerst anziehend. Zumindest auf mich, und hätte da nicht die verbissene alte Dame in unserem Abteil gesessen, hätte ich meinen Gefühlen keinen Zwang angetan. So allerdings begnügte ich mich damit, ihn nur anzuschauen.

Emerson brütete immer noch still vor sich hin, bis ich schließlich beschloß, das nervtötende Schweigen zu beenden. »Ich verstehe nicht, warum du die Ereignisse des heutigen Morgens so rätselhaft findest, Emerson. Selbst dem Dümmsten dürfte doch klar sein, daß der ... daß Sethos statt einer Flinte eine Pistole verwendete, weil er hoffte, Donalds Tod den Anschein eines Selbstmords geben zu können. Donald wäre mit der Waffe in der einen Hand und einem Selbstmordgeständnis in der anderen aufgefunden worden – denn ich habe keinen Zweifel daran, daß dieses kriminelle Genie seine Handschrift fälschen könnte.«

»Oh, ja«, sagte Emerson voller Bitterkeit. »Du wärest nicht einmal überrascht, wenn er wie eine Fledermaus Flügel ausbreitete, in Richtung Kairo schwebte und während seines Fluges stimmungsvolle Lyrik deklamierte.«

»Stimmungsvolle Lyrik?« wiederholte ich völlig verblüfft.

»Lediglich eine Ausgeburt meiner Phantasie, Amelia. Deine Theorie eines vorgetäuschten Selbstmords scheitert an einer simplen Tatsache. Du warst dort.«

»Dann eben Selbstmord und Mord«, sagte ich unumwunden. »Sethos ließe sich von einem so winzigen Problem nicht abschrecken, und ich bin sicher, er hätte mir nach meinem Ableben keine Träne nachgeweint.«

Erneut schüttelte Emerson den Kopf. »Du erstaunst mich, Peabody. Kann es sein, daß dir nicht auffällt ... Nun, aber wenn dir die Wahrheit nicht dämmert, dann möchte ich dich auch nicht mit meinen Ideen behelligen.«

Und damit war das Thema für ihn abgehakt, egal, wie sehr ich ihn auch bedrängte.

11

Emerson wurde etwas mitteilsamer, als ich ihn darauf ansprach, was er in Kairo erledigen wollte. »Ist ja alles schön und gut«, fügte ich hinzu, »wenn wir in Vermutungen schwelgen, wie wir auf Sethos' Fährte gelangen können. Doch solange wir keine Ahnung haben, wo wir anfangen sollen, ist es schwierig, seine Spur überhaupt zu finden, geschweige denn, diese zu verfolgen.«

Mein Tonfall entbehrte nicht einer gewissen Bitterkeit, denn Emersons ablehnende Haltung, mich ins Vertrauen zu ziehen, hatte mich tief verletzt. Er schien meine Verärgerung nicht zu bemerken, denn er erwiderte freundlich: »Ich bin froh, daß du dieses Problem aufgeworfen hast, Peabody. Mir schweben da zwei Ansätze vor. Zum einen müssen wir uns der offiziellen Quellen bedienen, was diese über den Schurken in Erfahrung gebracht haben. Unsere Forderung nach Informationen ist berechtigt, da wir allen Grund zu der Vermutung haben, daß er uns bedroht.

Allerdings verspreche ich mir mehr von meinem zweiten Ansatz – soll heißen, meinen Verbindungen zur kriminellen Unterwelt von Kairo. Es würde mich nicht überraschen, wenn selbst Sethos' führenden Hintermännern seine wahre Identität unbekannt wäre. Wenn wir jedoch jedes Bruchstück, jeden auch noch so winzigen Hinweis zusammentragen, finden wir vielleicht einen Anhaltspunkt.«

»Gut, Emerson. Genau diesen Ansatz wollte ich gerade vorschlagen.«

»Hast du noch weitere Vorschläge, Peabody?«

»Es fiele mir überaus schwer, deine Ideen zu optimieren, Emerson. Allerdings kam mir der Gedanke, das Pferd von hinten aufzuzäumen, um es einmal so auszudrücken.«

»Ich kann dir nicht folgen, Peabody.«

»Ich wollte damit sagen, daß wir, statt weitere Informationen zusammenzutragen, die wenigen Fakten verfolgen sollten, die uns bereits bekannt sind. Ich bin davon überzeugt, daß es Sethos selbst war, der die Abendmahlskelche in unser Zimmer eingeschleust hat. Und wir wissen, daß er oder einer seiner Auftragsmörder sich in der Nacht von Kalenischeffs Tod im Hotel aufgehalten hat. Ich schlage vor, wir fragen das Personal, das während dieser Zeit Dienst hatte, und falls erforderlich, müssen wir diese Leute bestechen oder ihnen sogar drohen.«

»Dir ist doch sicherlich klar, daß die Polizei sie bereits verhört hat?«

»Oh, ja, aber sie haben gegenüber der Polizei nichts gesagt. Leute aus diesen Schichten lehnen es überall auf der Welt ab, mit der Polizei zu kooperieren.«

»Richtig. Noch etwas?«

»Ja, eine weitere Sache. Ist dir schon einmal der Gedanke gekommen, daß Ronald Fraser, sofern es sich bei ihm nicht um Sethos persönlich handelt, vielleicht ein Mitglied seiner Bande ist?«

»So merkwürdig es klingt, diesen Gedanken hatte ich bereits«, erwiderte Emerson und rieb sich über sein Kinngrübchen. »Oder, falls nicht Ronald, dann Donald. Zum Teufel mit diesen Leuten«, fügte er hinzu, »können die keine besser unterscheidbaren Namen haben? Ich bringe sie ständig durcheinander.«

»Ich bin sicher, wir können Donald außen vor lassen, Emerson. Wir waren heute morgen zusammen, und es grenzte an ein Wunder, daß er nicht erschossen wurde.«

»Gibt es denn ein besseres Alibi?« wollte Emerson wissen.

»Wenn er Sethos ist, könnte er einen seiner Verbündeten angewiesen haben, auf ihn zu schießen und ihn dann zu verfehlen – so wie es exakt abgelaufen ist.«

»Er konnte nicht wissen, daß ich aufwachen und ihn verfolgen würde, Emerson.«

»Das ist es aber nicht, warum du ihn außen vor lassen willst, Peabody«, brummte Emerson. »Du hast eine krankhafte Schwäche für Jungverliebte.«

»Unsinn, Emerson. Donald scheidet für mich aus vollkommen logischen Gründen aus. Wir haben beide gehört, wie Ronald Fraser seinen Bruder zu einem Treffen aufgefordert hat; wie mir Donald erklärte, bezog sich der Treffpunkt auf eine ähnliche Stelle, wo sie schon als Kinder gern gespielt hatten. Wie hat Ronald von Donalds und Enids Aufenthaltsort erfahren, wenn er nicht mit dieser geheimnisumwitterten Persönlichkeit in Verbindung steht, die alles weiß und alles sieht? Und wie konnte Sethos wissen, daß Donald bei Tagesanbruch unten am Fluß sein würde, wenn Ronald es ihm nicht mitgeteilt hätte?«

»Verflucht, Peabody, du hast die bemerkenswerte Gabe, das Naheliegende zu übersehen! Das liegt daran, weil du von diesem Halunken besessen bist! Du siehst ihn überall und gestehst ihm beinahe übersinnliche Kräfte zu!«

»Also wirklich, Emerson ... «

»Die einfachste und nächstliegende Erklärung«, fuhr Emerson aufgebracht fort, »ist die, daß Ronald versucht hat, seinen Bruder umzubringen. Ein Akt rein persönlicher Skrupellosigkeit, Peabody, und kein Meisterverbrecher weit und breit! Warum Ronald Donald hassen sollte, entzieht sich meiner Kenntnis, aber es gäbe verschiedene Möglichkeiten – beispielsweise eine Erbschaft oder Rivalitäten, was die Zuneigung der jungen Dame anbelangt. Die Menschen bringen sich aus den lächerlichsten Gründen gegenseitig um.«

»In jedem Fall«, erwiderte ich genauso hitzig, »zwingt uns das, mehr über Ronald Fraser in Erfahrung zu bringen. Zumindest kann ich klarstellen, ob er sich im letzten Winter in Ägypten aufgehalten hat. Er hätte mit seinem korrekten Namen ins Land einreisen müssen und möglicherweise auch eine Zeitlang im Shepheard logiert. Mr. Baehler kann uns in diesem Punkt sicherlich weiterhelfen.«

»Deine allgemeinen Schlüsse entbehren wie üblich jeder Logik, aber Fragen kann ja nichts schaden«, knurrte Emerson. »Wir sind da, Peabody. Pack deine Siebensachen zusammen.«

Der Zug lief in den Hauptbahnhof ein. Emerson öffnete die Abteiltür und wandte sich mit einem gewinnenden Lächeln hilfsbereit der alten Dame zu, die während der gesamten Zugfahrt unsere einzige Mitreisende gewesen war. Sie saß auf der äußersten Kante ihrer Sitzbank, beobachtete uns mit weitaufgerissenen Augen, und als Emerson ihr die Hand reichte, stieß sie einen gellenden Schrei aus.

»Verschwindet!« kreischte sie. »Mörder... Attentäter... Gesindel... laßt mich in Frieden, ihr Ungeheuer!«

Meine Versuche, sie zu beruhigen, brachten sie nur noch mehr auf, so daß wir uns gezwungen sahen, sie sich selbst zu überlassen. Die arme Frau erweckte ganz den Anschein, als hätte sie den Verstand verloren.

Als erstes begaben wir uns zum Polizeipräsidium am Bab-el-Khalk-Platz. Major Ramsay besaß die Unhöflichkeit, uns zehn Minuten warten zu lassen, und ich behaupte, es hätte noch länger gedauert, wenn nicht Emerson in seiner gewohnheitsmäßigen Ungeduld den protestierenden Beamten beiseite geschoben und die Tür zum Hauptbüro aufgerissen hätte. Dem schloß sich eine heftige Auseinandersetzung an, in die ich mich nicht einmischte, da ich Emersons Kritikpunkte für absolut gerechtfertigt hielt. Während der Diskussion rückte mir Emerson einen Stuhl zurecht und setzte sich ebenfalls hin, so daß sich Ramsay schließlich in das Unvermeidliche fügen mußte.

Emerson hielt sich nicht lange mit Höflichkeitsfloskeln auf. »Ramsay, Ihnen ist sicherlich die Sache mit den Antiquitätendieben bekannt, die Mrs. Emerson und ich in der vorigen Saison aufgespürt haben.«

»Ich habe Ihre Akte vor mir liegen«, entgegnete Ramsay säuerlich und deutete auf eine Mappe. »Ich war gerade bei der Durchsicht der Unterlagen, als Sie hier hereinplatzten. Hätten Sie mir Zeit für eine eingehende Überprüfung gelassen ... «

»Also, zum Teufel, Mann, wieviel Zeit brauchen Sie eigentlich, um ein Dutzend Seiten zu lesen?« wollte Emerson wissen. »Sie sollten sich in der Angelegenheit ohnehin auskennen.«

Ich hielt es für angebracht, die Wogen mit einer einlenkenden Bemerkung zu glätten. »Darf ich vorbringen, Emerson, daß wir wertvolle Zeit einsparen, wenn wir auf Vorwürfe verzichten? Major Ramsay, wir sind hier, weil wir von Ihnen alles wissen wollen, was Sie über den Meisterverbrecher in Erfahrung gebracht haben.«

»Über wen?« entfuhr es Ramsay.

»Ihnen ist er vielleicht als ›der Meister‹ bekannt, einer der Namen, der unter seinen Gefolgsleuten geläufig ist. Er nennt sich auch Sethos.«

Ramsay starrte mich immer noch mit einem außerordentlich schwachsinnigen Gesichtsausdruck an, deshalb versuchte ich es erneut. »Der Kopf der Bande von Antiquitätendieben. Wenn Sie den Bericht wirklich gelesen haben, wissen Sie, daß er uns leider entkommen ist.«

»Oh! Oh, ja!« Mit wilder Entschlossenheit blätterte Ramsay die Seiten um. »Ja, es steht alles hier. Glückwünsche von Monsieur de Morgan von der Antikenverwaltung, von Sir Evelyn Baring ... «

»Nun, dann«, sagte ich, »hat die Polizei zweifellos alles darangesetzt, dieses kriminelle Superhirn zu finden und zu stellen. Welche Fortschritte haben Sie erzielt?«

»Mrs. Emerson.« Ramsay schloß die Aktendeckel und faltete

die Hände. »Die Verwaltung und die Polizei sind Ihnen dankbar für Ihre Bemühungen, eine Bande einheimischer Diebe zur Strecke zu bringen. Dieses ganze Gerede von Meisterverbrechern mit irgendwelchen ausländischen Decknamen ist doch absurd.«

Ich legte Emerson beruhigend meine Hand auf den Arm. »In den Basaren kennt man Sethos«, sagte ich. »Sie tuscheln vom Meister und der schrecklichen Rache, die er gegenüber Verrätern an seiner abscheulichen Sache ausübt.«

Ramsay hob eine Hand, um sein Lächeln zu verbergen. »Wir messen dem Geschwätz der Eingeborenen keine Bedeutung zu, Mrs. Emerson. Das ist ein so abergläubisches, unwissendes Pack. Also, wenn wir jedem kleinsten Gerücht nachgingen, hätten wir keine Zeit mehr für irgend etwas anderes.«

Emersons geöffneten Lippen entwichen brodelnde Laute – vergleichbar denen eines kochenden Wasserkessels. »Sagen Sie bitte nicht solche Dinge, Major«, flehte ich. »Wenn Sie in dieser Tonart fortfahren, kann ich für Ihre Sicherheit nicht garantieren. Seit wir vor knapp einer Woche in Ägypten eintrafen, sind wir mehrfach von diesem Mann angegriffen worden, und Sie verleugnen dessen Existenz. Es wurde der Versuch unternommen, unseren Sohn zu entführen, und erst heute morgen hat mich ein aus dem Hinterhalt abgefeuerter Schuß um Haaresbreite verfehlt und traf statt dessen Don ... äh ... einen unserer Assistenten.«

Ramsay war zu begriffsstutzig, um meine augenblickliche Verwirrung zu bemerken. Das Lächeln war von seinem Gesicht gewichen. »Haben Sie diese Vorfälle der Polizei mitgeteilt, Mrs. Emerson?«

»Also, nein. Wissen Sie ... «

»Warum nicht?«

Emerson sprang auf. »Weil die Polizei«, schnaubte er, »eine Bande von Schwachköpfen ist, deshalb. Komm, Amelia. Diese Hanswürste wissen weniger als wir. Ich bitte dich, komm, bevor ich seinen Schreibtisch zu Kleinholz verarbeite und mich an ihm selbst vergreife, was mir dann später leid tun könnte.«

Als wir das Gebäude verließen, kochte Emerson innerlich immer noch. »Kein Wunder, daß überhaupt nichts getan wird, um den illegalen Handel mit Kunstschätzen zu unterbinden«, knurrte er. »Wenn ein solcher Idiot mit der Sache betraut ist . . . «

»Also, Emerson, beruhige dich doch. Der Major hat mit den Kunstschätzen nichts zu tun. Du hast selbst gesagt, daß du dir keine großen Hoffnungen machtest, von ihm irgend etwas zu erfahren.«

»Das ist richtig.« Emerson wischte sich über seine schweißnasse Stirn.

»Ich wünschte, du wärest nicht so unwirsch gewesen, Emerson. Ich hätte ihn gern gefragt, wie die Ermittlungen im Fall von Kalenischeffs Tod voranschreiten.«

»Ganz recht, Peabody. Dieser verfluchte Idiot Ramsay trägt an allem die Schuld, weil er mich provoziert hat. Komm, wir kehren um und fragen ihn.«

»Emerson«, setzte ich an. »Ich glaube nicht . . . «

Aber Emerson hatte bereits eilig die Richtung geändert. Ich hatte keine andere Wahl, als ihm zu folgen. So schnell ich konnte rannte ich hinter ihm her und holte ihn schließlich vor Ramsays Büro wieder ein. »Ach, da bist du ja, Peabody«, sagte er fröhlich. »Versuch, dich ein wenig zu beeilen, hörst du? Schließlich haben wir noch eine Menge zu tun.«

Beim Anblick von Emerson trat Ramsays Assistent die Flucht an, und mein Gatte spazierte schnurstracks ins Hauptbüro. Ramsay sprang auf und preßte sich mit seinem Rücken schützend gegen die Wand.

»Setzen Sie sich, setzen Sie sich«, sagte Emerson jovial. »Es besteht kein Anlaß zur Förmlichkeit. Es dauert auch nicht lang. Ramsay, wie ist der Stand der Ermittlungen im Mordfall an diesem Halunken Kalenischeff?«

»Äh ... wie bitte?« stotterte Ramsay.

»Der Bursche ist ganz schön langsam«, erklärte Emerson an mich gewandt. »Mit solchen bedauernswerten Kreaturen muß man Geduld haben.« Er hob die Stimme und sprach so langsam und betont, wie es Menschen im Umgang mit Schwerhörigen tun. »Wie ... ist ... der ... Stand ... «

»Ich habe Sie schon zu Beginn verstanden, Professor.« Ramsay stöhnte.

»Dann reden Sie, Mann. Ich habe nicht ewig Zeit. Steht die junge Dame immer noch unter Verdacht?«

Ich nehme an, Ramsay war zu dem Schluß gelangt, daß Emerson irgendwelchen Irren zuzurechnen war und deshalb bei Laune gehalten werde mußte, damit er nicht ausrastete. »Nein«, sagte er mit einem angestrengten Lächeln. »Ich habe nie geglaubt, daß sie schuldig ist. Es steht außer Frage, daß eine wohlerzogene junge Dame ein solches Verbrechen begehen könnte.«

»Das haben Sie meiner Frau aber nicht so gesagt«, erklärte Emerson.

»Äh ... habe ich das nicht?« Ramsay richtete sein starres Lächeln auf die Gattin des Irren. »Ich bitte um Verzeihung. Vielleicht hat sie mich mißverstanden.«

»Lassen wir das, Major«, sagte ich. »Wen verdächtigen Sie denn dann?«

»Einen ganz bestimmten Bettler, der häufig vor dem Shepheard gesehen wurde. Einer der Safragis behauptet, ihn in jener Nacht im Hotel gesehen zu haben.«

»Und das Motiv?« fragte ich ruhig.

Ramsay zuckte die Schultern. »Raubmord, zweifellos. Ich habe wenig Hoffnung, den Kerl zu finden. Wie Sie wissen, sehen sie alle gleich aus.«

»Nur für Idioten und Schwachköpfe«, sagte Emerson.

»Oh, ja sicher, ganz recht, Professor. Äh ... ich wollte damit sagen, daß sie alle unter einer Decke stecken, wissen Sie. Die anderen Bettler würden uns niemals eine genaue Beschreibung abliefern. Einer von ihnen besaß sogar die Unverschämtheit zu behaupten, er sei Engländer.« Ramsay lachte auf. »Können Sie sich das vorstellen?«

Emerson und ich warfen uns vielsagende Blicke zu. Er zuckte verächtlich die Schultern. »Und was ist mit Miss Debenham?« fragte ich. »Haben Sie eine Spur von ihr gefunden?«

Ramsay schüttelte den Kopf. »Ich rechne mit dem Schlimmsten«, meinte er unheilvoll.

»Daß sie tot ist?«

»Schlimmer noch.«

»Ich kann mir nicht vorstellen, was noch schlimmer sein könnte«, bemerkte Emerson.

»Oh, Emerson, laß die Ironie«, sagte ich. »Er bezieht sich auf das klassische Schicksal, das schlimmer ist als der Tod – eine Vorstellung, die, wie ich kaum zu erwähnen brauche, nur einem Männerhirn entspringen kann. Major, sind Sie wirklich so naiv zu glauben, daß Miss Debenham einem Mädchenhändler zum Opfer gefallen ist?«

»Der Menschenhandel konnte noch nicht ausgerottet werden«, beharrte Ramsay. »Trotz unserer Bemühungen.«

»Das ist mir selbstverständlich bewußt. Aber die Unglücklichen, die dieses Schicksal erleiden – und ich gebe zu, es ist ein grauenvolles Schicksal –, sind arme Kinder beiderlei Geschlechts, und viele von ihnen werden von ihren eigenen Familien verkauft. Die Händler in diesem schmutzigen Gewerbe würden es nicht wagen, eine Engländerin aus einem so sicheren Gemäuer wie dem Shepheard zu entführen.«

»Was könnte denn dann mit ihr geschehen sein?« fragte Ramsay. »Als Frau, ohne Sprachkenntnisse und ohne das Verständnis für die typischen Sitten und Gebräuche, könnte sie sich doch nicht so lange versteckt halten ...«

»Sie unterschätzen unser Geschlecht, Sir«, erwiderte ich stirnrunzelnd. »Wenn wir uns das nächste Mal sehen, haben Sie vielleicht allen Grund, Ihre Meinung zu ändern, und dann rechne ich mit Ihrer Entschuldigung.«

Nachdem wir sein Büro verlassen hatten, hörte ich, wie der Schlüssel im Schloß gedreht wurde.

»Soviel zu diesem Thema«, sagte Emerson, als wir zum zweiten Mal die Straße betraten. »Wenig aufschlußreich, nicht wahr?«

»Ja. Nun, Emerson, was machen wir als nächstes?«

Emerson hielt eine Kutsche an und half mir beim Einsteigen. »Ich treffe dich später im Shepheard«, sagte er. »Warte auf der Terrasse auf mich, falls du dein Verhör noch vor meiner Rückkehr beendet haben solltest.«

»Und wohin willst du?«

»In die Basare, um die von mir erwähnten Kontakte zu verfolgen.«

»Ich werde mit dir fahren.«

»Das wäre nicht ratsam, Peabody. Die Verhandlungen, die ich dort zu führen beabsichtige, sind äußerst delikater Natur. Meine Informanten werden nur widerwillig überhaupt irgend etwas preisgeben. Die Anwesenheit eines Dritten, selbst wenn du es bist, würde die ganze Sache weiter erschweren.«

Seiner Argumentation konnte ich nichts entgegensetzen. Emerson besaß eine seltene, um nicht zu sagen einzigartige Gabe der Annäherung an Ägypter gleich welcher Gesellschaftsschicht, die darauf zurückzuführen war, daß er fluchen konnte wie ein Kesselflicker, über eine bemerkenswert kraftstrotzende Erscheinung verfügte, die Umgangssprache beherrschte und – es schmerzt mich, das zugeben zu müssen – die christliche Religion zutiefst verachtete. Um ehrlich zu sein, war Emerson gleichermaßen tolerant und mißtrauisch gegenüber dem Islam, dem Buddhismus, dem Judentum und allen anderen Glaubensrichtungen, doch seine ägyptischen Freunde beargwöhnten lediglich die Religion, die sie mit der Fremdherrschaft über ihr eigenes Land in Verbindung brachten. Andere Archäologen behaupteten ebenfalls, eine gute Beziehung zu ihren Arbeitern zu haben – ich muß in diesem Zusammenhang leider erwähnen, daß sich Petrie regelrecht damit brüstete –, doch ihr Verhalten war stets geprägt von der herablassenden Art der ›überlegenen Rasse‹ gegenüber einem unterentwickelten Volk. Emerson machte keine solchen Unterscheidungen. Für ihn gab es weder Engländer noch ›Einheimische‹, sondern nur den Menschen an sich.

Ich bemerke, daß ich abschweife. Dafür brauche ich mich nicht zu entschuldigen. Die komplexe und edelmütige Persönlichkeit Emersons wäre sogar einen längeren Exkurs wert.

Allerdings war ich mir sicher, daß es noch einen weiteren Grund gab, warum ich ihn nicht begleiten sollte. Während seines Junggesellendaseins, also bevor ich ihn kennenlernte und zivilisierte, hatte Emerson einen weitläufigen Bekanntenkreis in gewissen Schichten, den er mir mit peinlicher Sorgfalt vorenthielt. Da ich seine Vorbehalte sowie sein Recht auf Privatsphäre respektierte, hatte ich niemals versucht, in diesen Teil seiner Vergangenheit vorzudringen.

Da ich das Gefühl hatte, daß er mir diesbezüglich die gleichen Rechte einräumte, hielt ich es deshalb auch nicht für erforderlich, ihn darüber aufzuklären, daß ich meine eigene Fährte verfolgen wollte und er sich gewaltig irrte, falls er annahm, ich würde untätig auf der Terrasse des Shepheard warten, bis er die Güte hatte aufzutauchen. Als erstes mußte ich jedoch meine Informationen im Hotel einholen, und deshalb wandte ich nichts dagegen ein, daß der Droschkenkutscher Emersons Hinweise befolgte.

Allerdings war Mr. Baehler eine schreckliche Enttäuschung. Er lehnte es rundweg ab, daß ich die Gästelisten der vorangegangenen Wintersaison überprüfte. Auf mein Drängen hin erklärte er sich schließlich bereit, sie selbst durchzugehen, und versicherte mir dann, daß Mr. Ronald Fraser während dieser Zeit nicht zu seinen Gästen gezählt hatte. Ich war enttäuscht, aber nicht entmutigt. Ronald hatte ebensogut in einem anderen Hotel logieren können.

Daraufhin fragte ich ihn nach dem Safragi, der zur Zeit von Kalenischeffs Tod Dienst hatte. Wie ich es bei einem Mann von Baehlers Gründlichkeit erwartet hatte, kannte er die Namen und Arbeitszeiten sämtlicher Hotelbediensteten, doch meine Hoffnungen wurden erneut getrübt. Fragliche Person, zu deren Aufgabenbereich der Zimmerflügel in der zweiten Etage gehörte, war nicht mehr im Hotel beschäftigt. »Er hatte einfach Glück«, sagte Baehler lächelnd. »Ein betagter Verwandter starb und hinterließ ihm eine große Geldsumme. Damit hat er sich in sein Dorf zurückgezogen, und wie ich höre, lebt er dort wie ein Pascha.«

»Und wie heißt das Dorf?« fragte ich.

Baehler zuckte die Schultern. »Ich weiß es nicht. Es liegt weit im Süden, in der Nähe von Assuan. Aber um ehrlich zu sein, Mrs. Emerson, sollten Sie sich dadurch Hinweise auf den Mord versprechen, vergeuden Sie nur Ihre Zeit, wenn Sie nach ihm suchen. Die Polizei hat ihn bereits intensiv verhört.«

»Ich verstehe. Wie ich höre, hält die Polizei einen unbekannten Bettler für den Mörder, und Miss Debenham steht nicht mehr unter Verdacht.«

»Ich glaube ja. Wenn Sie mich bitte entschuldigen wollen, Mrs. Emerson, ich erwarte eine größere Gruppe ... «

»Nur noch eine Sache, Mr. Baehler, und ich werde Sie nicht länger belästigen. Wie lautet der Name des Safragi, der während unseres Aufenthalts in unserem Teil des Hotels Dienst hatte?«

»Ich hoffe, Sie verdächtigen ihn nicht irgendeines Vergehens«, entfuhr es Baehler. »Er ist ein verantwortungsbewußter Mann, der seit Jahren in unserem Haus beschäftigt ist.«

Nachdem ich ihn beruhigt und erfahren hatte, daß besagter Mann gerade auf seinem Posten war, dankte ich Mr. Baehler und begab mich nach oben.

Ich konnte mich noch gut an den Safragi erinnern – einen schlanken, grauhaarigen Mann mittleren Alters mit leiser Stimme. Wenn er lächelte, wurden seine ansprechenden Gesichtszüge lediglich von zwei Reihen ungepflegter, brauner Zahnstümpfe entstellt.

Das Lächeln des Burschen war jedoch keineswegs argwöhnisch, und er beantwortete bereitwillig meine Fragen. Allerdings konnte er sich im Zusammenhang mit den Lieferanten unserer Pakete an nichts Ungewöhnliches erinnern. Es waren mehrere Lieferungen aus verschiedenen Geschäften gewesen. Einige der Männer hatte er gekannt, andere wiederum nicht.

Ich dankte ihm, gab ihm ein Trinkgeld und überließ ihn erneut dem friedlichen Nickerchen, das er aufgrund meines Auftauchens unterbrochen hatte. Ich war davon überzeugt, daß er nichts wußte. Sein Verhalten war das eines nichtsahnenden Mannes. Hinzu kam, daß man ihn, wäre ihm die wahre Identität des Lieferanten bewußt gewesen, bereits in den Ruhestand versetzt hätte – genau wie den anderen Safragi, der meiner Meinung nach identisch mit dem war, der behauptet hatte, Donald im Hotel gesehen zu haben. Sethos belohnte seine loyalen Gehilfen überaus großzügig.

Da sich meine Nachforschungen teilweise als fruchtlos erwiesen hatten, hatte ich noch viel Zeit, mich um die andere Sache zu kümmern, und ich beschloß, sie sofort in Angriff zu nehmen, statt eine Mittagspause einzulegen. Emerson war sicherlich noch mehrere Stunden beschäftigt, und wenn ich mich beeilte, konnte ich noch vor ihm wieder im Hotel sein.

Ich durchquerte gerade die Hotelhalle, als mich der Empfangschef aufhielt. »Mrs. Emerson! Dieser Brief wurde für Sie abgegeben.«

»Wie ungewöhnlich«, sagte ich, als ich die Aufschrift untersuchte, die von einer mir nicht vertrauten Handschrift stammte. Es konnte sich jedoch keinesfalls um einen Irrtum handeln, denn auf dem Umschlag stand mein vollständiger Name: Amelia Peabody Emerson. »Wer hat den Brief für mich hinterlegt?«

»Madam, der Herr war mir nicht bekannt. Er ist kein Hotelgast.«

Ich dankte dem Empfangschef und machte mich eilig daran, den versiegelten Umschlag zu öffnen. Die Mitteilung war kurz, doch die wenigen Zeilen ließen mein Herz höher schlagen. »Habe wichtige Informationen. Bin zwischen ein Uhr dreißig und zwei Uhr im Café Orientale.« Die Unterschrift lautete: »T. Gregson.«

Ich hatte den berühmten Privatdetektiv schon fast vergessen – Sie, werter Leser, vermutlich auch. Er hatte mich offensichtlich beim Betreten des Hotels beobachtet. Aber warum hatte er diese Notiz hinterlassen, statt mit mir persönlich zu sprechen?

Ein Blick auf meine Uhr zeigte mir, daß ich gut in der Zeit lag. Ich konnte sogar noch das Geschäft von Aziz aufsuchen, bevor ich mich mit Gregson traf.

Nehmen Sie jetzt bitte nicht an, werter Leser, daß ich mir der Eigenartigkeit dieser Verabredung nicht bewußt war. Es bestand die Möglichkeit, daß ich geradewegs in eine Falle tappte. Mr. Gregson konnte aber nicht Sethos sein. Seine Augen waren nicht schwarz, sondern von einem weichen Braunton. Trotzdem konnte er ein Verbündeter dieses rätselhaften Schurken sein, ebenso wie eine dritte Person seinen Namen dazu verwendet haben konnte, mich in seine Fänge zu locken.

Im großen und ganzen erschien mir das allerdings unwahrscheinlich. Ich kannte das Café Orientale. Es befand sich an der Muski und damit in einer achtbaren Umgebung, die häufig von Ausländern besucht wurde. Und wenn ich mit meinem Verdacht recht hatte – wenn mir Sethos selbst auflauerte –, dann war ich auf ihn vorbereitet. Ich war vorsichtig und wachsam, trug sowohl meinen Sonnenschirm als auch meinen Werkzeuggürtel bei mir.

Allerdings hielt ich es für ratsam, eine Vorsichtsmaßnahme zu ergreifen. Ich ging ins Schreibzimmer, faßte eine kurze Mitteilung für Emerson ab, in der ich ihm erklärte, wohin ich ging, und ihm zum Abschluß versicherte, daß er sich, falls ich nicht zurückkehrte, mit dem Wissen trösten sollte, daß unsere tiefempfundene, zärtliche Liebe mein Leben bereichert hätte, und wie ich hoffte, auch das seine.

Als ich meine Nachricht überflog, fand ich sie doch etwas zu pessimistisch gehalten, so daß ich einen Nachsatz hinzufügte. »Mein geliebter Emerson, ich nehme nicht an, daß mich der M.V. aus freien Stücken umbringt, da es für ihn wesentlich charakteristischer wäre, mich als Gefangene zu halten, um in dir die schmerzende Ungewißheit zu schüren, wie es um mein Schicksal bestellt sein mag. Sollte ich meine Flucht nicht selbst bewerkstelligen können, so bin ich sicher, daß du mich schließlich finden und befreien wirst. Das hier soll kein Lebewohl sein, sondern lediglich ein *au revoir* deiner dich über alles liebenden et cetera, et cetera.«

Ich hinterlegte den Umschlag mit der Anweisung an der Rezeption, daß er Emerson nicht vor fünf Uhr am Nachmittag ausgehändigt werden sollte, sofern ich ihn nicht vorher selbst wieder dort abgeholt hätte.

Da ich das Bedürfnis verspürte, die in mir angestaute Erregung zu kompensieren, nahm ich keine Droschke, sondern ging zu Fuß in Richtung des Geschäfts. Aziz war zwar ein bemerkenswert unsympathischer Gnom, aber er war der einzige Überlebende einer Familie, die in enger Verbindung mit dem Meisterverbrecher gestanden hatte. Sein Vater und sein Bruder waren in den illegalen Kunstschätzehandel verwickelt gewesen. Beide hatten im vergangenen Jahr ein schlimmes Ende gefunden, zugegebenermaßen allerdings nicht durch Sethos. Aziz hatte den Antiquitätenfundus seines Vaters geerbt und vielleicht auch (so hoffte ich) dessen Beziehungen zu dem kriminellen Genie. Auf alle Fälle war es einen Versuch wert.

Aziz stand draußen vor seinem Geschäft und forderte die Passanten auf, einzutreten und seine Waren zu begutachten. Er erkannte mich sofort. Sein geschäftstüchtiges Lächeln wich einem bestürzten Gesichtsausdruck, und er schoß ins Innere.

Es war ein geschmackloser Laden, die Regale und Vitrinen

waren vollgestopft mit billigen Souvenirs und imitierten Kunstschätzen, von denen viele in Birmingham hergestellt worden waren. Aziz war unauffindbar. Der Angestellte hinter dem Ladentisch starrte auf den wehenden Vorhang, durch den sein Arbeitgeber vermutlich geflohen war. Kunden waren keine zu sehen. Die meisten Touristen aßen gerade zu Mittag, und das Geschäft würde in Kürze bis zum späten Nachmittag schließen.

»Sagen Sie Mr. Aziz, daß ich ihn sprechen möchte«, sagte ich laut. »Und ich werde nicht gehen, bis er wieder herauskommt. Also kann er auch direkt auftauchen.«

Ich wußte, daß sich Aziz im Hinterzimmer befand und jedes Wort hörte. Es dauerte einige Minuten, bis er seine Feigheit überwunden hatte. Doch schließlich erschien er mit einem breiten Grinsen auf dem Gesicht. Die Linien in seinem Gesicht wirkten wie Risse im Pflaster. Man hatte das Gefühl, daß die ganze Fassade abbröckeln und einstürzen würde, sobald er die Mundwinkel noch mehr verzog.

Er begrüßte mich unter Verbeugungen und Ausrufen des Entzückens. Er war so glücklich, daß ich seinem Geschäft die Ehre eines Besuches erwies. Was durfte er mir denn zeigen? Er hatte gerade eine Lieferung von Brokatstoffen aus Damaskus erhalten, die mit Goldfäden durchwirkt waren ...

Da ich keine besondere Sympathie für Mr. Aziz hegte, versuchte ich erst gar nicht, seine Gefühle zu schonen. »Ich möchte mit Ihnen über Sethos sprechen«, sagte ich.

Mr. Aziz wurde kreidebleich. »Nein, Sitt«, flüsterte er. »Nein, bitte, Sitt ... «

»Sie kennen mich, Mr. Aziz. Ich habe heute nachmittag nichts anderes vor. Ich kann warten.«

Aziz' Lippen verzogen sich zu einem heimtückischen Grinsen. Dann wandte er sich seinem erstaunten Angestellten zu und klatschte in die Hände. »Hinaus«, herrschte er ihn an.

Als der Angestellte verschwunden war, verschloß Aziz die

Tür und zog den Vorhang vor. »Was habe ich Ihnen getan, Sitt, daß Sie mir den Tod wünschen?« fragte er mit Tragik in der Stimme. »Diejenigen, die diese ... diese Person verraten, müssen sterben. Wenn ich irgend etwas über diese ... diese Person wüßte ... was ich nicht tue – ich schwöre es, Sitt, beim Grabe meines Vaters –, allein die Tatsache, daß Sie seinen Namen in meinem Geschäft erwähnt haben, könnte mein Ende bedeuten.«

»Aber wenn Sie nichts von ihm wissen, sind Sie nicht in Gefahr«, sagte ich.

Aziz' Gesichtsausdruck hellte sich etwas auf. »Das stimmt.«

»Was erzählt man sich denn in den Basaren über ihn? Sie gefährden sich doch nicht, wenn Sie das wiederholen, was ohnehin schon jeder weiß.«

Nach Aziz' Aussage wußte eigentlich niemand irgend etwas Konkretes, da Sethos' Männer nichts über ihn ausplauderten. Man kannte ihn nur von seinen Taten her, und selbst diese waren nicht eindeutig, da er über einen solchen Ruf verfügte, daß ihm jedes gelungene Verbrechen in ganz Kairo zugeschrieben wurde. Aziz glaubte, daß er in Wahrheit gar kein Mensch, sondern ein Dämon war. Man munkelte, daß nicht einmal seine eigenen Männer seine wahre Identität kannten. Er kommunizierte mit ihnen, indem er ihnen Mitteilungen an vorbestimmten Orten hinterließ. Und die wenigen, die ihm leibhaftig gegenübergestanden hatten, waren sich sehr wohl bewußt, daß seine äußere Erscheinung wandelbar war und er ihnen bei einem nächsten Mal in anderer Gestalt begegnete.

Nachdem er einmal angefangen hatte zu reden, taute Aziz auf und widmete sich ausgiebig den Legenden, die sich um diese geheimnisvolle Person rankten. Sie klangen wie das Übliche – wilde Phantasiegeschichten, die in Windeseile zu den Überlieferungen aus der Kairoer Unterwelt zählen würden.

»Sehr gut«, sagte ich mit einem Blick auf meine Uhr. »Mr.

Aziz, ich glaube, Sie haben mir alles erzählt, was Sie wissen. Einen Mann wie Sie würde Sethos mit Sicherheit nie in seine Dienste nehmen. Sie sind ein zu großer Feigling, und außerdem sind Sie viel zu geschwätzig.«

Er ließ mich hinausgehen und verschloß die Tür hinter mir. Als ich mich umwandte, sah ich sein schweißnasses Gesicht und seine angsterfüllten Augen, die mir durch einen Riß im Vorhang nachspähten.

Ich hoffte, Emerson war es besser ergangen als mir, befürchtete allerdings, daß seine Bemühungen ebenfalls nicht von Erfolg gekrönt waren. Aufgrund einer Kombination von Klugheit und Gewaltanwendung schien es Sethos hervorragend gelungen zu sein, seine Spuren zu verwischen. Wenn mich nicht meine Neugier auf die Verabredung mit Mr. Gregson beflügelt hätte, wäre ich doch ziemlich entmutigt gewesen.

Gegen ein Uhr fünfunddreißig traf ich im Café Orientale ein. Mr. Gregson war nirgends zu sehen, deshalb nahm ich an einem Tisch in Eingangsnähe Platz und ignorierte die forschenden Blicke der weiteren Anwesenden. Es waren ausschließlich Männer. Ich glaube, es gibt irgendeine unsinnige Tradition, daß Frauen keine Cafés besuchen dürfen. Entweder war Mr. Gregson diese stillschweigende Übereinkunft nicht bekannt, oder er wollte damit anerkennend zum Ausdruck bringen, daß ich solchen Dingen absolut keine Bedeutung beimaß.

Mit einem Aufstampfen meines Sonnenschirms und einer brüsken Anweisung auf arabisch machte ich den Kellner auf mich aufmerksam und bestellte Kaffee. Mr. Gregson erschien noch vor dem Kaffee. Ich hatte ganz vergessen, wie attraktiv dieser Mann war. Das Lächeln, das über sein Gesicht glitt, milderte die strengen Gesichtszüge.

»Sie sind wirklich gekommen!« entfuhr es ihm.

»Sie hatten mich doch darum gebeten, oder etwa nicht?«

»Doch, ja, aber ich wagte kaum zu hoffen ... Nein, es ist nicht wahr. Ich kenne den scharfen Verstand, der Sie inspiriert. Ich wußte, daß Sie hier hineinrauschen würden, wo unbedeutendere Frauen keinen Schritt über die Schwelle wagten.«

»Ich bin nicht hineingerauscht, Mr. Gregson, ich habe gemessenen Schrittes ein ehrbares Café betreten, das voller Menschen ist. Die einzige Gefahr, der ich mich ausgesetzt sah, war die der gesellschaftlichen Ächtung, und das hat für mich noch nie ein Problem dargestellt.«

»Ah«, sagte Gregson, »aber ich werde Sie bitten müssen, mich in ein Gebiet zu begleiten, das nicht so gefahrlos ist. Ich sage Ihnen ganz offen, Mrs. Emerson ... «

Er brach ab, als der Kellner mit meinem Tablett an den Tisch trat. Kurz angebunden bestellte er: »*Kahweh mingheir sukkar.*«

»Sie sprechen Arabisch?« fragte ich.

»Nur so viel, um Bestellungen aufgeben zu können und mich darüber zu beschweren, daß die Preise zu hoch sind.«

Der Kellner kehrte zurück. Mr. Gregson hob seine Tasse. »Auf die Abenteuerlust«, sagte er feierlich.

»Zum Wohl«, erwiderte ich und erhob ebenfalls meine Tasse. »Und nun, Mr. Gregson, Sie wollten mir gerade ganz offen sagen ... «

»Daß Sie es vermutlich ablehnen werden, mich bei dem von mir beabsichtigten Vorhaben zu begleiten. Aber ich glaube, ich konnte einen von Sethos' Gefolgsleuten überzeugen – wollen wir es einmal so nennen? –, mit uns zu reden. Ich kann nicht sagen, wieviel der Bursche weiß, aber es heißt, er stünde diesem kriminellen Genie so nahe wie kein anderer, und ich glaube, daß man eine solche Gelegenheit nicht ungenutzt verstreichen lassen sollte. Ich würde Sie nicht mit einbeziehen, wenn dieser Mann nicht auf Ihre Gegenwart beharrte. Er scheint Vertrauen in Ihre Fähigkeiten zu setzen, ihm helfen zu können ... «

»Sagen Sie jetzt nichts mehr«, entfuhr es mir, während ich aufsprang. »Wir brechen sofort auf!«

»Sie zögern wahrhaftig nicht«, sagte Gregson und musterte

mich neugierig. »Ich gebe zu, daß ich an Ihrer Stelle überaus mißtrauisch auf eine solche Bitte reagieren würde.«

»Nun, was das anbelangt, ist es ganz verständlich, daß der Bursche mich als Vertraute ausgesucht hat. Sie sind ein Fremder. Wohingegen mein Ruf als Unterhändlerin – wenn ich das einmal so sagen darf – über alle Maßen bekannt ist. Vielleicht kenne ich den Mann ja sogar persönlich! Kommen Sie, Mr. Gregson, wir dürfen keine Sekunde verlieren.«

Je tiefer wir uns ins Herz der Altstadt vorwagten, um so mehr nahmen die engen, verwinkelten Straßen mit ihren schmutzigen, abblätternden Hauswänden und den verhangenen Fenstern den Charakter eines Labyrinths an. Die Balkone, die sich mit ihren Gittereinfriedungen über dic oberen Etagen der riesigen alten Bauten erhoben, sperrten das Sonnenlicht aus, so daß wir durch dämmrigen Schatten schlenderten. Unter den Passanten befanden sich nur wenige Europäer oder Engländer, von denen einige wie im Drogenrausch mit leerem Blick vor sich hin stolperten.

Obwohl die Straßen (sofern man sie überhaupt so nennen konnte) sich unaufhörlich wanden und ständig abzweigten, gelang es mir, ein wachsames Auge darauf zu haben, was hinter uns passierte. Mr. Gregson bemerkte meine Blicke. »Sie fühlen sich nicht wohl in Ihrer Haut«, sagte er ernst. »Ich hätte Sie nicht hierherbringen sollen. Wenn Sie lieber umkehren möchten ...«

»Gehen Sie weiter«, zischte ich.

»Was ist denn los?«

»Wir werden verfolgt.«

»Wie bitte?«

»Gehen Sie weiter, habe ich gesagt. Drehen Sie sich nicht um.«

»Sicherlich irren Sie sich.«

»Nein. Hinter uns ist ein Mann, den ich bereits zweimal gesehen habe – einmal vor dem Shepheard, und ein weiteres Mal lungerte er vor dem Café herum. Ein schlanker Bursche mit weißer *gibbeh* und blauem Turban.«

»Aber, Mrs. Emerson, diese Beschreibung trifft auf die Hälfte der männlichen Einwohner Kairos zu!«

»Er war sehr darauf bedacht, die untere Hälfte seines Gesichts hinter dem Ärmel seines Gewandes verborgen zu halten. Ich bin sicher, daß er uns verfolgt – und ich habe vor, ihn zu schnappen. Folgen Sie mir!«

Abrupt drehte ich mich um und stürzte mich mit erhobenem Sonnenschirm auf den Spion.

Mein unverhoffter Angriff traf beide Männer völlig überraschend. Gregson stieß einen entsetzten Aufschrei aus, und der Verfolger blieb stehen und versuchte, schützend seine Arme über seinen Kopf zu legen. Vergeblich – ich war schneller als er! Krachend sauste mein Sonnenschirm auf seine Kopfbedeckung. Er rollte die Augen, ging in die Knie und sank dann in einer Fülle aus weißem Baumwollstoff zu Boden.

»Ich habe ihn«, rief ich und setzte mich auf den Brustkorb des umgestürzten Mannes. »Mr. Gregson – kommen Sie sofort hierher, ich habe den Spion dingfest gemacht!«

Auf wundersame Weise war die Straße schlagartig wie leergefegt. Ich wußte, daß sich neugierige Beobachter hinter den Türpfosten verbargen oder durch die verhangenen Fenster hinausspähten. Jedenfalls hatten sich die Zuschauer klugerweise vom Ort des Geschehens entfernt. Gregson kam auf mich zu, allerdings ohne die überschwenglichen Lobesworte, die ich von ihm erwartet hatte.

Dann murmelte eine getragene Stimme unterdrückt: »Sitt Hakim – oh, Sitt, ich glaube, du hast mir den Schädel gespalten.«

Diese Stimme kannte ich. Mit zitternder Hand schob ich die Stoffmassen beiseite, die das Gesicht meines Gefangenen verbargen.

Es war Selim, Abdullahs Sohn – das von allen vergötterte

Nesthäkchen dieser uns treu ergebenen Familie. Und ich hatte ihn niedergeschlagen!

»Was zum Teufel tust du denn hier, Selim?« wollte ich wissen. »Nein, sag jetzt nichts. Emerson hat dich geschickt. Du bist mit uns im selben Zug hierhergekommen, nur in einem anderen Abteil ... und du hast mir nachspioniert, seit Emerson und ich uns vor dem Verwaltungsgebäude getrennt haben!«

»Nicht nachspioniert, Sitt«, protestierte der Junge. »Dich bewacht und beschützt! Der Vater der Flüche ehrte mich mit diesem Auftrag, und ich habe versagt ... ich bin in Schande gefallen ... mein Herz ist gebrochen ... genau wie mein Kopf, Sitt. Ich werde sterben. Sage dem Vater der Flüche Lebewohl von mir, und auch meinem ehrenwerten Vater und meinen Brüdern Ali und Hassan und ... «

Ich stand auf und reichte Selim eine Hand. »Steh auf, du dummer Junge. Du bist nicht verletzt. Dein Turban hat den Schlag abgemildert, und ich glaube nicht einmal, daß deine Haut einen einzigen Kratzer abbekommen hat. Laß mich einmal nachschauen.«

Tatsächlich bestand Selims Verletzung lediglich aus einer sich entwickelnden Beule auf seinem Schädel. Ich nahm eine Dose Heilsalbe von meinem Werkzeuggürtel und strich die Creme auf die Beule. Dann umwickelte ich Selims Kopf mit einem Verband, bevor ich ihm seinen Turban wieder aufsetzte. Aufgrund des Verbands thronte er ziemlich hoch auf seinem Kopf, aber daran ließ sich nichts ändern.

Mr. Gregson hatte mich schweigend beobachtet. Sein Gesichtsausdruck war seltsam abwesend.

»Entschuldigen Sie, Mr. Gregson«, sagte ich. »Aber jetzt können wir weitermachen. Macht es Ihnen etwas aus, wenn Selim mitkommt, oder möchten Sie ihn lieber fortschicken?«

Gregson zögerte. Noch ehe er antworten konnte, stieß Selim einen angsterfüllten Schrei aus. »Nein, Sitt, nein. Schick mich nicht fort! Ohne dich kehre ich nicht zum Vater der Flüche zurück. Eher würde ich weglaufen. Oder in die Armee eintreten. Oder Gift nehmen und sterben!«

»Sei still«, sagte ich zornig. »Mr. Gregson?«

»Ich befürchte, daß diese Verzögerung dafür gesorgt hat, daß wir unsere Verabredung verpassen«, sagte Gregson. »Sie sollten Ihren weinerlichen Bewacher besser zu seinem Dienstherrn zurückschicken.«

»Bitte, Sitt, bitte.« Selim, der in der Tat hemmungslos weinte, hatte mich am Arm gepackt. »Effendi Emerson wird mich zum Teufel jagen und meine Seele verfluchen. Komm mit mir, oder ich werde mir mit meinem Messer die Zunge heraustrennen, damit ich mein Versagen nicht eingestehen muß. Ich werde mir die Augen ausstechen, um seinem entsetzlichen Blick nicht standhalten zu müssen. Ich werde ... «

»Gütiger Himmel«, entfuhr es mir. »Ich weiß mir keinen Rat mehr, Mr. Gregson. Haben Sie nicht Lust, mitzukommen und meinen Gatten kennenzulernen? Er ist sicherlich überaus interessiert an jedem Hinweis von Ihnen.«

»Heute nicht«, sagte Gregson ruhig. »Wenn ich mich sofort auf den Weg mache, treffe ich die besagte Person vielleicht noch an und kann eine weitere Verabredung aushandeln. Vielleicht überzeuge ich ihn sogar, daß uns der Professor das nächste Mal begleiten kann.«

»Hervorragend«, sagte ich. »Wie werden Sie uns das mitteilen?«

»Ich werde Ihnen einen Botenjungen schicken. Sie können mir im Shepheard Nachrichten hinterlassen, falls Sie irgendwelche Neuigkeiten erfahren. Ich schaue fast jeden Tag dort vorbei, um meine Post abzuholen.«

»Sehr gut.« Ich streckte meine Hand aus. Mr. Gregson nahm sie in seine beiden Hände. Es waren weiße, gepflegte Hände, doch die Schwielen auf seinen Handflächen und die Kraft seiner langen Finger zeugten davon, daß er sowohl ein Mann der Tat als auch ein Gentleman war.

»Wir werden uns bald wiedersehen«, sagte er.

»Das hoffe ich. Und ich hoffe auch, daß ich dann das Vergnügen haben werde, Sie meinem Gatten vorzustellen.«

»Ja, selbstverständlich. Bis dann.«

Er setzte sich in Bewegung und war schon bald darauf hinter einer Biegung verschwunden. Mit dem untröstlichen Selim im Schlepptau verlangsamte ich meine Schritte.

In der Tat erforderte es unsere ganze Konzentration, den richtigen Weg zu finden. Ich hatte mir die Biegungen und Windungen nicht gemerkt, da ich erwartet hatte, Mr. Gregson ebenfalls auf dem Rückweg als Begleiter zu haben, und Selim war zu sehr damit beschäftigt gewesen, uns nicht zu verlieren, als daß er auch noch auf den Weg geachtet hätte. Schließlich erreichten wir jedoch einen mir vertrauten Stadtteil, und von dort war es nicht mehr weit bis zur Muski. Ich hielt eine Droschke an und wies Selim an, sich neben mich zu setzen.

»Also dann, Selim«, sagte ich. »Ich möchte dich gegenüber dem Professor nicht in eine schwierige Lage bringen, aber ich weiß auch nicht, wie wir ihm das alles erklären sollen.«

Der Junge hob den Kopf. »Oh, Sitt«, sagte er schluchzend. »Ich tue alles, was du sagst.«

»Ich belüge den Professor nie, Selim.«

Selim blickte mich verwirrt an. »Allerdings«, meinte ich, »gibt es keinen Grund, warum wir nicht die Wahrheit ein wenig zurechtrücken sollten. Wir müssen uns etwas einfallen lassen, wie du an die Beule auf deinem Kopf geraten bist.«

»Ich könnte den Verband abnehmen, Sitt«, sagte Selim eifrig. »Du warst sehr freigiebig mit den Bandagen. Aber eigentlich brauche ich sie gar nicht.«

»Nein, das solltest du nicht tun. Ich schlage folgendes vor: Du wirst dem Professor alles bis zu dem Augenblick berichten, als ich dich entdeckte. Dann sagst du einfach, daß sich jemand auf dich gestürzt, dich angegriffen und mit einem schweren Gegenstand zugeschlagen hat.«

»So war es ja auch«, bekräftigte Selim.

»Genau. Das ist keine Lüge. Laß den Namen deines Angreifers aus dem Spiel. Laß den Professor in dem Glauben, es wäre ein ganz gewöhnlicher Dieb gewesen. Als ich die Auseinandersetzung bemerkte, bin ich dir zu Hilfe geeilt.«

Die sanften braunen Augen des Jungen spiegelten seine Bewunderung. »Sitt, du bist mir wie eine Mutter und ein Vater! Du bist die netteste und klügste unter den Frauen!«

»Du weißt doch, wie ich Schmeicheleien verabscheue, Selim. Dein Lob ist nicht erforderlich. Tue einfach, was ich dir gesagt habe, und alles erledigt sich von selbst. Äh – du kannst dich zurücklehnen und einen Schwächeanfall vortäuschen. Da vorn ist das Hotel, und ich sehe schon, wie Emerson über die Terrasse stürmt.«

Selim sank in sich zusammen und stöhnte so hervorragend, daß er Emerson, der mich gerade mit einer Standpauke empfangen wollte, gänzlich ablenkte. »Gütiger Himmel«, brüllte er, als er einen Blick in die Kutsche warf. »Was ist passiert? Ist er tot? Selim, mein Junge ...«

»Ich bin nicht tot, aber ich werde sterben«, stöhnte Selim. »Ehrenwerter Vater der Flüche, richte meinem Vater meine Grüße aus, meinen Brüdern Ali und Hassan und ...«

Ich stieß ihn unsanft mit meinem Sonnenschirm an. Selim setzte sich abrupt auf. »Vielleicht sterbe ich ja doch nicht. Ich glaube, ich werde wieder gesund.«

Emerson kletterte in die Kutsche und warf die Tür hinter sich zu. »Zum Bahnhof«, wies er den Kutscher an.

»Aber, Emerson«, fing ich an. »Willst du denn gar nicht wissen ...«

»Doch, in der Tat, Peabody. Du kannst mir alles auf der Fahrt erzählen. Wenn wir uns beeilen, erreichen wir noch den Nachmittagszug.«

Er riß Selims Turban herunter. Der Junge stieß einen unterdrückten Schrei aus, und Emerson meinte kühl: »Ich erkenne deine Handschrift, Peabody. Drei Tropfen Blut und dafür gleich ein meterlanger Verband, hm? Erzähl mir alles von Anfang an.«

Der Bericht war recht umfangreich, da ich mit meinem Treffen mit Mr. Gregson beginnen mußte und mich Emerson zu Beginn ständig unterbrach. »Du mußt vollkommen den Verstand verloren haben, Peabody«, schnauzte er. »Diesem Kerl in die Altstadt zu folgen, nur weil er dir eine fadenscheinige Geschichte aufgetischt hat ... Wer ist er denn überhaupt? Du kennst ihn ja noch nicht einmal!«

Ich blieb standhaft, und als wir schließlich den Bahnhof erreichten, hatte ich ihm die abgeänderte Version der Wahrheit, auf die ich mich mit Selim geeinigt hatte, erzählt. Emersons einziger Kommentar war ein Brummen. Er warf dem Kutscher einige Geldstücke zu, half Selim mit einer Vorsicht aus der Droschke, die man seiner aufgebrachten Erscheinung gar nicht zugetraut hätte und eilte mit uns in Richtung Zug. Wir gerieten in eine kleinere Auseinandersetzung, als wir Selim mit in unser Erster-Klasse-Abteil nehmen wollten. Aber Emerson brachte den Schaffner mit einem Bestechungsgeld und einigen kräftigen Flüchen zum Schweigen, woraufhin sich die anderen Passagiere leise murmelnd aus dem Staub machten.

»Ah«, sagte Emerson ausgelassen. »Sehr gut. Wir haben das Abteil ganz für uns allein. Jetzt können wir diese bemerkenswerte Geschichte in aller Ruhe besprechen.«

»Zuerst«, sagte ich in der Hoffnung, ihn abzulenken, »erzählst du mir, was du in den Souks erfahren hast.«

Er hatte – sofern ich ihm glauben konnte – mehr in Erfahrung gebracht als ich. Einer seiner Bekannten, dessen Identität Emerson allerdings nicht preisgeben wollte, behauptete, Kalenischeffs Mörder zu kennen. Der Killer war ein professioneller Auftragsmörder, der für jeden arbeitete, solange der Preis stimmte. Man munkelte, daß er gelegentlich für Sethos tätig war, jedoch nicht zu den offiziellen Mitgliedern der Bande zählte. Der Mann hatte Kairo kurz nach Kalenischeffs Tod verlassen, und niemand wußte, wo er sich aufhielt.

»Aber«, sagte Emerson mit zu Schlitzen verengten Augen, »ich bin auf seiner Fährte, Peabody. Letztlich wird er zurückkehren, denn Kairo ist die Stadt, in der er seine Geschäfte tätigt. Und wenn dem so ist, wird man mich darüber informieren.«

»Aber das kann Wochen oder sogar Monate dauern«, entfuhr es mir.

»Wenn du meinst, daß du es besser kannst, Peabody, kannst du es meinetwegen gern versuchen«, sagte Emerson. Dann schlug er sich mit der Hand vor den Mund. »Nein. Nein! Das habe ich damit nicht gesagt. Ich meinte ...«

»Keine Sorge, mein lieber Emerson. Meine Äußerung sollte keine Kritik sein. Niemand außer dir hätte so viel in Erfahrung bringen können.«

»Hmhm«, meinte Emerson. »Und was hast du herausgefunden, Peabody? Du schmeichelst mir doch nur, wenn du etwas zu verbergen hast.«

»Das ist ungerecht, Emerson. Ich habe oft ...«

»Tatsächlich? Ich kann mich nicht erinnern, daß ...«

»Ich habe die größte Hochachtung vor ...«

»Ständig hintergehst du mich und ...«

»Ich ...«

»Du ...«

Stöhnend sank Selim gegen Emersons breite Schulter. Ich nahm ein Fläschchen von meinem Gürtel, gab ihm einen Schluck Brandy, worauf Selim erklärte, daß er sich schon viel besser fühlte.

Dann reichte ich die Flasche an Emerson weiter, der abwesend einen Schluck nahm. »Also dann, Peabody«, sagte er beiläufig, »was hast du noch herausgefunden?«

Ich erzählte ihm von den Safragis und beschrieb meinen Besuch bei Mr. Aziz. Emerson schüttelte den Kopf. »Das war reine Zeitverschwendung, Peabody. Ich hätte dir sagen können, daß Aziz nicht zu den Mitgliedern der Organisation zählt. Er besitzt nicht die Intelligenz oder die – äh – innere Stärke.«

»Genau das habe ich Aziz auch gesagt, Emerson. Es hat den Anschein, als wären wir nicht sehr viel weiter gekommen.«

»Es war zumindest ein Anfang. Ich hatte nicht erwartet, unsere Nachforschungen innerhalb eines einzigen Tages zu einem erfolgreichen Abschluß zu führen.«

»Ganz recht, Emerson. Du bringst es immer genau auf den Punkt. Und«, fügte ich hoffnungsvoll hinzu, »vielleicht hat Sethos während unserer Abwesenheit irgend etwas in die Wege geleitet – wie beispielsweise einen Angriff auf unser Anwesen –, was uns weitere Anhaltspunkte vermitteln kann.«

12

Auf Emersons Bitte hin hatte der Zug in Dahschur so lange Aufenthalt, bis wir ausgestiegen waren. Wir machten uns auf den Heimweg, und Emerson stützte Selim mit einer solchen Kraft, daß die Füße des Jungen kaum den Boden berührten. Schon nach kurzer Zeit erklärte Selim völlig außer Atem, daß er wieder völlig hergestellt sei und allein weiterlaufen könne.

»Guter Junge«, sagte Emerson und versetzte ihm einen herzhaften Klaps auf die Schulter.

Selim, der sich nun abwechselnd seine Schulter und seinen Kopf rieb, blieb hinter uns. »Vielleicht hat er dir das Leben gerettet, Amelia«, sagte Emerson. »Du hast seinen Angreifer nicht gesehen?«

»Es ging alles so schnell«, sagte ich wahrheitsgemäß.

»Der Angreifer ist vielleicht ein ganz gewöhnlicher Dieb gewesen, weißt du. Wir können nicht hinter allem Gesandte von Sethos wittern.«

»Ich denke, du hast recht, Emerson.«

Noch bevor wir das Haus erreichten, wußten wir, daß etwas nicht stimmte. Die Tore standen weit offen, und im Hof ging es zu wie in einem Bienenstock. Die Männer hatten sich zu einer Gruppe versammelt, und alle sprachen auf einmal. Enid saß neben der Eingangstür in einem Sessel und hielt ihr Gesicht mit beiden Händen bedeckt. Donald schlenderte nervös auf und ab und tätschelte ihr im Vorbeigehen immer wieder die Schulter.

»Was zum Teufel«, fing Emerson an.

»Es handelt sich mit Sicherheit um Ramses«, sagte ich. »Ich rechne damit, daß er wieder einmal verschwunden ist.«

Sobald wir auftauchten, scharte sich die versammelte Menge um uns, und jeder versuchte, der jeweils erste zu sein, der uns informierte. Emerson herrschte sie an: »Ruhe!« Und erwartungsgemäß trat Schweigen ein. »Nun?« fragte Emerson mit einem Blick auf Donald.

»Es ist alles mein Fehler«, schrie Enid. »Der arme kleine Junge wollte mir eine Ägyptischstunde geben. Aber ich ...« Sie warf Donald einen vielsagenden Blick zu.

»Nein, es ist mein Fehler«, sagte Donald. »Ich bin für ihn verantwortlich, aber ich ...« Er sah Enid an.

Emerson wandte sich mir zu und fuchtelte mit seinem erhobenen Zeigefinger vor meiner Nase herum. »Da siehst du es, Amelia, was dieser ganze Unsinn mit dem Verliebtsein nach sich zieht. Die Leute, die diese Krankheit heimsucht, sind sich nicht mehr ihrer Verantwortung bewußt, haben kein Pflichtgefühl ...«

»Sei still, Emerson«, bat ich ihn. »Laß Donald ausreden.«

»Er ist verschwunden, das ist alles.« Donald zuckte hilflos die Schultern. »Vor ungefähr einer Stunde haben wir seine Abwesenheit bemerkt, aber wann er genau aufgebrochen ist, kann ich nicht sagen.«

»Ist er zu Fuß unterwegs oder auf einem Esel losgeritten?« wollte ich wissen.

»Keines von beiden«, sagte Donald grimmig. »Der kleine – äh – Bursche hat sich ein Pferd geborgt, nicht irgendein Pferd, sondern den Lieblingsgaul des Bürgermeisters, dasselbe Tier, das Sie seinerzeit ausgeliehen hatten. Ich sagte ›borgen‹, doch ich muß hinzufügen, daß der Bürgermeister nichts davon wußte. Er hat damit gedroht, daß er Ramses an die Tür seines Hauses nageln wird, wenn dem Pferd irgend etwas zustößt.«

»Er hat keine Gewalt über ein so riesiges Pferd«, entfuhr es

Enid, die ihre Hände rang. »Wie es ihm überhaupt gelungen ist, aufzusitzen und unbemerkt zu verschwinden ... «

»Ramses hat ein Gespür für Tiere«, sagte ich. »Machen Sie sich keine Sorgen. Ich nehme an, daß niemand gesehen hat, wie er weggeritten ist, und daß wir deshalb keinen blassen Schimmer haben, welche Richtung er eingeschlagen hat.«

»Das ist richtig«, sagte Donald.

Emerson schlug sich mit der Hand vor die Stirn. »Wie konnte er so etwas tun? Er hat keine Nachricht hinterlassen oder irgendeinen Brief?«

»Aber ja«, sagte Donald. »Er hat einen Brief hinterlassen.«

»Und warum sind Sie ihm dann nicht gefolgt?« schrie Emerson, während er nach dem Fetzen Papier schnappte, den ihm Donald entgegenstreckte.

»Weil der Brief«, meinte Donald, »in Hieroglyphenschrift abgefaßt ist.«

Und das war er tatsächlich. Ich stand auf Zehenspitzen und las über Emersons Schulter hinweg. Ramses' Hieroglyphen waren wesentlich gekonnter als seine englische Handschrift, die praktisch unleserlich ist. Ich bezweifelte allerdings, daß er sich aus diesem Grund für die altägyptische Schreibweise entschieden hatte.

»Mazghunah«, entfuhr es Emerson. »Er ist auf dem Weg nach Mazghunah. ›Zum Zwecke des Gesprächs mit dem schwankenden Geistlichen ...‹ Ich muß sagen, eine äußerst ungewöhnliche Art der Formulierung.«

»Du kannst dir sicher sein, daß Ramses in der Lage ist, dir diesen Sprachgebrauch genauestens darzulegen, sofern du so töricht sein solltest, ihn danach zu fragen«, sagte ich. »Nun, Emerson, sollen wir ihm folgen?«

»Wie kannst du so etwas fragen, Amelia? Selbstverständlich folgen wir ihm, und das so rasch wie möglich. Wenn ich mir vorstelle, was ihm alles zugestoßen sein könnte ... allein in der Wüste, ein kleines Kind auf einem Pferd, mit dem es nicht umgehen kann, verfolgt von unbekannten Halunken... Oh, gütiger Himmel!« Emerson rannte zu den Stallungen.

Das gespenstisch wirkende Schauspiel des Sonnenuntergangs erschien im Westen, als unsere geduldigen kleinen Esel über den uns so vertrauten Pfad in Richtung Süden trotteten. Emerson war ebensowenig wie ich in der Lage, ein Tier mit der Peitsche anzutreiben, statt dessen drängte er seinen Esel mit ungnädigen Beschwörungen vorwärts.

»So weit, so gut«, bemerkte ich in der Hoffnung, ihn zu beruhigen. »Ramses hätte denselben Weg genommen. Da wir seinen verletzten Körper nirgends entdeckt haben, ist möglicherweise anzunehmen, daß es ihm doch gelungen ist, die Kontrolle über das Pferd zu behalten.«

»Ach, verflucht!« lautete Emersons einzige Reaktion.

Wir näherten uns dem Dorf von Norden her und passierten dabei die Ruinen der amerikanischen Mission, die im letzten Jahr Schauplatz einiger unserer atemberaubendsten Abenteuer gewesen waren. Sie lag still und verlassen. Der provisorisch errichtete Kirchturm war eingestürzt und die umliegenden Häuser unbewohnt. Ich zweifelte nicht daran, daß die Dorfbewohner diesen Ort für unheimlich und verflucht hielten.

Als wir uns dem Brunnen näherten, fiel unser Blick auf eine Menschenansammlung. In stummer Faszination hatten sie ihre Blicke auf das Haus des Geistlichen gerichtet und ihre Köpfe lauschend gesenkt. Schwach und weit entfernt, aber dennoch gut hörbar, hob und senkte sich eine Stimme – der Ruf des Muezzin zum Gebet. Merkwürdige Geräusche für eine christliche Gemeinde, in der weit und breit keine Moschee zu sehen war! Am seltsamsten aber war die Tatsache, daß die Stimme aus dem Haus des Geistlichen erscholl.

Es trat eine kurze, erwartungsvolle Stille ein. Dann wurde der *Adan* wiederholt, diesmal lauter und in einer anderen Tonlage. Das erste Mal hatte es nach einem Tenor geklungen, jetzt war es ein tiefer Bariton. Nach wenigen Worten brach die Stimme ab, wurde aber sofort von einer dritten ersetzt, die durch ein deutliches Lispeln gekennzeichnet war. Es klang, als hätte der Geistliche von Dronkeh alle einheimischen Muezzins zu sich eingeladen.

Aufgrund Emersons ungestümer Hast teilte sich die Menge wie das Rote Meer. Er klopfte gar nicht erst an, sondern riß direkt die Tür auf.

Die letzten Strahlen der untergehenden Sonne bohrten sich wie ein Flammenschwert ins Innere des dämmrigen Raumes. Walter »Ramses« Peabody Emerson saß im Schneidersitz auf dem Diwan und hatte seinen Kopf in den Nacken gelegt, so daß sein Adamsapfel hin und her hüpfte, während seine Lippen die klagenden Rufe zum Gebet formten.

Der Geistliche, der im Dämmerlicht gesessen hatte, sprang auf. Ramses – es handelte sich in der Tat um Ramses – beendete alle vier Teile des Rituals (»Gott ist groß, etcetera«), bevor er bemerkte: »Guten Abend, Mama. Guten Abend, Papa. Hattet ihr einen ereignisreichen Tag in Kairo?«

Emerson nahm Vater Todorus' Angebot, einen Becher Cognac mit ihm zu trinken, dankend an. Ich lehnte ab. Ich brauchte alle meine fünf Sinne, um mit Ramses fertig zu werden.

»Darf ich fragen«, bohrte ich, während ich mich neben ihn setzte, »was du da tust?«

Ich verabscheute es, ihn danach zu fragen, denn ich war mir sicher, daß er mir alles in epischer Breite erzählen würde; doch die ungewöhnliche Vorstellung hatte mich so irritiert, daß ich nicht ganz Herr der Lage war. Es war augenscheinlich, daß nicht nur der letzte, sondern *alle* Rufe des Muezzins aus der jugendlichen Kehle meines Sohnes gedrungen waren. Emerson nippte weiter an seinem Cognac, während er mit weit aufgerissenen Augen Ramses' Adamsapfel fixierte.

Ramses räusperte sich. »Als du und Papa die unerfreuliche Situation von Vater Todorus hier diskutiert habt, stimmte ich eurer Schlußfolgerung, daß er irgendwo in der Umgebung von Kairo festgehalten worden ist, voll und ganz zu. Von eurer weiteren Überlegung, daß es unmöglich sei, diesen Aufenthaltsort näher zu bestimmen, mußte ich mich notgedrungen distanzieren. Denn meiner Meinung nach ... «

»Ramses.«

»Ja, Mama?«

»Ich wäre dir sehr dankbar, wenn du den Gebrauch dieser Formulierung etwas einschränken könntest.«

»Welcher Formulierung, Mama?«

»›Meiner Meinung nach ... ‹«

Der Cognac hatte Emersons Sprachgewalt wiederhergestellt. Mit rauher Stimme meinte er: »Ich bin geneigt, deiner Mama zuzustimmen, Ramses. Aber lassen wir das für den Augenblick. Bitte fahre mit deiner Erklärung fort.«

»Ja, Papa. Also meiner Mei ... Also, ich hatte das Gefühl, daß, auch wenn Vater Todorus nicht aus den Fenstern *sehen* konnte, er vermutlich aber etwas von draußen *hören* konnte. Während nun der Lärmpegel, den man auch als ›Geräuschkulisse der Stadt‹ bezeichnen könnte, im allgemeinen nicht unterscheidbar ist – ich beziehe mich dabei auf das Schreien der Esel, die Rufe der Wasserverkäufer und der Händler, das jammernde Klagen der Bettler, die ... «

»Ich bemerke mit Bedauern, Ramses, daß du eine literarische, um nicht zu sagen poetische Form der Berichterstattung entwikkelst. Die Niederschrift von Versen und das Führen eines Tagebuchs sind hervorragende Methoden, um diese Neigung zu entfalten. Sie in einen aufklärenden Bericht zu integrieren allerdings nicht.«

»Ah«, sagte Ramses nachdenklich.

»Bitte fahre fort, Ramses«, sagte sein Vater. »Und, mein geliebter Sohn, fasse dich kurz!«

»Ja, Papa. Es gibt allerdings eine Besonderheit in bezug auf das Hörphänomen, etwas, das im Vergleich zu den von mir erwähnten (und anderen, von mir besser nicht erwähnten) Geräuschen unterscheidbar und unterschiedlich ist. Ich beziehe mich natürlich auf die Rufe der Muezzins in den Moscheen von Kairo. Mir kam der Gedanke, daß Vater Todorus, der diese Rufe vermutlich ununterbrochen mit anhören mußte, vielleicht in der Lage sein könnte, zwischen ihnen zu unterscheiden und sich vielleicht sogar an ihre Lautstärke und ihre Eindringlichkeit zu erinnern. Deshalb bin ich hierhergeritten, um dieses Experiment zu versuchen. Indem ich die Stimmen imitierte ...«

»Oh, gütiger Himmel!« entfuhr es mir. »Ramses – sitzt du etwa schon mehr als drei Stunden hier und wiederholst den *Adan* in den unterschiedlichen Stimm- und Tonlagen? Emerson – wie du weißt, erleide ich selten einen Schwächeanfall, aber ich muß zugeben, daß ich mich ... daß ich mich ... ziemlich schwach fühle.«

»Trink etwas Cognac.« Emerson reichte mir einen Becher. »War das Experiment denn erfolgreich, mein Sohn?«

»Teilweise ja, Papa. Ich glaube, ich habe das Gebiet auf ungefähr einen halben Quadratkilometer eingegrenzt.«

»Ich kann es einfach nicht glauben«, murmelte ich halb zu mir selbst – völlig zu mir selbst, denn es stellte sich heraus, daß mir niemand zuhörte.

»Es war sehr interessant«, sagte Vater Todorus und nickte dabei wie ein aufgezogenes Spielzeug. »Als ich meine Augen schloß, stellte ich mir vor, mich erneut im Haus dieses Satans zu befinden, und hörte wieder wie so oft die Rufe der Barbaren.«

»Ich kann es einfach nicht glauben«, wiederholte ich. »Ramses, wie ist es dir denn gelungen, die unterschiedlichen Rufe zu lernen? Es gibt in Kairo an die dreihundert Moscheen!«

»Aber nur schätzungsweise dreißig bis vierzig innerhalb des Gebiets, das ich für am wahrscheinlichsten hielt«, sagte Ramses.

»Um es klar zu umreißen, die Altstadt mit ihren dunklen, geheimnisumwitterten Gassen, ihren verfallenen Gemäuern und ihren ...« Er erhaschte meinen Blick. »Schon im letzten Frühjahr fing ich an, mich für diese Sache zu interessieren«, fuhr er wesentlich prosaischer fort. »Als wir uns vor unserer Heimreise nach England in Kairo aufhielten. Wir verbrachten dort mehrere Wochen, und ich hatte reichlich Gelegenheit ...«

»Verstehe«, sagte Emerson. »Ich muß schon sagen, eine äußerst geniale Idee. Stimmst du mir zu, Peabody?«

Mein Becher war leer. Ich spielte mit dem Gedanken, mir noch etwas einschenken zu lassen, aber mein eiserner Wille siegte über meine Besorgnis und meinen Unglauben. »Ich glaube, wir sollten jetzt nach Hause zurückreiten«, sagte ich. »Vater Todorus ist sicherlich müde.«

Vater Todorus protestierte höflich, doch es war offensichtlich, daß er uns gern von hinten gesehen hätte. Als er Ramses Lebewohl sagte, war sein Verhalten gegenüber dem Jungen eine Mischung aus Ehrfurcht und Entsetzen.

Als wir das Haus des Geistlichen verließen, kam einer der Dorfbewohner auf uns zu und händigte Ramses mit einer tiefen Verbeugung die Zügel der Stute aus.

Ramses' Abstieg ins Kapitalverbrechen war mir vorübergehend entfallen. Ich erinnerte mich daran, irgendwo gelesen zu haben, daß Pferdediebe im Wilden Westen gehängt worden waren.

Vielleicht war das auch Ramses eingefallen. Als er das Pferd bestieg, zögerte er plötzlich und wandte sich mir zu. Mit seinem gewinnendsten Lächeln sagte er: »Möchtest du Mazeppa reiten, Mama?«

»Eine sehr gute Idee, Ramses«, meinte Emerson zustimmend. »Ich bin froh, daß du deiner Mama den gebührenden Respekt erweist.«

Der Bürgermeister teilte die Auffassung der amerikanischen Cowboys gegenüber Pferdedieben. Ich fühlte mich verpflichtet, ihm für die Dauer unseres Aufenthalts in Dahschur eine angemessene Leihgebühr für das Pferd zu entrichten. Dann ließ ich die Stute bei ihrem Besitzer zurück, da wir nicht die entsprechenden Stallungen für ein solches Prachtpferd hatten, und machte mich auf den Weg zum Haus.

Meine Verärgerung wurde beim Anblick von Ramses und seinem Vater, die tief versunken über einer Landkarte von Kairo brüteten, nicht unbedingt besänftigt, denn sie hatten sie genau dort ausgebreitet, wo bereits unser Abendessen auf uns wartete. Eine Ecke der Landkarte hing in der Bratensauce. Ramses fuhr mit seinem Zeigefinger über das Papier und sagte: »Der lauteste der Muezzins war der Herr aus der Moschee von Gamia 'Seiyidna Hosein. Durch ein Verfahren der Eingrenzung und Wiederholung können wir, so glaube ich, alles außer acht lassen, was außerhalb eines Bereichs von siebenhundertfünfzig ... «

Ruhig, aber sehr bestimmt bestand ich darauf, daß die Landkarte entfernt und der Tisch ordentlich gedeckt wurde. Wir setzten uns zu einem hervorragenden (wenn auch bereits lauwarmen) Mahl, das Hamid für uns zubereitet hatte. Man konnte die Anspannung spüren, die in der Luft lag, und eine Weile aßen wir alle schweigend. Dann sagte Emerson, dessen Motive zwar immer bewundernswert sind, dessen Taktgefühl aber häufig zu wünschen übrigläßt: »Ich hoffe, daß du die Sache mit der Stute zu deiner Zufriedenheit regeln konntest, Peabody.«

»Sie wurde zur Zufriedenheit des Bürgermeisters geregelt, Emerson. Wir haben das Pferd für diese Saison gemietet, und das zu einem Preis von einhundert Schekel.«

Emerson verschluckte sich an einem Mundvoll Hammelfleisch und mußte hinter seiner Serviette Zuflucht nehmen. Allerdings beschwerte er sich nicht über den Preis. Statt dessen schlug er vor: »Vielleicht sollten wir das Tier direkt kaufen. Ich meine für dich, Peabody. Möchtest du sie nicht haben? Sie ist ein so prächtiges Geschöpf...«

»Nein, danke, Emerson. Das nächste, was Ramses verlangte, ist, daß wir sie mit nach England nehmen.«

»Da irrst du dich aber, Mama. So etwas würde mir nicht im Traum einfallen. Es wäre angenehmer, Mazeppa hier zu wissen, so daß ich sie immer reiten kann, wenn wir jedes Jahr hierher...«

Der Satz endete mit einem Aufjaulen und einem Zusammenzucken, denn Emerson, dem aufgefallen war, daß jeglicher Hinweis auf das Pferd, insbesondere von seinem Sohn, meine Laune nicht unbedingt aufbesserte, hatte Ramses vors Schienbein getreten. Für eine Weile herrschte Schweigen. Donald hatte die ganze Zeit über keinen Ton gesagt. Ich schob sein Schweigen auf sein Versagen bei seiner Pflichterfüllung, aber ich mußte schon bald erfahren, daß es einen anderen Grund hatte. Er hatte nachgedacht. Wie Emerson sich – meiner Meinung nach häufig ungerechterweise – auszudrücken pflegt, ist der Denkprozeß für Engländer schwierig und erfordert ihr gesamtes Konzentrationsvermögen.

Erst als wir unseren Hunger gestillt und uns den Früchten zugewandt hatten, sprang der junge Mann von seinem Stuhl auf und räusperte sich. »Ich bin zu einem Entschluß gelangt«, kündigte er an. »Das heißt, Enid und ich sind zu einem Entschluß gelangt.«

Er nahm die Hand, die das Mädchen ihm gereicht hatte, straffte seine Schultern und fuhr fort: »Wir möchten sofort heiraten. Professor, können Sie heute abend noch die Formalitäten erledigen?«

Die schiere Blauäugigkeit seiner Bitte überraschte mich so, daß ich meine Serviette fallen ließ. Sie fiel der Katze Bastet auf den Kopf, die sich in der Erwartung unter dem Tisch zusammengerollt hatte, daß ihr Ramses gelegentlich einen Happen zustecken würde. Dieser Zwischenfall brachte sie zutiefst auf, und jedes weitere Gespräch wurde von ihrem Fauchen und Knurren untermalt, mit dem die Katze sich gegen die Serviette zur Wehr setzte.

Emerson verzog das Gesicht. Er versuchte zu sprechen oder vielleicht auch zu lachen. Dann schien ihm etwas eingefallen zu sein, denn seine Augen verengten sich. »Das würde sicherlich einige unserer Probleme lösen«, sagte er schmunzelnd, während er über sein Grübchen strich. »Mrs. Emersons fixe Idee von Anstandsdame und sittsamem Benehmen ... «

»Emerson!« entfuhr es mir. »Wie kannst du auch nur eine Sekunde an einen solchen Gedanken verschwenden? Mein lieber Ronald – Verzeihung, Donald –, meine liebe Enid – was hat Sie denn auf die Idee gebracht, daß Professor Emerson Trauungen vornehmen darf?«

»Also, ich weiß nicht«, sagte Donald mit verwirrtem Blick. »Der Kapitän eines Schiffes hat eine solche Befugnis. Ich dachte, der Beauftragte einer im Ausland stattfindenden Expedition ... «

»Da haben Sie falsch gedacht«, sagte ich. »Setzen Sie sich, Donald. Sie wirken sehr unentschlossen, wie Sie da herumstehen und sich am Ohr kratzen. Lassen Sie uns das alles logisch durchdenken. Ich schätze Ihre Entscheidung, die natürlich zurückstehen muß, bis die entsprechenden Formalitäten durchgeführt werden können. Darf ich fragen, was Sie zu Ihrem Entschluß bewogen hat?«

Donald hielt immer noch Enids Hand fest. Sie lächelte ihn mit (anders kann ich es nicht ausdrücken) der freundlichen Ermutigungsgeste einer Lehrerin gegenüber einem etwas minderbemittelten Kind an.

»Enid hat mich davon überzeugt«, sagte Donald. »Wir können uns nicht ständig wie Kriminelle verbergen, die sich einer Sache schämen müssen. Ihr droht sicherlich keine Gefahr von der Polizei. Nur ein Verrückter könnte bei ihr irgendeine Schuld vermuten.«

Ich nickte. »Wir haben heute erfahren, daß die Polizei jeden Gedanken verworfen hat, daß Enid Kalenischeff getötet haben könnte. Sie allerdings ... «

»Ich«, sagte Donald und reckte sein Kinn, »werde meinen Anklägern wie ein Mann begegnen. Sie können nicht beweisen, daß ich den Burschen getötet habe – obwohl ich oft versucht war, ihn bis zur Besinnungslosigkeit zusammenzuschlagen, wenn ich ihn und Enid in Kairo verfolgte und mit ansehen mußte, wie er sie mit seinen Blicken verschlang.«

»Ich würde Ihnen sehr empfehlen, eine solche Äußerung nicht Dritten gegenüber zu machen«, sagte Emerson. »Allerdings stimme ich Ihnen zu, daß nur wenig Beweismaterial gegen Sie vorliegt. Aber Sie haben uns noch nicht erklärt, woher Ihr plötzlicher Sinneswandel rührt. War es Liebe, diese edle Regung, die Ihre moralischen Empfindungen bestärkte?«

Sein ironischer Ton verfehlte bei Donald jegliche Wirkung, denn dieser antwortete schlicht: »Ja, Sir, das war es. Außerdem bin ich erleichtert, daß ich die Wahrheit erfahren habe, denn Enid hat mich davon überzeugt, daß es Ronald war, der mich heute morgen umzubringen versuchte.«

»Nun, sicherlich war er das«, sagte Emerson. »Es war von Anfang an offensichtlich, daß die Probleme, mit denen Sie beide konfrontiert sind, absolut hausgemacht sind. Ihr Bruder, Mr. Fraser, scheint ein durch und durch prinzipienloser Mensch zu sein. Er war es doch, nicht wahr, der die Unterschrift fälschte und Sie dazu überredete, die Schuld auf sich zu nehmen? Dumm, Mr. Fraser – wirklich, überaus dumm. Denn diese Handlung barg gefährlichere Konsequenzen für Sie als nur den Verlust der Ehre. Ihr Bruder hoffte, daß Ihre Verzweiflung Sie in den Selbstmord oder in die Selbstzerstörung führte und er damit die Verfügungsgewalt über Ihren Besitz erzielen würde. Ich vermute, daß er auch noch ein weiteres Motiv verfolgt, was mit der Zuneigung von Miss Debenham zu tun hat. Ich vermute ebenfalls, daß, wenn sich Miss Debenham mit Donalds Schande und seinem Verschwinden abgefunden hätte, Ronald nicht weitergegangen wäre. Da sie sich aber entschlossen auf die Suche nach Donald machte und seine Schuld entschieden abstritt, gefährdete sie Ronalds Position, und er sah sich zu einem direkteren Eingreifen gezwungen.

Er warb Kalenischeff an, und zwar nicht, um Miss Debenham auf die Spur von Donald zu bringen, sondern um sie in die Irre zu führen. Doch für einen entsprechenden Preis hätte Kalenischeff auch Ronald hintergangen, und deshalb mußte Ronald ihn zum Schweigen bringen. Es ist nicht besonders schwierig, in Kairo Auftragsmörder anzuwerben. Kalenischeff wurde nicht nur deshalb in Miss Debenhams Zimmer gelockt, weil er dort wesentlich angreifbarer war, sondern auch, weil Ronald, der die Dreistigkeit besaß, sie sein ›süßes Schätzchen‹ zu nennen, hoffte, ihren guten Ruf damit so zu belasten, daß sie endlich ihre Nachforschungen einstellte. Ich vermute, Miss Debenham, daß er Ihnen Ihr gleichgültiges Verhalten ihm gegenüber und die Ablehnung seines Heiratsantrages sehr übelgenommen hat, und Sie können dem Himmel danken, daß Sie Ihre Meinung nicht geändert haben. Denn befänden Sie sich erst einmal in seiner Gewalt, würden Sie Ihre Torheit mit Tränen der Verzweiflung büßen. Er ist ein hinterhältiger und rachsüchtiger Mann.«

»Erstaunlich, Professor«, entfuhr es Donald. »Sie haben bis zur winzigsten Einzelheit recht. Es ist Ihnen sogar gelungen, mir schmerzhafte Wahrheiten vor Augen zu führen, die ich mir selbst nicht eingestehen wollte. Wie konnten Sie das alles wissen?«

»Nur einem Idioten wäre das nicht aufgefallen«, knurrte Emerson.

»Oder einem Bruder, den geschwisterliche Zuneigung uneinsichtig gemacht hat«, sagte ich etwas liebenswürdiger.

»Oder«, meinte Emerson, während er mich unverhohlen fixierte, »einem Menschen, der von Meisterverbrechern besessen ist.«

Als wir uns zu unserem Nachtlager in der Wüste aufmachten, gingen wir nicht allein. Emerson konnte seinen Zorn kaum noch verbergen, denn Donald hatte darauf bestanden, daß Enid das andere Zelt aufsuchte. »Jetzt ist es besonders wichtig«, hatte er gesagt, während er die Hand des Mädchens drückte, »daß nicht der leiseste Hauch einer Schmach auf Enid ruht.«

»Hmhm«, sagte Emerson.

Auch ich hatte etwas gegen diese Vorstellung, aber aus einem anderen Grund. Emersons Analyse des Falles war wie immer schlüssig gewesen. Das soll nicht heißen, daß sie deshalb stimmte. Innerlich spürte ich, daß meine beiden jungen Freunde in den unsichtbaren Fäden von Sethos' grauenvollem Netz zappelten. Meine Argumente zeigten allerdings wenig Wirkung. Donald unterstützte Emerson (Männer halten immer zusammen), und Enid unterstützte Donald. Der einzige, der noch einen Funken Verstand zeigte, war Ramses. Sein Angebot, vor Enids Zelt Wache zu halten, wurde einstimmig abgelehnt, aber als er statt dessen seine Katze ins Feld führte, lachte Enid und meinte, es würde ihr Freude machen, ein putziges, verschmustes Knuddelkätzchen bei sich zu haben.

Ich betrachtete die riesige, gestromte Katze. Ihre topasfarbenen Augen waren zu Schlitzen verengt und ihr Mäulchen gespitzt, so als schmunzelte sie insgeheim über diese lächerliche und unzutreffende Beschreibung. Es wirkte sogar noch grotesker, als Ramses sie in eine Ecke zerrte, sich niederließ, seinen Blick auf sie richtete und ihr etwas zumurmelte. Es ließ einem das Blut in den Adern gefrieren, mitanzusehen, wie sie einander fixierten, die Katze stumm und neugierig, mit schiefgelegtem Kopf und hin und her gehendem Schweif.

Was auch immer Ramses zu ihr sagte, es zeigte die gewünschte Wirkung. Bastet begleitete uns, als wir das Haus verließen. Donald hatte seine Absicht erklärt, seine Geliebte zu begleiten und sie sicher zu ihrem Zelt zu bringen. Unter dem Sternenhimmel flüsternd, folgten sie uns in einem gewissen Abstand. Für

Verliebte war es eine vollkommene Nacht – wie es eigentlich die meisten ägyptischen Nächte sind –, und auch ich wäre zufrieden gewesen, wenn ich in verträumtem Schweigen Hand in Hand mit Emerson hätte schlendern können. Aber Emerson blieb unleidlich.

»Wenn die beiden beschließen, morgen nach Kairo zu fahren und sich dort in ihr Schicksal zu ergeben, ist es wichtig, daß wenigstens eine verantwortungsbewußte Person sie begleitet«, beharrte ich.

»Absolut nicht, Peabody. Wenn sie uns verlassen, haben wir nicht mehr und nicht weniger davon – denn *sie* war ohnehin zu nichts zu gebrauchen, und *er* ist von *ihr* so abgelenkt, daß er seinen Pflichten nicht nachgehen kann. Ich weiß nicht, warum du die Leute immer wieder zu so etwas ermutigen mußt. Du hast ständig einige dieser nutzlosen jungen Leute hier herumhängen, die uns von der Arbeit abhalten und uns das Leben schwermachen. Ich habe nichts gegen sie, und ich wünsche ihnen nur das Beste, aber ich bin froh, wenn sie endlich wieder verschwinden.«

Ich ließ Emerson nörgeln – was er nach Herzenslust tat und dabei kaum Atem schöpfte –, bis wir unser Zelt erreicht hatten. Ich blieb stehen, um den beiden schemenhaften Gestalten hinter uns eine angenehme Nachtruhe zu wünschen. Emerson nahm meine Hand und zog mich ins Innere. Noch lange Zeit später waren die einzigen Geräusche, die die Stille durchbrachen, die weit entfernten Rufe der Schakale.

Als ich kurz vor Sonnenaufgang aufwachte, geschah das nicht, weil mich ein Verbrecher oder ein Attentäter aus dem Schlaf geschreckt hatte. Ich hatte wieder geträumt – einen Traum, so real und detailliert, daß ich erst einmal meine Hand nach Emerson ausstrecken mußte, um mich zu versichern, daß ich mich wirklich Seite an Seite mit meinem Ehemann in einem Zelt befand. Die Konturen der vertrauten Gesichtszüge unter meinen tastenden Fingern erleichterten mich. Emerson schnarchte und murmelte im Schlaf, wachte aber nicht auf.

Genau in diesem Augenblick hätte ich mir eigentlich gewünscht, daß er nicht so tief und fest schlief. Ich hatte das lächerliche Bedürfnis nach einem Gespräch und auch – obgleich ich das nur ungern zugebe – nach Trost. Es war nicht so sehr die Traumhandlung, die mich in der Dunkelheit zittern ließ, sondern, wenn ich das einmal so ausdrücken darf, die vorherrschende psychische Atmosphäre. Jeder, der schon einmal schreiend aus einem Alptraum hochgeschreckt ist, weiß, was ich damit meine, denn in Träumen können die harmlosesten Gegenstände plötzlich außergewöhnliche Vorahnungen heraufbeschwören. Ich sehnte mich danach, mit Emerson über meine Empfindungen zu sprechen, hörte allerdings schon, wie er sagte: »Papperlapapp, Peabody!«

Mein gutmütiges Naturell gewann schließlich die Oberhand, und ich schmiegte mich enger an ihn, während ich versuchte, Morpheus ein weiteres Mal zu überlisten. Die launische Gottheit ließ sich allerdings nicht beirren, obwohl ich eine ganze Reihe von Schlafstellungen ausprobierte. Trotz meines ständigen Hin- und Herwälzens lag Emerson mit vor der Brust verschränkten Armen so ruhig da wie ein gefällter Baumstamm.

Schließlich gab ich meine Bemühungen auf. Es drang immer noch kein Licht durch die dicken Zeltbahnen, aber die kühle Morgenluft zeugte davon, daß es kurz vor Sonnenaufgang war. Ich erhob mich, zündete eine Laterne an und zog mich an. Jeder, der das schon einmal in der Enge eines Zeltes versucht hat, kann bezeugen, daß es unmöglich ist, diese Tätigkeiten geschickt und leise zu verrichten. Trotzdem schlief Emerson weiter und ließ sich weder vom Lichtschein noch von meinem unvermeidlichen Stolpern über seine Füße stören. Selbst als ich meinen Werkzeuggürtel anlegte, schien ihn das Klappern nicht zu beirren. Ich mußte ihm sanft auf den Brustkorb trommeln und sein Gesicht und seinen Körper mit einer Vielzahl von Klapsen und Knuffen traktieren, ehe seine regelmäßigen Atemzüge ihren Rhythmus veränderten. Ein Lächeln umspielte seine Mundwinkel. Ohne die Augen zu öffnen, streckte er einen Arm aus und zog mich zu sich hinunter.

Ich glaube, ich habe bereits erwähnt, daß Emerson jegliche Einengung durch Nachtwäsche ablehnt. Die Kraft seiner Bewegung sorgte dafür, daß mein Gürtel und dessen Sortiment an harten, scharfkantigen Gegenständen plötzlich einen seiner überaus empfindlichen Körperteile berührten, und sein zufriedener Gesichtsausdruck unterlag einer schrecklichen Wandlung. Rasch bedeckte ich seinen Mund mit meiner Hand, um den in seiner Kehle brodelnden Schmerzensschrei zu unterdrücken.

»Nicht schreien, Emerson. Du wirst Enid aufwecken und das arme Mädchen zu Tode erschrecken.«

Nach einer Weile legte sich die Anspannung in Emersons muskulösem Brustkorb, und seine hervorgetretenen Augen nahmen wieder ihre normale Form an. Ich hielt es für angebracht, meine Hand zu entfernen.

»Peabody«, sagte er.

»Ja, mein geliebter Emerson?«

»Sind wir von feindlich gesinnten Beduinen umzingelt, die einen Mordanschlag planen?«

»Wieso? Nein, Emerson, ich glaube nicht.«

»Ist eine schemenhafte Gestalt mit gezücktem Messer ins Zelt gehuscht?«

»Nein.«

»Dann vielleicht eine Mumienhand, die sich ihren Weg durch Zeltwand und -boden gebahnt hat, um dich an der Kehle zu packen?«

»Emerson, dein Sarkasmus ist ziemlich fehl am Platz. Nichts dergleichen ist passiert. Zumindest nichts von dem, was du erwähnst. Es ist fast Tagesanbruch, und ich ... ich konnte nicht mehr schlafen.«

Ich nahm meine Ellbogen von seinem Brustkorb und wollte mich aufsetzen, doch Emerson hielt mich am Arm zurück.

»Dann erzähl mir, was los ist, Peabody«, sagte er.

»Es klingt töricht«, murmelte ich und legte meinen Kopf auf seinen Brustkorb.

»Ich liebe es, wenn du töricht bist, Peabody. Das kommt so selten vor – wenn du mit ›töricht‹ sanft und sehnsüchtig, scheu und furchtsam meinst ... «

»Hör auf, Emerson«, sagte ich entschieden und nahm seine Hand. »Ich bin nicht furchtsam, nur verwirrt. Ich hatte einen äußerst merkwürdigen Traum.«

»Das kommt ebenfalls selten vor, Peabody.«

»Ich befand mich in einem seltsamen Raum, Emerson. Er war überaus luxuriös und überladen eingerichtet – leuchtend rosafarbene Stoffe bedeckten die Wände und die Fenster, ein weiches Sofa, übersät mit Seidenkissen, kostbare alte Teppiche und ein winziger Springbrunnen. Auf einem kleinen intarsienverzierten Ebenholztisch stand ein Tablett mit Früchten in einer Silberschale und Wein in einer Kristallkaraffe. Eine verträumte Stille erfüllte das Zimmer, die lediglich von dem sanften Geplätscher des Springbrunnens unterbrochen wurde.

Ich lag auf dem Sofa. Ich hatte das Gefühl, hellwach zu sein, und war in meinem Traum von meiner Umgebung ebenso verwirrt, wie ich es in wachem Zustand gewesen wäre. Mein Blick wurde von einem gestickten Vorhang mit Fransen angezogen, hinter dem sich eine Tür verbarg. Woher ich das wußte, kann ich nicht sagen. Aber ich war mir dessen ganz sicher und mir war ebenfalls klar, daß die Tür ... bald geöffnet, der Vorhang beiseite geschoben würde ... daß ich etwas sehen ... «

»Fahre fort, Peabody.«

»In diesem Augenblick wachte ich auf, Emerson – erwachte schweißnaß vor Entsetzen und zitterte am ganzen Körper. Du weißt, mein Lieber, daß ich kein Verständnis für den Aberglauben habe, daß Träume Omen darstellen, aber in diesem Fall glaube ich einfach an eine tiefere Bedeutung.«

Ich konnte Emersons Gesicht nicht sehen, spürte jedoch, wie seine Umarmung fester wurde. »Bist du sicher«, fragte er, »daß dein Gefühl wirklich Entsetzen war?«

»Das ist eine merkwürdige Frage, Emerson.«

»Es war auch ein merkwürdiger Traum, Peabody.« Er setzte sich auf, schob mich sanft zurück und hielt mich an den Schultern fest, so daß er mir tief in die Augen sehen konnte. »Wer war es, Peabody? Wer kam durch diese Tür?«

»Ich weiß es nicht.«

Er betrachtete mich weiterhin mit dieser merkwürdigen Intensität. Dann sagte er leise: »Ich glaube, ich kann deinen Traum deuten, Peabody. Deine Beschreibung ähnelt der, die Vater Todorus von seinem Gefängnis abgegeben hat.«

»Aber ja, natürlich«, entfuhr es mir. »Du hast sicherlich recht, Emerson. Zweifellos erklärt das alles. Selbst meine Gefühle entsprachen denen, die der arme Mann empfunden haben muß.«

»Ich bin froh, daß ich deine Besorgnis zerstreut habe. Das habe ich doch, Peabody, oder?«

»Ja, Emerson, und ich bin dir dankbar dafür. Nur ... nur habe ich immer noch das Gefühl eines bevorstehenden Unglücks ... daß jemand auf der Lauer liegt und es auf unser Leben abgesehen hat ... «

»An dieses Gefühl solltest du allerdings gewöhnt sein«, sagte Emerson mit altbekannter Ironie. »Mach dir nichts draus, Peabody, wir werden unserem Schicksal gemeinsam die Stirn bieten, du und ich – Seite an Seite, Rücken an Rücken, Schulter an Schulter.«

»Und Ramses, der dauernd im Weg herumsteht«, sagte ich und versuchte, seinen leichtherzigen Tonfall zu übernehmen. »Emerson, es tut mir leid, daß ich dich mit diesem Unfug behelligt habe. Zieh dich rasch an. Ich werde draußen den Spirituskocher anzünden, um uns einen Tee zu kochen.«

Ich reichte ihm seine Hose und krabbelte zum Zelteingang. Der Verschluß war nur durch einen einfachen Knoten gesichert, der mit einer Öse im Zeltboden vertäut war. Als ich ihn löste, fiel ein Streifen Tageslicht ins Innere. Der frühe Morgen war bereits angebrochen. Ich stand auf, schob die Zeltbahn beiseite, trat ins Freie und stürzte.

Ich war über etwas gestolpert, das vor dem Zelt lag. Meine ausgestreckten Hände berührten den harten Boden, doch unter meinen Schienbeinen befand sich der Widerstand. Erst als ich mich wieder aufgerappelt hatte, erkannte ich, was es war.

Donald Fraser lag auf dem Rücken. Sein Körper war dort hingeschleift worden, und seine Hände lagen gefaltet auf seiner Brust. Ein dunkles Loch klaffte wie ein drittes Auge mitten auf seiner Stirn. Seine blauen Augen waren weit aufgerissen und seine Lider bereits mit feinem Sandstaub bedeckt.

Ich schrie nicht, wie es normalerweise jede Frau getan hätte. Dennoch entfuhr meinen Lippen ein schriller Laut, der dafür sorgte, daß Emerson völlig überstürzt aus dem Zelt gerannt kam und ich alle Mühe hatte, uns beide davor zu bewahren, ein weiteres Mal über den Leichnam zu fallen. Emerson fluchte, wurde dann jedoch von einer weiteren Person abgelenkt, die auf uns zustürzte.

»Der Attentäter«, entfuhr es Emerson, dann entwand er sich aus meiner Umklammerung und ballte seine Hand zur Faust. Als er den Neuankömmling erkannte, fiel sein Arm schlaff zur Seite, und ich erstarrte vor Entsetzen. Ich blickte von Donald, quicklebendig auf den Beinen, zu Donald, totenstarr am Boden liegend; und dann dämmerte mir, irgendwie verspätet, die ganze Wahrheit.

»Es ist Ronald und nicht Donald«, rief ich. »Was macht er hier? Was machen die beiden überhaupt hier?«

Donald hatte seinen Bruder wahrgenommen. Die Sonnenstrahlen verliehen dem Gesicht des Toten einen illusorischen Hauch von Leben, dennoch bestand kein Zweifel, daß Ronald tot war. Mit einem Aufschrei, der mich mit tiefstem Mitgefühl erfüllte, fiel Donald neben dem Leichnam auf die Knie.

»Fassen Sie ihn nicht an«, sagte Emerson in scharfem Ton. »Es gibt nichts, was wir jetzt noch für ihn tun könnten. Er muß schon seit Stunden tot sein. Die Leichenstarre ist bereits eingetreten.«

Donald hätte diesem fürsorglichen Rat sicherlich keinerlei Beachtung geschenkt, doch die Geräusche von herannahenden Schritten gemahnten ihn an eine wichtigere Pflicht. Er erhob sich und lief Enid entgegen, nahm sie in die Arme und drückte ihren Kopf gegen seine Brust. »Sieh nicht hin«, sagte er mit erstickter Stimme. »Es ist Ronald – mein armer Bruder, tot, hinterhältig ermordet!«

Die Katze Bastet war Enid auf den Fersen. Nach einer neugierigen, jedoch eher beiläufigen Untersuchung des Leichnams setzte sie sich und fing an, sich zu putzen. Ich war versucht, ein ernstes Wort mit ihr zu reden, weil sie ihren Pflichten als Wachkatze nicht nachgekommen war. Doch bei näherer Überlegung entschied ich, daß die Katze keine Verantwortung dafür trug, uns nicht vor dem Mörder gewarnt zu haben, da sie vermutlich in Enids Zelt eingesperrt gewesen war.

Emerson schlüpfte ins Zelt und kehrte mit einer Decke zurück, die er über dem Toten ausbreitete. »Mordverdacht drängt sich da selbstverständlich auf«, sagte er grimmig. »Abgesehen von der Tatsache, daß er keine Waffe in der Hand hält, ist er auch erst nach begangener Tat hierhergebracht worden. Ich schlafe tief und fest, aber ich glaube, daß mich ein Pistolenschuß geweckt hätte, wenn er zwei Meter entfernt von meinem Ohr abgefeuert worden wäre. Kommen Sie, kommen Sie, Donald, reißen Sie sich zusammen. Ihre Trauer ist irgendwie abwegig, wenn man bedenkt, daß Ihr Bruder alles darangesetzt hat, um Sie zu ruinieren. Erklären Sie, warum Sie hier sind.«

Donald, der Enid um die Taille gefaßt hielt, drehte sich um. Mit seiner freien Hand wischte er sich die Tränen vom Gesicht. »Ich brauche mich meiner Schwächen nicht zu schämen«, murmelte er. »In einem solchen Augenblick sind alle Auseinandersetzungen vergessen, und die vielen schönen Erinnerungen an die Kindheit überlagern die Schrecken der Vergangenheit. Professor, der Tod meines Bruders wirft sicherlich Zweifel an seiner eigenen Schuldhaftigkeit auf. Er kann sich nicht selbst das Leben genommen haben.«

»Exakt«, sagte Emerson.

Enid, die weniger begriffsstutzig war als ihr Geliebter, verstand Emersons Hintersinn sofort. »Wie können Sie es wagen, Professor! Verdächtigen Sie Donald etwa des Mordes an seinem Bruder?«

»Was?« schrie Donald. »Enid, mein Liebling, du glaubst doch nicht etwa ...«

»Nein, mein Schatz, mit Sicherheit nicht. Aber er ...«

Emerson brüllte los. »Wenn ich noch einen rührseligen Satz, eine sentimentale Äußerung höre, dann überlasse ich Sie Ihrem Schicksal! Sie sitzen ganz schön in der Klemme, Mr. Donald Fraser, und ich werde das Gefühl nicht los, daß uns die Zeit davonrast. Antworten Sie mir sofort. Was hat Sie um diese Uhrzeit hierhergeführt?«

»Ich war die ganze Nacht hier«, sagte Donald.

»Verstehe.« Emersons gerunzelte Stirn glättete sich etwas. »Nun, Mr. Fraser, ich muß sagen, das beweist mehr Verstand, als ich Ihnen zugetraut hätte. Miss Debenham kann sicherlich bezeugen, daß Sie mit ihr zusammen waren ...«

»Sir«, entfuhr es Donald, und seine Wangen liefen vor Verärgerung rot an. »Sie verleumden das edelste, reinste Geschöpf, das jemals ...«

Enids Gesicht war ebenso rosig wie das seine. »Oh, Donald, du liebenswerter Idiot ... Er *war* mit mir zusammen, Professor. Das werde ich vor jedem Gericht beschwören.«

Donald protestierte natürlich, und es bedurfte einiger Flüche von Emerson, ehe er die beiden zum Schweigen gebracht hatte. Um die verwirrten und erregten Äußerungen, die schließlich folgten, auf einen Nenner zu bringen: Donald hatte wohl die Nacht auf einer Decke vor dem Zelt seiner Angebeteten verbracht. Sie war sich seiner Gegenwart nicht bewußt gewesen, und keiner von beiden hatte irgend etwas Außergewöhnliches gehört.

Emerson warf dem jungen Mann einen mißfälligen Blick zu. »Bei all Ihren geistesgestörten Anwandlungen ... Was ist eigentlich mit Ramses, Sie unverantwortlicher, jugendlicher Schwachkopf?«

»Er hat mir hoch und heilig versprochen, das Haus in der Nacht nicht zu verlassen. Ich glaubte, ich könnte auf sein Wort zählen ... «

»Oh, sicher«, sagte ich scheinheilig. »Aber, Donald, die Nacht ist vorüber.«

Vor der Kulisse des Sonnenaufgangs preschte ein prächtiges Pferd durch die Wüste, auf dessen Rücken eine winzige Gestalt thronte.

Ramses versuchte, die Stute in ihrem atemberaubenden Tempo zum Halten zu bringen, aber das ging über seine Kräfte. Im hohen Bogen sauste er vom Rücken des Pferdes und fiel mit einem dumpfen Aufprall zu Boden. Während er sich aufrappelte, hub er an: »Guten Morgen, Mama. Guten Morgen, Papa. Guten ... «

Emerson richtete ihn auf. »Spar dir die Förmlichkeit, mein Sohn«, sagte er.

»Ja, Papa. Danke, daß du mich daran erinnerst, daß Zeit wirklich kostbar ist. Ein Troß von Beamten hat gerade ein Regierungsschiff verlassen. Es wird sicherlich nicht lange dauern, bis sie uns gefunden haben, und aufgrund der Zusammensetzung der Gruppe und ihres wichtigtuerischen Auftretens leite ich ab, daß irgendeine ernstzunehmende Sache ... «

»Gütiger Himmel«, entfuhr es mir. »Damit hätten wir rechnen müssen, Emerson. Der Mörder – dessen Namen oder, wahrscheinlicher, dessen Decknamen ich nicht zu erwähnen brauche – will, daß Donald für den Tod seines Bruders inhaftiert wird. Natürlich hat er deshalb die Polizei informiert.«

Diese letzte Katastrophennachricht erschütterte Donald zutiefst. Er stand da und starrte Emerson, der seinen Körper abtastete, hilflos an. »Er trägt keine Waffe bei sich«, bemerkte er.

»Die Waffe«, rief ich. »Ohne sie kann die Polizei nichts beweisen ...«

»Das ist nicht unbedingt zutreffend, Mama«, mischte sich Ramses ein.

Zunächst hätte ich nicht sagen können, wo er sich befand. Als ich mich umdrehte, entdeckte ich, daß er zu der Leiche gekrochen war und die Decke hochgehoben hatte. Nach einer kurzen, emotionslosen Begutachtung ließ er die Decke wieder fallen und stand auf. »Die Sachlage ist so, wie ich sie mir vorgestellt habe«, sagte er. »Papa, wenn die Pistole, aus der der tödliche Schuß abgefeuert wurde, nicht gefunden wird, ist das nicht unbedingt von Vorteil für Mr. Donald Fraser, denn die Anklage wird behaupten, daß man die Tatwaffe mit Leichtigkeit irgendwo im Sand verstecken konnte. Es würde mich allerdings nicht überraschen, wenn sie hier in der unmittelbaren Nähe, die sicherlich gewohnheitsmäßig überprüft wird, gefunden würde.«

Mit einem Aufschrei stürmte Enid auf ihr Zelt zu. Ich wußte, was ihr durch den Kopf ging, und eilte ihr nach. Denn auch wenn Ramses mit seiner Behauptung recht hatte (zum Teufel mit ihm!), daß das *Fehlen* der Waffe Donald nicht entlastete, so würde ihre *Entdeckung* jedoch mit Sicherheit für seine Belastung sorgen.

Als ich sie erreichte, krabbelte Enid über den Boden und durchwühlte in fieberhafter Hast Sand und Kiesel. Es war jedoch Ramses, der die Pistole wenige Meter vom Zelt entfernt in einer Felsspalte fand. Emerson nahm sie ihm rasch ab.

»Von Rechts wegen sollten wir sie den Behörden aushändigen«, sagte er.

»Gib sie mir«, sagte ich. »Ich werde sie in meiner Handtasche verstecken.«

»Was auch immer du damit vorhast, mach schnell«, bemerkte Ramses. »Denn da kommen sie bereits.«

Der Troß war recht beeindruckend – mehrere Polizeibeamte, Major Ramsay und kein Geringerer als Sir Eldon Gorst, der Berater für polizeiliche Angelegenheiten im Innenministerium. Letzterer sprach als erster. Er sprang von seinem Esel und kam mit verkniffenem Gesichtsausdruck auf mich zu. »Mrs. Emerson! Es ist mir doch immer wieder ein Vergnügen, Sie zu sehen. Ich wünschte nur, unsere Begegnung fände unter positiveren Vorzeichen statt. Professor ... «

»Hallo, Gorst«, sagte Emerson. »Bringen Sie es hinter sich, ja? Ich habe viel Arbeit. Die Leiche liegt da vorn.«

»Also entspricht es der Wahrheit«, seufzte Sir Eldon. »Ich konnte es kaum glauben ... Ich denke, Sie kennen Major Ramsay?«

»Ja«, sagte ich und nickte dem Major frostig zu. »Wir haben die tragische Entdeckung soeben erst gemacht. Darf ich fragen, wie es kommt, daß Sie bereits informiert sind – seit Stunden informiert sind, sollte man annehmen, da es einige Zeit in Anspruch nimmt, hierherzugelangen?«

Sir Eldon wollte etwas erwidern, doch der Major kam ihm zuvor. »Die Quelle ist nicht von Belang«, sagte er stirnrunzelnd.

»Es muß sich dabei doch um etwas Ähnliches wie ein Katz-und-Maus-Spiel gehandelt haben«, sagte Emerson. »Verflucht, ich bestehe darauf zu erfahren, wer mir eine Leiche vor die Haustür legt. Ich bin nicht der Mann, der sich zum Narren halten läßt, Ramsay.«

»Zum Teufel, Professor«, fing Ramsay an.

»Mein guter Mann, es sind Damen anwesend«, entfuhr es Sir Eldon. »Wo wir von Damen sprechen – es ist doch richtig, Madam, ansonsten korrigieren Sie mich bitte, daß Sie Miss Enid Debenham sind, deren Verschwinden meiner Behörde eine Menge Probleme bereitet hat?«

»Ja, das bin ich.«

»Und ich«, mischte sich Donald ein, »bin Donald Fraser. Sir Eldon, ich hoffe doch, daß Sie auch nach mir gesucht haben?«

Sir Eldon nickte. Es war augenscheinlich, daß sein unbekannter Informant ihm nicht nur vom Tode Ronalds, sondern auch von der Existenz Donalds berichtet hatte. »Es ist meine Pflicht, Sie darüber aufzuklären ... « fing er an.

»Erstmalig stimme ich mit Professor Emerson überein«, knurrte der Major. »Bringen wir es endlich hinter uns.«

Er gestikulierte mit seinen Händen. Einer der Polizisten trat vor. Man hörte ein Klicken und ein leises Aufstöhnen von Enid. Dann stand Donald in Handschellen vor uns.

13

Enid bestand darauf, Donald nach Kairo zu begleiten. Sir Eldon versuchte, sie davon abzubringen, doch Major Ramsay, der nicht die Spur von Taktgefühl besaß, sagte, daß sie genausogut mitkommen könne, da sie ohnehin eine Aussage machen und ihm eine ganze Reihe von Fragen beantworten müsse. Selbstverständlich versicherte ich ihr, daß ich so bald wie möglich nachkäme. Statt des von mir erwarteten Einspruchs warf Emerson mir lediglich einen seltsamen Blick zu, sagte jedoch nichts.

Einer der Polizeibeamten wurde zurückgelassen, um nach der Waffe zu suchen. Als ich mit meiner geschulterten Handtasche das Zelt verließ, sah ich, wie er mutlos über das weite, felsige Gebiet spähte.

Wir mußten uns beeilen, damit wir den Morgenzug noch erreichten. Zu meiner Überraschung war Emerson entschlossen, mich zu begleiten. Ich wollte ihm gerade erfreut meine Zustimmung ausdrücken, als Emerson dem ein Ende bereitete, indem er andeutete, daß wir Ramses ebenfalls mitnehmen müßten. Er hatte vollkommen recht; Ramses in Dahschur zurückzulassen hätte schreckliche Konsequenzen nach sich ziehen können. Er hatte Abdullah und die anderen Männer völlig in seiner Gewalt. Es muß kaum erwähnt werden, daß uns Bastet ebenfalls begleitete, denn Ramses lehnte selbst kürzeste Trennungen ab.

Ich konnte nicht in Erfahrung bringen, was Emerson vorhatte. Es war mehr als ungewöhnlich, wenn er seine Arbeit ruhen ließ, und er hatte Abdullah nicht einmal Anweisungen für das weitere Vorgehen gegeben, sondern ihm lediglich erklärt, er und seine Männer sollten einen freien Tag einlegen.

Sobald wir unsere Sitzplätze im Zugabteil eingenommen hatten, begann ich mit meinen Nachforschungen. Ich dachte, daß es besser sei, Emerson nicht rundheraus danach zu fragen, was in ihm vorging, sondern statt dessen einen unterschwelligen Versuch zu unternehmen.

»Ich nehme an«, begann ich, »daß die Vorfälle des heutigen Morgens deine Einschätzung der Lage verändert haben und dich meiner Denkweise nähergebracht haben.«

»Das bezweifle ich«, sagte Emerson kurz angebunden.

»Deine Annahme, daß Donalds Probleme schlichtweg hausgemacht sind – ich glaube, so hast du dich ausgedrückt –, war offensichtlich ein Irrtum. Es sei denn, du denkst, daß Donald seinen Bruder umgebracht hat?«

»Das erscheint mir eher unwahrscheinlich«, sagte Ramses, der wieder zu Atem gekommen war, nachdem wir ihn ins Abteil geschleift und ihn auf seinen Sitzplatz gehievt hatten. »Mr. Donald Fraser zeichnet sich nicht durch überragende intellektuelle Fähigkeiten aus – tatsächlich kann ich mich nur fragen, was einer Dame von Miss Debenhams erstklassigem Format an diesem Mann gefallen könnte –, trotzdem bestand kein Anlaß, sich der Mühe zu unterziehen, den Leichnam vom Mordschauplatz über eine weite Strecke zu transportieren und ihn dann unübersehbar vor euer Zelt zu legen.«

»Hmhm«, sagte Emerson, der stillschweigend den Wahrheitsgehalt von Ramses' Analyse erkannte.

»Wenn es«, fuhr Ramses fort, »darüber hinaus seine eigene Pistole war, muß er sie sich in den letzten ein, zwei Tagen besorgt haben, da er keine hatte, als er zu uns stieß und ich mir nicht vorstellen kann, wie ...«

»Hast du etwa die Dreistigkeit besessen, den Besitz des jungen Mannes zu durchsuchen?« fragte ich ungnädig.

»Er hat keinen Besitz«, erwiderte Ramses ruhig. »Außer Opium und Pfeife, was du ihm ohnehin weggenommen hast. Außerdem gab es kein Versteck in seinem Zimmer, nur unter dem Feldbett, und dort habe ich bereits ganz zu Anfang ...«

»Lassen wir das«, sagte Emerson, der mit meinem heftigen Protest rechnete. »Wir werden es als gegeben hinnehmen, daß Donald seinen Bruder nicht umgebracht hat. Eine weitere Person ... Ach, zum Teufel damit, ich kann es auch genausogut zugeben. Wir sind wieder bei unserem Freund Sethos angelangt, Amelia.«

»Das habe ich von Anfang an gewußt, Emerson.«

»Pah«, sagte Emerson. »Aber ich wette, das hier weißt du noch nicht. Ich bin zu dem Schluß gelangt, daß Sethos wieder mit dem gleichen Trick gearbeitet hat, den er schon einmal bei uns versucht hat – daß er sich an irgendeinem Punkt selbst eingemischt hat. Selbstverständlich verkleidet, das brauche ich wohl kaum zu erwähnen ...«

»Ganz recht, Papa«, rief Ramses. »Du nimmst mir die Argumente vorweg! Und ich weiß, wer er ist. Der Herr, den Mama in Kairo getroffen hat, dieser selbsternannte Privatdetektiv!«

»Sei nicht töricht, Ramses«, sagte ich. »Du hast Mr. Gregson doch noch gar nicht kennengelernt.«

Ramses' Gesicht lief vor Verärgerung rot an. »Aber, Mama, ich habe doch ständig versucht, dir zu erklären, daß Tobias Gregson der Name des Polizeibeamten in den Detektivgeschichten von Arthur Conan Doyle ist. Ich bin mit dir einer Meinung, daß es für den merkwürdigen Humor dieses als Sethos bekannten Mannes typisch wäre, den Namen der Person als Pseudonym zu wählen, die Mr. Sherlock Holmes – der berühmteste Privatdetektiv in der modernen Unterhaltungsliteratur – als Stümper und Schwachkopf bezeichnet. Was weißt du denn tatsächlich von diesem Mann? Hat er dir seine Papiere gezeigt? Hat er dich an die Polizei verwiesen, damit diese dir seinen halboffiziellen Status bestätigt? Hat er ...«

»Ich erlaube dir nicht, in diesem zurechtweisenden Ton mit mir zu reden, Ramses«, entfuhr es mir. »Nimm dir nur ja nicht heraus, wie ein Lehrer mit mir umzuspringen, der einem begriffsstutzigen Schüler etwas beizubringen versucht. Mr. Gregson ermittelte verdeckt. Außerdem – äh – außerdem hat er braune Augen.«

Emerson schoß nach vorn, als hätte er einen Stromschlag erlitten. »Ich bin entsetzt, Amelia, daß du es dir herausnimmst, fremden Männern in die Augen zu blicken.«

»Ich habe guten Grund, mir die Augenfarbe eines Verdächtigen zu merken«, erwiderte ich hartnäckig. »Was Mr. Gregson anbelangt, so hoffe und glaube ich, daß du ihn in Kürze kennenlernen wirst. Er ist nicht Sethos. Aber ich weiß, wer er ist. Mrs. Axhammer, die ältere Amerikanerin, die uns in Dahschur besucht hat!«

Ich rechnete damit, daß Emerson »Pah« oder »Humbug« oder etwas ähnlich Beleidigendes von sich geben würde. Seine Reaktion verletzte mich allerdings noch wesentlich empfindlicher. Er brach in schallendes Gelächter aus. »Also komm, Peabody, das ist einfach zu absurd. Aufgrund welcher Beweise ...«

»Mehrerer. Sie hielt ihr Gesicht sorgfältig hinter einem Schleier versteckt, doch er konnte das lebhafte Funkeln der schwarzen Augen nicht verbergen. Als der Schleier zufällig aus ihrem Gesicht geweht wurde, fiel mir auf, daß ihre Zähne weiß und kräftig waren und daß ihr Kinn, auch wenn es glattrasiert war, Bartstoppeln aufwies!«

»Ich habe alte Damen kennengelernt, die Schnurrbärte oder sogar Vollbärte hatten«, sagte Emerson grinsend. »Ihr seid beide im Unrecht. Ich weiß, wer Sethos wirklich ist. Seine Lordschaft, Graf Everly!«

Er ließ mir keine Zeit für eine Erwiderung, sondern fuhr fort: »Ronald befand sich in seinem Gefolge. Es war in Dahschur während der Schießübungen des vermeintlichen Grafen und seiner Freunde, als die beiden Vorfälle mit den Schußwaffen passierten. Es war sein Pferd, das scheute und Ramses in Gefahr ...«

»Reiner Zufall«, sagte ich. »Sethos kann nicht seine Lordschaft sein. Er ist Mrs. Axhammer.«

»Der Graf«, knurrte Emerson.

»Mr. Gregson«, flötete Ramses.

Seine hohe Stimmlage stand in einem so merkwürdigen Gegensatz zu dem brummenden Bariton seines Vaters, daß Emerson und ich lachen mußten. Ramses sah uns von oben herab an. »Es gelingt mir nicht, die Situationskomik zu erkennen«, sagte er.

»Du hast ganz recht, mein Junge«, sagte Emerson schmunzelnd. »Ich vermute, wir müssen es dahingestellt sein lassen. Die Zeit wird beweisen, wer von uns richtig lag.«

»Wenn wir uns nicht alle irren«, sagte ich in ernsterem Tonfall. »Deine Erwähnung geht mir nicht aus dem Kopf, Emerson, daß der Gott Set rothaarig war. Aber ich möchte wetten, daß ich die erste sein werde, die seinem grauenvollen Stellvertreter unter die Augen tritt.«

»Das solltest du verflucht besser sein lassen«, sagte Emerson und lehnte jedwede Entschuldigung ab, obgleich er versprochen hatte, im Beisein von Ramses nicht mehr zu fluchen.

Als wir die Empfangshalle des Shepheard betraten, fiel unser Blick als erstes auf Enid. Sie saß dort, eine Zeitung in der Hand, und schien die neugierigen Blicke und das Tuscheln der anderen Gäste gar nicht wahrzunehmen. In dem Augenblick, als sie uns bemerkte, sprang sie auf und eilte auf uns zu.

»Sie sind gekommen«, flüsterte sie und ergriff meine Hand. »Ich hatte schon befürchtet, Sie kämen nicht. Ich danke Ihnen, vielen, vielen Dank!«

»Ich sagte doch, daß ich kommen würde«, entgegnete ich. »Wenn ich etwas zusichere, Enid, können Sie sicher sein, daß ich das auch einhalte.«

Ramses musterte sie unauffällig. Und in der Tat hatte sie

wenig Ähnlichkeit mit der sittsamen Archäologin von Dahschur. Sie trug ein sehr auffälliges Kleid, das mit Rüschen, Schleifen und Spitzen übersät war, und ihre Lippen und Wangen waren geschminkt. Ich wage zu behaupten, daß sie sicherlich nicht mehr Farbe aufgelegt hatte als sonst, aber aufgrund ihrer Blässe wirkten die roten Flecken ziemlich schauderhaft.

Sie drückte mir fest den Arm und streckte ihre andere Hand nach Ramses aus. »Erkennst du deine alte Freundin denn noch in diesem Aufzug?« fragte sie und lächelte tapfer.

»Ich hoffe, Sie nehmen nicht an, daß eine oberflächliche Veränderung des Erscheinungsbildes mein geschultes Auge täuschen könnte«, erwiderte Ramses offensichtlich eingeschnappt. »Ich hatte nur gerade überlegt, welcher der beiden Persönlichkeiten ich den Vorzug geben würde. Im großen und ganzen ...«

Es hatte nur wenige Tage gedauert, bis Enid begriffen hatte, daß Ramses ununterbrochen weiterredete, falls man ihm nicht ins Wort fiel. »Egal, wie meine äußere Erscheinung auf dich wirkt, Ramses, meine Gefühle werden sich niemals ändern. Ich bin dir eine wirkliche Freundin, und ich hoffe, daß das auch umgekehrt der Fall ist.«

Ramses war tief bewegt. Der zufällige Beobachter hätte es vielleicht nicht bemerkt, denn die einzige, rein äußerliche Gefühlsregung waren seine flatternden Lider. In tiefstem Pathos erwiderte er: »Ich danke Ihnen. Sie dürfen selbstverständlich auf meine Freundschaft zählen, und wenn Sie irgendwann in Zukunft meine Dienste benötigen, dann stehe ich zu Ihrer Verfügung, obwohl ich ernsthaft hoffe, daß Sie niemals die Entscheidung bereuen, die Hand eines Mannes erwählt zu haben, der, auch wenn er nicht gewisser bewundernswerter Eigenschaften entbehrt, doch nicht ...«

Ich fiel Ramses ins Wort. Zumindest hatte er Enid erheitert. Sie wandte sich mir zu und meinte: »Vielleicht halten Sie mich für vermessen, daß ich hier mitten im Blickpunkt der tuschelnden Gäste sitze. Aber ich kann einfach nicht in meinem Zimmer vor mich hingrübeln, als müßte ich mich einer Sache schämen. Donald und ich sind Opfer, keine Täter.«

»Ich bin ganz Ihrer Meinung«, erwiderte ich mitfühlend. »Mr. Baehler hat Ihnen wieder Ihre Suite gegeben? Ich war schon besorgt, da wir uns mitten in der Hochsaison befinden und das Shepheard immer stark besucht ist.«

»Ich hatte sie für einen ganzen Monat gebucht und im voraus bezahlt. Außerdem«, fuhr Enid mit einem ironischen Lächeln fort, »kann ich mir vorstellen, daß er im Augenblick Schwierigkeiten hätte, jemanden zu finden, der diese Räume beziehen wollte. Ich gestehe, daß auch ich keine Lust habe, in diesem Bett zu schlafen. Wenn Sie einige Tage in Kairo bleiben, kann vielleicht Ramses ... «

»Ich würde mich überaus glücklich schätzen«, erklärte Ramses.

Ich warf Emerson einen verstohlenen Blick zu. »Wir werden darüber nachdenken, Enid. In der Zwischenzeit ... «

»In der Zwischenzeit hoffe ich, daß Sie heute mittag meine Gäste sind«, sagte Enid. »Ich möchte nicht gern allein den Speisesaal betreten.«

Natürlich erklärten wir uns einverstanden. Ich entschuldigte mich noch kurz, um meinen an Emerson gerichteten Brief vom Vortag wieder in Empfang zu nehmen und zu vernichten, dann schloß ich mich den anderen an. Wir hatten kaum unsere Sitzplätze eingenommen, als Mr. Baehler auf unseren Tisch zusteuerte. Er entschuldigte sich, daß er uns beim Essen störte. »Aber diese Nachricht ist soeben für Sie abgegeben worden, und da sie einen Dringlichkeitsvermerk trägt, dachte ich ... «

»Ah«, sagte ich und griff nach dem Schriftstück. »Sie hatten ganz recht, den Brief unverzüglich auszuhändigen, Mr. Baehler.«

»Er ist an Professor Emerson gerichtet«, sagte Baehler.

»Wie erstaunlich«, entfuhr es mir.

»Was meinst du mit ›erstaunlich‹?« wollte Emerson wissen. »Ich habe viele Bekannte in Kairo, die ... « Er riß den Brief auf. »Erstaunlich«, murmelte er.

Baehler zog sich zurück, und Emerson reichte mir den Brief. Er war, wie ich bereits vermutet hatte, von Mr. Gregson. »Professor«, lautete er. »Ich werde um Punkt zwölf Uhr im Café Orientale sein. Verspäten Sie sich nicht. Die Angelegenheit spitzt sich zu, und wenn Sie verhindern wollen, daß eine Ihnen sehr nahestehende Person Schaden nimmt, müssen Sie erfahren, was ich Ihnen zu sagen habe.«

»Ich wußte es«, sagte ich triumphierend. »Das beweist, daß du dich irrst, Ramses. Falls Mr. Gregson irgend etwas mit mir im Schilde führte, würde er deinen Vater nicht dazu ermutigen, dem beizuwohnen. Wir müssen sofort aufbrechen, es ist schon fast zwölf.«

Emerson drückte mich zurück auf meinen Stuhl. »Von dir war in der Einladung nicht die Rede, Amelia«, sagte er.

»Aber, Emerson ... «

»Es ist eine Falle«, kreischte Ramses. »Dahinter verbirgt sich ein teuflischer Plan. Ich bitte dich, Mama ... «

»Bitte, Amelia, bleiben Sie bei mir«, schloß sich Enid den Beteuerungen der anderen an. »Ich hatte heute nachmittag, wenn ich dem Polizeikommissariat meine Aussage mache, auf Ihre Unterstützung gehofft.«

»Ich sage dir, Mama, es ist eine Falle«, beharrte Ramses.

»Wenn dem so ist, dann bin ich jedenfalls darauf vorbereitet und bewaffnet«, erklärte Emerson. Amelia, du mußt dich um Miss Debenham kümmern. Sie ist besonders gefährdet, sobald sie das Hotel verläßt. Es könnte ein Trick sein, um uns von ihr wegzulocken und sie schutzlos zurückzulassen.«

»Daran hatte ich nicht gedacht«, gab ich zu. »Also gut, Emerson, deine Argumente haben mich überzeugt.«

»Das dachte ich mir«, sagte Emerson und erhob sich.

»Geh nicht allein, Emerson«, bat ich ihn.

»Natürlich nicht. Ramses wird mich begleiten.«

Das war nicht unbedingt meine Vorstellung gewesen, doch noch ehe ich etwas erwidern konnte, hatten Ramses und sein Vater das Weite gesucht.

»Es täte mir sehr leid, wenn Sie aufgrund meiner egoistischen Forderungen eine wichtigere Sache versäumten«, sagte Enid ängstlich. »Glauben Sie, daß sich die beiden in Gefahr begeben?«

»Nein. Wenn das der Fall wäre, müßte ich Sie notgedrungen wirklich Ihrem Schicksal überlassen. Denn Sie wissen, Enid, daß meinen geliebten Emerson und mich eine überaus starke Zuneigung verbindet. Ich wäre die erste, die ihm zu Hilfe eilte, sollte er sich in Gefahr befinden.«

»Oder Ramses.«

»Oh, ja, oder Ramses, selbstverständlich. Die Tatsache, daß ich hier sitze und ruhig meine Suppe löffle«, was ich tatsächlich tat, denn der Kellner hatte während unseres Gesprächs den ersten Gang aufgetragen, »beweist, daß ich vollstes Vertrauen in Mr. Gregson habe. Bedenken Sie, Enid, vielleicht kommt Emerson zurück und hat den entlastenden Beweis für Donald in der Hand.«

Enids neugierige Fragen führten dazu, daß ich ihr Mr. Gregsons Beteiligung an dem Fall näher erläuterte. Sie kannte die ganze Geschichte noch nicht, und während sie mir zuhörte, verwandelte sich ihr Blick in Betroffenheit.

»Natürlich bin ich nur ein unwissendes, junges Mädchen mit wenig Erfahrung in solchen Dingen«, sagte sie zögernd. »Aber ich habe noch nie von diesem Mr. Gregson gehört. Er sagte, er sei ein berühmter Privatdetektiv?«

»In seinen eigenen Kreisen berühmt, wollte er damit sicherlich sagen«, erwiderte ich. »Menschen, die einer solchen Beschäftigung nachgehen, sind häufig gezwungen, unerkannt zu bleiben.«

»Das ist zweifellos richtig«, sagte Enid.

Der Speiseraum füllte sich rasch. Wir waren unter den ersten Gästen gewesen, denn Enids Termin mit der Polizei war auf ein Uhr festgesetzt. Ich beobachtete die eintretenden Gäste und fragte mich, ob ›Mrs. Axhammer‹ den Mut hatte, aufzukreuzen. Hatte sie nicht, aber statt dessen fiel mir bald eine andere vertraute Gestalt auf – die des Grafen Everly. Er war allein, und zum ersten Mal seit unserer Bekanntschaft trug er einen anständigen Tagesanzug statt seines Phantasiekostüms. Unsere Blicke trafen sich, und nach einem kurzen Zögern straffte er die Schultern und kam auf uns zu.

»Äh ...«, fing er an.

»Nur keine Scheu, junger Mann«, sagte ich. »Wenn Sie etwas Wichtiges zu sagen haben, dann sagen Sie es.«

»Nun, Ma'am, das ist verdammt schwierig, wenn Sie mich wie einen Ganoven anstarren, der Ihre Handtasche gestohlen hat«, sagte der Graf in anklagendem Ton. »Das macht einen fertig, wissen Sie.«

»Eure Lordschaft, ich versuche, Ihre Augenfarbe in Erfahrung zu bringen.«

Der junge Mann senkte seine Lider, doch ich hatte bereits in Erfahrung gebracht, was ich wissen wollte. Seine Augen waren von einem undefinierbaren Graubraun mit grünen Sprenkeln ... Es war schwierig, ihre Farbe exakt zu bestimmen, aber zumindest waren sie nicht schwarz.

Enid starrte mich verwundert an, doch ich gab ihr keine näheren Erläuterungen. Ich muß zugeben, daß ich eine gewisse Heimlichtuerei in solchen Dingen manchmal genieße. »Nehmen Sie Platz, Eure Lordschaft«, sagte ich. »Ich schätze, Sie möchten Miss Debenham Ihr Beileid am Tode ihres entfernten Verwandten ausdrücken?«

»Er sagte, er sei ihr zukünftiger Ehemann«, sagte Everly, während er sich niederließ.

»Da irrte er sich«, sagte Enid knapp.

»Nun, äh – auf jeden Fall – verdammt traurig, wissen Sie. Er war ein feiner Kerl … guter Schütze … vertrug Unmengen Whiskey … Nein, lassen wir das.«

»Kannten Sie ihn schon lange?« fragte ich.

»Habe ihn erst in Kairo kennengelernt. Schien aus einem guten Stall zu kommen. Begegnete ihm im Turf Club.«

»Und wie haben Sie erfahren, daß er tot ist?«

Ich hatte ihn damit aus der Fassung bringen wollen, aber er reagierte sofort und überaus freimütig. »Also, das erzählt sich doch bereits die ganze Stadt, wissen Sie. Und außerdem war ich derjenige, der Gorst gestern informierte, daß er verschwunden war und ich das Schlimmste befürchtete.«

»Sie!« entfuhr es mir.

»Ja, sicher.« Der Graf lehnte sich vor und stützte seine Ellbogen auf dem Tisch auf. Dabei verschob er das Tischtuch und brachte mein Weinglas ins Wanken. Er packte es gerade noch, bevor sich der Inhalt über den Tisch ergoß. »Haben Sie das gesehen?« rief er stolz. »Fingerfertig wie ein Magier! Wovon sprachen wir gerade?«

»Sie informierten gestern die Polizei … «

»Ja, richtig. Gestern abend war er verschwunden, wissen Sie. Knall auf Fall nicht mehr in seinem Zimmer im Mena House, während wir darauf warteten, daß er sich zum Abendessen zu uns gesellte. Schickten einen Kellner, um ihn zu holen, als er nicht kam. Zimmer durchwühlt, Tische und Stühle umgeworfen, Schubladen herausgezogen … verflucht aufregend! Nun, es war klar, daß ein Kampf stattgefunden hatte, und er tauchte nicht mehr auf, und … Später traf ich zufällig auf Sir Eldon und erwähnte die Sache ihm gegenüber. Dachte, das sei das mindeste, was ich für ihn tun könnte.«

Während ich seiner unzusammenhängenden Schilderung lauschte und seine schlaffen, nichtssagenden Gesichtszüge beobachtete, konnte ich mir einfach nicht vorstellen, was Emerson dazu bewogen hatte, in ihm ein kriminelles Genie zu vermuten. Darüber hinaus konnte Emerson mich nicht bezichtigen, unvorsichtig zu handeln und die törichte Gelegenheit wahrzunehmen, mit ihm zu reden. Denn was hätte mir selbst der schrecklichste und herausragendste Verbrecher im überfüllten Speisesaal des beliebtesten Hotels von ganz Kairo antun sollen?

Ich sollte es bald herausfinden.

Es gab keinerlei Anzeichen einer Vorwarnung wie etwa Schwindel oder Übelkeit. Das einzige, woran ich mich erinnern kann, ist der Anblick seiner Lordschaft, der immer noch auf seinem Stuhl saß und plötzlich mit der Geschwindigkeit eines Expreßzuges vor meinen Augen immer kleiner wurde, bis er schließlich die Größe einer Biene hatte. Ich spürte, wie mein Kinn die Tischplatte berührte, und dann nichts mehr.

Erneut hatte ich den gleichen merkwürdigen Traum. Jede Einzelheit paßte zusammen – das weiche Sofa, auf dem ich geruht hatte, die mit rosafarbener Seide bedeckten Wände, der Marmorboden, der Springbrunnen. Da ich wußte, daß ich bald neben Emerson erwachen würde, gab ich mich zufrieden meiner Schläfrigkeit hin und genoß die üppige Pracht meiner Umgebung. Die Zimmerdecke über mir war mit einem weichen Stoff ausgeschlagen wie das Dach eines Sultanzeltes. Silberne Deckenleuchter verliehen dem Raum ein angenehmes, gedämpftes Licht. Träge wandte ich den Kopf. Er war da, genau wie ich ihn schon einmal gesehen hatte ... der niedrige Ebenholztisch mit den Perlmuttintarsien, die Schale mit den Orangen und Pfirsichen, Trauben und Pflaumen. Nur die Weinkaraffe und die Kristallkelche fehlten.

Nachdenklich sinnierte ich über die mögliche Bedeutung eines solchen, wiederkehrenden Traums. Eine nähere Beobachtung der Sachlage war angebracht. Ich beschloß, das Traumereignis zu nutzen und meine Umgebung sorgfältiger zu erkunden. Deshalb schwang ich meine Füße vom Sofa und erhob mich.

Ein Schwindelanfall ließ mich zurück in die Kissen taumeln. Aber es war nicht so sehr das unangenehme Gefühl des kalten Marmors an meinen nackten Fußsohlen, daß ich schlagartig die entsetzliche Wahrheit erkannte. Das war kein Traum. Ich war leibhaftig hier – und jemand hatte die Frechheit besessen, mir meine Stiefel wegzunehmen!

Und was war mit meinem Werkzeuggürtel! Er war das erste, wonach ich tastete. Das Schwindelgefühl war vorüber, und ich war vollkommen geistesgegenwärtig und aufnahmebereit. Meine Logik vermittelte mir umgehend das entsetzliche Ausmaß meiner Situation. Wie er mich im hellen Tageslicht aus einem belebten Hotel hatte entführen können, wußte ich nicht. Aber ich hatte keinen Zweifel an seiner wahren Identität. Nur Sethos hätte diese Dreistigkeit besessen. Nur er allein hätte einen solch waghalsigen Plan ausgeführt. Und er war – er mußte einfach der farblose Graf gewesen sein! Der kleine Trick mit dem Weinglas, so geschickt inszeniert, hatte ihm die Gelegenheit gegeben, meinen Wein zu vergiften. Emerson hatte recht gehabt, ich hingegen hatte mich geirrt. Mein einziger Trost bestand darin, daß Ramses ebenfalls falsch gelegen hatte.

Mein Herz pochte unangenehm schnell, doch das Gefühl, das mich durchströmte, war nicht so sehr Furcht wie absolute Entschlossenheit, vermischt – das gebe ich zu – mit brennender Neugier. Würde ich letztlich der rätselhaften Persönlichkeit gegenüberstehen, deren Machenschaften in mir Abscheu und zugleich eine gewisse unfreiwillige Bewunderung ausgelöst hatten? Alle Kritiker behaupten, daß Miltons Satan eine dunkle Aura der Würde umgibt. Auch sein Stellvertreter auf Erden sorgte für ein solches Empfinden.

Ohne mich von meinem Sitzplatz zu rühren, peilte ich die Lage. Jetzt begriff ich, warum die Kristallgläser und die Karaffe aus meinem Traum fehlten. Es befand sich kein einziger Gegenstand im Raum, den man als Waffe hätte einsetzen können. Man hatte mir die Gegenstände von meinem Gürtel und meinen Sonnenschirm weggenommen, die Pistole aus ihrem Halfter entfernt. Selbst meine schweren Stiefel hatte man mir ausgezogen. Ich sah keine Spiegel, keine Vasen, keine Glasgegenstände irgendwelcher Art, mit deren scharfkantigen Scherben ich dem Feind eine Vene hätte aufschlitzen können. Ein grimmiges Lächeln, das Emerson alle Ehre gemacht hätte, umspielte meine Lippen. Falls Sethos befürchtete, ich könnte einen Selbstmordversuch unternehmen, um ihm seine Rache zu vergällen, hatte er mich aber erheblich unterschätzt.

Das Betäubungsmittel hatte mich sehr durstig gemacht, aber ich hatte Angst, von den appetitlichen Früchten zu kosten oder das Wasser aus dem Springbrunnen zu trinken, obgleich ein eleganter Silberbecher daneben stand. Vorsichtig erhob ich mich, um das Zimmer zu erkunden, und war erleichtert, daß das Schwindelgefühl nicht erneut einsetzte. Die Fenster, die hinter duftigen Vorhängen verborgen waren, waren verschlossen und verriegelt. Die Fensterläden bestanden aus wunderschön geschnitztem Holz mit kleinen eingefrästen Löchern, um frische Luft hereinzulassen, doch als ich durch eines der größeren Löcher hindurchblicken wollte, sah ich aufgrund der ausgetüftelten Krümmung in den Öffnungen lediglich einen winzigen Schimmer Tageslicht. Die Riegel waren nicht erkennbar. Offenbar waren sie auf den Außenseiten der Fensterläden angebracht.

Der einzige andere Ausgang aus dem Zimmer war eine schwere Tür hinter einem Vorhang aus Brokatdamast.

Während ich zu meinem Sofa zurückkehrte, dachte ich über meine neuen Entdeckungen nach und sah mich zu dem Schluß gezwungen, daß sie wenig Anlaß zur Hoffnung boten. Der Raum war für einen Gefangenen bestimmt gewesen, und mir war klar, um welche Art von Gefangenen es sich dabei handeln sollte. Daß mich dieser Schurke damit erniedrigen sollte, daß er mich in einen Harem steckte, ließ mir das Blut in den Adern gefrieren. Mein Zorn legte sich ebenfalls nicht, als ich auf dem

Sofa ausgebreitet einige Kleidungsstücke entdeckte, wie sie die Lieblingsgespielinnen reicher Gönner tragen – den weichfließenden, halbdurchsichtigen *Shintiyan*, also eine Pluderhose, sowie die *Anteree* oder Weste, die die halbe Oberweite unbedeckt läßt. Eine ehrbare Frau würde selbst in der Abgeschiedenheit ihres eigenen Hauses noch etwas über dieser Garderobe tragen, doch dafür war nichts vorgesehen. Angewidert warf ich *Shintiyan* und *Anteree* zu Boden.

In diesem Augenblick beschlich mich das Gefühl, nichts weiter tun zu können. Die Lampen befanden sich viel zu hoch, als daß ich sie hätte erreichen können, Tür und Fenster waren unbezwingbar. Möglicherweise hätte ich mir aus dem dünnen Stoff der Hose ein Seil knüpfen können, aber ein Seil wäre absolut nutzlos gewesen, es sei denn, ich hätte mich damit erhängen wollen. Trotzdem war die Situation nicht völlig hoffnungslos. In seiner ganzen Arroganz hatte Sethos es nicht für nötig gehalten, sein Hauptquartier zu wechseln. Nicht, daß ich etwa erwartete, daß Ramses' lächerliche Idee, besagten Ort aufgrund der Rufe der Muezzins ausfindig zu machen, zum Tragen käme, aber ich wußte, daß Emerson ganz Kairo dem Erdboden gleichmachen würde, bevor er seine Suche aufgab. Gleichermaßen bestand noch Hoffnung aufgrund der von Mr. Gregson in Erfahrung gebrachten Informationen. Vielleicht waren er und Emerson ja gerade auf dem Weg zu meiner Befreiung!

Ich könnte nicht sagen, daß mir die Zeit lang wurde, denn ich war voll und ganz damit beschäftigt, Pläne für meine Flucht zu entwickeln und wieder zu verwerfen (im großen und ganzen, so muß ich zugeben, letzteres). Ich hatte nicht die Absicht, tatenlos herumzusitzen und auf meine Rettung zu warten. Als ich ein schwaches Geräusch an der hinter dem Vorhang verborgenen Tür vernahm, sprang ich sofort auf und stürmte durch das Zimmer. Ich hatte keine große Hoffnung, daß mein Versuch erfolgreich sein würde, denn ich konnte nur meine bloßen Hände im Kampf gegen die eintretende Person einsetzen, und ich wußte auch nicht, ob sich die Tür nach innen oder außen, nach links oder rechts öffnen würde. Trotzdem muß man sein Bestes versuchen. Ich preßte meine Handflächen zusammen, wie mir das einmal ein arabischer Kämpfer aus meinem Bekanntenkreis beigebracht hatte, und stellte mich neben der Tür in Position.

Ich sah weder, noch hörte ich, wie die Tür geöffnet wurde; die Angeln mußten sehr gut geölt sein. Ein sanfter Lufthauch war meine einzige Warnung. Darauf folgte das abrupte Beiseiteziehen des schweren Vorhangs, und dann betrat ein Mann den Raum. Ich war bereit. Mit der größtmöglichen Wucht ließ ich meinen Handkantenschlag auf seinen Nackenwirbel niedergehen.

Zumindest war es meine Absicht gewesen, ihn an dieser Stelle zu treffen. Meine Handflächen waren mitten auf seinem Rücken aufgeprallt und sanken dann schlaff und wie betäubt nach unten. Der Bursche war fast zwei Meter groß, und seine Muskeln fühlten sich an wie Granit.

Er bot einen erstaunlichen und anziehenden Anblick, ein Hüne, der geradewegs *Tausendundeiner Nacht* hätte entstiegen sein können. Seine einzige Bekleidung bestand aus einer knielangen Hose, die in der Taille von einer breiten, dunkelroten Schärpe gehalten wurde, in die er an jeder Hüfte einen langen Krummsäbel gesteckt hatte. Ansonsten war sein Körper nackt, von seinem glattrasierten Kopf bis zur Magengegend und von seinen Knien bis zu seinen überdimensionalen Füßen. Jeder Quadratzentimeter seiner entblößten Haut glänzte ölig und war von Muskeln durchsetzt.

Er sah mich mit verhaltener Neugier an. Ich schätze, daß ihm mein Schlag wie der Hauch eines Schmetterlingsflügels vorgekommen sein muß. Als er langsam auf mich zukam, wich ich Schritt für Schritt zurück, bis meine Kniekehlen das Sofa berührten und ich mich unvermittelter hinsetzen mußte, als ich das eigentlich beabsichtigt hatte. Das war es wohl auch, was diese Erscheinung von mir erwartet hatte. Er blieb stehen und nahm dann militärische Haltung an, als der Vorhang ein weiteres Mal zur Seite geschoben wurde und der Meister selbst zum Vorschein kam.

Ich kannte ihn – und doch hatte ich ihn so noch nie zuvor gesehen. Ein schwarzer Vollbart verdeckte seine untere Gesichtshälfte; doch im Gegensatz zu der wilden Pracht, die er in seiner Verkleidung als Vater Girgis gewählt hatte, war dieser Bart kurz gehalten und gepflegt. Getönte Gläser verbargen seine Augen, und ich hatte keinen Zweifel daran, daß seine schwarzen, wehenden Locken falsch waren. Er trug Reithose, Stiefel und ein weißes Seidenhemd mit weiten Ärmeln, eine Aufmachung, die seine schmale Taille sowie seine breiten Schultern betonte und in mir die Frage aufwarf, wie er jemals die Rolle des schmalbrüstigen, schwindsüchtig dreinblickenden jungen Adligen hatte spielen können.

Mit einer befehligenden Geste entließ er den Wächter. Der Hüne fiel mit einer tiefen Verbeugung vor ihm auf die Knie und verschwand dann.

»Guten Tag, Amelia«, sagte Sethos. »Ich hoffe, ich darf Sie so nennen?«

»Das dürfen Sie nicht«, erwiderte ich.

»Trotzig wie eh und je«, murmelte er. »Ihr stets unbeugsamer Wille und Ihr außerordentlicher Mut überraschen mich dennoch nicht. Aber macht es Sie nicht zumindest neugierig, wie ich Sie hierhergebracht habe?«

»Neugier ist eine Eigenschaft, die ich mir hoffentlich immer erhalten werde«, sagte ich. »Aber im Augenblick interessiert mich die Frage, wie ich hierhergekommen bin, weitaus weniger als die Überlegung, wie ich von hier verschwinden kann.«

»Dann erlauben Sie mir, Ihre Neugier hinsichtlich der ersten Frage zu befriedigen«, kam die höfliche Antwort. »Aber zunächst wollen wir es uns gemütlich machen.«

Er klatschte in die Hände. Der Hüne erschien ein weiteres Mal mit einem Tablett, das in seinen riesigen Händen wie ein

Spielzeug wirkte. Er stellte es auf den Tisch und verschwand. Sethos füllte Wein in die Kristallkelche.

»Ich weiß, daß Sie durstig sein müssen«, bemerkte er, »denn das von mir gezwungenermaßen eingesetzte Betäubungsmittel hat diese Wirkung, und ich habe bemerkt, daß Sie weder von den Früchten probiert noch den Becher benutzt haben. Ich bewundere Ihre Vorsicht, die jedoch unnötig war, denn das Wasser und das Obst sind makellos, ebenso wie der Wein.«

»Ich hatte Cognac erwartet«, bemerkte ich ironisch.

Sethos brach in schallendes Gelächter aus und offenbarte dabei zwei Reihen gepflegter, weißer Zähne. »Also hat Ihnen mein kleiner Scherz mit dem Geistlichen gefallen? Da einige törichte Personen immer noch meinen, daß mein himmlischer Patron der Satan persönlich sein muß, bestärkt mich das in dem Gefühl, diesem Ruf alle Ehre zu machen. Die Scheinheiligen und die Frommen in Versuchung zu führen und die Lächerlichkeit zu beobachten, mit der sie vom Pfad der Tugend abkommen, erfüllt mich mit überaus unschuldiger Freude.«

»Das finde ich überhaupt nicht lustig«, versicherte ich ihm. »Es war eine kindische, unverzeihliche Handlung.«

»Eines Tages, meine Liebe, werden Sie gelernt haben, mit mir über die Dummheiten der Menschheit zu lachen. Aber ich bitte Sie, trinken Sie doch.«

Der Anblick der blassen Flüssigkeit in dem mir angebotenen Glas machte meine Kehle noch trockener, als sie es ohnehin schon war, aber ich verschränkte meine Arme vor der Brust und schüttelte den Kopf. »Danke, nein. Ich trinke nie mit Mördern und Entführern.«

»Sie trauen mir nicht? Schauen Sie.« Er führte das Glas an seine Lippen und nahm einen tiefen Schluck, bevor er es mir erneut anbot. Ich nahm es, drehte es demonstrativ so, daß meine Lippen nicht die Stelle berührten, wo er seinen Mund angesetzt hatte, und löschte meinen Durst. Der Wein hatte ein trockenes, prickelndes Bukett, was sehr erfrischend war.

»Also«, fuhr Sethos fort und setzte sich auf eines der Kissen, »soll ich Ihnen jetzt verraten, wie ich Sie zu meiner Gefangenen gemacht habe?«

»Das ist ganz offensichtlich«, sagte ich schulterzuckend. »Als sie mein Weinglas am Fallen hinderten, haben Sie heimlich etwas hineingetan. Mein Zusammenbruch erschreckte meine Begleiterin; mit Ihrer Hilfe brachte sie mich in ihr Zimmer. Ihr Balkon führt in den Hof, und von dort aus war es nicht schwierig, eine Kiste oder einen Wäschesack zu einer wartenden Kutsche zu transportieren. Ist Miss Debenham ebenfalls Ihre Gefangene, oder haben Sie Ihrer umfassenden Mordliste ein weiteres Opfer hinzugefügt?«

Sethos war beleidigt. »Ich töte keine Frauen«, sagte er überheblich.

»Sie lassen Sie lediglich entführen, des Mordes anklagen ...«

»Die junge Frau befand sich nie in der Gefahr, verurteilt, geschweige denn inhaftiert zu werden«, sagte Sethos. »Und es ist ihr auch nichts geschehen. Etwas Chloroform, von dem sie sich sicherlich längst erholt hat ...«

»Dann muß sie ja wissen, daß Sie der Graf sind – beziehungsweise waren – oder vielleicht sollte ich es so formulieren, daß der Graf Sie darstellte ...«

»Das ist belanglos. Diese Figur ist mir nicht mehr von Nutzen; sie wurde ausgelöscht. Sie haben mich niemals verdächtigt?«

»Doch, Emerson«, schrie ich. »Sie können Emerson nicht hinters Licht führen. Er ist Ihnen auf der Spur, und Sie werden seiner Rache nicht entgehen!«

»Emerson«, wiederholte Sethos mit einem selbstgefälligen Lächeln. »Lassen wir ihn außen vor, was ist mit Ihnen?«

»Ich dachte, Sie wären Mrs. Axhammer«, gab ich zu. »Und Ramses – erinnern Sie sich an Ramses ...«

»Nur allzu gut.«

»Ramses – er ist schließlich nur ein kleiner Junge – verdächtigte Mr. Gregson, den Detektiv.«

»Ich war Gregson.«

»Was!«

»Ich war auch Mrs. Axhammer. Ich war jede der drei Personen!«

Als mir die Bedeutung seiner Worte klar wurde, sank mein Mut ins Bodenlose. Ich war der Verzweiflung so nahe wie noch nie zuvor in meinem Leben, nicht einmal, als ich glaubte, lebendig in der Schwarzen Pyramide begraben zu sein. Schließlich hatte ich damit gerechnet, daß Gregson Emerson behilflich sein würde, Sethos zur Strecke zu bringen ...

Wie elektrisiert sprang ich auf. »Emerson«, kreischte ich. »Er sollte Sie – Gregson – treffen. Was haben Sie meinem Ehemann angetan?«

»Zum Teufel mit Emerson«, lautete die haßerfüllte Antwort. »Warum müssen Sie ihn dauernd erwähnen? Ich habe ihm überhaupt nichts getan. Die Verabredung war ein Trick, um ihn aus dem Weg zu schaffen. Ich war gar nicht im Café Orientale, hoffe jedoch, daß er immer noch dort sitzt, seinen Kaffee schlürft und sich von Ihrer überaus widerwärtigen Redseligkeit erholt.«

»Ich sehe keinen Grund, warum ich Ihnen glauben sollte.«

»Ich sehe keinen Grund, warum Sie das nicht tun sollten.« Sethos erhob sich. Langsam und bedächtig sagte er: »Radcliffe Emerson gehört zu den wenigen Männern auf dieser Welt, die für mich eine ernsthafte Bedrohung darstellen könnten. Ein gewöhnlicher, einfallsloser Halunke hätte ihn längst zur Strecke gebracht. Aber das ist nicht meine Art. Außerdem liebe ich die Herausforderung und einen ebenbürtigen Gegner. Die einzigen Schwachstellen, die Emerson mir gegenüber hat, sind zum einen seine glühende Leidenschaft für die Archäologie, von der ihn so leicht nichts ablenken kann, und zum anderen sein unbeherrschtes Temperament, das ihn häufig zu impulsiven Handlungen veranlaßt.«

»Allerdings«, sagte ich gedankenverloren, »haben Sie die erste dieser Schwachstellen außer Kraft gesetzt, indem Sie mich entführten. Denn solange ich nicht unversehrt zu Emerson zurückkehre, wird er seine ganze Energie und seine Intelligenz darauf verwenden, Sie zu finden. Was sein Temperament anbelangt, so ist es eine entsetzliche Erfahrung, ihm unter die Augen zu treten, wenn er gereizt ist. Und Sie, mein Herr, haben ihn gereizt!«

»Ganz recht. Denken Sie nicht, daß ich mir der Risiken nicht bewußt war. Sie dürfen mir glauben, seit ich meinen Plan verfolge, bin ich davon überzeugt, daß das Resultat diese Risiken wert ist.«

Während er sprach, war er mir langsam näher gekommen. Ich trat zurück, umrundete das Sofa, bis ich keine weitere Rückzugsmöglichkeit mehr sah. Sethos folgte mir schleichend wie ein auf Beute lauernder Panther.

Ich stemmte mich mit dem Rücken zur Wand, darauf vorbereitet, mich bis zum Äußersten zu verteidigen. »Legen Sie schon Ihre blutbesudelte Hand an mich, Sie Ungeheuer«, schrie ich. »Sie haben mir meinen Sonnenschirm und meine Werkzeuge weggenommen, aber denken Sie nur ja nicht, daß Sie den Willen einer Peabody brechen können! Foltern Sie mich, töten Sie mich ...«

»Foltern? Töten?« Er rang nach Atem, während er an seinem offenen Hemdkragen zerrte. »Madam! Amelia! Sie haben mich vollkommen falsch verstanden. Ich habe den Mann gestern nur getötet und vor Ihrem Zelt liegen gelassen, weil er Ihre Sicherheit bedrohte, denn er wollte den Mann an Ihrer Seite erschießen!«

Noch ehe ich seine bemerkenswerten Worte verinnerlichen, geschweige denn auf diese reagieren konnte, warf er sich – nicht an meine Kehle, sondern mir zu Füßen. »Begehrenswerteste aller Frauen, ich bete Sie aus tiefster Seele, mit jeder Faser meines Herzens an! Ich habe Sie nicht hierhergebracht, weil ich

Ihnen etwas antun wollte, sondern weil ich beabsichtigte, Ihnen die tiefe Verehrung eines hoffnungslos von Ihnen verzauberten menschlichen Geistes zuteil werden zu lassen!« Daraufhin verbarg er sein erhitztes Gesicht in den Falten meiner Hose.

14

Obgleich mich die erstaunliche Wendung der Ereignisse erheblich überraschte, bot mir das keinerlei Perspektiven für die Zukunft, und mein unbeugsamer Wille siegte rasch über meine anfängliche Verwirrung. Sethos atmete immer noch heftig in der Gegend meines linken Knies. Sein Hemdkragen hatte sich gelockert und gab den Blick auf seinen Nackenwirbel frei. Der Trick war zwar beim ersten Mal fehlgeschlagen; um so mehr Grund für mich, es ein weiteres Mal zu versuchen. Ich preßte meine Handflächen fest zusammen und schlug zu.

Das Ergebnis war mehr als zufriedenstellend. Sethos stöhnte auf und lockerte seine Umarmung. Seine Knie gaben nach, er fiel nach vorn und kopfüber auf den spiegelglatten Marmor. Hätte ich reglos verharrt, wäre sein Kopf auf meinen Füßen aufgeprallt, doch schon während er sich zusammenkrümmte, war ich auf die Tür zugestürzt.

Vergeblich warf ich mich dagegen. Als ich mich in fieberhafter Hast umdrehte, bemerkte ich, daß Sethos auf mich zukam. Die getönte Brille war hinuntergefallen. Seine schwarzen Augen – seine braunen Augen – oder waren sie grau? Welche Farbe sie auch immer hatten, sie sprühten vor Mordlust oder vielleicht, gemessen an seinem mir gerade enthüllten Geständnis, vor einer anderen Lust. Verzweifelt fuhr ich mit meiner Hand über meine Hose und hoffte wider besseres Wissen, daß man doch irgendeinen Gegenstand übersehen hatte – mein Federmesser, meine Schere, vielleicht auch nur eine Schachtel Streichhölzer. Er hatte mich schon fast erreicht, als mir in meiner abgrundtiefen Verzweiflung ein Geistesblitz kam. Der Gürtel selbst! Er war sechs Zentimeter breit, aus dickem, geschmeidigen Leder mit einer schweren Stahlschnalle gearbeitet. Ich nahm ihn ab und wirbelte ihn furchterregend durch die Luft.

»Zurück!« brüllte ich. »Bleiben Sie stehen, oder ich werde Ihnen ein Andenken verpassen, das Ihnen als untrügliches Zeichen erhalten bleibt und von keiner Verkleidung kaschiert werden kann!«

Sethos sprang mit geschmeidiger Anmut zurück. Ein Lächeln umspielte seine Mundwinkel. »Das«, bemerkte er, »ist es, was ich an Ihnen so liebe, Amelia. Sie lassen jede Vernunft, jede Vorsicht so bewundernswert unbekümmert außer acht. Der Mann, der Ihr Leben teilt, hat sicherlich nie Langeweile.

Bitte legen Sie den Gürtel weg und seien Sie vernünftig. Selbst wenn Sie mich bewußtlos schlügen, könnten Sie das Haus nicht verlassen.«

»Ich könnte es zumindest versuchen«, konterte ich und wirbelte weiterhin meinen Gürtel durch die Luft, dessen pfeifendes Surren an die Geräusche angriffslustiger Insekten erinnerte.

»Sie könnten es versuchen. Aber es würde Ihnen nicht gelingen. Und wenn meine Männer glaubten, Sie hätten mich getötet oder ernsthaft verletzt, könnten sie Ihnen etwas antun. Werden Sie einsichtiger sein, wenn ich Ihnen hoch und heilig verspreche, Sie nicht mehr anzurühren und mich Ihnen nicht mehr zu nähern, bis Sie mich selbst darum bitten?«

»Das wird niemals passieren«, versicherte ich ihm.

»Wer weiß? Das Leben ist voller Überraschungen. Das macht es ja überhaupt erst erträglich. Wenn Sie mein Wort nicht akzeptieren, betrachten Sie die Sache einmal unter folgendem Aspekt: Sie kennen mich als – nun, ich möchte nicht sagen ›überheblich‹. Nennen wir es einmal so: als einen Menschen, der von sich überzeugt ist. Erscheint es Ihnen da nicht wahrscheinlicher, daß es mir beispielsweise Vergnügen bereitete, Ihre Zuneigung zu gewinnen – Haß in Liebe und Verachtung in Bewunderung zu verwandeln –, statt zu brutaler Gewalt zu greifen? Ich verachte Brutalität. Und«, fuhr er mit einem weiteren Lächeln fort, »ich bin sicher, daß Ihr Arm langsam ermüdet.«

»Keineswegs«, behauptete ich eigensinnig. »Ich könnte den ganzen Nachmittag so weitermachen. Allerdings hat Ihre Argumentation auch ihr Gutes.« Mehr sagte ich nicht zu diesem Thema, und ich muß gestehen, er war höflich genug, mit einem flüchtigen Blick über die Sache hinwegzugehen – die Tatsache, daß meine um ihren korrekten Sitz gebrachte Hose mittlerweile den unabänderlichen Gesetzen der Schwerkraft unterlag.

»Nun gut«, sagte ich. »Es erscheint mir unvermeidlich, Mr. Sethos. Ich akzeptiere Ihr Wort, weise jedoch darauf hin, daß ich im Gegenzug keinerlei Versprechungen mache.«

Ich hatte seinen Namen noch kein einziges Mal erwähnt. Als er ihn jetzt hörte, zog er schmunzelnd seine Brauen hoch. »Also haben Sie mein Lieblingspseudonym aufgedeckt! Lassen Sie nur die Anrede weg, ich bitte Sie. Das klingt irgendwie absurd und zerstört die vertrauliche Atmosphäre, die ich mir zwischen uns so sehr wünsche.«

»Nein, danke«, entgegnete ich. »Ich lege Wert auf die größtmögliche Förmlichkeit, welche die ungewöhnlichen Umstände derzeit zwischen uns zulassen.«

»Aber, wie stellen Sie sich denn das vor«, rief er halb scherzhaft, halb verärgert. »Wie kann ich Sie denn mit sanften Worten und zärtlichen Schwüren umwerben, wenn ich Sie mit Mrs. Emerson anreden muß?«

»Ich glaube, daß ein solch kleines Problem lediglich eine weitere Herausforderung für Sie darstellen wird.«

Er streckte seine Hand aus. Schulterzuckend händigte ich ihm den Gürtel aus.

»Danke, Mrs. Emerson«, sagte er würdevoll. »Und jetzt muß ich Sie darum bitten, die Kleidungsstücke überzustreifen, die ich für Sie bereitgelegt habe.«

»Wie können Sie es wagen, Sir!«

»Als einfache Methode des Selbstschutzes, Mrs. Emerson. Der Himmel weiß, welche weiteren harten oder spitzen Gegenstände Sie noch an Ihrem Körper verborgen tragen. In dieser Hose ist Platz genug für ein ganzes Sortiment an Krummsäbeln.« Meinen fassungslosen Gesichtsausdruck richtig deutend, fügte er hinzu: »Abgesehen davon, daß man das Werkzeugsortiment von Ihrem Gürtel sowie Ihre Stiefel entfernt hat, haben weder ich noch meine Gehilfen Sie durchsucht. Es war ein Zeichen besonderen Respekts, den ich für Sie empfinde, aber wenn Sie mich zwingen ...«

»Ihre Argumente sind erneut überzeugend, mein Herr. Ich vertraue darauf, daß Sie mir ebenfalls die Höflichkeit erweisen werden, mich allein zu lassen, während ich Ihre Anweisungen befolge!«

»Selbstverständlich. Klopfen Sie an die Tür, wenn Sie fertig sind. Aber versuchen Sie nicht, meine Geduld überzustrapazieren.« Dann fügte er in einer Sprache hinzu, die ich unschwer als Französisch erkannte, auch wenn er sich schleppend und seltsam betont ausdrückte: »Öffne dein Haar, o meine Geliebte, auf daß sein betörender Duft das einzige Hindernis zwischen deiner und meiner Leidenschaft sein möge.«

Ich glaube, es gelang mir, meine Überraschung über diese überaus persönliche Beichte zu verbergen, denn ich hielt es für besser, so zu tun, als hätte ich ihn nicht verstanden. Und doch durchströmte ein merkwürdiges Gefühl meinen Körper – eine prickelnde Wärme, falls es etwas Derartiges gibt. Die außergewöhnliche Aura dieses Mannes war nicht nur auf seine Geisteskraft beschränkt. Sein Körper war der eines Athleten, und seine Stimme – dieses bemerkenswerte, anpassungsfähige und klangvolle Organ – konnte sich so plötzlich und völlig verändern wie sein gesamtes Erscheinungsbild.

Daraufhin verließ er mich, und ich befolgte umgehend seine Anweisungen. Glauben Sie nicht, werter Leser, daß ich klein beigegeben hätte, wenn ich nicht ein tiefgründigeres Motiv verfolgt hätte. Der Schurke ahnte ja gar nicht, welchen Trumpf er mir zugespielt hatte! Es war eine Schande, daß ich mit einer solch waghalsigen Strategie nur langsam zum Ziel kam, aber dadurch, daß er mir befohlen hatte, mich umzukleiden, hatte er mir einen Vorwand geliefert, mich gewisser Kleidungsstücke in einer Art und Weise zu entledigen, mit der er sicherlich nicht rechnete. Er hatte gesagt, daß er erst zurückkäme, wenn ich mich bemerkbar machte. Da ich jedoch nicht wußte, ob er sein Wort hielt, mußte ich schnell handeln.

Nachdem ich meine Hose ausgezogen hatte, nahm ich die wollene Leibbinde ab, die ich in Ägypten immer trage, und riß einen Streifen davon ab. Wie oft hatte sich mein geliebter Emerson schon über dieses Kleidungsstück lustig gemacht! Es war ein unverzichtbarer Schutz gegen Erkältungskrankheiten, was sich anhand der Tatsache beweisen ließ, daß ich nie unter derartigen Symptomen gelitten hatte. (In der Tat hatte Emerson auch nie eine Erkältung, obwohl er das Tragen einer Leibbinde hartnäkkig ablehnte. Allerdings ist Emerson auch ein Fall für sich.) Die Leibbinde hatte sich bereits bei mehreren Gelegenheiten als sinnvoll erwiesen; jetzt war sie vielleicht meine Rettung. Glücklicherweise hatte ich mir vor unserer Abreise in England eine neue Kollektion zugelegt, und das leuchtende Rosa war aufgrund häufiger Wäschen noch nicht verblaßt.

Mit einem gewissen Widerwillen nahm ich die Kette von meinem Hals, an der mein Skarabäus aus Lapislazuli mit der Kartusche von Thutmosis dem Dritten hing. Das war Emersons Hochzeitsgeschenk gewesen. Mich in dieser Situation davon zu trennen, da es meine einzige Erinnerung an ihn bedeutete, fiel mir mehr als schwer. Doch meine Hände blieben fest, als ich die Kette ans Ende des Flanellstreifens knotete. Wie passend wäre es doch, wenn mich dieses Geschenk ehelicher Zuneigung vor einem Schicksal bewahren könnte, das (möglicherweise) schlimmer ist als der Tod.

Ich kehrte mit meinem Stoffstreifen zum Fenster zurück und

fingerte an einer meiner Haarnadeln. Obwohl sie gut und gerne acht Zentimeter lang sind, eignen sich diese Accessoires aufgrund ihrer Biegsamkeit nicht als Waffe. Allerdings war besagte Eigenschaft genau das, worauf ich im Augenblick zählte. Nachdem ich mich für die größte Öffnung in dem Fensterladen entschieden hatte, drückte ich den Stoffstreifen mitsamt seinem Skarabäusanhängsel so weit durch das Loch, wie ich mit meinem Finger greifen konnte. Dann trat die Haarnadel auf den Plan. Es folgte ein spannender Augenblick, als der Stoff in der Öffnung steckenblieb und sich nicht mehr bewegen ließ. Nachdem ich daran herumgebohrt und gestochert hatte, spürte ich schließlich, wie er nachgab, und es erfüllte mich mit Triumph, als sich der Rest des Streifens durch das Loch bugsieren ließ. Um zu verhindern, daß das Band hinunterfiel, verknotete ich schließlich das Ende.

Ich war mir sicher, daß die Fensterläden ein Fenster verbargen, das ins Freie hinausging. Von diesem Fensterladen baumelte nun ein leuchtend rosafarbener Streifen aus Wollstoff mit einem Lapislazuli-Skarabäus am Ende. Sofern das Fenster, wie ich das inständig hoffte, zur Straßenseite gelegen war, würde mein Hinweis mit Sicherheit früher oder später bemerkt.

Ich riß den Rest der Leibbinde in Streifen und verknotete die Enden miteinander. Nicht einmal Sethos wäre aufgefallen, daß ein Stück Stoff fehlte, und so konnte er sich amüsiert der Spekulation hingeben, was ich mit dem Stoffseil beabsichtigt hatte.

Nachdem ich mich meiner Garderobe – bis auf ein durchgehendes, knielanges, mit Spitze und kleinen rosa Schleifen verziertes Baumwollunterkleid – entledigt hatte, griff ich mit spitzen Fingern nach den hauchdünnen, von Sethos ausgesuchten Teilen. Sie waren nicht ganz so anstößig, wie ich vermutet hatte. Die Weste war zwar tief ausgeschnitten und ärmellos, aber nicht durchsichtig, da der Stoff mit kostbaren Spitzen und Perlenstikkereien bedeckt war. Aber die Hose! Sie bestand aus so viel Stoff, daß er daheim in England mühelos die riesigen Fenster meines

Salons bedeckt hätte, aber er verhüllte äußerst wenig. Ich zog sie über meinen Unterrock.

»Öffne dein Haar, o meine Geliebte ...« Es hatte sich schon halb gelöst. Mein Haar ist schwer und widerspenstig, und die mir zuteil gewordene, wenig fürsorgliche Behandlung war dem Schick meiner Frisur nicht unbedingt zuträglich gewesen. Ich hatte nicht die Absicht, Sethos' unverschämter Bitte nachzukommen, insbesondere weil ich mich, solange es eben möglich war, nicht von meinen Haarnadeln trennen wollte. Man weiß nie, wann eine Haarnadel nützlich sein kann. Es war jedoch nicht einfach, meine Haarpracht ohne Kamm oder Bürste wieder in Form zu bringen, und ich kämpfte immer noch damit, als ich ein Geräusch an der Tür vernahm.

»Ach, zum Teufel«, sagte ich in einem Tonfall, der Emerson alle Ehre gemacht hätte.

Die Tür wurde geöffnet, und Sethos steckte den Kopf durch den Vorhang. Er wich zur Seite, denn der glatzköpfige Hüne trat mit einem weiteren Tablett ein, das diesmal mit Schüsseln und Tellern beladen war.

Sethos musterte mich von Kopf bis Fuß und bemerkte dann unterkühlt: »Ich hoffe, Sie nehmen es mir nicht übel, Mrs. Emerson, wenn ich sage, daß die Wirkung nicht ganz so ist, wie ich es erwartet hatte. Aber nichts für ungut, das ist zumindest ein Anfang. Das ungewöhnliche Kleidungsstück, das Sie da tragen, vermittelt mir durch seine sprichwörtliche Paßformgenauigkeit wenigstens, daß Sie keine Pistole oder ein Messer verbergen.«

Nachdem er die Speisen auf dem Tisch angerichtet hatte, zog sich der Hüne zurück. Er war kaum hinter dem Vorhang verschwunden, als geräuschvolles Klopfen und Hämmern einsetzte. »Machen Sie sich nicht allzuviel Hoffnung«, sagte Sethos lächelnd. »Was Sie da hören, ist kein Befreiungstrupp, sondern mein Diener, der sich mit Schreinerarbeiten vergnügt. Ich habe ihn angewiesen, einen Riegel auf dieser Seite der Tür anzubringen, sozusagen als Zeichen meiner ehrbaren Absichten und meiner hohen Wertschätzung. Wollen Sie mir nicht danken?«

»Was, meinem Unterdrücker dafür danken, daß er mir nicht ständig nachstellt?«

Lachend schüttelte Sethos den Kopf. »Sie sind unvergleichlich, meine Liebe... Mrs. Emerson. Bitte setzen Sie sich und lassen Sie uns essen.«

Er hob einen der silbernen Deckel hoch. Der köstliche Duft von Hähnchen und Gewürzen machte mir bewußt, daß ich schrecklich hungrig war. In den nun vor mir liegenden Stunden würde ich alle meine Kräfte brauchen. Also ließ ich mich auf einem Kissen nieder und bediente mich. Den Wein lehnte ich jedoch ab.

»Machen Sie sich keine Sorgen«, sagte Sethos mit einem seltsamen Lächeln. »Ich habe nicht vor, Ihren Widerstand zu brechen, indem ich Sie mit Betäubungsmitteln gefügig mache. Es kann Wochen, vielleicht sogar Monate dauern, aber letztlich werden Sie mich um meiner selbst willen lieben.«

»Monate! Sie können mich doch nicht so lange in diesem Zimmer einsperren. Ich brauche Bewegung, frische Luft...«

»Keine Angst. Das hier ist nur ein vorübergehender Aufenthaltsort. Morgen werden wir zu einem meiner Landsitze aufbrechen. Ich habe ihn speziell für Sie ausgestattet, und ich weiß, Sie werden das zu schätzen wissen. Dort gibt es Gärten mit schattenspendenden Bäumen und exotischen Pflanzen, verschlungene Pfade und kristallklare Brunnen, wo Sie nach Herzenslust herumstreifen können.«

Was für eine Neuigkeit – ich hatte ihn keinesfalls mißverstanden! Damit hätte ich sogar rechnen müssen, trotzdem warf sie einen empfindlichen Schatten auf meine Fluchtpläne. Ich wußte, daß mich Emerson früher oder später aufspüren würde, solange ich in Kairo blieb. Aber selbst für Emerson wäre es schwierig, jeden Winkel Ägyptens nach mir zu durchkämmen. Außerdem hatte Sethos mit keinem Wort erwähnt, daß wir in

Ägypten bleiben würden. Sein Landsitz befand sich vielleicht irgendwo im Nahen Osten – er konnte überall auf der Welt sein!

Je länger ich unsere Abreise hinauszögern konnte, um so besser war es für mich, aber ich hatte keine Ahnung, wie mir das gelingen sollte. Eine Krankheit zu simulieren würde Sethos nicht täuschen können. Eine plötzlich überwältigende Zuneigung wäre noch weniger überzeugend, vorausgesetzt, es gelänge mir überhaupt, ihm Gefühle vorzugaukeln. Allerdings konnte es nicht schaden, Toleranz zu üben und ihn in der Hoffnung zum Reden zu ermutigen, daß er vielleicht unbeabsichtigt Informationen preisgab, die mir nützlich waren.

»Wer sind Sie wirklich?« fragte ich. »Ist das Ihr wahres Erscheinungsbild?«

Sethos schmunzelte. »Das ist eine weitere Eigenschaft, die ich so überaus an Ihnen schätze, Amelia – verzeihen Sie, Mrs. Emerson. Sie sind nicht hinterhältig. Doch so sehr ich mich auch danach sehne, mich Ihnen anzuvertrauen, und darauf brenne, Ihnen mein wahres Ich zu enthüllen, zwingt mich die Vorsicht dazu, mein Inkognito aufrechtzuerhalten, bis wir wirklich vereint sind. Das Gesicht, das Sie hier vor sich sehen, ist nur eines von Tausenden, die ich mir je nach Belieben zu eigen mache. Ich bin, wenn ich das einmal so nennen darf, ein Meister in der Kunst der Verstellung. Verzeihen Sie mir die Unverfrorenheit, mich ein wenig zu brüsten ... mich bewundernswerter in den Augen derjenigen erscheinen zu lassen, die ich verehre ...«

»Bitte fahren Sie fort«, sagte ich und nahm mir noch etwas Salat. »Das Thema interessiert mich brennend.«

»Aber das ist kein Thema, von dem Sie profitieren könnten. Sie sind mein Gegenpol, direkt, wo ich verschlagen bin, offen heraus, wo ich verhalten und vorsichtig taktiere. Sie gehen unumwunden auf Ihr Ziel zu, indem sie den Leuten Ihren Sonnenschirm auf den Kopf schmettern, und ich bewege mich so langsam und hinterlistig wie eine Schlange. Die Kunst der Verstellung ist für meinen Beruf lebenswichtig, nicht nur aus praktischen Erwägungen, sondern auch, weil sie meinen Handlungen eine Aura des Übersinnlichen verleiht. Viele meiner törichten Assistenten glauben, daß ich meine äußere Erscheinung aufgrund von Magie verändere. Dabei ist es in Wirklichkeit nur der geschickte Umgang mit Schminke und Haarfarbe, Perücken, Bärten und Kostümen sowie unterschwelligen, doch gleichermaßen bedeutsamen Verhaltensänderungen. Gesten, Körperhaltung, Stimmlagen verändern das menschliche Erscheinungsbild weitaus wirkungsvoller als jeder physische Trick. Ich kann mich mit Hilfe besonderer Schuhe oder Stiefel um einige Zentimeter größer machen. Ich kann aber genausogut dafür sorgen, daß ich aufgrund einer bestimmten Haltung kleiner wirke. Wenn Sie den Grafen kritisch beobachtet hätten, wäre Ihnen aufgefallen, daß er größer war, als es seine gebeugte Haltung erkennen ließ; daß seine hängenden Schultern gar nicht so schmal waren, wie es den Anschein hatte; daß seine schleppende Stimme und sein gekünsteltes Benehmen auf mangelnde Körperkraft hindeuteten, was seine eigentliche Statur sicherlich nicht vermuten ließ.«

»Aber seine Augen«, entfuhr es mir – denn ich war zutiefst fasziniert. »Der Geistliche von Dronkeh hatte mit Sicherheit schwarze Augen. Und Ramses hat mir versichert ...«

»Ramses muß noch viel lernen«, sagte Sethos. »Es gibt Möglichkeiten, um die Farbe der Augen zu verändern. Bestimmte Drogen erweitern die Pupillen. Lidschatten und Wimperntusche lassen die Iris dunkler oder heller erscheinen, insbesondere, wenn man das Glück hat, Augen von einer undefinierbaren Farbe zwischen Braun und Grau zu besitzen. Eines Tages werde ich Ihnen meine Trickkiste zeigen, Amelia. In jedem meiner Verstecke verfüge ich über ein Laboratorium, das mit meiner Ausstattung bestückt ist – darunter auch einige von mir selbst entwickelte Hilfsmittel. Es wird Ihnen vielleicht Spaß machen, damit zu experimentieren. Obwohl es in Ihrem Fall schwierig sein dürfte, diese leuchtenden, wachen Gestirne zu verbergen oder ihren Glanz zu schmälern ...«

Während er sprach, hatte er mir tief in diese wachen Gestirne geblickt und seine Stimme zu einem sanften Murmeln gesenkt.

»Mir wäre eine logische Abhandlung lieber als irgendwelche leeren Komplimente«, sagte ich – obgleich mir bewußt wurde, daß mein Puls raste.

Er senkte den Blick. »Verzeihen Sie mir. Ich werde mein Wort halten, auch wenn Sie es mir sehr schwer machen ... Ich werde Ihnen alle Fragen beantworten ... bis auf eine.«

»Ihre wahre Identität, nehme ich an. Nun, Mr. Sethos, ich habe noch Dutzende anderer. Warum führen Sie ein solches Leben? Mit Ihren Fähigkeiten wären Sie auch in einer ganzen Reihe legaler Berufe erfolgreich.«

Nachdenklich erwiderte er: »Eines Tages werde ich Ihnen von meiner Vergangenheit erzählen, und dann werden Sie die Motive verstehen, die mich zu diesem zugegebenermaßen merkwürdigen Lebenswandel zwangen. Aber eines darf ich Ihnen schon jetzt verraten. Es ist nicht allein des Geldes wegen, warum ich die Lebenden und die Toten bestehle. Die feinsten, von mir in Besitz genommenen Arbeiten gelangen niemals zum Verkauf in die gräßlichen Basare. Ich liebe die Schönheit, und die schönsten Stücke behalte ich selbst.«

Die Bedeutung seiner Aussage war unmißverständlich, denn er blickte mir erneut mit einem Ausdruck unverhohlenen Interesses in die Augen. Ich mußte lachen. »Das waren wohlklingende Worte, Mr. Sethos, aber ich befürchte, daß Sie Ihren Anspruch eines Schöngeistes etwas überzogen haben, als Sie mich entführten. Emerson ist der einzige Mann ...«

»Bitte, tun Sie mir den Gefallen, davon Abstand zu nehmen, den Namen dieser Person in jedem zweiten Satz zu erwähnen«, unterbrach er mich aufgebracht. »Sie haben trotzdem recht. Der

Professor und ich sind uns ähnlicher, als man zugeben möchte, und seine Wertschätzung Ihres reizenden Wesens ist lediglich eine von vielen Gemeinsamkeiten.«

»Ich muß ihn leider erwähnen, da er mir ständig durch den Kopf geht.«

Er senkte den Blick. »Sie besitzen die Kraft, mir weh zu tun«, murmelte er. »Ihr Lachen hat mich zutiefst verletzt.«

»Ich glaube wirklich nicht, daß ich mich bei Ihnen entschuldigen muß, Mr. Sethos. Sollte ich Ihrem Selbstwertgefühl geschadet haben, so haben Sie mich doch weitaus gravierender verletzt. Dies hier ist das erste Mal, daß ich von einem Mann entführt werde, der behauptet, meine Schönheit ließe ihn fast verrückt werden. Deshalb weiß ich nicht, wie ich mich richtig verhalten soll.«

Mein halbherziger Versuch, humorvoll zu sein, kam nicht gut an. Sethos sah zu mir hinunter. »Wie können Sie meine Aufmerksamkeiten nur so mißverstanden haben?« fragte er traurig. »Wieso nahmen Sie an – davon muß ich offenbar ausgehen –, daß ich Sie verletzen wollte? Warum? Seit Ihrer Rückkehr nach Ägypten verstrich kaum ein Tag, an dem ich nicht versucht hätte, mit Ihnen zu sprechen oder Sie zumindest von fern zu bewundern. Ich verkörperte nicht nur jede der drei von Ihnen erwähnten Persönlichkeiten – ich schlüpfte ebenfalls in die Rolle eines Touristen, eines Schlangenbeschwörers in der Muski und war sogar einer Ihrer eigenen Grabungsarbeiter. Alles, was ich tat, diente dazu, Ihnen meine tiefe Zuneigung zu vermitteln ...«

»Ebenso wie die Tatsache, daß man Ramses von der Spitze der Großen Pyramide verschleppen wollte?«

»Dieser Plan ist einfach schiefgelaufen«, gab Sethos zu. »Ich war – wie Sie sich unschwer denken können – der amerikanische Gentleman, der Sie auf dem Pyramidenplateau ansprach. Meine Absicht bestand darin, eine waghalsige Rettung dieses schrecklichen Kindes zu inszenieren und es sicher wieder in Ihre Obhut zu bringen. Allerdings kam mir dieser verfluchte Donald Fraser dazwischen!«

»Ich verstehe. Und bei anderer Gelegenheit, als Ihr Pferd mit Ramses durchging ... «

»Hat mir der gleiche Bursche meinen Plan durchkreuzt.« Sethos' Lippen formten sich zu einem hämischen Grinsen. »Er hat jetzt zumindest Gelegenheit, sein Eingreifen zu bedauern. Ich war von dem Moment an entschlossen, seinen um Längen durchtriebeneren Bruder umzubringen, als ich von seinem Schuß erfuhr, der Sie hätte treffen können. Ronald war ohnehin ein nichtsnutziger Bursche und so himmelschreiend einfältig, daß ich befürchtete, er brächte Sie mit seinen weiteren Anschlägen auf Donald in Gefahr. Deshalb brachte ich ihn um die Ecke, und es bereitete mir besondere Genugtuung, Donald mit dieser Tat zu belasten. Sicherlich ist Ihnen jetzt klar, warum ich mich der Mühe unterzog, die Leiche den ganzen weiten Weg zu transportieren, und sie Ihnen dann quasi zu Füßen legte? Die Abendmahlskelche brachte ich zurück, weil ich in einem Zeitungsinterview gelesen hatte, wie sehr Sie diesen Diebstahl mißbilligten. Ich schickte Ihnen Blumen – Sie kennen die Bedeutung roter Rosen in der Sprache der Liebe – und einen goldenen Ring, der meinen Namen trug. Wie konnten Sie den tieferen Sinn übersehen?«

»Gütiger Himmel«, entfuhr es mir. »Das war es also, was Emerson beunruhigt hat! Mein armer, geliebter Mann, er muß geglaubt haben ... «

»Schon wieder dieser Emerson!« Sethos rang die Hände.

Mein armer, geliebter Emerson! (Insgeheim setzte ich mein Selbstgespräch fort, denn es erschien mir nicht ratsam, mein Gegenüber noch weiter zu erzürnen.) Emerson hatte die von mir übersehenen Zeichen richtig gedeutet. Aber es war auch kein Wunder, daß mir das passiert war, da die mir eigene Bescheidenheit meinen normalerweise klaren Verstand getrübt hatte. Mein Hirn raste, denn ein neuer und schrecklicher Gedanke hatte von mir Besitz ergriffen. War es möglich, daß Emerson glaubte ... daß er vermutete ... daß er auch nur eine Sekunde lang den leisesten Zweifel an der Aufrichtigkeit meiner tiefen Zuneigung hegte? Kurzum – war er eifersüchtig?

Unmöglich, sagte mir mein Herz. Sicherlich konnte Emerson meine Zuneigung nicht mehr in Frage stellen, als ich seine Gefühle anzweifeln konnte. Aber wenn er das tat – wenn er dazu fähig war –, dann warf mein Verschwinden Zweifel auf ... Dieser Gedanke war entsetzlicher als jede Furcht vor der drohenden Vernichtung. Ich glaube, einen Augenblick lang zitterten tatsächlich meine Lippen. Aber nur für einen Augenblick. Die Notwendigkeit zu fliehen wurde immer drängender.

Es war unglaublich; aufgrund des interessanten Gesprächs hatte ich meine Situation beinahe vergessen, und infolgedessen lähmte eine weitere Angst meinen Verstand. Der Mann besaß eine übermenschliche Aura der Faszination. Ich hatte angeregt und freimütig mit ihm geplaudert. Konnte die Zeit wirklich das Ergebnis hervorbringen, auf das er so zuversichtlich hoffte?

Erneut reagierte mein Herz mit einem entschiedenen »Unmöglich!« Aber ein leiser Zweifel blieb ...

»Erzählen Sie mir«, sagte ich unwirsch, »von den Fraser-Brüdern. Wie haben Sie Ronald kennengelernt?«

»Aufgrund ganz normaler Geschäftsbeziehungen«, sagte Sethos bereitwillig. »In meinen Diensten arbeiten einige der zuverlässigsten Auftragsmörder Kairos. Er trat an einen von diesen heran, und sein Anliegen wurde mir umgehend vermittelt. Er hatte Kalenischeff (dessen Ruf allen außer den naiven Beamten der Polizeibehörde bekannt war) angeworben, um Miss Debenham während ihres Aufenthalts in Kairo davon abzulenken, Donald Fraser aufzuspüren und ihn zu überreden, die Wahrheit über Ronald preiszugeben. Ronald konnte das nicht zulassen; denn es stand lediglich die verklärte Loyalität seines Bruders zwischen ihm und dem Gefängnis, zwischen Ehrverlust und Erniedrigung. Und er hatte guten Grund zu der Befürchtung, daß Donald der Überzeugungskraft der jungen und wohlhabenden Frau, die er zudem noch heimlich anbetete, möglicherweise nachgab. Ebenso wie Kalenischeff, der dem Mädchen allerdings mehr schadete als nutzte.

Kalenischeff war jedenfalls nicht vertrauenswürdig. Aus dem gleichen Grund hatte ich ihn einige Monate zuvor aus meinen Diensten entlassen. Es wäre sinnvoller gewesen, wenn ich ihn getötet hätte, aber ich bin nicht so versessen auf unnötiges Morden, wie Sie vermuten. Er hatte keinerlei Anhaltspunkte, um meine Identität preisgeben zu können – ich passe sehr gut auf, daß niemand eine solche Position erreicht –, aber wenn er alles Wissenswerte ausgeplaudert hätte, hätte er einigen meiner Vorhaben empfindlich schaden können.

Ich behielt ihn daher im Auge. Und als ich von Ronald Fraser erfuhr, daß Kalenischeff im Begriff war, uns beide zu hintergehen, war ich ihm dankbar für sein Angebot, Kalenischeff unschädlich zu machen. Der Halunke hatte beschlossen, einen Rundumschlag zu starten, soviel Geld wie nur möglich einzusacken und Ägypten dann für immer den Rücken zu kehren. Er wußte, daß die Antikenverwaltung eine hohe Summe für Informationen zu meiner Person ausgesetzt hatte.«

»Und Miss Debenham bot ihm eine noch höhere Summe an, wenn er ihr behilflich war, Donald zu finden, und diesen vom Verrat seines eigenen Bruders in Kenntnis setzte.«

»Exakt. Das Mädchen reagierte nicht auf das von uns vewendete Betäubungsmittel und machte den Fehler wegzulaufen. Wie ich Ihnen bereits sagte, befand sie sich zu keiner Zeit in echter Gefahr. Die schwache Muskulatur einer Frau – selbst einer Frau wie Sie, meine Liebe – hätte niemals einen solchen Hieb ausführen können, wie den, der Kalenischeff ein Ende setzte.«

»Aber Donald – der arme Donald! Sie müssen dafür sorgen, daß er des Verdachts enthoben wird. Das hat er wirklich nicht verdient, Mr. Sethos!«

»Wenn es Sie beruhigt«, sagte Sethos sanft, »werde ich mich darum kümmern, daß Fraser unbehelligt aus der Sache herauskommt.« Er griff nach meiner Hand. Ich zog sie fort. Er zuckte die Schultern, lächelte und lehnte sich zurück.

»Nicht einmal einen Händedruck für den Mann, der Ihnen einen Mord eingestanden hat? Auch gut. Ich sagte Ihnen bereits, daß ich ein geduldiger Mensch bin.

Der Rest der Geschichte sollte Ihnen jetzt klar sein. Ronald wurde meine wirkliche Idenität nie gewahr. In meiner Rolle als Graf Everly ermutigte ich ihn, sich meiner kleinen Gruppe anzuschließen, weil ich den Burschen beobachten wollte. Ich wußte natürlich, daß Miss Debenham bei Ihnen Zuflucht gesucht hatte, ebenso wie mir klar war, daß Sie Donald Fraser unter Ihre Fittiche genommen hatten. Das überraschte mich nicht, da es Ihre Angewohnheit ist, jede unschuldige und unglückselige Kreatur aufzunehmen, die Ihnen über den Weg läuft – wenn es sein muß, sogar mit Gewalt.«

»Es ist die Pflicht eines jeden Christen, den Unglücklichen zu helfen.«

»Entsprechendes gilt auch für Moslems. Merkwürdig, wie die sogenannten Weltreligionen sich unisono auf die gleichen schwachen Tugenden berufen. Schon die alten Ägypter brüsteten sich damit, daß sie den Hungrigen Nahrung und den Frierenden Kleidung gegeben hätten.«

»Das ist eine großartige und allgemeingültige Tatsache«, entgegnete ich. »Was Sie als Schwäche ansehen, ist die Eigenschaft, die uns mit dem Göttlichen auf eine Stufe stellt. Und die größte dieser Tugenden ist die Liebe. Oder«, fügte ich hastig hinzu, »wie es auch manchmal umschrieben wird, die Barmherzigkeit.«

»Eine törichte, fadenscheinige Umschreibung«, sagte Sethos sanft. Sein Blick hypnotisierte mich. Ich hatte das Gefühl, in den samtenen Tiefen seiner Augen zu versinken. Dann senkte er die Lider, und unwillkürlich seufzte ich erleichtert auf. Seine langen Wimpern waren so dicht und geschwungen wie die eines hübschen Mädchens. Ich fragte mich, ob sie überhaupt echt waren.

»Ich habe innige Gefühle immer vermieden«, fuhr Sethos nachdenklich fort. »Meine Empfindungen für Sie überraschten mich wie ein Unwetter, eine Naturgewalt, gegen die ich wehrlos war. Wenn ich gekonnt hätte, hätte ich Widerstand geleistet. Und jetzt habe ich eine seltsame Vorahnung …«

»Sie haben sie also auch!« entfuhr es mir.

Er hob seine Lider. In seinen braunen … seinen grauen … seinen Chamäleonaugen blitzte Heiterkeit auf, doch dann nahmen sie einen schwermütigen Ausdruck an. »Ich sah solche Vorahnungen für gewöhnlich als Instinktreaktionen von Menschen an, die sich in Gefahr wähnen. Aber jetzt frage ich mich, ob es nicht eine höhere Macht gibt, die unsere Geschicke dirigiert. Keine gütige Gottheit – niemand, der die menschliche Grausamkeit beobachtet hat, kann an einen Gott glauben, der solche Scheußlichkeiten zuläßt. Sondern lediglich an ein allgegenwärtiges, unbestimmbares Wesen mit einem widernatürlichen Sinn für Humor! Es wäre doch seltsam, wenn die einzige Schwäche in meinem Leben zu meiner Läuterung führen würde? Ich spüre, daß es so sein kann. Sie könnten mich erlösen, Amelia – nur Sie allein. Stellen Sie sich vor, was ich für diese Welt tun könnte, wenn meine Kräfte dem Guten statt dem Bösen zugewandt wären. Helfen Sie mir, Amelia. Reichen Sie mir Ihre Hand – führen Sie mich aus der Dunkelheit zum Licht …«

Es war ein aufregender Augenblick. Ich fühlte, daß ich diesen seltsamen, großartigen und gequälten Menschen jetzt endlich verstand. Ich war zutiefst bewegt – nein, fasziniert. Ich öffnete meine Lippen. Meine Brust hob und senkte sich rascher. Meine Hand griff nach …

Unsere Fingerspitzen hatten sich noch nicht berührt, als wir, vom Lärm gewaltsamen Eindringens aufgeschreckt, hochschnellten. Die Vorhänge blähten sich auf, als die Tür aufgerissen und voller Wucht wieder zugeschlagen wurde. Ich kannte nur einen einzigen Menschen, der eine Tür in dieser Form öffnete! Ich drückte meine Hand vor meinen bebenden Busen.

Es war Emerson! Ja, leibhaftig! Doch welchen Anblick er darbot! Das Haar stand ihm zu Berge, sein bestes Oberhemd hing in Fetzen. Die zerrissenen Ärmel hatte er achtlos bis zu den Oberarmen hochgeschoben. Sein Gesicht war entstellt von Blutergüssen, und ein Auge war halb zugeschwollen. In seinen beiden Händen, aus deren aufgeschürften Fingerknöcheln Blut trat, hielt er gezückte Säbel. Noch nie in meinem Leben hatte ich einem Schauspiel beigewohnt, das mich mehr bewegte! Ich hatte das Gefühl, daß mein wie wild pochendes Herz meinen Brustkorb sprengte.

Noch ehe der Vorhang wieder an seinen Platz zurücksank, wirbelte Emerson herum. Mit einem überraschten Aufschrei ließ er einen der Säbel fallen und verriegelte die Tür, durch die sich hinter ihm gerade noch eine kleine, geschmeidige Gestalt geschlängelt hatte. Auf der gegenüberliegenden Seite vernahm man den ohrenbetäubenden Lärm einer handfesten Auseinandersetzung. Dann drehte Emerson sich geradewegs zu mir um.

»Amelia«, schrie er. »Um Gottes willen, zieh dir was an!«

»Emerson«, erwiderte ich mit der gleichen Inbrunst. »Paß auf!«

Emerson duckte sich, als eine schwere Silberschale sprichwörtlich um Haaresbreite an seinem zerzausten Haupt vorbeisauste und gegen die Tür knallte. Die Katze Bastet stürzte sich auf Sethos. Ihr lautes, kratzendes Schnurren vermischte sich mit dem Scheppern des auf den Marmorboden polternden Wurfgeschosses. Sethos schwankte, als ihm die Katze – die, wie ich sicherlich bereits erwähnt habe, ein sehr großes und kräftiges Tier war – begeistert um die Beine strich. Hastig sprang er fort, und die Katze Bastet, darüber zutiefst beleidigt, stürzte sich auf den Tisch und das gefüllte Huhn.

Nach einem vorsichtig taxierenden Blick, ob Sethos keine weiteren Waffen zur Hand hatte, sah Emerson mich erneut an. »Hat er dir etwas angetan, Peabody? Hat er es gewagt... Hat er... Gütiger Himmel, Peabody, dich in diesem skandalösen Aufzug zu sehen erfüllt mich mit Vermutungen, die ich kaum...«

»Sei unbesorgt, Emerson! Er hat nicht... Er war nicht...«

»Ah!« Emerson straffte seinen Oberkörper, was seinem besten Hemd den Rest gab. Er schob die zerfetzten Hemdsärmel zurück und spannte seine Oberarmmuskulatur an. »In diesem Fall«, sagte er, »werde ich ihm nur *ein* Bein ausreißen.«

Er stürzte sich auf Sethos, der sich ihm mit leicht angewinkelten Armen so geschmeidig wie eine Katze entwand.

»Emerson«, sagte ich.

»Bitte, lenke mich nicht ab, Peabody.«

»Er ist unbewaffnet. Dein Krummsäbel...«

»Krummsäbel? Oh.« Emerson starrte irritiert auf die Waffe. »Ich habe sie dem Burschen da draußen abgenommen«, erklärte er. »Habe noch nie einen Menschen mit einem derart harten Schädel gesehen. Er war nicht kleinzukriegen. Trotzdem hoffe ich, daß sie ihn mittlerweile überwältigt haben.«

Tatsächlich war das Poltern hinter der Tür verstummt. »Du bist also nicht allein gekommen?« fragte ich.

»Natürlich nicht. Ramses...«

»Emerson!«

»Und eine Abordnung von Polizeibeamten.« Sein Blick wanderte zu Sethos. »Ihre unheilvolle Karriere ist beendet, Sie Schweinehund. Aber ich werde Sie erst der Polizei ausliefern, wenn ich mit Ihnen fertig bin. Auf diese Genugtuung habe ich so lange gewartet, daß ich denke, ich habe sie mir verdient.«

Sethos richtete sich zu seiner vollen Länge auf. Er war nicht so groß und auch nicht so durchtrainiert wie Emerson, trotzdem gaben die beiden ein beeindruckendes Paar ab, wie sie sich in gegenseitiger Feindseligkeit musterten.

»Gut, Professor«, sagte er mit leiser, verhaltener Stimme. »Auch ich erwarte mir Genugtuung, denn ich habe ebenfalls auf eine Konfrontation mit Ihnen gehofft. Geben Sie mir den anderen Krummsäbel, und wir werden wie richtige Männer um sie kämpfen.«

»Emerson«, rief ich leicht bestürzt, denn ich kannte das Temperament meines Gatten nur zu gut. »Emerson, du weißt doch gar nicht, wie man damit umgeht!«

»Nein, weiß ich auch nicht«, gab Emerson zu. »Aber dir ist doch klar, Peabody, daß es so schwierig nicht sein kann – immer wieder aufeinander losgehen und dann ...«

»Emerson, ich bestehe darauf... Nein, nein, mein geliebter Emerson ... Ich bitte dich, ich flehe dich an ...«

Ein erfreutes Lächeln glitt über Emersons Gesicht. »Nun, Peabody, wenn du es so siehst ...« Und zu meinem Entsetzen warf er den Dolch von sich. Mit einem melodiösen Geräusch schlitterte er über den spiegelglatten Marmor. Noch ehe er allerdings den Boden berührte, bewegte sich Sethos – zwar nicht auf diesen Säbel zu, sondern auf den anderen, den Emerson an der Tür fallen gelassen hatte. Er schnappte ihn vom Boden und wirbelte zu Emerson herum.

»Nun, Professor, wird unser Kampf ebenbürtiger«, schnaubte er. »Ich verstehe zwar etwas vom Boxen, aber ich habe nicht das Bedürfnis, mit *Ihnen* in den Ring zu steigen. Heben Sie den Säbel auf – so viel Zeit lasse ich Ihnen.«

Emerson zuckte die Schultern. »Er würde mir nicht viel nutzen«, bemerkte er. »Allerdings ...« Und mit einer katzenhaften Geschmeidigkeit, die er manchmal an den Tag legte, schnappte er nach der Weinkaraffe und zertrümmerte sie an der Tischkante. Bastet, die zwischenzeitlich das ganze Hähnchen verspeist hatte, protestierte lauthals miauend. Die Karaffe zerschellte, der Tisch brach zusammen, und überall verteilt lagen Essensreste und Glasscherben. Wie ein Kometenschweif glitzerte der Kristallstaub in der Luft.

Emerson riß die Seidendecke von dem Sofa und wickelte diese um seinen linken Arm. »Also dann«, sagte er. »Kommen Sie schon, Sie Bas ... – verzeih mir, Peabody – Sie Halunke.«

In atemlosem Schweigen umkreisten sie sich. Sethos stieß zu. Mit einer raschen Drehung seines Körpers durchbrach Emerson die Deckung des anderen Mannes und zielte mit der zerbrochenen Karaffe auf dessen Gesicht. Sethos wich zurück. Sein nächster Hieb war eine zischende Bewegung von links nach rechts. Emerson konterte und streifte Sethos' Oberarm. Die Klinge surrte an ihm vorbei. Sethos ging erneut in Deckung und lieferte Emerson damit die Gelegenheit, das Silbertablett an sich zu reißen. Er benutzte es als provisorischen Schild. Mit dessen Hilfe ging er in die Offensive, wehrte den Säbel jedesmal ab und stieß mit der Karaffe zu.

Meiner Meinung nach gibt es keine plausible Entschuldigung für Gewaltanwendung. Sie ist die letzte Zuflucht für Menschen und Nationen, die zu dumm sind, ihre Differenzen auf anderem Wege beizulegen. Der Anblick von zwei Kämpfern, die sich regelrecht zu Brei prügeln, beunruhigt mich. Die Vorstellung, daß kleinen Jungen beigebracht wird, »wie Männer zu kämpfen«, finde ich widerlich und abstoßend. Verabscheute ich deshalb den blutigen Kampf, der zwischen diesen beiden klugen und fähigen Männern tobte?

Nein.

Der Anblick von Emersons Muskulatur, die sich unter seiner bronzefarbenen Haut hervorhob, das verschlagene Grinsen, das seine makellosen, weißen Zähne freigab, die Kraft und Anmut seiner Bewegungen – das alles setzte eine nie gekannte Wildheit in meinem Inneren frei. Mein Atem ging stoßweise, meine Wangen brannten wie Feuer. Für Sekundenbruchteile war ich nicht die zivilisierte, beherrschte Frau, sondern ein primitives weibliches Wesen, das in seiner Hütte darauf lauerte, wie zwei tollkühne, männliche Bestien um sie kämpften.

Das war eine überaus merkwürdige und interessante Erfahrung.

Ein hinterhältiger Hieb und ein umgehender Nachstoß stießen das provisorische Schild beiseite. Sethos' Klinge bohrte sich tief in Emersons Arm. Dieser schrie wohl eher aus Wut als aus Schmerz auf und schnellte vor. Lediglich Sethos' augenblickliches Drehen des Kopfes bewahrte ihm sein Augenlicht; das Glas hatte tiefe Einschnitte auf seiner Wange hinterlasen. Verletzt und schmerzgepeinigt ließen die beiden Widersacher voneinander ab. Sie bluteten und schwitzten und funkelten sich an.

»Das ist doch lächerlich!« schrie ich.

Keiner der beiden Männer schenkte mir auch nur die geringste Beachtung, doch mein Zustand vorübergehender Geistesabwesenheit endete beim Anblick von Emersons blutender Wunde abrupt. Männlicher Stolz ist ja gut und schön, und ich hoffte auch, daß Emerson seinen Spaß hatte, aber ich wollte verflucht sein, wenn ich tatenlos zusah, wie er sich in seine Einzelteile zerlegen ließ, nur um die Genugtuung zu haben, daß er zu meiner Ehrenrettung gestorben war.

Ich rannte auf die Tür zu. Emerson ließ den Blick nicht von Sethos, nahm mich jedoch wahr. »Peabody«, stöhnte er. »Wenn du ... diese Tür ... öffnest, ... werde ich ... werde ich ... uffz!« Ich hörte, wie Sethos' Klinge das Silbertablett streifte. Ich schnappte mir den Krummsäbel, den Emerson fortgeworfen hatte, und wandte mich zu einer eingehenden Überprüfung der Lage um.

Diese war alles andere als zufriedenstellend. Gerade als ich mich umdrehte, surrte der alles entscheidende Hieb durch die Luft. Zu spät, dachte ich aufgebracht – zu spät, um Hilfe von draußen zu holen, sogar zu spät, um zu meinem zusammenbrechenden Gatten zu eilen und mit der Waffe in der Hand an seiner Seite zu verweilen! Sethos' Klinge streifte das Tablett erneut und schlug es Emerson aus der Hand. Als der Säbel für Sekundenbruchteile bewegungslos in der Luft hing, ließ Emerson den Stumpf der Karaffe fallen und packte den Arm seines Gegners mit beiden Händen.

Wie angewurzelt standen sich die beiden gegenüber. Sethos' Versuch, seinen Arm zu befreien, und Emersons Bemühungen, diesen unbeirrt festzuhalten, sorgten für ein vorübergehendes Gleichgewicht ihrer Kräfte. Langsam senkte sich Sethos' Arm. Der Säbel zitterte in seiner Hand. Schweißperlen bildeten sich auf Emersons Stirn. Die rosafarbene Umhüllung seines Arms war mittlerweile tiefrot durchtränkt, doch sein Griff gab nicht nach.

Dann näherte sich das Ende. Der Säbel entglitt Sethos' Fingern, und Emersons blutverschmierte Hand verlor ihren Halt. Blitzschnell wie immer griff Emerson nach der fallenden Waffe. Sethos sprang mit der gleichen Schnelligkeit zurück zur Wand. Er sah mich an. »Amelia – lebe wohl!« schrie er – und verschwand.

Emerson stürzte sich mit einem Schwall Verwünschungen nach vorn, die alles bislang Dagewesene in den Schatten stellten. Die Marmorspalte, durch die Sethos entkommen war, schloß sich genau vor Emersons Nase. »Verflucht!« rief Emerson, während er zunächst mit dem Krummsäbel und dann mit seinen Fäusten auf den imaginären Spalt eindrosch. »Verflucht, verflucht, verflucht!«

Nach einer Weile sagte ich: »Emerson.«

»Verflucht, verflucht ... Ja, Peabody? Verflucht!« sagte Emerson.

»Oh, mein geliebter Emerson, ich denke wirklich, wir sollten sie hereinlassen; du bist verletzt, mein Lieber, und ... «

»Willst du sie wirklich hereinlassen, Peabody?«

»Nein, Emerson. Zumindest ... noch nicht.«

»Wie konntest du auch nur für eine Sekunde annehmen, daß ich mich für einen anderen als dich interessierte?«

»Also, Peabody, wenn du diesen Mann nicht ständig mit unverhohlener Bewunderung erwähnt hättest ...«

»Ich habe nur an dich gedacht, Emerson. Ich habe nicht eine Sekunde lang daran gezweifelt, daß du mich finden würdest.«

»Wenn dein Erfindungsreichtum nicht so ausgeprägt wäre und du nicht diese Stoffetzen aus dem Fenster gehängt hättest, wären wir erfolglos geblieben, Peabody. Wir begannen damit, das Gebiet zu durchkämmen, das Ramses mit seinen Beobachtungen eingegrenzt hatte, doch das war überaus weitläufig.«

»Wo hast du das denn gelernt, Emerson?«

»Was denn, Peabody?«

»Ach ... nichts. Nein, ... oh, Emerson. Oh, mein geliebter Emerson!«

»Was ich vor ein paar Minuten meinte, war deine Fähigkeit, mit zerbrochenen Flaschen zu kämpfen, Emerson. Ich hatte keine Ahnung, daß du so etwas beherrschst.«

»Ach das. Man lernt hier und da immer noch etwas dazu ... Irgend etwas sitzt auf meinem Rücken, Peabody. Oder bist du etwa ...«

»Nein, Emerson. Ich glaube, es ist die Katze Bastet. Sie hat vermutlich das Hühnchen verspeist und versucht anzudeuten, daß sie abmarschbereit ist. Soll ich sie verjagen?«

»Nicht, wenn du dann deine äußerst angenehme Position verändern müßtest, Peabody. Das Gefühl ist zwar ungewöhnlich, aber nicht unangenehm ... Ohne die Katze Bastet hätten wir dich vielleicht gar nicht so schnell gefunden. Deine Idee, daß Sethos sie mit kleinen Häppchen abgelenkt hat, als er die Abendmahlskelche zurückbrachte, traf offenbar ins Schwarze. Sie erinnerte sich noch gut an ihn. Er verlor sein Taschentuch in Miss Debenhams Zimmer, und daran haftete sein Geruch. Bastet nahm sogleich die Fährte auf, als wir zu der Straße vor seinem Haus gelangten.«

»Wie überaus interessant! Aber ohne den Hinweis mit meinem Stück Leibbinde ... «

»Das war der entscheidende Faktor, Peabody.«

»Ich habe die ganze Zeit nur an dich gedacht, Emerson.«

»Und ich an dich, Peabody. Ich stellte mir vor, daß dich dieser Kerl in seinen Armen hält – und ich meinte, vor Wut verrückt zu werden.«

»Er war sehr höflich zu mir. Er erklärte mir, daß er meine Liebe gewinnen, mich jedoch zu nichts zwingen wollte.«

»Zum Teufel mit diesem Banditen!«

»Er hatte einen eigenwilligen Charme, Emerson. Nicht, daß er damit bei mir Erfolg gehabt hätte, aber ich kann mir vorstellen, daß viele andere Frauen ... «

»Dieses Gespräch geht mir einfach zu weit, Peabody. Sei still!«

Bevor wir die Polizei einließen, die bereits heftige Angriffe auf die Tür unternahm, mußten wir uns zunächst etwas in Ordnung bringen. Nach einer erfrischenden Handvoll Wasser aus dem Springbrunnen zog ich wieder meine vertraute Kleidung an. Glücklicherweise hatte ich reichlich Stoff zur Hand, so daß ich die klaffende Wunde in Emersons Arm verbinden konnte. Ich nahm mir jedoch vor, sie fachmännisch zu versorgen, sobald wir im Hotel ankamen. Dann entriegelten wir die Tür.

Der Vorraum war mit Polizisten unter der Führung von Major Ramsay gefüllt. Er verbeugte sich mit beinahe überschwenglicher Freude, als er uns wohlbehalten in Empfang nahm, wenn ihn auch Sethos' Flucht nicht gerade glücklich stimmte. Nachdem er seine Neugier hinsichtlich der (meisten) Ereignisse befriedigt hatte, die vor dem Öffnen der Tür stattgefunden hatten, fragte ich unverhohlen: »Wo ist Ramses?«

»Er ist hier irgendwo«, erwiderte Ramsay.

Ramses kam mit einer so jungenhaften Begeisterung aus

einem der Nebenräume gerannt, wie sie seinen beherrschten Zügen nur selten anzumerken ist. »Mama«, schrie er. »Mama, sieh mal!«

Er fuhr sich mit der Hand über den Mund, öffnete seine Lippen und gab den Blick auf ungepflegte, verfaulte Zähne wie die eines ägyptischen Bettlers frei. »Sie sind zwar etwas groß«, erklärte er sachverständig, »aber mit der Zeit ... «

»Nimm sie sofort raus«, entfuhr es mir angewidert.

Ramses gehorchte bereitwillig, da die Zähne in der Tat viel zu groß für seinen Mund waren. »Da gibt es wirklich wunderschöne Sachen«, rief er mit leuchtenden Augen. »Schminke für Gesicht und Hände, Wangenpolster, Perücken und Bärte und ... Oh, Mama, darf ich die Sachen haben? Bitte, Mama?«

Es war schwierig für eine Mutter, diesen kleinen Kerl zu enttäuschen und ihm die überschwengliche Freude zu nehmen. »Ich glaube nicht, Ramses«, sagte ich. »Die Polizei wird sie als Beweismittel benötigen.«

(Offenbar war das jedoch nicht der Fall. Denn seit unserer Rückkehr nach England hat sich die Dienerschaft immer wieder darüber beklagt, daß sie seltsame Gestalten auf unserem Anwesen bemerkt hat. Eine Erscheinung war die eines kleinen goldblonden Mädchens, und Rose ist davon überzeugt, daß bei uns ein Geist herumspukt.)

Auf diese Weise endete unser zweites Zusammentreffen mit der seltsamen und rätselhaften Persönlichkeit, die unter dem Namen Sethos bekannt ist. Das zweite und vielleicht auch letzte – denn einige Tage nach dem Kampf der Titanen erreichte uns ein Brief. Er wurde uns in Dahschur zugestellt, wohin wir zurückgekehrt waren, nachdem wir dafür gesorgt hatten, daß Ronald – beziehungsweise Donald – und seine zukünftige Braut aller Verdachtsmomente enthoben wurden und sie ihre Hochzeitsvorbereitungen genießen konnten. Wie Emerson es treffend ausdrückte: »Jetzt, wo der ganze Unfug Gott sei Dank vorüber ist, kann ich endlich wieder an meine Arbeit gehen!«

Aber war wirklich alles vorüber? Ein Bote, der unseren wachsamen Männern nicht aufgefallen war, hatte sich heimlich durch die verschlossenen Tore unseres Anwesens geschlichen und den Brief wie von Geisterhand abgeliefert. Wir fanden das Schreiben eines Morgens vor Sonnenaufgang am Treppenabsatz. Eigentlich war es Ramses, der es fand, da er gewöhnlich als erster auf den Beinen war, aber es war Emerson, der die Mitteilung laut vorlas.

»›Sie hätten mich erlösen können‹«, fing sie an.

Emerson hielt inne. »Der Brief scheint an dich gerichtet zu sein, Peabody«, meinte er trocken.

»Lies weiter, Emerson. Wir haben noch nie Geheimnisse voreinander gehabt.«

Er fuhr fort. »›Von nun an wird die unglückselige Welt unter den erbarmungslosen Schlägen erzittern, die ich für sie vorgesehen habe. Vergessen Sie niemals, daß ihr Schicksal in Ihren Händen liegt, meine Amelia – meine geliebte ...‹ Zum Teufel mit der Unverfrorenheit dieses Burschen! Ich könnte den Brief in Fetzen reißen!«

»Tu, was du willst, aber lies ihn erst zu Ende, Emerson.«

»Pah«, sagte Emerson. »Gut, also dann ... ›In Zukunft sind Sie und die Ihren sicher vor meiner rächenden Hand. Bitte versuchen Sie nicht, ältere Damen anzugreifen, hinter denen Sie einen verkleideten Sethos vermuten. Bitte lassen Sie die gepflegten Bärte verdächtiger Herren in Ruhe. Sie werden mich nicht mehr sehen. Ich werde Ägypten für immer den Rücken kehren. Denken Sie manchmal an mich, Amelia, so wie ich ständig an Sie denken werde. Was hätten wir beide gemeinsam nicht alles erreichen können!‹«

»Ich frage mich, ob das sein Ernst ist«, sagte ich, während Emerson das Papier sorgfältig in kleine Schnipsel zerriß.

»Hmhm«, sagte Emerson.

»Ich wünschte mir wirklich, du hättest den Brief nicht zerstört, Emerson. Das war nicht besonders geschickt.«

Emerson hielt inne. »Was hast du da gesagt, Peabody?«

»Vielleicht kommt einmal die Zeit – hoffentlich nicht, aber es kann ohne weiteres sein –, daß wir eine Handschriftenprobe von Sethos benötigen.«

»Peabody«, sagte Emerson und sah mich merkwürdig an.

»Ja, Emerson?«

Das ist das erste Mal seit drei Tagen, daß du mich kritisierst oder mir widersprichst.«

»Tatsächlich? Also, das tut mir leid, Emerson, aber wenn es dir lieber ist, daß ...«

»Nein, nein, versteh mich nicht falsch.« Emerson ergriff meine Schultern und blickte mir tief in die Augen. »Ich hatte schon Angst, du hättest dich zu einer dieser langweiligen Frauen entwickelt, die lediglich ›Ja, mein Liebster‹ und ›Wie du willst, mein Liebster‹ herausbringen. Du weißt ganz genau, Peabody, daß unsere kleinen Streitereien mein Lebenselixier ...«

»... das Salz in der Suppe der Ehe bedeuten.«

»Sehr treffend geschildert, Peabody. Solltest du sanft und unterwürfig werden, sehe ich mich gezwungen, eine Anzeige in der *Times* aufzugeben, um Sethos zu informieren, daß er vorbeikommen und dich abholen kann. Versprich mir, daß du nie aufhören wirst zu streiten, Peabody.«

Ramses und die Katze beobachteten uns mit unverhohlenem Interesse, aber das kümmerte mich herzlich wenig. Ich schlang meine Arme um Emersons Hals. »Mein geliebter Emerson«, sagte ich, »ich denke, das kann ich dir reinen Gewissens versprechen.«

Im Tal der Sphinx

Im Econ & List Taschenbuch Verlag sind außerdem folgende Titel von Elizabeth Peters lieferbar:

In der Serie um Amelia Peabody (chronologisch)

Im Schatten des Todes (TB 25145)
Der Fluch des Pharaonengrabes (TB 25096)
Der Mumienschrein (TB 25157)
Im Tal der Sphinx (TB 27567)
Verloren in der Wüstenstadt (TB 25098)
Die Schlange, das Krokodil und der Tod (TB 25099)
Der Ring der Pharaonin (TB 25156)
Ein Rätsel für Ramses (TB 25217)

In anderen Serien

Ein todsicherer Bestseller (TB 25136)
Kreuzfahrt ins Ungewisse (TB 25221)
Der versunkene Schatz (TB 25220)
Der letzte Maskenball (TB 25198)
Die Straße der fünf Monde (TB 27555)

Zum Buch:

Amelia Peabody ist entsetzt. Eigentlich wollte sie in aller Ruhe mit ihrem Mann und Sohn Ramses ein paar Wochen in Ägypten verbringen und sich einem neuen Ausgrabungsprojekt widmen. Doch eines Morgens wird Ramses beinahe Opfer einer Entführung. In letzter Minute gelingt es, ihn aus den Händen der grausamen Räuber zu befreien. Steckt etwa der mysteriöse und berüchtigte Dämon Sethos hinter der Tat? Schließlich treibt er schon lange im Tal der Sphinx sein Unwesen und wurde erst kürzlich als Kopf einer gefährlichen Schmugglerbande enttarnt. Amelia gibt keine Ruhe, bis sie den Fall geklärt hat.

Zur Autorin:

Elizabeth Peters hat an der *University of Chicago* in Ägyptologie promoviert. Sie hat über 20 Krimis geschrieben und ebenso viele Thriller unter dem Pseudonym Barbara Michaels. 1986 hat sie den *Antony Grand Master Award* und 1989 den *Agatha Award* gewonnen. Sie lebt in Chicago und in Frederick, Maryland.